周晓明 主编

现代中国文学论丛

第二辑

中国社会科学出版社

图书在版编目（CIP）数据

现代中国文学论丛（第二辑）/周晓明主编 . —北京：中国社会科学出版社，2011.6

ISBN 978-7-5004-9769-1

Ⅰ.①现… Ⅱ.①周… Ⅲ.①中国文学：现代文学—文学研究②中国文学：当代文学—文学研究 Ⅳ.①I206

中国版本图书馆 CIP 数据核字（2011）第 075101 号

责任编辑　罗　莉
责任校对　郭　娟
封面设计　毛国宣
技术编辑　李　建

出版发行　**中国社会科学出版社**
社　　址　北京鼓楼西大街甲 158 号　　邮　编　100720
电　　话　010－84029450（邮购）
网　　址　http：//www.csspw.cn
经　　销　新华书店
印　　刷　北京新魏印刷厂　　　　装　订　广增装订厂
版　　次　2011 年 6 月第 1 版　　印　次　2011 年 6 月第 1 次印刷
开　　本　710×1000　1/16
印　　张　29　　　　　　　　　　插　页　2
字　　数　483 千字
定　　价　58.00 元

中国现当代文学研究 60 年国际学术讨论会
［2009·武汉］
论文专辑

主办
华中师范大学文学院
中国现当代文学学科

编辑委员会

目　录

文学史观反思

专题研究回顾

作家作品研究审视

文学史观反思

世纪笔耕迎大庆

——中国现当代文学研究 60 年概观

黄曼君

因为中国现当代文学所经历的时间从"五四"算起已有 90 多年，而追溯其发端可到 20 世纪初，所以我们探讨新中国成立 60 年来的中国现当代文学研究，其历史背景与文化语境可涉及整个 20 世纪。2008 年是新时期改革开放 30 周年，2009 年是五四运动 90 周年、中华人民共和国成立 60 周年。这三个时期以来正是我们所要进入的历史时空，我们的研讨会虽然主要是纪念 60 周年国庆，但也可以说是对这三个节日的纪念。

一 历史背景与文化语境

20 世纪或者说三个 30 年、三个"以来"的大的背景和语境，有如下几个特点，这对于我们探讨新中国成立 60 年来的中国现当代文学研究甚为重要：

首先，现代性与革命性交融。现代性、现代化偏于建设，革命性、革命化偏于破坏，它们二者是常处于矛盾对立中的，但它们又有对立统一的特征。特别是在中国，应该说，革命性是现代性中的题中应有之义，现代性也是革命性必不可少的前提条件。这就是说，一方面，是革命推动了现代化，现代化的权力分配和资源配置就是在革命和战争中进行的，现代政治共同体也是在这一斗争过程中取得和建立的。这种革命化过程作为一种意识形态体系、精神动力和价值指向，为新的时代的意识形态话语所融合，贯穿到经济腾飞和社会文明结构转型的现代化高潮中去。另一方面又要看到，革命化推动了现代化，却不能替代现代化。现代化对革命化有着涵盖、渗透和终极指导的作用，因为无论革命化道路如何曲折漫长，它自身不是目的，革命的目的是为了解放生产力，促进经济增长、制度变革和文化建设，满足广大民众的物质和精神文化需求。因此，革命化与现代化相辅相成，交织发展，最终汇入到现代化的历史总进程中去。

其次，人本性与科学性的交融。人的发现与科学的发现是 20 世纪中国最重要的发现。现代化最根本的是人的现代化，是科学理性精神的弘扬。现代性也有启蒙现代性与审美现代性的互动互渗。科学、理性的自觉精神可以使人的个体摆脱前现代的经验文化模式，超越纯粹的自在自发的生存状态，促使个体的主体性和自我意识的生成和走向自觉，形成理性化和契约化的公共文化精神，乃至建构意识形态化的社会历史叙事；但科学、理性走向极端，则成为科学主义与唯理主义，这时候，更具人本性特色的审美现代性便出现了。审美现代性强调感性、俗世、此岸，强调个体生命的当下体验与沉醉。总之，一个日神精神，一个酒神精神，二者的交融才是人的真正现代化。而这也正是我们从事文学研究的前提。

再次，三个"以来"的交融。在三个"以来"的时段里，产生了三次人的思想解放运动。正是现代性与革命性交融、人本性与科学性的交融促成了这三次人的思想解放运动。从维新变法到五四运动是第一次；延安整风至中华人民共和国成立是第二次；新时期改革开放是第三次。这三次思想解放运动的"关键词"，它们各自的特征及相互关系，充分地体现了现代性与革命性交融、人本性与科学性的交融的特征。

五四以来的关键词：爱国、进步、民主、科学。

中华人民共和国成立以来的关键词：实事求是、人民本位、独立自主（民族特色）、百花齐放、百家争鸣。

新时期以来的关键词：改革开放、实事求是、解放思想、"三个代表"、以人为本、科学发展。

我以为这三个"以来"的关键词既各有时代特色，又相互贯通，它们的交融，指导着我们 60 年以来的中国现当代文学研究。上面关于"民主"、"人民本位"、"百花齐放"、"百家争鸣"、"解放思想"、"三个代表"、"以人为本"等都是关于人的自由的人学构造，我们的现当代文学研究就是研究文学史上如何艺术地再现当时人的思想感情、生存状态，所以研究者首先必须了解人、熟悉人，在人的现代化上下一番工夫；而从"科学"、"实事求是"到"科学发展"等则要求我们对事物在科学的、逻辑的、实证的分析上下工夫。这样，将人的解放与科学理性精神结合起来，才能将现当代文学的研究推向前进。

二　文化变迁与范式转换

从社会文化变迁的历史眼光看，新中国成立 60 年来，我国社会文化发展经历了几次大的变革转型，我们的中国现当代文学研究，其研究的对象、思路和成果都离不开社会的变革转型，这里有一个研究范式转换的问题。60 年中的前 30 年是一个政治文化主导型社会，文化的各个门类包括文学都处于为政治服务的总体化运动中。后 30 年又大致可分为前 15 年和后 15 年，前 15 年为现代文化大发展的时期，思想文化界到处都有一个大写的"人"字；后 15 年是后现代文化思潮涌入中国与现代思潮混杂在一起的时期，反中心、反本质、解构主义促使思想文化的多元化，小写的"人"字又到处出现。

与 60 年社会文化的变迁相适应，中国现当代文学研究也发生了变化，这不仅是具体的观念和方法的变化，而是一种对待中国现当代文学研究的总体性活动方式，最基本的方式和路数的变化，我把这种大的变化称为研究范式的转换。这里所谓"范式"源于美国科学哲学家托马斯·库恩的《科学革命的结构》一书。在库恩看来，范式作为科学成就具有两个基本特征："它们的成就空前地吸引一批坚定的拥护者，使他们脱离科学活动的其他竞争模式。同时，这些成就又足以无限制地为重新组成的一批实践者留下有待解决的种种问题。凡是具有这两个特征的成就，我以后便称之为'范式'。"① 根据这种关于范式的解说，我以为，60 年来的中国现当代文学研究经历了这样几种范式的转换：一是社会政治化范式，二是精神文化化范式，三是个体审美化范式。这三种范式大体相当于上面三个文化变迁的时段，它们各自出现在三个不同的时段，又往往超越时段交织在一起。

下面我们以鲁迅研究与中国现代文学史的编撰来说明上述三种范式在不同时期的转换。

---

① 托马斯·萨弥尔·库恩：《科学革命的结构》，金吾伦、胡新和译，北京大学出版社 2003 年版，第 10 页。

关于鲁迅研究。在中国现当代文学经典中，研究阐释覆盖面最广，震撼力最为强烈，视角变换最大最频繁，阐释空间中差异和矛盾最为显著，延传时间最为恒定持久的，鲁迅是第一个。

首先是鲁迅研究的社会政治化范式。在鲁迅的阐释世界中，这一类是很引人注目的。30 年代的瞿秋白、40 年代及"十七年"的毛泽东是对鲁迅及新文化、新文学进行马克思主义阐释的代表人物。他们作为居于领袖地位的政治家、思想家，从中国近现代以来社会与文化的革命性变迁的角度，对鲁迅在现代中国的历史地位进行了崇高、科学的评价。这种评价主要从政治意识形态上肯定了鲁迅的历史地位。无论是瞿秋白还是毛泽东，他们都很少谈论鲁迅前期的现实主义小说，这与瞿秋白否定五四，要一个"无产阶级的'五四'"① 的观点是一致的；1939 年 11 月 7 日毛泽东在给周扬的信里写道：鲁迅表现农民看重黑暗面、封建主义的一面，忽略其英勇斗争、反抗地主，即民主主义的一面②。这实际上是对鲁迅小说现实主义的质疑。因为在他们看来，现实主义是高度政治化的，必须是革命的现实主义，或者社会主义现实主义，等等，它的功能才不至于只是揭露的、批判的，而是表现现实的积极、光明面并指向未来的。这种高度政治化的"思"必然导致对"诗"的封杀。同为对鲁迅经典进行马克思主义阐释的胡风、陈涌等却有明显的不同。如胡风作为一位文艺美学家虽然也接受了马克思主义有关意识形态、市民社会、封建的亚细亚生产方式等具体观点，但他更关注马克思主义有关人的存在、发展和解放的思想观念。胡风的以"主观战斗精神"为核心的文学观念内涵，在主体和客体，情感和思想，感性和理性诸关系中强调的是主体、情感和感性。因此他认为，鲁迅作为一个"思想家"，应该注重他"这里面的活的过程和丰富的内容，只有在和作为战士的他的道路以及作为诗人的他的道路有机的联系里面，才能构成这个'现代革命圣人'底俯视一代的巨像"③。应该看到，胡风对鲁迅经典的阐释，往往看重的是革命政治家们所忽略的鲁迅前期的现实主义小说。而这种现实主义主张正是他在理论上背离主流话语的重要原因。

---

① 瞿秋白：《欧化文艺》，《瞿秋白文集》第 2 卷，人民文学出版社 1953 年版，第 886 页。

② 郁之：《大书小识又四则》，《读书》1992 年第 5 期。

③ 胡风：《作为思想家的鲁迅》，《胡风评论集》中卷，人民文学出版社 1984 年版，第 175 页。

陈涌一方面承接政治阐释的思路，在新民主主义革命的史论框架中读解鲁迅；另一方面他将阐释重点放在鲁迅的小说和鲁迅对文学之外的其他艺术门类的研究上，坚持用"不加粉饰"的艺术"真实性"以及"现实主义的胜利"等理论，揭示鲁迅作品现实主义的深刻性、丰富性和复杂性。可以看到，陈涌是"自内而外"地揭示现实主义的特殊规律和本体特征，不是"自外而内"地将"革命"、"社会主义"等头衔硬装到现实主义的身上去。由此可见，对文学经典的不同阐释在特定历史环境中会产生怎样尖锐剧烈的冲突！

其次是鲁迅研究的现代启蒙文化与后现代生命哲学研究范式。新时期，在改革开放的环境中王富仁、钱理群、汪晖、王乾坤等人，将鲁迅阐释全方位地纳入世界文化潮流，与世界文化思潮的诗性转向相一致，更好地向诗之思与诗之史转变。他们在思想观念上超越了政治意识形态，从启蒙主义到存在主义、生命哲学，创作方法上突破了现实主义的一统天下，浪漫主义，特别是现代主义成为切入鲁迅本体的新角度；审美类型则于悲剧、崇高中融入悲凉、荒诞与焦灼；历史观上也打破了单纯进化论线性发展观与政治经济决定论观念，重视偶然、无序、断裂及多重话语回环往复的发展观。因此，他们都成为鲁迅经典宏观体系性阐释取得突破性进展的代表人物。再细分，王富仁、钱理群、汪晖、王乾坤等人又有现代、后现代之分，前二人为超越政治意识形态的现代启蒙文化派，而后二人则为超越启蒙文化的后现代生命哲学派。他们可以说是不同的两种研究范式，各各将鲁迅研究推进了一大步。

阐释研究中的中国现当代文学世界还表现在各种新文学史的编撰中。它们将新文学经典及经典阐释连缀成各种体系，使之系统化、规范化，更具有权威性和普及性。由于治史者的主体性，特别是 20 世纪史学观对主体性的强调，任何文学史都是具有理论负荷与价值负荷的阐释的文学史，因此，根据不同组合，这些文学史仍有如下类型：

一类是意识形态化的文学史。这类新文学史，以毛泽东《新民主主义论》关于中国五四以来新文化性质的论述为指导思想，构成史论框架，以突出其政治内涵。由于与中国新文学密切联系的新民主主义的政治概括符合历史的真实，加之几本重要的新文学史撰写者、主编者的深厚文艺学素养在几个相对宽松时期（50 年代初的王瑶、50 年代中期的刘绶松、60 年代初和 80 年代初的唐弢、严家炎）的创造性发挥，使得这些文学史能在特定的政治意识形态范围内实现思想倾向性与学理性的融合。正是经过以王瑶、刘绶松、唐弢、严家炎等为代表的新文学研究家的努力，鲁迅、郭沫若、茅盾、巴金、老舍、曹禺等的经典地位被确定下来，直到今天仍有价值。但这一类型的文学史存在着两方面的问题：一是从极端"左"的政治化方面提出问题，即对上述经典的选择和评价是在新民主主义的史论框架内，但当时的主流政治话语似乎并不满意，因为当时已经是社会主义社会了，应该加强社会主义因素。另一方面是从今天开放的视野提出的问题，这与鲁迅阐释提出的问题相似，即无论从文学史观、思想与审美价值取向来看，还是从创作方法的提倡、编写体例来看，都因为文艺为政治服务观念的渗透和束缚，使经典的选择和评价显得保守、偏狭，与新文学史本身的丰富、复杂的生命系统不符。

另一类是现代精神文化的新文学史。自从 80 年代王瑶提出新文学史的现代化课题，钱理群等人提出中国 20 世纪文学史观，又于 90 年代撰写了《中国现代文学 30 年》并作为文科教材在高校广泛使用以后，这一类文学史（包括文学史、文学理论批评史、美学史等）逐渐多起来。这类新文学史的主要特点是超越政治意识形态，以现代精神文化为核心概念和贯穿线索，将人的解放和民族灵魂的改造的基本精神文化现象，融合到中国社会现代转型带来的各种现代化主题中去。它们还注重审美的自由，注重文学观念、创作方法、艺术风格多元化的独立品格。因此这种文学史特征符合诗性转向的世界潮流，也成为新文学经典与经典阐释具有现代性的基本保证。具体说这类新文学史对经典的选择和阐释有如下几个新的内容：一是对鲁迅、郭沫若、茅盾、老舍、巴金等进行重新审视，重释经典，走近大师，将其看作包含了生活本身的多面性、立体性、复杂性的丰富精神个体，祛除过去加于其上的单纯的政治光环，突出其审美原创性和精神感召力，对其经典形象进行了重塑和定位；或者对他们进行质疑、问难、挑战，甚至于消解、戏拟、拼贴，从而使其以一种新的存在方式成为话语言说乃至于公众关注的中心。二是对于在左翼革命文学和社会主义文学中处于边缘或遭受政治打击的作家，前者如萧红、孙犁，后者如艾青、丁玲、王蒙也重新受到重视，给予经典地位的确认。三是发掘过去被湮没的经典，祛除单一政治意识形态话语对它们的种种遮蔽，恢复其本来的历史面貌和艺术价值，作家如沈从文、徐志摩、张爱玲、穆旦，文论家如王国维、胡适、宗白华、朱光潜、钱锺书等。

　　再一类是注重审美独立品格的个体化的文学史。上述意识形态化的文学史和精神文化现代化的文学史，作为一种注重宏观、整体把握的大文学史观，它们基于先在的历史观念与逻辑结构，建构某种历史理论与解释框架，便于梳理文学史脉络，概括规律、总结经验。但这种文学史观偏于文学与政治、文学与文化的文学的外部关系，而且具有浓厚的趋于共同性的决定论色彩。一些学者经过对现代性文化的反思，质疑大文化批评研究观念，主张突出文学内在的审美诗性品格，主张以文学的"个体化世界"和"文学的原创性"穿越政治和文化，建构多元、个体化的富于原创性的文学史。这种文学史当然更注重"诗"的品格，而它的诗之思则接近于海德格尔的"非规定性的思"或"存在之思"，接近于后结构主义的拆解或解构。正是与这种非规定性的多元的诗之思的思路相一致，八九十年代出现了大量走近文学本体的文学史。如各种文体流变史、创作方法史、形象史、语言史等。文体流变史以杨义的《中国现代小说史》与《中国新文学图志》（与人合著）、冯光怜主编的《中国近百年文学体式流变史》较有特色。尤其是《中国新文学图志》一书，"是一部以史为经，以图为纬的特殊形式的文学史"，通过有"神采"的文、有"情趣"的图及文图的"互动、互映"，将鲁迅的《呐喊》、《彷徨》，徐志摩的《志摩的诗》，萧红的《生死场》，张爱玲的《传奇》，钱锺书的《围城》，赵树理的《小二黑结婚》、《李有才板话》等文学经典从新的角度进行了揭示。创作方法史特色显著的有王富仁的《中国现代主义文学史论》与朱寿桐的《中国现代主义文学史》。这一论一史的最大特点是突出现代主义在中国新文学史上的地位并彰显现代主义的中国特色，或者径直就称为"中国的现代主义"。它们不仅将现代主义与现实主义、浪漫主义鼎足而立，理清现代主义在现代中国发生发展的脉络，概括其基本规律；而且往往还将现实主义、浪漫主义的东西纳入到现代主义之中去，对它们作现代主义的理解。在这种"非规定之思"所达成的独特思路中，许多新文学经典得到了新的理解。如从"拆除语言障壁，在自我与世界的直接联系中创造属于自己的语言和诗歌"的角度评价胡适的文学改良与白话文主张；如从"在绝望中反抗绝望，在相对中体验绝对，在迷惘中寻求明确，在无意义中把握意义，在荒诞中看取真实，通过死亡意识生命"的角度去理解鲁迅，将鲁迅称为"中国现代主义的奠基人"；如从人的"本能，特别是性本能"角度，从"对现代大工业的力量，现代城市的力量"的"崇拜"的角度去评价茅盾的《蚀》和《子夜》等作品，这些见解都是极新颖且有说服力的。

由上所述，可见任何一种中国现当代文学研究范式都可能有其所长与局限之处，因此，从更有效地进行中国现当代文学研究的意义上看，为了能在60年来已有的研究范式的基础上发挥新的创造，已有的几种研究范式必须各尽所长而又吸取和容纳各之所长，在马克思主义指导下，多维共存、互补交融、竞相发展。这里，更重要的是关于问题意识的理解。

三　问题意识与研究创新

中国现当代文学研究要取得新的发展，有所创新，必须不断地有新的问题意识，这也是转换和发展范式的内在需求。上述几种范式都各有所长，又都存在着局限和问题，必须将问题意识作为一个重要问题提出来。这里，问题意识之所以重要，是因为人文科学的研究不同于自然科学的一个重要特点，在于前者"研究的主题和对象实际上是由探究的动机所构成的"。[①] 这说明人文科学的研究对象不是一个在研究尚未展开之前就存在于某处的"自在之物"，而是在"问题意识"引导下的一种发现。也可以说，没有问题意识就没有人文科学研究独特的对象、主题和思路。这又正如伽达默尔所说："问题的决定是通向知识之路"[②]，"提问就是进行开放"[③]，所以提出问题意味着开辟了一种全新的视野。然而问题的提出又必当立足于当代，即离不开提问者的此在性时空坐标。下面就上述几个范式中存在的问题提出来加以说明。

首先，社会政治化范式中意识形态化、政治化问题。这里要从当前流行的文化研究问题谈起。由于文化研究是文学的外部研究，又因为当前的文化研究往往将文学话语作为政治话语来读解，于是许多人以为文学研究又回到传统的外部研究——社会政治研究的老路上去了。这样一来，问题出来了，究竟当前文化研究自身的特点是什么？人文科学（包括中国现当

---

① 汉斯·格奥尔格·伽达默尔：《真理与方法》上卷，洪汉鼎译，上海译文出版社1999年版，第365页。

② 同上书，第468页。

③ 同上书，第466页。

代文学研究）研究工作是否还需要坚持社会意识形态（包括政治意识形态）的价值取向？我们都知道，当前文化研究是作为后现代文化的一种，是从西方传来的。西方马克思主义中法兰克福学派的"批判理论"是促成文化研究"问题意识"形成的重要来源。与经典马克思主义把经济基础、生产关系视为社会革命的基础不同，法兰克福学派把批判资本主义的上层建筑即文化视为解决当代社会问题的根本。在他们看来，科学技术的发展和统治策略的调整，使当代资本主义的统治方式发生了重大变化，资本主义统治已从赤裸裸的经济剥削和阶级压迫，转向了对社会大众的精神控制和文化渗透。把资本主义社会的精神生产和文化消费视为一种统治手段，这就是文化研究提出的问题，这是属于文化"软实力"的重大政治问题，也就是它产生的新的"问题意识"。作为文学研究的一种新模式，文化研究之所以不再把文学仅仅视为单纯的审美活动的产物，之所以将文学话语作为政治话语来读解，之所以将批判的重点放在对大众文化和日常生活的解剖上，都是源于他们的新的问题意识。① 这些观点对我们有很大的启示，它不仅使我们看到了西方文化渗透的政治实质，还作为一种新的文学研究的模式打开了我们的眼界，这就是说我们的文学研究不仅与审美相关，还可以探索有关文学的多种问题，如文化作为"软实力"的问题，又如我们前面谈到的，中国现当代文学研究的社会政治化范式由此可以在新的历史条件下得到充实。当然我们也可由此较全面、客观地评价当前文化研究意识形态化、政治化问题的长短得失。

其次，现代化范式中的整体性大叙事问题。80 年代中期，黄子平、陈平原、钱理群提出了"20 世纪中国文学"观念。这一观念是应学术界、文学界解放思想、突破政治对文学的束缚的时代性要求而产生的。它以现代性作为贯穿线索，以"改造民族灵魂"为 20 世纪中国文学的总主题，以"悲凉、焦灼"为 20 世纪中国文学的总体审美特征，并且与世界潮流接轨，具有西方史学"年鉴派"大历史观的特点，拥有世界性、全球性的研究胸怀和视野。但是，这种现代化范式所强调的现代性、共同性、世界性等特征大都是文学与文化、文学与政治等的文学外部问题，这种文化、政治的外部问题是否会起到束缚、掩盖文学的内在特征的作用呢？正是基于这种问题意识，于是有人批评"20 世纪中国文学"观念是一个"非文

---

① 参阅孙文宪《文化研究与问题意识》，《文艺报》2007 年第 2 期，第 3 页。

学性的命题"，提出要以"文学穿越文化政治"的思路代替"文化政治推动文学"的思维，① 提出以"非逻辑之思"的小叙事来补充有决定论色彩的大叙事。这样，便有个体审美化范式的诞生。

再次，个体审美化范式中坚持文学的审美独立品格问题。这里的问题是在两个极端倾向之间的张力场中提出的。在 80 年代，审美独立品格的强调、审美价值的追求，曾对于文艺服务于政治的总体化运动起过冲决罗网的作用，90 年代，文艺审美的这种自由创造精神和艺术创新精神，对于现代化大叙事，也起过解构作用，但同时，发展到极端，也出现了"纯艺术论"、"纯审美论"，或"文艺审美本性论"及与这些理论相配合的"实验写作"、"先锋文学"等"圈子化写作"的倾向，这是向精英化极端发展的一种倾向。但这时又有另一种走向极端的倾向出现，即由精英化审美转向大众化审美，而这种大众化审美走向极端，又出现了"俗化"和"泛化"的倾向。于是，在这两种极端的倾向之间便凸显出一个如何坚持文学的独立审美品格的问题。这就是说，精英化艺术倾向除一部分继续进行艺术探索以外，大部分则要从"象牙塔"里走出来，融合大众审美的特征；而另一方面大众化也必须真正做到艺术审美，不能只是"满足大众"，还必须"引领大众"。② 这两个方面是坚持文学的审美品格之所需，也是个体审美化范式不断发展的内驱力。

上面，在从问题意识的角度对几种范式的问题进行了辨析之后，这里应该特别注意到的是多种范式的综合效应问题。这里，重要的是，要做到在马克思主义指导下，几种范式多维共存、互补交融、竞相发展。这就是说，每一种范式的发展，延续的时间越长，研究越深入（各范式之间交织互渗是很重要的一个方面），它就可以更丰富而不失其惯有的特色。我想，中国现当代文学多种研究范式的发展也应作如是观。

---

① 吴炫：《一个非文学的命题——"20 世纪中国文学"观局限分析》，《中国社会科学》2000 年第 5 期。

② 参阅赖大仁《以历史反思观照当代文艺价值理念》，《文艺报》2009 年 7 月 25 日。

文学史的知识化传播与"新传统"的塑造

温儒敏

1949 年 10 月新中国成立，是左右半个多世纪现代文学研究的决定性力量，因政权更迭而产生的一场天翻地覆思想文化变迁，对文学研究领域有极大的冲击。历史创造的胜利者肯定要用他们的方式解释历史，因此马克思主义唯物史观被奉为至尊的指导原则，开始制约历史研究的方向。而作为历史学科分支的文学史研究，特别是与新政权关系密切的新文学史研究，就完全笼罩在这一巨大的影响之下。史学界有所谓"史观派"与"史料派"之争，1949 年之后以"史观"为特色的马克思主义史学取得了强势的话语权，而从民国过来的"史料派"学人大都被当作改造对象或批判的靶子。50 年代此起彼伏的政治运动和思想改造大潮，驱使几乎所有学者都不能不接受经过苏联模式改造的"马列主义"，包括难免庸俗化了的唯物史观，加上 50 年代初的院系调整，所有民办大学与研究机构被合并取消，所有学者都作为体制内人员，变成受体制约束的"单位人"，原先相对独立的文学研究，也和"史料派"一样，失去了最后生存的土壤。这种因时代变迁促成的学界风向大变，也引起文学史研究方向、方法、学风的大变，总的表现为由唯心史观转向唯物史观，由个人研究转向集体研究，由名山事业转向群众事业，① 革命史的叙史范式成为文学史写作所倾赖的模范。我们考察五六十年代的"新传统"想象，不能脱离那个特定的政治化氛围。

在这里，我们将集中考察 20 世纪五六十年代的"修史"与现代文学

---

① 这段话参见郭沫若《中国史学会成立大会上的发言（摘要）》，《光明日报》1951 年 7 月 29 日。

传统确立的关系。文学史的编写对于文学传统的阐释与定位，以及将这种阐释定位的知识化传播，能起到至关重要的作用。虽然从20年代开始，就有许多关于新文学的评论与总结，甚至已经出版过多种相关的著作，但这些论著大都没有拉开足够的历史距离，基本上还是属于同时态的文学评论，未能进入真正意义上的对现代文学的"史"的研究。30年代之后，陆续有沈从文、朱自清①等一些作家学者在大学开设新文学的课程，但仍然缺少系统性，不可能真正列入大学的教学体系，况且讲课者也无意专门从事这一领域的研究工作。② 可以这样说，在50年代之前，现代文学研究始终未能形成独立的学科，顶多只是一种"潜学科"。这种情况下，文学史研究还没有足够的能力去全面清理乃至确立现代文学传统。

然而到50年代，情况大变。1949年中华人民共和国成立，把历史推进到一个新的阶段，很自然也就提出了为前一时期新民主主义革命修史的任务，研究五四以来的新文学发展历程，确立新文学的传统，也就被看作是这"修史"任务的一部分。因此新文学史研究就顺理成章地从古代文学的学科领域中独立出来，而且得天独厚，自上而下得到格外的重视，并纳入新的学术体制，带上浓烈的主流意识形态导引的色彩。在很短的时间内，现代文学研究几乎成为"显学"。

现代文学学科的建立以及对于新文学传统研究的重视，又与学校教学直接相关，是以大学课程的调整为契机的。1950年5月，教育部召开高等教育会议，通过了《高等学校文法两学院各系课程草案》，其中规定各大学中文系都必须开设"中国新文学史"课程，要求这门课"运用新观点、新方法，讲述自五四时代到现在的中国新文学的发展史，着重在各阶段的文艺思想斗争和其发展状况，以及散文，诗歌，戏剧，小说等著名作家和作品的评述"。③ 这就等于为新文学传统的梳理研究定下调子。按照这个要求，全国各大学中文系都赶紧配备教员专门讲述"新文学史"这门课，讲授的课时量很大，三十多年跨度的内容，一度几乎与两千多年的古典文学

---

① 朱自清1932年在清华大学讲授"中国新文学"课程，沈从文1930年至1931年在武汉大学讲授现代文学课程。
② 如朱自清在清华大学开设新文学课程，"教了2年也教不下去了"。参见王瑶《研究问题要有历史感》，载《文艺报》1983年第8期。
③ 转引自黄修己《中国新文学史编纂史》，北京大学出版社1995年版，第126页。

课时持平。① 有关的讲义和论著也应运而生，现代文学研究真正从其所附属的古典文学框架中独立出来，成为一门在大学享有基础课地位的新的学科。该学科建立伊始，就表现出两个鲜明的特点，一是对文学史多采取一元化整合，二是政治性强，三是与教学紧密相关，这种状况对后来现代文学研究乃至整个学科发展，影响都很大。五六十年代对于现代文学传统的阐释，就在这种特定的政治化氛围中展开。

下面我们考察五六十年代涌现的多种有代表性的现代文学教材。较早出现而且影响巨大的是王瑶的《中国新文学史稿》，我们将用较多的篇幅来讨论这部书，看它是如何解释和确立现代文学传统的。②

一 学科的建立与"新文学传统"的全面梳理

王瑶原先在清华大学是研究汉魏六朝文学的，1949 年 9 月改教新文学史。当时教育部尚未下达关于开设新文学课程的通知，清华大学得风气之先，在中文系设立这样一门主要的课程。王瑶的"改行"颇有先锋意味，大概也是想接续其导师朱自清先生的传统：30 年代朱自清就曾在清华讲授过新文学课程。从 1949 年下半年开始，王瑶边教课边写教材《中国新文学史稿》（后文简称《史稿》），到 1950 年底上册 25 万字完稿，大致也就一年的时间。那时新政权刚诞生，整个社会心态欣欣向荣，学术界的思想控制还不如后来那么严紧，当时还是青年才俊的王瑶也对新社会充满希望，可以想象他当时写作是怀着要创建新学科，投入新生活的激情的。③当时，很多大学正准备开设新文学课程、苦于没有教材，纷纷向王瑶索取讲义或大纲，1951 年 9 月《中国新文学史稿》（上册）由北京开明书店出版，可谓适逢其时，大受欢迎。但下册写作的时间则拖得比较长，从 1951 年初开始，大约用了一年半，1952 年 5 月才完稿，1953 年 8 月由上海新

① 如 1952 年北京大学中文系规定五四以后的中国文学史课程为必修课，所占学时与古典文学基本持平。参考马越编著《北京大学中文系简史》，北京大学出版社 1998 年版，第 52 页。

② 参见温儒敏《王瑶〈中国新文学史稿〉与现代文学学科的建立》的部分内容，《文学评论》2002 年第 1 期。

③ 1949 年 9 月王瑶在清华大学担任《新文学史》课程的讲授，当时已经开始编写《中国新文学史稿》，第二年 12 月，该书上册完稿。参见杜琇编的《王瑶年谱》。

文艺出版社出版。写下册期间王瑶参加了教育部组织的"中国新文学史"教学大纲的草拟工作，"大纲"强化了政治与文学的关系，重点放到文艺思想斗争上。① 王瑶写下册的思路显然就受到"集体讨论"的某些制约，代表"我们"的、写"正史"的姿态强化了，作为显现个人研究识见的"我"的色彩减少了。不管是否出于自觉，王瑶和他同时代的许多学者大概都意识到文学史回应现实的"话语权力"问题，在考虑如何给现代文学传统合理的解释，并将文学史知识筛选、整合与经典化，相对固定下来，使之成为既能论证革命意识形态的历史合法性，又有利于化育年轻一代的精神资源。这样的文学史研究，特别是教科书的撰写，就不能不在学术的个性张扬与社会及政治的要求之间找一些平衡。以现在的眼光看，当时的文学史也就未免太趋时，而且有意压缩个人发挥的空间，似乎作者是"被迫"的，其实不见得。那是一个大潮流，对新时代的向往，为革命立史，是那一代学者的追求。若要理解那个特定时代对现代文学传统的阐释，就必须了解当时这种学术生产的体制与氛围。

进入50年代，随着现代文学学科的建立，最突出的变化，是研究者职业化了，学术生产"体制化"了，文学史思维受教学需求和政治的制约也多了，个人的研究程度不同都会接受意识形态主流声音的询唤，研究中的"我"就自觉不自觉地被"我们"所代替。王瑶的《史稿》写作，由大受欢迎、广泛采用，接着遭遇批判，对此后文学史写作有一种观照与警示作用，可以看作是"《史稿》现象"。《史稿》的受批判给当时许多文学史研究者敲了警钟，那种被新时代唤起的热情有所衰落，而"学术生产体制"的制约明显加强，50年代中期之后的"新文学史"论著大都变为有组织有领导编写的，几乎全都以"正史"的姿态出现，以"我们"取代"我"的趋向愈演愈烈，终于成为50年代新文学研究的主潮。

尽管如此，《中国新文学史稿》对于现代文学传统的梳理与阐释还是有它的独创性，达到了它所属时代最高的研究水准。至今我们读这部现代文学史垦拓之作，还是有一种很大气的感觉。这是第一部完整的现代文学史专著，在历史尘埃尚未落定之时，就能完整地构筑新文学传统生成的脉络，做到自圆其说，这本身就是引人注目的特色之一。中国文学有两千多年历史，而新文学短短的三十多年有什么理由独立成篇，而且给予如此重

---

① 《中国新文学史教学大纲（初稿）》载1951年7月《新建设》第4卷第4期。

要的评价？王瑶第一次试图把这一段文学的变迁描述为完全区别于古典文学的独立的形态，并进行科学的、历史的、体系化的叙说，这也是第一次对现代文学传统作了完整的概括，奠基了现代文学作为一门学科的格局。虽然有非学术因素的制约与干扰，有明显的缺陷，《史稿》的历史叙写线索还是贯通的，诠释文学变迁的视点大致是明晰的，对新的传统的阐释是能自圆其说的，体例也是统一的。这就在整体上超越了此前几乎所有类似的新文学史论著。① 王瑶的文学史打上鲜明的时代特征，但也到处喷涌着鲜活的学术个性，它在许多方面都区别于后来不断效法"克隆"，却也越来越受到体制化束缚的僵硬的文学史。《史稿》的时代性与独创性都值得尊敬。当然，从当今角度反观，我们可能更多看到在学科初建时《史稿》所遭遇的问题，有些是根本性的，或者说是学科自身性质所带来的，王瑶探索解决这些问题时的困扰，在当时和后来也同样困扰着许多新文学史研究者。王瑶的得失不只是他个人的，因而也都具有学术史的意义。

现在重读《中国新文学史稿》，不管赞同还是怀疑，我们首先都会对这部著作解释现代文学传统的"视点"留下深刻的印象。王瑶用于指导或统领这部文学史的基本观点是政治化的，而在实施这种政治化的文学史写作中，王瑶有矛盾，有非学术的紧张，这在下册更加明显。他的出色之处在于尽可能调和与化解矛盾，并在一个非常政治化的写作状态中探讨如何发挥文学史家的才华与史识。

《史稿》梳理新文学传统，主线很清晰，就是新民主主义文学，更核心的部分就是"革命文学"。突出与张扬"革命文学"传统，这是当时"修史"的要求，同时也适合教学，因为现代文学学科的始建就已纳入体制，要为新时代服务，让学生了解革命文学传统。文学史家工作的目的和意义非常明确，就落实在突出"革命文学"的主流地位，论证现代文学传统的"革命性质"。现在看来这种历史叙说未免单一化，但在当时也体现一种强大的历史自信。这种自信来自于毛泽东的相关观点。《史稿》开宗明义，以毛泽东《新民主主义论》中有关中国革命的经典论述作为依据和

---

① 严家炎在《王瑶学术思想讨论会开幕词》中指出：《中国新文学史稿》"虽然论学术功力不一定和《中古文学史论》完全相当，但论学术影响则有过之，它确实为中国现代文学学科奠定了最早的基石"。载《先驱者的足迹——王瑶学术思想研究论文集》，河南大学出版社1996年版，第1页。

出发点，去说明现代文学的"性质"及其"历史特征"。在绪论中就指出：新文学"是为新民主主义的政治经济服务的，又是新民主主义的一部分，因此它必然是由无产阶级思想领导的，人民大众的，反帝反封建的，民主主义的文学。简单点说，'新文学'一词的意义就是新民主主义文学"。① 新文学的历史"是中国新民主主义革命三十年来在文学领域上的斗争和表现，用艺术的武器来展开了反帝反封建的斗争，教育了广大的人民；因此它必然是中国新民主主义革命史的一部分，是和政治斗争密切结合着的"。② "中国新文学史既是中国新民主主义革命史的一部分，新文学的基本性质就不能不由它所担负的社会任务来规定。"③ 这不只是给新文学的性质定位，也是对现代文学传统核心内容的解释。这并非王瑶的发明，把新文学史看作是"革命史"的一部分，或一个"分支"，是当时文学史家解释现代文学传统普遍的思维模式；而《新民主主义论》是解析一切文学史现象的"元理论"，由此衍生政治化的评价视点与研究范式，整个新文学的产生、发展和成熟的过程，包括对这一新的传统的解释，都要在这个视点下得以梳理与整合。以现在来看，政治化的文学史观似乎已经过时，甚至可能认为过于强调政治的角度，于文学史研究根本就是有弊无利的。但有两点应当注意：一是现代文学的发展本来就很政治化，王瑶这种侧重政治的文学史思维，将视野集中到社会政治变革的领域，去寻找文学发生发展的动因，去解释新的传统内涵，有其历史依据，不失为一种有效的方法。况且在 1949 年 7 月刚刚开过的全国第一次文代会上，《新民主主义论》被明确为总结新文艺运动的主要思想资源，④ 由此立论确能充分满足那个特定的时代需求，又能有力地促进学科的建构。二是，文学运动的发生跟政治的社会的变迁相关，但文学运动又还有自身的传承轨迹与衍变

---

① 王瑶：《中国新文学史稿》上册，北京开明书店 1951 年版，第 8 页。

② 同上书，第 1 页。

③ 同上书，第 5 页。

④ 在 1949 年 7 月召开的全国第一次文代会上，郭沫若、茅盾和周扬分别作报告总结新文艺运动，而且都是以毛泽东《新民主主义论》作为总结性的基本指导思想。如郭沫若的"总报告"就依据《新民主主义论》中对"革命性质"的论述，指出五四运动之后的新文艺"是无产阶级领导的人民大众反帝反封建的新民主主义的文艺"，"三十年来的新文艺运动主要是统一战线的文艺运动"，并按照政治革命运动发展的情况，划分文艺运动的主要段落，描述两条路线斗争的历史。这些报告对《新民主主义论》的遵循与发挥，对后来的文学史研究有极大影响。

动因，不等于政治运动，文学也不是政治的"等价物"，两者是有差异的。看不到这种差异，简单地搬用政治结论去证说文学的性质，并把现代文学传统收缩在政治性的阐释上，会失之笼统，从而忽略文学史的复杂性和文学精神现象的丰富性。当政治判断强行取替文学分析，并过分生硬地圈定新传统的意义时，这种政治化的文学史思维会遮蔽一些东西，比如那些非主流的文学现象，以及文体创造、语言媒介、对世界与自我的体验方式，还有其他各种审美的因素。我们发现这两方面的矛盾得失，都存在于《史稿》中。王瑶写他这部书，特别是下册，显然陷入了某些难于解脱的紧张。一方面，他鲜明地运用关于"革命性质"的经典论断来建立自己阐释传统的视点，并侧重从政治层面评定新文学传统的"基本性质"，追求的是高屋建瓴的理论架构。

王瑶这种写作姿态的选择，以及对新的文学传统的阐释，不能说是被动的、不得已的，而更多是自觉的，诚心诚意的。如王瑶后来所回顾的，《史稿》的基本认识与写法，本来也与其"撰于民主革命获得完全胜利之际"有关，反映了"浸沉于当时的欢乐气氛中"一个要求进步的知识分子"在那时的观点"，"深深的刻着时代的烙印"。① 所以，该书不但在对文学运动背景分析以及对文学性质的整体说明方面应用《新民主主义论》的经典性政治判断，在文学史分期上也直接参照其中对五四后中国政治与社会变迁的几个阶段性说明，并且极力突出《在延安文艺座谈会上的讲话》界碑式的历史作用。《史稿》的叙史结构基本上是由毛泽东所划分的政治史框架所决定的。

特定的时代为学者提供了特定的研究氛围与普遍能接受的范式，人们毕竟只能在历史提供的舞台中演出。就当时知识分子包括学者们普遍的思想企求和认识水平而言，使用权威的经典学说来指导和诠释一门新的学科，是进步和先锋的表现，也是学术生长的一种明快而有效的方式。何况现代文学本来就与政治有千丝万缕联系，王瑶所面对的文学史现象大都不能脱离政治影响，要进入这个研究领域，清理新文学传统，想摆脱或者淡化政治是不可能的，特别是在五六十年代。

但另一方面，《史稿》并非简单图解政治的作品，在那政治化年代中

---

① 王瑶：《中国新文学史稿重版后记》，《中国新文学史稿》下册，上海文艺出版社 1982 年版，第 782—783 页。

所产生的文学史想象，自有其精神价值。王瑶既要保证基本观点符合时代要求，又试图清晰勾勒新文学传统发生复杂的脉络，他觉察到指导理论有时难于抵达的文学史的实际，这期间可能存在某些缝隙，他在努力寻找"中介"，寻求调和，他的所获与缺失都体现于此。在宏观的层面，论述新文学运动的发生发展背景以及新文学的传统时，《史稿》较多直接采用"基本性质"的判断。但进入微观层面，对作家作品作出具体的评价定位时，作者就比较小心谨慎，不纯粹以政治态度划线，而把评判的标准放得宽一些。在很多章节中可以看到，王瑶在调整文学史评判标准，他提出以"人民本位主义"为根本，有意将原来标示的"新民主主义"或"无产阶级革命"这样政治性的标准淡化一些，也"扩容"一些，以更能贴近创作的实际，接纳那些政治身份不属于革命，却在新文学传统形成过程中起过重要作用的作家。他还试图以"鲁迅的方向"来代替一般政治性的革命的标准，并以此解释和充实新文学传统，大概也因为鲁迅是毛泽东所高度肯定的，被认为是伟大的革命家、思想家和文学家，正好可以从"方向"的意义上把"革命"、"思想"与"文学"统一起来，作为从政治到文学的"中介"。在解析"鲁迅的方向"时，王瑶就突出考虑作品是否充分"反映人民群众的愿望和情绪"，以及是否实践了"真实地反映现实生活"的革命现实主义。① 这些观点虽然是80年代《史稿》重版时才发表的，但事实上在《史稿》的写作过程中，已经能见到王瑶对文学史评价标准调整的思路与探求。例如，他当时就已经注意到新文学成分的多样性与复杂性，指出新文学不等于就是无产阶级文学，它还包含着一部分具有民族独立思想和反封建内容的资产阶级文学，"包括各民主阶级的成分"。这也是对于整个现代文学传统基本特点的认识。在整体性的"基本性质"的判断之后，王瑶对具体的文学评判还是做过许多"局部微调"。《史稿》借用"统一战线"的文学这个政治性的概念来说明文学成分的多样与复杂。这种立论也遵循了毛泽东《新民主主义论》中的相关论点，但又有所发挥，有适合转向具体文学批评的"弹性"。王瑶的对指导理论的发挥与活用曾被某些批判者指斥为"穿鞋戴帽"。其实"穿鞋戴帽"可以看作是一种文学性的调整，是在寻求"中介"，是对当时常见庸俗社会学保持的一点

---

① 这些观点参见王瑶《五四新文学前进的道路》，该文写于1979年，后作为《中国新文学史稿》重版代序。

清醒。

总之，王瑶在解释现代文学传统时，是从《新民主主义论》等学说中寻找理论支撑，突出与强化他的文学史观念中的"人民本位主义"与"革命的现实主义"，可以说，这正是《史稿》难得的史识。表现为可以操作的写作模式，则是以"反帝、反封建的方向"和"文学与普通人民的关系"为考察中心，以文学的现实性或与社会的关系为评价的切入口。这是王瑶理解新文学传统的关键。我们做过统计，发现"反封建"、"现实性"是《史稿》中使用频率非常高的词。这些概念就包含着王瑶所理解的从政治到文学的"中介"。在评论作家作品的思想内容时，王瑶不满足于一般性的政治判断，"反封建"的意义和"现实性"的强弱就成为他实际操作的标准。例如，《史稿》高度评价鲁迅清醒的现实主义的"思想强度"，着眼点即在其彻底"反封建"的战斗热情。评价郁达夫作品"性的描写"、"爱情的苦闷"、"打破传统习见"，指出巴金的小说多写热情青年信仰与爱情、理智与感情等各方面的矛盾与冲突，"激动和燃烧了不满现实的青年读者的心"；认为从曹禺《雷雨》所写的"爱与死的纠葛"中可体验到其所作背景的社会性质，等等，都注重其思想性方面的"反封建"意义。自然，这样的评价逻辑仍然有偏颇，有时绕来绕去，终究又跳不出政治评判的藩篱。同样因为强调"反封建"和"联系现实"的思想价值，《史稿》对文体优美然而过于怀旧的沈从文小说，则评价偏低；由于认为老舍的作品"和社会背景的联系还嫌过于模糊"，在肯定其艺术才华的同时则又惋惜其"思想性是比较薄弱的"；评说戴望舒诗歌有较高的艺术技巧并适于表现神秘朦胧的诗情，却不满意其有"虚无绝望的色彩"，"成了一些厌恶现实的知识分子的灵魂的逋逃薮"，等等。这种特别注重思想内容评判，并将"反封建"的和"联系人民"的标准贯彻到文学史价值定位中去的做法，得失兼半，也很能代表学科初建时一般研究者的思维特征。不过，王瑶在按这些标准描述文学现象时，总的来说还是比较努力做出历史的具体的分析，而不是简单地充当"普查作家、作品之政治表现的首席检察官"①。从"思想性"评价作家作品，或论说不同思想倾向的作家，也并不以人论文，或以人废言。也因为这样，《史稿》的研究范围还是比较大的。该书重点评价了有影响的大作家，也评价了中、小作家；既充分

---

①　夏中义：《九谒先哲书》，上海文化出版社 2000 年版，第 378 页。

肯定革命作家、民主作家，也给那些对新文学有贡献、却又是所谓政治立场暧昧的作家以一定的地位。全书所论列的作家、批评家、文艺运动组织者等达 378 人，在迄今出版的所有现代文学史中仍是涉及作家量最多的一部，实属不易。《史稿》之后的文学史，则是越写，作家越少，大批判的排他性就越厉害，视野也就越是狭窄。所以《史稿》作为学科的奠基作，在文学史研究范围与视野的拓展上，是有功的。

新文学传统的梳理大量工作是作家作品评价，如何与文学思潮的叙事结合，往往决定了文学史的写作格局。王瑶的《史稿》基本上采用以文体分章节，先总论，后分论的办法，作家作品的评述则分散到各章节中。这种编写体例适合文学通史的写作，其结构的包容性大，有伸张力，可以容纳评述更多的文学现象和作家作品。在学科初建期，《史稿》侧重作家作品评述，又兼顾思潮流派，对新文学传统的勾勒思路较为开阔，因为研究的涉及面大，等于为学科以后的发展预留更多的空间。王瑶文学史的这种体例建构，不但第一次比较清晰描绘出新传统的流脉，而且对后来几十年的现代文学史（特别是教科书）写作有覆盖性的影响，多种文学史都借鉴使用王瑶这种结构，① 甚至连一些批判王瑶的学者，他们编写自己的文学史著作时，也参照和应用了王瑶的结构模式。②

还有一点，就是《史稿》的文献资料极为丰富。前面说过，1949 年后史学界有史观派与史料派之争，前者日益占上风，取得绝对话语权，后者失去生存的土壤。因为王瑶的文学史动手较早，尚未完全受"史观派"制约，还是比较看重材料。该书的材料收集之丰富超出后来许多文学史，对后来的研究产生极大的影响。"文化大革命"以后，许多研究者都把王瑶这部新文学史当作必备的参考书，原因之一也是其论涉面宽，介绍作家作品比同时期及后来的许多著作丰富，资料文献几乎包罗万象，一网打

---

① 如黄修己的《中国现代文学简史》（中国青年出版社 1984 年版），钱理群、吴福辉与温儒敏的《中国现代文学三十年》（上海文艺出版社 1988 年初版，北京大学出版社 1998 年修订版），大体上都是采用《史稿》这种以时代为经，文体为纬，先总论，后分论的结构体例。

② 例如刘绶松的《中国新文学史初稿》（1956 年人民文学出版社出版），是王瑶的《史稿》受到批判之后出现的影响较大的文学史教材，内容有许多是针对王瑶《史稿》的，基本体例却又仿照《史稿》，也是将新文学分为若干阶段，每个阶段先叙文学运动思潮，然后再分别介绍各种文体的发展情况。对大作家则列专章论评。

尽，这正好可以当书目来看，顺藤摸瓜，进入研究领域。

《中国新文学史稿》在现代文学传统的全面梳理及评判方面，竖起了一面旗帜。这是一部非常大气的著作，虽然受到特定时代学术生产体制的制约，存在许多不足，但毕竟又有属于自己的学术追求与文学史构想，既满足了时代的要求，又不是简单地执行意识形态的指令，在试图对自己充满矛盾的历史感受与文学体验进行整合表述的过程中，尽可能体现出历史的多元复杂性。在历史急转弯的阶段，在充满了各种可能性和不确定因素的学科创建时期，《史稿》的种种纰漏或可议之处，它的明显的时代性的缺陷，与它那些极富才华的可贵的探求一起，昭显着现代文学学科往后发展，以及对新的传统解释的多样途径。《史稿》在学科史上的突出地位，是其他同类著作所不可代替的。到1955年，由于爆发了批判胡风的运动，而王瑶的《史稿》下册对胡风及其影响下的一些作家作品有所肯定与评介，结果也被牵连，招来了一场批判。《史稿》也因此被停止发行。1958年发动所谓"文艺战线上的一场大辩论"，开展"双反交心运动"，王瑶被视为"白专道路"的典型，《史稿》又一次被当成"拔白旗"的批判靶子。那种为历次政治运动风暴所推动的粗暴的大批判，漠视文学史事实，蔑视学术的尊严，败坏了学风与学者的研究心态，给刚诞生不久的现代文学学科造成伤筋动骨的破坏。历史有时会走向反面。对王瑶《中国新文学史稿》的简单否定，加上对50年代僵化的"苏联模式"的普遍套用，终于导致后来那种更加政治化也更加单一枯燥的文学史写作风尚。

二 五四"性质"之争以及对"新传统"的定性

所谓性质之争，现今学界与读者大概都已经不太感兴趣，特别是那种政治判断式的性质界定，往往会伤害文学史的丰富性。可是人们的认识总是呈现阶段性的。在20世纪50年代前期，对新文学传统的梳理，最关注的就是五四新文学运动，这是整个新传统的源头。如何评价五四新文学运动的性质，就成为文学史家写作的兴奋点。当时文学史的个案与专题研究还没来得及深入开展，专门的论著不多，研究成果主要形式就是作为教材的文学史。往往都是应教学需要，先按照教育部颁布的大纲拉起一个架子，边讲边写，集成一本讲义。许多大学都有内部编印的文学史讲义，其中少量是公开出版的。在此回顾当时这些比较有影响的新文学史写作，看五四在其中如何成为焦点，而五四性质之争又如何左右对于新传统的定性。除了前所论及的王瑶的《史稿》外，还有几部较有特色，大致能代表50年代前期的学科研究水平的，可以作为考察重点。我们主要想从中看到当时最具代表性的对"新文学"的历史构想方式，以及"苏联模式"是如何左右这一阶段的文学史写作的，而当时学术生产体制化以及"集体写作"模式等现象，又对现代文学传统的提炼阐释产生怎样的影响。我们先从50年代的文学史著作中挑出三部比较知名的来讨论。① 这三部著作是：张毕来的《新文学史纲》（1955年作家出版社出版），丁易的《中国现代文学史略》（1955年作家出版社出版），以及刘绶松的《中国新文学史初稿》（1956年作家出版社出版）。

先讨论张毕来的《新文学史纲》。这是一本认真而有见地，敢于在现代文学传统的性质界定方面与时兴观点"较真"的书。

从1949年到1953年间，张毕来在东北师范大学等校讲授"新文学史"，每年都要编新的讲义。当时许多大学开讲现代文学课程，情况大致都是这样。由于是新创学科，位置显要，但毕竟无章可循，又要力求赶时潮，体现新思想、新方法，适应新中国成立之初急剧变化的形势，只能是先拉起一个框架，边讲边改，到1954年整理修改讲义出版，也只是一部提纲挈领的东西，而且只讲述了"新文学史"的"第一期"（1918—1928年），大致等于通常所讲的"第一个十年"，不过其中又分成"五四时期"与"第一次国内革命战争前后"两段，书名就叫做《新文学史纲》（第一卷）。

五四是现代文学的源头，对源头的解析往往就是文学史观的定位，也是阐释现代文学传统时最需要下工夫之处，所以一般的文学史家都会格外关注五四，为五四的影响"正本清源"。甚至到80年代以后，关于五四思想资源的阐述仍然是学界的聚焦点，很多思想争议都由此发生。这里讨论当年《新文学史纲》如何叙述五四传统，是很有意思的。我们应当注意该书前面的"导论"，其中大段专述"五四运动之前与五四运动之后的文化思想"，体现了作者对新文学传统的基本认识。难能可贵的是，作者对所谓庸俗社会学的"决定论"保持警惕，他没有直接把政治、经济变革的史

---

① 参见温儒敏《"苏联模式"与1950年代的现代文学史写作》的部分内容，《北京大学学报》2003年第1期。

实加以罗列，作为决定五四新文学发生发展的背景。而这种简单僵化的方法，从30年代起，在许多新文学史论著中就已经司空见惯。特别到50年代，学习苏联过来的《联共（布）党史》成为一股热潮，其中那种强势而机械的叙史方法，特别是关于"经济基础"决定"上层建筑"和"政治变革"的普遍的思维模式，很容易被移植和简化为"经济与政治的变革直接决定文学的性质与命运"。这一点，连王瑶的《中国新文学史稿》也未能幸免。① 但是张毕来的《新文学史纲》在处理政治与经济背景材料，并用以阐释新文学传统时，似乎还比较谨慎，不是简单套用"决定论"，而用相当的篇幅着重分析了五四前后"文化思想发展的特征"。就是说，其关注点放到政治（经济）与文学之间的"中介"上，看文化思潮之"变"如何带动文学之"变"。这种分析比之当时普遍的对文学史背景的简单处理模式，就显得较有深度。这一点，在与后文所论及的几种文学史的比较中，可看得更清楚。

重视五四传统阐释，是修史的政治需要，是为无产阶级争夺文坛的领导权。这对当时文学史研究来说，是不言而喻的目标。张毕来的《新文学史纲》也离不开这一使命。只不过当他进入研究状态，接触许多原始材料之后，发现历史事实于既定结论之间存在的缝隙，唤起他作为史家的责任，不再轻易移用关于新文学运动从"文学革命"开始就归属于无产阶级领导的常见结论，也对那种笼统拿"新民主主义"来规定的新文学传统性质产生质疑。而在当时，这些几乎已经是不证自明的"通识"。张毕来的可贵在于比较认真地拿材料说话，而不是以论带史，他在这一点上保持了学者的审慎。张毕来考察五四前后文化思想潮流的变化，以及新文学运动主要发难者（陈独秀等）的思想变动过程，认为五四前夕（也就是新文学运动发难之时），以《新青年》为代表的文化思想，无论是改良的还是急进的，"本质上"都还是资产阶级的；"文学革命"指导思想的"阶级本质"并"未超出资产阶级思想体系的范围"；而"文学革命"运动本身的性质，就其主攻目标和队伍组成看，"在相当大的程度上可以理解为新民

---

① 　参见王瑶《中国新文学史稿》上册的绪论。其中论说新文学的"性质"，主要是做政治定性，就用较多的篇幅论列近代经济与政治的变动，说明新文学如何"在观念形态上反映新政治和新经济"，如何"替新政治新经济服务"。当然在进入具体的论述时，王瑶还是意识到这论断与史实之间可能出现断裂，因此不能不努力寻求"中介"，并对有关"性质"的论述做一些调整补充。

主主义文学运动",但这主要是指五四之后。基于这一认识,张毕来对新文学传统性质的阐释也比较谨慎,不是人云亦云。现今对于所谓性质之争已经不感兴趣,像张毕来这样认真研究提出的观点,今天读来也许不会引起什么注意,甚至认为反正都是政治化的话语,但在 50 年代,张毕来多少是显得有些"出格"的。因为那时多数论者都在力图说明五四新文化运动从一开始就是无产阶级领导的革命运动,并由此推论新文学传统的性质,这是当时新文学史研究的一个核心话题,或者说,在普遍的政治化的解读中,已经自觉不自觉都在"性质"定位的层面构筑新文学传统的历史想象。其实,也就是所谓通过给前代修史来阐释新文学传统,争无产阶级文学的历史地位。当然也要找些"证据",那么常见的"证据"之一,便是先驱者陈独秀在发动文学革命之时已接受了马克思主义。这种人云亦云的带普遍性历史想象的"说法",其实并没有经过认真的考证。但张毕来偏对此"较真"。他大胆提出的与众不同的看法,是经过对史料的分析的。他根据陈独秀发表的文章,指出当年陈氏还不是马克思主义者,发动文学革命时其所凭依的思想主要仍是"资产阶级民主主义",因此没有理由认为无产阶级在新文化运动一开始就已经充当了"思想领导"。张毕来这些看法是比较符合历史事实的。类似的"较真",书中还有不少。

但是张毕来式的"较真"在当时没有引起任何反响,大概认为这不过是"书生气"。当时学界主流总是欣赏那种挥斥方遒的痛快思维,过于在学术细部较真会被看作"繁琐哲学"。而关于新文学传统的一般解释,包括"性质"问题,还有运动的"领导权"问题,往往都被提升为政治性的"大是大非"问题,是不证自明,甚至不容讨论的。学者能做什么?主要就是诠释,是找些材料来证实既有的结论。按照这种思维逻辑,考证所谓"思想领导"早几年,晚几年,似乎都无关紧要。提早几年,不就跟几乎已成共识的既有的结论更加符合了吗?这种思维习惯的蔓延,后来就形成了一种惯性,即认为所谓大前提正确,历史事实就可以任意打扮组合。结果呢,大前提也就可能变得空洞可疑。今天看来,张毕来式的"较真"还是有学术意义的,起码那种实事求是的历史态度,维护了学术的尊严。

张毕来不满足于"以论带史",不是套用既定的理论概念,去寻找合适的材料做填充;而用比较审慎的学术态度,用分析的眼光考察文学史现象,解释新传统,尽量做到"论从史出"。《新文学史纲》虽然也是以毛泽东的《新民主主义论》中解释现代社会的理论作为基本指导思想,而且也可以看到当时苏联正统的文学史观念与思维模式在书中的影响，但在这个大框架中，作者还是尽量发挥独立思考，用一些比较过硬的材料去纠正"通识"中的偏颇，并对"指导思想"具体应用的"度"做出某些调整。例如，该书讲新文化运动内部有改良主义与急进的民主主义两种倾向，但认为在反封建方面这两者是一致的，都可以纳入新文学的传统，并非如当时和后来很长时期内的"通识"所说，是一开始就有什么"两条路线"的针锋相对；在评说 20 年代后期许多小资产阶级作家向无产阶级方向"转向"这一文学史现象时，张毕来也不是笼统歌赞"转向"皆好，而是实事求是地指出革命作家创作中的"主观主义"等弊病。因为尽可能做到论从史出，张毕来的文学史探求及其对新文学传统的阐释，就比当时其他同类著作显得有材料，有识见。

《新文学史纲》毕竟是 50 年代的产物，带有那个时代的特点，其构史的框架明显参照新民主主义政治史图式，有时也难免会用史实去照应和理解某些既定的观点。作者在自觉地跟进新的时代，想让自己著作体现"新思想"、"新方法"，但进入写作状态中，又不时对太过流行的看法保持一份清醒与谨慎。张毕来的文学史写作常常就处在矛盾与困扰中。

张毕来的《新文学史纲》仍带讲稿特点，"论"的成分比较重，重点作家作品的评介（如鲁迅、郭沫若）很充分，但论及面较窄，结构畸重畸轻，不够匀称。这是一部在新文学传统阐释方面比较放得开，力图独立思考，可惜又没有完成的著作。今天重读这部文学史，我们会特别关注其中所透露的 50 年代特定的时代氛围，以及流行的"苏联模式"如何影响与制约了对传统的阐释，作者在哪些方面又体现出要摆脱那种制约的企图，并体现为文学史写作中的非学术的"紧张"。如果接着读如下另外两种文学史，这方面的印象可能会更加深刻。

三 "新传统"阐释中的苏联影响

用"社会主义现实主义"作为梳理和阐述现代文学传统的视点，是当时一种通用的模式，这种模式来自于苏联，当时什么都向"苏联老大哥"模仿学习，文学史研究也是如此。当时最时髦也最常见的理论"标杆"，包括日丹诺夫关于社会主义现实主义的政策性的论述，季莫维耶夫关于文学史研究的观点、方法乃至体例，以及前面曾提到的《联共（布）党史》

的历史框架方法，当时都被看作是新进的具有典范意义的。现在我们讨论的丁易的《中国现代文学史略》，就是典型的"苏联模式"的中国产品，在一定意义上，这是一部更具有50年代典型时代特征的文学史，其"正统"的色彩也更为强烈。和王瑶、张毕来等文学史家比较，丁易在对现代文学传统的阐释方面，是更注重保证政治上的正确和"理论显示度"的。丁易从1951年起就在北京师范大学等院校讲授现代文学史，1954年到苏联莫斯科大学任教，当年不幸病逝，《中国现代文学史略》一书是他历年不断修改的讲义，属于未定稿，他过世一年后，到1955年才正式出版。可能跟作者在苏联讲学也有些关系，这本书所受"苏联模式"的影响也最为明显，其基本立论及方法、体例，也更能反映50年代前期现代文学研究和教学的一般路子。这是一本很政治化，代表学术主流，因而在当时实际影响甚大的著作。

平心而论，丁易的这本文学史也有一些论述比较到位，达到了当时研究的较高水平。如其中对"左联"传统的评价就比较客观，这当然也是梳理现代文学传统必要的工作之一。丁易认为"左联"是有贡献也有缺失的，在高度赞扬30年代革命文学成就的同时，又用较大篇幅指出其关门主义与机械论的倾向，批评"革命罗曼蒂克"创作风气的幼稚，并且试图挖掘文学思潮中所受苏联"拉普"的"左"的影响。如果细心阅读，可能会发现该书政治化的评判框架里边，也有一些与基本论断不太弥合的缝隙，透露出比较认真的考察。书中总是在竭力营造"战斗"的氛围，但有时也不忘引述一些比较公正实在的言论，添加少许学术味道。如谈到有关"文艺自由论"的论争的一节，一番大批判之后，对胡秋原、苏汶的所谓"反动性质"似乎已经定性，又特地提出并肯定冯雪峰《关于"第三种文学"的倾向与理论》中所表达的观点与立场，认为那是"平心静气，不躁不矜，可以说是一个总结"。其实冯的观点是对那些比较"左"的"大批判"观点的纠偏与平衡。丁易特别提到冯雪峰，也可看作是一种补充与平衡。丁易该书写于1957年"反右"之前，那时冯雪峰还没有受到清算，丁易对"左联"和革命文学运动的肯定与批评，也明显受到冯的有关论述的影响。

丁易这本书的出名主要不是因为对现代文学传统有某些到位的见解，相反，可能是因为那些并不精彩却很"正统"的所谓"大路货"，更因为占了"天时地利"的便宜。50年代中后期，王瑶的《中国新文学史稿》

已经受到政治性批判，张毕来的《新文学史纲》又没有写完，丁易这本比较"正统"色彩的《中国现代文学史略》就自然成了全国高校师生普遍采用的教材。

如何把"正统"油彩涂抹到现代文学传统上面，是五六十年代许多文学史家的工作。在 50 年代，新文学史教学的政治性本来就很强。而且，既然是写教材，要符合上级部门规定的"教学大纲"的要求，① 要考虑教学的实际需要，还要保证政治上的"正确"，这多方面的规范和制约，就决定了文学史教材的编写主要不再是"个人行为"，这和一般的个人选择的专题研究已经大不相同。事实上，当时以教材为主的文学史写作，编者大都是以"我们"的身份出现的，这个"我们"与读者不是平等对话的关系，而是"教化"的关系。就是说，编写者总是充当既定理论的诠释者与宣传者，一部文学史著作的成功，主要取决于对既定理论诠释的完满与丰富。个人的才华和识见并不重要，审美体验等主体性的切入有时还变得多余，于是"我"就在文学史写作中被隐匿或排挤，不再充当事实上的历史叙述者。如果说王瑶和张毕来的文学史中还多少保留有"我"的个人写作的角色特征，到了丁易，特别是刘绶松的文学史这里，作为文学史家的"我"的特色就更是被淘空，"正统"的色彩却越来越浓厚。

丁易的《中国现代文学史略》所代表的那种"正统"的写作姿态，以及对现代文学传统的基本判断，首先表现在其研究的指导思想上。他一提笔就声明文学史写作的政治理论背景，标示自己研究的出发点。这种类似表态的做法，先入为主地造成一种论辩的气势，在当年是一种常见的笔法。该书的"绪论"开门见山就先这样指出："中国现代文学运动是和新民主主义革命运动分不开的，并且血肉相连而成为新民主主义革命运动的一部分。这两者之间的关系，简单地说来就是：现代文学运动是为革命运动所规定，但是它又对革命运动起了一定的影响和推动作用，必须通过这种关系去考察中国现代文学，才可以看出中国现代文学的社会意义和社会任务。"② 这就表明他的文学史写作目标是如此明确，就是要说明现代文学

---

① 1950 年 5 月教育部颁布《高等学校文法两学院各系课程草案》，其中对"新文学史"课程内容作了明确的要求。随后，又组织老舍、李何林、蔡仪和王瑶等专家拟订了《中国新文学史教学大纲》，在各大学推广。

② 丁易：《中国现代文学史略》，作家出版社 1955 年版，第 2 页。以下所引该书的版本相同。

与革命运动的关系及其社会意义。这主要是从政治角度切入研究，从既定的政治观念出发，去理解和评说现代文学传统的性质。

这就是所谓"以论带史"，在50年代是司空见惯的思维方式。丁易在书的开头即引用毛泽东《新民主主义论》中有关中国社会与革命历史特点的论述，说明五四以后"中国革命性质"属于新民主主义革命。其思路是，按照"一定的文化是一定社会的政治和经济在观念形态上的反映"①这一观点，既然五四以来新文学发展是处在新民主主义革命的历史阶段，那么，新文学运动的特点也就为革命的性质所决定，就是"无产阶级领导的，统一战线的，人民大众的，反对帝国主义，反对封建主义，反对官僚资本主义的文学运动"。②

毛泽东的《新民主主义论》对中国革命的分析是经典性的，在现代革命史上毫无疑问占有极重要的地位。用这种理论作为文学史写作的观照，或者说是作为分析文学思潮与运动社会背景的思想指导，是必要的，但也不应当停留于简单的套用。丁易对文学运动的"定性"就径直套用了《新民主主义论》中对革命的定性，未免笼统。事实上，现代文学运动即使为新民主主义革命所"规定"，也不能说其本身就等于革命运动，它应当还有作为文学运动自身的质的规定性。文学毕竟不是政治的"等价物"，艺术生产有不平衡的规律。丁易起码忽略了这一点。他的文学史为了鲜明地标示其指导思想是来自《新民主主义论》的，为了突出政治性，便简单直接地以政治定性代替文学研究。现在看来，这种思维方式未免缺少学术的严整，但在当时却可能被视作方法上的明快，是一种进步的表现。从当今立场看，当时文学史家们讨论的现代文学传统实际上已经超出文学的疆域，而承担着关于民族国家的宏大的历史叙事。

丁易因赴苏联讲学，在苏联当时那种特别的语境中清理现代文学史，格外注意借鉴与运用"苏联模式"也是必然的。《中国现代文学史略》处理历史线索的确很明快，新文学发生发展过程诸多复杂现象被大刀阔斧地剪裁简化，就剩下一条"社会主义现实主义"的线索，于是整个文学史叙事就都围绕"社会主义现实主义"酝酿、发生与发展。该书的"绪论"就

---

① 毛泽东：《新民主主义论》，《毛泽东选集》第二卷，人民出版社1965年版，第688页。

② 丁易：《中国现代文学史略》，作家出版社1995年版，第10页。

表明其基本文学史观点，编者认为："中国现代文学，从'五四'发展到现在，它的主潮一直是现实主义，并且是朝着社会主义现实主义方向发展的。社会主义现实主义的方向，是'五四'以来中国文学运动的基本方向。"① 和前述张毕来的观点不同的是，丁易显然也了解五四新文化运动的发生基本上是靠资产阶级启蒙主义，很难认为是无产阶级领导的，但为了争取这个领导地位，丁易就启用了本质论者所惯用的所谓"从本质与趋向看问题"，硬是断定"社会主义现实主义因素"在五四时期已经起决定作用，后来随革命的发展，这"因素"越来越多，逐渐发展，成为主流。对现今读者来说，"社会主义现实主义"是个不容易厘清的宏大概念，其实在当初这概念的提出就比较模糊，在苏联就有多种不同的解释，30 年代后期这一概念传入中国，真正作为"创作方法"出现和应用于中国文坛，是50 年代之后的事。而在丁易这里，"社会主义现实主义"有时是创作方法，更多时候又是思潮。我们发现丁易的文学史和当时影响很大的苏联季莫维也夫的《苏联文学史》非常相像，季莫维也夫就是以"社会主义现实主义"作为叙史的主线。在这本文学史中，非常突出"高尔基和二十世纪初的文学斗争"，指认"高尔基在十月革命之前的道路是一条为社会主义现实主义而斗争的道路"，同时，"二十世纪初期的一切优秀作家都受过高尔基的有益的影响"。所以这部文学史就把高尔基作为中心，其他革命作家都围绕高尔基而展开，从而非常简明地清理出一条"道路"，就是奔向"社会主义现实主义"的主干"道路"。丁易显然也是竖起鲁迅作为中心，认定鲁迅的"道路"就是走向"社会主义现实主义"的"道路"，其他革命作家也都朝着鲁迅的方向行动。而"社会主义现实主义"与其他不同"主义"的斗争，很自然就成为丁易文学史关注焦点。丁易套用苏联理论模式来整合新文学，显示政治倾向的进步，有点为我所用，把"社会主义现实主义"实际表现的时间大大提前了，而且不太合"国情"。这种不惜剪裁史实去服从预设理论的做法，难免捉襟见肘，"硬伤"迭出。我们来看看一个典型的"硬套"例子。如该书第二章论评鲁迅小说，标题是《从彻底的批判的现实主义到社会主义现实主义》，其意是展现鲁迅创作"道路"朝着正确方向不断进展。50 年代文学界对"现实主义"情有独钟，好像什么都可以往现实主义这个箩筐里装。但当时普遍理解的现实主义分

---

① 丁易：《中国现代文学史略》，第 4 页。

为两个大的段落，其一是所谓"批判现实主义"，顾名思义是带有现实批判性的，更"进步"的就是"社会主义现实主义"，这被说成是历史的"必然"。丁易按照这一既定思路，就把鲁迅小说也做了这样两个不同阶段"现实主义"的阐释，认为早期《呐喊》中有些作品还只是批判现实主义性质的，而到后期就出现明显的"社会主义因素"。丁易把鲁迅《故事新编》中《非攻》和《理水》这两篇小说说成"已经是社会主义现实主义的文学了"。有什么"根据"呢？很空泛，无非就是一些"大词"命定，如"主题的积极意义和战斗性的强烈"，还有对反动派的"无情的攻击"以及对革命力量的"由衷的拥护"，等等。大概丁易也多少感到有些勉强，便又引用一位苏联汉学家的解释。他引用的是苏联汉学家波兹涅耶娃的解释，认为鲁迅写《非攻》时正是红军长征北上抗日，而写《理水》又正好是长征到达陕北，鲁迅致电祝贺，因此这两篇小说所歌颂的人物就是隐喻毛泽东和红军。① 以强化证实鲁迅写这些小说时的动机，是如何受到当时红军伟大行动的感召。无论如何评价鲁迅的小说，扯到"社会主义现实主义"恐怕都是风马牛不相及的。但类似的"硬套"的做法，在《中国现代文学史略》中比比皆是。这一类明显的牵强附会的论述为何能如此放任地写进文学史？这也因为有相应的接受氛围。② "社会主义现实主义"在50年代是理所当然的革命理论与方法，是从"苏联老大哥"那边传入的正统的理论模式，政治上又是代表"先进"的，所以，用来结构文学史也就显得前卫、明快，受欢迎。

文学史的叙述结构往往受文学史观的制约。这里可以做些比较。王瑶写《中国新文学史稿》虽然也主张政治评判，但还比较注重文学本位，所以叙史框架采用了以文体的发展为基本线索；而丁易的《中国现代文学史略》为了突出文学史与政治革命史的对应，干脆就把文学论争、思潮与革命作家的贡献连接起来，作为叙史的主干，阶级性分析在这里唱演了主

---

① 丁易虽然也觉得这种看法有点勉强，但还是用来支持自己的论断，即强调鲁迅作品有"社会主义现实主义"的性质。见《中国现代文学史略》，第195—196页。

② 丁易曾撰文《中国现代文学的社会主义现实主义方向的历史发展》（发表于《光明日报》1953年10月29日），其中就强调社会主义现实主义"是从五四以来就是朝着这个方向前进的"。该文影响颇大，曾作为重要参考文献收入50年代非常通用的《文学理论学习参考资料》（北京师范大学文艺理论组编，高等教育出版社1956年版）一书。

角。丁易的文学史其实就是文学论争史再加上鲁迅和几个革命作家的专论。这两大块在全书的体例上分为两大部分，前一部分（第二至四章）专论思潮论争，后一部分（第五至十一章）专论作家作品。这也有点仿效苏联季莫维也夫的文学史结构。季氏的《苏联文学史》就是强调"社会主义现实主义"在斗争中发展的过程，突出"论"的成分，把思潮论争和重点作家论放到极为显著的地位。其中高尔基就安排了4章，几乎占上卷的一半篇幅，加上其他革命的进步的作家如马雅可夫斯基、阿·托尔斯泰、肖洛霍夫和法捷耶夫各立一章，这就占去了全书的大半。丁易的文学史也大体如此。从其章节安排和各部分小标题的设计可以看出，为了贯彻阶级分析的原则，是格外注重文学界不同文学思想倾向、不同派别间的对抗与论争的。第一章到第四章的大标题全都标示出"斗争"，而其中各小节以斗争作小标题的就有14个，约占全部小标题总数的三分之一。这样鲜明地突出"斗争"，试图以此贯串历史线索，一部现代文学史就成为"文学思想斗争史"。此外，作家作品的评论，也完全变成政治立场的站队划线，所有作家一律按政治态度划为"革命作家"、"进步作家"或"反动作家"几大类，评价的等级依次递减。检验作家作品的"阶级立场与观点有没有错误"成为首要的程序。革命倾向的作家即使创作不足观，也要尽量拔高，给予充分肯定的评价。如果属于"敌对的阶级"或是有立场"错误"的作家，如胡适、陈独秀等，即使不能完全不提，也是放到次要的，甚至要挨批判的位置。

在写作立场和视点上以"阶级论"观察和处理文学历史现象，当然不失为一种明快的方法，事实上在现代中国的确有很多文学论争，都表现着不同的阶级性质与偏向，以此为切入点考察文学史也是一个重要的角度。我们也不能以为现在不时兴讲阶级斗争了，就完全否认阶级分析方法在特定研究层面上的可行性。问题是丁易的《中国现代文学史略》将"阶级斗争"在文学史上的斗争泛化了，弄得似乎无处不是"斗争"，什么都上纲上线，一切从政治角度作出评判，难免将复杂的文学史现象过于简化了。例如，第一章叙五四新文学运动，第二章叙左翼文学，都以专节介绍"鲁迅为首"的革命文学阵营如何和"反动"的文学倾向斗争。而事实上，新文学发难之时直到五四前后，以《新青年》为核心的新文学阵线，虽然成员间有不同的思想追求，有矛盾，但反封建、争民主、提倡新文学的大方向是一致的，即使是鲁迅与胡适，当时也还是合作得很好。五四新文学运

动的特点，并不如丁易的文学史所说的那样，其内部一开始就存在尖锐的
两条路线、两种倾向的斗争，而恰恰在于新文学阵线中各种思想个性不同
的成员能够在大方向之下比较完满的合作，这正是五四时代思想自由解放
的特征。30 年代左翼文学成为文坛的主流，政治上与当时的自由主义、民
主主义倾向的文学的确有矛盾，也有许多论争，但如果从新文学的整体性
看，如果不限于政治评判，不能不承认左翼文学与其他文学存在一种共存
互补的关系，但决不只是简单的"对立"关系。丁易的《中国现代文学史
略》因为紧扣住阶级斗争做文章，关注点只在于论争的材料，忽略了文坛
矛盾、对立之外仍可能有互动互补的状况，所以其史述就显得比较粗浅武
断。而且因为政治标准过于苛严，只是突出鲁迅和少量"革命作家"，许
多真正有文学成就的作家都被忽视或打入另册。这样，该书所能够肯定的
作家，就少之又少了。例如，在王瑶的《中国新文学史稿》中，虽然对沈
从文、徐志摩、林语堂、周作人等一类"立场暧昧"的作家已经有所批
评，但还是给予相当的评价；到丁易这里，就一律降为"反动文人"，只
有挨批的份儿了。①

　　丁易《中国现代文学史略》从文学史观到叙史框架方法，都明显受
到苏联模式影响，这样一部文学史在 50 年代受到欢迎，也有其时代
"理由"，这是可以作为一种精神现象来研究的。丁易这本文学史中的那
些机械论的庸俗社会学的缺陷，与其说是个人的，不如说是一种得到时
代普遍接受的思想简化，这可以称之为思想"简化症"，自然跟当时特
别重视意识形态政治化的价值专断有关。值得注意的是，这种思维方式
的"简化症"后来在刘绶松的《中国新文学史初稿》中发展成一套可以
更熟练操作的程式，甚至对整个现代文学研究与教学都起到一种规范与
导引的作用。

---

　　①　例如对沈从文的评价，王瑶的《中国新文学史稿》是放到《多样的小说》这
样比较中性的标题之下，主要认为沈从文是借着"陌生地方的神秘性来鼓吹一种原始
性的野的力量"，而且也"脱离了它的社会性质"，同时指出沈从文"文字的能力是很
强的"。而丁易的《中国现代文学史略》则是在《没落的资产阶级文学流派》这一批
判性的章节中，判定沈从文制造了"一个适合地主阶级的观念世界"，"十分露骨地表
现出作者浓厚的地主阶级意识"；至于写作技巧，也全盘抹煞，认为不过是表达某些
"低级趣味"，"企图通过这些小技巧来麻痹读者"。

四　学术生产体制化状态中的"正统"文学史观

50 年代甚至到 60 年代，现代文学学术成果主要形式就是教科书。当时比较专门的个案与专题研究是非常稀少的，另一方面，批判性的文章却连篇累牍。当然，这些大批判文章都是高度政治化的，往往与所谓学术性背道而驰。整个 50 年代，真正比较深入的作家作品专题研究文章并不多，而且集中在鲁迅、茅盾以及少数革命作家方面，特别是对一些所谓非革命阵营的作家，基本上没有研究，只能停留在贴政治标签的水平。因为基础性的个案研究太缺乏，又受到政治运动的反复影响干扰，在这种情况下急于编写文学史教材，自然就会陷入低水平重复。类似情况好像不止是文学研究方面有，其他领域亦有。著名的历史学家翦伯赞就曾经批评这种教科书翻来覆去改写，而缺少科学研究的状况，说这种办法只能把原有的内容加以新的编排而已，把"朝三而暮四"改为"朝四而暮三"，并不能增加什么东西，加起来还是等于七。[1] 我们可以把五六十年代以教科书编写为学术生产主要形式，看作是一种体制性要求，当时急于"立史"，急于教化，加上大批判风气，人们似乎很难静下心来做比较深入的研究，时代还没有给出这种做学问的条件。这种状况之下必然产生空泛、教条、浮躁的学风和贴标签、大批判的思维习惯，学术水平不可能提升，甚至只能往下走。这里我们就来考察一个"往下走"的个案。

我们选择刘绶松的《中国新文学史初稿》作专节论述，当然还有一个比较具体的目的，是希望能通过这一个案，回顾 50 年代的学术生产体制化状态，看所谓"正统"的文学史观如何作用于学界、对普遍的研究形成制约力的。该书 1956 年由作家出版社出版，[2] 那时已经过清算胡风等运动，本学科领域也批判过王瑶的《中国新文学史稿》，学界压力加大，

---

[1]　翦伯赞：《谈谈历史研究和历史教学的结合问题》，《光明日报》1959 年 6 月 19 日。

[2]　刘绶松：《中国新文学史初稿》上下两卷，1956 年作家出版社出版，1979 年作为高教部委托出版的高校文科教材，经过修订，改由人民文学出版社出版。其时刘绶松已经逝世，修订工作由武汉大学一些教员担任。主要是删改那些已经显得不合时宜的提法，基本内容框架没有变。本文凡引述刘著，均根据 1956 年的版本。

研究者纷纷往"正统"方面靠拢。刘绶松的文学史就是以极其"正统"的姿态出现的一部教材,其实际影响比丁易、张毕来的文学史都大。刘绶松文学史写作不像王瑶那样处在垦拓阶段,很多材料收集、框架确定都无所本,到了刘绶松写文学史,起码王瑶等前人已经做了大量前期工作,他的任务就是在原有基础上往"正统"方面拉。两相比较可以看到,刘绶松很多地方是变着法子借用与模仿王瑶的,另一方面又处处显示政治上与王瑶的距离。刘绶松的文学史很少新的发现,他做的工作就是按照政治标准,把"朝三暮四"改成"朝四暮三",然后贴上阶级分析的标签。如前所说,50年代的文学史写作一般都很注重政治表态和理论指导的明示,刘绶松的文学史也不例外。不过,他的"表态"更上升为明确的政治立场及适合操作的写作套式。当然,这也完全是以"我们"的姿态,而且是不容置疑的论战或裁判的姿态出现的。该书在"绪论"中即宣言研究新文学史必须具备几个"基本观念":一是"划清敌我界限",凡是"为人民的作家"、"革命作家",就给予主要的地位和篇幅,凡是"反人民的作家",就无情地揭露和批判;二是分别主从,即突出"社会主义现实主义"的主流;三是把对鲁迅的研究提到"首要地位"上来。这三个基本观念显然有"超越"王瑶等人的文学史的意图——当初文学界批判王瑶的《中国新文学史稿》,主要的"根据"也就是认为王著"敌我不分","主从不分"。这样,刘绶松写作此书的目标就很明确了:他力图让这部《中国新文学史初稿》更加政治化,更能显现新文学发展作为阶级斗争历史的"规律",也更加富于战斗性、批判性与排他性,总之,要能表现出经过50年代前期一系列政治运动洗礼之后的新的姿态。

该书的文学史分期完全依照政治史的办法,分为五编,即:第一编五四运动时期的文学(1917—1921);第二编第一次国内革命战争时期的文学(1921—1927);第三编第二次国内革命战争时期的文学(1927—1937);第四编抗日战争时期的文学(1937—1945);第五编第三次国内革命战争时期的文学(1945—1949)。这种分期完全依政治历史事件的发生发展为准。如1921年作为一个文学时期的界限,从文学史角度看并没有必要,但该书就是考虑中国共产党的成立这个事件,所看重的是政治因素。

为了突出政治意识,50年代的文学史写作是很注重思潮与论争的。王瑶写《中国新文学史稿》（特别是下册）时，已经受这种模式影响，也是采用先形势，后运动，再作品的三段叙史式，不过形势分析和文学思潮运动的评述还只起一种"纲要"的作用，所占的篇幅也很小（约占五分之一），主要的篇幅（约占全书三分之二）仍是创作现象的介绍和评论；叙文学思潮运动时，也还不是作硬性的政治评判，仍处处照顾到文学运动自身发展的内在关系。到丁易写《中国现代文学史略》，所采用的虽是文学运动思潮与文学创作两大块组接的方式，但其研究模式更明显表现为"先形势，后运动，再创作"的三段式，而且对形势、运动的评析占去三分之一篇幅，比王瑶的《中国新文学史稿》又往政治化进了一步。到刘绶松的《中国新文学史初稿》，三段式的思维模式就更加成型，也更是突出政治了。该书共 697 页，专述政治形势、运动与思潮的 275 页，占 40%，几乎占了一半，这还不包括在评析创作时介绍相关政治运动和思潮的篇幅。这也可以看出，从 50 年代初王瑶的《中国新文学史稿》，到 50 年代中后期刘绶松的这本《中国新文学史初稿》，现代文学的治史模式是越来越政治化，也越来越僵化与简单化的。

　　高度意识形态化状态中的学术体制，并不欢迎学术个性的张扬，所喜欢的不过是令行禁止，舆论一律，学术生产最好能模式化，批量化，且易于传播推广。50 年代的文学史写作也是体现这种"学术生产"特征的。从书的整体格局看，刘绶松的《中国新文学史初稿》比张毕来、丁易的文学史要显得完整，自成一体，或者说，初步建立了一套能强使一切文学史因果解释最终归入政治的概念系统，三段式的叙史模式比较定型。这就使文学史的教化性与宣传性大为突出，也易于操作，易于推广，所以对后来（主要是 50 年代后期到 60 年代）的新文学研究包括对现代文学传统的理解影响更大。1958 年"大跃进"之后，文学史写作越发转向"集体编著"的"生产"方式，许多现代文学史的基本格式和概念都是取法于了刘绶松这本《中国新文学史初稿》。问题是，刘绶松治文学史的思维模式不光体现于体例结构，更在以论代史的"大批判式"的研究姿态上。具体到对作家作品的评价，则是：以政治定性代替文学评判，对作家只注重阶级分析，依其政治态度站队划线，严格区分敌我，凡是在现实政治生活中已被判定为"反动的"，不管其历史上表现如何，对新文学是否有贡献，创作上有无特色，一律以人废言，全盘否定，或尽量压低其在文学史上的位置，把他们挤出现代文学传统。例如，谈论新传统，无法绕开胡适，但按现实政治的评判标准又只能将其视为"买办文人"，"资产阶级右翼知识分子"，所以对其作为文学革命先驱者的角色也就一笔抹煞，基本否认，挤出现代文学传统。在讲述"文学革命的倡导"时，书中只以100多字的篇幅约略提及胡适关于"文学革命"的"八事主张"，不是肯定其历史功绩，相反，是为了揭露其态度"十分软弱"。而评说五四文学革命的"消极因素"时，则又专辟一节，[①]集中批判胡适的"改良主义"，指责胡适的文章"八事"和"国语的文学"的主张是"形式主义"，而其为新文学产生找根据的"历史进化论"是阉割了革命进步精神的庸俗观点，目的在于抹煞文学革命反封建的战斗内容，等等。甚至指责胡适的这种"改良主义"的文学观点根本没有任何进步意义，只能和"以社会主义思想为领导的文化革命相敌对"。这种评析，完全按照50年代批判胡适"反动思想"运动中定的调子来裁定历史，因人废言，并不符合历史唯物主义的原则。而且这些任意剪裁历史的做法不能不造成书中立论的自相矛盾。例如，前面大批胡适的"文学进化论"，而当讲述"学衡派"如何攻击新文学运动时，[②]又不能不承认"学衡派"诋毁胡适的"进化论"也是一种封建复古行为，逻辑上陷于混乱。

该书也和丁易的文学史一样，明显受当时苏联官方文学观点的影响，即力图按照"社会主义现实主义"来串讲文学史，解释新文学传统。于是"新传统"就简化为社会主义现实主义传统。书中将1917年到1949年的几个文学发展阶段依次解释为"社会主义现实主义"文学传统的萌芽、逐渐发展、迅速发展、成为主流和取得胜利等五个时期，并以"社会主义现实主义"所强调的革命功利标准来衡量不同时期的作家作品与文学现象，判定其革命或反动，进步或反动。真正属于文学的情感、想象、形式感等创造性的审美因素全都被用政治"意义"的围栏圈起来，文学的个性与灵性全要面对僵硬的权威主义的审判。于是，那种非常政治化的标准势必造

---

① 参见刘绶松《中国新文学史初稿》第二章第二节"文学改良主义者的主张"，主要批判胡适"一开始就宣传了帝国主义的发动文化观点"，成为"文化上向中国人民凶恶进攻的发难者"。

② 参见刘绶松《中国新文学史初稿》第二章第三节"与封建复古主义者的斗争"。

成传统处理上的苛求，牵强附会的批评比比皆是。① 如对老舍《骆驼祥子》的评价，认为是老舍作品中最优秀的一篇，但所看重的是对旧社会的揭露以及对集体主义的向往。同时认为小说中安排祥子的堕落的结局"是不真实的，不应该的。故事的结尾太低沉了，太阴惨了"。② 对作家"应该"写出什么"不应该"写什么指手画脚，诸多苛求，其实并不符合该书所主张的历史唯物主义的原则。脱离具体的历史条件去苛求历史，常常会出现僵化甚至可笑的见解。如当谈到五四新文化运动统一战线的"缺点"时，指责其"组成部分还只限于知识分子，没有工人和农民参加"，③ 更是一种把现实观念强加于历史的例子。

在刘绶松的文学史中已经很难见到"文学"，研究者审美的、个性的思考几乎已被摒弃殆尽，他的一个贯穿动作无非就是把丰富而充满创造灵性的新文学历史痛快地塞入政治这张"普洛克路斯忒斯之床"。研究态度的教条、拘谨与僵硬，极大地损害了书的学术价值。然而，因为该书（前面所述几种文学史也同样）比较适应接受机制，能满足特定时期社会文化消费的特殊需求，或者说，人们普遍还是能够并乐于分享这些政治化的文学史想象图景，所以该书尽管现在已不忍卒读，当年可是影响甚大，一版再版，直到1979年，仍然作为"高教部委托出版的高校文学教材之一"出版。看来构成文学史的价值判断以及传统的解释真是具有历史的可变性，揭示这些传统判断与社会意识形态的密切关系，是有价值的学术工作

---

　　① 例如，戴望舒的一首诗《烦忧》，"说的是寂寞的秋的清愁，说的是近远的海的相思"，无非是表达某种迷离的莫名的感情，也并非戴的代表作。刘绶松就硬是指斥这是"一种不可告人的无名的烦忧，这种烦忧充塞在戴望舒的生活和思想里，也充塞在他刻意经营的诗篇里"。又如，胡适写过一首《人力车夫》，表达人道的同情，主要是试验白话诗。刘绶松却认为"这首诗以对劳动人民浅薄的同情为幌子，但骨子里却充满了毒素，他起到的是模糊阶级意识，缓和阶级斗争的反动作用"。这就叫上纲上线。即使对革命作家，这种裁判式的批评也往往不顾历史的常识。例如，书中对郭沫若的《女神》有高度的评价，充分肯定其"具有社会主义的因素"，但又认为郭沫若诗歌中"过分神往于人和自然统一的物我无间的境界，而没有把自然看成是人类斗争的对象"。对郭诗颂赞"二十世纪的名花——近代文明的严母"表示遗憾，不满其没有写出"资本主义文明外衣掩盖下阶级的矛盾和斗争"。见刘绶松《中国新文学史初稿》，第151页。
　　② 参见刘绶松《中国新文学史初稿》，第374页。1979年修订版对此有修改，删去了指责作品"不真实"、"不应该"的一些话。
　　③ 参见刘绶松《中国新文学史初稿》，第32页。

之一。

　　梳理现代文学传统阐释的"变体链"，应当关注 50 年代中期出版的这几部现代文学史。这些论著在推进现代文学这一学科的建立，并将现代文学研究与教学结合方面，都作出了一些贡献。但是又都程度不同地受到史学界"史观派"潮流以及苏联当时"正统"的文学史观念的影响，即特别注重运用"社会主义现实主义"的标准来衡量作家作品，用阶级分析方法考察文学历史现象、界说现代文学传统，表现出浓厚的政治化色彩。从现在的眼光看，这一阐释环节未免偏至和幼稚。不过这几部文学史都诞生于新政权建立不久、知识分子的精神面貌仍比较活跃的时期，著者使用新方法、新思想去研究新文学史，处理新传统，大都还是抱着追随真理的态度。那时，能在学术研究中多少体现出马克思主义的新的眼光，新的角度，就会被视为学术上的先进姿态和革命的表现，这种学术上的求新，对当时的许多研究者来说都还是比较真诚的。新理论、新方法，包括时髦的思维模式，可能部分已经转为他们自觉的意识，部分还只是新鲜模糊的感受，部分是为非学术因素所迫而被动地接受的，不管每个人各部分接受的程度如何，他们所共同的，都是在迅速变换自己的立足点和概念体系，而且都自信能够站到一个新的思想高度去俯瞰文学史事件的川流。如张毕来、丁易、刘绶松，更早的还有王瑶，等等，都有这种治学的心态。他们由于都是初步学习和运用新方法、新思想，对马克思主义仍缺乏深入的了解，加上又受当时苏联比较僵化的研究模式的影响，在急用新学的情况下，就很容易产生教条主义的生硬毛病。所以这几部文学史对新传统的阐释都有生搬硬套马列词句、用政治分析代替艺术评价和以论代史、以现实原则强行剪裁历史等弊病，都程度不同地表现出粗暴的"政治沙文主义"。

　　这些文学史大同小异，都在共同建构一种关于现代文学传统的新的知识体系，并且已经顺利地纳入当时的教学与学术的生产体制，在"消费"过程中发生实际影响，影响着人们对文学经典、历史与传统的理解，甚至影响着人们的阅读方式。他们著作中的通病，也许在"同时态"的那种急进的政治氛围中，还不易引起人们的警觉，没有招致普遍的反感，人们还比较宽容甚至赞许这些以新进面目出现的文学史。到 50 年代末和 60 年代初，经过"反右"以及"大跃进"等政治运动，这些著作中的学术弊病更发展为一种顽症，并严重扼杀了研究者的学术个性，现代文学的研究表面上仍然很热闹，是显学，实际上几乎成了政治斗争的附庸，学科发展受到严重干扰，现代文学传统的阐释也日益走上歧途。

1957 年的"反右"运动是当代思想史、政治史的一大事件，严重挫伤知识分子的心态；紧接着就是 1958 年"大跃进"，各行各业"放卫星"，一方面绷紧"阶级斗争"这根弦，"大批判"的思维笼罩一切，另一方面则是所谓"解放思想"，"人有多大胆，地有多高产"，制造了普遍的浮夸风。这种非常态的社会风气立即反映到文学史的写作之中，自然也影响到对于新传统的评介。如果说，50 年代前期刘绶松等撰写的多种文学史已经出现僵硬的"阶级分析"和"大批判"的姿态，那么到这时则是变本加厉，愈演愈烈了。在这种风气中起到推波助澜作用的是"集体写作"，这是当时最具有代表性的一种文学史叙写方式。我们不妨把它看作是一种特殊的学术生产体制。由于主流意识形态加紧实施其话语权力控制，学术生产强化"现实政治服务"的功能，在这种时潮下，学术研究尤其是人文社会学科的研究就越来越服从体制化管理，学者多半把学术研究当作"任务"，甚至主要是代表阶级与党派发言，研究过程只能淡化个人色彩，突出所谓"公认"的观点，文学史叙写的人称也就由"我"变成"我们"。加上 1957 年"反右"运动所煽起来的"大批判"风气，以及在"大跃进"中形成的蔑视权威突出"群众创造一切"的风气，"集体写作"日益成为一种主流的文学史生产方式，对"新传统"的僵硬的阐释与这种方式密切相关。

1958 年夏，紧接着"反右"运动而起的是所谓"拔白旗，插红旗"的双反运动。在文化教育部门，针对"资产阶级知识分子"展开大批判。许多大学一方面组织批判学术权威，另一方面就提出所谓"破除迷信，解放思想，占领科学阵地"，用群众运动和"大跃进"的方法来"重新"编写文学史，阐说"新传统"。在很短的时间内，就出现了一批由学生为主体集体编写的文学史。当时影响比较大的有复旦大学中文系学生编写的《中国现代文学史》① 和《中国现代文艺思想斗争史》②，吉林大学中文系和中国人民大学语文系师生分别编写的两种《中国现代文学史》③，此外，

---

① 上海文艺出版社 1959 年出版。
② 上海文艺出版社 1960 年出版。
③ 吉林大学中文系师生编写的《中国现代文学史》第 1 册由吉林人民出版社 1959 年出版，第 2、3 册 1960 年出版。中国人民大学语文系师生编写的《中国现代文学史》1961 年出过"内部发行"的版本。

还有北京大学中文系师生也编写过一部现代文学史①。这些著作的共同特点，就是极端政治化涂抹加上大批判的"浮夸"，完全谈不上学术规范与学理探讨，也完全摒弃任何个人化的学术个性，纯粹就是"政治路线指导下的集体写作"。大学一、二年级学生，甚至还没有接触多少现代文学作品与史料，就大批判"开路"，按照既定的政治调子去论说文学史，去扳倒他们的老师和所有学术权威，奢谈传统。这种集体写作现象在后来的"文化大革命"时期，又再次成为潮流，狂热、偏执和极端化现象愈演愈烈。现在回头看，这些"大跃进"的成果一无学术建树可言，但"集体写作"作为一种特殊的文学史生产模式，作为一种在现代文学传统的阐释与处理方面曾经影响巨大的思潮，还是值得认真"对待"，并作为一种特别的文化现象来研究的。

---

① 北大中文系这本集体编写的文学史由作家出版社印过"征求意见本"，未正式出版。

当代文学史写作方式的有关思考

张志忠

近年来，中国当代文学史的写作和出版，成为一种轰轰烈烈的现象，出现一个新的热潮。笔者关注到的就有：刘锡庆主编《新中国文学史略》，於可训《中国当代文学概论》，王庆生主编《中国当代文学》（修订本），陈思和主编《中国当代文学史教程》，洪子诚《中国当代文学史》，陈晓明主编《现代性与中国当代文学转型》，孟繁华、程光炜《中国当代文学发展史》，董健、丁帆、王彬彬主编《中国当代文学史新稿》等①。据有的学者统计，到 21 世纪之初，中国当代文学史问世已经有 60 余种。② 究其原因，一是随着时间的向前延伸，具有开放形态的中国当代文学史，需要不断地将新的文学现象和作家作品补充进来，二是随着高等教育的规模扩张，在校学生数量的剧增，编写新的教材，也成为可能在文化和经济上双赢的事情；最重要的则是，改革开放 30 年，人们对当代历史和当代文

---

① 刘锡庆：《新中国文学史略》，北京师范大学出版社 1995 年版；於可训：《中国当代文学概论》，武汉大学出版社 1999 年版；王庆生：《中国当代文学》（修订本），华中师范大学出版社 1999 年版；陈思和：《中国当代文学史教程》，复旦大学出版社 1999 年版；洪子诚：《中国当代文学史》，北京大学出版社 1999 年版；陈晓明：《现代性与中国当代文学转型》，云南人民出版社 2003 年版；孟繁华、程光炜：《中国当代文学发展史》，人民文学出版社 2004 年版；董健、丁帆、王彬彬：《中国当代文学史新稿》，人民文学出版社 2005 年版。

② 孟繁华、程光炜《中国当代文学发展史》："当代文学史进入'历史'的叙事，已有四十多年的时间。《当代文学史》的写作已经出版了六十多部。通过这些著作我们可以明确看到，当代文学是处于不断'建构'和'重构'的过程之中。这个有趣的现象不止表明当代文学学科的'发展'或'进步'，同时它也从一个方面表达了当代文学史家试图重构的意识形态性质和功能。"人民文学出版社 2004 年版，第 4 页。

学的认识，对文学观念的不断调整，正处于最为活跃的时期，新的理论和研究路径的出现，相互间的应和与论争，新见迭出，议论风生，个性化的文学史观念激活了人们的创造性。

多种中国当代文学史的写作，从文学史分期和文学史实的描述，到经典作家作品的认定，彼此间的差异是最大的，是最缺少稳定的框架、最缺少基本的价值认同的。有人以为这是当代文学研究界的重要缺憾，我却认为，这正是当代文学研究的特质和魅力所在。依照目前的划分方法，中国当代文学史，起源于20世纪40年代末，下端则不断地向前延伸，连接昨天、今天和明天，总是处在一种活跃多变之中。我们追溯它的既往，心目中考虑的，总是针对当下的社会历史进程，针对人们对现实的思考，寻找解决社会性的难题的历史经验教训，以及表述这一进程中的时代变迁和社会情感的文学现象的经验教训，进而为文学史写作提供新的焦点和重点。换言之，当代文学史的研究者，经常会带着对社会现实的密切关注、与文学现状对话的激情，去撰写自己的文学史。现实的启示，现存的困惑，现行的理论，都成为其命笔为文的触发点。比如说，正是意识到当前随着社会财富分配不公造成的两极分化趋势的急剧扩大，城乡之间、市民和农民工的生存现状的云泥之别，现代工业带来的环境污染、生态恶化，以及人们的精神生活的日渐平庸和低俗化，文学却逐渐退出人们的视线，逐渐陷入自洽化、小圈子化，或者一味迎合市场需要和商品化的陷阱，忽略对社会对大众的人文关怀，才会有不少学者追问80年代曾经标榜和盛行一时的"纯文学"追求的偏颇和失误，才会呼唤文学的社会关怀精神的归来。

与此同时，这种众语喧哗的状态，也暴露出一些值得关注和讨论的学术话题。

一 学术创新追求与二元对立思维下的文学史框架

综观前述诸家的当代文学史，群雄逐鹿，异彩纷呈，其中最引人注目，最具有争议性的话题，集中在对于"十七年文学"以及"革命样板戏"的评价上。新中国建立的最初十七年的文学，在今人眼中，显然是复杂难辨、意味深长的。一方面，"十七年文学"与五四时期的文学、与30年代左翼文学和40年代延安文学的关系，有待于进行深度的开掘和探讨；另一方面，它又和"文革文学"形成扑朔迷离的关系："十七年文学"以一系列的批判运动为"文化大革命"时期的极左文艺思潮提供了必要的前提，同时，它自身又成为"文化大革命"极左文艺思潮彻底清算的对象，成为后者最为暴烈的受害者。在70—80年代之交的拨乱反正时期，对"文化大革命"的基本判断，是作为社会进程和文学进程的大逆转，所谓拨乱反正，在很大程度上是要返回到"十七年"的"正常轨道"上，对在"文化大革命"中曾经遭受粗暴批判的作家作品恢复名誉、落实政策。到80年代中期，在现代主义文学思潮兴起和"重写文学史"的声浪中，"十七年文学"的代表性作家赵树理、柳青等再次遭到来自以"审美尺度"为评判标准的严厉批评，并且在此后一段时期里受到学界的冷遇。1999年，洪子诚的《中国当代文学史》（以下简称"洪著"）和陈思和主编的《中国当代文学史教程》（以下简称《教程》）先后问世，而且，不约而同地，都在重新阐释"十七年文学"上用力甚勤，而且作出了新的判读，打开了新的学术视野，引起了学界的关注和兴趣。此后，在中国当代文学研究中，出现了一股"十七年文学"和"文革文学"的研究热潮，尤其是在近年的硕士博士论文选题上。① 2005年问世的董建、丁帆、王彬彬主编的《中国当代文学史新稿》（以下简称《新稿》），也在"十七年文学"的评析上，见出自己的锋芒。

　　与此相关的，是这些文学史著的学术创新追求与其二元对立思维所造成的内在矛盾。

　　这些论著都力求进行新的理论建构，用新的眼光发现新的视野，对"十七年文学"作出了新的评述。"洪著"采用"一体化"和"多元化"的视角，以中心化和边缘化为两个着力点，考察50年间的中国当代文学，将其划分为上编和下编两个部分。上编主要描述从左翼文学和延安文学延续和强化而来的，在现实政治的强大操控下，由作家组织、出版机制、批评和批判等方面形成的特定的单一的文学规范如何取得绝对的支配地位，以及这一文学形态的基本特征；下编揭示这种支配地位在80年代的崩溃，以及中国作家"重建"多元化的文学格局所做的艰苦努力。在这里，还原历史语境和重现当代文学的基本运动形态的努力，使得"洪著"具有了福

---

　　① 在笔者参加的一次博士论文答辩会上，据北京大学中文系的教师讲，研究生毕业论文选题近年来集中在"十七年文学"研究上，相反，曾经被认为是代表了中国当代文学的正面姿态的80年代文学研究却遭到冷落。

柯所言"知识考古学"的意味，获得了高屋建瓴的气度。从"一体化"的角度描述"十七年文学"和"文革文学"，凸现了常规的文学史很少涉及的文学生产机制，从文学生产方式的角度给"十七年文学"以重要的位置。"洪著"在"前言"中写道："某些生成于'当代'的重要的文学现象、艺术形态、理论模式，虽然在'审美性'上存在不可否认的阙失，但也会得到应有的关注。因此，本书并不打算过多地压缩'十七年文学'和'文革文学'部分的篇幅，但会试图对这些现象提出一些新的观察点。"① 《教程》的着眼点，是文学所蕴含的中国现代知识分子的人文传统，"20世纪文学仅仅是现代文学的第一个阶段而已，它所隐含的现代知识分子的人文传统，就仿佛是一道长长的河流，我们这几代的研究者做的是疏通源流的工作，让传统之流从我们这一代学者身上漫过，再带着我们的生命能量和学术信息，传递到以后的学者那儿去。这样通过以后几个世纪的知识分子的努力与实践，才可能总结出一种在现代社会环境下的人文传统，使知识分子找到一个既能发挥独特的专业知识特长，又能履行知识分子在现代社会环境下的社会责任的位置"。② 为此所特意拈出的关键词，"潜在写作"、"民间立场"，用意很明显，在秉持独立的人文立场的知识分子写作遭到压抑、无法公开发表作品的时候，他们采用了个人化的私下写作，为时代留下了精神写照；"民间立场"则为他们提供了思想和艺术资源。这两个向度，为被看似贫乏苍白的"十七年"文学史提供了一批新的作家作品，使之得到充实，也给如何重评被"政治标准第一，艺术标准第二"的时代准则扭曲的作家作品提供了新的标准。《新稿》指出，为了使历史"链条"中的各个环节合乎逻辑地衔接起来，必须有一个基本的价值判断的标准，这就是人、社会和文学的现代化。"人的现代化，主要指人的个性解放与思想解放，人的自觉的现代意识的树立；社会的现代化，主要指现代公民社会即民主社会的建立，实现一系列与人的现代化要求相联系的社会制约；文学的现代化则是指脱离'文以载道'与'工具论'的束缚，实现文学的自觉，创造出以人性与人道主义为本的'人的文学'。"③ 这样

---

① 洪子诚：《中国当代文学史·前言》，北京大学出版社 1999 年版，第 Ⅳ—Ⅴ 页。

② 陈思和：《中国当代文学史教程·前言》，复旦大学出版社 1999 年版。

③ 董健、丁帆、王彬彬：《中国当代文学史新稿》，人民文学出版社 2005 年版，第 10 页。

的文学主张，意在重返五四新文学"人的文学"的价值立场，这一重返可能不算 21 世纪的新创，但是，将其贯穿在中国当代文学史的写作中，却是一种学术创新，从人性解放的角度看待"十七年文学"和"文革文学"，《新稿》将其许多内容都看作是反人性的，这也为《新稿》的批判姿态增添了强大的思想资源和历史背景。

这样的文学史观，个性鲜明，具有很强烈的创新意识，却也要冒很大的风险。现行诸多文学史所表现出来的新的二元对立模式，其所依托的理论资源各有所本，体现出来的二元割裂和对立，预设一种二元对立的理论框架，按照这种设定，以正题、反题的对立方式展开，却是大同小异的。这样做的好处是主线突出，眉目清楚。缺憾在于：这种设定，在某种意义上，仍然是旧模式的翻版。先前的文学史写作，曾经强调过阶级斗争和社会主义革命，以"阶级性"否定人性和人道主义，以"社会主义革命"排斥"资产阶级"和"小资产阶级"的劣根性；现在使用各种主题词，如"一体化"与"多元化"，"现代知识分子的人文传统"与"主流意识形态"，"现代性"与"非现代性"、"反现代性"，"启蒙主义"、"人的解放"与"反人性"、"工具论"等，但是，两者的共同处都在于确立一个对立面，褒贬分明，是今非昨。而且，有限的理论终归难于处理丰富的文学现象，在对作品的阐释上，要么是削足适履，迁就理论，在运作中往往会过滤掉许多无法用有限理论加以把握的文学现象；要么就是表现出理论框架与具体叙述之间的"裂隙"和"断裂"，产生自相矛盾和自我颠覆。

或许，造成这种富有创新性的文学史叙述的困顿的，来自于黄子平所言的"片面的深刻"。就像作战那样，首先要夺取一两个突破口，然后才可能扩大战果，决定全局。追溯起来，黄子平、陈平原、钱理群的《论"二十世纪中国文学"》①，提出"二十世纪中国文学"的概念，其目的是将当时存在的"近代文学"、"现代文学"和"当代文学"各自分离的研究格局加以"打通"，从整体上加以把握。其基本构想是："走向'世界文学'的中国文学；以'改造民族灵魂'为总主题的文学；以'悲凉'为基本核心的现代美感特征；由文学语言结构表现出来的艺术思维的现代

---

① 钱理群、黄子平、陈平原：《论"二十世纪中国文学"》，《文学评论》1985 年第 5 期。

化进程；最后，由这一概念涉及的文学史研究的方法论问题。"这个命题的提出就是建立在二元对立的基础上的，它的对立面就是以政治理念和历史时段为依据和尺度的文学史著述："'二十世纪中国文学'这一概念首先意味着文学史从社会政治史的简单比附中独立出来，意味着把文学自身发展的阶段完整性作为研究的主要对象。"这样的新的文学史观念，引发了80年代中期以来的"重写文学史"和90年代末期以来的诸多当代文学史的写作，但是，却也表现出对20世纪中国文学的片面和割裂。王瑶先生当年就曾经质问自己的学生："你们讲20世纪为什么不讲殖民帝国的瓦解，第三世界的兴起，不讲（或少讲，或只从消极方面讲）马克思主义，共产主义运动，俄国与俄国文学的影响？"① 即以被他们一再引为典范的鲁迅的文学创作为例，鲁迅固然提出"改造国民性"的主张，却也强调过民族的自信心，强调过要善于发现民族的脊梁；他的《狂人日记》、《药》、《祝福》等确实"忧愤深广"，充满"悲凉之气"，但《孤独者》、《野草》、《故事新编》却远远不是"悲凉"二字所能概括的；前者充满了五四新文化运动初期的那种激昂慷慨、凌厉进取之势，后者却是于"五四"退潮之后的自审自剖的产物，前者是呐喊，后者是彷徨，前者是启蒙者的高调警号，号召人们起来打破令人窒息的铁屋子，后者是对鲁迅自身、对启蒙者自身、对现代知识分子自身的心灵拷问，个中况味，岂止是"悲凉"二字。何况，从巴金、曹禺、张恨水到沈从文、赵树理、王蒙、金庸，从郭沫若、戴望舒、何其芳到穆旦、食指、舒婷，其创作风格更难以作出如此简单的描述。

时隔20年后，钱理群和黄子平分别作出深刻的反省。面对当下权力、金钱和高科技的紧密结合给思想、文化、人的生存和精神造成的压迫，钱理群自省说："当时我们提出二十世纪文学这个概念的时候，其实也带策略性的，正是为了打破文学史和政治史等同的事实。应该说这种提法，我至今还是觉得，是有意义的问题，决不是假问题，而且在生活中起了积极的作用。但是，今天回过头去看，你强调纯文学是遮蔽了一些东西，遮蔽了什么东西呢？其实，当时我们提出这个概念本身就是对那种政治性的反抗。但就理论来讲，它遮蔽了实际存在的文学与政治的关系。因此，到了

---

① 李杨：《没有"十七年文学"与"文革文学"，何来"新时期文学"》，转引自"文化研究网（http://www.culstudies.com）"。

90 年代，当然也因为内在的各种矛盾的暴露，现在越来越看得清楚：我们的文学受到了权力和资本这两者的影响，而且这权力和资本它又是和最新的科学技术结合在一起的，它们互相纠缠着，互相渗透着，形成一种强大的力量，形成对文学，对整个思想，整个社会发展的巨大压力。我们必须正视这样一个现实。在这样的情况下，原来我们要强调纯文学观念而被其遮蔽的东西就引起了比较广泛的注意。"① 钱理群还明确提出，这一命题导致了对 30 年代左翼文学的遮蔽，进而反省当年将其排斥出 20 世纪中国文学的错误态度。

遗憾的是，这种片面化和二元对立思维，却不加反省地被后来的文学史写作者所承续。昌切曾敏锐地指出："洪著"中的一对关键词"一体"与"多元"仍然是一对二元对立范畴，显示文学史没有能够真正摆脱 80 年代的"启蒙立场"而进入真正意义的"学术立场"。② 针对《教程》强化"潜在写作"的文学史价值而排斥和否定传统的文学史对"经典作品"的叙述，李杨指出："这样的文学史很难说具有真正'完整的'文学史意义，我们完全可以将其理解为另一种形式的'空白论'，如果这种'盲视'并不是文学史的写作者的主观选择，那么就一定是写作者采用的文学史方法存在问题。"③ 还有，洪子诚与陈思和都将"审美主义"和"纯文学"固定为文学的本质。他们都不约而同地将"十七年文学"和"文革文学"视为"一体化"的和"反文学"的。这样一种看法体现在其"二元对立"的文学史叙述结构上。王光明在"洪著"的书评中指出，"一体化"这样的概念无法完整有效地把握中国当代文学史。④ 在已有的诸多批评之中，我愿意增加的追问是：界定"一体化"和"多元化"的界限何在？我们现在真的实现"多元化"了吗？真正实现和"一体化"同等意义上的"多元化"了吗？还有，所谓"民间"，真的是拯救文学的灵丹妙

　① 　钱理群：《重新认识纯文学》，"文化研究网站" http：//www. culstudies. com/rendanews/displaynews. asp？ id＝2339。

　② 　昌切：《从启蒙立场到学术立场》，《文学评论》2001 年第 1 期。

　③ 　李杨：《当代文学史写作：观点、方法及可能性》，《文学评论》2000 年第 3 期。

　④ 　旷新年：《"重写文学史"的终结与中国现代文学研究转型》，778 论文在线 http：//qiqi8. cn/article/24/27/2006/2006100312455_ 3. html。

药，还是一种以不变应万变的叙事策略？①

二 历史真实和文学真实：如何接近

文学史写作的另一个难题，是如何处理历史的叙述和叙述的历史的关系。中国当代文学所依托的同一时期中国历史，由于种种原因，并没有完全地袒露在太阳底下，仍然有许多疑点和困惑，确认历史真实的标志是什么？历史现象的真实和社会心理情感的真实之间，并不是完全重合的，否则后者就没有存在的必要，文学史家所要处理的，恰恰是后者在文学作品中的折光，它和历史现象的真实之间的差异和矛盾应该如何处理？还有，作为社会心理情感，同时具有群体性和个人性，进入作为社会个体的作家的创作过程，它们的关系就为复杂缠绕，扑朔迷离。在当下的学术视野中，许多时候，人们把这种作为客体的历史现象加以文字描述的"历史"，包括文学史，都看作是描述者的一种叙事，它离历史的本真，隔了三层面纱。反观我们的文学史，仍然是以真实性为其前提，这不能不让人追问：哪一个是历史？哪一种是真实？

举例来说，《新稿》所标举的文学史价值尺度是"人的解放"、"人性和人道主义"。问题在于，这一命题在具体的文学史叙述中很难贯彻，除了在批判"样板戏"时采用了"反人性"的字眼，在全书中，很难看到这一主线的存在和体现。恰恰相反，在思想性和艺术性方面，《新稿》的评

---

① 陈思和在《中国当代文学史教程·前言》中，以从小说《李双双小传》到电影《李双双》为例，阐述了他的"民间"如何赋予《李双双》以艺术价值：小说《李双双小传》本是为歌颂农村"大跃进"而作，在当时的形势下也得到了一片叫好声，可是待其准备拍摄电影时，"大跃进"的弊病已经暴露无遗，作品所歌颂的大办农村食堂已经破产，作者临时改变原小说的内容，结果拍成了一部描写夫妻之间性格冲突的喜剧电影。不说这部作品对当时错误路线的歌颂，也不说它在艺术上可能对农村真实生活的歪曲性表现，只说它在喜剧创作手法上，却是成功借用了民间喜剧艺术，《二人转》等男女二人打情骂俏的表现形式。李双双和喜旺夫妇的矛盾冲突，使原始的民间喜剧艺术贯穿了时代的大主题。这样的阐述貌似有理，却经不住推敲。《李双双小传》写的是农村生产队的办食堂，《李双双》写的是农村"按劳计酬"计算工分制度的建立和完善，所谓描写夫妻之间性格冲突的喜剧，不是《李双双》所专有，在小说原作中就有充分体现。电影导演正是从小说中看出了人物性格的生动活泼，才要李准顺应时势，改写故事情节，给人物搬搬家。

判尺度是较为保守的，在思想性方面，它所采用的尺度主要是与现实相吻合，在艺术性上，则是以现实主义文学为正宗，真实性成为一个重要标准，却也经常造成内在的混乱。

《新稿》中评价"十七年文学"，对绝大多数作品采用的评语都是"在表现生活和揭示生活规律上不可弥补的失误和肤浅"，[①] "作品的政治理念色彩也比较强，妨碍了对这段历史中生活复杂性和真实性的表现"。[②] 讲到《红岩》，《新稿》描述说："由于政治宣传的力量，也由于故事的高度传奇性，作品于1961年初版后，在社会上产生了很大反响，先后发行达700多万册，被翻译成多种文字介绍到国外，并曾被改编成电影、歌剧等其它艺术形式。但是，当多年后人们知道了一些历史实情（如重庆地下党领导人的叛变）之后，这部带有'纪实性'的小说，其可信性就打了折扣。"[③] 这样的评价让人不知所云。追求艺术的真实性，也不必追问李敬原或者许云峰的原型是不是叛徒吧。何况，《红岩》的优劣，也不是靠"纪实性"加以评价的。《新稿》标举人性和人道主义，对叶兆言的《枣树的故事》、《追月楼》、《状元境》等是从对写实的肯定入手，作出如下的评述："叶兆言笔下的人物似乎总脱不了一个悲凉的结局。对于这些普通人的人格上的缺点和行为上的错误，作者和叙述人总是抱着极大的随和、容忍、超然的态度，以一种悲天悯人的同情心去看待他们略带喜剧意趣的悲剧人生。其中隐含的对于历史和人性、人生的悲观和宿命的倾向，也较多通过场面和情节的冷静而客观的描绘流露出来。"[④] 可是，对有着同样的写实姿态和精神指归的余华的《活着》和《许三观卖血记》，《新稿》的评价却严厉异常："这类小说，也博得了广泛的好评。不少人用'地老天荒'、'悲天悯人'一类话来表达对这几部小说的感受。但常识告诉我们，一个作家在艺术方式和精神向度上的重大变化总应该有迹可寻。从《现实一种》、《世事如烟》一类'先锋小说'到《活着》、《许三观卖血记》一类雅俗咸宜的'准通俗小说'，在艺术方式和精神向度上都实在是一种巨

① 这是对《三里湾》、《创业史》、《山乡巨变》的缺失的批评，参见董健、丁帆、王彬彬主编《中国当代文学史新稿》，第148页。

② 这是对《上海的早晨》的不足之处的评价，参见董健、丁帆、王彬彬主编《中国当代文学史新稿》，第149页。

③ 董健、丁帆、王彬彬主编：《中国当代文学史新稿》，第151页。

④ 同上书，第469页。

变。余华的这种巨变多少给人突兀之感，让人对两者中何者表达的是作者真实的人生体验暗生疑虑。另一方面，《活着》和《许三观卖血记》所张扬的人生态度，也可以说与中国传统的'好死不如赖活着'很难划清界限，也让人想到诸如'逆来顺受'、'唾面自干'、'苟且偷生'一类成语所表达的意义，还让人想到阿Q式的'精神胜利法'。在这个意义上，这两部小说表达的是一种很陈旧很低俗的人生观念。"① 请注意这里的评述逻辑。作为一个年轻的富有探索性的作家，余华创作道路上发生了较大的变化，前后期反差明显。这在80—90年代的文学进程中，是很普遍的现象。讨论其转变的原因，固然值得嘉许，一时间没有发现其变化轨迹，也可以暂时存疑。但是据此责问哪一个时期是"作者真实的人生体验"，却大可不必。文学创作有多条路径，有亲身体验固然好，自由的想象，也可以创造名篇佳作。从客观真实到主观真实，都有其依据，却不可飘忽不定，任意选取一角作为裁决作家高下的准绳。

从技术的层面上讲，李杨曾经指出，《教程》对"潜在写作"含义上的部分作品写作年代的界定是难以确证的，② 这一弊端，在《新稿》中仍然存在。尽管在《新稿·绪论》中对《教程》的"历史补缺主义"有严厉的指责，但是，在进入具体的撰写后，却仍然陷入同样的困窘。例如，它对"文化大革命"中的手抄本小说情有独钟，予了较大篇幅的阐述。但是，它造成的偏差，却更加难以容忍：《一双绣花鞋》这样的手抄本，在"文化大革命"后期曾经风行一时，但始终没有正式出版。直到世纪之交，在出版逐渐商业化的时代，受到利益驱动，在对其进行大量修改之后得以公开发行。论者对这样的修改现象视而不见，居然按照2000年宝文堂书局的版本去大谈什么"文化大革命"手抄本，谬之大矣！马克思曾经说过，统治阶级的思想就是统治的思想。斯诺《两种文化》划分"大传统"和"小传统"，也明确指出流行于民间的"小传统"同样要受到统治者的"大传统"的影响。产生于特殊年代的《一双绣花鞋》，既采用了反特题材——这是50—60年代特定语境中含有美帝国主义和蒋介石"亡我之心不死"的潜在命题的流行题材，更借助于"文化大革命"中弥漫一时

① 董健、丁帆、王彬彬主编：《中国当代文学史新稿》，第464页。
② 李杨：《当代文学史写作：原则、方法与可能性》，《文学评论》2001年第2期。

的诬蔑王光美是"中情局特务"的政治谎言，开篇之处就是曾经担任国民政府代总统的李宗仁偕夫人郭德洁女士从美国归来，在北京机场和前来迎接的刘少奇夫妇等热烈握手，郭德洁和王光美不约而同地每人胸前都带有一枚梅花胸针，彼此会心，这正是中情局特工组织"梅花党"的识别标志。然后，故事才折返到新中国成立前夕的重庆，展开其基本情节。既然是讲手抄本文学，就应该以当年的手抄版本为依据，退而求其次，借助作者在公开出版时作了很大改动的 2000 年版，也需加以认真辨析啊。

三 审美优先、感性优先是否可能

文学的进程，创作也好，批评也好，都是一个自然展开的进程，是很难预设和控制的，很难将其纳入一个整一的框架中，但是，时下的各种文学史，却又总是希望找到一个统摄一切的制高点，由此形成各种各样的二元对立结构，形成画地为牢、自我束缚的窘态。所谓历史真实和艺术真实，在理论上说得差强人意，在实践中却捉襟见肘。那么，能不能在文学史的撰写上，做一些新的尝试呢？

能否用现象学的方法，从作家作品的解读开始，不追求以某一种理论统摄当代文学史，而以一种散点扫描的方式，从多角度对当代文学进行整合，逐渐消解目前普遍存在的二元对立模式？

能否用审美尺度优先的方式，奉行好作品主义，淡化所指，强化能指——这样的考虑，是因为当代文学中的政治因素和时代背景即所谓历史真实，在短时段看来是各有不同，造成文学史和作家作品的不同特征，在所指上造成诸多叙述的困难，从长时段来看，满打满算不过 60 年，许多当事人看来的波澜起伏，放到历史长河和文学史长河中，微不足道。当代文学史的撰写，要着眼于长远，在以审美优先的选择前提下，遴选优秀作品，构成相对稳定的文学史构架。这一方式是否可行？

至少，在今人常用的一分为二之外，我们能否采用一分为三、一分为四的方式？比如说，在考虑中国文学与世界文学关系的时候，能否将问题具体化一些，就是今人所习惯追问的：哪一个是"中国"的，哪一个是"世界"的？在中国当代文学处理与世界文学的关系时，就中国内部而言，内地和港澳台，曾经有不同的取舍，50—60 年代内地对苏俄文艺的一边倒，台湾的日本殖民地文化遗留和对美国和西方现代派文化的倾斜，就表现出不同姿态。同理，并没有一个完整的统一的世界文学，中国当代文学同时面对的，也是不同的文学板块：苏俄和东欧，欧美和拉美，东亚和日韩，这样的纷繁，形成中国当代文学与世界文学之间的多个参照系，是需要仔细梳理的。简单的挑战—回应模式，能够概括吗？

就此而言，我对撰写一种以审美和艺术鉴赏优先的中国当代文学史，在教学中做过较多的思考和探索，现概述如下：

中国当代文学史，写作范式一变再变，从 50 年代末期以社会主义改造和社会主义建设为主线，到 60—70 年代以阶级斗争、路线斗争为主线，"文化大革命"时期以清算"文艺黑线"为主旨，80 年代初期以拨乱反正的姿态（主要是为曾经遭受粗暴武断的政治批判的作家作品恢复名誉和文学史的位置）为目标，再到 90 年代末期以来新一轮的以启蒙精神和现代性反思为机理，大的变化就有多次。这种活跃多变的根源所在，是当代文学与现实生活和思想文化互相作用、互相影响所致：一方面，当代文学受制于强大的社会力量的制约，无论是曾经长期垄断一切社会资源的政治权威，还是 90 年代以来暴发狂涨的市场利益驱动，都曾经主导和影响当代文学的生态和走向；另一方面，当代文学要顽强地守护自己，守住文学的底线，守住自己的文学本性，不至于完全沦为政治的或市场的附庸。如同陈晓明所言："一部中国当代文学史充满了政治色彩，包含了太多的政治内容，以至于它几乎是由政治运动推动向前不断激进地走向极端。但不管如何，它又依然是文学，在政治之外，它还有文学性的东西存留下来。"①进一步而言，这种被奉为"通灵宝玉"的文学性，还反过来作为对政治性和市场化的强大旋流的疏离和谏讽，作为对人的心灵世界的拓展和对个性精神的张扬，以及对艺术个性的顽强守护和艰辛探索，开创出文学的独特空间。

作为文学的底线和核心的，是文学自身的规定性，即上述"文学性"，但是，在目前流行的诸多文学史中，却显示出对"文学性"的淡漠和轻视。温儒敏曾经敏锐地指出，中国现当代文学史研究，越来越向思想史靠拢，思想史研究和特定意义上的文化研究、现代性理论、女性主义理论等，占据了主导地位。为此，温儒敏发问："值得大家思考的是，文学史研究中的'思想史热'有没有值得反省的问题或倾向？思想史能否取替文

---

① 陈晓明：《现代性与当代文学史叙述》，《文艺争鸣》2007 年第 11 期。

学史？文学的审美诉求在现当代文学史研究中还有地位吗？"① 谢冕对文学审美性批评缺席的抨击更为尖锐："当前的文学批评正受到来自各个方面的挤压。这些挤压构成了文学批评的生存危机。危机首先来自文学批评对于自身的取消。这种取消是致命的：第一是取消了'文学'，第二是取消了'批评'。批评的文学性正受到有意无意的伤害，文学被泛化了，泛化成无边无际的'文化'或是别的什么。作品中的文学性被冷淡，一些批评家的眼里根本没有文本，或者是即使看到了文本，那也只是利用它来说自己的话。最终是导致对文学审美性的消解。"② 还有论者对两部名声显赫、影响巨大的中国当代文学史教材作出这样的评价：尽管陈思和和洪子诚的两部文学史都强调以"审美性"和"文学性"作为评价的标准，但是，实际上他们所编写的文学史并没有真正贯彻文学性和审美性的叙述原则。他们对于文学史的整理并不是真正从"审美性"和"文学性"出发的。洪子诚的文学史写作宣称以"审美性"和"文学性"作为标准；然而，实际上却不是审美的把握，其特色主要在于对文学环境、文学规范和文学制度的深刻剖析与把握。③ 关于中国现当代文学的文学性，关于文学史写作中如何突出其审美特性，在学界谈论已经很多，但是，如何将其付诸实践，如何贯彻到文学史写作之中，却至今鲜见有人尝试。

我希望编写一部新的文学史，而且明确界定为是面向本科生教学的文学史，是"最低纲领"的文学史,④ 在现有的各种中国当代文学史已有的成果和格局中，能够有所突破，有所创新，把审美优先、文学本性优先的特征予以强化和彰显。作出这种选择，也是经过了很长时间的思考，做了许多积累和尝试的。

之所以如此，是因为在对当代文学作品的评判标准上，需要寻求一种相对稳定性的尺度，也在一定程度上规避了前述真实性的难题。中国当代文学 60 年的历程，如前所述，和时代共命运，与民族共浮沉，其阶段性

---

① 温儒敏：《中国现当代文学学科概要》，北京大学出版社 2005 年版，第 399 页。

② 转引自孟繁华《当代文学研究的现状与未来》，国学网站 http：//www. guox-ue. com/discord/wxpp. htm。

③ 相关批评参见李云雷《小说之"美"的鉴赏与探寻》，第 12 页，北京大学硕士学位论文，2002 年，第 12 页；参见旷新年《重写文学史的终结与中国现代文学研究转型》，778 论文在线 http：//qiqi8. cn/article/24/27/2006/2006100312455_ 3. html。

④ 这一点受到《教程》的很大启发。

标志特别明显，而且许多时候都是以对前一阶段的修正乃至坚决否定作为对后一时段独特本性的确认的。这就造成两种现象：其一，在课堂教学中，要让学生理解李白、杜甫和时代的关系比较容易，用几句话可以说得清，要让学生理解距离他们生活最近的 20 世纪后半期的文学思潮，理解"农业集体化"、"百花时代"，理解"新时期文学"、"寻根文学"的巨大转折，却饶费口舌而难以理清——前者是常例，盛唐气象和安史之乱可以讲得清，后者是特例，当代中国的政治—文化思潮之波诡云谲却不是一两次课能够讲得清的。前者对于教师和学生来说，对时代背景的理解都是相同的，都是通过有关文字去加以解读的，后者呢，许多时段，对于教师来说可能是亲身经历，感受颇深，和学生讲起来，却非常难以将其引入同样的情境之中。比如说，在功利化世俗化的当下，如何让学生重新领会 80 年代社会氛围和文学作品的理想气息，就是一个大难题。其二，由于阶段性的明显落差，许多在这一时段大红大紫的作品，在下一时段就很少有人问津，不仅 50—60 年代表现农村集体化道路的作品，似乎已经成为明日黄花，就是 70 年代末曾经盛极一时的"伤痕文学"、"改革文学"，等等，如今也鲜有人论及；"红色经典"在大众传媒中闹闹嚷嚷，在文学史评价上却歧见纷出。

那么，能不能将文学与时代纠葛相对疏离一些，跳出具体的历史时段及其评价尺度，用宽泛的眼光，用文学的尺度去讨论文学呢？就是说，在教材编写和讲授中，突出共时性而弱化历时性，在"文学史上的重要作品"和"文学意义上的重要作品"的选取中偏重于后者，以中外文学史所共有的优秀作品的尺度去筛选和解读作品，以避免那种"翻烙饼"式的作品评价，避免一再陷入"觉今是而昨非"的困境之中。李泽厚曾经指出这两种作品的区别和两难：从文艺史上看，经常有这样一种现象：一些作品是以其艺术性审美性，装饰人类心灵千百年；另一些则以其思想性鼓动性，在当代及后世起重要的社会作用。"那么，怎么办？追求审美流传因而追求创作永垂不朽的'小'作品呢？还是面对现实写写尽管粗拙却当下能震撼人心的现实作品呢？""选择审美并不劣于或低于选择其它，'为艺术而艺术'不劣于或低于'为人生而艺术'，但是，反之亦然，世界、人生、文艺的趋向本来就应该是多元的。"① 在当下，无论是从学生接受现状

———————————

① 李泽厚：《二十世纪中国（大陆）文艺之一瞥》，收入李泽厚《中国思想史论》，安徽文艺出版社 1999 年版，第 1088 页。

的角度讲，还是中国当代文学极为有限的课时而言，在无法顾及两头的时候，强调审美优先，强调建立对文学作品的基本感受方式，都是比较合乎现实需要的。最起码，学生由此可以得到基本的文学熏陶，理解文学之所以为文学的基本要则。换言之，以审美尺度衡量文学作品，是中外文学的共性，由于中国自 19 世纪末以来风云跌宕、时势转蓬，文学在许多时候是充当社会、政治的直接表达媒质，这是其特性。共性是普遍的，个性是独特的，共性是基础，个性是特质，理解了共性，就容易进一步的理解其个性，这种顺序应该是可以成立的。

这里还有一重考虑：文学史更多的讲授的是知识，是文学进程中发生的事件和思潮，是便于自学的。文学作品的感知和鉴赏，是一种独特的能力，它所具有的难度是更大的，是需要投入更多的精力去教和学的。文学创作和鉴赏，没有现成的定理可以推导出其结果，没有既定的方程式去一通百通，它要求学生和读者从语言、情感、形象等方面入手，感觉敏锐，情感饱满，仔细揣摩，反复吟味，长期积累，形成对文学的兴趣爱好，形成鉴赏能力的基本把握。在当下这个"短平快"和"文化快餐"盛行的时代，它显然是不合时宜的。但是，为了文学的薪火相传，强调文学的审美鉴赏，又是必不可少的。还有，在 80 年代以来，大量的西方文论和文化理论涌入中国内地，吸引了大量的中国现当代文学学者，理论的"对号入座"和"时尚更替"，给文学研究平添了许多活力，对于青年学生来说，却容易形成一种不利倾向，让他们误以为这就是文学批评的正宗，将某一家理论看作是金庸作品中的武林秘诀、"葵花宝典"，以为可以一招制胜，终日论文，却言不及义，不及"文学性"。这也是需要加以大力矫正的。

四　文无定法,鉴赏长在

文无定法，文学的解读、鉴赏和评论写作，同样是没有定法的。许多时候，它是只可意会，不可言传的。我在读大学的时候，就听古典文学老师讲，当年听夏承焘先生讲授唐诗，讲到张若虚的《春江花月夜》，夏先生一上课，就开始吟诵"春江潮水连海平，海上明月共潮生，滟滟随波千万里，何处春江无月明……"全诗吟了一遍，本来以为接下来该进行讲解，夏先生却再次从头吟诵起来，整整一节课，就在对这篇滔滔江水与溶溶月光交相辉映的名作的反复吟哦中进行，直到下课铃声响起来。这倒非常符合中国古典文论中的鉴赏理论，在吟咏和体验的情境中留连再三，唤起心灵的体验和美感的充盈，不做庖丁解牛式的分解，着力从整体上捕捉作品的神韵。于是才有"熟读唐诗三百首，不会吟诗也会诌"之谓。中国的诗歌鉴赏，不是那种"镜花水月"、"羚羊挂角"式的譬喻，就是"清新"、"俊逸"、"浑厚"、"通脱"式的描摹，讲气韵生动，讲意境悠远，仍然是在"意味"上作出引申，靠个人的颖悟能力，感受多少算多少，却不会对作品的词章句式多加诠释，也不会刻板地要求学生限时间限数量地予以接受和理解。古人云文学创作需要才性，虽在父兄不能传子弟，同理，文学鉴赏也要靠个人才情和悟性。但是，西方文艺理论和文学史的引进，现代教育体制的建立，文学教育成为现代人的一种必要修养，和别的专业一样地以同等方式进行教学。这当然是足以表明文学鉴赏的重要性，不再是雕虫小技、君子不为，却也给我们的教学提出了独特的难题。数学可以一道题一道题地解答，物理、化学可以通过各种实验加以证明和理解，历史和哲学可以在很大程度上通过教材和教师的描述进行，文学的鉴赏和解读，一是需要起码的作品阅读先行，二是对鉴赏指导没有多少成规可循，没有多少现成的范例可以引用。最为重要的是，文学作品是体验和想象的产物，文学鉴赏也需要体验和想象，诚如严羽所言，"羚羊挂角，无迹可求"，教师和教材所要做的，只能是通过一些有迹可循的路径，诱导和激发学生的体验和想象，进入作品提供的规定情景，以一种普泛化的努力，去实现这种非常个人化的体验和想象的建构，这本身就具有很大的矛盾。

但是，解决这样的难题，并非全然不可能。就作品的具体赏析而言，茅盾先生对《百合花》的评析，就是绝好的例子。就宏观理论的应运而言，李泽厚先生借助"有意味的形式"和"审美积淀说"勾勒中国古代美学思想的《美的历程》就可圈可点。我们没有大师的眼光和高度，但是，虽不能至，心向往之，在戞戞营造中，作出自己最大的努力，是可以做到的，而且，至少会给有同样追求的人们，提供一些不成功的经验。

强调文学性，强调审美优先，并不排斥文学与社会生活、与思想文化进程相应和的一面，文学不是自洽的游戏，不是象牙之塔里的精灵，不是案头的清供，恰恰相反，中国当代文学史以积极参加中国当代的思想文化进程，积极投身于现代性的追求，积极参与中国的社会现实和文化建设，为自己的神圣使命。这些方面，近些年来已经有诸多研究成果，极大地推动了中国当代文学研究的深入开展。我所设想的，是依托这些成果，进一步地廓清中国当代文学的审美特性，揭示其文学性的存在和优长，展露其新鲜活泼的感性形态。在具体的做法上，也有所考虑，寻找那种"有意味的形式"，寻找那种将历史的社会的内容积淀在文学的感性和形式中的熔接点。李泽厚指出，人的审美感受之所以不同于动物性的感官愉悦，正在于其中包含观念、想象的成分。美之所以不是一般的形式，而是所谓"有意味的形式"，正在于它积淀了社会内容的自然形式。所以，美在形式而不即是形式，离开形式固然没有美，只有形式也不成其为美。他以中国古代陶器上的几何图纹为例证，"正因为似乎是纯形式的几何线条，实际是从写实的形象演化而来，其内容（意义）已积淀（溶化）在其中，于是，才不同于一般的形式、线条，而成为'有意味的形式'。也正由于对它的感受有特定的观念、想象的积淀（溶化），才不同于一般的感情、感性、感受，而成为特定的'审美感情'。原始巫术礼仪中的社会情感是强烈炽热而含混多义的，它包含有大量的观念、想象，却又不是用理智、逻辑、概念所能诠释清楚，当它演化和积淀为感官感受时，便自然变成了一种不可用概念言说和穷尽表达的深层情绪反应。"① 这里所说的形式，与我们通常所说的艺术形式既有联系又有区别，我的理解，是指那些成功地表达了时代精神和社会情感的艺术方式。将这一原理引用到中国当代文学中，就是指作品的语言形式——一方面，文学创作所采用的媒质，语言，和我们在日常生活和学术研究中所运用的语言互相重合，但是，文学的语言，又是经过意义的沉淀，经过作家的凝铸的，是体现在语言风格，语言所构成的形象、意象、象征、情节、诗意等要素中的，是"有意味的形式"，与之对应的是时代和人们的"审美感情"，一个时代有一个时代的审美风范。比起李泽厚寻源探踪所追溯的古代原始艺术，它离我们的生活相去不远，离我们的历史记忆最为贴近，也是较为容易把握的。注重"有意味的形式"，用我的说法，是寻找凝结思想情感和语言形式的融合点，就成为我所说的审美优先、文学本位的一种方式。

---

① 李泽厚：《美的历程》，文物出版社 1981 年版，第 26—27 页。

新世纪文学批评的状态和批评家的角色

陈国恩

吴义勤教授提出，当代文学研究目前存在不少问题，比如在经典化问题上存在着认识误区，没能树立文学经典来引导读者；纯文学的神话破灭后，文学判断的标准处于混乱当中，极端的、二元对立的文学批评再次复活，批评界无力让全社会在当代文学问题上形成普遍的共识；文学批评和文学史跟不上当代文学的发展节奏，使成千上万的文学作品成为"无物"甚至"垃圾"；批评功能被曲解，批评形象被颠覆，使文学批评建构文学史的能力受到削弱。这一切，说明当代文学研究没能发挥它的正当功能。①对此，我表示完全赞同。不过我想换一个角度提问：如果当代文学研究中的上述问题得到了妥然解决，当代文学就能迅猛发展，抑或当代文学研究就能很好地承担起指导读者的责任了？我想答案是不那么乐观的。其实，吴义勤教授也了解这一点，不过他把这当作当代文学研究存在问题的背景来看待。如果我们把这背景当成问题本身来探讨，与吴先生所讨论的问题合起来，或许更能说明当代文学研究目前的症结。说得更明白一些，我想追问的是在传媒时代，当代文学批评和研究能做些什么，它的表现说明了什么问题，它的真正困境何在，它的出路又在哪里？

一　文学边缘化:批评影响力的下降

我们抱怨当代文学研究目前没能发挥它应有的指导创作、引领潮流的

---

① 吴义勤：《新世纪中国当代文学研究的现状与问题》，《文艺研究》2008 年第 8 期。

作用，可是当代文学研究者其实是渴望能起这种作用的，只是他们很难做到。问题出在哪里？出在文学自己身上。具体地说，有两个方面：一是当代文学的相当一部分作品缺少作家个性化的精神内质，在当下人们追求个性化的时代，研究者无法向读者展现这种个性化的东西，所以批评家的发言缺少吸引力；二是文学被边缘化，它对社会的影响力整体性地下降，批评家使尽浑身解数也唤不起从前读者对文学的那种兴趣了，从而使文学研究本身也失去了从前拥有的那种影响力。

　　先说第一点。当代文学在相当长一个时期里，是思想规范化运动的产物。不断的思想改造，使作家对世界的认识，对自我的认识，都高度地统一到了主流意识形态①的观念上来，自觉地按照这种观念来观察生活和反映生活。之所以要改造作家的思想，是因作家原来的世界观不符合主流意识形态的要求，因而确立新的世界观的过程，其实就是清除个人的独特性的过程。个人的世界观得到了改造，可是人的丰富性也因此大打折扣。人的思想变得正确，但人的观念成为教条。所谓正确的观念，失去了个性的基础，仅仅作为一种理论支配着人的思想和行动，人在相当程度上就变成了扁形的人。这种扁形的人对世界和社会采取了僵化的立场，不能指望他们写出生动的、感性的、具有鲜明个性的文学作品。即使表现了一点个性，那也只是在如何传达主流意识形态，揭示主流意识形态所规定的生活本质上绞尽脑汁地玩花样，从而坠入形式主义的泥淖。举一个典型的例子，比如杨朔。杨朔是一个有才华的散文家，具备良好的诗性感悟力，但他不能凭自己的真实感受去写散文，而只能按照当时流行的观念去虚构生活，写出人民公社的大好形势，写出人民的幸福生活。当杨朔写孩子们红扑扑的脸蛋像一朵朵盛开的茶花时，真实的情形却是有许多人在饥饿线上挣扎。是杨朔看不到真相吗？不是，是他知道必须保持政治正确，要按照"正确"的观点来写生活，写出生活的"本质"——何为生活的本质，却不是由杨朔说了算的，而必须由最高权威作出界定，所以杨朔不可能写出自己的感性直观和真实印象来。当代文学的相当一个时期里，作品都很正确，但是缺少至关重要的真情，缺少作者真诚的个性。这样的作品，到了价值多元，人们开始重视个性和内心丰富性的时代，显然难再获得读者的

_____

　　① 我这里所说的主流意识形态，是指极左年代流行的意识形态，它其实是一种左倾教条主义。

认同了。把这样的作品作为经典向读者推荐，批评家再怎么用力，也是很难达到目的的。这不是批评家的无能，而是批评对象本身的特点所决定的事实。

现代文学的情形则与此有所不同。也许我们可以说现代作家的思想存在这样那样的问题，他们达不到政治正确的标准，可是他们富有个性。比如鲁迅前期的思想并不符合无产阶级文学的要求，可是他的深刻性完全是鲁迅式的。郭沫若的诗，按今天的标准看，也许不那么精致，可是那的确是他天才发挥的结晶。郁达夫的小说，或许"少儿不宜"，可有谁能否认他写得真诚，而且像沈从文说的，他把无数年轻人的心说动了。曹禺的前期戏剧专注于对人性的拷问，其深刻性是他后来的作品难以比拟的。周作人、林语堂、梁实秋的散文，我们可以指责其与大时代隔了一层，只写些个人的趣味，可正是这样的散文现在受到了读者的喜爱。

由此我们可以思考文学的正确与真诚的关系，思考文学表现个性和反映时代的关系。文学当然要反映时代，但不是抽象地去写关于时代的概念，而是表达时代落在作者心灵上的投影。时代的精神，可以融化在日常生活的感受中，融化在作家的奇思妙想中。作家要对人类怀着爱心，他为爱而进行探索，虽然探索不能保证获得所有人的认可，但这并不影响有人喜爱，为其真情所动，被他的艺术所折服！这样的例子在中外文学史上是俯拾即是的，比如普希金、托尔斯泰、巴尔扎克，比如郁达夫、徐志摩、戴望舒。

问题的关键，在于我们今天是看重文学的时代性呢，还是看重文学的个性乃至趣味？当生活较为平和安定、政治的因素在日常生活中逐渐淡出的时候，读者所要求的也就偏向于真情和魅力，而不仅仅是政治的正确。于是，那些政治上存在这样那样的"问题"但在情调上却贴近人心，因而能给读者带来感动和温暖的作品受到了青睐。相比较而言，现代文学这样的作品多得多，当然并非全是；当代文学这样的作品少得很，但也并非没有。因而当代文学的缺少经典，在所难免。经典是要人们从心底里接受的，如果人们不乐意接受，虽然它在某个时代具有代表性，甚至代表着正确的路线，可是它带着教训人的腔调，你即使把它树为经典，它也难以被人接受，因而最终也成不了经典。

再说第二点，文学边缘化所带来的问题。当下新型的传媒占据了上风，人们为娱乐化甚至狂欢化的欲望所驱动，对写在纸上的文学作品再也难以提起过去时代曾有的那种强烈兴趣。一些作家为了与影视争夺读者，祭出了杀手锏，专去表现人的欲望，扯起了"私人化写作"、"下半身写作"等旗号。这看起来像是很有个性，其实这是利用人的窥视欲，做足文章来吸引人的眼球，争取出名，实际上是降低了文学的品格，把从前的文学当作政治的工具，变成了现在的当作谋利的工具。为了谋利有的可以不择手段，也就把文学的信仰放逐了，它的难以为继，是很快可见分晓的。因为利用身体写作，总有它的限度：到了衣服全脱光的时候，你还能脱什么呢？换言之，这样的作品能走红一时，成为一种时尚，但不可能长久；甚至相反，读者看这样的作品多了，反而变得麻木，甚至倒了胃口，再也提不起阅读的兴趣了。文学出此下策，反映了它面对边缘化命运时所做的一种挣扎。它目前的陷于困境，是众所周知的事实。

那么文学批评能为它解困吗？我们当然希望批评家能承担起这样的使命，挽狂澜于既倒。可问题是文学的命运并不决定于批评家，而是决定于社会的生活方式，决定于特定的生活方式中人们对文学的期待。批评家的意见能起到一点引导的作用，但它的作用十分有限。它能不能起作用，能起多大作用，都取决于这个时代对文学，对文学批评的需求。比如，鲁迅是伟大的，至少到目前为止，还没有人敢说谁超过了鲁迅的成就。可是，鲁迅研究受到普遍而强烈关注的时代已经过去了。在鲁迅受到高度关注的时代，人们研究鲁迅，其实主要是出于鲁迅研究以外的目的，比如为了强调鲁迅的小说提出了中国革命的一系列重大问题，如革命领导权问题、辛亥革命失败的教训问题等，或者为了说明鲁迅代表了思想革命的要求，其成就在批判国民的劣根性。强调前者，是为了证明中国共产党领导的革命符合历史发展规律，代表了民意；强调后者，是为了打破现代迷信对思想的垄断，用鲁迅的旗帜引导一场新的思想启蒙运动。无论哪种情况，人们都是在拿鲁迅说事，目的都在鲁迅以外。这时，鲁迅研究就是一个思想博弈的平台，鲁迅研究的价值在这个平台上得到了最充分的体现。这样的文学批评，是有力的，批评家也因为引领了思想潮流而享受了无上的光荣。可是，时光流逝，当上述政治问题和思想问题已经不再影响日常生活时，人们的关注点转向了娱乐和消遣，这时的鲁迅研究就风光不再，因为它与普通人无关了。它成了批评家所探讨的问题，成了纯学术的问题。诸如鲁迅是政治革命旗手还是思想革命旗手之类，一般民众，甚至大部分知识分子，都不再关心。因而，鲁迅研究者再难以凭借鲁迅研究成为思想界的领袖。鲁迅研究尚且如此，别的作家研究就更不必提引领思想潮流了。这说明，在文学无奈地被边缘化的时代，文学批评的影响力下降是不可避免的。批评家再努力，也挽回不了这样的趋势。

二 社会常态化：批评家角色的转换

当人们开始追求消费和娱乐时，社会进入了一个常态的发展阶段，与革命时代明显地不同了。革命时代强调精神和理想，要求个人的利益无条件地服从革命的利益；常态社会则承认个人利益的正当性，这其中就包括对个人追求享乐的处世态度的尊重。在常态社会中，社会不能以革命的名义要求个人放弃对生活的享受，要求人们无条件地奉献和牺牲。当前文学创作中的娱乐化和消费性倾向，其实就是常态社会对人的生存方式多样性的尊重在文学中的反映。在这样的社会中，民众的文化消费方式由其自身决定，别人只能充当参谋，却无权干涉。当然，最为关键的一点还是民众的文化水平随着基础教育的普及而提高，改变了他们与批评家的关系。在民众文化水平普遍不高的年代，他们阅读文学作品离不开批评家的引导。这种引导，既是要依照主流意识形态的要求引导读者正确阅读作品，领悟其中的意义，并把阅读与自我的思想改造结合起来，把阅读的过程当作是参照作品中的正面人物提高自己思想觉悟的过程。同时又包括一些阅读技巧上的指导，比如向读者指明作品的艺术特点，保证他们阅读的有效性。对作品中那些与主流意识形态不相符甚至相抵触的内容，则要进行批评和批判，使读者能对此保持警惕，避免受到不良影响。在这样的过程中，批评家逐渐成了读者的精神向导，拥有了高人一等的权威，读者倾听批评家的意见似乎成了顺理成章的事。可是现在情况发生了重大变化，现在是价值多元的时代，民众不再有意识形态上的原因需要批评家告诉他们应该如何理解作品，他们完全可以凭自己的兴趣和爱好选择阅读的对象。他们也有相应的文化水平按自己的标准来理解作品，用自己的方式表达对作品的意见，甚至他们自己也成了批评家——民间的批评家。民间的批评也许比不上专业批评家的精彩和深刻，但精彩和深刻只对批评家自己有效，而现在许多读者并不全是冲着精彩和深刻来读文学作品的，甚至有人根本就不愿意把作品读成哪怕是一流的批评家指点出来的那种精彩和深刻上去，他们有自己的准则和主见。一部作品被无数读者读成不同的模样，每个人从中发现了自己感兴趣的东西，满足了精神的需求。这其中当然也包括把作品庸俗化的可能，但即使有读者要把作品的内容做庸俗化的理解，也是他的权利，别人不好干涉。从某种意义上说，别出心裁或者标新立异，既是一个人的权利，也是他证明自己个性乃至存在意义的一种手段。人们会问：作家可以标新立异，为什么读者却要按别人的意见来理解作品？这样的提问，其实已经是向批评家提出了挑战，意味着从事文学研究的批评家的地位和角色发生了变化，即从原来的担当读者向导的角色向作为一个与读者平起平坐的对话者的角色转变。也就是说，现在批评家的意见，只代表批评家自己，不一定能代表读者的观点。读者愿不愿意接受批评家的意见，不是批评家说了算，而是由读者说了算。这是批评家作为意识形态代言者的特权丧失，又面对一般大众文化水平提高，用不着再依赖批评家加以指点和教导后，必然会出现的一种结果。

现在的作家，接受文学批评影响的可能性则更低。作家从事的是创造性的工作，批评家拿着从西方倒腾过来的那些理论对作品评头品足，未必能得到他们的认可。即使批评家说得有点道理，作家也会认为对他的创作没有意义，因为那只是批评家从他的角度作出的判断，而作品的特色和价值也可能从别的角度来鉴定。创作与批评分属于两个不同的领域，各有自己的规律和特点。批评家有他的目的，也有他考虑问题的角度和方法，作家则有作家的追求和对生活的理解，他听从的是自己的艺术直觉和审美想象（当然也有听命于市场规则的）。因而作家对批评家的意见置之不理，是常见的现象。现在有的作家甚至公开申明批评家的意见对他的创作毫无作用，他们要走自己选择的路。

希望文学批评发挥更大的作用，是过去文学批评享受特权时代所确立起来的那种观念在起作用。过去相当长一个时期里，文学批评担当的是思想文化批判运动的开路先锋的角色。文学批评之所以拥有强大的影响力，主要不是批评本身有多神奇，而是它背后有特定的政治因素在支持着。一篇文章，有可能是按最高权威的意图写的，即使是小人物的文章，它能被报纸和刊物发表出来，至少也是符合报刊的编辑所掌握的主流意识形态的要求。文章的发表，是被选择的结果，而选择本身就是权力意志的运作。这说明，当文学批评成了权力意志的代言者的时候，它的影响力才无与伦比。这时，不是作家愿不愿意接受批评的问题，而是他必须接受，没有商量和辩解的余地。所以我们常常看到一些作家面对公诸报端的批评文章，他只能恭敬地倾听，虚心地检讨，按照批评的意见来修改作品，甚至改造自己的思想，而从不敢对这些批评意见本身提出质疑。

这样的时代已经过去了，因而文学批评必须确立新的姿态，找到能够发挥自己正当作用的新位置，才能扮演与自己的本性相称的角色。批评家必须丢掉充当价值裁判者的幻想，摆正位置，与作家进行对话，与读者进行交流。这种态度，当然不是要迎合作家和读者，不是一味地替作家说好话，也不是片面地顺应大众的口味，而是坚持自己的立场和判断，坦率地表达自己对文学的意见，写出对具体作品的观感，但又要明白自己的这种理解和观感仅仅代表自己的立场和态度，它没有由意识形态所赋予的额外权力，而只能凭自己的独特理解和精彩阐发来获得读者的认可。在这样的角色意识中，自知之明和宽容精神就显得十分必要。自知之明，就是批评家要清楚自己所能做到的限度，要清楚批评的影响力的边界。更重要的是要意识到自己的判断只能代表个人，因而它的个人特色——很大程度上也可以说是片面性，是不可避免的。不能把自己的观点当成普遍真理，一遇到读者的质疑，就以为是读者的问题，而不从自己的角度进行反思。宽容，就是要以同情的理解态度尊重别人，尤其是要尊重与自己不同，甚至是针锋相对的意见。这种态度，应该说是以现代的认识论为依据的。按现代的认识论，世界的真相不可能被穷尽，更不可能由一个人完成认识世界的工作；事物的本质也是不可能被完全揭示的，从其不可穷尽性的角度说，它甚至是不可知的——我们对事物的认识，只是我们从自己的角度所发现的现象，所以一种认识不能妨碍别人从另外的角度作出不同的判断。明白了这一点，宽容精神就会自然而然地确立起来，并作为一种批评伦理得到普遍认同。这时，批评家才不会因为自己的意见没有被接受，甚至遭到尖锐的反质而感到不悦，他才会以一种喜悦的心情把不同的意见理解成为一种互补的，也可能是矛盾对立的关系，认为它们共同反映了对象的复杂性，反映了对对象作不同理解的可能性，反映了不同主体所持的立场、标准、批评目的性的差异。因此，我们尽可以享受批评过程的乐趣，享受对对象进行不同理解、最大限度地开发其内在意义的可能性的乐趣，享受思想碰撞、交流，从而拓展人生意义的领域，使之呈现更为广阔和美好前景的乐趣，总而言之，是享受思想本身的乐趣，享受人类智慧之花竞相绽放的乐趣。在这样的过程中，我们自身不断地提升起来，成为一个更有道德感的，对世界认识更为深刻，对文学理解更为精彩，因而也更能理解人、尊重人的人，我们便在思考文学、发现文学的奥秘和价值的过程中完善了自己。

三 "创新"焦虑和批评的态度

不过对文学批评前景的这种预期，明显带了点理想主义的色彩。今天的情形虽不能说与此相反，却也有所不同。我同意吴义勤教授对文学批评现状的判断，其中他特别强调当今文学批评的困境在于它自身被扭曲和异化。的确，批评家应该是热爱文学的，并且有能力指出这个时代的文学成就、文学价值所在，可我们看到的却是文学批评中盛行"否定"、"批判"、"酷评"的时尚，"任何一种极端的'否定'的声音都会赢得热烈的喝彩"①。但我所要追问的是，究竟是什么力量把本来代表着社会良知和一个民族文学理解力水平的文学批评队伍异化，甚至把批评家的心灵也扭曲了？是功利性！批评家要用批评的成果评职称，挣稿费，求名声，这其实反映了一个事实：批评家也是人。批评家面对当下竞争的社会，也会像其他人一样运用自己掌握的技能谋取利益。

所谓"酷评"，就是把话说得过分，出怪招，发明一些耸人听闻的名目安到对象的头上。看起来是在评论对象，实质上更是为了表现自己：表现自己的与众不同。所谓独特的立场和视角，目的原是为了引起媒体的注意，不管舆论是赞成还是反对，反正越轰动越好（当然也有精彩的"酷评"，这类"酷评"与本文所指的意在炒作的"酷评"有别，不在本文讨论的范围内）。在当前文学整体地被边缘化、不太受人关注的时代，批评是非常寂寞的。不搞点新花样，玩点"酷评"，就不能达到轰动的效果。其实这也不乏先例：五四时期钱玄同化名"王敬轩"与刘半农在《新青年》上上演了一出双簧戏，便是文学革命的倡导者因为寂寞而策划的一次"酷评"。只不过当年的"酷评"是依托于期刊，针对守旧派的僵化观念，而今天的一些"酷评"则是依托于新型传媒，使用了更为新奇的语言，其花样翻新和攻防策略当然远非百年前可比。

刻意追求轰动，反映出存在"创新焦虑"的心理问题。中国现当代文

---

① 吴义勤：《新世纪中国当代文学研究的现状与问题》，《文艺研究》2008 年第 8 期。

学研究目前的确存在一种创新焦虑症，其症状主要是急于出新——从改变评价标准、更改价值立场，到突破学科的传统边界，引进西方的理论体系，表现多多。学术的生命在于创新，但为了创新而创新，把话说得耸人听闻，甚至今天的我与昨天的我打架，而其中的立场转移，标准更改，又没有合理的逻辑，只要能引起社会的关注就好，这显然是不应提倡的。如此炒作的后果，只是助长了追求新闻效果的批评风气。其极端，就是没有了固定立场，一切以引起轰动为标的，从而侵蚀了正常的学术伦理。

这种现象的产生，自有其历史和现实的根源。从历史来看，中国现当代文学从它成为一个学科的那一刻起就兼任了意识形态规训的使命。撰史者依据主流历史观念来建构文学史，对不同的文学现象作出或褒或贬的评价，最终目的是要通过对文学史的褒贬引导大众建立起对中国革命史观的认同，从而加强主流意识形态的地位。由于文学史与政治现实的联系过于紧密，随着政治实践的变迁，中国现当代文学史也被迫进行不断的改写，对许多文学现象和作家作品作出前后不同，甚至是180度大转弯的评价。受此历练，中国现当代文学研究者拥有很强的适应环境的能力，有足够的智慧根据形势的变化来重新确立立场。有了新的立场，就不难找到新的角度，树立新的标准。在20世纪80年代以前，这是为了追随发展中的政治现实，按照新的政治标准对文学史进行清理，以保证政治正确。到80年代，这是为了完成新的思想启蒙的任务——回归文学本体，对文学史进行重新评价，在许多方面得出了与前一个时期不同甚至是截然相反的结论，从而为思想解放开辟了道路。90年代以后，文学批评逐渐失去了强制性或群体性的目标，很大程度上变成了批评家的个人行为。这时，学术创新的共同目的性受到了不同程度的忽视，而创新中的个人影响力因素受到更多的重视。也就是说，创新已经不是为了达成新的群体性共识，很大程度上只是为了表现个性，表达个人的立场和意见，甚至仅仅是为了"创新"的效果本身。中国现当代文学研究队伍拥有丰富的调整立场、创造新见的经验，总会有学者找到一些新的话题把它炒成热点，或从西方拿来一些时髦的理论，对文学史进行新一轮的重写。于是，学术研究总是处于快速变化之中——变化代表创新，稳定成了保守，连坚持一些起码的学科共识，也会被指为观念陈旧。比如对五四新文化运动和文学革命，现在有人从反思其历史局限性进而走到了否定其基本意义的程度，五四时期被当作保守势力加以批判的人物，如"学衡"派乃至林纾，反而被认为代表了中国学术的正宗，似乎当时循着他们的道路前进才对。① 又比如为了开辟中国现当代文学研究的新领域，有人主张把世界华文文学纳入中国现代文学史，却不去考虑这么做会不会遭到诸如东南亚国家的警惕与抗议，甚至有可能造成国际外交风波。② 整个学科就这样处在一种创新的焦虑中：新，成了判断学术价值的最重要的标准，而对学术价值更重要的"真"却被有意无意地忽视了。有创新之意，而乏求真之诚，表面看来学术界充满活力，其实陷入了一种类似于一个人少年时代的那种不稳定和冲动性的状态。"少年"代表朝气，可是就学术的根本目的及其严肃性而言，变来变去，唯新是从，肯定不是一种成熟的状态。说我们的学科还很年轻，我觉得并不是学科的光荣。

从现实方面看，因为中国现当代文学是一个非常拥挤的学科，几千人挤在百年文学史的狭窄领域，如果一定要翻掘出一点新意，有时的确不能不走"酷评"的道路，语不惊人誓不休——拼着胆量提出一些惊世骇俗的观点。在过去，这样做也许会招来得不偿失的骂名，可是现在情况不同了。现代的数字化媒体，需要一个接一个的热点来吸引人们的眼球。它注重的是个性，而不是四平八稳的意见和事实，哪怕个性有缺陷，也要比没有个性好。有缺陷的个性，可以增强事件的吸引力。这种吸引力，不是因为它能给听众和读者一种指导，而是能向听众和读者展示一种独特的生存样式和人生态度，人们可以从中领悟到一些别样的意味，从而拓宽他对人生和自我的理解。媒体追求热点和制造话题，这就为文学批评的炒作提供了条件，从而造成了目前虽不能说十分明显却也是存在着的学者明星化、学术泡沫化的现象。在学术明星的参与下，文学批评演变成了学术的"事件"。在学术"事件"中，学者的追求和批评的标准不能不发生变化。

总之，在当前条件下，"酷评"现象是不可避免的。从"酷评"家的角度看，作家可以操弄欲望，消费身体，为什么批评家必须遵循规范，不能表现一点个性呢？他们的作为未必没有一点道理。批评家崇尚理性，但理性不足以保证人绝对地掌握真理，何况人有情感，情感有不服理性管制

---

① 参见王富仁《"新国学"与中国现代文学研究》，《文艺研究》2007 年第 3 期。
② 参见陈国恩《3W：华文文学的学科基础问题》，《贵州社会科学》2009 年第 1 期；陈国恩《从"传播"到"交流"——海外华文文学研究基本模式的选择》，《华文文学研究》2009 年第 1 期。

的时候。如果看中了门道，批评家凭自己的聪明来一下"酷评"，制造一个"事件"，以达到扬名的目的，只要不过分也是可以允许的。但话说回来，这并不是说别人不能对"酷评"提出反批评。"酷评"现象的出现是以张扬个性为前提的，这就意味着"酷评"家垄断不了真理，因而也不能拒绝别人的反驳，更不能干预别的批评家走学院派的严肃批评的道路。站在学院派的立场上看，严肃批评才是批评的正宗，才有较高的学术价值，才有益于文学的健康发展。所以我认为，现在最要紧的是理性地面对"酷评"——对于读者来说，你如果觉得他说得有点道理，姑且听之；如果觉得他没有道理，也不必太在意。你如果认真起来加以反驳，说不定正中了"酷评"家的诡计。对批评家自己来说，则如上文所言，要清楚自己能力的限度，持一种谦虚的态度，不要奢望读者异口同声地为你喝彩。

在新世纪谈论文学批评所应采取的态度，只能基于批评目前所处的这种状态。理想的态度，前面已经谈及。但理想归理想，现实是现实，在目前的这种状态中，无论是批评的态度，还是对待批评的态度，我觉得最重要的是保持平和的心，所以周作人在 20 世纪初的《文艺上的宽容》一文中所提倡的宽容精神和鉴赏态度今天仍有提倡的必要。不过周作人在该文中又说：宽容决不是忍受，宽容是有原则的，那就是对于新生力量的支持和鼓励，并不是对新旧事物的一视同仁的看待。这其中的分寸当然只能取决于批评家的眼力和良知。对于读者，尤其是对于热爱文学的读者来说，也不能苛求批评家，认定他必须代表真理，时时正确，而不能有一点儿个人的意气，否则你就是把批评家神化了。神化的结果，可能是批评家感到责任过于重大，因而不敢轻易发表个人的意见。如果批评家和热爱文学的读者对于批评达成这样的起码共识，我们才能进一步讨论目前的文学批评所应发挥的功能、批评家的角色、批评的正当态度等问题。在承认批评自由和批评影响力有限的前提下，才可以站在文学的立场上，凭着对美和正义的信仰，要求从事严肃批评的批评家发挥其专业优势，用他的心灵和良知批评文艺的现状，承担起推动文艺健康发展的使命。换言之，吴义勤教授在其文章中对批评和批评家所寄予的希望，才有客观的基础、提倡的必要和某种程度上的实现的可能。

中国现代类型文学意识的再评价

袁国兴

在中国现代文学研究领域，当人们说到"传统"时，有两种意念需要辨析：第一，"传统"是指与"现代"相对的古代；第二，当把古代视为传统，把当下视为"现代"的意念被广为接受之时，这个"现代"意念本身也成为了传统。而不管是哪种"传统"，都可能以两种方式影响"现在"，即：被意识到的和没有被意识到的（或者说还没有完全被意识到的）。我们在这里最为关心的是，"现代的"、没有被意识到（或者说还没有被完全意识到）的"传统"，怎样影响着中国现代文学的创作和文学批评。本文准备探讨的"类型文学意识"就是隐含在这一学术背景下的一个问题。

一

中国现代文学批评传统中，一直有张扬"典型"而贬抑"类型"的倾向。关于什么是典型以及相关的所谓"典型化"文学意识，在中国现当代文学批评领域曾是一个热门话题，本文无意对此进行更深入地辨析。我们要讨论的问题是建立在这样的一个认识前提基础之上的，不管是"典型"还是"类型"，它们都不过是文学批评中的一个能指符号，其所指意向，是在中国现代文学批评传统中被逐渐建构起来的。那么，所谓的类型文学意识，是怎样在中国现代"典型化"理论占主导地位的学术背景下"被建构"的呢？

如所周知，中国现代文学发生时，一般还很少有人从正面去触及"典型"和"类型"问题，但这决不是说二者的意识纠缠不存在，恰恰相反，新文学攻击旧文学的一个主要目标就是它的类型意识或者说"类型化"问题。从文化"进化"的视野上，把旧戏认定为落伍、过时、野蛮，是新文学倡导者攻击旧戏的一个基本理论共识。周作人认为："从世界戏曲发达上看来，不能不说中国戏是野蛮。"而"野蛮是尚未文明的民族正同尚未长成的小孩一般；……小孩应了年岁的差别，自有各种游戏。这游戏在大人看来，不免幼稚"。① 刘半农、钱玄同也用同样的思维方式反对旧戏，对"戏子打脸之离奇"，"二人对打，多人乱打"等的指责，都暗潜着视旧戏为野蛮和低能的意向。张厚载不认同这样的理念，他辩解说，所谓"二人对打，多人乱打"，其实是"有一定法则"的，"决非乱来"；而"戏子之打脸"，也"有一定之脸谱"，"且隐寓褒贬"。② 这就逼得刘半农不得不亮出了自己的底牌，直截了当地承认，如果一种剧作，不能给人带来"美感"，即使其打斗"极规则极整齐"，也"终不能不谓之不'乱'"；同样道理，他所谓的"离奇"也是因为，"脸而有谱，且又一定"，这本身就"离奇"。③ 那么，到底什么样的戏才能给人带来"美感"？张厚载看重的是"法则"、"一定之脸谱"和"隐寓褒贬"的属性，而新文学倡导者恰恰是因为其"脸而有谱"、"规则"、"整齐"才认为它"幼稚"和"野蛮"。二者之间的分歧，与后来人们对"典型化"和"类型化"文学意识的指认一脉相承，有直接的血缘关系。

在新、旧戏争议中体现出来的文学批评意向，具有某种代表性，相同和相似的争议也在其他领域有所表现。比如，胡先骕在质疑胡适的新诗理论时认为，所谓旧诗的"整齐划一"，其实是"亦能随诗料以随时变化"。④ 钱玄同则反唇相讥，旧诗的毛病恰恰在于它"有一定的'谱'"。⑤ 双方争论的焦点和使用的"武器"，与在新、旧戏争议中表现出来的几乎一模一样，还是与对文学艺术的"谱"和"规则"的认识相关。

新文学倡导者通过对旧文学谱系、规则的指责分离出了自我，同时也在这个过程中，把"旧文学"有效地"他者"化了。旧小说被看作是

---

① 周作人：《论中国旧戏之应废》，《新青年》1918 年第 5 卷第 5 号。

② 张厚载：《新文学及中国旧戏》，《新青年》1918 年第 4 卷第 6 号。

③ 刘半农：《新文学及中国旧戏·答张厚载》，《新青年》1918 年第 4 卷第 6 号。

④ 胡先骕：《评尝试集》，《中国新文学大系·文学论争集》，上海良友图书印刷公司 1935 年版，第 275 页。

⑤ 钱玄同：《随感录》，《新青年》1919 年第 6 卷第 3 号。

"千篇一律"、① 似同 "一个模型里的出产品",② 而新小说 "叙述一段人事, 可以无头无尾; 出场一个人物, 可以不叙述家世; 书中人物可以只有一个人; 书中情节可以简至仅是一段回忆。这些办法, 中国旧小说里本来不行"。③ 现在我们要问: 这些所谓的新小说长项, 是不是也是一种创作方式, 如果广为采用, 是否也可被视为某种 "规则"? 成仿吾曾认定, 新 "文学的真价在有特创 (Originality)", 如果我们回溯到成仿吾这样说的具体历史语境, 就会发现: 他这样说是有特别目的和言说技巧的, 当用新文学法则从事创作——比如用白话写诗——的人本来就不多的情况下, "特创" 既可能是指艺术造诣也可能是指某种艺术企图, 用白话写诗本身就是 "特创"。成仿吾也意识到了这一点, 因此他才说, "新的文学作品, 纵令如何不好, 作者的个性总会看得出来"。④ 这就告诉我们, 新旧文学的区别除了其他方面原因而外, 认定哪一种写作规则、站在哪个立场上述说、"打算" 怎样做也是一个重要方面。其实, 新文学倡导者反对 "旧" 文学规则, 不一定是要反对所有的文学规则, 但理论预设一旦确立, 当你在这个框架中言说时, 自觉不自觉地就要遵守这个框架的逻辑, "特创" 与 "文学规则" 相对, 反对旧文学的规则, 连带着让所有文学规则的声誉都受到了影响。正像当时有人指出的那样: "文学革命的唯一精神是打破因袭的束缚", 既然旧诗 (包括旧剧、旧小说) 强调自己的 "规律", 新文学 "要解放, 何消说, 还要什么劳什子规律?"⑤

　　在新文学理论预设中, "真实" 的处境也与 "规则" 类似。"世上没有绝对相同的两匹蝇, 所以若求严格的 '真', 必须事事实地观察。"⑥ 这是沈雁冰提倡 "自然主义" 的主要依据。然而我们知道, 生活真实与艺术真实有联系也有区别, 可是当我们细查当时作者、读者的文学真实观时发现, 他们所说的真实有时与事实被看作是同一的东西了。虞廷在一篇小说的读后感中揣测: "这或许是作者自己经历过的也说不定; 不然,

---

① 志希:《今日中国之小说界》,《新潮》1919 年第 1 卷第 1 号。
② 郎损:《新文学研究者的责任与努力》,《小说月报》1921 年第 12 卷第 2 号。
③ 沈雁冰:《自然主义与中国现代小说》,《小说月报》1922 年第 13 卷第 7 号。
④ 仿吾:《歧路》,《创造》1922 年季刊第 1 卷第 3 期。
⑤ 石灵:《新月诗派》,《文学》1937 年第 8 卷第 1 号。
⑥ 沈雁冰:《自然主义与中国现代小说》,《小说月报》1922 年第 13 卷第 7 号。

恐不能描写得如此真确。"① 更有人"武断"：作品所写便是作者"身历的实境"。② 在他们看来，作品之所以好，是因为与事实相符。我们在这里谈这些问题，不是泛泛地"指责"发生期中国现代文学真实观的某些不足，而是要分析它与一般文学批评观念建立了怎样的必然联系。因为强调文学真实与生活真实的一致性，自然而然地让人格外注重文学"说什么"，相应地淡化了文学"怎样说"。③ 从"说什么"的角度看，徐志摩的《我不知道风是在哪一个方向吹》，实在没有"告诉"我们什么，"首章的末句'在梦的轻波里依洄'，差不多就包括了说明了这首诗的全体"。④ 而从"怎样说"的角度看，这首诗又决不这样简单。"说什么"看重的是直接社会意识伸张，"怎样说"看重的是文学艺术价值。看重社会意识伸张，可以淡化或忽略文学的一些"规则"，而看重文学的艺术价值，则不能不让人审慎地对待文学写作规则。可是，在中国现代文学批评领域，凡是注重文学"说什么"的倾向都得到了充分肯定，而凡是注重文学"怎样说"的倾向都有意无意地受到了贬抑。

以反传统著称的中国现代文学主导批评意向，一般不大承认什么文学创作规程和模式的作用。旧文学由于历史悠久，某些写作规程和模式特征明显，因此人们习惯于把旧文学看作是类型化、模式化的文学——不仅如此，一切强调了文学写作规程的文学，也都往往被人自觉不自觉地推到了主导文学意向的对立面。有些人对文学写作规程稍加注意，不免还会被人扣上"复古"的帽子。⑤ 中国现代文学批评中的"典型"和"类型"分野，就是在这样的文化背景下被逐渐建构起来和有效言说的。

---

① 虞廷：《读后感·张维祺君的〈落伍〉》，《小说月报》1923 年第 14 卷第 6 号。

② 善行：《朱自清君的〈笑的历史〉》，《小说月报》1923 年第 14 卷第 12 期。

③ 刘纳先生在《写得怎样：关于作品的文学评价——重读〈创业史〉并以其为例》一文中富有启发性地提醒人们要注意作家"写什么"和"写得怎样"，"说什么"和"怎样说"的另一种表述便是"写什么"和"怎样写"。"怎样写"和"写得怎样"有联系也有不同，显而易见，用"同样方式写"，"写的结果"却可能"不同样"。

④ 茅盾：《徐志摩论》，《现代》1933 年第 2 卷第 4 期。

⑤ 念生：《草莽集》，《文学周报》8 卷合订本，远东图书公司 1929 年版。

二

无论古今中外，文学写作中的模式或类型意识似乎一直都存在。即使是在反对旧文学规范化、模式化背景下建立起来的中国现代主导文学批评传统，注重文学写作规程和类型的呼声，也一直没有间断。

张厚载、胡先骕等，由于复杂的历史文化原因，他们的文学主张和文学观念，似乎很容易被新文学倡导者"棒杀"。相对而言，继起的"新月派"的一些文学理念，却要丰富得多，复杂得多。众所周知，新月派是"注重格律"、"主张……规范"的一派。① 徐志摩在《诗刊弁言》中公开提出："我们的大话是：要把创格的新诗当作一件认真事情做。"② 陈梦家也鼓吹新诗应该"求规范的利用"③。有人据此认定，新月派的诗歌实践不过是证明了"模式"对于诗歌创作的重要性而已。④《诗刊》停刊以后，新月派的作家们还创办了《剧刊》，提倡"国剧运动"，而他们所谓的"国剧"是以传统戏曲——即张厚载们所极力维护的"旧剧"为蓝图的，他们看重的是传统戏曲的"程式"价值，⑤ 提倡的是戏曲舞台上的"技术"的"够格的在行"。⑥ 而在我们看来，不管是提倡"新格律诗"还是搞"国剧运动"，都与他们对中国现代主导文学批评理念的认识有关。在他们看来，此前的新文学"对于形式太不讲究"，⑦ "很少体制的尝试"，而他们提倡新格律诗，是对新诗"体制的输入和试验"。⑧ 他们搞"国剧运动"，是因为他们意识到，"没有形式的东西"不能"存在"，"没有形式的艺术"更不可想象。⑨ 在"没有人肯讲，敢讲"这种话的氛围中，⑩

---

① 张秀亚：《新月派诗人朱湘》，《中国近代作家与作品》，台北纯文学出版社1980 年版。

② 徐志摩：《诗刊弁言》，《晨报》1926 年 4 月 1 日。

③ 陈梦家：《新月诗选·序言》，新月书店 1931 年版。

④ 石灵：《新月诗派》，《文学》1937 年第 8 卷第 1 号。

⑤ 赵太牟：《国剧》，《国剧运动》，新月书店 1927 年版。

⑥ 徐志摩：《剧刊始业》，《晨报副刊·剧刊》第 1 期，1926 年 6 月 17 日。

⑦ 念生：《草莽集》，《文学周报》8 卷合订本，远东图书公司 1929 年版。

⑧ 西滢：《闲话》，《现代评论》1926 年第 3 卷第 72 期。

⑨ 闻一多：《泰戈尔批评》，《时事新报·文学》1923 年 12 月 3 日。

⑩ 闻一多：《论〈悔与回〉》，《新月》1931 年第 3 卷第 5、6 期。

他们断言"绝对的写实主义便是艺术的破产"。① 明目张胆地呼吁，"棋不能废除规矩，诗也不能废除格律"②，新文学作品的"谋篇布局应该合乎一种法度"③。

　　其实，反对从类型文学角度认识和研究文学的现代主导文学批评意向，有时也难免不在自己的创作实践中体现出一定的类型意识。朱大枏"曾经在《晨报副刊》上写过一篇杂文，反对当时有些小说中的人物姓氏用英文字母代替，给它们取了一个名字叫'新某生体'"④。"用英文字母代替""小说中人物姓氏"只是一种写作习惯，还很难说它是一种文学类型，但从中可以窥见，发生期中国现代文学也存在某种趋同现象，其中也隐含着一定的类型文学因子。鲁迅在《中国新文学大系·小说二集·导言》中指出，当时的一些"问题小说"，往往"在一刹那中，在一个人上，会聚集了一切难堪的不幸。然而又有一种共同的前进的趋向……"应该说，"共同的前进趋向"或多或少与"在一刹那中，在一个人上，会聚集了一切难堪的不幸"的写作模式有一定关系。为了表现某种趋同的意向，有时就会在作品中产生某种趋同的类型。比如，为了"站在被压迫阶级"立场说话，⑤ 20年代中期以后，"革命文学"作品中出现的好人、正面人物，一般都出身"无产阶级"，而坏人、反面人物，大都是地主、资本家，整个中国现代文学在涉及这一领域时可以用"好人不富、富人不好"的模式来概括，因为如果你不这样写，就与"被压迫阶级"的文学意识相违背了。无独有偶，新文学在写知识分子教育救国理想和思想启蒙题材作品时，一般也跳不出"失败"的结局，其原因可能比给穷人、富人贴标签要复杂得多，但为了更好地实现自己的创作目的（明确的或者下意识的），才自觉不自觉地步入了大致相同的创作路径，这一事实不容否认。这种现象一直到抗日战争时期也没有多少改变，夏衍批评那些"抗战八股"："老是那一套，看厌了，又是汉奸，又是鬼子强奸妇女，又是民众起来打鬼子，杀死汉奸，千篇一律……"⑥ 时过大半个世纪，当我们回过头

---

①　闻一多：《诗的格律》，《晨报副刊·诗镌》1926年第7号。
②　同上。
③　闻一多：《论〈悔与回〉》，《新月》1931年第3卷第5、6期。
④　蹇先艾：《记朱大枏》，《新文学史料》1982年2月。
⑤　郭沫若：《革命与文学》，《创造月刊》1926年第1卷第3期。
⑥　夏衍：《夏衍论创作》，上海文艺出版社1982年版，第122—123页。

来看，以反对模式化、概念化著称的中国现代主导文学意向，从某一视野上审视，"模式"和"概念"的成分与任何一个时期的文学比一点都不少，这是为什么？当我们这样思考的时候不能不指出，中国现代文学的一些"守旧"派，包括新月派及相关相近的文学倾向，虽然不时地强调了文学的规则、谱系、形式、模式、类型等的作用和意义，但在中国现代文学批评传统中，他们所代表的文学意向一直都处于少数派、处于被批评的位置上，他们所代表的一些文学意向有意无意地被人忽略或做了弱化处理，始终不能让人以从容宽松的心境去对待，结果逼迫着相关的文学意识不得不改头换面，曲折、变形地表现着自己。抗战时期，陈铨创作了四幕话剧《野玫瑰》，今天看来这一作品或有这样那样的不足，但剧中人大汉奸王立民这一角色绝对是一个富于个性化、不落俗套的人物，但"进步"作家仍然批评它人物"概念"化，① 因为在他们看来，汉奸就应该有汉奸样，这个汉奸与他们心目中的汉奸多少有些差距，正像有人批评的那样，仿佛只有把他"写成鼻尖抹上白粉的小丑"才算是"有血有肉的人物"。② 到底什么是"概念化"？"概念化"的所指到底是什么？这个事实告诉我们：在中国现代文学批评领域，有些概念的真实意图是需要辨析的。"概念化"是如此，"类型"以及"类型化"文学倾向又何尝不是如此？典型和"典型化"理论，在中国现代文学领域，成了某种观念意识的避风港和象征物，被指责为有"概念化"、类型化倾向的创作在为自己辩护时，有时拾起的也是所谓："不单凭观念，还要具体的事物，来实现他们"的所谓"典型化"文学主张。③ 文学史上，常常都会发生这种"能指"的错位指涉现象。早在中国现代作家和理论家们攻击"类型"、借用"典型"之前，俄国形式主义批评家们也意识到了一点，在他们看来，"其中的原因可由流派与流派的对立来解释，也可以由非常出名的旧程式被尚未作为文学套语发觉的新程式所替代来说明"④。中国现代文学批评史上的"典型

---

① 颜翰彤则批评《野玫瑰》："主题有些模糊，结构殊欠严整，人物仅被概念的表现着，语言没有性格化……"见颜翰彤《读〈野玫瑰〉》，《新华日报》（重庆）1942年3月23日。

② 欢：《"野玫瑰作者"陈铨》，《星期电影》（重庆）1947年2月1日。

③ 陈铨：《戏剧的深刻化》，《民族文学》1943年第1卷第4期。

④ 托马舍夫斯基：《情节的构成》，《俄国形式主义文论选》，郑州大学出版社2005年版，第168页。

化"理论和"类型化"文学意识，就包含着这样的"流派与流派的对立"因素。超越狭隘的"党同伐异"立场，一视同仁地对待"非常出名的旧程式"，发觉已经存在的"新程式"，对"程式"在文学中的作用和意义进行恰当离析，对于开拓中国现代文学研究的新视界，显得十分必要。

三

在一般人的意识中，文学类型的存在总与"重复"和"模仿"有一些关系，这是许多时候类型文学意识不能得到人正面肯定的主要原因。可是一般人们还很少去思考：为什么人们看轻模仿，却总避免不了模仿，什么样的行为方式有这样的魔力，让人"铤而走险"？任人皆知，文学是人的智慧和创造力的显示，它是通过对特定社会行为方式的"描述"来体现自己的智慧和创造性的，可是相对于已经"描述"出来的这些行为方式，没有被"描述"的可能还更多，为什么文学作品要选择"这些"，而不是"那些"来"描述"？原因错综复杂，但万变不离其宗，被"描述"的"这些"一定隐藏着比没被"描述"的"那些"更多、更有价值的意涵。杜沃和佛克马就曾指出："文本的审美效应来自文本里被描述的世界和读者所熟悉的真实世界之间的一种特殊关系。"正是这种"特殊关系"，让文学作品中"描述"的东西呈现出了特别的意义——不是所有其他"描述"都能呈现这种特别意义。因此我们才看到，古今中外的文学作品对"爱情与死亡、个人与社会以及人类其他的永恒主题"表现出了浓厚的兴趣，使其成为了一种文学的"持久性"关注。① 这是一个方面，另一方面，在这些文学的"持久性"关注中，总有一些关注方式比其他方式更有效。比如，"认亲的母题"就"是一种非常便利的结局手法（亲属关系可以彼此利益调和，根本上改变情境）"，因而形成了一种"牢固的传统"。② 不仅如此，"在整个 19 世纪，我们都可以在巴尔扎克、雨果、戈蒂耶等法国名作家的笔下找到'瓷塔'、'儒官'、'咏诗少女'、'中国智者'这些意象，

---

① 马克·昂热诺等：《问题与观点》，百花文艺出版社 2000 年版，第 446、447 页。

② 托马舍夫斯基：《情节的构成》，《俄国形式主义文论选》，郑州大学出版社 2005 年版，第 167 页。

而它们都曾是 18 世纪欧洲人指称中国的套话的一部分"。① 上述两个方面的原因使得"认亲母题"和"套话"变得不可避免，原因就在于它们的"背后更藏有帮助记忆和持续感情与想像的效果"，② "具有极强的渗透力和承继性"③。总而言之一句话："特殊文学类型的起源与血缘，都在于典型事件和集体行为之中。"④ 在文学中能够反复出现或被模仿的那些"典型"事件，它们之所以成为"典型"，前提是它们原本是有深意的，相比较而言是成功的写作范例，因此才会有那么多的人去"模仿"和"重复"，结果有时不免就成为了"套话"。中国现代文学中的"问题小说"、知识分子形象、革命加恋爱的写作模式，以及"鬼子强奸妇女"等"千篇一律"现象，在某一视角上看，在表现特定情感倾向上，都曾经是有用的，或比较有用的，否则你也同样解释不了它们为什么会被人程式化、概念化、模式化或类型化。

　　当然，一味地将模式化、类型化的文学视为成功的范例，不是我们的本意。所谓"类型文学意识"的"类型"意念，有三个层面的因素需要具体辨析：（1）独创的模式或类型；（2）创造性使用的模式或类型；（3）使用得不好或者被庸俗化了的模式或类型。

　　一个伟大的作家或一部伟大的作品之所以伟大，往往都与其创造了某种文学模式和类型有关。这里所说的"创造"不是凭空杜撰之意，也不是指"全部"独创。任何作家和作品都不可能脱离开其他作家作品的启迪和制约——别人已经取得的那些创作成就，既是可以效法的榜样，同时又是需要避免雷同的陷阱，在这样双重制约中，伟大的作家和作品走出了自己的路。没人否认鲁迅是中国现代的伟大作家，他的创作接受了西方文学影响，也秉承了中国传统文化修养，他在"模仿"中创造出了属于自己的文学模式和类型。比如"哀其不幸，怒其不争"的下层民众写作意向，"阿

---

　　① 孟华：《试论他者"套话"的时间性》，《文学传递与文学形象》，北京大学出版社 1999 年版，第 202、203 页。

　　② 石灵：《新月诗派》，《文学》1937 年第 8 卷第 1 号。

　　③ 孟华：《试论他者"套话"的时间性》，《文学传递与文学形象》，北京大学出版社 1999 年版，第 202、203 页。

　　④ 转见姚斯《接受美学与接受理论》，辽宁人民出版社 1987 年版，第 127 页。

Q相"的人物类型描写等。① 对于鲁迅作品中的人物,周作人曾一一地进行过"文化考古",认为"这些可能都有模型,但是不能指出来说谁是张三,谁是李四,因为这同时又是类型……"② 以往人们习惯于把它归结为是鲁迅的"典型化"创作手法表征,可正像我们前文中指出的,典型和类型都是能指单词,关键是它们指涉的对象到底是什么。鲁迅作品中许多人物、意象是独创的,但又是有"规则",可以被"反复"运用的,构成了"特别一族"的"类型"。用弗莱的话说,就是可以在"文学中反复运用并因此而成为约定性的文学象征"③。中国现代文学史上存在的"鲁迅风小说群"和一直延续不断的"阿Q相"人物类型刻画就是明证。④ 曹禺也是在中国现代戏剧文学史上成功地创造出了文学"类型"的作家。悲剧是西方的一种具有悠久历史传统的戏剧种类,自有其规范和模式,曹禺在领会和模仿前人的基础上有了自己的独特发现,"二度极点"的悲剧情感积聚方式,"契机"和"讯息"等人物类型的设置等,在曹禺成功的悲剧作品中一以贯之,具有某种无可非议的模式和类型倾向。⑤ 除此之外,徐志摩诗歌对"二分韵"的偏爱,⑥ 沈从文小说叙事者对人物对话的"越俎代庖"等,⑦ 都是他们"反复运用"、屡试不爽的艺术法宝,这些是不是文学的写作模式和写作类型?当然作家不一定在"刻意"追求这些模式和类型的使用,但在作品中出现这些模式和类型却绝对是"有意"为之,因为他们的艺术才能,如果脱离开对这些模式、类型的创造和利用将大打折扣。

---

① 相关问题请参阅袁国兴《乡土文学?鲁迅风?——对中国现代文学初期一个小说群体创作倾向的再认识》,载《文学评论》2006 年第 5 期。

② 周遐寿:《鲁迅小说里的人物》,人民文学出版社 1981 年版,第 116 页。

③ 弗莱:《文学即整体关系:弥尔顿的〈黎西达斯〉》,《神话——原型批评》,陕西师范大学出版社 1987 年版。

④ 相关问题请参阅袁国兴《乡土文学?鲁迅风?——对中国现代文学初期一个小说群体创作倾向的再认识》,载《文学评论》2006 年第 5 期。

⑤ 相关问题请参阅袁国兴《曹禺悲剧作品的舞台面相》,载《福建论坛》2007 年第 1 期。

⑥ 相关问题请参阅袁国兴《"音节"和诗艺的探究——对 20 世纪二十年代中期开始的一种新诗发展动向考察》,载《福建论坛》2009 年第 1 期。

⑦ 相关问题请参阅袁国兴《沈从文散文化小说的写作策略》,载《小说评论》2008 年第 1 期。

　　对已有文学模式和类型的使用，是让所有作家获益，并使创作获得成功的一种有效途径。正像我们已指出的，文学模式和文学类型的使用，似乎总与一定意义上的"重复"脱离不了干系；可在文学艺术领域，怎样使用"重复"大有学问。有两种"重复"的意念需要辨析：第一，关于方式、方法、格式、结构等方面的"重复"。它是伟大作家独创——"反复运用并因此而成为约定性的文学象征"——也可被其他作家再利用的"重复"。比如《再别康桥》中，"轻轻的我走了，正如我轻轻的来"，与结尾时吟唱的"悄悄的我走了，正如我悄悄的来"，这是一种结构上的"重复"，《再别康桥》的成功很大程度上与它对这种"重复"产生的"音节的发现"有关。可是这种"重复"产生的音节，不是徐志摩独创，也不是在《再别康桥》中初次使用，古今中外所有的艺术，当有了旋律感和节奏感的追求时，都免不了要在结构上"重复"，特别是以"歌"命名或有"歌"的倾向的文学创作更是如此。甚至从情感角度分析，"一部好的小说，它的每一章，每一页，每一句话（也）都是对它自身富有创造性的中心思想的重复和再重复"①。第二，关于承载着某些特殊功能情节的"重复"。《水浒传》中，王婆向潘金莲说了"十分光"的通奸计谋，后来的情事发展几乎与其"设计"一模一样，这在一定意义上是情节的"重复"，在这样的"重复"中让我们发现了作者对潘金莲的袒护，说明潘金莲原本没有这些坏主意，王婆可能是罪魁祸首。② 这种艺术手段也被其他作家和其他作品一再使用着，解放区小说的一些"红色经典"就是如此。比如，《邪不压正》中的二姨，听了聚财劝说自己的话，觉得"还是大姐夫见识高！"然后照本宣科地"重复"使用"当了一回积极分子没得翻了身"、"男人大个十四五岁，也是世界有的事"等话语劝说软英，结果让软英一一回绝了，而后又觉得软英的话有道理。这与潘金莲"重复"王婆之计毒死武大郎说明潘金莲本没有此恶心肠一样，"重复"聚财的话也说明二姨不是存心反对软英的自由恋爱。③ 如果说二姨重复别人的话是说明她

---

　　① 斯蒂文森语，转《英美小说叙事理论研究》，北京大学出版社 2005 年版，第143 页。

　　② 相关问题请参见袁国兴《"潘金莲母题"发展及其当代命运》，载《中山大学学报》2004 年第 2 期。

　　③ 赵树理：《邪不压正》，《短篇小说选》第四册，上海教育出版社 1979 年版，第 313 页。

的无心，那么有时重复别人的话还可能是有意。《纠纷》中指导员讲给福顺老爹爹"从前分租倒四六，现在都能改成三七分"的道理，再由福顺老爹爹在众乡邻面前说出来，意义就格外不一样，福顺老爹爹在"学习"的"重复"中越上了生活的一个新境界。① 不容否认，在这样的情节布置中，"重复"主要是情趣的缔造手段，但当人们用到"重复"来述说时，却有意无意地使"不容易"表现的旨趣意向变得举重若轻了，传统文学言语类型提供给了说话者"实现个人话语意图"的便利和条件。②

　　与一切创造性活动都对创造者的才能有一定要求一样，文学模式和创作类型的使用是否成功，许多时候可能与模式和类型本身关系不大，倒与使用者的艺术才能息息相关。以往我们对文学模式和文学类型的轻视，多少都与混淆了二者之间的界限有一定关系。文学是艺术活动，所有艺术活动都可能因人而异。怀素用"草书"技法创作出了书法的精品，别人用"草书"技法也能创作出书法精品，却不一定都成功，原因不在于是否使用了"草书"技法，而在于对这种技法的运用能力。同样道理，文学中的各种规则、模式、类型等，许多人、许多作品都可以用，但结果却千差万别，原因也不在于这些规则、模式、类型本身，而在于运用这些规则、模式、类型的艺术能力。比如，曾被人诟病的"革命加恋爱"小说，人们诟病的可能不是"革命"和"恋爱"的题材，而是作家处理这种题材的方式、方法，即所谓的艺术才能。《巴黎圣母院》、《牛虻》不是在"革命"中写"恋爱"，在"恋爱"中写"革命"吗？中国现代文学作品中，蒋光慈的《在鸭绿江上》和丁玲的《夜》不也有一些"革命加恋爱"的倾向吗？蒋光慈还曾被人认为是中国现代开启"革命加恋爱"创作倾向的代表性作家。如果说《在鸭绿江上》有什么不足的话，决不是因为它写了"革命加恋爱"。让"革命加恋爱"在中国现代文学史上声誉不佳，不是因为不能在"革命"中写"恋爱"，或者说在"恋爱"中写"革命"，而是因为更多其他作品将这一题材书庸俗化了。难道写不好"革命加恋爱"模式的作品，就能写好别的什么模式的作品吗？把不成功或不怎么成功的创

---

　　① 苗子：《纠纷》，《短篇小说选》第四册，上海教育出版社 1979 年版，第 506、510 页。

　　② H. 梵·高普：《对话理论，文学类型和跨文化解（误）读》，《文化传递与文学形象》，北京大学出版社 1999 年版，第 152 页。

作，归结为是文学"模式"和"类型"的使用问题，可能是对问题的一种简单化理解，是对类型文学意识的一种"欲加之罪，何患无辞"的惯技——前文中我们谈到，有人认为《野玫瑰》中的人物王立民是"概念"化产物，就是这样一种"张冠李戴"、党同伐异、彰显"流派对立"倾向的反映。这些不过在说明：类型文学意识只是一种透视和研究文学的视角，它主要关注的是文学类型的构成和隐含意义等层面的东西，至于使用文学类型的能力和艺术造诣，是一般的文学创作问题，二者不在一个理论层面上。

四

1919 年，胡适在探讨五四过后的中国社会问题时，提出了"多研究些问题，少谈些'主义'"的主张，① 此后对其批评质疑之声就一直不绝于耳。我以为当下的中国现代文学研究倒是真可以借鉴一下胡适的意见，"多研究些问题，少谈些'主义'"。因为"主义"在很多时候面对的是共性，而"问题"却必须是具体的。俄国学者托马舍夫斯基曾批评道，如果有谁说"'普希金是现实主义者'——这是典型的文学史套话，它根本没有考虑到普希金时代该词在当代意义上尚未使用过"。② 中国现代文学批评中涉及的"典型"和"类型"以及"典型化"和"类型化"诸问题也有类似因素。当我们从"主义"出发时，可以说得头头是道，但当我们从"问题"下手时，就可能不是我们原来认为的那样了。

我们在前文中谈到，中国现代主导文学批评意向，注重文学"说什么"，相对弱化了文学"怎样说"。注重文学说什么，"主义"倾向明显，有从文学外部立场要求文学做什么的意图。注意文学"怎样说"，"问题"意识突出，有从文学自身内部挖掘文学能做什么的意识——而一旦人们进入文学内部，有关文学的各种技术、技法、规则、模式、类型问题等就得到了凸显。"新月派"是注重文学"问题"的，因此有时被人看作是"形

---

① 胡适：《多研究些问题，少谈些"主义"》，《每周评论》第 31 期，1919 年 7 月 20 日。

② 托马舍夫斯基：《情节的构成》，《俄国形式主义文论选》，郑州大学出版社 2005 年版，第 168 页。

式主义流派"。不仅在中国，在世界范围内，凡是注重文学"怎样说"的理论，也都往往会被人冠以"形式主义"的帽子，比如俄国的"形式主义批评"以及西方的"新批评"等都是这样。与此相联系，这些形式主义文学意识，又几乎无一例外，都格外强调对文学写作规则、模式、类型等的探讨，他们的理论精髓也往往与对这些"问题"的认识有关，都是在对这些"问题"的开掘中提炼出来的。这能说明什么问题呢？中国现代文学的强烈社会参与热情，有其产生的历史必然性，从某种意义上说如果不这样，中国现代文学可能自始就不会产生。但正因如此，主导的现代文学批评意念也遗留下了自身难以克服的局限，在"典型化"理论背景下"被建构"类型文学意识，其意义和价值有意无意地被遮蔽了一些。从这个意义上说，当人们从正面去探讨类型文学意识时，不仅表明中国现代文学批评理念在不断回归艺术本身，同时也预示着，从中可以发掘出一些中国现代文学批评的新的理论资源，催生出一些中国现代文学研究的新的学术生长点。

中国现代文化、文学在近现代的特定历史条件下能够焕发出一定的活力，与中国文化、文学的悠久历史积淀有着密切关系。而这些在文学中都直接体现为某种人们能够清楚辨认或不能清楚辨认的文学述说方式、写作规则、人物类型、情感模式，等等，是它们保证了中国现代文学的"中国性"。鲁迅小说的篇章结构、写作意向有传统文人笔记和"志怪"、"志异"身影，老舍小说话语方式与传统长篇白话故事多有相似。我们在这里提出这些问题不是要研究中国现代作家的民族意识，而是要说明在他们的作品中都有意无意地用到了中国文学的固有模式，如果肯定了他们的创作，就不能不对曾经创造了这些模式的传统文学方式、文学类型给予一定的肯定。法国著名比较文学家艾田伯在《比较文学之道》一书中提出了一个饶有趣味的问题：在世界范围内，是有"一种小说的起源，还是不同小说"有"不同起源"？其话语意向非常明显：不同的小说都有存在的价值。[1] 厄尔·迈纳也持相同观点，他认为"我们根本不必做比如说'怎么他们（不是我们）没有呢？'之类的问答游戏。如果有人问西方的赋或西方的物语在哪里，同样是浪费时间"。[2] 如果说中国的小说应该得到肯定，

---

① 艾田伯：《比较文学之道》，三联书店 2006 年版，第 131 页。

② 厄尔·迈纳：《比较诗学》，中央编译出版社 2004 年版，第 326 页。

那么所谓的中国小说是与中国文学写作方式和文学类型意识联系在一起的。只有肯定中国的文学类型，才能给中国现代民族文学留下必要的生存空间。比如以京戏为例，在它的表现方式中，模式化、类型化艺术特性明显，"套话"严重，如果把这些特性都去掉，中国现代戏曲就无法存在了。反过来说，当人们承认了模式、规则、"套话"的合法性时，京剧的艺术价值和京剧的"现代性"身份也就同时得到了肯定。

本文的探讨始终都感受到了中国现代文学批评传统的强大压力，已经建构起来的各种中国现代文学史是这种压力的无形来源。正像我们指出的，五四时期以旧文学面貌"被建构"的类型文学意识，20 年代末期崛起于文坛，以形式主义"被建构"新月派文学主张，在整个中国现代文学史上，都无法摆脱"被批评"的立场。应该承认，在这个背景下书写出来的中国现代文学史，本身是有偏颇的。正因如此，肯定类型文学意识，对重构中国现代文学史也有重要启示意义。

何谓"中国",如何"现代",何为"文学"

——中国现代文学学科关键词解读

李俊国　　何锡章

中国现代文学研究 60 年，其学科性质和学科内涵，总处在不断地被规约和再发现的动态延展过程中。但是，任何一次关于中国现代文学学科性质与内涵的学术讨论，总是特定时期的时代意识对中国现代文学历史的简单性植入或渗透①。从这个意义上说，有关中国现代文学史的被规约或再发掘，也是中国现代文学历史的再遮蔽。从学科奠基时期的"新民主主义"性质的文学历史，到"无产阶级的，人民大众的"文学史界定，再到以"现代性"为价值坐标的"20 世纪中国文学"的学科性质论说，学术界对于中国现代文学学科性质和学科范畴的探讨，看似不断地趋向"科学"与深入，实际上仍是中国现代文学学科性质的含混与游移。正是由于中国现代文学史长期处在这样含混与游移，似是而非的状态，势必导致中国现代文学研究的大量"误读"与"错读"，或者简单重复，浅尝辄止。

自"古代中国"发生剧变而来的"现代中国"，不是一个完成态，也不是一个价值自足体的历史存在，而是一个不断被"当代"体认的中国历史的时段性区间。基于这样的历史哲学认知，本文旨在以"当代中国"所能够提供的社会历史文化视野与知识学术资源为依托，以研究者自身从"当代中国"的生存体悟与认知限度为出发点，重新追问或解读中国现代文学学科的三个关键词：何谓"中国"？如何"现代"？何为"文学"？阐释"中国"、"现代"、"文学"的历史语义的混杂性。以期通过对本学科

---

① 何锡章、李俊国：《从历史的单一视角到历史的多义阐释——中国现代文学研究历史反思》，《文艺研究》2004 年第 3 期。

关键词的追问与再阐释，显现有关中国现代文学与历史研究的相关"问题"。

一　何谓"中国"？

1917—1949 年的中国，其空间意义异常复杂。它几乎全部包含了古老中国向"现代中国"转型所遭遇的所有相关问题。仅五四之后的十年，就几乎将欧洲自文艺复兴以来的文艺问题复演了一遍。[①] "现代中国"，是由古与今、中与西、乡与城、精英与大众、启蒙与救亡、意识形态的政党纷争与日常生活的工商市场等无数的既对峙又纠葛的语义构成的复杂且盘根错节的历史区间。语义复杂且盘根错节，决定着"现代中国"是一个无比繁杂的复合体性质，决定着在"现代中国"的历史时空内所生发的任何历史文化文学现象，都是某种看似二元对峙，实则你中有我，我中有你，相互缠绕，互相纠葛的历史存在。

"现代中国"历史语义的混杂性，决定着我们的中国现代文学学科性质。它警示我们：此前任何有关学科性质的"定性"式概括或讨论，既是对"中国现代文学"的重新命名与规约，也是对"现代中国"历史混杂性的再遮蔽。对此，我们曾经主张，面对"现代中国"的历史混杂性，我们的现代文学研究，必须中止任何形式，任何单一视角、单一语义层面的对于所谓中国现代文学学科性质的简单归纳或简单界定。中止这类看似形而上，实则单向度研究的思维方式，中国现代文学研究，必须"从单一的历史裁判"回到"历史的多义阐释"。[②]

从某个具体的物事，进入"现代中国"的语义混杂性的多义阐释，孟悦的《"世界主义"景观与双重帝国边界上的都市社会》在这方面做得精彩。该论文以上海"张园"为例，详细解读出它的多重空间意义的变异：张园既是欧洲都市景观的翻版，也是它在上海的一次成功改写。张园，从一个都市的内景空间变成了社会公共批评的空间，张园的主人从欧美资产阶级的翻版变成了西方资产阶级的敌人，从与政府密切合作的官商变成了

---

① 蔡元培：《中国新文学大系·总序》，上海良友图书印刷公司 1935 年版。
② 何锡章、李俊国：《从历史的单一视角到历史的多义阐释——中国现代文学研究历史反思》，《文艺研究》2004 年第 3 期。

政府的批评者。张园，一个看似静态的都市物化空间，在孟悦的研究中，抉发出多国政治经济交汇其中的隐匿的"复数化"的历史语义①。

基于"现代中国"历史语义的混杂性，在"现代中国"历史时空内生成的中国现代文学历史，就不能是一个被轻易界定的对象，而是被多义言说、不断阐释的文学场存在物。如果将任何现代文学个案视为历史语义混杂性的文学场存在，那么，许多习焉不察、已成定论的现代文学史，就显现出太多的文学史"问题"。

例如五四新文学运动的"先锋性"与革命文学的异质同构性问题。此前，囿于"启蒙与救亡"的双重变奏的分析思路，学术界大多将从"文学革命"与"革命文学"视为两种互不相涉且存在断裂性质的文学史"突变"现象。事实上，五四新文化运动新文学精神试图超越现世的"创造性"先锋姿态，② 与革命文学所依循的创造一个"新世界"的革命理念，在世俗与事功层面的"先锋性"，具有相通性关联。而且，或许正是五四新文化运动的启蒙主义，先天性偏重于现世改造的事功价值，相对地缺失西方文化场中的启蒙主义与其相关的"普世意识"③，必然促使五四新文学由看似个性张扬的先锋姿态，迅速且必然地流入到革命文学的群体性精神崇拜及事功性价值崇拜之中。1920 年曾经"天狗"式的诗人郭沫若，在 1924 年，迅速地向无产阶级革命文学发生"突变"，其五四文学"创造一切"式的先锋精神与革命文学开创新纪元的先锋精神，异质同源。即使最具"女性主义"气质的丁玲，曾经以《梦珂》、《莎菲女士的日记》式的"情爱绝望与男性绝望"姿态横站五四文坛，30 年代初，便以《水》这类的群体性精神为价值支撑的"新小说"及其务实行动的革命工作，成为"左联"的文坛骨干。

从"文学革命"到"革命文学"，它们的生成机遇与语义内涵，它们的流变发展，以及它们各自的存在状态与话语空间，及其相互间的互涉性关联，应该成为我们重新研究多向解读的文学史现象之一。

---

① 孟悦：《"世界主义"景观与双重帝国边界上的都市社会》，收入《人·历史·家园：文化批评三调》，人民文学出版社 2006 年版。

② 陈思和：《试论五四新文学运动的先锋性》，《复旦大学学报》2005 年第 6 期。

③ 有关五四新文化运动的启蒙精神及其普世意识的缺失，参见王乾坤《新文化运动与普世意识》，北京大学中文系主办的《"五四"与中国现当代文学国际学术研讨会》论文集，2009 年 4 月。

二　如何"现代"?

　　"现代",在中国现代文学史学科范畴里,既是一个时间概念,更是一种多义复合体的价值论概念。如所谓启蒙现代性、民族革命现代性、都市文化现代性、文学审美现代性,等等。但是,在"现代中国",无论是器物经济,还是制度创设,以及精神心理这所谓文化三层面,是否"现代"?如何"现代"?我们不得不强调,基于"现代中国"历史场域的混杂性,"现代中国"如何"现代"这个问题,显得异常复杂。其中,最为突出的或许就是民族革命的现代性与文学审美的现代性的互逆问题。

　　经典作家曾经指出,人类某些重大的"历史运动",往往是在本国的"思想资料准备不充分"的情景下,"提前发生"且"超常发展"的运动形式。恩格斯指出,这种提前发生且超常发展的历史运动,"打破了历史的时刻表。看来,这是使革命得以完成的唯一方式"。显然,人类历史运动,包括中国民族革命运动,虽然"是使革命得以及时完成的唯一方式",但它在"扩大发展的过程中都不免裹进许多旧的,未经消化的,同它的本性相矛盾的东西"。① 其中,民族革命的现代性诉求与实践,与文学审美现代性的建构与坚守,在战争年代,一直呈现着互为背离的状态与症候。对此,最早敏感到并一直试图弥合这类互逆状态,剔除民族革命现代性进程中那些"同它的本性相矛盾的东西",是现代中国的文艺理论家胡风。胡风文艺思想的理论价值核心,在于从"民族解放"的现代性进程中,始终坚守"民族进步"的民主现代性,以及强化"个体生命意识"的文学审美现代性。因为坚守"民族进步"价值,胡风文艺思想一直标举革命战争时期知识者的"先进"作用,警惕大众的"精神奴役的创伤",提倡以"现代思维方法"与"国际文学经验"建设新文学的民族形式和大众文艺。因为对知识者进步功能的强调与文学的"个体生命意识"的尊重,胡风极力弘扬作家的"主观战斗精神"、"自我扩张意志",重视革命战争时期的文学描摹人民大众鲜活的"个体生命"的"感性活动"②。

---

　　①　里夫希茨:《马克思论艺术和社会理想》,人民文学出版社 1983 年版。
　　②　有关胡风文艺思想研究,参阅李俊国《复合历史哲学观念与个体生命意识——胡风文艺理想评析》,《文学评论》2002 年第 6 期。

然而，30—40 年代的中国，民族革命的现代性实践，单向度地追求"民族解放"的实践性目标。实用理性规约中的中国民族革命，因为现代民族国家形态建构的目标预设，相对冷淡了"民主进步"的文化现代性追求，中止或撇开了本应伴随民族革命现代性而生成的文学审美现代性。我们注意到，当战争（抗日战争和解放战争）成为现代中国的主要社会行为方式与价值主导形式的 40 年代，解放区文学因为战争时期特定价值观的要求，自觉而普遍地疏离了"世界文学经验"和"现代思维方法"。它们以直线进化式的时间进化意识，以"过去"、"现在"和"将来"不同时期的意义赋值方式①，以看似大众"民间"的文本外在形式，配以观念预设的创作理念，显示出近乎"古典"式的创作理趣与"伪"大众化的艺术外观。"现代中国"本应生成的文学审美现代性，遗憾地中止了它的生发空间。

三 何为"文学"？

在中国现代文学史学科，什么是"文学"的学术追问，除了文学本体论的学理追询，除了文学历史学的时空坐标参照，那么，"现代中国"的"文学"问题，总与"20 世纪"时间维度，"西方"话语或曰世界文学空间视域②，日益工业化时代的都市社会生存方式，以及个体审美自觉相关。什么是"文学"，或许是趋向于"无"的言说终极③，但什么是"现代中国文学"，什么是"现代中国"应该具备的文学审美质素，都是需要并可能在上述限定空间里得以探究。

我们坚持在 20 世纪的时空维度中，以世界文学经验为参照，以"现代"生存方式与审美自觉为言说"现代中国文学"应该具备的文学审美要素的必要限定。正如当我们讨论何谓"中国"，解读"现代中国"的历史语义混杂性时，我们绝不赞成因其历史语义的混杂性而坠入无所不包的

---

① 参见李俊国《时间意识与中国现代写实小说的叙事类型》，《文学评论》2007年第 2 期。

② 何锡章：《中国现代文学为什么选择西方话语》，《文学评论》2003 年第 6期。

③ 有关"文学"的历史性追询及其本体论探究，参阅王乾坤《文学的承诺》，三联书店 2005 年版。

"泛历史主义"倾向。当我们讨论现代中国的"文学"审美问题时,也不赞成无所不包的"泛审美主义"倾向。对"泛历史主义"和"泛审美主义"的双向否决,意在体现"中国现代文学"学科绝非仅仅只剩下时间意义,区别于"中国古代"文学的"现代"文学。

在中国现代文学史学科,追问什么是"文学",实际上是为了探寻"现代中国"的文学审美经验,把握"现代中国"的文学审美方式。我们承认,"现代中国"的文学审美经验和文学审美方式,并不存在某种固定的单一形态,但是,现代感、创新性、复杂型,应成为"现代中国"的文学审美经验与审美方式的基本美学属性。正因为这些基本美学属性,才使"现代中国"的"文学",与古代中国农耕文化的文学审美经验与审美方式形成了一定的美学分野。

基于我们对现代中国文学的文学性——现代感、创新性和复杂型——的把持,那么,许多文学艺术现象可能会有新的解释。比如郭沫若诗歌《女神》的艺术形式与美学意义。《女神》大量看似单调的排比手法,看似"直露"、"幼稚"的抒情方法,没有"和谐"之美,更无余音缭绕、三日不绝的"含蓄"之美。但正是它那看似"单调"、"直露"、"粗糙"的形式,体现出工业时代的审美经验:快速迅疾、粗暴凌厉的野性抒情方式。

行文至此,我们不得不指出,"古代中国"农耕文化社会形态与传统伦理社会结构形成的以"和谐"、"含蓄"、"精致"为特征的古典美学意识,依然支配着我们的现代中国文学研究,成为研究者的美学潜意识。在现代散文领域,我们向来推崇朱自清《荷塘月色》那以香草喻美人,以美人喻君子式的传统比喻手法,推崇茅盾《白杨礼赞》那由小到大的情感升华的寓意模式;相对冷淡丽尼、梁遇春、何其芳等个人心灵碎片式的散文美感经验,更为冷淡丰子恺那日常性的审美经验。在现代新诗研究中,研究者大多看重闻一多《死水》式的精致与整饬的现代格律诗,而忽略《飞毛腿》、《荒村》、《天安门》一类以戏剧手法入诗,书写北方中国荒原意象的艺术实验性。

如果转换我们的文学美学视点,那么,我们将会从30—40年代海派及相关作家的都市审美经验中,体悟出现代中国文学的"现代"审美方式及其美学意义,像新感觉派作家对于上海"情—欲剥离"、"人—物互渗"的人性异化的审美经验;像海派文学作家叶灵凤、施蛰存、徐讦等人的以变形荒诞等手法洞幽都市分蘖人格的"超验叙事"方式。① 反之，从"京派"乡土型作家的小说里，反观出废名、沈从文对乡土人性的单向度抽象性表现的简单。

同样的，当我们把文学的现代感、创新性与复杂型作为"现代中国"的"文学"审美要素时，我们不会忽视茅盾、巴金前期小说的现代美学意义；将会从战争年代的文学背景中，发现姚雪垠长篇《长夜》那来自民间的雄强而芜杂状态的人性言说方式；发现路翎小说那燃烧的语词所体现的令人颤抖的灵魂剖析的荒原经验；以及萧红小说冷峻的生存世相，温热的平民草根意识，内倾式碎片式断裂式的文学审美方式。②

---

① 有关海派都市派文学的"超验叙事"，参阅李俊国、祝复兴《精神漫游者的都市超验叙事》，载《甘肃社会科学》2007 年第 3 期，收入李俊国著《都市文学：艺术形态与审美方式》，华中科技大学出版社 2008 年版。

② 萧红小说分析，参见林贤治《在文学史上，她死在第二次》，《南方周末》2008 年 9 月 11 日。

重论新文学的本土化与民族化问题

贺仲明

在许多人看来，文学本土化与民族化问题是一个陈旧而落伍的话题，似乎本土化相对立的是现代化，而民族化则等同于大众化、通俗化。然而实际上，问题远非如此简单，而是值得深入地思考和探索，甚至可以说，这一问题深深关联着新文学的创作实绩和发展方向。而由于历史原因，我们对它的认识还远不够深入和全面，甚至存在着许多偏差和误读。而当前的社会文化背景，全球化、现代化的口号盛极一时，文学本土化和民族化问题的意义自然地凸显出来。对它的思考，有着特别的警醒意义。

一　如何看待百年新文学的成就

客观评价新文学所取得的成就是思考其本土化和民族化问题的前提。因为毕竟，新文学是在对传统文学进行叛逆的基础上发展起来的，它的精神和形式都主要来自于西方文学，如何成功过渡，将别人的火种真正燃起自己的火焰，需要比较艰难的过程。在新文学发展近一百年历史的今天，我们需要思考，它到底是否已经成熟，已经度过了尝试、滥觞、发展的阶段，进入到顺利上行的阶段？

我对新文学的基本看法是它尚未完全成熟，有三个方面的标志可以作为理由。

标志之一是新文学还缺乏真正具有世界高度和深度的文学作品。我们不简单以诺贝尔文学奖、世界声誉等来衡量中国作家和作品。因为我们知道，这中间存在着语言、文化、政治的障碍等复杂因素，但是，我们还是可以将新文学作品与传统文学、与西方优秀文学作品作横向与纵向的比

较。比较之下，我们确实可以看到，真正可以称为精品，能够在世界优秀
文学舞台上占有一席之地的作品确实很少。真正对人性有深刻的揭示，或
者说深邃地表现了中国社会民众生活和情感的作品，还不多见。

标志之二是从历史发展来说，新文学成就呈现的是下降的趋势。一种
文学是否成熟，最重要的标志是它的发展趋向。如果是健康的、向上的，
那应该是成熟的。反之则非。我以为，新文学发展的高峰是 20 世纪 30、
40 年代，此后，新文学总体上水准下降。这当中需要特别突出对 80 年代
以来文学的评价。因为对于新文学前几十年的批评人们都可以找到政治等
方面的理由来辩解，许多人肯定新文学的理由也在最近 30 年。那么，这
30 年的文学成就到底怎么样。我想这不能简单从与之前的几十年文学作比
较（这种比较固然也有其存在的理由），而是应该超出现时的视阈，从更
深远的背景上来看。一个背景是整个的世界文学历史，另一个背景是新文
学整体，尤其是现代文学历史。这 30 年我们出现了具有世界水准的文学
大师和大作了吗？哪位作家的作品超越了鲁迅、沈从文、老舍、曹禺了
吗？我不否定这 30 年文学中，作家们在创作技法上远比现代文学时期更
为先进和丰富，但其思想和艺术水准绝不能说比现代那些大家更高。尤其
是在文学语言上，我们有哪位作家的文学语言比鲁迅、周作人、沈从文、
老舍等作家更为圆熟和自然？更重要的是，如果说在文学形式上不乏个别
作家确实对前人有所超越，那么，在思想上，近 30 年作家是整体上的倒
退。我们对社会、对自然、对人心灵的认识其实一直是相当肤浅的。最多
跟随在卡夫卡、福克纳等人背后做些仿效。有多少思想是我们自己的，是
发自于我们本土，我们现实的？很值得疑问。就对人与自然关系的思考，
我们有谁超过沈从文了吗？对社会的批判深度，我们达到鲁迅的高度
了吗？

标志之三是新文学尚未建立起相对稳定规范的传统。新文学尽管已有
近百年历史，但其评价规范和经典标准始终没有真正建立，没有形成比较
稳固的评价标准和价值立场。比如散文文体的理论始终很混乱，诗歌的标
准和基本规范也都没有建立，缺乏现代的清晰和完备。什么是诗歌，什么
是散文，都不是很明确，更遑言什么是好作品什么是坏作品。虽然理论是
发展的，也允许存在一定的模糊性，但是，像新文学诗歌和散文这样的标
准混乱确实罕见，只能用理论贫乏、概念混乱来形容。同样，经典作家作
品的认定也没有建立规范。以前是鲁郭茅巴老曹，之后是新的颠覆与重

建，虽然这中间有了很大的进步，但也没有完全摆脱个人意气和其他因素的影响。客观的、科学的文学史评价尚未建立起来。而这，直接影响了新文学形成广泛的社会影响力。虽然文学与大众的关系受多种因素制约，而且，这一关系也不能作为评价一时期文学成就的基础，但是，新文学与大众严重隔膜还是反映了其生命力的不够深厚，也显示了其缺乏真正有生命力的经典作品。以诗歌为例。新诗已经有了近一百年的历史，我们能够记住多少首优秀作品？

二　新文学成就与本土化和民族化的关系

对于新文学成就较低的评价，不只我一个人，在这种看法出现后，也出现了很多辩解。其中最主要的理由是新文学时间短，不适合与几千年历史的传统文学和从优秀中选择出来的外国文学作比较。这种辩解不能说没有一点道理，但是，这种辩解事实上也已经认可了新文学成就不高这一判断前提。显然，判断不是目的，关键是要思考其原因，并对提高其水准提出行之有效的建议。

我以为，造成新文学成就不高，并且阻碍其进一步发展的重要原因，是其尚未能完成本土化和民族化的任务。没有完全摆脱西方文学的影子，真正独立地生长起来。具体来说，主要表现在这样几个方面：

其一是没有形成真正的本土关注。就像美国学者论20世纪初的美国文学："我们不是被训练成一个城镇、一个州或一个国家的公民；我们不是被训练得能从事为公共生活所必需的实业或职业；相反，我们得到的劝诫是进入国际性的学识共和国，这个共和国以雅典、佛罗伦萨、巴黎、柏林和牛津等地的传统为其传统。"① 从根本上来说，新文学作家还没有完全体现为为本土生活写作。他们的写作出发点不完全是源于生活本身的激发，不是源于对生活的洞察。所以，在新文学历史中，缺乏对真正关系中国现实命运问题的深切表现，更缺乏对未来深切的预见性和判断力。在一定程度上可以说，许多新文学作家写的虽然是中国现实生活，但关注点并非现实而是遥远的异国文化。一个典型的表现是最近20年的诗歌，最基

---

① ［美］马尔科姆·考利：《流放者归来》，张承谟译，重庆出版社2006年版，第26页。

本的意象都是西方文化中的，很少有民族化的意象。意象如此，更何况精神关注。这样的诗歌是不可能体现本土关注，具有本土精神的。

其二，是思想远离民族文化，没有从中开掘出独立价值的思想。优秀的文学需要深刻的独立的思考，这要有深广的文化资源为背景。作为一个中国作家来说，这一资源应该主要是中国文化，是中国式的哲学、思想和文学观念。只有这样，他对世界的认识和表达才可能是真正中国式的、具有独特文化意义的。对于一个作家（跨国的流寓作家有所例外）来说，它最基本的精神应该是其民族文化。因为任何民族文化都有其独特性，尤其是像中华民族这么古老而成熟的民族，文化的独特性是它立足的前提，也是它区别于其他民族的地方。它对世界、人生、道德的看法，虽然有不够完善的地方，也需要改变和发展，但其拥有相对稳定的基本精神，它是民族文化的精髓。一个作家只有立足于民族文化的独特个性中，才能真正发出自己的声音。由于政治、文化等原因的影响，中国传统文化一直受到批判，作家与之严重疏离，难以以之作为自己的文化资源。西方文化一直主导着新文学作家的思想主体，写实主义（现代文学时期）、马克思主义（尤其是新中国成立后）和各种西方现代思想（"文化大革命"后以来）轮流占据时代文化主体。不能说西方文化思想不深刻，但它产生于西方文化土壤，不是从中华民族文化中生长起来的，也难以生成真正独特的思想角度、思想成果，显示出中华民族生活和文化的价值。

其三，是没有形成真正独立的、具有民族特色的审美风格。文学由作家个体完成，当然最显著的是作家独特的创作个性和艺术风格，但是，真正成熟的作家创作，他的个性应该是自然地融会于民族文学个性之中的。因为文学主要反映本民族的生活，自然、风俗和人物气质上的个性化会投射在具体作品的审美风格当中，更重要的是，作家的内在精神灌注了民族文化个性，它的思想、文化自然带了民族文化的特征。于是，一部具体作品所表现出的审美特征会自然带有民族审美的群体色彩，在其作家个性背后会蕴涵更深邃更广袤的民族审美特征。换句话说，民族文学的个性是由众多民族色彩显著的作品所构成，每一部优秀作品都是民族文学个性的组成部分。这也造成了每一个成功的民族文学都有其独特个性。如德国文学的哲学性；俄国文学的神性；美国文学的世俗性等。这些特点的形成背后都是其民族的文化个性，或者说就是其本土特色。但是，新文学没有完成这一任务，没有形成整体的个性特征。

新文学未能完成其本土化与民族化任务的原因，首先是整体文化的西方化倾向。20世纪以来的文化是西方向中国灌输的文化。这是历史给予封闭保守了几百年的中国社会一个正当的报复，其结果也是促进中国社会的现代化。但是，它对于文学的发展则是弊大于利。因为西方化的文化观念大潮主导着新文学的发展方向，影响它深入自己的传统和生活，始终生活在西方文化的巨大阴影中。其次是政治等外在因素的强大影响。新文学具有非常强的功利性特点，尤其是因为现实环境的恶劣，文学被纳入到政治的强烈影响之下。虽然这有一定的历史合理性，但客观上对文学发展构成了严重伤害，导致文学的民族化和本土化诉求被简单地等同于通俗化和大众化，缺乏真正深入的本土化和民族化探索。

三　如何理解和实现本土化与民族化

要深入认识文学本土化与民族化问题，对其概念的辨析是重要的基础。因为虽然文学的本土化和民族化远不是一个新的话题，但是对其内涵的理解却始终存在着误解和简单化。很多人认为"民族化"就是"大众化"、"通俗化"，"本土化"就是保守、封闭。实际上，本土化与民族化的内涵远不是这么狭窄，更不是封闭和保守的体现。或者换句话说，文学本土化和民族化是对文学整体的要求，它应该体现在文学从本质到外在，从精神到形式的各个方面，文学的内在思想、审美个性、艺术传统等各方面都渗透着其基本个性和基本精神。

我想举最基本的文学概念和评判标准为例。其实判断何谓文学，何谓优秀的文学，就带有很强的民族色彩。虽然人类文学有共同的特征，但是并不存在完全统一的文学标准，尤其是判别何为优秀文学的标准。或者明确地说，这一标准在部分程度上存在，比如那些表现人类共性的作品，如对人性的揭示等，是可以有共同标准的。但是另一部分就可能不存在共同的标准，比如反映民族精神，带有很强民族气息的作品，就没有世界标准。也许它只能获得民族内部的接受和肯定，但并无损于它的价值和高度。

在这个意义上，并非被世界接受和认可的文学才是优秀的，完全存在虽然很优秀，却可能不被外民族所接受和喜爱的文学创作。事实上，文学史已经体现了这一点。我们对西方文学的接受与其本国人自己的标准其实并不一致。就法国文学来说，我们所激赏的罗曼·罗兰、巴尔扎克等，在法国本国并不是最受欢迎的。这并不能说罗曼·罗兰就一定比龚古尔等成就高，只能说它更具世界普泛性，更能为中国读者所接受——这一点就像文学翻译。文学翻译能够翻译出一些精彩处，但是，正如张承志在《美文的沙漠》① 一文中所说，文学作品中有些东西是不可译的。它只有在民族文化背景下才能被理解、被接受，脱离了这种背景就不可能被认可和理解。由于文化弱势等原因，中国文学一直缺乏足够的自信，文学观念和文学标准也一直被西方牵引着。这一情况应该改变了。文学不是为他人写作，为他国写作，最基本的应该是本民族大众，表现民族生活和民族精神。

文学概念和评判标准只是一个例子，事实上，在文学的任何方面都凝聚着本土化和民族化的要求。相应地说，文学要实现本土化与民族化，也需要在多个方面深入到民族中，要将文学与民族文化和生活密切联系起来。具体说，我以为以下几点是最重要的：

首先，要加强对生活的深入体察。一方面，生活体现着最基本的民族关注，在普通大众的日常生活中，蕴涵着传统文化的底蕴，体现着作家与民族生活的心灵关系。马尔克斯曾经谈过拉美文学："如果连我们自己都不能适当地表达自己的困难，那么，生活在世界另一边，醉心于欣赏自己文化的有识之士，不能有效地理解我们拉丁美洲，就是可以理解的了。……用不属于我们的模式，来解释我们的现实，只能使我们更得不到了解，更孤独。"② 这对新文学同样有意义；另一方面，生活是民族审美最基本的体现物。任何民族的特点都自然呈现于日常生活中，这些有特色的、新鲜的民族生活会呈现出自然的民族审美个性。这不需要刻意地追求和选择，而应该是自然的传达和描摹。

其次，是对民族文化（文学）传统的深入体会。这里特别强调的是古典文化（文学）传统。由于意识形态的原因，中国古典传统长期被排斥于新文学的接受之外，新文学作家的传统文学素养呈现明显而严重的下降趋势，新文学与传统古典文学的关联越来越浅，距离越来越远。因此，我们

① 张承志：《美文的沙漠》，《绿风土》，作家出版社 1992 年版。
② 加西亚·马尔克斯：《获奖演说》，穆易编译《给诺贝尔一个理由》，中国广播电视出版社 2001 年版，第 98 页。

很多人一谈到民族文化，就很自然联想到大众文化、通俗文化，就像一谈文学民族化就想到文学大众化一样。这其实也是不准确的。任何民族文化都包括有雅和俗、民间和主流两部分，传统文学的内涵同样包括传统古典文学，甚至说，中国古典文学发展更为成熟，成就更高，凝聚的民族文化更丰富，在新文学民族化中占着更重要的位置。我们吸收民族文化，应该两方面都有所关注，不能单一方向发展。以新诗为例。长期以来，新诗发展都以西方文学为圭臬，谈民族化都只局限于民间文学。这一趋向，严重伤害了新诗与本土生活、本土文化的深在关联，丧失了其独特的民族个性审美特征。事实上，中国传统文学的优秀个性完全具有可以借鉴和深化的价值，可以为新诗和其他文学形式发展提供精神支援。如同艾略特所说："传统……不但要理解过去的过去性，而且还要理解过去的现存性，历史的意识不但使人写作时有他自己那一代的背景，而且还要感到从荷马以来欧洲整个的文学及其本国整个的文学有一个同时的存在，组成一个同时的局面。这个历史的意识是对于永久的意识，也是对于暂时的意识，也是对于永久和暂时的合起来的意识。就是这个意识使一个作家成为传统性的，同时也是这个意识使一个作家最敏锐地意识到自己在时间中的地位，自己和当代的关系。"① 强化传统文学资源的影响力，深化与传统的精神联系，是当前新文学发展的迫切方面。

当然，文学本土化和民族化的内涵是丰富的、宽容的、变化的，而绝对不是狭窄的、排他的、停滞的。本土化同样需要西方文学资源的支持和丰富，或者说，文学本土化和民族化既需要立足传统和本民族生活，也需要吸收其他民族文化和文学的营养。对本土传统，也需要作出细致的甄别、整理和挖掘，需要强烈的批判精神，进行充分的扬弃，吸收其中具有现代意义的内容。它的最后和最高目标是融会传统和西方、民间和古典两方面的影响，形成自己独立的个性，成为现实生活和民族个性最恰当的反映者和表现者。

---

① 艾略特：《传统与个人才能》，《艾略特诗学文集》，卞之琳译，国际文化出版公司 1989 年版，第 2 页。

国家与文学

——中国当代文学特殊性再认识

周晓风

一

著名美籍华人学者叶维廉先生在他的《东西比较文学中模子的运用》一文中曾提出一个有名的"模子"的问题。按照叶先生的说法:"所有的心智活动,不论其在创作上或是在学理的推演上以及其最终的决定和判断,都有意无意地必以某一种'模子'为起点。"而"模子"的问题之所以重要,在于"'模子'是结构行为的一种力量,使用者可以把新的素材来拼配一个形式"。中西比较文学中的突出问题,即是许多西方学者对中国这个"模子"的忽视,以及硬加西方"模子"所产生的歪曲。所以,"跳出自己的'模子'的局限而从对方本身的'模子'去构思,显然是最基本最急迫的事。"①

其实,学术研究中"模子"的问题到处都存在,并不限于中西比较文学。而且也有各种各样的"模子"。它们作为某种思维定式,必然在很大程度上影响到人们对于事物的理解。所以,"模子"的问题始终是学术研究中一个需要重视的问题。例如,中国当代文学研究,虽然已经取得了众所周知的丰硕成果,但仍然存在一个"模子"的问题,并且在一定程度上影响和限制了它的进一步发展。其中最突出的是中国现当代文学一体化的思路所形成的研究"模子"。

中国现当代文学一体化思路作为中国当代文学研究的一种"模子",

---

① 《叶维廉文集》第一卷,安徽教育出版社 2002 年版,第 26 页。

早在 20 世纪 50 年代初期王瑶先生的《中国新文学史稿》中就已经埋下伏笔。1953 年 8 月，王瑶先生出版了上下两册的《中国新文学史稿》。① 这是新中国成立以后中国内地正式出版的第一部中国现代文学史著作。按照温儒敏等先生的说法，"该书第一次将'五四'新文化运动为开端一直到中华人民共和国成立（1917—1949）这一段文学的变迁作为完整独立的形态，进行科学的、历史的、体系化的描述，奠定了现代文学作为一门学科的格局"。② 从当代文学研究的角度看，该书值得注意的地方在于，该书在下册增列了一个约 3 万字的附录"新中国成立以来的文艺运动"，集中介绍了 1949 年 10 月新中国成立以来到该书 1952 年 5 月完稿时的文学发展概况，包括"思想领导与组织领导"、"文艺普及工作与工农兵群众文艺活动"、"戏曲改革工作"、"理论批评与思想斗争"、"创作情况"、"文艺界整风运动"等。这就开创了一种先例，或者说提供了一个"模子"：新中国成立以后的文学是中国新文学在新的历史时期的发展和延续，可以和应该沿用中国现代文学的研究方法来研究中国当代文学。但由于那时中国当代文学和当代文学研究都还处于初创阶段，加上不断的政治运动和思想改造运动的冲击，所以在新中国成立以后一直到"文化大革命"爆发，中国当代文学研究中的现当代文学一体化的研究模子并没有得到有效推行。中国当代文学研究本身也经历了一个曲折和复杂的发展过程。中国现当代文学研究一体化的再度提出并产生更大的影响，是新时期以后的事情。20 世纪 80 年代中期黄子平、陈平原、钱理群等先生的"20 世纪中国文学"观和陈思和先生的中国新文学整体观则是上述观点的集大成。所谓"20 世纪中国文学"，其基本观点就是认为 20 世纪中国文学是一个不可分割的整体，"是由上世纪末本世纪初开始的至今仍在继续的一个文学进程，一个由古代中国文学向现代中国文学转变、过渡并最终完成的进程，一个中国文学走向并汇入'世界文学'总体格局的进程，一个在东西方文化的大撞击、大交流中从文学方面（与政治、道德等诸多方面一道）形成现代民族意识（包括审美意识）的进程，一个通过语言的艺术来折射并表现古老的中华民族及其灵魂在新旧

---

① 王瑶：《中国新文学史稿》，上海新文艺出版社 1953 年版。
② 温儒敏等：《中国现当代文学学科概要》，北京大学出版社 2005 年版，第 77 页。

嬗替的大时代中获得新生并崛起的进程"。① 根据这样一种基本理解，中国现当代文学显然具有内在的一致性，这种所谓的内在一致性在20世纪90年代关于文学现代性的讨论中得到了进一步强化，有时候人们甚至就用现代文学的概念来指称整个中国现当代文学，包括新中国成立以后的当代文学。中国现当代文学研究一体化的研究思路或者说研究"模子"也就具有了无可争辩的合理性。这种研究模子假定，新中国成立以后形成和发展起来的中国当代文学是现代文学的延伸或者说在当代的发展。现代文学的发展规律完全适合当代文学，现代文学的研究方法也应该完全适合当代文学。

应该看到，中国现当代文学一体化的研究思路是有其历史原因的，并对中国当代文学研究的发展产生了重要影响。这主要是因为现代文学与当代文学在时间上具有某种连续性，同时现当代文学作家队伍的构成也有着某种一致性。1949年7月召开的第一次全国文代会被认为是中国当代文学的起点，而被邀请参加这次会议的大多是现代文学史上有成就有影响的作家，而且其中不少作家此后继续在当代文学创作上取得成就。这些都在很大程度上支撑着现当代文学一体化的理念。至于"20世纪中国文学"命题所说的现当代文学的内在一致性，情况则较为复杂。一方面，20世纪中国文学的现代化进程的确包含了极为丰富的历史内涵，具有内在的一致性和历史的合理性。从这个意义上讲，把中国当代文学看作是中国现代文学在新中国历史条件下的延续和发展，形成中国现当代文学一体化的思路和研究模式，不仅可以理解，而且有助于从一个方面深化人们对中国现当代文学的认识。但是，另一方面，中国当代文学60年的发展历史表明，当代文学既具有跟现代文学相同或相近的一些特征，更有着现代文学以至中国传统文学所没有的一些重要特征，甚至是一些重大的基本特征。没有这样一些基本特征，中国当代文学就不成其为当代文学。我们认为，中国现当代文学一体化的思路和研究模式在深化了对当代文学认识的同时，也遮蔽了当代文学某些最为重要的基本特征。所以我们提出中国当代文学具有自己的特殊性的命题。

---

① 黄子平、陈平原、钱理群：《论"二十世纪中国文学"》，《文学评论》1985年第5期。

二

中国当代文学的特殊性是我们为深入认识中国当代文学的特征和规律而提出来的一个命题，希望能够引起学界的足够重视。我们所说的中国当代文学的特殊性，并不仅仅是指当代文学在一些局部上或外部表现形态上具有自己的某些特点，而是说中国当代文学在一些根本性质和基本形态上具有与现代文学完全不同的特征。我们所说的中国当代文学的特殊性，也不否认 1949 年 10 月新中国成立以后的中国当代文学是从现代文学发展而来，而且与中国古代文学传统有着深刻的内在关联。

在世界文明发展史上，中国是一个特别重视文学艺术的国度。不仅在中国古代政府就设立过采诗的官府和以诗取士的制度，对文学艺术的地位给予很高的推崇，而且普通人生活的许多方面都深深打上了文学艺术的烙印，甚至到了不学诗无以言的地步。但中国古代文学的发展，基本上仍处于一种自由的和自发的状态。这里所说的中国古代文学的自由和自发的状态，并不是说中国古代作家的创作不受政治经济和重大社会事件的影响和制约，更不是说中国古代作家缺乏社会责任。恰恰相反，中国古代文学一直具有一种"饥者歌其食，劳者歌其事"的现实主义文学精神和所谓"文以载道"的儒家文学思想传统。问题在于，所有这些所谓的文统和道统，都主要取决于作家的理解和感同身受而产生不同的作用。换言之，中国古代文学的发展，尽管受到官府和民间的广泛重视，但主要是靠作家的自由创作来给予推动的，并没有成为国家体制中的重要组成部分。国家既没有设立专门管理文学艺术的机构，也没有把文学艺术的发展列入国家总体规划，甚至也没有形成对于文学艺术统一的指导思想。因此，中国古代文学在总体上属于作家的文学而不是国家的文学。文学研究也主要是研究作家的创作和与之密切相关的文学现象。

20 世纪以来，随着现代民族国家的发展，中国现代文学的发展在与国家的关系上出现许多新的复杂情况。一方面，在近代以来各种内外社会矛盾的共同作用下，中国传统社会从 19 世纪末开始整体"坍塌"并被迫开始具有现代意义的"世俗化"转型进程。这一进程在导致中国传统宗法社会解体的同时，也极大地促进了与现代社会大工业生产方式相适应的政治、经济、文化、教育、社会等方面的具有现代特征的各项制度的逐渐形成。其中，报刊出版业的迅猛发展和新式教育的普及，在促进文学艺术大众化的同时，也为现代文学的发展提供了新的制度性资源，使作品连载、读者普及以及文学社团的形成等成为可能，也使国家对于文学艺术的管理成为需要。这又进一步促成了文学创作、文学流通和文学消费向着社会化和体制化方向发展。另一方面，中国在现代民族国家形成和发展过程中所处的民族危机的历史情境，需要把一切社会资源纳入到挽救民族危亡和建立民族国家的事业中来，国家对于文学艺术有着更为急迫的现实需求。中国现代社会所面临的救亡图存的现实进一步加剧了文学的体制化和国家化进程。正是在这样的背景下，文学艺术事业开始被纳入国家管理体制，逐渐成为国家机器中的一部分。1928 年南京国民政府依照孙中山的"建国方略"提出以"三民主义"思想为核心的《训政宣言》，并在 1929 年 6 月召开的国民党全国宣传会议上通过了"创造三民主义的文学"、"取缔违反三民主义之一切文艺作品"的"本党文艺政策案"。[①] 此后，国民党政府采取了一系列政策措施，包括由国民党宣传机器所进行的思想动员，扶持御用文人开展三民主义特别是民族主义文学创作和理论批评，制定《宣传品审查条例》，设立邮政检查所，迫害左翼作家，封杀进步文艺作品等，开创了中国现代国家政权文艺国有化体制化的先例。但是，正如众所周知的那样，国民党的文艺政策连同文艺体制化的努力并没有取得成功。国民党政权除了缺乏正确有效的政治经济和思想基础外，始终没有真正实现全国的统一。即使在国统区内部，也没有一个真正为文艺界共同接受的文艺政策思想，更没有一个统一的机构来负责文艺政策的落实。值得注意的是，受到相同的历史条件的影响，中国共产党在其所管辖的解放区延安等地同样实施了类似的文学体制化措施，而且远比国统区更为成功。毛泽东在延安整风时期发表的《在延安文艺座谈会上的讲话》作为中国共产党的战时文艺政策，不仅明确提出了要使革命文艺成为革命机器中的"齿轮和螺丝钉"的文艺体制化思想，而且对中国共产党领导文艺的方法和措施等都提出了进一步要求，并且取得了明显的效果。但由于那时中国共产党的力量还相对较弱，还没有取得全国政权，其领导组织和管理文艺的经验和做法虽然在国统区也有所体现，基本上还只是局限于解放区。因此，从总体上

---

① 转引自倪伟《1928—1948 年国民党的文艺政策与文学运动》，复旦大学博士后报告，2001 年，第 13 页。

看，中国现代文学的发展，虽然有了某些体制化因素，但并没有取得实质性进展。中国现代文学实际上仍然主要是属于作家的文学而不是国家的文学。正是在文学的体制化及其社会性质问题上，中国当代文学表现出与现代文学的重大区别，形成中国当代文学的特殊性，并由此带来一系列需要研究的问题。

中国当代文学的特殊性在许多方面都有所表现，其中最主要的一点是，中国当代文学已经不再是历史上的那种自发的自由的文学，而是一种高度统一的社会主义国家文学，是作家的创造性劳动和国家的体制性因素共同作用的结果。1949 年 10 月新中国的成立掀开了中国文学发展新的一页。新中国的成立对中国当代文学带来的最大影响就是统一的当代文学的形成。这里所说的"统一的当代文学"，准确地说，实际上就是统一的社会主义国家文学，其含义包含了以下几个方面：首先是统一的指导思想。这就是用毛泽东《在延安文艺座谈会上的讲话》中提出的"文艺为工农兵服务、为无产阶级政治服务"的思想作为新中国文艺的指导思想。周扬在 1949 年 7 月召开的第一次全国文代会上所作的《新的人民的文艺》的报告中有一段重要的讲话，其中说道，"毛主席的'文艺座谈会讲话'规定了新中国的文艺的方向，解放区文艺工作者自觉地坚决地实践了这个方向，并以自己的全部经验证明了这个方向的完全正确，深信除此之外再没有第二个方向了，如果有，那就是错误的方向"。① 这实际上讲的是中国当代文学的社会主义性质和工农兵方向。其次是统一的管理机构。第一次全国文代会召开后，成立了全国统一的文学艺术管理机构——中国文联及其下属的各文艺家协会。其中与文学直接相关的最主要的是作家协会。因此，中国当代文学的具体管理机构主要有各级文联和作家协会。而几年一次的全国文学艺术工作者代表大会则是理论上的最高权力机构。由于文联和作协一直被定位为党和政府联系文学艺术家的桥梁和纽带，在性质上都属于所谓群团组织，并无强有力的管理职能，因此，真正具有控制和协调功能的管理机构实际上是党委系统的宣传部以及政府系统的文化局、新闻出版局等。这些管理机构管理职能和管理方式的演变，从一个方面构成了当代文学管理体制的重要内容。这里所讲的则主要是当代文学体制化的有

---

① 《中华全国文学艺术工作者代表大会纪念文集》，北京新华书店 1950 年版，第 70 页。

关内容。第三是统一的评价标准。这一评价标准最初还只是较为笼统的政治标准和艺术标准，以后经过毛泽东在《关于正确处理人民内部矛盾问题》的有关"六条标准"的进一步阐述，形成较为完整系统的批评标准。这实际上讲的是中国当代文学社会主义性质及其在文学管理上的具体运用。由于中国当代文学在发展过程中经历了曲折的过程，上述几个方面的"统一"也出现过复杂的情况，甚至像"文化大革命"那样的无政府局面，但从总体上看，"统一的国家文学"仍然是中国当代文学最重要的特征，也最能够集中代表中国当代文学的特殊性。其中最主要的内容，一是社会主义文学发展方向，二是社会主义文学管理体制。这里所说的社会主义文学，其实也就是具有中国特色的社会主义文学。两者从根本上规定了中国当代文学的特殊性，使中国当代文学区别于中国历史上任何一个时代的文学。研究中国当代文学，如果离开了或者甚至回避这样一个基本特征，就不可能获得正确的了解和理解。正因为如此，中国现当代文学一体化的研究"模子"显然不可能对于中国当代文学做出正确有效的解释。最主要的原因就在于，现当代文学一体化的思路不可能对当代文学的社会主义性质给予充分重视，也不可能真正认识国家体制对于当代文学的重要意义及其所带来的局限。

三

中国当代文学作为社会主义国家文学这一基本特征其实早已成为不容讳言的事实，并受到学者们的广泛关注。早在 1962 年出版的华中师范学院集体编写的国内第一部《中国当代文学史稿》，就在"绪论"中明确提出新中国成立以来的文学是社会主义性质的文学。[①] 以后华中师范大学王庆生教授在其主编的三卷本《中国当代文学》中进一步强调了这一立场，认为"作为中国革命有机组成部分的现代文学和当代文学，都是在共产主义思想体系的照耀下，在无产阶级及其政党的领导下形成和发展的。它们之间，既有紧密的联系，又有一定的区别。由于民主革命阶段的任务所规定，现代文学在指导思想上虽然是社会主义因素起着决定作用，但其基本

---

① 华中师范学院中文系集体编写：《中国当代文学史稿》，科学出版社 1962 年版，第 1 页。

内容仍是人民大众的、反帝反封建的文学，属于新民主主义范畴。中华人民共和国成立以后，随着社会制度的根本变化，我国当代文学具有了鲜明的社会主义性质和内容，它是以共产主义思想为核心的社会主义文学，是社会主义精神文明建设的一条重要战线"。① 张炯先生在其主编的《中华文学通史·当代文学编》的"绪论"中也明确指出，"中国当代文学已基本成为人民的社会主义文学，成为社会主义经济基础的上层建筑意识形态"。② 此外，近年来许多中国当代文学研究者也都纷纷注意研究中国当代文学体制问题。如北京大学洪子诚先生在他的《中国当代文学史研究讲稿》中，突出谈到了中国当代文学体制的"一体化"现象："首先，它指的是文学的演化过程，这就是我刚才说的，一种文学形态，如何'演化'为居绝对支配地位，甚至几乎是惟一的文学形态。其次，'一体化'指的是这一时期文学组织方式、生产方式的特征。包括文学机构、文学报刊，写作、出版、传播、阅读、评价等环节的高度'一体化'的组织方式，和因此建立的高度组织化的文学世界。第三，'一体化'又是这个时期文学形态的主要特征。这个特征，表现为题材、主题、艺术风格、方法等的趋同倾向"。③ 杨匡汉、孟繁华主编的《共和国文学 50 年》曾列专章介绍"社会主义文艺体制的建构"④；孟繁华、程光炜的《中国当代文学发展史》也列专章介绍"当代文学的内部制度"⑤，以及王本朝《中国当代文学制度研究》⑥、周晓风《新中国文艺政策的文化阐释》⑦ 等，均对中国当代文学体制化问题给予了重视。德国学者顾彬先生在中国大陆出版的《20世纪中国文学史》在论述 1949 年以后的中国文学时，也特别注意到当代文学的组织形式，认为中华人民共和国在建国后迅速把文学纳入了国家组织体系。⑧

① 王庆生主编：《中国当代文学》第一卷，上海文艺出版社 1989 年版，第 1—2 页。

② 张炯等主编：《中华文学通史·当代文学编》"绪论"，北京华艺出版社 1997 年版。

③ 洪子诚：《中国当代文学史研究讲稿》，三联书店 2002 年版，第 188 页。

④ 杨匡汉、孟繁华主编：《共和国文学 50 年》，中国社会科学出版社 1999 年版。

⑤ 孟繁华、程光炜：《中国当代文学发展史》，人民文学出版社 2004 年版。

⑥ 王本朝：《中国当代文学制度研究》，北京新星出版社 2007 年版。

⑦ 周晓风：《新中国文艺政策的文化阐释》，中国社会科学出版社 2009 年版。

⑧ 顾彬：《20 世纪中国文学史》，华东师范大学出版社 2008 年版。

遗憾的是，由于学术的和非学术的多方面原因，对于中国当代文学的特殊性的认识，常常受到来自不同方面的干扰。一方面，我们可能因为过于强调中国当代文学的特殊性而忽视文学的理想和文学发展的普遍规律，到最终可能成为对当代文学毫无批判眼光的照单全收。另一方面，我们也可能因为忽略中国当代文学的特殊性而简单沿用历史上的文学标准去加以评判，从而导致出现不能正视这样一个巨大的历史存在的尴尬境地。在我看来，迄今为止的中国当代文学研究，尽管对新中国成立以来出现的许多优秀作家作品给予了积极评价，对"文化大革命"这样的历史悲剧也不乏深刻的批判，但对于中国当代文学的社会主义性质及其对当代文学的影响并没有作出深刻而有效的解释，也没有对中国当代文学的体制化现象及其对于当代文学发展的积极意义和历史局限作出令人信服的说明。

国家是社会发展到高度发达阶段出现的一种社会组织形式，也是迄今为止最重要的一种社会组织形式。国家把全社会的力量集于一身，为社会发展提供资源和秩序保障，同时形成对于社会生活的控制，以便促使社会更好地发展。现代国家的出现反映了人类对自身的认识已经达到高度成熟的阶段。正是因为如此，民族国家的兴起，就成为19世纪以来世界各个地区出现的一种普遍现象。20世纪初期社会主义国家在苏联的出现，既反映了社会主义运动发展已经达到建立国家政权的程度，也可以看作是各国人民对自己国家发展道路的历史选择。因此，中华人民共和国的成立和社会主义道路的选择，绝不应当看作是一种偶然的结果。同样，新中国成立以后社会主义国家文学的形成，也只能是中国文学发展到20世纪50年代后的必然产物。但社会主义国家文学实在是一个庞大的文学话题，需要进行多方面的研究。这里面既包含了一般国家文学的认识，更是对于社会主义国家文学的认识。就国家与文学的一般关系而言，世界各国似乎并未就此形成统一的模式，文学和政治学研究至今对此显得束手无策。前苏联在处理国家与文学的关系上提供过一种有影响的模式，那就是列宁的那篇著名的《党的组织和党的文学》所表述的那样，使文学成为革命事业机器中的"齿轮和螺丝钉"。它显示了国家对于文学艺术的一个基本态度，那就是高度重视文学艺术在国家建设中的地位和作用，并且希望按照国家的需要去发展文学艺术，以便更好地用文学艺术去促进国家的发展。这样一种基本态度成为社会主义国家、所有经济社会不发达国家在处理国家与文学关系上的基本准则。斯大林时代的苏联文学在处理国家与文学的关系上曾经有过极端的做法，包括粗暴取消文学刊物、处理作家等，但这不应该看作是社会主义国家处理国家与文学之间关系的常态。这里涉及西方国家对社会主义本身的一个基本的批评，那就是把社会主义国家体制看作是一种不民主的集权体制。所以，社会主义国家体制内的文学常常被认为是不自由的文学。而以美国为代表的西方发达国家常常宣称它们的国家对文学不加干涉，它们的文学是自由的文学。其实任何国家均需要对社会实施有效控制，只是选择的侧重不同而已。美国虽然没有文化部，文学艺术的体制化程度似乎不如前苏联，但美国政府仍然通过新闻出版和海关税收等方面的政策对文学艺术实施必要的控制。例如，美国的有关法规明确规定，凡准备在美国进行现场表演和制作音像制品（电影和录像制品）的外国文艺工作者及其技术助理，在申请签证之前应先从美国移民归化局得到批准书。因此，不应该简单否定国家对于文学艺术的管理乃至文学的体制化现象。重要的是需要对这一历史现象进行实事求是的研究，以便找到其中的规律，促进文学艺术的健康发展。

中国当代文学的管理体制经历了一个曲折的发展过程，既有成功的经验，也有失败的教训。中国当代社会在处理国家与文学的关系上，最基本的做法，是把社会的文学改造成了国家的文学，文学成为一种国家规划的宏伟事业而纳入国家的管理体制，作家则成为国家公职人员而受到优待。这一方面可使文学有条件最大限度地发挥其为国家利益服务的功能，中国当代文学史上不少重要作品如《红旗谱》、《创业史》、《青春之歌》、《红岩》等，都是这一文学体制的产物。但另一方面，文学自身的丰富性和复杂性又决定了它不可能被国家文学体制所完全包括。文学体制化必然导致体制外文学的产生。这一问题直到 20 世纪 90 年代提出"弘扬主旋律，提倡多样化"① 以后才得到有效解决。在中国当代文学的国家体制内部，也有过作家把他们所理解的国家利益内化为创作上的自觉追求，党的文艺领导者以春风化雨的方式帮助文艺工作者积极投身社会主义文艺建设的成功例子，同时，也有过所谓"领导出思想、群众出生活、作家出技巧"的庸俗化管理方式和对文学事业的粗暴干涉。新时期以来随着社会主义市场经济的展开，当代文学的国家体制又出现许多重要的变化。用德国学者顾彬

----

① 江泽民：《在全国宣传思想工作会议上的讲话》，《人民日报》1994 年 3 月 7 日。

先生的话说，"如今，市场的力量使审查基本上形同虚设，但是国家在科学和严肃文学领域一直拥有决定权"。① 顾彬的说法并不完全准确，但传统的以军事动员为特征的国家文学体制与新时期以市场经济为导向的国家文学体制的交织，的确使这一问题变得更为复杂。所有这一切不过表明，中国当代文学作为高度体制化的社会主义国家文学早已不同于一般所说的现代文学。认真研究中国当代文学中国家与文学关系的规律及其复杂形式，必将极大深化我们对于中国当代文学的认识，也将进一步深化我们对于国家与文学关系的认识。

---

① 　顾彬：《20 世纪中国文学史》，华东师范大学出版社 2008 年版，第 260 页。

"形式的意识形态"

——论新历史主义对"重写文学史"的方法论意义

靳新来

　　"20 世纪中国文学"观念和"重写文学史"口号的提出，至今已有二十多年了。正像当初倡导者们所预料和期待的那样，指导新文学史研究的文艺观的改变，带来的是自由争鸣、众声喧哗的局面，"有许多在政治社会划一标准下无可争议的现象，在审美的标准下也许会出现热烈讨论的话题"。① 十多年理论探讨和重写实践，如今的确已是收获不菲。除了涌现出一批高质量的论文，还出版了不少文学史著作，例如谢冕主编的《百年中国文学总系》、孔范今和黄修已分别主编的同名书《20 世纪中国文学史》、陈思和主编的《中国当代文学史教程》、洪子诚著的《中国当代文学史》等。但重写文学史在获得突破和成绩的同时，也面临着好多问题和难点。例如关于解放区文学、"十七年文学"和"文革文学"的认识和评价，一直是争论的焦点。这实际上还是关涉到文学与政治的老问题。总的来说，无论是创作、批评，还是研究（包括文学史的写作），20 世纪中国文学都与政治结下了不解之缘。有人这样总结说："政治化思潮影响和制约着 20世纪大多数年代文学的基本走向。因此文学的政治化，可以说是中国现代文学最重要的传统之一。"② 这样说来，怎样看待文学与政治的关系，直接影响到对 20 世纪文学的整体把握和认识，是重写文学史绕不过去的基本

---

　　① 陈思和、王晓明：《关于"重写文学史"专栏的对话》，《上海文论》1989 年第 6 期，第 21 页。
　　② 朱晓进：《略论中国现代文学的政治化传统》，《上海社会科学院学术季刊》2002 年第 1 期，第 183 页。

问题。遗憾的是，这个问题我们至今没有很好地解决。

过去很长一段时间内，我们惯于用单一的政治学、社会学标准来评判文学，将政治置于至高无上的地位。政治构成文学赖以生成的历史背景的主体，具有文学作品本身无法达到的真实性和具体性。文学研究的任务就是试图再现作者的意愿、他的世界观、当时的政治文化背景。这样一来，文学史的研究和写作，便变成了社会历史发展逻辑的演绎和实证，变成了现代社会历史进行知识建构、逻辑运行的场所和资源，从而因为依附于政治而丧失掉自我独立性。这种历史主义文学批评和研究在新中国成立以后的中国统治长达三四十年，在这么长的时期内，政治权威意识作为一种制导力量支配着我们对文学史的认识和研究，人们惯于从现有的主流意识和形态的政治观、历史观出发，去总结、写作新文学发展史。于是，与主流意识形态话语相契合的左翼文学或左翼文学的派别处于主流的、支配的、唯一合法的地位，具有社会主义性质的"当代文学"高于仅具有新民主主义性质的"现代文学"。80年代中期，以人本主义、形式主义为主体的文学新潮，对传统的社会历史学批评形成强烈的冲击，一时间，文学的主体性、文学的审美本质、文学的形式，得到空前的关注，引发了一场文艺理论和观念的深刻变革，也给新文学史的研究带来了新转机和新气象。按照政治标准评判而一度被冷落的一大批作家作品开始置于审美标准下观照，得到了前所未有的新认识，例如废名、徐志摩、沈从文、梁实秋、林语堂、施蛰存、张爱玲、路翎等作家及他们的作品，在以往的文学史中往往一笔带过，而现在成了研究者关注的焦点并且获得了很高的评价。与此相应的是，原来一些地位比较高的作家却受到了质疑，最典型的例子就是茅盾被逐出了20世纪中国文学大师的行列。有些作家在文学史中的地位也许并没有这么大的变化，但对他们的解读却与以往大相径庭，甚至产生了全新的认识。在对作家作品进行大规模扫荡式个案重读的同时，研究者们也力图对这些研究成果进行整合、探索，以确立一种新的文学史观，重写文学史。一种新的现代文学史理念和格局逐渐浮出水面，"五四文学"（启蒙文学）主体地位得以重新确立，"新时期文学"被看作是对"五四文学"传统的承接而受到重视，而受政治影响比较大、社会功利性强、审美性相对比较弱的左翼文学、解放区文学、"十七年文学"、"文革文学"被边缘化，特别是"十七年文学"、"文革文学"，在有些激进者那里被当作是离开了"文学自身"的"非文学"而遭到了彻底的否定，甚至干脆就被排除在文学史之外。像这样为了贯彻一种文学史理念而无视文学基本事实的存在，显然对整个百年文学史造成了新的遮蔽与割裂。我们在处理文学与政治的关系上又走向了新的误区。究竟应该怎样对待 20 世纪文学发展史中文学与政治的关系？20 世纪 80 年代兴起的新历史主义文学批评，也许会给我们一些有益的启示。

新历史主义作为一种文学批评，源于文艺复兴研究，它直接反对的是所谓"旧历史主义"的学术研究，也就是曾一度长期统治我国文坛的庸俗的社会历史学批评，同时又反对将文学作品看作是封闭自足体系的形式主义的解读。它强调历史和意识形态批评，以政治化的方式研究文学，关注的是文学文本生成和存在的历史语境，特别重视意识形态话语、政治话语与文学的复杂联系。可以说它是在主体性发展成熟基础上兼容文学与历史、文学与个人的关系研究，既克服了传统历史主义实证式阅读的机械，又避免了形式主义的狭隘，有力地拓展了文学批评研究的视野，给文学文本的解读带来丰富的阐释空间和历史维度。

新历史主义文学批评并不回避文学的政治性，反而对此足够重视，高度强调。在美国学者弗雷德里克·詹姆森看来，文学的政治化，是整个 20 世纪第三世界文学的共同特征。他有几句很有名的论述："第三世界的文本，甚至那些看起来好像是关于个人和利比多趋力的文本，总是以民族寓言的形式来投射一种政治：关于个人命运的故事包含着第三世界的大众文化和社会受到冲击的寓言。"① 关于文学批评和文学史，美国文论家布鲁克·托马斯说："文学与批评并不占据一个脱离政治压力的超然空间而是不可避免地从属于政治压力。所有文学史的构成皆是政治性的。"② 新历史主义虽然这样高度强调文学的政治性，但并没有将政治置于文学之上，而是对文学的自足独立有充分的认识。这是它与旧历史主义的根本区别所在。美国文论家克劳迪奥·纪延认为："文学形成了一个独特的系统（它是一个客观过程而不是一系列作品），它不应该被归纳或从属于其它相邻系统。至于把文学系统当成同经济、政治和其它系统一样并行的系统，才

---

① 弗雷德里克·詹姆森：《处于跨国资本主义时代的第三世界》，《新历史主义与文学批评》，北京大学出版社 1993 年版，第 235 页。

② 布鲁克·托马斯：《新历史主义与其它过时话题》，《新历史主义与文学批评》，北京大学出版社 1993 年版，第 71 页。

有可能公正地评价社会整体的复杂性。"① 新历史主义反对对文本不加分析的社会决定论批评，主张要深入解读研究文本本身，在这方面它可以说吸收借鉴了形式主义批评的长处，但与形式主义又有根本的不同。形式主义批评以音韵、格律、结构、措辞、隐喻等"文学性"为研究对象，把文学文本当作是封闭自足的体系而与社会历史割裂开来，往往指出了文学作品的结构之后就无所事事了。而新历史主义试图打破这种历史与文学、内容与形式的二元对立。他们普遍认为文学形式本身具有意识形态性质，文学形式、文类、体裁的演变与意识形态的发展变化是统一的。在这里，意识形态不仅仅是题材内容，而且还是风格形式。所以对风格形式的研究并不是认识和了解意识形态的手段，而就是在进行意识形态本身的研究；文学史的研究也并不是为社会史作注脚，而是要搞清作品意识形态之间错综复杂的关系。詹姆森在他的著名著作《政治潜意识》中，鲜明地提出了"形式的意识形态"的概念，主张研究形式的意识形态性。他说："在某种既定的艺术过程及其一般社会结构中，共存着不同的符号系统，它们所包含的指定信息之间的主导矛盾，就是所谓的形式的意识形态。"按照这种观点，文体话语类型之间的生成转换就不仅仅具有形式上的意义，而且是意识形态内容重新编码的结果。詹姆森认为文学研究的任务就是通过阐释机制来对文学形式进行"解码"，以此开掘文学形式中所蕴含的"政治潜意识"。

关于历史、政治、文学之间的关系，美国学者伊丽莎白·福克斯—杰诺韦塞有极为独特和精彩的论述，她说："历史，至少好的历史（它同文物整理恰成对比）必定是有结构的，它不是归约主义的，不是迎合现实，不是目的论的，而是结构性的。"② 这里所说的结构，指的是历史中的各种复杂的社会关系，包括性别、信仰、种族、阶级的关系，等等，其中最主要的、赋予结构主导倾向的是政治。而正是结构，"制约着文本的写作和阅读"。她解释说："因为作为社会和性别关系的表现形式的文本本身就构成了种种关系体系：不是与历史无干的关系，而是由时间、地点和统治所构成的历史联系。如果对这些关系的结构缺乏清醒的意识，那么对文本的

---

① 拉曼·塞尔登：《文学批评理论》，北京大学出版社 2000 年版，第 455 页。
② 伊丽莎白·福克斯—杰诺韦塞：《文学批评和新历史主义政治》，《新历史主义与文学批评》，北京大学出版社 1993 年版，第 52—64 页。

阅读就会沦为私下的琐事。"① 接着她又进一步论述政治与文学的关系：

> 结构像话语一样，试图把现在和过去的政治纳入考虑的范围之内。因为政治如果不设界限就不存在。如果我们真的生活于一个天衣无缝的文本网络中，并通过它来表现我们自己，最终就会发现败坏我们生活和表现的是那些划界限的人，这些界限包括法律的界限，经典作品的界限，不同地位的界限。从这个角度看，政治作为规定和执行界限的意志，构成了经验本文性和历史的不可归约的核心。政治划了一条界限，这条界限制约这本文和本文性——即小写的本文与大写的本文——生产、生存和解读。②

福克斯—杰诺韦塞坦白承认，她的这些立场观点也是政治性的，她说："本文自身是人类存在中无以避免的政治本质的产物，是对这种本质的干预。关键不在于本文维护了某些特定的政治立场（虽然它们有可能去维护特定的政治立场），而在于它们是从它们无法从中彻底抽身的政治关系中产生出来的。"③ 福克斯—杰诺韦塞的这些论述深入、透辟地说明了文学与政治密不可分的关系，在新历史主义理论中很有代表性，非常近似于法国后结构主义批评家福柯的话语实践理论。因此，福柯有时也被看作是新历史主义的重要代表。事实上，福柯的思想也确实得到新历史主义者们的强烈认同，对新历史主义理论影响很大。福柯揭示了话语和权力的复杂关系，他认为任何貌似独立的话语都与权力有关，而且权力与话语不是单一的因果关系，而是一种互为生产的关系。——"权力的行使不断地创造知识，而反过来，知识也带来了权力。"④ 按照这一逻辑，任何文学形式的生成和存在都不是偶然的，都与权力形式——意识形态密切相关。因此，福柯主张用一种还原历史语境的"知识考古学"的方法，去进行话语研究和分析，也就是将话语放在特定的历史情境中细致考察，指出它发生发展

---

① 伊丽莎白·福克斯—杰诺韦塞：《文学批评和新历史主义政治》，《新历史主义与文学批评》，北京大学出版社 1993 年版，第 52—64 页。
② 同上。
③ 同上。
④ 福柯：《关于监狱的对话》，《福柯集》，上海远东出版社 1998 年版，第 280 页。

的原因、它与权力的关系。人文学科的意义就正在于此，而不在于讨论某一话语类型是否具有真理性，进行一种性质判断。

无论是"20世纪文学"，还是"重写文学史"的提出，当初倡导者们期望的不过是形成一种不受任何意识形态限制、具有自律性的泛文学，并且通过对以往文学的反思批判，确立现代知识分子的独立精神和自身价值体系。因此他们自觉认同五四启蒙话语，以此来反思20世纪文学发展中政治对文学的介入和专制主义产生的原因。这样，以"启蒙"与"救亡"、"现代"与"传统"、"文学"与"非文学（政治）"这些二元对立的价值范畴来结构文学史，便是顺理成章的了。由于他们自身批判性所指和支撑这种批判的意识形态，不可能是完全"多元"和"全新"的，而必然是这种话语的一个组成部分。因而，可以说，"重写"是启蒙话语在文学领域内的延续。在这种话语的统摄之下，"十七年文学"、"文革文学"，连同左翼"革命文学"、延安解放区文学，因为具有过强的政治性而被边缘化，遭到贬抑。这样的反思和重写，支持的是一种对于五四运动的激进想象：一个自由多元的局面是如何中断的，政治意识形态的集中化是如何改变了文学的多元发展和知识分子的独立品格的。关于五四文学"传统"，著名学者洪子诚精辟地指出，五四并不是一个"多元"、"共生"文学生产时代，它本身也是一个对不同文学倾向进行选择的过程。"对'五四'的许多作家而言，新文学不是意味着多种可能性的开放格局，而是意味着对多种可能性中偏离或悖逆理想形态的部分的挤压剥夺，最终达到对最具价值的文学形态的确立。也就是说，'五四'时期并非文学花园的实现，而是走向'一体化'的起点：不仅推动了新文学此后频繁激烈的冲突，而且也确立了破坏、选择的尺度。正是在这意义上，50至70年代的'当代文学'并不是'五四'新文学的背离和变异，而是它的发展的合乎逻辑的结果。"① 应该承认这种论述是富有见地和说服力的。从中我们也可以看出，不从文学史的基本事实出发，离开文学产生的复杂语境，对此不加以具体深入分析，而是从一种文学理念出发，以二元对立的思维模式去进行一种简单的取舍和价值判断，这样不仅会使丰富复杂的20世纪文学发展历史简单化，而且还会对它造成新的遮蔽和割裂。

---

① 洪子诚：《关于50至70年代的中国文学》，《文学评论》1996年第2期，第23页。

20 世纪中国文学有很强的政治性，在某种强度上可以说为我们解放政治与文学的关系提供了一个绝佳的标本。现在首先是要破除二元对立思维模式来看待文学与政治的关系，文学既不像旧历史主义想象的那样从属于政治，为政治所决定；也不像形式主义所主张的那样作为纯粹的形式而脱离政治独立存在。文学与政治有千丝万缕、密不可分的关系，而且二者的关系不是恒定的状态，而是一直不断地变动，相互作用，相互生产。那么我们就应该在结构中，在关系中，在变动中，去认识和理解文学发展的历史。既然我们认定了 20 世纪中国文学的政治化，那么对它的考察，必然要放置在总体化的政治语境中去理解。在这里，文学与政治的关系不再是单一的主从关系，而是两个并行系统间的关系，对文学史的考察不再成为对政治、社会历史的实证主义的解说，而是以历史的主体或社会的意识形态角度对文学话语实践的复杂性和过程性的把握。同时，在形式主义那里，所谓的"一种自主性文学历史"的文学，也被看作是"文化系统"的文学。这样一来，文学生成的"历史语境"以及二者之间的关系（主要是文学与政治的关系），代替了封闭自足的文学，而成为文学史研究关注的重心。文学作为研究的对象呈开放状态，因与文学以外的政治逻辑、文化法则相连通，而使得文学研究与文化、历史研究连接起来，从而使总体上"文学性"含量不高的 20 世纪文学话语实践，获得空前的丰富性。如果仅仅关注所谓非政治性的文学性，那么我们就会在丰富的 20 世纪文学话语实践的历史面前感到一种前所未有的贫乏，丧失掉某些对话语进行考察的应有的视野。比如说"文革文学"，可以肯定地说，它受到了专制政治的制导，沦为政治工具，文学性丧失殆尽。不论是按政治的标准，还是文学的标准，它都遭到否定和弃绝。正是因为它与错误政治路线的联系和文学性的匮乏，现有的文学史对它大多数不屑一顾，仅止于用"文化怪胎"、"反人类"、"反现代"等名词来进行一种价值评判，最多是联系当时的政治背景，通过对它的批判来完成一种对极"左"政治的批判而草草了事。这样就把这一段文学存在给简单化了。而依据新历史主义的研究观点和方法来看，将"文革文学"置于当时的政治文学环境，考察它的话语特征、历史渊源、生成机制、存在方式，辨析清理出它与政治意识形态的复杂深层的关系，这才是文学史所应该完成的任务。如果按照这一思路去观照、审视"文革文学"，我们不难发现我们面对的是一个丰富的阐释空间。"不是将创作和文学问题从特定的历史情境中抽取出来，按照编者所信奉的价值尺度（政治的、伦理的、审美的）做出臧否，而是努力将问题'放回'到'历史情境'中去考察。"[1] 这已成为有些学者的自觉学术追求。连当年发起"重写文学史"的陈思和也表示要退出启蒙的广场，回归学者的岗位。[2] 面对十几年来"重写文学史"实绩，明智的学者没有沾沾自喜，而是积极总结和反思，寻求新的转换和突破。正像有人所说的那样，"重写文学史"已告一段落，现在面临"瓶颈"的突破，有许多问题需要解决，而"今后如要编写新文学史，寻求突破性的进展，仍必须把更新文学史观和方法放在首位"。[3] 如此说来，新历史主义文学理论对我们转变文学史观念和方法应该是有启发和帮助的。

---

① 洪子诚：《中国当代文学·前言》，北京大学出版社1999年版，第5页。
② 参见李杨、昌切、孙绍振等《中国当代文学史史学观念笔谈》，《文学评论》2001年第2期，第9页。
③ 古远清：《百年中国文学中的当代文学研究》，《海南师范学院学报》2001年第6期，第12页。

中国现代文学史"分期"中的文化意识形态干预问题

方维保

无论是现代文学史的分期问题还是当代文学史的分期问题，都是出现于 1949 年之后，并自始至终困扰中国现代和当代文学研究的带有根本性的问题。

日本史学家柄谷行人认为："分期对于历史不可或缺。标出一个时期，意味着提供一个开始和一个结尾，并以此来认识事件的意义。从宏观的角度，可以说历史的规则就是通过对分期的论争而得出的结果，因为分期本身改变了事件的性质。"① 分期对历史叙述来说，是重要的。而且通过历史的分期，分期者不但"改变"历史的性质，而且表达了他的意识形态的倾向。文学史是历史的一部分，它的分期也具有这两个方面的性质。

分期是意识形态的呈现。文学是意识形态中的一个层次，是意识形态的一部分。中国文学的分期向来是与意识形态有着紧密的联系，尤其是与政治意识形态关系密切。

一 中国现代文学与古代文学:学科的独立与意识形态的区别

关于中国现代文学的概念，一般来说可以从两个方面来理解：其一，如同所有的历史分期概念一样，它首先是一个"时间性概念"。从时间的界定来说，一般有确定时间和模糊时间之分。这两个方面"中国现代文学

---

① ［日］柄谷行人：《现代日本的话语空间》，董之林译，载张京媛主编《后殖民理论与文化批评》，北京大学出版社 1999 年版，第 415、416 页。

史"这个概念都包含。首先它是一个"模糊的时间概念","现代"在中国现代历史的表述中,它是指鸦片战争以后进入现代化的中国历史时间,而中国进入现代化要准确指出是哪一年发生的或者是哪一年结束的,都是不可能的。因为社会本质的发生和变化是渐进态的。其次它又是有着"大致的所指",也就是说它不是无限模糊的,就是模糊也有着大致的确定所指。所谓的"中国现代文学"就是指发生在 1910 年以后的文学现象。这是现代中国文化语境中的约定俗成的结果。

中国现代文学同时又是一个"现代性"概念。时间本性并不构成本质,现代文学的本质并不是时间所造就的,而是与这时间密切相关的文化本质所造成的。学术界经常把这种文化本质称为"现代性"。但现代性是什么?历来莫衷一是。要想获得关于现代性的概念可以采用一种比较迂拙的办法,那就是比较参照的方法。因为,从哲学的角度来说,许多概念的涵义并不能用自身来加以说明,而只能在参照物的反衬之下才会显现。现代和现代性是与古代和古代性相反相成的,或者说是互为参照物,彼此的概念内涵是相映照而产生的。

袁行霈先生主编了一套《中国文学史》(高等教育出版社)。在这套文学史中,他提出了"中国文学"的概念。这套"史"是从上古时代写起,一直到清朝末年。显然,在这套"中国文学史"中,我们发现了一个"错误",即从"中国"的角度来说,袁先生把民国以后的中国文学史剔除出了"中国"。也就是说把"中国古代文学史"等同于了"中国文学史";而"中国现代文学史"不是"中国文学史"。袁先生为什么要这样做,追究原因可能有两个方面:一个是袁先生的失误,从而导致了这样的基本逻辑谬误的存在。二是袁先生有意这么做。袁先生的失误的可能不大,那么就是说袁先生是有意这么做的。那么袁先生为什么这么做呢?或者说袁先生所提出的"中国现代文学史不是中国文学史"的命题在何种情况下才成立呢?

追究这样的原因恐怕要从习惯上的中国古代文学史和中国现代文学史不同的文化和文学特征来考察。

中国古代文学史是中国古代文化的一部分。在中国古代文化中,作为道统首先是皇权体制;其次是为这个皇权体制提供文化资源的儒教。而就中国古代文学来说,儒教和皇权意识是它表现的主导内容。作为一种语言载体,它施行的是文言。不是说古代没有白话,而是说古代具有统治地位的和绝大部分文学作品（主要是具有正统地位的诗歌和散文）都是用文言写成的。文言是精英知识分子和统治者所专有的语言体式。文言文——地主知识分子所垄断，等级和身份的标志。

而再看看民国之后的中国现代文学。中国现代文学产生于中国现代的新文化运动之中，是中国现代文化运动的急先锋和最重要组成部分。中国现代新文化首先从西方文化中请来了"德先生"和"赛先生"。民主和科学的观念在现代社会深入人心，社会生活中对传统道德——宗法制度、皇权体制、儒家哲学都进行了激烈的批判。而在文学上则具体表现为对个性解放思想的张扬，对国民启蒙的追求；而在文学语体上则普遍地施行了白话，"以吾手写吾口"成为"五四"后文学创作的最重要的口号。这种白话不仅是语体上，它还体现了现代的"平民主义"思想；并且这种白话与中国传统的民间文学和文化的白话又显出了绝大的区别，因为它是心理化的，而且在弗洛伊德主义的文化背景之下，它对心理的开掘不仅仅局限在表层的心理描绘，而且经常深入到人的前意识和潜意识的层次。因此可以称之为"现代白话"。而在政治体制上，代替皇权的"家天下"的是具有社会公共性质的总统制和总统职位的设立。这都体现了现代民主社会公共契约的性质。

通过上述对中国古代文学和中国现代文学的基本特点的梳理可以看出，中国古代文学和文化与中国现代文学和文化有着"天壤之别"。无疑，中国古代文学是"中国的"，也就是说是"本民族的"；而中国现代文学和文化，它的主导精神是舶来品，是从西方借鉴来的，换句话说，中国现代文学和文化是充分西化的，也就是说它是"非本民族的"。

正是从民族主义的立场出发，袁先生有意犯了一个逻辑上的错误，并把中国现代文学从中国文学中剔除了出去。也正因为如此，"中国现代文学和文化不是中国文学和文化"的命题才能够成立，"中国古代文学史"才成了"中国文学史"。

时间的界限源自于文化本质的差异，正是基于对这样的命题的认同，中国现代文学和中国古代文学的分期才找到了一个较之于其他各个时代的文学和历史更为明确的分水岭——五四前后。

在这样意义上，中国现代文学就是"现代性"的文学。

二　"现代文学"概念中所包含的分期意识及其意识形态本质

在前面的论述中，我们解决了一个问题，这就是将中国现代文学从中国文学中分离了出来，从而使之成为独立的表述主体。但中国现代文学史在时间上是一个"长时段"，在这个时段中，由于跨度较大，会给文学史的叙述和概括造成讲述的苦难：一是不便于表述；二是这一时段内内容的丰富和变化的巨大无法寻求本质的统一性。这就需要在"中国现代文学史"这一时段内再次寻求分期。

一般来说，对于中国现代文学的分期，有着广义和狭义之分。

广义的"中国现代文学"，一般是指从五四前后到 21 世纪的今天所发生的文学现象。这一时间段主要在 20 世纪，所以有的时候又被称为"中国 20 世纪文学"。朱栋霖主编的《中国现代文学史》（高等教育出版社）就是依据这样广义的时间概念来构建体系的。

而狭义的"中国现代文学"，则把中国现代文学限定在 1919 年到 1949 年这大约三十年的时间里。如唐弢主编的《中国现代文学史》（人民文学出版社）、钱理群等人编著的《中国现代文学三十年》（北京大学出版社）。而把此后的中国文学称为"当代文学"，如洪子诚著《中国当代文学史》、陈思和主编《中国当代文学史教程》（上海文艺出版社）。

正如我们将现代文学从中国文学或中国古代文学中分离出来会涉及广泛的社会意识形态一样，中国现代文学的分期当然也涉及中国现代社会的社会意识形态，包括政治意识形态、文化意识形态和文学意识形态。正是社会意识形态性质的变化，或者说不同时段社会意识形态尤其是政治意识形态性质的差异，才迫使文学史家不得不进行"分期"。

从两种分期来说，狭义的现代文学概念出现得较早，也就是在 1949 年之后的若干年里。在 1949 年之前，现代文学大多被称作"新文学"，如周作人的《新文学的源流》。1949 年后，很多人还在很长一段时间内沿用这样的概念，如张毕来的《中国新文学史》。现代时期也有学者采用"现代"这样的概念，如阿英的《现代女作家作品论》。但这个"现代"是泛义上的，指称的是比较切近的时间，和"当代"、"当下"的意义切近。唐弢等人在 50 年代开始写作一直到 1979 年才最后出版的《中国现代文学史》也沿用了"中国现代文学史"这一概念。

而真正形成"现代文学"这一概念的是 1949 年后，在短暂的时间内曾出现了与新文学相关的文学史写作的热潮。如孙中田、何善周、思基、张芬、张泗洋的《中国现代文学史》（上卷，吉林人民出版社 1957 年版）、复旦大学中文系现代文学组学生集体编著的《中国现代文学史》（上册，上海文艺出版社 1959 年版）、吉林大学中文系中国现代文学史教材编写组的《中国现代文学史》（第 1 册，吉林人民出版社 1959 年版）、复旦大学中文系 1957 级学生编著的《中国现代文艺思想斗争史》（上海文艺出版社 1960 年版）、中国人民大学语言文学系文学史教研室现代文学组的《中国现代文学史》（上下册，中国人民大学出版社 1961 年版）等。这些"现代文学史"以 1919 年作为上限，而把 1949 年作为下限，很显然受到当时历史分期方法的影响。换句话说，这些文学史分期其实就是社会史的分期方法。

文学史和社会史之所以这样的分期，究其原因就是把 1949 年作为分界，作为临界点。显然，1949 年成为临界点主要是关涉社会历史领域，而把社会历史领域的临界点作为文学的分期，显然是非文学的标准，也就是说是政治干预了文学。

而无论是政治社会历史的分期还是文学的分期都有着理论的背景、理论的逻辑推演和论证。

在近现代影响中国的西方理论中进化论的影响是巨大的。达尔文的生物进化论，描述了从单细胞—双细胞—海中动物—两栖动物—猴子—猿—人的进化过程。在达尔文的进化论那里，进化形成了一个一环紧扣一环的链条，在这个链条中后一个环节总是较前一个进化，而且从单细胞到人的进化又是自然规模，也就是所谓的必然性。

这样的生物达尔文主义思想后来被引入社会学领域，形成了社会达尔文主义，而马克思主义的历史唯物主义就是社会达尔文主义对历史发展进行描述的理论。它认为人类的文明史分为五个或六个阶段：原始社会、奴隶社会、封建社会、资本主义社会和未来的共产主义社会。在这样六个阶段中，历史是呈现出线性延展的特点，即不间断地从过去奔向未来。而后一个阶段比前一个阶段进步、进化。这也是一个一环紧扣一环的逻辑链条，后一环比前一环要进步，而前一环则比后一环要落后，而且从原始社会最后发展到共产主义这是历史发展的必然，也就是所谓的社会发展的规律，它具有不以人的意志为转移的特性。

对照这样的理论，1949 年之后的社会与之前的社会就有着本质的区别，之后是社会主义社会，而之前则是半封建半殖民地半资本主义社会，因此具有本质的区别。也就是说，之后与之前相比较是实现了"质的飞跃"，而 1949 年中华人民共和国的成立就是这"质的飞跃"的临界点。中国现代历史学科和文学史学科自始至终为自五四以后所建立的带有社会达尔文主义性质的历史理性所制驭。这种进步和进化到红色革命爆发的近现代显得尤为突出。

社会制度实现了飞跃，文化实现了飞跃，而作为文化之"九牛之一毛"的文学当然也就实现了飞跃。所以文学要以 1949 年为界限来划分成两个段落。有关中国现代文学史的划分有着同样的意识形态的诉求。利奥塔指出："历史时期的划分属于一种现代性特有的痴迷。时期的划分是将事件置于一个历时分析当中，而历时分析又受着革命原则的制约。同样，现代性包含了战胜的承诺，它必须标明一个时期的结束和下一个时期开始的日期。由于一个人刚刚开始一个时期时都是全新的，因而要将时钟调到一个新的时间，要从零重新开始。在基督教、笛卡儿或雅各宾时代，都要做一个相同的举动，即标识出元年，一方面表示默示和赎罪，另一方面是再生和更新，或是再次革命和重获自由。"① 大量的所谓现代文学史的编写，很显然来源于一种历史的冲动，其动机就在于要结束一个历史"阶段"，并开启另一个历史时间。

因此，就出现了与"现代文学"同时出现的"当代文学"概念。有影响的当代文学史著作包括华中师范学院中文系编著的《中国当代文学史稿》（该书写于 1958 年，1962 年由科学出版社出版）、山东大学中文系编写组的《1949—1959 中国当代文学史》（山东人民出版社 1960 年版）、北京大学中文系 1955 级编写的《中国现代文学史当代部分纲要》（内部铅印本，未正式出版），等等。正是有对现代文学史的结束和盖棺论定，所以新的"时间开始了"。因此，提出"当代文学"的概念，是基于一种革命的理性诉求。他们与那个时代的主流意识形态认为，红色中国的政治相对于国民党时代的政治是一种进步，即 1949 年之后的中国政治已经如毛泽东所说的那样，由民主主义进入到社会主义阶段。因此，在进化论的意义

---

① ［法］J—F. 利奥塔：《重写现代性》，阿黛译，《国外社会科学》1996 年第 8 期。

上，社会已经发生了质的变化，相应地中国文学也发生了质的变化。

相对于狭义的现代文学史概念，"二十世纪中国文学"的概念（广义的现代文学）要晚的多，它产生于20世纪80年代中期"重建文学史"讨论之中。

广义现代文学史概念的产生，尤其是被命名为"二十世纪中国文学"的概念的产生，要追溯其原因，则在于80年代的新时期文化和文学的反思浪潮。

首先，这些文学思潮都具有很强烈的反思特性，这样的反思是从"文化大革命"开始的，既而推进到1957年的"反右"，再推进到反胡风，再推进到延安时期，甚至追溯到左联时期。这样的对"文化大革命"发生动因的逐步追溯，导致"当代"历史的界限被不断地向前推移，这其实也意味着现代的下限在不断地后退，当当代的上限推移到一定阶段或者说现代的上限后退到一定阶段的时候，现代和当代实际上就已经重合了。

其次，伤痕反思文学和朦胧诗都对"文化大革命"以至1949年后的蒙昧主义文化进行了激烈的批判，倡导个性解放，重新发现和寻找"人"，因此，新时期初期文学的实质就是"启蒙文学"。而以人的解放为指归的五四文学就是启蒙文学。也就是说，新时期初期的文学是五四新文学的"延续"。当我们在谈论这种"延续"的时候，也同样跨越了1949年这样的门槛和临界点。钱理群、黄子平、陈平原等人当年认为，五四提出了民主与科学的观念，这样的历史任务在1949年之后并没有完成。① 因此，1949年之后的中国文学仍然是五四新文学的延续。这样就打通现代文学史，导致了对"当代文学"革命理性的被跨越和被消解。

此外，在重建文学史的浪潮中，充分反思了政治对文学的干预，试图以文学的文学性为标准来代替过去的政治标准。

上述的"重合"和"跨越"具有深长的意味，就是它跨越了1949年，也同时消解了1949年所具有的"质的飞跃"的意义，消解了由这一"质的飞跃"所认定的1949年后文化的合理性和合法性。也就是说在80年代重建文学史中的对现代文学史的广义分期，实质上具有对权力意识形态消解的作用或冲动。

---

① 陈平原、钱理群、黄子平：《二十世纪中国文学三人谈》，人民文学出版社1988年版。

三 "当代文学"的分期问题

尽管在 20 世纪 80 年代就出现了广义的中国现代文学史的划分方法，并试图跨越 1949 年这一临界点。但是，由于：一是表述的习惯。因为长期使用了"当代文学"这一概念，而形成表述的惯性。二是时间具有延伸性。"现代文学史"的概念面对具有无限延伸特性的历史时间和文学史时间的时候，它必然出现表述的尴尬。因此，"当代文学"的概念还是在学术界和大学的教学体制中得以沿用。

就如同我们习惯于将现代文学的时间跨度定为"三十年"，并赋予不同时期以别样的质的规定性一样，当代文学在一个相对较长的时间段里，也由于不同时段文化本质和文学本质的差异而需要进行分段叙述，因此就出现了当代文学的分期问题。

当代文学的这种分期一般来说有两种：首先将"当代"进行宏观的二分，即 1949 年至 1976 年是前当代时期，而 1976 年之后是后当代时期，一般称为"新时期"。再在两个阶段中进行微观的细分：由于 1949 年至 1976 年，跨越时间较长，又将其分为两段：1949 年至 1966 年，被称为"十七年时期"；而 1966 年至 1976 年被称为"文化大革命"时期。而"新时期"也可以分为"前新时期"和"后新时期"，或者简单地分为 80 年代、90 年代等。

当代文学的分期同样存在着意识形态的问题。这种划分首先是出于政治意识形态的需要。两个阶段说，是为了说明"1976 年"在政治历史中的特殊和创新地位，当然也是对 1976 年政治价值的认同和合法性的肯定。当然由此出发再去追溯文学的变化内涵，也确实能找到它的文本嬗变的踪迹。

微观划分中的"十七年文学"则是将"1949—1966"特别提出来，从而认定这一政治相对稳定的时期的文学"成就"。而"文化大革命"时期的文学，则是将 1966—1976 年的"文化大革命"时期单列，一是为了将它与"十七年时期"加以分别，二是为了标示它文学的荒芜状态。

微观划分中"新时期"分期，1976—1989 年这一历史时段称为"前新时期"或"新时期"。而 1989—2000 年（20 世纪末）称为"后新时期"。革命现实主义是第一个时期的主流，尽管在这一时期出现了大量的带有现代主义倾向的文学创作。第二个时期则以现代主义为主流，尽管这一时期仍然存在着大量的革命现实主义和传统现实主义的创作。在第一个时期，文学追求历史整体性的重构，试图在容纳个性主义的同时构筑宏大叙事。后一个时期，商业文化大潮涌动，政治思想以及整个文化领域出现自由主义倾向；文学创作假如说进行思潮性描述的话，应该是"现代主义"和"后现代主义"。但现代和后现代主义也同样是复杂的"包装袋"，在其中有太多的"杂碎"，革命现实主义依然存在，现实主义创作有时还显示出强劲的势头，文学走向碎片化，大众文化异彩纷呈。

四　结束语

现代的历史观主要有两种，一种是时间历史观；一种是进化历史观。任何历史都无法摆脱时间，但是时间历史观只认为，历史是时间的延伸。这种历史观很显然无视历史文明的积累。但是，历史的演进是否就一定是螺旋式的上升递进"进化"呢，这也是值得怀疑的。但总括中国现代文学史的种种划分方式，显然，进化历史观占据了上风，成为一种主导型的叙史方式。而在 20 世纪 90 年代所提出的"80 年代文学"、"90 年代文学"的方法并没有受到重视。

对于文学史的分期，涉及几个学术问题，首先是以什么分期？是依照政治历史分期，如对过去对待"二十世纪中国文学史"那样，依照中国政治进程的起伏来进行划分，还是依照文学的本体进展状况分期？

王瑶的《中国新文学史稿》率先尝试以毛泽东的《新民主主义论》作为文学史叙述的基本构架，"不但在对文学运动背景分析以及对文学性质的整体说明方面应用《新民主主义论》的经典性政治判断，在文学史分期上也直接参照其中对'五四'后中国政治与社会变迁的几个阶段性说明，并且极力突出《在延安文艺座谈会上的讲话》界碑式的历史作用。而这一切，又直接决定了《史稿》的叙史结构，文学史的分期则是试验这种结构的重要方面"。① 作为后来被称为"现代文学"学科的奠基之作，王瑶的这部新文学史成为这一时期新文学史写作的典范，其以全新的政治理论重

---

① 温儒敏：《王瑶的〈中国新文学史〉与现代文学学科的建立》，《文学评论》2003 年第 1 期。

构新文学史的自觉。由于时代精神和学者自身的知识谱系等诸多原因导致的两种"新文学史"观念的多重冲突，在同一时期的新文学史著作中有着程度不同的体现。① 这使得 50 年代中前期出现的这批仍然以"新文学"为名的文学史著作带有明显的过渡性。

处于消解中的"现代"、"当代"、"新时期"和"新时期"——不得不被接受的命名。

阿英在 30 年代出版的《当代女作家论》中就使用过"现代"和"当代"这个概念。在当时所谓的"当代文学"基本就是"当下文学"的意思。

"新时期文学"的概念源于"当代文学"这一概念。中国当代文学与中国现代文学同样的漫长，它从 1949 年到 1999 年有 50 年的时间。而在这 50 年中，中国历史和文学都发生了巨大的变化。前 30 年和后 20 年的文学，在文学的表现方式和表现内涵方面都发生了翻天覆地的变化。因此，有必要对整个中国当代文学重新进行分期和透视。因此，就出现了"新时期文学"这一概念。当然，新时期文学这一概念最初不是为文学而创造的。"新时期"最初只是对于一种政治状态的描述，由于新时期的政治状态对这一时期文学造成了巨大的影响，因此，文学界（包括文学创作和文学史家）仿照"新时期"而造出了"新时期文学"这一概念。

"新时期"是对于某一动态时间的描述，因为这一时间是处于不断的变化和消解中，因此这个名词是具有自我消解性的。在一种约定俗成的情况之下，是可以使用的。但是，它不能无限延伸。我们可以称 70 年代后期为新时期，也可以称 80 年代为"新时期"，但不能把 90 年代称为"新时期"，把 2000 年后还称为"新时期"。

其次，这是对政治性名词的仿造和借用。"新时期文学"这一概念极端地类似于"当代文学"，它是对政治阶段性的确定，主要认为 1976 年后的中国社会政治具有进化论意义的历史进步性，是一个相对过去的黑暗、落后等反进化因素的"进步"。因此，它是一个非文学性的描述；一个政

---

① 对《中国新文学史稿》的开创意义与过渡性，以及王瑶先生在写作这部文学史时所经历的政治与学术、政治与文学之间"某些难于解脱的紧张"，温儒敏的《王瑶的〈中国新文学史稿〉与现代文学学科的建立》一文有细致而深入的分析。详见《文学评论》2003 年第 1 期。

治历史性的描述，一个处于消解中的描述。这给 20 世纪后半叶的中国文学史的描述带来了诸多的尴尬。

　　而我们现在仍然在使用这样的名词是基于约定俗成。约定俗成是一种强大的意识形态惯性。"新时期"这一概念虽然存在着消解性，但是约定俗成又使它不得不被接受。

　　与此相应的，当然也包括所谓的"新世纪文学"这一文学史的命名。

超越与去蔽:中国现代文学研究的拓展之路
——以苏汶研究的遮蔽与缺席为例

陈润兰

60 年来的中国现代文学研究走过了一条不平坦的道路。这条路由狭窄到宽阔，由封闭到开放，越来越趋于理性化、科学化。在中国现代文学研究的进程中，清晰可见的是时代的足印和研究者们不倦探索的背影。处在今天政治、经济、文化不断革新的朗朗乾坤中，我们完全有理由期待中国现代文学研究的新拓展、新突破、新局面。但这种期待的实现，必须是以文学史研究的问题反思和自我批判为基础为前提的。

时下现代文学史教材、著述数量上了规模但格局大同小异。内容上是文学运动文学思潮、文学社团文学流派与作家作品研究的三分天下；研究思路上多表现为二元对立思维模式下的截然两分：说到五四新文学则"革命"与"守旧"，说到 30 年代文学则"左翼"与"右翼"，说到 40 年代文学则"延安"与"西安"。更不必说由于历史惯性造成的研究缺失与结论偏颇。

以 30 年代文学研究为例，左翼与"自由人"、"第三种人"的文艺论争已经过去了半个多世纪，尽管目前很少有人仍将左翼与"第三种人"之间的那场论争视为敌我斗争，但是那场论争的客观公允的评价却至今未能显现。作为被历史否定的"第三种人"及其代表苏汶的文学成就和文学地位也一直未能得到实事求是的论评。

苏汶大革命时代曾经是共青团员，30 年代参加过中国左翼作家联盟。曾任《璎珞》、《新文艺》、《现代》等刊物的编辑。同时还是 30 年代有深厚艺术修养和独异品位的作家、文艺理论家。虽然其后思想转向右翼，站到了国民党政权一方。

　　作为作家,他著有短篇小说《怀乡集》、长篇小说《叛徒》、《漩涡》等,但对他研究的现状如何呢?不幸得很,文献检索的结果是,迄今为止,现代文学研究界只有区区两篇论文对其做了初步探讨(葛飞:《信仰与怀疑——论杜衡的长篇小说〈叛徒〉》,《文艺争鸣》2007 年第 5 期;杨欣:《略论杜衡的小说》,《长沙通信职业技术学院学报》2003 年第 4 期)。

　　苏汶被文坛注目,一开始是以左翼对立面的形象出现的。因为发表过《关于〈文新〉与胡秋原的文艺论辩》、《论文学上的干涉主义》、《"第三种人"的出路》、《答舒月先生》、《一九三二年的文艺论辩之清算》等曾引起过激烈争论的文章而被瞿秋白、鲁迅等严厉批判过。时过境迁,今天再来研读这些文献,感觉肯定跟当时有些不一样了。曾经,我们只把苏汶的文学思想当作批判的靶子,好一点的也只是止于罗列双方的论点,不加褒贬,很少发现能从学术的角度,理性地、客观公允地予以论析的。其实,苏汶以"第三种人"身份撰写的那些论争文章,立场并非故意与左翼文坛对立,观点也并非一无可取。当事者迷,旁观者清。只要我们跳出当时政治斗争的圈子,不囿于前人之见,包括名人之见,不搞想当然,而是首先回到事实,真正站在学术的角度看待这场论争,那么,我们是很可以发现苏汶著述中的闪光之处的。可惜这样的工作似乎还没引起足够的重视。

　　不是"我"就是"敌"与非"左"即"右",代表了当时左翼大多数政治家、批评家观察判断非我族类者的基本思维方式。在阶级斗争异常尖锐残酷的时代背景下,似乎也是可以理解的。但是,在致力民族复兴,祈愿两岸统一,建立和谐社会的今天,在中国现代文学史以百年为经纬,以内地、台湾、港澳三地为视界的格局下,难道还要背负历史的包袱,沿袭前人的思路走下去吗?改革开放 30 年来,曾经被尘封的沈从文、张爱玲恢复了历史的原貌,一直被作为反面教材的胡适、梁实秋、陈西滢等也逐步浮出了历史地表。这就证明,我们已经变得雍容大度,变得心平气和,变得理智豁达了。那么,苏汶或者杜衡的在天之灵是不是也该享有这份迟来的盖棺定论了?

　　重读苏汶的文论,我们感觉他并不否认文学的阶级性,并不否认文学与政治有关联,而只是在守护文学自身价值的意义上不满于左翼的急功近利和简单化思维。他否定的是工具论文学观念,否定的是政治对文学的粗暴干涉,是左翼理论指导家的霸气。苏汶、施蛰存都认为,政治与文学的关系不像左翼理论家理解的那样简单，思想进步的作家，不必与政治有直接的关系。（《论文学上的干涉主义》）正如施蛰存所言："我们几个人，是把政治和文学分开的"，"我们标举的是，政治上左翼，文艺上自由主义"。① 针对当年那场论争长时间被描述成左翼与右翼之间敌我斗争的状况，施蛰存回忆说："当年参加这场论辩的几位主要人物，都是彼此有了解的。双方的文章措辞，尽管有非常尖刻的地方，但还是作为一种文艺思想来讨论。许多主要文章都是先给对方看过，然后送到我这里来的。"②

由于左翼理论家、批评家中地位、身份、个性气度与行事风格的差异，有的虽有严肃批评但依然视其为"同路人"，而有的是政治警觉异常灵敏，但存在着机械论、简单化的倾向。因此，30年代那场文艺论争的火药味也是毋庸避讳的。苏汶就曾经感叹，"对我个人的批判，检讨以至于攻击，谩骂成为习惯的今天"，自己的文章引起人家的"不高兴"是"不足为怪的事"。③

抛开那些带有意气用事的论争文章不说，其实，苏汶还有一些很有理论价值和现实意义的文艺短论被忽略了。譬如《新的公式主义》、《批评之理论与实践》、《没有内容》、《民众艺术的内容》等。针对创作和批评中存在的倾向性问题，他批评过流行一时的"要指明出路"的口号，批评过"不问情势地硬装上一个革命的尾巴"的革命文学"公式主义"，同时指出："一篇东西的价值与意义，初不必尽在这尾巴问题上寻求，在结尾处是否需要革命一下都应当是全篇发展的自然的结果，不能硬加上，同时也不能硬截断"，"主张一定'不要'革命一下，实际也未始不是一种广阔到多少的，新的公式主义"。④ 针对左翼大众化文艺运动中暴露出来的认识盲点，以及他自己对通俗文艺现象的细致考察，苏汶独具匠心地以民众艺术何以成为"众"的原因作为切入口，通过民众观看《狸猫换太子》这出戏的审美心理，体察中国民众乃至中国文化的道德感情。从而提出：中国民众最关心的既"不是阶级斗争，也不是民族斗争"，而是"善"与

---

① 转引自李金凤《论施蛰存内在的矛盾冲突》，《海南师范学院学报》2002年第5期。

② 转引自杨迎平《关于〈现代〉的"第三种人"论争及施蛰存的倾向性》，《荆门职业技术学院学报》2008年第8期。

③ 杜衡：《又是莎士比亚与群众》，《现代》第6卷第1期。

④ 杜衡：《新的公式主义》，《现代》第4卷第1期"文艺独白"专栏。

"恶"的斗争。因为这种斗争可以激发起民众普遍的道德感情。苏汶此举可以理解为是给大众文艺运动支招：不能"凭着一些高调的而实际上潦草的理论来进行我们的运动"，而应"从民众的感情上去耐性的寻味，体会，以创造新的无'毒'的东西来代旧的也许是有'毒'的东西"。① 针对当时中国批评界出于"无知"或"恶意"，把一些作品斥为"没有内容"的简单化做法，苏汶廓清了"内容"的内涵与表现差异及其与形式的关系，指出"一件艺术品的内容和形式，固然有它们的不可分性"，只是为了说话的便利起见才做了区分的。"内容是包含了主题和材料，而形式则包含了布局和描写，其中材料一项，又包含了人物，背景，和故事等要素。主题以作者的思想和情绪为出发点，材料则是基于作者对生活的体验和感应。"显然，苏汶这里指的是小说、戏剧、电影这类叙事艺术品。当时批评界流行的所谓"没有内容"的空洞指责或恶评，实则出于对西方近代艺术的陌生所致。"没有主题，也没有人物背景，以至于故事的进行"，"而只有一些文字的魔术，喜剧式的无意识，等等"，算不算"有内容"呢？苏汶斩钉截铁地回答"有的！""有时候，一个作品甚至可以没有什么故事，但有这强烈的情绪做骨子，那么，这情绪就构成了内容。"而且主题的表述有隐有显，有清晰有模糊。批评家不该笼统地指责"没有内容"而是该问问"它的内容是什么？""把握"与"表现"得够不够？② 这些识见与朴素清晰的表达，就是放在今天也丝毫不显落伍。

作为编辑家，苏汶有过创办同人杂志的经验，更有过参与 30 年代著名的纯文学期刊《现代》编辑工作的经历。《现代》共出版 34 期，其中，施蛰存独立主编第一卷与第二卷共 12 期，奠定了《现代》的良好基础。从第三卷起至第六卷第一期止，共 19 期，改由施蛰存、杜衡（苏汶）合作编辑。此后，由于书局改组，换了老板，二人便辞去编务与现代书局脱离了关系。《现代》改由国民党派来的编辑主持，勉强出了三期后废刊。通过对《现代》前 12 期与后 19 期的粗略比照，我们可以发现，《现代》的编辑思想与编辑风格基本上是前后一致的。例如中西合璧的世界性眼光，兼收并蓄的开放性思想，守护艺术质量的严肃态度，注重商业策划与运作的编辑手段，创造读者、作者、编者互动的交流平台等方面。

---

① 杜衡：《民众艺术的内容》，《现代》第 5 卷第 4 期。
② 杜衡：《没有内容》，《现代》第 5 卷第 3 期。

当然也有些许变化：首先是将"随笔、感想、漫谈"这个定位宽泛、几头都不讨好的栏目改为"文艺独白"，供人们发表自己有独异见解的"文论短语"。之所以称"独白"，一则表示欢迎"独出心裁"之论，而非人云亦云的八股调；二则表示不想将其做成"对口相声"，"不想把这一栏的篇幅借人做私人角斗的战场"。① 其次是翻译作品和系统介绍国外文学潮流趋势的篇幅削减，而代之以具有信息发布性质的"介绍及文艺通信"；这种对外国文学译介的弱化，后来是以"现代美国文学专号"的形式得到了部分的弥补。我们尚不清楚此种变化的缘故，但私下猜测，或许与编译人员不足或者进一步说是与文艺论战后，杂志人气的下降有关也未可知。再次，是将缺乏深度带点应景味道的"书评"栏目取消，设立"文艺论评"专栏，重点推出高质量的文论或作家研究作品专论。诸如苏雪林的《论李金发的诗》、《论闻一多的诗》、《王鲁彦与许钦文》，李长之《我对于文艺批评的要求和主张》，森堡《社会主义的现实主义》，侍桁《文坛上的新人》，徐迟《意象派的七个诗人》，穆木天《王独清及其诗歌》等。最后是设立"史料·逸话"专栏，供当事人、关系人发表文坛回忆，诸如茅盾《文学研究会》，郁达夫《光慈的晚年》，张资平《曙新期的创造社》，杨邨人《太阳社与蒋光慈》、《上海剧坛史料》，陈翔鹤《关于"沉钟社"的过去现在及将来》等。这些回忆为中国现代文学社团及文艺思潮的研究铺垫了坚实基础。从以上改变可以看到，在《现代》的编辑过程中，施蛰存、杜衡较好地平衡了商业诉求与事业追求的矛盾关系。现代书局老板洪雪帆、张静庐创办《现代》杂志的动机不用说是为了赚钱，而两位编辑都是醉心于文学事业的青年才俊。他们一方面通过各种办法团结作家，吸引读者，聚集人气，扩大销路，尽力满足老板的利润追求，另一方面，又把期刊编辑发行当作实现自己文学梦想的美丽事业，倾注心血，孜孜以求。在商业盈利与事业追求发生冲突时，甚至宁可牺牲商业利益而要维护文学的质量上乘。《现代》第五卷第一期的"社中谈座"便体现了二人的这种悲壮选择。他们举行座谈，反省办刊中的问题："我们已经不再在制造着宝贵的精神的粮食，而是在供给一些酒后茶余的消遣品了。本刊的以往，虽然未必一定十分发展了这种退步的倾向，但究竟没有对一个纯文学刊物所应负的文化使命加以十分的注意。今而后，除了创作（小说，

---

① 《现代》"文艺独白"之"独白开场"，《现代》第 4 卷第 1 期。

诗，散文，剧本）还是依了意义的正当与艺术的精到这两个标准继续进展外，其它的门类都打算把水准提高……我们要使杂志更深刻化，更专门化；我们是准备着在趣味上，在编制的活泼上蒙到相当损失的。"可见，苏汶、施蛰存作为文化人的历史使命压倒了商业的诉求，从中我们也可以体悟到为何苏汶他们称自己是"死抱住文学不肯松手的"超越党派的"第三种人"。虽然目前我们还没有足够的依据证明，《现代》编辑过程中发生的这种变化是谁的思想主导，施蛰存还是苏汶？但是可以肯定地说，苏汶绝对影响过这本杂志的走向。对于这两位曾经对中国现代文学有过重大贡献的知识分子，我们是不是一样地应当给予重视呢？

　　令人欣慰的是，近年来对施蛰存的研究已经引起批评家、文学史家的重视和兴趣，研究者们不仅关注他的心理分析小说，同时也关注他的编辑思想，他对外国文学的译介以及他培育中国现代主义文学的贡献。那么，下一步，我们将期待着研究视野的进一步拓展，研究思路的进一步调整，期待以文学期刊研究带动文学史研究。因为只有立足于事实的研究，才有信度，才有科学性。期待现代文学学科研究真正成为一门科学。

论 20 世纪中国文学思潮的矛盾运动

张岩泉

一 自由与规范:"一"与"多"的潮起潮落

　　文学从媒介材料上说固然是语言艺术，而一切艺术从精神内涵上说都是人的生命意志和社会情感的抒发与表达，文学的生命与魅力从来都只与个别性或特殊性相连，其创作、流传的最根本依据在于作家个人的独创性。也就是说，文学天然与生命的个别性和表达的自由性相关。列宁也说："无可争议，写作事业最不能机械划一，强制一律，少数服从多数。无可争议，在这个事业中，绝对必须保证有个人创造和个人爱好的广阔天地，有思想和幻想，形式和内容的广阔天地。"① 但是，文学作为人的精神创造物和社会文化现象，其功能与效用必然被各种社会组织和个人所看中与利用，力求纳入自身规范，这是文学无法摆脱的历史宿命。因为既然文学是人学（创作主体、接受主体和作为文学表现对象的主体），而人是一切社会关系总和的生动体现，文学便割不断与个人之外的社会组织的联系，不可能有绝对的生命意志的自由。因此，自由与规范的矛盾运动会贯穿于任何文学的任何时期。自由引发多元，多元成就繁荣；规范造成统一，统一导致单调，"一"与"多"的矛盾运动成为影响 20 世纪中国文学思潮涨落沉浮的基本形态之一。

　　从自由与规范的角度认识 20 世纪中国文学，前半叶大体属于多元时期，后半叶的 50—70 年代中期则是一体化时期，80 年代以来逐渐回归自

---

　　① 列宁：《党的组织和党的出版物》，《马恩列斯论文艺》，人民文学出版社 1983 年版，第 163 页。

由与多元。自然，历史运动是时间与事物性质交相作用的过程，阶段性划分所掩盖的绵延与变化必须得到认识与说明。

五四正式肇始的现代文学多元并举、自由竞争。在这一时期，取法不同国家民族、形态类型不一、文体风格相左甚至价值观念各异的多样化文学竞相涌现。"这是价值重估、怀疑一切的时代，文学在大破大立中开辟狂飙突进的道路；这是中外交汇、自由探索的时代，勇敢的作家大胆拿来，进行着从文体引进到理论借鉴等多方面的有益尝试；这是'人'的发现与个性解放的时代，文学肯定一切生命的咏唱，鼓励所有独立的创造。因此，五四时期涌现出数量最多的文学社团、流派和极其丰富的个性化的创作风格。"① 区别不仅存在于艺术观念和艺术形式，而且广泛地存在于精神立场和人生态度。也正因此，在后世不无美化的言论中，五四被想象为现代中国文学以自由多元造就繁荣兴盛的辉煌开端。虽然近年有人将左翼文学传统寻绎到五四时期，又以"一体化"的历史进程将"五四"与当代文学相联系，如认为五四并不是"多元""共生"的文学阶段，其本身即为对不同的文学倾向进行选择的过程。"对'五四'的许多作家而言，新文学不是意味着多种可能性的开放格局，而是意味着对多种可能性中偏离或悖逆理想形态的部分的挤压、剥夺，最终达到对最具价值的文学形态的确立。也就是说，'五四'时期并非文学花园的实现，而是走向'一体化'的起点：不仅推动了新文学此后频繁、激烈的冲突，而且也确立了破坏、选择的尺度。正是在这一意义上，50 至 70 年代的'当代文学'并不是新文学的背离和变异，而是它的发展的合乎逻辑的结果。"② 上述阐释从特定的观念逻辑角度看不无道理，但必须从两方面进一步辨析：其一，文学既然是人的创造，它自然离不开人的作用，包括人的选择追求，只要这种选择追求凭借的是文学自身的传统与力量，则应理解为是正常的与合理的；其二，如果从五四新文学对旧文学的激烈批判来说，"一体化起点说"有成立的依据。但新文学内部的多元自由却更是经验存在并得到充分论证的"史实"。五四思想的歧义性既为当年文学的自由无序提供了空间，也为今天文学的多元发展提供了示范。

---

① 周晓明、王又平主编：《现代中国文学史·引言》，湖北教育出版社 2004 年版，第 128 页。
② 洪子诚：《关于 50 至 70 年代的中国文学》，《文学评论》1996 年第 1 期。

从 30 年代到 40 年代,虽然文学持续而急剧地"政治化"(总体趋势表现为:从自由走向规范,从多元走向统一),但自由多元的格局始终存在。左翼——革命文学和革命现实主义创作固然在竞争中胜出,掌握了历史主动,占据了潮流中心,但自由主义文学也一直在发展,实力不可小觑,它们时而激烈对抗,时而和平竞争。即使到 40 年代,文学的演变仍然顽强地表现出多种可能性,不仅同属新文学阵营的不同形态惯性发展,而且雅文学与俗文学出现了交融互动,连一向被歧视的旧体文学(如诗词创作和章回小说创作)也得到一定程度的复兴。自由多元并非指多方势均力敌或一团和气,而是允许竞争和差异,接近生物界的生态平衡,是共生共荣的过程与结果。如森林中既有高大的乔木,也有低矮的灌木,还有大量伏于地面的花草,等等。毕竟在整个 20 世纪前半叶,像"左联"那样对成员具有纪律约束力和组织强制性的文学社团只是极少数,绝大多数作家是自食其力的自由职业者,公共空间的存在可以在最低限度上保障作家的基本生活与自由写作。

由左翼——革命文学发展而来的"工农兵文学"成为唯一的文学形态的时间是在新中国成立后,其结果便是文学的一体化。50 年代以来,主要是来自政治变革的力量从不同方面推动这一进程。其一是把所有作家纳入国家体制,使之从过去的自由的精神创造和文化劳作个体成为单位组织成员。而知识分子作家从个人到集体的身份转变其实是符合现代中国的建国目标的。从孙中山、五四启蒙知识分子到毛泽东分别在不同的具体目标下促成过这一历程。"在民族平等、公民权利和人民国家的合法性宣称之下,现代国家在'革命'、'解放'和'合法权利'等名义下将个人重新组织到国家主导的集体体制之中,从而赋予现代国家对个人更为直接的控制权。"[1] 其二是将文学视为国家意志的体现,为文学制定、建构一套共同的规范,包罗了文学的各个层面。对于这套规范,作家个人只能尊奉不能违反,否则将导致文学批评和政治批判。国家权力接管了一切与文学有关的机构组织,对文学的产生、流布、评价等所有环节实行掌控,鼓励和倡扬"共识"的形成,结果是这一时期的文学创作在主题、题材、基调、风格方面越来越趋同,只存在一些细微的文学修辞和艺术成就的差异。

"新时期文学"又逐渐走出文学一体化的历史,不同的文学潮流,不

---

① 汪晖:《现代中国思想的兴起》上卷第一部,三联书店 2003 年版,第 96 页。

同的创作风格，甚至价值立场不尽一致的文学形态竞相涌现。进入 90 年代，社会政治对文学的控制放松，文化和文学分化趋势加剧，文学冲破规范重新呈现多元并举的格局。然而，这时期与五四时期不宜简单比较。其一，此时期的"众声喧哗"是在拥护"二为方针"大的共识下的自由书写，是一与多的共生共荣；其二，知识分子、作家的公开分化导致的文学多元与新时期市场化的改革路线及全球化的世界历史进程密切相关，在文学的"喧哗与骚动"中不免也包含了一些泥沙俱下的混乱芜杂。

二　促进与促退：文论与创作的平衡与失衡

文论包括理论与批评。理论从多种多样的文学现象中提升问题，侧重基本原理性的探讨。而批评也称评论，更多地联系着创作形态，侧重对具体作家作品的解读、分析、阐发和评述。自然，"好"的理论或批评都应该是来源于创作现象的理论提炼，它能有效地说明创作中的各种现象与问题，对创作的正确发展和不断繁荣起到引导和促进作用，并反过来经受创作实践的检验，实现文学的理论形态与创作形态的和谐平衡、互动并进。但文学思潮的演变从来都只是对理想境界的无限接近而永远不能真正到达，因此，其历程充满了失衡的曲折波澜。20 世纪中国文学文论与创作的关系更是这样一种矛盾运动的过程。

1. 超前与滞后。这是理论批评与创作实践的一种关系形态。当"风起于青萍之末"，即新的文学形态尚处于萌芽状态，理论家和批评家大声疾呼、认真研究、主动促成，充当文学前行的尖兵，为文学创作的创新突破积极地作理论上的探索和批评上的倡扬，就能使一种文学从可能变成现实，从一种新的趋向而蔚成风气。新文学是新文化深化发展的必然要求，但当胡适和陈独秀号召文学改良、文学革命时，其理论的鼓吹并没有作品的实证。可以认为，五四文学革命是理论倡导在先，作品实践在后，理论对创作起到了催生的作用，充当了新文学呱呱坠地的产婆。胡适的文学进化观，周作人对于"人的文学"、"平民文学"的介绍和阐发无一不对五四新文学产生引导效用。胡适随后有关新诗和短篇小说的理论也被青年作者奉为文体规范的"金科玉律"。新时期之初，李泽厚从"批判哲学的批判"中反复阐扬的主体论哲学经过刘再复等人转化为文学的主体理论后，对 80 年代中后期的文学人学内涵的丰富与深化和文学新现象的涌现、新格局的形成也是功不可没的。

从某种特定意义上说，20年代革命文学的倡导和论争也是一种理论超前的现象，其时并无充足的创作实践支持。不过，这种超前由于脱离了中国历史与文学的实际状况，又生搬硬套理论教条和外国"经验"，而带有某些"误导"的意味了。

理论批评滞后于创作实践，从而导致文学思潮趑趄不前的情形更为常见。面对创作上的不断掘进和创新变化，理论界和批评界反应迟钝，不能及时地予以梳理、辨析和评说与总结；或者以先验的固定的观念和原理去框束和割裂生动的鲜活的创作经验，导致偏见丛生，批评结论缺乏科学有效的对应性。在文学变革时期，持保守立场的理论批评常常陷入如此窘境。朦胧诗出现时，一部分批评家没有敏感到这是新的美学原则的崛起与生成，而一味地指责其晦涩难懂的表达策略就是一例。"学衡派"的历史更能说明滞后于文学实践的文论主张很容易流于空洞无物的浮泛。由于他们的文学思想只是部分得到西方文学知识和并非优异的旧体文学创作的经验支持，"不熟悉新文学的创作实际，对于新文学发展的状况、承受的压力和实际的突破缺少真切的感受，所以他们与'五四新文化派'论证过程中所坚持的一系列文学思想就成了与现实错位的'空洞的立论'，文学'摹仿'说和反'进化'的思想都是这样"。"理论上的体大思精、铿锵有力与论据的稀少形成了鲜明的对比。"① 因此，"学衡派"正面的文学思想如"摹仿说"与"反进化论"成为既缺乏中国现实的具体针对性又缺乏深刻自我反省的架空立论，批评意见也因对新文学创作十分陌生，举不出充足的例证而成为理论自语。

2. 亲和与疏离。虽说理论批评有独立存在的依据，但是，有价值的理论批评理应与文学的实践形态——创作——保持融洽亲和的关系，理论批评是对创作的感性经验的理性阐释。

创作是对观念形态的理论批评的实践性体现，新鲜独创的文学创作与新颖独到的理论批评互相激发，彼此印证，共同促进文学的繁荣。五四时期，当汪静之诗集《蕙的风》和郁达夫的小说集《沉沦》招致守旧文人"有伤风化"、"不道德"的指责时，鲁迅、周作人纷纷撰文对陈腐

---

① 李怡：《"学衡派"与五四新文学运动》，《现代：繁复的中国旋律》，中央编译出版社2001年版，第32、30页。

的道德化批评进行反批评，为初登文坛的文学新人仗义执言，有效维护了新文学生存和发展的健康环境。茅盾对五四小说的有好说好、有坏说坏的点评，由于立论公允，眼光敏锐，分析精当，帮助了不少青年作者的成长。"十七年文学"时期，茅盾、侯金镜、魏金枝等人的小说评论不仅对作品内容的社会主义倾向进行较深入充实的阐发，而且对作品新鲜独到的艺术形式也深有会心，作出既符合文学创作规律又具体细致的论述。理论批评与作品创作高度默契，相得益彰的事例在 20 世纪中国文学史上并不少见。例如鲁迅感念于瞿秋白知己之深，书赠"人生得一知己足矣，斯世当以同怀视之"，而瞿秋白的《鲁迅杂感选集·序言》确也对鲁迅的思想演变和杂文创作特点、成就作出了那个时代最全面最深刻的论析；王蒙曾为黄子平评论林斤澜小说独创性的慧眼独具、贴切周到而感动。

胡风与七月派的关系更是理论批评与文学创作深深契合、相偕相行的生动有力的例证。胡风以其杰出的组织能力、巨大的人格魅力（善于发现文学新人并扶持其成长）和独树一帜的文学理论直接影响了七月派的形成。他的文学主张：到处都有生活，有生活的地方就有诗；文学要掘发人民群众几千年精神奴役的创伤；作家要发挥主观战斗精神……使七月派作家在远离解放区工农兵生活的情况下也不丧失文学写作的信心，使国统区文学在 40 年代承接了鲁迅风骨与五四传统，使现实主义文学在客观冷静的形态之外生发出极富英雄气概和阳刚之美的一脉。尤其近年披露的胡风、路翎文学书简，表明胡风理论与七月派作家创作并非只存在单向的前者影响后者、后者接受前者指导的现象。胡风不断地从路翎这些生气勃勃的青年创作中吸取文学经验，丰富完善自己的理论体系；路翎们则或以作品说话，或以书信进言，对胡风文学理论予以补充和修正。因此，胡风的文学理论不仅体大思精，更重要的是，他的理论思考和批评行为始终联系变化着的鲜活的创作经验，有切实的体会和及时的沟通，不是僵化的教条和空洞的八股，而是充满了生命力，连偏激之见也是火辣辣的活人可能出现的失误。

20 世纪中国文学，理论批评与创作的疏离、隔膜和冲突同样是不容忽略的现象。有学者在 50—70 年代中期的时段内梳理出矛盾冲突的三种类型：其一，"党对文艺政策的调整同政治思想上'左'的倾向的冲突"，其二，"理论探讨的深入同教条主义的冲突"，其三，"文学创作的新鲜经验同批评中的庸俗社会学的冲突"。① 其一，其二的疏离文学本质是明显的，因为将文学与政治的有机复杂关系简化为文艺为政治服务，将文艺对政治的艺术表现简化为图解政策，其荒谬之处今日已经一目了然。教条主义追求整齐划一，一成不变，而文学是人类世界最富于变化性和独创性的文化现象之一，它天然的与教条主义的机械切割强求格格不入。在很长的历史时期，理论批评中的庸俗社会学对文学的危害最烈，造成的后果也最严重。从运思方式来看，它遵循的正是机械论的教条主义；从评论方法来看，它无视文学创作的千差万别，以不变应万变，无视（艺术）差异而强求（政治）统一，这正是庸俗社会学理论批评的本质特征。诚如鲁迅所说："不肯具体地切实地运用科学所求得的公式去解释每天的新的事实，新的现象，而只抄一遍公式，往一切事实上乱凑，这也是一种八股。"② 60年代初，何其芳曾对庸俗社会学和政治至上的情绪导致自身诗歌创作"忽略艺术的重要"作过一些检讨和反省，这一思想在他此时的理论批评中也有所体现，他说："对阶级社会中的文学的现象，是必须进行阶级分析的，但如果以为仅仅依靠或者随便应用阶级和阶级性这样一些概念，就可以解决一切文学问题上的复杂的问题，就大错特错了。"他还将这一新认识运用于阿Q形象研究，肯定阿Q形象具有某种超越阶级和时代的特征，得出了"在实际生活中，在文学现象中，人物的性格和阶级性之间并不能划一个数学上的等号"③ 的较科学的结论。但是类似的理论探讨均为当时的庸俗社会学理论批评所不容。等到庸俗社会学"进化"到"姚文元阶段"，则完全宰制了文学的理论探索和批评工作，更增添了一种真理在握、唯我独革的"自信"与蛮横，直接导向了文学的专制主义。庸俗社会学的理论批评就不仅是对创作的疏离，而变成对整个文学事业的破坏和摧毁。

3. 失语与失范。文论的"失语"是90年代热烈讨论的问题，指的是"新时期"文论的某些状况：现代西方文论话语被大力引进并广泛运用于文学理论批评，导致中国传统文论话语（包括概念、范畴、术语和内含的

① 冯牧、王又平：《中国新文学大系（1949—1976）·文学理论卷·序》第一集，上海文艺出版社1997年版，第19—22页。
② 鲁迅：《〈透底〉附录回祝秀侠信》，《鲁迅全集》第5卷，人民文学出版社1981年版，第106页。
③ 何其芳：《论阿Q》，《何其芳文集》第5卷，人民文学出版社1984年版，第158页。

思维形态与感知方式等）的退出；现代西方文论大面积覆盖中国文学现实，导致中国当代的文论后殖民现象。倘若将以上描述理解为如下"症候"：中国传统文论不能自如地进入现代中国文学理论批评系统，西方文论不能自然地成为现代中国文学理论批评自身，前者的阐释缺乏有效性，后者的阐发缺乏针对性；那么可以说，中国文论的失语问题在整个 20 世纪可谓早已有之、于今为甚罢了，80 年代中期以来的理论批评方法论热和概念名词大换班不过是凸显了这一病症。五四新文化运动和文学革命所仰仗的主要理论资源和思想支持固然并非来自传统，因此导致对中国古典文学的某些误读和负面评判，并带来了新文学的一些缺陷与不足；"学衡派"新人文主义的文化和文学主张虽与前者对位存在，但同样取自异域他邦，因恰恰显示出它对中国文学问题的隔膜而失去了现实针对性，沦为"理论自语"。从那时至今，中国始终未能建构出具有民族特色的、奠基于现代文学实践的文论体系，通行的和部分有效的理论批评便是五四以来不断强化的西方化的文论话语，这便是时人诟病的虽然发声却形同哑默的文论"失语症"，从某种意义上说，这仍然可以被看作现代中国文学上"古今中外"的张力关系和矛盾运动在文论领域的体现。

针对文论失语，理论批评界提出了"话语重建"的思路与方案：一是回到原点，实现中外古今文论话语的"杂语共生"形态；二是以中国传统为核心，将它推广为普遍性的文论话语；三是主张对中国传统文论进行现代转换；四是尊重差异，寻求中西、中外文论的汇通。以上主张虽有少量尝试，但更多的仍只是观念倡导，存在不少疑点，对应如下：其一，现代中国文论已是"杂语共生"状态，无法回返真正的原点，重要的是怎样跨越这一"混融"阶段，建构出有能力与世界文论平等对话，对中国文学具独特阐释力的文论体系。其二，"拿来主义"与"送去主义"的逻辑前提都是承认双方既存在特性又拥有共识，但这里的"送去主义"则在反对西方中心主义的同时堕入"华夏中心主义"迷思。试想，中国传统文论阐释现代中国文学尚且乏善可陈，又何谈去普惠世界，其文化自负的心态接近鲁迅早年批评的"合群的爱国的自大"。其三，正是一个现实难题，因为现代以"断裂"的方式来标示自身，客观地说，传统文论的现代转换不仅是理论问题，更是实践问题，涉及十分丰富和复杂的层面，包括转换的基础与内涵、路径与方法等；而且，它不可能是整体转换，传统文论作为现代文论的"预制"，只能是转换实践可供调用的资源之一。其四，从差异出发寻求共通点，这是一对矛盾，需要接受考验的不仅是能力，还有智慧。实事求是地考量，关键是要从中国文学传统尤其是现代中国文学的历史与现实出发，并对其未来发展作合理预测与规划，发现症结，提出问题，以此为基点，中外文论才可能成为"为我所用"的资源，现代文论才可能健康发展。所以，当代文论失语症的产生与我们提问能力的缺失有关。

提问能力的削弱、减退以致消失既是文论失语的症状，又是文论失范与失态的重要原因。所谓文论失范指文学理论批评丧失原则与方向，不讲规则与品格。发现问题是一切学术研究的根本前提，解决问题是学术研究的基本任务，因此提问能力的有无、问题意识的强弱，关系到学术研究的成败和学术研究成果价值的判定，而中国学者自主地发现问题并独立地开展研究的能力薄弱，这在 20 世纪是一个基本事实,① 有学者在批判性分析现代中国社会科学的演变时发现了一个持续的基本取向："中国论者固着地依凭一己的认识（sensibihty）向西方寻求经验和理论的支援，用以批判中国的传统，界定和评估中国的现状，构设和规划中国发展的目标及其实现的道路。"② 虽然学者们引用的西方理论各有不同，甚至互相矛盾，但"问题"却是同样的："例如把西方发展过程中的问题及西方理论旨在回答的问题虚构为中国发展进程中的问题；把西方迈入现代社会后所抽象概括出来的种种现代性因素倒果为因地视做中国推进现代化的前提性条件；把中国传统视为中国向现代社会转型的障碍而进行整体性批判及否定；忽略对西方因其发展的自生自发性而不构成问题但对示范压力下的中国发展却构成问题的问题进行研究；在西方的理论未经分析和批评以及其理论预设未经中国经验验证的情况下就视其为当然，进而对中国的社会事实做非彼

---

① 美国社会学家丹尼尔·贝尔在《第二次世界大战以来的社会科学》（中国社会科学院情报研究所内部出版，1982 年）一书中对 1900—1965 年间的社会科学成就分门别类列表说明。在总共 62 项成果中，中国只有以毛泽东为主要作者的"农民和游击队组织与政策"一项。暂时将导致这一结果的复杂原因悬置起来，20 世纪中国人文社会科学原创性和具有世界性影响的思想成果严重匮乏可能是一个难以推翻的事实性结论。

② 邓正来：《中国发展研究的检视——兼论中国市民社会研究》，《研究与成果——至于中国社会科学自主性的思考》，中国政法大学出版社 2004 年增订版，第 118 页。

即此的判断，等等。"① 在现代文学理论批评中，以西方的价值为价值的弊病如前所述，以西方的问题为问题的情形也同样广泛存在。例如，至今人们乐于称道中国在五四时期和新时期两个阶段，分别用十余年的时间重演了西方自文艺复兴以来数百年的文学思潮历史，认为这是事半功倍的"后发者优势"。然而，这里仅以浪漫主义和现实主义文学思潮的发生为例来反面论证后发者的劣势，尤其当把西方的问题当成了自己的问题的时候。在西方，当古典主义的国家理性造成了对个人感性的极度压抑时，以个人意志和超越现实为哲学基础，以艺术的独创性和充沛的想象力为美学追求的浪漫主义文学应运而生。但当浪漫主义一味宣泄个体的自然情感并出现了一些流弊后，更重反映客观对象而非表现主体感受，更重社会理性而非个人感性，更重批判现实而非讴歌理想的现实主义文学取而代之。总之，西方每一波文学思潮的形成是合乎历史与逻辑的文学现象，它在不断扬弃的过程中保留和继承了被超越对象的合理成分。而在中国，现实主义的真实性品格不断弱化，终至以批判和暴露为己任的现实主义文学蜕变为颂扬与礼赞的文学。浪漫主义文学的不满现实与激扬个性的精神也受到抑制，剩下乐观主义的历史观、英雄主义的人物观和激昂热烈的修辞风格。打个比方，西方文学思潮如雁群南飞，列阵而行；中国文学思潮是鲤鱼跳龙门，争先恐后。90 年代后现代文化包括后现代文论自西徂东，登陆中国，此时又有一些学者欢欣鼓舞，以为后现代文化提供了一次"一切推倒重来"的机遇。他们认为西方现代性发展过度从而弊病丛生、积重难返，倒是如中国这样的发展中国家尚未将现代化事业进行到底，用不着"苦尽甘来"，可以轻松上阵，占得先机。这就如西方的农夫辛苦了一季，我们则可以拿上镰刀直接走向收割的田野。类似的观念曾出现在同样是"文化滞后"的俄罗斯，早在一个半世纪前，赫尔岑就痛加针砭："我们很喜欢假手他人火中取栗；让欧罗巴流着血汗去发掘每一条真理，做出每一件发现，让他们经受沉重的妊娠、艰辛的分娩和折磨人的哺育这一切苦痛，——而婴儿却归属我们，这我们似乎觉得是合乎事物规律的。我们忽略了，我们将弄到手的婴儿乃是一个养子，我们跟它之间并没有有机的联

① 邓正来：《中国发展研究的检视——兼论中国市民社会研究》，《研究与成果——至于中国社会科学自主性的思考》，中国政法大学出版社 2004 年增订版，第 118 页。

系……我们只想抓住成果，就像捕抓苍蝇似的攫取它，可是把手张开来的时候，我们不是自欺欺人的认定绝对就在这里，那就是懊丧地看到，手掌中原来是空空如也……这有如活活的脑袋由脖颈连接在躯干上的时候，里面就充满思想，离开躯干时那个脑袋就只不过是个空洞的形式。"① 在别人那里是甘甜的果实，到了我们这里只有青涩的滋味，这就难怪常常是：问题在国内，提问在海外，而国内误将海外的问题作为自己的问题来研究，殊不知自己的大脑早已成为外国理论批评的跑马场。

价值迷失与理论批评的庸俗化也是近期文论的问题症状。理论批评固然不排斥纯技术性分析，而且，形式本体的研究一直是现代中国文论的薄弱环节，急需改善和加强。但是，文学是人学，以文学现象为研究对象的理论批评是涵化着人文精神内核和具有明确的价值态度的人类心智活动，同样属于人的精神劳作与创造，人文价值的长期迷失、缺席当然是不正常的。当前的一些理论批评面对丰富得有些芜杂的文学现状，面对复杂得不免混乱的价值体系，无所适从或随机选择。从中人们体认不出坚定明确的价值追求，体会不出厚重深沉的人文底蕴，体察不到自由独立的学术人格，更体验不到理论批评伴随文学健康生长、文学促成社会奋发向上的精神力量。这些理论批评，要么陷于自说自话的个人私语，卸去了理论批评理应承担的文学职责和社会职责；要么依然固守已经陈腐僵化的理论教条和批评立场，看不到在新兴的文学中正萌生着有意义的价值观念、人文精神和文学希望；要么迷失于价值多元的虚像中，随波逐流，使严肃的理论批评蜕变为观念的演绎，或利益的言说。尤其在市场经济全面推行和全球化趋势日益加剧的背景下，理论批评很容易堕落为商品拜物教的新产品和文化殖民地的新标本。

理论批评的庸俗化有两种喧嚣的形态。一类是所谓酷评，攻其一点不及其余，甚至不惜从对作品本身的评论而引申到对作家人格的攻讦，将本来可能不无合理性的"片面的深刻"推至极端，缺乏善意，一味追求立论的苛酷和尖刻，污言秽语也时常出现。另一类则是所谓滥评，一律是说好话，既无艺术标准，更乏人格操守，批评家越来越像"评托"，日下盛行的一些媒体批评和研讨会评论即属此列。将严肃的文学理论批评转变为圈

---

① ［俄］赫尔岑：《论文一》，《科学中华而不实的作风》，李源译、吉洪校，商务印务馆 1997 年版，第 7 页。

子内事情，转变为利益的交换，对如此的"棒杀"与"捧杀"式批评，鲁迅早就指出过它的实质与危害："是在乱骂与乱捧。"①

三　相吸与相斥：不同思潮之间的融会与冲突

在百年历史上，不同的文学思潮竞相涌现，现实主义、浪漫主义、现代主义和后现代主义，等等，既和平共处自由竞争，又此消彼长曲折演进，构成了错综复杂的关系。在相当长一段时期，现实主义文学思潮固然一枝独秀，而其他文学思潮也时浮时起，不绝如缕，与现实主义一起演出了不同文学思潮间融会与冲突的历史。

1. 现实主义文学思潮。现实主义作为充分反映现实人生、积极参与现实斗争的文学思潮和严格遵循生活真实、讲求如实刻画和具体描写的创作方法，它的强势发展与现代中国文学的历史进程有更深的契合，其主流地位的形成更多地得益于历史条件和社会环境。茅盾早在五四文学革命时期就从进化观与实用性两方面预言了现实主义的前景，认为只有现实主义与中国文学现阶段发展最为投契。其实，现代中国文学基于承诺历史职责的现实功利考虑，也必定着重现实主义的以下属性："现实主义者把他自己的个性，他的个人，他的自我置诸脑后，把他自己完全抛开：现实主义者通过作品把他的全部心力都用来招徕现实性、真实性和实在性，使这一切宛如大自然中创造出来的所有其他事物，独立而自主地存在一样。"② 因为"与其他创作方法相比，它毕竟对现实的历史内容表现出更为直接和倚重的关系。在创作主体和对人类生存发展即历史的责任承诺，都更适合于历史对文学社会功利性要求的实现"。③ 在主体与客体、个人与社会、精神与物质之间，现实主义偏重于对后者的关注与反映。从个人强烈的历史使命感出发，将文学纳入有关民族命运和人民利益的格局中，是五四文学开创的传统，以后不断强化，因此，现实主义文学的长盛不衰本质上是文学与历史互相选择的过程与结果。

---

① 鲁迅：《骂杀与捧杀》，《鲁迅全集》第 5 卷，人民文学出版社 1981 年版，第 585 页。

② ［波兰］马·莫赫纳茨基：《论十九世纪的波兰文学》，转引自杨守森《穿过历史的烟云——20 世纪中国文学问题》，花城出版社 2000 年版，第 89 页。

③ 孔范今：《对 20 世纪中国文学的一种历史考察》，《文艺争鸣》1997 年第 2 期。

现实主义文学思潮的主流地位不是突然形成的，它经历了对西方现实主义文学的学习借鉴、吸收改造和逐渐中国化的过程。现代中国现实主义的名称不时变换（从写实主义、自然主义到社会主义现实主义、新现实主义、革命现实主义与革命浪漫主义的结合等），内涵外延渐趋明确，大致说来，发展到 30 年代的革命现实主义阶段趋于成熟。而革命现实主义对启蒙现实主义的取代，有效地杜绝了文学观照对象的非政治化视角，保证文学与历史中心任务直接隶属关系的确立。进入当代，对现实主义的种种概念限定，其实均为强化政治化意识形态在文学中的贯彻和实施。当历史使命被分解为阶段性的政治任务甚至政策规定时，现实主义一方面因与政治权势的结盟而取得优势，在文学潮流的层面上演变为独尊和唯一的文学思潮；另一方面却因为文学真实性原则的弱化和评判功能的抽空，在精神品格层面上走向了自身的反面，成为"伪现实主义"文学思潮的表征。这样，在政治化的历史文化语境下，经过一系列复杂的理论运作，现实主义成了一个具有"特权"的文学概念，"它终于从一种文学类型转变为一种进步文化、正确世界观和先进阶级的标记。这使现实主义具有了异常的号召力乃至威慑力"。[①] 现实主义远远超越了西方狭义概括的文学形态、类型、方法、风格的层面，上升和膨胀为涵义宽广的文学品格和文学精神。

然而，现实主义文学思潮的兴旺发达确实又是与它的开放性、探索性和真实性原则分不开的。与其他文学思潮相比，现实主义文学在历史上体现出更宽广的包容性。鲁迅的现实主义小说艺术就兼容并包了浪漫主义和现代主义的成分和色调。自然，这种开放伴随着选择，有迎有拒，有取有舍。以抗战时期的现实主义文学为例，它对浪漫主义文学的理想主义、英雄主义情有独钟，但却有意冷淡浪漫主义的另外一些特质，如突出主体、否定现实和推崇想象。现代主义文学背后的文化精神乃是非理性的生命哲学，对世界和人生的感受体验（由此决定了现代主义文学的格调倾向）突出悲剧性和个体性，此时的现实主义文学对此汲取不多，但对剥离"内容"之后的形式则大胆借鉴。同时，历史上众多作家、理论家、批评家和读者对现实主义文学真实性原则的批判性品格的坚持与守护，不仅促成了现实主义文学成为声势浩荡的潮流，而且屡屡拯救了现实主义文学的危

---

① 南帆：《个案与历史氛围——真·现实主义·所指》，《上海文学》1995 年第 11 期。

机。例如抗战初期"暴露与讽刺"的讨论自然包括了这一内容，当代历次对现实主义文学的理论探讨和创作显现，都是在现实主义文学遭遇困厄时的解救之举，90 年代现实主义文学冲击波的出现，表明现实主义文学坠入低谷之后又有复兴之象。

2. 浪漫主义文学思潮。浪漫主义文学在 20 世纪的中国始终未能形成持续的文学潮流和强势的创作形态。它的一些本质性特征，如个人主体性、主情性和对现实的批判性与超越性等，导致它与以现实主义文学为主导的文学潮流交错而过，其沉浮起落蕴含着丰富的文学与历史意味。只有狂飙突进的五四时期浪漫主义文学才发育充分，是成熟、完整的文学运动。因为"这是'人'的发现与个性解放的时代，文学肯定一切生命的咏唱，鼓励所有独立的创造"。国人希望在破旧立新的时代，激情想象；在砸烂一个旧世界的同时重造青春中国，浪漫主义文学精神与时代精神高度契合，以致连当时现实主义文学和现代主义文学也沾染了浪漫主义的情绪与风格。但当个性主义思想和基于现实批判的超越想象被视为不合时宜，浪漫主义文学也就随之衰落，从 20 年代末革命文学的倡导和论争开始，浪漫主义在左翼——革命文学阵营长期受到批评和排斥。"在新现实主义等同于'无产阶级文艺'的同时，浪漫主义则被视为'革命文学'不能两立的'反革命文学'，成为唯心主义与主观论的体现"。① 在以后的长时间内，由于将浪漫主义文学坚持的自由表现、真情实感、创作个性、艺术想象等，一同作为个人主义思想的体现予以批判，因此，浪漫主义文学的精神实质便遭到曲解和改造，即使有人重提浪漫主义文学的话题，它也只能与革命政治联姻，以现实主义文学的补充者角色出现来获取合法性身份，或者退守边缘守护乡土梦想，成为田园牧歌的文学载体，如 30 年代的京派文学。

但是，现代中国救亡图存和现代化、革命化的历史使命十分繁重，目标的远大和资源的匮乏使理想实现的过程变得漫长而艰难，从文学的角度说，这是必须凭借浪漫主义的精神激励才能完成的现实主义事业，这或许可以从特定角度揭示现实主义与浪漫主义的不同命运及隶属关系。现实主义文学虽是主潮，但它却将客观主义的创作态度作为指斥对象；浪漫主义

① 黄曼君主编：《中国 20 世纪文学理论批评史》，中国文联出版社 2002 年版，第 31 页。

文学虽一再受到排挤，却常常成为现实主义文学不可或缺的补充。当然，此时的浪漫主义文学已经过了重大改造，保留的往往是能与时代精神和现实主义文学保持一致的集体主义、乐观主义、理想主义、英雄主义一类及具体的文学想象方式，如抗战时期的一些作品和1958年的新民歌运动。

40年代的战争状况曾改变了浪漫主义文学的生存环境，促成了它的一度中兴。起初是理论家们小心翼翼地将浪漫主义作为有机元素注入现实主义，如抗战初期对民族"正气歌"的呼吁，作家们跃跃欲试地尝试现实主义与浪漫主义交融的创作；随后就出现了相对比较独立的浪漫主义创作潮流，如郭沫若的史剧理论与史剧创作。抗战初期各体文学创作洋溢着强烈的爱国主义情绪和英雄主义气概，大体上都具备了某种程度的浪漫主义色彩。解放区文学格调高昂，热情奔放，较多地保留和发扬了浪漫主义传统。如孙犁的小说善于从侧面表现解放区军民的高尚情操和美好心灵，通过对残酷的战争作非暴力的浪漫化处理，从而营造抒情诗般的意境。郭沫若此时的六大史剧，从"失事求似"的编剧理论出发，只择取一点史实的因由，大胆发挥自由想象，从而以个人愤怒来表达民族的愤怒，充盈着历史诗情与浪漫幻想。徐訏的《鬼恋》、《精神病患者的悲歌》，无名氏的《北极风情画》、《塔里的女人》等作品，以浪漫传奇的爱情故事、轻灵缥缈的幻想色彩和华丽流畅的语言风格，一下子风靡了都市民众的欣赏口味，有时他们还穿插抗战背景与间谍秘闻，使作品更具有奇幻色彩和刺激性。

毛泽东在1958年提出"革命的现实主义与革命的浪漫主义相结合"的口号，以取代从前苏联引进的"社会主义现实主义"创作方法，从理论设想来看不无合理价值，改变了浪漫主义文学一直寄人篱下的附属地位，但由于它出现的背景是浮夸盛行的"大跃进"年代，其实质以取消文学创作中的个人独特性为目标。"作为'两结合'一个组成部分的革命浪漫主义，从其负面价值看，既是以空想的浪漫精神反对'单纯的现实主义'，又是以集体的浪漫精神反对'个性的浪漫主义'。"① 在实践中，使现实主义和浪漫主义两败俱伤。

新时期文学恢复了浪漫主义的名誉，但从文学思潮的角度考虑，浪漫

---

① 黄曼君主编：《中国20世纪文学理论批评史》，中国文联出版社2002年版，第29页。

主义文学只得到部分的复苏，尚未演变出形态完整、成就突出的独立的文学潮流。朦胧诗、寻根小说都有浪漫主义色调，但却不是浪漫主义文学本身。

3. 现代主义与后现代主义文学思潮。与现实主义、浪漫主义相比，现代主义文学思潮更是命运多蹇。由于与现代中国社会历史的基本方向和文学主潮发展相左，现代主义文学陷入双重悖论。其一，现代主义文学反映的是人在现代社会错综复杂、光怪陆离的异化现实面前的种种孤独、惶惑等情状，表现的是人们内心因人与社会、人与自然、人与他人、人与自我的分离而导致的无法排解的痛苦与焦虑。现代主义文学正是透过这些冲突矛盾来披露人类精神和生活的困境，而在这一文学转折背后起支撑作用的文化思潮是以悲观主义为主调的非理性的生命哲学。如前所述，现代中国的历史变革和政治革命急需乐观精神和英雄主义，而现代主义文学对个人和人类悲苦命运的深刻揭示和夸张渲染与此南辕北辙，违背了社会的现实精神要求。其二，现代主义文学在精神探索上具有个体化特征，在形式探索上表现出强烈的先锋实验性质，从不追求其创作成果的社会接受性，甚至以曲高和寡而自傲。现代中国文学的趋势是寻求文学与时代现实的紧密应合，是自觉地追求和实践文学的社会化，它必然要以文学最大范围、最大限度地为民众接受为前提。这既是社会改革对文学提出的明确要求，也是文学从五四时期就确立的基本品格，因为，中国作家感受深切的现代危机并非西方式的个人精神危机，而是以阶级、现实等群体集合概念为外显形式的国家民族的危机，文学被认为是缓解和消除这一社会危机的有力的一翼。

现代中国从未出现过形态整齐、发展充分的现代主义文学理论，在绝大多数时间也未出现独立自主的现代主义文学创作，因此，现代主义文学也从未争取到与现实主义文学、浪漫主义文学鼎足而三、相互抗衡的地位。它要么附庸于其他文学思潮，以次要的面目出现；要么经过改造，以变形的姿态存在。如五四时期它与浪漫主义结盟，在创造社的文学主张和创作中偶露峥嵘，而李金发的象征主义诗作当时则不被人准确理解，只以怪诞、晦涩而在诗坛聊备一格。之后，现代主义文学多次与强势的现实主义文学交融，如三四十年代，穆木天、艾青完成了从象征主义向现实主义的转化，反过来以象征主义的艺术质素来补充现实主义诗歌创作，但毕竟是以现实主义为主。这种"互渗"与"融会"的结果往往是现代主义的社会历史背景和文化哲学精神被剥离、消解，而其形式技巧、表现手法则得到借鉴和继承，造成"形式泛化"的格局。即使新时期文学初期，这一惯性力量仍是很大的，如所谓"东方意识流"小说和当时的一些新潮小说。如果说这是民族化的改造，那么它是包含了历史教训和负面效应的"民族化"。戴望舒30年代的诗是"法国象征主义、中国古典和'现代人的现代思想'这三种原素自然地结合起来。"① 不过这一"结合"的代价是戴望舒的诗未能像穆旦在40年代一样深刻而准确地表现出"那一代人特有的历史经验"。至于在新中国成立后相当长一段时期，将现代主义文学视为资产阶级腐朽、颓废、没落的文艺形式，则更是现代主义文学的运交华盖。

相对来说，现代主义文学思潮在诗歌文体中更具延续性，在40年代发展得更充分。战争环境下的40年代的现代主义文学不仅重新拥有了接受的条件与生长的土壤，而且一反二三十年代的哀怨感伤情调和偏于狭小的格调，成为"在现代生活的突进中合理而健康的发展"。② 冯至的诗集《十四行集》在战乱造成的特殊背景上，思虑日常生活的哲学意义；钱锺书的小说《围城》所揭示的人类生存困境与存在主义哲学息息相关。九叶诗派以"承当历史的独立姿态"重建战时中国现代主义诗歌的新生代形象，表现了严肃的青年知识分子对世间万物、人类历史、社会现实和个体生命存在的深刻而沉痛的观察、思考、体验与感受，创造出一个"丰富和丰富的痛苦"的诗歌艺术世界，表明中国诗人对现代主义文学的精神实质业已超越观念接受、思想影响的层次，有痛彻心腑的血肉感知，心领意会。

后现代主义界分出与现代社会文化的差异，但它到底是现代的一个特殊阶段还是现代终结之后新启的社会和文化历史，至今尚争论不休。从80年代中后期以来，后现代主义理论登陆中国，具有后现代主义性质和色彩的文学理论和文学创作也开始出现。新写实小说对革命现实主义文学崇高美学的消解，新历史小说对民族国家宏大叙事的解构，王朔等痞子味十足的文学对笨重的意识形态文化的调侃，新潮文学的叙述圈套和元小说技巧

---

① ［苏联］基契卡尔斯基：《论中国象征派》，参见《中国现状文学研究丛刊》1983 年第 2 期。

② 孙克恒：《试论新诗的传统及其发展》，《西北师范学院学报》1983 年第 3 期。

对传统文学"内容中心"的颠覆，第三代诗歌的口语化风格和平民化精神，新人类的欲望叙事、身体表达，文学世俗化浪潮中簇拥而出的文学嬉戏主义倾向，等等，均可视为中国后现代主义文学思潮的形态不一、成色各异的展现。不过，后现代主义文学在 20 世纪末的中国还是"小荷才露尖尖角"，对它更仔细的观察和更准确的解读只有伴随它的脚步进入新的世纪了。

"异质"空间性的拓展:中国现当代
文学研究的一种重要进程

黄万华

"20 世纪中国文学" 研究的深入，在打通近代、现代、当代中国文学的历时性分隔，凸现中国文学现代转型的同时，也展开了又一重要的内容：对文学空间性，尤其是 "异质" 空间性的开掘、拓展；由此展开的文学史叙事呈现了极其丰富的被遮蔽的历史存在，不断调整、深化着我们的文学史观。

中国现当代文学研究长期关注的是线性的历史性演进，而时间性线索在相当长时期中被僵化、狭窄化；即便在 20 世纪 80 年代后，"启蒙性"、"现代性" 等纷纷进入历史性演进的重要线索，时间性线索强调的整体性、进步性仍然会造成文学史叙事的单一。以 "启蒙性" 或 "现代性" 或 "主体性" 或 "人类性" 等任何一种重要线索作为入口进入文学史，都意味着 "非启蒙性" 或 "非现代性" 等在文学史中的消失，文学史考察往往在由现代性或主体性等构成的单一线条上推移、分割，存在于这一时间性链条外的东西就被排斥了。"好的文学作品可能是异质的混合体而不是'有机的整体'"，① 好的文学史也应如此。文学空间性线索的开掘、拓展，提供了文学史的多种 "入口" 和 "路线"，由此也会形成文学史的多元叙事；而文学史 "非有机整体性" 的 "异质混合性" 不仅更能揭示出中国文学现代转型的本相，而且更有利于文学研究回归其本质，充分传达出文学研究的人文关怀。

---

① ［美］希利斯·米勒:《重申解构主义》，郭英剑等译，中国社会科学出版社 1998 年版，第 93 页。

一个社会政治、经济的"正史"往往跟时间性线索展开的替代、更迭等相吻合,文学与它们有其历史性关系。但是,一是政治、经济,乃至文化的变革它们之间的关系并非与历史单项替代式演进相一致,而有着种种历史悖论性的存在;二是文学从其本质而言更多属于"野史",它关注的种种课题往往逃越了现实而短暂的"人世时间",而这种时间常常密切联系着政治、经济的现实变革。在大多数有成就的作家身上,我们会发现这种"逃越"的变体。"作家本人靠纯粹的直觉把握其思想的独特感情色彩,而批评家接受的思想又凭直觉洞悉那内省的思想。"① 而这正是文学的非"时间性"存在。或者可以说,这构成了文学时间性的空间模式。20世纪80年代后中国现当代文学研究正是在关注文学空间性存在中得以深入的。

文学空间性主要作为共时性存在,其互为异质对于文学史格外重要。从五四文学的多源多流,30年代京派、海派、左翼等文学的多元格局,到抗战时期国统区、敌后根据地、日占区等文学的多中心态势,战后数十年东西方政治意识形态制约下内地、台湾、香港文学的"同途殊归",80年代后社会多元价值结构艰难曲折形成中文学的"众声喧哗",所有这一切都在揭示异质互动是文学史活力所在。卡尔维诺曾经强调:"文学的功能是沟通各不相同的事物,且仅仅因为它们各不相同而沟通,非但不锉平,甚至还要锐化它们之间的差异。"② 这已经成为许多现当代文学研究者的共识,现当代文学研究越来越成为对于不同于自己思想的思想的认同。

文学的空间性自然不能脱离社会的空间,但以往线性序列的历史观念往往把社会空间看作两个不同时代的截然分开。然而,"一个历史阶段的强行推出意味着的,可能不是从一种存在状态过渡到了另一状态,而是意味着一种复杂化,意味着将一种结构与另一种结构加以叠合,意味着对同一社会空间中的不同原则进行增值处理或多重处理。阶段或时期并非彼此相继而是相互涵盖,并非彼此置换而是相互补充,并非按顺序发生而是同时存在"。③ 其原因正如詹姆逊所言:"每一个社会构成或历史上现存的社

① [美]希利斯·米勒:《重申解构主义》,郭英剑等译,中国社会科学出版社1998年版,第20页。

② 黄灿然:《在兼容中锐化差异》,《读书》2009年第1期,第89页。

③ [美]马克·波斯特:《第二媒介时代》,南京大学出版社2001年版,第26页。

会事实上都包含了几种生产方式的同时交叠和共存，包括现在在结构上已被贬到新的生产方式之内的从属位置的旧的生产方式的痕迹和残存，以及与现在制度不相一致但又未生成自己的自治空间的预示倾向。"① 这种"交叠和共存"社会构成改变了以往线性演进的社会模式，也必然使得各种社会思潮（包括文学思潮）以种种进退纠结、"先"、"后"交叠的形态存在。既然社会空间也非线性进化的存在，而可能存在多种异质空间，那么文学空间更会有"新"、"旧"、"先"、"后"之间"叠合"、"附生"、"共存"等丰富状态，其异质的兼容比社会空间要更开阔。

文学的社会性生存空间大致有两个层面：一是跟地域联系在一起，又有政治体制、语言文化环境、自然风俗人情等互相隔离开的社会空间。中国的各个地区，尤其是内地与台湾、香港地区的社会体制、人文环境、语言格局、外来影响等都有很大不同，甚至出现了"跨文化因素"；文学的差异，其情味色调质感，已非"设身处地"便能体味，其题旨形象体式，也非一把批评尺度就能衡量。另一是由文学自身建制提供的生产、消费空间，即有作者和编者（生产者）、读者（消费者）及其公共空间（报刊、出版机构、行销市场）组成的文学运行机制。中国现当代文学的作者构成（如职业撰稿人、自由职业者或政府机关成员）、编者队伍（自由办刊人、商业性雇员或官方政治审查者）一直处于变动之中，在内地和台港地区更有巨大差异；读者（批评者）也受到不同的传播环境的影响，其阅读取向、审美需求有着种种相异。这样的文学生存空间，会有多种文学史叙事的"入口"和"路线"。80 年代后很多有影响的研究正是在这种既开阔而又差异丰富的空间性上建立了互为参照的文学史视野，从而有了新的收获。

在"异质"空间性互为参照的文学史视野中，中国和海外、内地和台港、"本土"和"境外"互为参照有其重要性。

"中国和海外"实际上是一种跨越民族国家区域界限的视野。现代中国与世界的关系显得非常密切而复杂。80 年代中期中国现代文学研究正是在五四新文学与海外影响关系研究上的突破取得了重大进展。而海外异质性空间的存在使我们对中国文学的现代转型有了更深入的思考。例如，20

---

① 胡亚敏：《后现代社会中的新马克思主义批评》，《华中师范大学学报》2000年第 6 期。

世纪中国的三次海外留学高潮,就密切联系着中国文学的三次"转型",其异质性空间凸显出传统与现代对文学转型的重要影响。五四前后的留学高潮为人们熟知。当中国文化向外寻求复苏力量时,民族的速强致胜社会心理内在制约了对外来思想资源取舍的价值尺度,由此建立起立足于感时忧国传统对外来文化的呼应机制,即从民族国家的忧患意识和现实出发来呼应世界潮流,有时反而滞后乃至疏离于世界文化潮流。各国(苏、英、日、美等)政府又力图通过影响中国来求得其自身利益的最大化。这些都使得五四挑战于传统的取舍价值尺度显得激进。然而,正是当时留学群体的不同背景(欧美、日苏等,即便是欧美,留学英、法、德、美,其背景及其价值取向也有差异)内在构成了一种互为"异质"的制约,使挑战传统不至于过分,也使五四思想启蒙在多种理路之中保持了某种清醒理智。例如,跟留学日本的情况不同,留学欧洲的传统一开始就未被完全纳入晚清汲取外来资源上"速强致胜"的社会轨道;西方民主、自由的观念又逐步被排斥于中国国情选择的社会解放道路之外,只能较多地呼应于人性理想、形象意识等层面;中西文化的根本差异也使作家将关注的重点放在文化营养的汲取上。另一方面,跟20世纪初日本"鄙视"中国传统的社会氛围不同,欧美社会对悠久的中国文化传统有着仰慕、神往,"东方文化救世论"盛行于一部分欧洲知识分子中,挑战前人的反叛意识使一些欧洲作家力图借助于中国文化传统来建构新的美学境界,这样一种环境也使旅欧作家的中国文化背景在汲取异域文化时仍得到了较从容的展开。在五四前后留学且又成名的许多旅欧中国作家身上,东西文化多表现为较平和自然的交融,他们对异域文化的借鉴,较少群体的价值预设,较多个性的生命感知,即使是"误读",也往往是个体的"误读"。这使得中西文化冲突即使在具体作家创作经历中产生生命的痛苦,但对整个民族新文学而言,却是一种长远平和的蜕变。旅欧作家开拓的这一传统在五四文学革命时期显得异类,却揭示了五四文学转型的内在机制。第二次留学高潮以战后为启端,延续到五六十年代。战后国内政治局势剧烈动荡,海外旅居成为中国知识者的一种选择,并使西南联大的战时文化传统得以延续;在40年代末蒋介石组织的"抢救大陆学人"的行动中,一些不愿留在大陆也不愿随蒋介石撤至台湾的知识分子也流徙海外;到五六十年代,以台湾为主要出发地留学欧美的浪潮更使数万中国知识者移居海外,而且与五四留学高潮不同,他们中许多人留居海外至今。其形成的"海外中国"群体与战

后大陆、台湾高度政治意识形态化的文化、文学明显构成异质关系。海外
中国知识分子非常明确地提出了"传统的现代性转换"的课题，即"重新
发掘中国几千年文化传统的精髓，然后接续上现代世界新文化"（白先勇
语），其努力新产生的影响是全局的。当时台湾国民党政权也讲文化传统，
但有其稳定政局之用。而海外中国作家就摆脱了现实中国政局的负面制
约，他们的创作对于处理传统和现代、民族和世界的关系提供了非常有
益的经验，鹿桥、程抱一、熊秉明、白先勇、郑愁予、余光中、杨牧、
於梨华等一大批作家的创作在充分体现这种经验的同时，提供了那个时
期中国文学的精品，也使 20 世纪五六十年代文学真正具有了"第二次
中国文学的现代化"的特征。第三次留学高潮是 80 年代后，在近 20 年
中，有近 200 万留学生和其他移民旅居于 107 个国家，其规模超过了前
两次。北岛、严歌苓等正是在这一浪潮中成就文名。此时期中国内地作
家开始走出体制（也有一部分作家后进入商业体制），在这种情况下，
"留学"也在体制内外进行，其情况更为复杂，其对中国文学的影响也
在观察之中。

　　三次留学浪潮的背景提出的是民族文化传统的现代性课题，从世界
性语境中揭示了中国文学转型的实质性内容。较之于只关注大陆本土的
文学史视野，"中国和海外"显然更能调整和深化我们的文学史观。

　　"内地和台港"互为参照，是中国现当代文学研究进程中空间性拓展
最重要的内容之一，也促进了许多问题的深入思考。例如，我们从"时间
性线索"来把握文学史时，必然关注中国现当代文学自身传统的问题；而
以往我们只着眼于内地来考察文学，往往会得出某些文学传统断裂的结
论。但如果进入内地和台港互为参照的文学史视野，就会发现中国现当代
文学百年历史中的一种情况：传统的转移，就是说由于某一地区社会政
治、经济等环境的激烈变动，原先生存于这一地区的一些文学传统难以容
身，但并未灭绝，而是流散到了别的地区，甚至在别的地区仍保持强盛的
发展势头。"东方不亮西方亮"，某种文学传统在此时此地沉寂，却在此时
彼地兴盛，这才是中国现当代文学的历史格局。例如，1945 年抗战胜利
后，左翼文学传统在中国内地凭借中共战事的节节胜利而日益壮大，逐步
主导整个中国内地文坛，其他文学传统，如关注文学本身的自由主义文学
传统，以都市文化作为主要资源的现代主义文学传统，具有文化消费倾向
的通俗文学传统在内地日益萎缩，但并未消亡，而是流落到了台湾、香

港。而正是这些文学传统的离散,才使得战后至 60 年代的台湾文学在政治高压的环境中,仍以多种文学思潮的相激互生取得了重要的创作实绩,①而同时期的香港文学也在多种文学传统的滋养中取得了"主体性"建设的重大进展,② 这种文学传统转移、流散的情况,从根本上改变了中国内地"十七年文学"的单一格局,引起我们对原先意义上的中国当代文学"生成"的重新追问。

另一种情况是同一种文学传统同时生存于既跟地域联系在一起,又由政治体制、语言文化环境等互相隔离开的社会空间中,呈现出不同的现实形态。只有在本土和境外互为参照中,这种文学传统的生成、运行机制才可能得以揭示。例如,战后的左翼文学在中国内地进入体制,成为主导性文学。如果只考察这种情况,难以弄清在战后东西方意识形态高度对峙的世界环境中,左翼文学的意识形态性深层次的生成机制到底怎样。而这一时期台湾、香港的左翼文学提供了另外两种形态。战后台湾左翼文学思潮一度强盛,但随后在国民党当局的政治高压下受挫,沉潜至乡土民间,一直到 70 年代,再次以台湾乡土现实主义文学崛起于文坛。而在香港,战后左翼文学成功构筑了一个在体制外主导作者、读者及其公共空间的影响、传播机制,进行了一系列可以称为日后中国内地文艺模式先声的文学活动③。而它并未介入体制上的意识形态操作,虽然强大,也未成为宰制性力量,它和香港的右翼文学处于"自由竞争"的对峙状态,既有"冷战"时期意识形态背景上的尖锐冲突,又在文化、文学层面上有较大回旋空间,在中华文化的海外传承、香港文学"主体性"建设上发挥了积极作用。中国三地文学,提供了左翼文学的三种形态,将它们互为参照地予以考察,非常有利于弄清在战后冷战意识形态的背景上,左翼文学传统的变化及其文学史分期的意义。④

"本土和境外"互为参照实际上是一种"多重的"、"流动的"的"史

---

① 黄万华:《战后至 1960 年代台湾文学辩析》,《文学评论》2008 年第 1 期。

② 黄万华:《在右翼政治对峙中的战后香港文学"主体性"建设》,《学术月刊》2007 年。

③ 黄万华:《1945—1949 年的香港文学》,《中国现代文学研究丛刊》2004 年第 2 期。

④ 黄万华:《左翼文学思潮和世界华文文学》,《文史哲》2007 年第 2 期。

观"①。中国内地、台湾、香港、澳门以及海外的治文学史者各有其本土，本土以外的汉语文学就构成了其境外，不管置身何处的"本土"，都需要避免"本土中心"或"本土边缘"心态，以本土和境外文学互为参照，建立一种跨越本土的、流动性的文学史观，身处本土，却能关注境外，就是有一种文学"异质"性空间的意识。内地的研究者应该如此，台湾、香港的研究者也应该如此。这样一种多重、流动的文学史观照才有可能把中国现当代文学不断引向深入。

看重文学的异质性空间，还反映出现当代文学研究观念和思路的一种重要变化。以往在一味强调历史演进性线索时，"历史"的往往超过了"文学"本身的重要性。例如，我们用"思潮"去梳理文学史时，就会不知不觉落入"诗的存在"是为了佐证思潮（理论）的存在的陷阱。然而，80年代后中国现当代文学研究开始自觉回到文学、语言自身（"文本"、"经典"、"原典"等的研究在此期间有相当丰硕的收获），"语言"事件不再被简化为现实事件，"诗的存在"成为文学史研究的出发点，而"诗的存在"必然是互为异质的多元存在，由此出发的文学史才可能呈现中国现当代文学的历史丰富性。

---

① 王德威：《序朱崇科〈本土性的纠葛〉》，朱崇科：《本土性的纠葛》，台北唐山出版社2004年版，第2页。

中国现代文学研究的两种立场

罗晓静

一

中国现代文学的研究，与中国现代文学的发生几乎同步。一些重要的作家作品，刚刚出现便获得社会的反馈。例如鲁迅的《阿Q正传》，小说在《晨报副刊》连载，第四章刚登完沈雁冰就发表文章，称全文虽未写完，但"实是一部杰作"，"《阿Q正传》给读者以难以磨灭的印象，现在差不多没有一个爱好文艺的青年口里不曾说过'阿Q'这两个字"（《小说月报·通信》）。而整体性、系统性的论著，也很快初具雏形。中国现代文学的理论倡导和创作实绩，一般认为肇始于1917年的新文化运动；对中国现代文学进行历史的研究与描述，则开始于1922年胡适的《五十年来中国之文学》①，其时间间隔仅仅五年。

其后，中国现代文学的发展和中国现代文学研究的发展，形成一条双向并行的轨道。一方面，对具体作家作品的个案研究，继续呈现出即时性、繁荣性的特点。更为重要的是，回顾性、总结性的综合研究，使中国现代文学的整体轮廓逐步建立。影响较大的如陈子展的两部近代文学史《中国近代文学之变迁》（1929）和《最近三十年中国文学史》（1930），

---

① 这篇文章是胡适1922年3月为上海《申报》馆50周年的纪念特刊《最近之五十年》所写，是最早出现并产生重大影响的叙述新文学发生历史的文章。胡适以文学革命发动者的身份，对新文学发生史做的概述，走出了新文学史研究的第一步。鲁迅在读了这篇文章的稿子后热情赞扬："警辟之至，大快人心！我很希望早日印成，因为这种历史的提示，胜于许多空理论。"参见黄修己《中国新文学史编撰史》，北京大学出版社1995年版，第8页。

最后部分都写了五四文学革命及以后新文学的历史。1933 年有钱基博的《现代中国文学史》，叙述 1911 年至 1930 年间的中国文学；同年出版的王哲甫的《中国新文学运动史》，则是第一部具有系统规模的中国新文学史专著。另有朱自清在清华大学开设"中国新文学研究"课程（1929 年春季开始讲授），并编写了《中国新文学研究纲要》；周作人在北平辅仁大学讲演新文学的源流（1932），同年出版了《中国新文学的源流》一书。1935 年，赵家璧主编的《中国新文学大系》，在中国现代文学研究史上无疑成为里程碑式的著作。这套作品选集的编选者均为中国现代文学史上的重要作家，他们撰写的各集导言对第一个十年的文学理论建设和各类文体创作进行了深刻总结，每篇导言"便是最好的那一部门的评介，假使把这几篇文字汇刊出来，也可说是现代中国新文学的最好综合史"①。

也就是说，中国现代文学在发生发展的过程中，同时兼具文学现象自身和文学研究对象的双重角色。作为文学现象自身，中国现代文学一般被划定为 1917 年至 1949 年间的文学成果；作为文学研究对象，中国现代文学从诞生之初就迅速进入研究主体的视野，至今已有近百年的研究历史。这一史实表明，中国现代文学在创造自身历史的同时就已经成为历史叙述的对象，中国现代文学的创作群体亦同时开始组建中国现代文学的研究主体。

从这个角度来看，中国现代文学研究史上，存在两大研究主体：一是"参与性研究者"，二是"非参与性研究者"。

"参与性研究者"，他们既以作家、理论批评家身份参与了中国现代文学的创造，又以研究者的立场描述和阐释自己以及同行的创作成果。或者说，"参与性研究者"是中国现代文学的亲力亲为者，他们是 1917 年至 1949 年文坛上的创作主体，又自觉不自觉地开创并承担起研究主体的职责。如茅盾在 20 世纪 20 年代末 30 年代初共写过七篇作家论，分别是《王鲁彦论》、《鲁迅论》、《徐志摩论》、《庐隐论》、《冰心论》、《女作家丁玲》与《落华生论》。这七篇作家论在茅盾一生的著述中只占极小的比重，但在中国现代文学研究史上却是一笔重要财富。茅盾既是参与创造中国现代文学的重要作家，同时又以研究者的立场描述和阐释文坛上新近出现或颇有分量的作家，不仅有其独到之处而且产生了深远影响。这种"作

---

① 　曹聚仁：《文坛五十年》（续集），香港新文化出版社 1973 年版，第 172 页。

家论"的批评文体，集"时代意识"和"历史意识"于一体，充分体现了"参与性研究者"的立场和特点。

"非参与性研究者"，他们多以旁观者或后来人的身份和眼光，审视和描述正在发生或已经发生的文学现象。或者说，"非参与性研究者"与中国现代文学创作主体存在空间或时间上的距离，他们多在学院中进行独立的文学教学与学术研究，并且逐步远离中国现代文学产生的历史时期。如中国现代文学学科的建立，就是由"非参与性研究者"实现的。王瑶未曾以作家、理论批评家的身份参与中国现代文学的创造，甚至他原来所从事的研究方向是古典文学。因为教学任务的需要，加之对新文学的喜好，王瑶接手并完成了《中国新文学史稿》的写作。这是第一部完整的现代文学史专著，被认为奠定了中国现代文学学科的格局。而先确定写作的指导思想、基本线索和分期框架，然后进入对历史材料的梳理和作家作品的分析，也成为其后中国现代文学史的写作模式。这种"职业化"和"学院化"的研究身份，亦是"非参与性研究者"的显著特点。

所有的判断评价行为，既相涉于价值、效果，也涉及情境与距离。其中"情境"、"距离"等，既是判断评价行为中重要的因素或条件，也是同代与后代人在评判条件上的重要差异之所在。更重要的是，判断和评价行为本质上是一种主体和主观行为。"参与性研究者"与"非参与性研究者"，作为中国现代文学两种不同立场的研究主体，其判断评价行为中最直接的差异就是"情境"、"距离"，由此产生价值、效果的重大差异也成为题中应有之义。

在此，笔者想以王鲁彦的研究和入史情况为切入点，对这个问题进行一些思考。

二

王鲁彦（1901—1944），浙江镇海人，原名王衡臣，又名王衡。他出生于农村商人家庭，曾在上海洋行当过学徒。受五四新思潮影响，王鲁彦于 1920 年到北京参加工读互助团，并在北京大学旁听鲁迅的小说史等课程。王鲁彦的文学创作始于 1923 年。第一篇短篇小说《秋夜》发表于当年 11 月出版的《东方杂志》第 20 卷第 22 期。之后，他又陆续发表《柚子》（《小说月报》第 15 卷第 10 号）、《狗》、《灯》、《许是不至于吧》、

《阿卓呆子》、《美丽的头发》等作品，并于 1926 年出版了第一个小说集《柚子》。

王鲁彦的出现，很快得到当时文坛的关注和反响。

1928 年 1 月，茅盾以方璧的笔名在《小说月报》第 19 卷第 1 期上发表《王鲁彦论》，对王鲁彦的作品进行了较为全面的评论，特别赞赏王鲁彦那些以乡村生活为题材的作品，尤其是他认为思想和技术都好的《许是不至于吧》和《黄金》。茅盾反复指出王鲁彦具有敏锐的感觉，作品中贯穿着焦灼苦闷的情调，描写手法的自然、朴素是作者的卓特的面目。茅盾在 20 世纪 20 年代末 30 年代初新写的七篇作家论中，第一篇就是《王鲁彦论》。以今天的眼光来看，王鲁彦的分量和影响显然不能和鲁迅、徐志摩、冰心、丁玲等人相提并论。茅盾当年虽然对王鲁彦提出了不少批评意见，但他却专为王鲁彦作论，并表示出对这个文坛新人的欣喜与期待，多少给我们留下了值得揣摩和回味的东西。

沈从文的《沫沫集》虽然没有单独评论王鲁彦，但其中 1931 年 4 月在《文艺月刊》上发表的《论中国创作小说》多次谈到王鲁彦，并重点评价了王鲁彦的小说集《柚子》："鲁彦的《柚子》，抑郁的气氛遮没了每个作品，文字却有一种美，且在组织方面和造句方面，承受了北方文学运动者所提出的方向，干净而亲切，同时讥讽的悲悯的态度，又有与鲁迅相似处。当时正是《阿 Q 正传》支配到大部分人趣味的时节，故鲁彦风格也从那一路发展下去了。"① 沈从文对王鲁彦小说的创作技巧即文字、结构、造句等方面都给予了肯定的评价，并道出了王鲁彦小说中特有的抑郁、讥讽、悲悯的气氛。

1934 年 9 月，苏雪林在《现代》第 5 卷第 5 期发表《王鲁彦与许钦文》，对王鲁彦的文学创作作出了具有个人独特体验的评析。苏雪林对王鲁彦颇多赞誉之词，称他是"在鲁迅作风影响之下，青年从事乡土文艺或为世态人情之刻划者"中"比较成功"的，其作品"善于描写乡村小资产阶级和农民心理与生活"，"写宁波民族气质的浇薄势利，极为深刻"，是

① 沈从文：《论中国创作小说》，《沈从文文集》（第十一卷），花城出版社 1984 年版，第 180 页。

"真正有着创作才能的"①。苏雪林内向感性、特立独行，无论作为作家还是评论家，往往都有独到的眼光。才女眼中的王鲁彦，似乎更因此增添了几分才情。更有意味的是，苏雪林曾大肆攻击鲁迅并坚持反鲁立场，却对鲁迅的高足情有独钟，也算得文坛的一段佳话吧。

1935年3月，鲁迅编选《中国新文学大系·小说二集》，选用了王鲁彦的《灯》和《柚子》两篇小说，并在《导言》中对鲁彦的小说作出深刻评论。现全文引用如下：

看王鲁彦的一部分的作品的题材和笔致，似乎也是乡土文学的作家，但那心情，和许钦文是极其两样的。许钦文苦恼的是失去了地上的"父亲的花园"，他所烦冤的却是离开了天上的自由的乐土。他听得"秋雨的诉苦"说——

"地太小了，地太脏了，到处都黑暗，到处都讨厌。人人只知道爱金钱，不知道爱自由，也不知道爱美。你们人类的中间没有一点亲爱，只有仇恨。你们人类，夜间像猪一般的甜甜蜜蜜的睡着，白天像狗一般的争斗着，撕打着……

"这样的世界，我看得惯吗？我为什么不应该哭呢？在野蛮的世界上，让野兽们去生活着罢，但是我不，我们不……唔，我现在要离开这世界，到地底去了……"

这和爱罗先珂（V. Eroshenko）的悲哀又仿佛相像的，然而又极其两样。那是地下的土拨鼠，欲爱人类而不得，这是太空的秋雨，要逃避人间而不能。他只好将心还给母亲，才来做"人"，骗得母亲的微笑。秋天的雨，无心的"人"，和人间社会是不会有情愫的。要说冷静，这才真是冷静；这才能够和"托尔斯小"的无抵抗主义一同抹杀"牛克斯"的斗争说；和"达我文"的进化说一并嘲弄"克鲁屁特金"的互助论；对专制不平，但又向自由冷笑。作者是往往想以诙谐之笔出之的，但也因为太冷静了，就又往往化为冷话，失掉了人间的诙谐。

然而，"人"的心是究竟还不尽的，《柚子》一篇，虽然为湘中的

---

① 苏雪林：《王鲁彦与许钦文》，曾华鹏、蒋明玳编《王鲁彦研究资料》，江西人民出版社1984年版，第167页。原载1934年9月《现代》第5卷第5期。

作者所不满，但在玩世的衣裳下，还闪露着地上的愤懑，在王鲁彦的作品里，我以为倒是最为热烈的了。①

其余对王鲁彦进行评介、回忆的现代作家、理论批评家还有傅彬然、赵景深、王西彦、巴金、周作人、阿英、艾芜、邵荃麟、师陀、许杰等。傅彬然说道："鲁彦的文字里，富有人道主义的色彩，感情成分较重，文笔也有一种清新之气。"② 赵景深在《记鲁彦》一文中引用文学史的内容对其作出间接性评价："他的作品中都含有讥讽与悲悯的成分，这是他与鲁迅相同的一点。他好描写乡村的小资产阶级、知识分子及农民的心理，刻画极为深刻。……王鲁彦的作品，乡土气息极浓厚。"③ 王西彦认为："他的作品，在阴暗的色彩里，显露着微讽，在朴素的描写里，夹杂着欧化，形成了他自己的特色，在我们的新文学史上占有一定的地位。"④ 巴金这样表达："在中学读书的时候，你的《灯》、你的《狗》，感动过我。那种热烈的人道主义的气息，那种对于社会的不义的控诉，震撼了我的年青的心。"⑤

在王鲁彦的研究历史中，这支"参与性研究者"队伍，不仅分量颇重，而且评价很高。然而，在"非参与性研究者"的视野里，王鲁彦却备受冷落。

专门做过王鲁彦研究并产生一定影响的，主要是范伯群、曾华鹏。他们的成果主要是专著《王鲁彦论》和编选《王鲁彦研究资料》。范伯群和曾华鹏以"王鲁彦"为研究对象，还经历了一番波折。当年他们师从贾植

---

① 鲁迅：《中国新文学大系·小说二集·导言》（影印本），上海文艺出版社1981年版。

② 傅彬然：《忆鲁彦》，曾华鹏、蒋明玳编《王鲁彦研究资料》，江西人民出版社1984年版，第75页。原载1945年3月《抗战文艺》第10卷第1期。

③ 赵景深：《记鲁彦》，曾华鹏、蒋明玳编《王鲁彦研究资料》，江西人民出版社1984年版，第78—79页。原载1946年7月1日《文艺复兴》第1卷第6期。

④ 王西彦：《在魑魅的追逐下——记鲁彦的病和死》，曾华鹏、蒋明玳编《王鲁彦研究资料》，江西人民出版社1984年版，第124页。原载1946年《文艺春秋》第2卷第6期，题目是《一个朋友的病和死》。

⑤ 巴金：《写给彦兄及附记》，曾华鹏、蒋明玳编《王鲁彦研究资料》，江西人民出版社1984年版，第149页。原载1945年5月《文艺杂志》（重庆版）新1卷1期，题目是《写给彦兄》。

芳先生学习，贾先生有感于现代文学研究偏重于鲁郭茅等左翼作家研究，对非左翼作家有所忽视，便指导学生拟定毕业论文题目《朱自清论》、《郁达夫论》、《王鲁彦论》和《冰心论》，希望对这样的研究格局有所突破。后来贾植芳先生出事了，学生们也受到牵连，此事不了了之。但学生们感谢先生当年的培养与提携，一直不忘在学术上继续努力耕耘。20 世纪 50 年代末，范伯群、曾华鹏合作《郁达夫论》在《人民文学》发表；70 年代末，他们陆续出版《王鲁彦论》、《现代四作家论》、《冰心评传》、《郁达夫评传》。①

　　另外，在中国期刊网中搜索，80 年以来篇名中出现"鲁彦"或"王鲁彦"的研究文章只有 62 篇。其中 32 篇集中在 20 世纪八九十年代，30 篇为近十年来的研究成果。笔者注意到，《中国现代文学研究丛刊》2005 年第 3 期登载了一篇报道性文章——《王鲁彦作品研讨会在北仑召开》。这个研讨会是为纪念王鲁彦逝世 60 周年在其家乡举办的，参加者为"来自全国各地的专家学者，王鲁彦先生的子女等 20 余人"。"20 余人"的研讨会，与中国现代文学研究界动辄上百人规模的学术会议相比，其情形显然格外冷清。虽然文章开篇将王鲁彦的身份界定为"我国现代文学史上著名的小说家、散文家和翻译家"，但王鲁彦在研究界已成为一个偏冷话题是不争的事实。

　　从王鲁彦被写入文学史的情况，我们同样可以看到"非参与性研究者"的价值取向。王瑶的《中国新文学史稿》全书约 50 余万字，其中论述王鲁彦的篇幅约 637 字，约占 1/784，其中还直接引述了鲁迅的评价 113 字和茅盾的评价 242 字。唐弢主编的《中国现代文学史》煌煌三大卷，其中论述鲁彦的篇幅约 521 字，比同一节中论述的冰心、朱自清、王统照、许地山、庐隐的篇幅都要少。在"简编本"中，"鲁彦"部分的内容完全被删除。再来看看"重写文学史"背景中编撰的《中国现代文学三十年》。"三十年"中，王鲁彦与彭家煌、台静农、许钦文、骞先艾、许杰同列乡土文学作家行列。"三十年"全书 57.5 万字，论述王鲁彦的篇幅约 978 字，约占 1/588。作家被写入文学史的情况，是衡量其地位和成就的

---

　　① 参见《道之传如涓涓清流——记贾植芳先生》，http：//bbs. fudan. edu. cn/cgi-bin/bbs/bbsanc？ path ＝/groups/campus. faq/M ＿ Hundred/D9DAFED4A/DB59BA1E1/D76FCC626/M. 1024813298. A，2002 年 6 月 23 日。

重要指标之一。王鲁彦得到同时代人的充分认可，但在后人的评判中被大大削弱。当然，笔者最为关注的并非对王鲁彦本身的评价，而是从中探究和认识两种研究主体的差异性。

三

"参与性研究者"与"非参与性研究者"，其区别至少体现在以下几个方面：

第一，身份立场不同。"参与性研究者"既是评价者也是当事人，他们与评价对象是同时代人甚至师友关系，在"情境"、"距离"诸方面与评价对象具有"可接近性"。这种身份使得他们更了解或理解评价对象的创作活动、行为乃至心理，从中发现后人难以接近或体悟的独特之处。"非参与性研究者"为纯粹的研究者身份，他们是评价对象的旁观者或后来人，在丧失"情境"、"距离"的"可接近性"的同时，又具有了对历史评价而言尤其重要的"距离感"和"超越感"。这种身份使得他们在进行评价时或许少了一些经验直观，但更多了一些理性和思辨。

鲁彦与鲁迅的关系，是鲁彦研究者经常涉及的问题。同样一个问题，在两种研究主体那里，解决方法判然有别。周贻白在《悼鲁彦》中谈到，有人说鲁彦的文笔是学鲁迅，但据他所知，鲁彦在小说家中最崇拜的是显克微支。周贻白与鲁彦是相交多年的朋友，他听鲁彦特别提起过周作人翻译的《炭画》和张友松翻译的《地中海滨》。周贻白说："我曾经拿显克微支的作品，和他的小说相比较，觉得他的话确有几分可靠。"① 王瑶在《中国新文学史稿》中涉及这个问题时，先是引用了茅盾的有关分析，然后发表自己的意见："他爱在作品里铺陈议论和教训，而又缺少鲁迅笔下的明快与机智，因之读起来不象鲁迅作品辛辣动人，而有一点沉闷之感。"② 周贻白是以对朋友鲁彦的了解和自己的阅读感受来作出判断，王瑶则是以文献资料和作品分析指出鲁彦与鲁迅的差异所在。这正是两种研究主体不同身份的重要体现。

---

① 周贻白：《悼鲁彦》，曾华鹏、蒋明玳编《王鲁彦研究资料》，江西人民出版社1984年版，第91页。原载1946年《文章》第1卷第2期。

② 王瑶：《中国新文学史稿》，上海文艺出版社1982年版，第113页。

第二，评价标准不同。文学批评的标准本身就是多样性的。批评主体由于身份立场、审美理想和价值观念不同，形成批评标准的不同内容和特点。面对同一批评对象，批评主体会根据自己的标准，作出不同的认识和判断。以此来观照现代文学研究的两种主体，我们同样可以看到两者批评标准的显著区别。"参与性研究者"以审美批评为主，带有很强的情感性和体验性特征，着眼于作品以什么样的情感在多大程度上得到成功的表现和引起读者的心灵震荡与情感激动，往往具有超功利的性质。"非参与性研究者"以意识形态批评为主，具有明显的政治性和理念性特征，常常关注文学的社会政治内容，或者说关注文学与社会意识之间的关系。

我们以王鲁彦的小说《许是不至于吧》为例，来看看不同批评主体的评价。茅盾在《王鲁彦论》中比较财主王阿虞和鲁迅作品人物的差别，指出王鲁彦笔下的乡村小资产阶级"多少已经感受着外来工业文明的波动"，"是成了危疑扰乱的被物质欲支配着的人物（虽然也只是淡淡的痕迹），似乎正是工业文明打碎了乡村经济时应有的人们的心理状况"。① 唐弢本《中国现代文学史》说："在短篇《许是不至于吧》中，作者用诙谐之笔，揭露出财主王阿虞的阴暗心理及其狡猾的处世哲学，剖析了剥削者虚伪丑恶的灵魂，但把农民写得过分自私和缺乏觉悟。"茅盾对小说主人公的分析是从人物本身的存在状况和心理状态入手，偏重审美性、艺术性，唐弢本《中国现代文学史》则直接将其划定为"剥削者"阶级，是从社会政治角度进行的解读。后者所指出的小说的不足之处，亦是出于对人物阶级属性的看重。

当然，这两种批评标准并不是绝对地分属于两大批评主体。随着社会、思想、文化的发展演变，"非参与性研究者"的批评标准和方法也在不断发生变化，多种批评标准和方法的交叉、融合成为主流趋势。如《中国现代文学三十年》这样评价《许是不至于吧》："在用力描绘地方习俗基础上，又进一步注意揭示人们的社会心理状态。此篇用 1924 年遭受军阀混战之害的浙江农村为背景，写尽小有产者在战争威胁下整日谨慎、提心吊胆，千方百计保全自己财产地位的心思。……开掘浙东沿海乡镇子民

---

① 方璧（茅盾）：《王鲁彦论》，曾华鹏、蒋明玳编《王鲁彦研究资料》，江西人民出版社 1984 年版，第 157 页。原载 1928 年 1 月 10 日《小说月报》第 19 卷第 1 期。

民俗学的价值。"①

　　茅盾写《王鲁彦论》的时候，王鲁彦的文学道路刚刚起步。茅盾以他对当时文坛的了解，结合自己阅读王鲁彦作品的体会，对青年作家王鲁彦寄予极大的期望。陈筱梅则对王鲁彦的文学创作提出了修改意见。对于茅盾、陈筱梅等"参与性研究者"来说，王鲁彦的写作处于现在进行时之中，现代文学的整体格局也是未定型的。他们从当下出发，作出只属于当下的判断；至于历史会作出什么样的选择，只能留给后来人。《中国新文学史稿》、《中国现代文学三十年》等则是将现代文学作为一段凝固的、成型的历史，以整体性和历史性的眼光，评价作家或作品的贡献和地位。在王鲁彦之后，现代文坛的作家作品层出不穷，"非参与性研究者"的视野范围得以不断扩大。从这个角度来说，王鲁彦等作家作品的价值被弱化，也就成为一种必然。至于将来研究者会如何认定王鲁彦们，我们也只能充满了期待。

　　关注"参与性的研究者"和"非参与性的研究者"两种研究主体的存在，对我们反思中国现代文学研究，尤其是中国现代文学史编撰将具有一定的开拓意义。我们看到，一方面，"参与性的研究者"和"非参与性的研究者"，因身份立场、评价标准的不同，最终造成价值认定上的不一致。另一方面，因为20世纪中国文学没有下限，参与者与非参与者会不断发生转化，所有基于这两种研究主体身份的评价也会不断更新。而这，正是20世纪中国文学本身及其研究的魅力所在。

---

　　① 钱理群、温儒敏、吴福辉：《中国现代文学三十年》（修订本），北京大学出版社1998年版，第68—68页。

专题研究回顾

近30年中国现代诗学研究回眸

王雪松　王泽龙

　　从 1978 年到 2008 年，现代诗学研究恰好走过 30 个年头，现代诗学研究整体上取得了令人瞩目的成绩。现代诗学经历了一个较为复杂甚至芜杂的历史，加之新诗发展一贯曲折的命运和当下重重的危机，使得现代诗学本身的建构既有挑战也有机遇。总的来看，现代诗学研究有如下特点：从研究时限上看，前后 15 年的研究面貌有较大的不同；从研究实绩上看，现代主义诗学研究既是热点，又是硕果累累的一个领域；从研究参照来看，除了传统的中西维度外，当下现实强势介入，成为第三个维度；从研究方法和视角来看，本体研究成为共识，审美、文化、语言研究交错融合，精彩纷呈；从研究趋向来看，现代诗学的研究和建构是结合在一起的，大致有两种倾向，一是致力于现代诗论家、诗人本人的诗论梳理，二是着意现代诗学的功能意义，从创作美学出发，以个体的价值标准和审美标准来建构现代诗学；从研究类型来看，从传统的诗学片论到诗学综合再逐步细化为诗体学、韵律诗学、意象诗学、话语诗学、解诗学、诗学发展史等各个门类，一些关键的诗学命题在细化中深化；现代诗学研究中还存有问题意识与话题泡沫的纠缠现象。当然这些特征并不全是线形的展现，而是交融在一起，一如诗学本身般复杂。本文为了叙述的方便，前 15 年大致采取历时性描述的方式，后 15 年就某些现象作共时性评析。

一

　　从 1978 年到 1993 年，伴随着改革开放的脚步，中国现代诗歌研究整体上正处于向僵化的社会政治学研究方法告别的阶段。这个时期一个引人

注目的现象就是现代诗歌的当代重读和重评。① 随着胡适与《尝试集》、
新月派、象征派、现代派、七月派、九叶派的相继被"发现"，诗人归类，
诗派归位，研究对象在逐渐获得合法性的同时也带来诗学研究深化的可
能。尽管这时的诗学研究还是附着在诗人论、诗派论的基础上，不成系
统。但值得注意的是，一些现代诗人纷纷撰文写诗评，作为现代诗歌的当
事人，发表的言论可以说是自我诗学思想的总结和完善。如袁可嘉先生、
绿原先生分别为《九叶集》和《白色花》这两本诗选集所写的序言，袁可
嘉还写了不少关于西方现代派与九叶派关系方面的文章，唐湜此时期也写
了一系列的评论文章，后收入 1990 年版的《新意度集》，还有卞之琳发表
的一系列论译诗艺术和新诗形式的文章，都是很难得的诗人自道，代表了
各自的诗学思想。

　　这一时期，众多研究者不管是研究诗人诗作，还是诗派诗潮，都不约
而同地看重研究对象的美学思想和艺术特征。对诗歌美学和艺术的重视和
解析，一方面是对政治社会学教条式解读的反动，一方面也为现代诗学研
究打下了良好的基础。如陈山的《闻一多诗学理论的结构与体系》（《贵
州社会科学》1987 年第 2 期），张俊山的《新诗美学的早期建树——朱自
清新诗评论初探之一》（《河南大学学报》1986 年第 2 期），钱光培的《被
埋没了的珍珠——论朱湘的诗论》（《中国现代文学研究丛刊》1985 年第 4
期），郭小聪的《热情的追求执着的探索——论林庚关于新诗形式问题的
理论思考》（《中国现代文学研究丛刊》1984 年第 4 期），兰华增的《艾青
朱光潜〈诗论〉比较论》（《中国现代文学研究丛刊》1987 年第 2 期），冀
仿的《作人与写诗——重读胡风论诗札记》（见《胡风论集》一书，中国
社会科学出版社 1991 年版），刘扬烈的《七月派与胡风的诗歌美学》
（《诗神·炼狱·白色花》）。美学上的分析鉴赏为诗学理论的归纳提供了
借鉴和前期准备。

　　一些研究者的专著也侧重新诗本体美学和艺术研究。骆寒超的《新诗
创作论》（上海文艺出版社 1991 年版），从现代诗歌的主题学、诗歌的感
受方式和诗歌的表现形态这三个方面入手，探寻新诗创作的规律，对于审
美风格、诗歌语言、节奏都有涉及，主要是从接受体验方面做的归纳。吕

---

　　① 李怡：《十五年来中国现代诗歌研究之断想》，《中国现代文学研究丛刊》1995
年第 1 期。

进的《新诗文体学》（花城出版社 1990 年版）和《中国现代诗学》（重庆出版社 1991 年版）显示了作者一贯的文体和美学研究视角特色，体现出强烈的现代诗学建构意识。比如作者在《中国现代诗学》一书中主张，中国现代诗学应当保持以抒情诗为本，推崇体验性的诗学观念，同时又在诗对客观世界的历史反省能力和形象性上向西方诗学有所借鉴；中国现代诗学应当保持领悟性、整体性、简洁性的形态特征，同时又在系统性、理论性上向西方诗学有所借鉴。沿着这一思路，论者以后提出现代诗歌的三大重建："在中国跨入现代以后的诗歌观念重建，实现'诗体大解放'以后的诗体重建，现代传媒条件下的诗歌传播方式重建。"① 在远离诗歌既有研究成果上的"重建"更应该说是一种姿态，作为一种诗学理论不妨"聊备一说"。值得注意的论著还有冯中一的《新诗创作美学》（吉林文史出版社 1991 年版）、蓝棣之的《正统的和异端的》（浙江文艺出版社 1988 年版）、孙琴安的《现代诗四十家风格论》（上海社会科学院出版社 1987 年版）、孙玉石的《中国现代诗歌艺术》（人民文学出版社 1992 年版）。这批研究者有着对诗歌敏锐的感受力，坚持对诗歌文本细读感悟上的理论归纳，所以有较大的启发性。比如年轻学者李怡就多次提到蓝棣之的《正统的和异端的》带给他在诗歌研究上的启发。

　　潘颂德的《中国现代诗论四十家》（重庆出版社 1991 年版）的出版是前 15 年诗学研究的一个较大的收获。它基本上是诗人、诗论的平面展览模式，几乎涵盖了所有的诗论家，最大可能地保存了鲜活的诗学理论材料，具有较大的史料价值。论者并未细究各种诗论间的逻辑联系，故而还不是一个诗学系统，不具备诗学的"理"，只是以诗"论"的方式存在，研究方法也略显陈旧，但在当时的历史条件下已经难能可贵了。

　　本时期对诗体形式的研究也形成了一个小的热潮，比较有分量的文章有：关于一般格律体研究的，如邹绛为其编选的《中国现代格律诗选》（重庆出版社 1985 年版）一书所作的长序《浅谈现代格律诗及其发展》，是格律体新诗理论史上的一篇重要文献。此文扼要总结了格律体新诗发展的历史，梳理了已有的基础理论，还将这一诗体与中国古代诗歌、外国格律诗，以及自由诗作了纵向和横向的比较研究。有创新意义的是他的编选体例，他按照自己给格律体新诗划分的类别（主要以"顿数"为标准）而

---

① 吕进：《论中国现代诗学的三大重建》，《文艺研究》2003 年第 2 期。

非诗人组合来编排作品，惜未加命名；关于十四行诗体研究的有：许霆、鲁德俊《十四行体在中国》（《中国现代文学研究丛刊》1986 年第 3 期）、《再谈十四行体在中国》（《中国现代文学研究丛刊》1992 年第 2 期）；关于诗歌文体理论的，如於可训《论 20 世纪诗歌革命的文体纲领》（《海南师院学报》1993 年第 1 期）、《二十年代自由诗体流别略论》（《湖北民族学院学报》1993 年第 1 期）；关于中国现代叙事诗的，如骆寒超《论中国现代叙事诗》（《文学评论》1985 年第 6 期），王荣《论中国现代叙事诗艺术形式的变革与创新》（《文学评论》1991 年第 2 期）、《试论中国现代叙事诗的早期创作及其成熟》（《台州师专学报》1993 年第 4 期）、《认同与自觉，二十年代的中国叙事诗》（《文学评论》1993 年第 5 期）。

杜荣根的《超越与寻求——中国新诗形式批评》（复旦大学出版社 1993 年版），对现代诗歌的各种体式作了辨析，侧重美学研究，但其对"十四行诗体行之不远"的断定似欠妥当。

江锡铨的《中国现实主义新诗艺术发展考略》（《中国社会科学》1991 年第 1 期）从诗潮的角度考察了现实主义的美学特征以及典型化原则在新诗中的表现形态。① 是本时期关于现实主义诗歌的一篇重要理论总结文章。

康林的系列论文（《〈雨巷〉：本文结构论析》，《中国现代文学丛刊》1987 年第 4 期；《〈尝试集〉的艺术史价值》，《文学评论》1990 年第 2 期），提出了"本文结构"概念，并将之分为语言体式（含语音组合和文法关系）、语象世界和语义体系三个层次。虽然康林侧重个案研究，但其在方法论上的启示深刻影响了后来的诗论者。如李怡和张桃洲毫不避讳自己从中得到的教益。

总的来看，本时期的现代诗学研究重心在史料发掘和梳理，开始关注诗歌本体，以诗歌艺术鉴赏和美学研究为主导，侧重诗人风格论和创作论。各种诗论之间的勾连整合还未有效展开，研究者大都仰仗自己的阅读体会，感悟性的描述要多些，既是优点也带来缺憾，诗学研究的两个基本参照系（中国传统诗学和西方现代诗学）还不十分明朗。

---

① 孙玉石：《十五年来新诗研究的回顾与瞩望》，《中国现代文学研究丛刊》1995 年第 1 期。

二

1993 年对于现代诗学研究 30 年来说有特别的意义。不仅仅是它正好处于 30 年的中段，将 30 年分为年限大致相等的两期，更重要的是这一年中发生的事件对于现代诗学研究有重要的意义。一是 1993 年郑敏发表《世纪末的回顾：汉诗语言变革与中国新诗创作》，提出"汉诗"、"语言"这样的关键词，尖锐地表达了对新诗的不满，引发了诗歌理论界广泛和长久的注意。反思成了现代诗学研究中一再触及的话题，也成为现代新诗研究的品格，重新从语言层面审视现代新诗与传统诗歌的关系，这不能不影响到现代诗学研究的路数和指向。二是 1993 年 9 月 18 日，北京大学中国新诗研究中心与《诗探索》编辑部在北京文采阁举办了"93' 中国现代诗学讨论会"。会上明确提出"现代诗学"的建设问题，可以说是现代诗学研究的集体理论自觉。

1994 年到 2008 年，后 15 年来的诗学研究尤为复杂，剖析其中的一些现象，有利于下一步研究的展开，故在下面的论述中，就一些典型的现象展开。

第一，现代诗学研究的冷热失衡现象。

在前 15 年，一是经历"文化大革命"的一批诗人、诗论家有了类似西方现代主义的心理体验；二是当代"朦胧诗"的命名来源于评论九叶诗人杜运燮的诗作《秋》，当代诗歌创作中的现代倾向与几十年前的现代主义手法有契合之处；三是出于文艺生态平衡的考虑，理应为现代主义争得一席之地。上述原因促使一批研究者将目光投向现代主义，一方面可以承续传统，一方面又契合当代新诗创作，一方面又可重新融入世界现代主义大家庭，故而现代主义完成了从"逆流"到"支流"的身份转换。在后 15 年，现代主义的研究（包括诗学）几乎成了主流。不论从数量上，还是从质量上看，现代主义诗学研究无疑是现代诗学研究中成果最为丰硕的一个子类，占据了现代诗学研究的大半江山。从某种意义上可以这么说，现代诗学研究后 15 年几乎可以被置换为现代主义诗学研究 15 年。直接以"现代主义"命名的著述就有多部，如：王泽龙的《中国现代主义诗潮论》（华中师范大学出版社 1995 年版），张同道的《探险的风旗：论 20 世纪中国现代主义诗潮》（安徽教育出版社 1998 年版），陈旭光的《中西诗学的会通——20世纪中国现代主义诗学研究》（北京大学出版社2002年版），许霆的《中国现代主义诗学论稿》（上海文化出版社2005年版）。此外还有曹万生的《现代派诗学与中西诗学》（人民出版社2003年版），陈太胜的《象征主义与中国现代诗学》（北京大学出版社2005年版）等。其中，王泽龙的《中国现代主义诗潮论》可谓是同类型研究著述中最早的一部，具有开创性意义。其一，他不是在流派的意义上使用现代主义，而是梳理考察现代文学30年中各个时期的现代主义表征，具有了系统性；其二，论著上篇考察了"中国现代主义诗学的早期形态"、"30年代中国现代主义诗学范畴"、"40年代中国现代主义诗学主张"，比较全面而兼具开放性，其中提出的"纯诗论"、"契合论"、"象征与兴"、"思想知觉化"、"新诗戏剧化"经过后来众多现代诗学论著的共同关注，已经得到详尽的论述；其三，他把"诗学论"与"创作论"、"发展论"并置，其实也是为了避免理论的蹈空，在创作中观照诗学主张的落实情况，以发展的眼光审视诗学观念的演变。虽不免带有进化论的思想倾向，但这种将"诗学研究"与"诗歌创作"联系起来，关注诗歌形式本体的思路值得借鉴。

　　相比而言，跳出现代主义圈子来研究现代诗学的成果不多。欧阳文风的《宗白华与中国现代诗学》（中央编译出版社2004年版）属于个体研究，从四个方面讨论了宗白华的诗学思想：新诗理论、意境理论、比较诗学、生命诗学。在常见的宗白华美学思想研究路数上另辟诗学一路。跟大多数作家论一样，此书的重心在于"回到宗白华"，"现代诗学"主要是一种背景参照。龙泉明、邹建军的《现代诗学》（湖南人民出版社2000年版）是一部时间性意义上的诗学专著，它不重诗学史的描述与评论，而重在诗学的专门问题的探讨。对诗的本质特征论、诗的创作法则论、诗的审美形态论、诗的主客体论、诗的审美价值标准论、诗的发展论等方面进行了梳理和探析。此书将现代诗论家的一些论述进行了选择归类，共时性地归并在某一名目下，索引的价值要大于建构的价值。各个诗派、诗论家的一些诗学术语有各自的内涵和外延，不见得有通约性。经过选择性的"论述"一定程度上疏离了历史语境，将它们归并在一起恐怕有简化之嫌。看来只有先在概念术语层面上进行辨析研究，才能有效地整合诗学理论。潘颂德的《中国现代新诗理论批评史》（学林出版社2002年版），是在原来《中国现代诗论四十家》基础上的扩展，增加了一些诗学现象的概述，全书按"滥觞期、转轨期、发展期、深化期、综合期"编排，优缺点一如从前，但仍是一部包容性较大的现代诗学批评史。除上述专著外，就是一些零星的文章。跟多得几乎泛滥的"现代主义诗学"相比，数量和质量都有待提高。

一方面，"现代主义诗学"研究已经比较充分地展开，而且很多领域、很多问题已被反复研究，出现"扎堆"景观，出新意甚难。另一方面，现实主义、浪漫主义或其他的诗学研究又颇为冷落。从文艺生态平衡的角度考虑，这种冷热失衡的研究倾向不也应该得到纠正吗？

第二，诗学研究中对参照系的选择处理带来的描述上的清晰与模糊悖论，研究态度上的"理性"或"感性"倾向。

1993 年以后，一大批新锐学者摆脱传统学术思想的伦理羁绊，很鲜明也很自然地在显性的中西维度和隐性的当下维度中展开诗学研究，取得较大的成绩。李怡的《中国现代新诗与古典诗歌传统》（西南师范大学出版社 1994 年版）是较早的一部明确以古典诗歌传统为参照系的诗学研究专著。全书借鉴原型批评的方法，以本体研究的方式，在传统与现代比照中提出几组两两对立的诗学概念。如"物态化与意志化"、"辨与忘"、"协畅与拗峭"，从中国古典诗歌里出现的这几种原型寻找现代诗歌里的对应物。此论著，"西方参照"比较远、淡、泛，"中国传统参照"相对近、浓、细，让人耳目一新。王富仁在序里认为"这部书的最大贡献就是给中国新诗的研究建立了一个宏大的现代诗学的框架，虽然它不是一个唯一合理的框架"。西方参照的推远，强化了中西间的差异感，淡化了二者间的契合点；而中国传统的拉近，强化了古今间的趋同性，淡化了二者间的差异感。好比是以望远镜看西方，以放大镜看传统。其中隐藏了或者暗示了论者对古典的认同，至少从笔者的阅读体验上来说，有"现代诗学被包容于传统诗学之中"的感觉，不能不说模糊了现代诗学本身的特异性。陈旭光的《中西诗学的会通——20 世纪中国现代主义诗学研究》（北京大学出版社 2002 年版）以西方现代诗学为参照，如其序言所述："以整个 20 世纪为时间框架，把现代主义视作一个具有统一性的整体，侧重于从它与作为外来影响的西方现代主义诗潮的关系，诗人主体的人格精神、心路历程和期待视野、与主流文学或其他相关诗潮流派的关系等角度入手，系统考察中国现代主义诗潮之产生的各种'合力'因素，发展的自律性特点，诗学思想的形成与特征等。方法上，兼顾影响研究与接受研究和平行比较研究，侧重于中西现代主义诗学之间寻找可比性和可比点，发现变形与异同。"应该说此书较好地完成了上述的研究目的。陈旭光推演出"如果说，现代白话新诗构成了对古典诗歌的第一次革命的话，那么可以说，中国现代主义诗歌的崛起和成熟构成了对古典诗歌的'二次革命'。第一次革命主要在语言介质、文体形式方面进行，第二次则深入到了审美情趣、美学原则、艺术思维及想象方式等方面，是在'第一次革命'基础上的深化。这是与古典诗歌迥然不同的'整个价值观念，整个美学原则的全面改变'（余光中语）"。但是问题在于，中国古代诗学传统与中国现代诗学间的区别与关联在本书中是模糊的。诚如孙玉石所言："任何理论抽象与宏观比较，找出其中的差异总比找出其中的共性困难得多。论文作者显然已经感到了自己理论预设可能产生的困境，并给自己做了若干限制和保留，但这样仍然避免不了一些理论归纳所带来的对于古典诗歌与现代主义诗歌艺术特性和他们之间联系与差异这两个方面的片面理解、认识隔膜和艺术误读。"[①]

当下创作现状也适时地参与到现代诗学的研究中，成为隐性的第三个参照系统。表现为：当下学术方法的创新会直接影响现代诗学研究（此现象另节再述）；当下的学术争论热点也反映在诗学研究趋向上；当下的新诗创作现状影响诗学研究者的情感态度。

中国当代诗歌的一些先锋诗人曾提出"诗歌以语言为目的，诗到语言为止"，"要求把语言从一切功利观中解放出来"，[②] 在诗创作中要求放逐意象，可以说这种观点在现在仍大有市场。"这种非意象化的新诗潮提出来的具有挑战性的命题，是否代表了当代新诗潮发展的某种趋势呢？一向被我们视为诗歌生命之内核与灵魂的意象的现代性意义何在？"一些新诗研究者没有盲从此论，而是转为理性的思索"我们必须认真研究诗歌意象的传统，特别是'五四'以来的中国现代诗歌意象传统，并作出理论的阐释与回应"。[③] 可以说这是当下诗歌创作理念影响现代诗学研究的一个正面范例。从 1996 年至 2002 年持续 6 年之久的"字思维与中国现代诗学"的论辩源于当代画家石虎先生的《论字思维》一文[④]，引发了王一川、高

---

① 孙玉石：《中国现代诗学研究：断想与感言》，《诗探索》2002 年第 1—2 期。
② 韩东：《自传与诗见》，《诗歌报》1988 年第 7 期。
③ 王泽龙：《中国现代诗歌意象论》，中国社会科学出版社 2008 年版。
④ 石虎：《论字思维》，《诗探索》1996 年第 2 期。

玉、申小龙、吴思敬等一批学者参与讨论，他们中有文艺理论家、语言学家、诗人等各领域学者，可以说这场大的辩论丰富了对现代诗学中"思维术"和"汉语特性"的认识。这也是当下学术热点对现代诗学研究产生积极影响的一个范例。值得注意的是，当下的一些观点，其触发点往往针对同时代的一些诗歌创作现象，还缺乏学术的沉积和必要的学理辨析，所以在返诸现代诗学研究时往往因态度上的峻急带来情感上的偏激。邓程的《论新诗的出路——新诗诗论对传统的态度述析》（中国社会科学出版社2004 年版），王珂的《百年新诗诗体建设研究》（上海三联书店 2004 年版）似乎对于研究对象都有些悲观色彩。以前者为例，论者显然受郑敏《世纪末的回顾：汉语语言变革与中国新诗创作》一文的影响，在具体的论述中由于对新诗创作本身的不熟悉和对传统诗学的眷恋，立论的标尺并未切近现代诗歌本体，从题目中即可看出作者对新诗出路的指向——传统！这样，"中国古代传统"溢出了参照物的功能意义，而成了衡量现代新诗创作及诗论得失的单一标准。如果将当下的一些诗歌创作现象作为参照，而又缺乏必要辨析的话，同样也会引起对现代新诗诗论的驳难。如一些学者对于新诗过分的"零散化"不满，继而归咎于现代诗论中的"散文化"诗学主张，不免太过于"感情用事"了。"散文化"不应成为"纯诗化"的对立面，对"散文化"诗学内蕴和意义的再探讨就很有必要。[①] 一些论者对新诗目前创作上的误区（其实新诗还是有很多优秀之作的，我们说的"误区"或许来源于我们狭隘的视野）产生焦虑，对于传统诗歌的既有辉煌又心怀崇敬（其实古代的诗人诗作何止千万，历史沉淀下来好诗也不过其中一小部分，照此看来，新诗的前途未必那样不堪），故而在研究中不自觉地带有"归咎"的情感倾向。所以在与研究对象心理贴近的同时要保持理性的态度，显得尤为重要，新诗研究者的定位应是"探路者"而非"指路者"。

对于中国传统、西方现代、当下创作现状这三个参照系，论者应该审慎处理三者的关系，拉近与推远，放大与缩小，精细与模糊，都是为了更好地考察研究对象，论者要对其中的优缺点保持清醒的认识。

第三，现代诗学研究中的方法选择：从寻觅有效的方法到方法的有效

---

① 王泽龙：《"新诗散文化"的诗学内蕴与意义》，《中国社会科学》2007 年第 5 期。

性认知。

现代诗学研究打开新局面正是从告别僵化的社会政治学解读开始的，但这并不能证明社会政治学的研究方法是错误的，我们反感的只是用政治强行切割诗歌的做法，而不是说一定要将政治从诗歌里驱逐出去。诗学研究是从研究诗人诗作艺术风格、形式美学开始步入诗歌本体，并取得较大的成绩；随后，我们发现用来言说诗学理论的一些术语不是化用古代传统，就是借用西方术语，就有必要考察现代诗学的外源性因素，引入比较文学中常见的方法，如影响研究中的渊源学、流传学、媒介学理论，平行研究中的类比和对比理论。应该说，这种方法对于厘清现代诗学中的一些基本概念，进行理论溯源和流变研究有巨大的帮助。前文提到的现代主义诗学研究大都借鉴了这种方法，辨析了西方的"象征"与中国古代的"比兴"，梳理"散文化"和"纯诗化"的外来思想资源，中西方的诗思、诗形、诗语特征在比较中得以明朗。但是这种方法本身也有先天缺陷，比如影响研究偏重于事实联系，注重来源与影响的研究，把研究重心放在资料的发掘与考证上，有忽略作品整体性和诗人创作个性的倾向。另外，由于影响研究强调实证，使其范围受到限制；而平行研究不必囿于实证，求同研究不妨用"类比"，求异研究不妨用"对比"，拓展了研究范围，文学性也有所加强。但是平行研究的局限在于：一是平行研究范围的扩大带来学科的"跨界"，一切都可以拿来作比较，历史的维度被淡化，系统被打乱，现代诗学研究中若将古代传统诗学的辉煌与现代诗学的局促作缺乏历史意识的对比或类比，则必定有悲观的论调；二是平行研究的难题在于难以处理不同民族、不同文化系统内的异质性问题，有大而化之，远而泛之的倾向。前面我们讨论李怡和陈旭光以及邓程等的学术著作中的优缺点，其实不光是参照系选择的问题，也有研究方法本身带来的正负效应问题。对于比较诗学存在的问题，也有学者提出用现象学还原的方式和系谱学的理论来补偏救弊①，这同样来自一种理论预设，来源于整体等于部分之和的预判，这种理论上的可能在事实层面上难免要打折扣，且不说支撑方法的理论之间是否通约的问题，单是方法运用者的主观差异也导致研究效果的千差万别。如何有效地阐释文本，将审美与思辨结合，确实是一个比较

---

① 肖伟胜：《比较诗学的方法论困境及其出路》，《西南师范大学学报》（人文社会科学版）2006 年第 7 期。

大的问题。

有学者认为现代诗学目前已经从"形式论"进入到"语言论"阶段,① 语言一直都是诗论家关注的一个热点,仅就 1994 年至 1995 年出现的论文来看,就有陈旭光的《论当代诗学理论建设的"语言论转向"》(《诗探索》1994 年第 2 期)、南野的《诗歌语言两种向度的探讨》(《诗探索》1995 年第 2 期)、张目的《现代诗学:三维架构的文本世界》(《文艺争鸣》1995 年第 1 期)等。张目用"语言本体、意象中心、象征统摄"来规定三维架构的诗歌文本模式,并以此"形成了一个以现代主义诗歌为对象,以文本为视点,以诗性为价值尺度的三维架构的现代诗学文本模式",比较有新意。如果说这时候对于语言的重视还较多停留在诗歌理论探讨的阶段,那么新近出现的两本博士论文(陈爱中《中国现代新诗语言研究》,东北师范大学,2006 年;刘富华《中国新诗韵律与语言存在形态现状研究》,吉林大学,2006 年),以语言为研究对象,已经进入到现代诗歌语言研究的操作层面。目前学界较多认同语言从工具论走向本体论,我们赞同语言论对于学术转向的意义,也相信此将成为一个充满活力的学术生长点。但是现代诗歌的语言研究从来都不是也不应该是孤立进行的,也并不是包治一切的万能方法。语言论来自语言哲学,但现代诗学并非于语言哲学的一个分支,也并不是一些哲学术语所能概括的。我们看到某些论文将一些诗学问题论述得很深刻,很深奥,解剖诗歌语言时犹如手术刀般锋利,然而诗美却远了。现在的一些诗学研究向哲学靠得太紧,强调思想的深刻,却将诗情、诗美压榨到寡淡少味的地步。在诗人与大众逐渐隔膜的同时,诗学研究者非但没有起到连接读者和诗人的作用,而是沉醉于方法之玄奥,理论之艰深,堕入理论术语游戏中。

有学者认为中国现代诗学正走向文化诗学,而文化诗学"正由于其晚起,它才对此前的种种批评理论进行了批判吸收,使自己超越了方法论的局限,带上了巴赫金所谓的'系统哲学'的特质,从而对我们的文学研究具有重要的意义"。② 我们赞同他的"中国现代诗学走向文化诗学"的论断,但对文化诗学超越方法论局限的论述持怀疑态度。90 年代以来,当文

---

① 谭桂林:《从形式论到语言论——关于现代中国诗学发展趋向的一种考察》,《湖南师范大学社会科学学报》2005 年第 5 期。

② 陈太胜:《走向文化诗学的中国现代诗学》,《文学评论》2001 年第 6 期。

化研究大行其道的时候，文化诗学实际上是文艺学面临困境后的一个衍生物。大致上来说，是想将文化研究与审美研究综合，"综合"是它的生命力但同时也是"短板"，因为文化诗学的特征就是跨学科性和跨系统性。特别是语言学和符号学结合后，这个问题更加复杂，要阐释一个问题，确实要将其纳入一个系统，而这个系统本身也是由一系列符码构成，又需要另外的系统来说明。由此带来两个问题：一是不断的跨系统，堕入"能指的游戏"，趋向无限阐释，而无限的解其实也是无解；二是为了保证言说的可行性，需要划定一定的言说规则和领域，就产生了"理论预设"的问题。可以说这是现代诗学研究方法的两难，我们认为"理论预设"作为一种学术策略是可取的，也是不可避免的现象，但不能唯我独尊。

诗学研究方法的更迭也被涂抹上"进化论"的色彩，似乎总有一种有效的方法在前方等着我们去采用，是否这也是一种方法论迷信？我们认为，诗学研究与其寻找一种万能的方法，不如认识到各种方法都存在有效性的问题。在文化研究的氛围下如何切近诗学本体，如何有效地解读诗学而非文化学？孙玉石的《中国现代解诗学的理论与实践》（北京大学出版社2007年版）在拓宽现代诗学研究领域的同时，也有学术方法上的反省与规约，具有特别的意义。前面提到的诗歌本体、语言既是诗学研究的一个领域，也是一种方法。事实上并没有严格意义上研究方法的替换，只有不断的方法综合，其中本体研究逐渐成为自觉。"结合文化背景来研究诗歌"显然要比"以诗歌为材料来研究文化"更切近诗歌本体。张桃洲的《现代汉语的诗性空间——新诗话语研究》显然就对理论方法的有效性有清醒的认识，他认为，对新诗"话语"的分析，最终归结为对汉语言和中国诗歌语境之变迁的考察，并以此为切入点……并且力图综合主题学、诗人论和审美研究等单一的研究范式，以更开放的姿态接近新诗"本体"。他从话语（涵盖语言和语境）的角度考察新诗从"经验"到"表达"的过程，至于起源和本质，则是"话语"回避的问题，它更多地关注当下，关注过程，其实也是为了回答为何新诗是"这样"的问题。"话语"其实是一个融合了文化、语言、文本等研究方法的综合体，就此书而言，也仅仅还是专题研究，虽然有对于语言、格律等诗学理论的探讨，但诗歌史论的成分还是要大些。

第四，现代诗学研究沿各个专题展开，在细化的同时还有待继续深化。

　　从诗学史的建构来看，还未有真正意义上的诗学史著作出现。这是与我们诗学观念联系比较密切的一个领域。龙泉明在《中国现代诗学历史发展论》（《文学评论》2002 年第 1 期）中认为："中国诗学在五四时期实现了从古典向现代的转换，中国现代诗学的历史发展既受外部历史条件的影响，又受中国诗学的内在力量的驱动，是一种合目的与合规律的呈现；中国现代诗学从 20 年代的多元并存，到 30 年代的二元对立，再到 40 年代的高度综合，经过了一个曲折的发展过程。"其实依然是进化论的历史观。许霆在《百年中国现代诗学史的叙述——兼论中国现代文学史叙述的若干问题》（《文艺理论研究》2006 年第 3 期）中认为："中国现代诗歌酝酿于 19 世纪和 20 世纪之交。百年中国现代诗学发展中有六个诗学核心观念，即'解放诗体'论、'为诗而诗'论、'大众诗歌'论、'综合传统'论、'服务政治'论和'个人写作'论。六大诗学核心观念的联络与嬗变，自然地造成现代诗歌和诗学的更迭分期，贯穿起来形成完整的百年现代诗歌和诗学发展的历史演进。"一定程度上打破以往按诗歌外部的政治学、社会学因素分期的方式，而考虑到诗学演进中的内部规律，也动摇了一贯的诗学进化论。但落实到诗学史的构建上还有实际操作难度。

　　从诗歌文体学来看，出现了较多的论著，除吕进和王珂的专著外，还有蓝棣之的《现代诗的情感与形式》（人民文学出版社 2002 年版），也涉及文体理论，立足诗人诗作解读，理论运用娴熟自然，论述风格飘逸，时有创见；许霆的《旋转飞升的陀螺——百年中国现代诗体流变史论》，视野比较开阔，将文体演变作为一个系统，在体裁、语体和风格的梳理盘点中展开百年中国现代诗歌文体流变的历史。其中对格律诗学的归纳颇有创见，他把中国现代诗歌格律探索成果概括为三个方面：一是形成了三种节奏体系，即自由诗的旋律化节奏，格律诗的节拍式节奏和格律诗的对称式节奏；二是形成了两种基本格式，即均行式和长短句；三是形成两种音韵方式，即传统式和现代式。相信会得到学术界的关注和引发对诗体学深入探讨的兴趣。

　　1994 年 10 月 23 日至 25 日，中国现代格律诗学会在北京召开了首届学术讨论会。与会者对现代格律诗作了广泛的讨论，学会还办了刊物《现代格律诗坛》，为现代格律诗鸣锣开道。这种格律在很大程度上仍紧贴诗歌的音乐性，所以有些论著将歌词也一并收入（如吕进主编《中国现代诗体论》）。有关韵律学的研究还未出现专著，不过已经得到一些学者（如张中宇、蒋登科、陈本益、於可训、王元忠、谭桂林）的关注。如关于无韵诗诗学价值的争论；关于何其芳格律诗学的研究；关于林庚的格律诗学研究；关于韵律诗学综合研究等，都取得了一些成果，当然，发表的单篇论文远不止这些。目前这些领域以西南师范大学诗学研究中心的学者最为活跃，形成群体性的关注热度。不过众多研究者将"自由诗"和"格律诗"作为一个自明的概念使用，似乎有泛化之嫌，相比之下，王光明的两篇文章显得就稳重许多，对于自由诗和格律诗的诗学意蕴作了富有历史感的评析。①

韵律诗学的专著未能出现的原因恐怕还与缺少一个有力的理论支撑点有关，有些韵律问题还存有争议，如张中宇的《韵律与中国诗歌繁荣的相关度分析》一文在貌似科学的统计分析下，得出"中国诗歌的繁荣与韵律的发达程度是同步的，诗韵越发达、越精致，甚至越严格，中国诗歌越繁盛"的结论，难以在逻辑上成立。在研究观念上，大多研究者拘囿于中国现代格律诗成败定性的观念，其实这个问题可以绕开。倘若探索现代新诗韵律的规律，把它看作使现代诗歌艺术性增强或减弱的一个辅助性要素，也许会开阔我们的学术思路。另外，在韵律研究中，涉及古音韵学、西方音韵学、现代汉语音韵学等一系列知识，这其中还有中国现代诗歌对西方韵律借鉴中的改造和变异问题，如何解决中西方韵律诗学术语的疏通统一问题，都使得现代诗歌韵律学的研究异常复杂，恐怕研究者尚需提高自己的外语水平和理论素养。

至于跟诗歌韵律相关但并不重合的节奏理论研究，陈本益50万字的专著《汉语诗歌的节奏》（台湾文津出版社1994年版）填补了国内的一项空白。节奏是其探索新诗格律时的一个发现，因此，该书是一部探索性较强的著作。全书分为三部分，分别是"什么是汉语诗歌节奏"、"古代诗歌的节奏形式"和"新诗的节奏形式"。

在意象诗学专著方面目前只有王泽龙的《中国现代诗歌意象论》；而从发生学角度研究中国现代诗学的论著目前只有谢应光的《中国现代诗学发生论》（中国文联出版社2005年版），著者兼顾了现实主义、浪漫主义

---

① 王光明：《形式探索的延续——"格律诗派"以后的诗歌形式试验》，《中国现代文学研究丛刊》2004年第1期；《自由诗与中国新诗》，《中国社会科学》2004年第4期。

和现代主义诗学。但显然，这些领域的孤本单著正说明了进一步加强研究的必要。

　　现代诗学研究 30 年来取得了巨大的成绩，也存有很多问题（在这里，"问题"不是贬义）。正因为中国新诗发展中的问题不断出现，所以现代诗学研究能够及时反思自己，调整自我，保持与文本、时代的对话。可以说问题和问题意识是现代诗学研究永葆学术活力的重要原因。从这个意义上来说，我们并不期待有一本什么专著能够一劳永逸地、圆满地解决所有问题，现代诗学就活在不断阐释的过程中。然而在尝试解决有关问题的过程中，衍生了许多话题，引发学术界长久的争论（在这里，"话题"并不全是褒义），看似繁闹的研究场景，其实很多是涌起的学术泡沫。我们不否认话题的学理和价值，只是担忧我们的诗学研究偏重"话题"而忽视"问题"。我们上文提到的一些争鸣文章，其实放在此作者文章的论域里，不论多么"极端"的言论，还是有它合理性的；一旦这些言论被放入彼作者的论域里，则又成为立论的标靶，这种争鸣很多时候不在一个层面进行。于是我们发现，有争议的话题不断增多，然而共同言说的交集变少了，问题往往得不到解决，或者干脆掩盖了问题本身。倘若我们紧贴历史和本体（就诗学本身而言，一是现代诗论家的论说，二是现代新诗作者的诗创作），多一点从本文到理论的知识性建构，少一点从理论到理论的思想观念、文化观念的搏杀，那么可供我们争鸣的公有基础就多一些。这样才会撇清学术上的话题泡沫，而亲近问题本身。

30年来大陆的台湾新诗研究

古远清

改革开放30年来，大陆的台湾文学研究取得了重要成绩。从学术史角度来看，台湾文学作为中国当代文学的一门分支学科开始创建，作为世界华文文学学科组成部分的台湾文学，也逐步向跨地域的学科发展。

如今检视这30年来大陆的台湾文学研究尤其是新诗研究成果，总结其经验教训，就需要有两个参照系：一是自身的参照，即大陆的台湾新诗研究与大陆的本土新诗研究相比有什么特点与缺失；二是和台湾地区参照，相较于台湾本地的台湾新诗研究，大陆的台湾新诗研究有哪些特殊经验与成果。后一个参照更重要，因为大陆学者的台湾文学研究离不开台湾政局的发展、文学的走向和自身研究成果的增援，这两者互为激荡，互为补充，这就必须借鉴台湾同行的研究经验，来考察大陆自身的研究价值和意义。如果从这个参照系看，大陆的台湾新诗研究成果由于意识形态、研究方法和资料缺失等原因，还未能得到台湾同行的充分肯定，反弹多于赞扬，批评多于褒奖。

30年来大陆的台湾新诗研究，大体可分为三个阶段。

一　1979—1989年为奠基期

在改革开放前，大陆对台湾文学一无所知。1979年元旦叶剑英的《告台湾同胞书》发表后，两岸对峙长达30年的情况才有了改变，"老死不相往来"的两地血缘文化，由此得到交流。大陆的台湾文学研究，正是在停止炮击金门的背景下展开的。由于是政治的解冻带来文化的松动，松动后的文化自然也得报政治之恩，即让文化交流为政治服务，让台湾文学研究为祖国统一大业服务。试看 80 年代先后出版的两部《台湾诗选》（人民文学出版社编辑部编，由人民文学出版社 1980、1982 年版），几乎清一色是怀乡爱国的主题，这就难怪名不见经传的"诗人"上了榜，而一些著名的"大牌"诗人由于诗作的内容不符合这个标准而名落孙山。后来通过交流，《台湾诗选》（巴楚编，时事出版社 1981 年版）以及派生的《台湾爱国怀乡诗词选》（陈束生编，上海人民出版社 1982 年版）一类的选本不再成为主流，大陆学者对台湾新诗的基本情况已有初步的了解，这方面的文章仅第二届台湾、香港文学学术研讨会就有三篇：翁光宇《台湾新诗简论》（《暨南学报》1986 年第 1 期）、周文彬《光复前台湾新诗简论》（《台湾香港文学论文选（二）》，海峡文艺出版社 1985 年版）、刘登翰《论台湾的现代诗运动——一个粗略的史的考察》（《台湾香港文学论文选（二）》，海峡文艺出版社 1985 年版），另有耘之的《海峡彼岸的声音——漫说三十年来的台湾诗坛》（《福建文学》1982 年第 11 期）、古继堂的《崛起·西化·回归——台湾新诗发展的历程》（《文学知识》1987 年第 3—4 期）。对台湾新诗的有关资料也作了初步整理，如翁光宇的《台湾新诗》（花城出版社 1985 年版）、刘登翰的《台湾现代诗选》（春风文艺出版社 1987 年版），后者虽没有"选析"，但其学术含金量比前者突出，参考价值更大。

　　在评介台湾重要诗人诗作方面，得风气之先的流沙河虽然有点拘谨，但他的《台湾诗人十二家》、《台湾中青年诗人十二家》（重庆出版社 1983、1988 年版），不因人废诗、因诗废人，使读者在走马观花之中领略到彼岛诗作的概貌。他着重粗笔勾勒而非工笔描绘，表层的介绍多于深层分析，因而不能说此书在理论上做到了深透和绵密，但作者对台湾诗人的评价，总的说来着语不多而能力透纸背，评价中肯且文字隽永，表现了作者作为鉴赏家和批评家的风度：用现实的眼光与艺术的眼光，理直气壮地而又温文尔雅地评说着现代派的是非与功过。"十二家"是一种评介性的诗选，流沙河另一本《隔海说诗》（三联书店 1985 年版），则是具有独立审美价值的诗话。它只讲文本不涉及人；诗又只说优秀的或瑕瑜互见的，且着重探讨诗艺，而不在其思想意识上下工夫。许多篇章，读之余味悠悠，令人低回不已。流沙河的另一本《余光中一百首》（四川文艺出版社 1988 年版）赏析，将余氏代表作的深奥内涵揭示了出来。后来赏析台湾诗著作逐年增加（其中有一些写于 80 年代末期、出版于 90 年代初），计有古远清的《台港朦胧诗赏析》（花城出版社 1989 年版）、《台港现代诗赏析》（河南人民出版社 1991 年版）、《海峡两岸朦胧诗品赏》（长江文艺出版社 1991 年版），耿建华和章亚昕的《台湾现代诗赏析》（明天出版社 1989 年版），陶梁选编的《台湾现代诗拔萃》（漓江出版社 1989 年版），李元洛的《写给缪斯的情书：台湾与海外新诗欣赏》（北岳文艺出版社 1992 年版），卢斯飞的《洛夫余光中诗歌欣赏》（广西教育出版社 1993 年版），最具规模的是陶本一和王宗鸿主编的《台湾新诗鉴赏辞典》（北岳文艺出版社 1991 年版）。其中由花城出版社引进的恰似绘画中飘扬发丝的席慕蓉作品及衍生的赏析著作，在大陆卷起了一股席慕蓉旋风：在满足少男少女梦幻的最新寄托的同时，出版社也创下了最佳的销售收入。

对评论之评论，一直是大陆台湾新诗研究的薄弱环节。青年评论家邹建军的《台湾诗歌在大陆的研究概述》（《社会科学动态》1989 年第 4 期），开辟了新的领域。该文从四个方面描述大陆的台湾新诗研究"经历了由个体到群体到整个诗坛的研究，经历了由浅到深，由初步综合到专门化到高度综合化的过程"。他这篇文章就是专门化综合过程的一个说明。

这时期大陆的台湾新诗研究失误主要是受政治论诗学支配，局限在爱国、怀乡诗作上做文章；阐明台湾新诗是中国新诗的组成部分时，存在着直线化、简单化的倾向，忽略了台湾新诗还受日本文学影响的一面。对台湾现代诗缺乏具体的分析，未能充分肯定它在台湾诗坛所起的革新作用，如李元洛的论文《前车之鉴——从台湾诗坛看现代派》（《芙蓉》1984 年第 1 期）。另一方面，出版台湾诗人作品有商品化倾向，以致出现了冒名席氏著作以取得市场效应的怪事发生。一些选本的资料多采用二手，如流沙河的《台湾诗人十二家》，系以台北出版的《中国当代十大诗人选集》（张汉良、张默编，台北，源成图书供应社 1977 年版）为蓝本，古继堂的《柔美的爱情》，则几乎全部取材自台湾诗人张默编选的《剪成碧玉叶层层》（台北，尔雅出版社 1981 年版）。

二　1990—1999 年为转型期

这时大陆的台湾新诗研究开始跳出为政治服务的框框，逐步回到文学本身的轨道，让研究论著具有自身的学科形态和学术品格。一些学者以历史的理性眼光进行客观的研究：不但全面系统地整理资料，出版了《台港澳暨海外华文新诗大辞典》（古继堂主编，沈阳出版社 1994 年版），而且考察各种题材、各种流派、社团的创作情况，探讨他们在各自文学史上的地位，科学地总结台湾新诗的发展规律及其经验教训。表现在具体的研究工作中，重新实事求是评价由于种种原因被贬低或被否定的创作流派。如初期进入台湾文学研究领域的学者，鉴于乡土文学受过国民党御用文人的围剿，便普遍抬高乡土诗压低现代主义诗歌。可后来乡土文学阵营发生了裂变，在统独两派斗争中众多乡土诗人倒向独派一边，这对有些论者过高评价他们来说，无异于莫大的讽刺。后来大陆学者意识到这个问题，已作了不同程度的修正，这体现在邹建军《台港现代诗论十二家》（长江文艺出版社 1991 年版）中。该书共评述了覃子豪、余光中、洛夫、痖弦、文晓村、舒兰、李春生、李魁贤、李瑞腾等人的诗论，其中现代诗论超过了现实主义诗论。陈仲义的《台湾诗歌艺术六十种——从投射到拼贴》（漓江出版社 1997 年版），则是专论台湾现代诗技巧的书。洛夫的"畸联"、罗门的"颠倒"、余光中的"三联句"、周梦蝶的"禅思"、痖弦的"戏剧性"、商禽的"幻化"、纪弦的"俳谐"、叶维廉"名理前的视境"、罗英的"瞬间绽放"、杜国清的"意象征"、《笠》同仁的"即物"，以及后现代的"录影"、"多媒体"、"后设"、"拼贴"、"谐拟"、"博议"……这60 种艺术经验技巧的分类虽然过于琐碎，但著者能作深入独到的分析，其剖析之细，在两岸绝无仅有。

在大陆，闽籍学者一直是研究台湾新诗的主力军。在台湾现代主义诗歌研究方面，除上述陈仲义的专著外，另有一批高质量的论文，如俞兆平的《台湾现代诗学中"知性"概念之我见》（《厦门大学学报》1994 年第4 期）、朱双一的《超现实主义在台湾诗坛的形成与蜕变》（见刘登翰等《台湾文学的走向》，海峡文艺出版社 1990 年版）、余禺的《现代主义与中国诗学的再出发——台湾现代诗在中国新诗史上的位置及其评价》（见刘登翰等《台湾文学的走向》，海峡文艺出版社 1990 年版）。此外，南京青年学者刘红林的《台湾现代派诗歌独特的文化内涵》（《江海学刊》1996年第 2 期）、张桃洲的《略论台湾现代派诗的早期形态》（《世界华文文学论坛》1999 年第 3 期），论题新颖，分析独到。广东学者陈子典、谭元亨合著的《台湾儿童文学·诗歌论》（华中师范大学出版社 1994 年版），不仅是一部台湾儿童文学发展史，而且还用了许多篇幅对台湾儿童文学的艺术特征作了到位的分析。

在这一时期，大陆的台湾新诗研究成果无论是量方面还是质方面均比第一个 10 年有所提高。这和研究队伍扩大有关：除高等院校教师外，还有社科院研究人员、编辑家参与。新生力量的加入，则为大陆的台湾新诗研究增添了活力。如费勇的博士论文《洛夫与中国现代诗》（台北，东大图书公司 1994 年版），不局限于个案研究，对洛夫在中国现代诗史上的地位给予了充分肯定，颇有深度。沈奇的《台湾诗人散论》（台北，尔雅出版社 1996 年版），显示了与老一辈评论家不同的学术风格。

　　在研究方向上，从着重政治功能到注重美学价值的转换外，另一走向是从微观透视到宏观把握的拓展。还在 80 年代末期，便有学者尝试用新诗史的形式总结 80 年代的研究成果。古继堂的《台湾新诗发展史》（台北，文史哲出版社 1989 年版），便是这方面的代表作。该书以台湾新诗发展为主线，以历史与美学的综合理论尺度，寻求台湾新诗发展变迁的内在规律。为突出回归传统这一主旋律，该书一方面从纵向描绘台湾新诗发展历程，从横向渲染各个时期的诗歌风貌，形成历史的整体感；另一方面，又在现代派、乡土派、青年诗人群的具体评价中，注意指出他们对诗坛的各自贡献及其历史局限性。这样前呼后应，把各自分流的河水纳入同一河道中，使台湾新诗的发展轨迹了了分明。该书出版后，作者曾作了修订（1997 年修订时，加了"续编"《台湾新诗的多元化》）。即使这样，张默在《偏颇·错置·不实?》（台北，《台湾诗学季刊》1996 年第 3 期）中仍认为：《台湾新诗发展史》在诗人分类归属、评价标准方面颇多盲点，古继堂后来写了文章回应（《雨过山自绿，风过海自平》，台北，《台湾诗学季刊》1996 年第 6 期）。古氏的论著常常被台湾评论家批评为"统战文学"的代表，这与古氏的论述存在着某些观点过于僵硬有关。

　　在老一代评论家中，刘登翰是极有影响的一位。他和朱双一合著的《彼岸的缪斯——台湾诗歌论》（百花洲文艺出版社 1996 年版），上篇"诗潮论"分五章：台湾新诗的当代出发、政治的入侵和艺术的突围、现代主义诗潮的勃兴、现实的关切和传统的接续、艺术经验的汇聚和诗坛的多元发展。另有结束语"从单一到多元，从碎裂到整合：当代中国新诗的历史走向"，从宏观角度对台湾诗歌潮流作了整体性的描述，具有《台湾新诗思潮史》的雏形。下篇从微观角度对六十多位诗人作出精到论析，已接近一幅完整的台湾当代新诗的图景。这些研究成果，刘登翰后来吸收在他和洪子诚合著的《中国当代新诗史》（北京大学出版社 1993 年版）中。

　　两岸合作出版在这一时期也有所突破。古继堂继《台湾新诗发展史》

（台北，文史哲出版社 1989 年版；人民文学出版社 1989 年版）在两岸出版后，《台湾青年诗人论》（武汉出版社 1994 年版；台北，人间出版社 1996 年版）的繁体字本在台湾亮相。古远清的《诗歌分类学》（中国地质大学出版社 1989 年版；高雄，复文出版社 1991 年版）、《诗歌修辞学》（湖北教育出版社 1995 年版；台北，五南图书公司 1997 年版）在大陆出版后亦在台湾面世。

　　自改革开放以来，大陆掀起了一股包括新诗在内的台湾文学研究热潮。对此，台湾诗学界一直没有明确集中的反应。到了 1992 年，标榜"诗写台湾经验"、"论说现代诗学"的《台湾诗学季刊》创刊伊始，便制作了《大陆的台湾诗学》专辑，对章亚昕、耿建华编著的《台湾现代诗歌赏析》（明天出版社 1989 年版）、葛乃福编的《台港百家诗选》（江苏文艺出版社 1990 年版）、古远清编著的《台港朦胧诗赏析》（花城出版社 1989 年版）和古继堂著的《台湾新诗发展史》（台北，文史哲出版社 1989 年版；人民文学出版社 1989 年版），作出"满含敌意，颇多讥讽"① 的"毫无情面的痛批"②。到了次年 3 月，该刊大概看到这种专辑所引发的巨大反响，极大增加了刊物的知名度，便又推出同名专题下篇，其中炮击对象集中于大陆的"主流"台湾诗学，即孟樊说的以"'大陆双古'（古继堂、古远清）为代表，兼及谢冕、李元洛、杨匡汉、刘湛秋等人"③。

　　这不是一般的批评那几本书、那几位诗评家的问题。在他们看来，大陆诗评家"要和台湾诗评家赛跑，争夺台湾诗的诠释权"④。有位"年度诗选"主编者还预言："不久的将来，台湾新一代诗人即将面临强劲的对手，到那时两支'梦幻队伍'交锋，鹿死谁手，实难预卜，此岸诗人不能不有所警觉"⑤。故受到严重威胁的台湾诗评家，到了必须严正表明对大陆

---

　　① 李瑞腾：《大陆的台湾诗学再检验·前言》，《台湾诗学季刊》1992 年 12 月（总第 1 期），第 9 页。

　　② 孟樊：《主流诗学的盲点》，台北，《台湾诗学季刊》1996 年 3 月（总第 14 期），第 27 页。

　　③ 同上。

　　④ 同上。

　　⑤ 白灵：《诗的梦幻队伍——〈八十四年诗选〉上场》。辛郁、白灵主编：《八十四年诗选》，台北，现代诗社，1996 年印行，第 6 页。

的台湾诗学不屑一顾，他们的著作"让台湾诗坛笑掉大牙"① 的鄙视态度，以把台湾文学诠释权夺回来。可这些批评家不太了解大陆情况，"隔着海峡搔痒"批评大陆学者，如说"朦胧诗"在大陆是"精神污染"的代名词，就欠准确。其实，"朦胧诗"在大陆主要是中性名词，后来还成为褒义词。他们还缺少自我反省精神，正如孟樊所说："在痛批对岸之余，是否也能反躬自省？我们自己交出了一张什么样的成绩单？诗论、诗史都要交给对岸去写之外，除了极少数人，在诗学方法上，还不是一样抱残守缺？……对台湾诗坛而言，台湾自己的台湾诗学恐怕要比大陆的台湾诗学来得重要。与其三番两次去炮轰对岸，不如关起门来先检讨自己，我们给后代的台湾诗人留下了些什么？大陆'双古'的台湾诗史、批评史，我们既不满意又不接受，可又拿不出可被检视的同等著作，这才是台湾诗坛的真正悲哀。"②

这时期大陆的台湾新诗研究缺陷是对外省诗人关注多，对本土诗人研究只局限于杜国清等少数人身上；从友情出发评论多，尖锐批评对方的文章少。在一些研讨会上，以台湾乡愁诗作应景文章的现象仍时有出现；大陆一些媒体缺乏版权观念，盗印台湾诗人作品的现象累有发生。

三　2000 年至 2008 年为深化期

在深化期，台湾诗人诗作不论是西化/中化、外省/本土均进一步作出了全面深入的研究；诗歌社团、流派及诗论研究在不断加强；两岸新诗比较研究和两岸诗人、诗评家对话与争议仍继续进行；诗人评传的撰写成为热门，新诗史研究又添新景。

从表面上看，第三个 10 年大陆的台湾新诗研究成果比 90 年代"减产"，但在走向学术语境和研究品质方面，均有所提高。其中社团研究有章亚昕的《情系伊甸园：创世纪诗人论》（台北，文史哲出版社 2004 年版）。该书分析了"创世纪"从老一辈洛夫到新生代杨平数十位诗人的创作特色，让读者从中体悟半个世纪以来台湾诗坛的风云变幻。该书在以个

---

①　孟樊：《主流诗学的盲点》，台北，《台湾诗学季刊》1996 年 3 月（总第 14 期），第 27 页。

②　同上。

案研究为重心的同时，还有四篇综论，对"创世纪"诗人的时空意识、文化精神、意象语言、边缘处境等问题作了深入的探讨。

台湾诗人余光中、洛夫、痖弦等人以诗艺上的惊世骇俗、不同凡响的风貌和不守诗律的反传统姿态，以受超现实主义影响而走火入魔的创作个性，拓宽了中国当代诗歌的艺术空间。台湾的现代后现代文学思潮涌入大陆，洛夫们由"乐诗不疲"到"玩诗不恭"的境地，刺激了大陆新诗的发展。在这样的文学氛围和历史语境中，记述这些在境外诗人生平、思想、成果的评传便出现在大陆书市之中。这方面的代表作有徐学的《火中龙吟——余光中评传》（花城出版社 2002 年版）、龙彼德的《痖弦评传》（台北，三民书局 2006 年版）、杨四平的《一尊木讷的灵魂：九论诗人文晓村》（台北，诗艺文出版社 2004 年版）、邹建军等人的《李魁贤诗歌艺术通论》（作家出版社 2002 年版）、古远清的《余光中：诗书人生》（长江文艺出版社 2008 年版）。其中最值得重视的是龙彼德的《一代诗魔洛夫》（台北，小报文化公司 1998 年版）。该书与作者在 90 年代出版的《洛夫评传》（南京大学出版社 1995 年版）的不同之处在于："补蜕变之散，集生平之趣，写晚年之新"①。即着重在洛夫诗风的蜕变轨迹上做文章，从纵向上切入洛夫的人生又从横向上选取几个镜头而连接成"传奇"，网罗传主一生中的众多趣事趣闻，以表现其性格特征和精神风貌。这里说的"一生"，包括 1996 年洛夫移民加拿大后的创作新进展。全书"以传为主，传评结合。传分三段：一是从出生到成名；二是从还乡到走向世界；三是从移民加拿大到现在。三段概括了洛夫的一生，每一段都不离开诗，并以诗为中心，将感性的描述与理性的评析结合起来……紧扣'魔'字，但不粘滞于'魔'字。"② 正是基于这种构思，使此书不是旧著的简单改写，而是在文本基础上升华到理论。而徐学的《火中龙吟》，写法与龙彼德不同，与周伟民、唐玲玲的《日月的双轨——罗门、蓉子创作世界评介》（台北，文史哲出版社 1991 年版）只"评"不"传"更不同。该书"传"的部分勾勒传主生平细节，神情笑貌；"评"的部分阐发传主创作观念与艺术特征。"传"着重史料性，注意可读性。"评"所着重的是思辩与定位，与"传"侧重点不同，但作者力求融合，打通艺术与生活。"一面力

① 龙彼德：《一代诗魔洛夫》，台北，小报文化公司 1998 年版，第 434、436 页。
② 同上。

戒巨细无遗与艺术创造无关之生活细节，即使有趣也将舍弃；一面避免生硬晦涩，不附注解，少用述语，将可读性与思辩性结合"①。该书不足之处是未写诗人在乡土论战中的不良表现，有为贤者讳的倾向。

在海峡两岸诗歌比较方面，这一时期有新的进展。以前的海峡两岸文学研究多局限于小说，所强调的是台湾文学与祖国大陆文学同根同种同文，然后再以"殊相"衬托"共相"。现今大陆的台湾新诗研究，在比较时也强调"共相"，但用更大的篇幅述说"殊相"。这方面的代表作有朱双一的《台湾新世代和旧世代诗论之比较》②、陈仲义的《两岸后现代诗歌比较》③。这种比较，均有利于两岸诗人取长补短，尤其是两岸前卫诗人面对大量非诗、非艺术的不满和指责，进行反省和调整。

作为研究作家的一种形式——台湾诗人诗作研讨会，在80年代末期就有江苏邳县召开的"舒兰诗歌研讨会"，以后有海南大学1993年举办的"罗门、蓉子学术世界研讨会"，中南财经政法大学1994年举办的"彭邦桢作品研讨会"。到了21世纪，这种研讨会仍举办了不少，如2002年华中师范大学举办的"余光中暨沙田文学国际学术研讨会"，2005年中国作家协会主办的"詹澈作品研讨会"，2007年北京师范大学珠海分校主办的"两岸中生代诗学高层论坛暨简政珍作品研讨会"，2008年北京大学中国新诗研究所和首都师范大学中国诗歌研究中心主办的"叶维廉诗歌创作研讨会"，另有洛夫《漂木》、张默作品研讨会等。这些研讨会虽然也是赞扬居多，但与大陆盛行的某些红包式"研好会"不完全相同，其中有杂音和噪音出现，有时还有激烈的论辩，另一不同是会后多半都出了论文集，即使没出也在境内外期刊上刊出。

台湾的诗论队伍老一辈与新世代研究策略不同：老一辈长于微观研究，新一代以宏观研究著称。大陆恰恰相反：前行代以宏观研究见长，如刘登翰、古继堂，新世代以微观探幽著称，如陈仲义、沈奇。当然，前行代与新世代的区分并不是绝对的，如章亚昕在研究"创世纪"诗社基础上扩大研究面，已写成《二十世纪台湾新诗史》。此外，前行代在台湾新诗史研究方面在新世纪也交出了新的成绩单：古远清在台北出版的《台湾当

---

① 徐学：《火中龙吟》，花城出版社2002年版，第6页。

② 佛光大学中文系：《两岸现代诗学国际学术研讨会论文》，自印，2003年。

③ 同上。

代新诗史》（台北，文津出版社 2008 年版），突出当下新诗发展现状，下限写至脱稿前的 2007 年；不为贤者讳，在充分肯定大牌诗人艺术成就的同时，如实地写出他们的人生败笔或艺术上的缺陷。该书出版后，在台湾引起热烈的讨论。《创世纪》刊登杨宗翰对古远清的访谈，在充分肯定此书的成绩的同时指出其局限①。《葡萄园》专门制作了"挑战与回应专栏"，发表了谢辉煌、落蒂几乎全盘否定该书的文章，刘正伟也发表了长文指出古著的诸多局限②。古远清除在台湾分别写了《小评谢辉煌对拙著的"反攻"》、《落蒂不如大陆学者熟悉台湾诗坛》作为回应（台北，《葡萄园》2008 年夏季号）外，另在大陆发表了《〈台湾当代新诗史〉的历史叙述及陌生化问题——对台北三位诗人批评拙著的回应》（《华文文学》2008 年第 5 期）。

　　深化期大陆的台湾新诗研究仍存在下列缺失：有关台湾新诗研究的课题未能进入国家社会科学基金和教育部人文社会科学基金而立项；研讨会只集中在"创世纪"、"蓝星"等少数著名诗人身上，面还不够宽；资料错误仍较突出。这固然有资料收集不易的原因，但更多的作者是出书心切，编校马虎所致。

　　30 年来大陆的台湾新诗研究，如果和大陆的本土新诗研究相比，队伍不够整齐，有分量的诗评家极少有人参与台湾新诗研究，个别的只是"兼差"，新锐评论家也少人加入这营垒。这就难怪大陆的台湾新诗研究比大陆的本土新诗研究逊色。至于大陆的台湾新诗研究最基本的经验是坚持台湾新诗是中国新诗的一个特殊分支，是国内不同地区的交流原则，以及整合两岸诗歌应坚持和而不同，合而不并。台湾学者不认同大陆某些批评家传记式的批评方法，把诗史等同于诗刊诗社史的做法，还有两岸新诗谁的成就高等，这些均可以求同存异。使人感到遗憾的是，相比大陆的台湾新诗研究，台湾对大陆新诗的研究专著是如此之少，早先只有高准一人在做③，后来者写的论著且质量甚差，错漏甚多，如认为大陆粉碎"四人帮"后仍把社会主义现实主义作为最高准则，其实这个"主义"早在

①　杨宗翰：《殊途不必同归——与古远清谈台湾诗史的书写问题》，台北，《创世纪》2008 年夏季号。
②　刘正伟：《评古远清〈台湾当代新诗史〉》，台北，《乾坤》2008 年 7 月。
③　高准：《中国大陆新诗评析》，台北，文史哲出版社 1988 年版。

1958 年就被革命现实主义与革命浪漫主义相结合的创作方法所取代，以后再没人提起它。政治上的偏见更多，如称 1949 年以后的大陆为"沦陷后"①，还有什么"全面赤化"②，这均不是什么学术语言。不过，到了新世纪，连这类的研究都几乎没有了，这固然和台湾所刮起的"去中国化"之风有关，但也和台湾诗论队伍力量薄弱分不开。

① 潘丽珠：《台湾现代诗教学》，台北，五南图书公司 2005 年版。
② 洛夫、痖弦：《当代大陆新诗发展研究》，台北，"文建会"出版，1996 年。

中国儿童文学 60 年发展趋向

王泉根

60 年，个体生命的一个甲子。60 年，历史长河的一朵浪花。转眼之间，中华人民共和国成立已经 60 年了。60 年中国儿童文学是与中国社会文化、中国当代文学同步发展演进的，同时又有其自身的独特性与艺术规律。概括地说，60 年儿童文学前 30 年折腾多，后 30 年发展快，面对现实与未来责任重于泰山。60 年儿童文学在不断探索中积聚了十分丰富的内涵与十分宝贵的经验，无论是作家原创与理论研究等方面都取得了令世人瞩目的成就。

一

儿童文学与成人文学的根本区别是：成人文学是成年人之间的文学活动与精神对话，而"儿童文学是大人写给小孩看的文学"，即儿童文学的创作、传播（包括编辑出版、批评研究、推广应用等）主体是成年人，而其接受、消费主体是处于启蒙、成长年龄阶段的少年儿童。儿童文学从根子上说是由成年人主宰、生产、指导的文学，从根本上说是体现成年人目的、目标、意志与理念的文学，因而这种文学与成年人如何理解、对待儿童的观念与行动即"儿童观"紧密相关。有什么样的儿童观，就有什么样的儿童地位、权利、生存状况，也就有什么样的儿童文学的价值取向、文化选择、审美追求与艺术章法。我们完全可以这样说，在一切儿童文学现象背后，有一双无形的手在掌控、规范着儿童文学，这就是成人社会的"儿童观"。进入 20 世纪以来，中国人的儿童观呈现出传统社会视儿童为"缩小的成人"——五四新文化时期的"救救孩子"、"儿童本位"——共和国成立后的"红色儿童"、"革命接班人"——新时期的"儿童权利"、"儿童生存、保护和发展"等,既在某一时期某种儿童观占有主导地位而又相互渗透、交织的状态。60年儿童文学的发展思潮与理论观念的演变、更新,正是围绕着"儿童观"这一核心问题而展开的,同时在历时性的轴线上经历了三方面的挑战。

首先是成人中心主义的挑战。新中国成立后的"十七年"(1949—1966),由于方方面面对儿童和儿童文学的重视,当代儿童文学曾迎来了第一个"黄金时期"(50年代)。作家团队中既有叶圣陶、冰心、张天翼、陈伯吹、严文井、金近、贺宜、包蕾、郭风等一直关心儿童的现代儿童文学老作家,又有鲁兵、圣野、洪汛涛、葛翠琳、任大星、任大霖、任溶溶、邱勋、萧平、袁鹰、柯岩、徐光耀、孙幼军、金波等一大批中青年作家。年轻的共和国为儿童文学的发展提供了良好的生态环境,创作基调青春、乐观、清新、向上。张天翼提出的儿童文学要对儿童"有益"和"有味"的两个标准,陈伯吹提出的儿童文学作家要用儿童的眼睛看、耳朵听、心灵体会的著名的"童心说",代表了这一时期儿童文学的主体观念与审美走向。

但从50年代后期至60年代,由于国际国内纷纭复杂的矛盾纠葛,斗争升级,随着当代文学政治挂帅、"中心任务配合论"尤其是"阶级斗争工具论"等思潮的急剧膨胀与干扰,儿童文学被迫突出成人中心主义,向成人文学的"中心任务"、"阶级斗争"的范式不断靠拢,消解以至铲平为儿童服务的根本艺术属性,造成如同茅盾在60年代初所批评的那种"政治挂了帅,艺术脱了班,故事公式化,人物概念化,语言干巴巴"的尴尬局面。"儿童文学是教育儿童的文学",正是当时工具论文学观在儿童文学理论上的突出反映。这一尴尬局面的彻底化解一直要等到改革开放的新时期。"以儿童为主体",这是改革开放30年儿童文学观念的根本转变。将儿童文学从以成人意志、成人功利目的论为中心转移到以儿童为中心,贴近儿童,走向儿童,这是一个革命性的变革。正是在"儿童本位"的旗帜下,后30年儿童文学才能出现"儿童文学作家是未来民族性格的塑造者"、"儿童文学要为儿童打下良好的人性基础"、"儿童文学的三个层次"、"儿童文学是快乐文学"、"儿童文学的童年情结"、"儿童文学的儿童视角"、"儿童文学的成长主题"、"儿童文学的阅读推广",等等一系列执著儿童文学自身本体精神的学术话语与基本观念的探讨和建设。从整体上说，改革开放以来后 30 年儿童文学经历了回归文学——回归儿童——回归（作家创作）艺术个性的三个阶段，但其核心则是回归儿童，让文学真正走向儿童并参与少儿精神生命世界的建设。"走向儿童"是后 30 年儿童文学高扬的美学旗帜，由此极大地提升了儿童文学的价值功能，增强了作家的使命意识、人文担当与社会责任感。

进入世纪之交尤其是新世纪以后，中国儿童文学面对的是全球化时代市场经济、网络时代传媒多元的双重挑战。这一挑战至今依然检验和考验着儿童文学的现实姿态与未来走向。关于"儿童文学的文学性与发行量"的讨论，关于儿童文学的典型化与类型化创作应面对不同年龄层次儿童的观念，关于儿童文学阅读推广中的经典阅读、分级阅读、亲子阅读、班级阅读的策略，关于儿童文学利用语文教学改革多渠道（课程资源、课外阅读、校园文化建设）进入校园的举措，关于儿童文学对接儿童影视、动漫、图画书、网络文学等多媒体形式的探讨，以及知名作家配合出版社纷纷走向孩子们中间签名售书、演讲儿童文学等方式，正是儿童文学应对市场经济、传媒多元的双重冲击和挑战所采取的积极策略与冷静理路。事实证明，儿童文学界的这些举措和行动都是实事求是的、行之有效的。在今天市场经济、传媒多元的环境下，儿童文学工作者需要承担起比以往任何时候更为复杂、更为艰巨的真正对儿童负责、对民族和人类下一代负责的文化担当和美学责任，需要更为清醒地把握和坚守先进的科学的符合时代潮流的"儿童观"。

二

60 年儿童文学的突出成就体现在作家原创的大面积丰收和出版传播的超越式发展上。

作家队伍建设是发展文学事业的重中之重，没有作家原创就没有文学系统工程的一切。60 年间，中国儿童文学曾在长时期内拥有过"五代同堂"的鼎盛局面：第一代是五四新文化运动前后文学启蒙的一代，代表人物有叶圣陶、冰心、茅盾、郑振铎等，第一代主要是开创之功、奠基之功，而且一开局就是大手笔。第二代是三四十年代战争环境中革命和救亡的一代，代表人物有张天翼、陈伯吹、严文井、贺宜等，他们用文学直接切入现代中国的社会形态和革命救亡等时代命题。第三代是共和国"十七年"运动语境中的一代，代表人物有金近、任大霖、任大星、葛翠琳、洪汛涛、鲁兵、任溶溶以及孙幼军、金波等，他们创造了当代中国儿童文学原创生产的第一个黄金时期，同时在文学配合"中心"、"运动"的复杂背景下进行着痛苦的探索与民族化追求。第四代是经历过"文化大革命"、"上山下乡"终于迎来改革开放的一代，代表人物有曹文轩、秦文君、张之路、沈石溪、班马、黄蓓佳、董宏猷、葛冰、周锐、冰波、郑春华等，他们的特殊人生经历铸就了他们对儿童文学的文化担当与美学品格的执著坚守，努力地践行用文学塑造未来民族性格，打造少年儿童良好的人性基础。第五代作家大致是在20世纪90年代逐渐成名，如今正在成为中国儿童文学最具创造力、影响力与号召力的群体，代表人物有杨红樱、汤素兰、彭学军、薛涛、殷健灵、郁秀等。今天，更为年轻的"80后"、"90后"中的一部分文学新秀也在积极加盟儿童文学，这是十分使人欣慰的现象。

　　60年儿童文学作家原创从总体上说是在不断开拓进取，扩大艺术版图，无论是儿童文学的题材、内容、创作手法、文体等，都出现了很大的变化。五六十年代的儿童文学小说、诗歌创作大致集中在两个方面：一是革命历史题材，二是少先队校园内外生活题材。加强革命传统教育，表现英雄主义、集体主义、理想主义、爱国主义，是这一时期创作的主脉。前者影响较大的作品有：徐光耀的《小兵张嘎》，管桦的《小英雄雨来》，杨大群的《小矿工》等；后者如袁鹰的《丁丁游历北京城》，郭风的《叶笛集》，金近的《小队长的苦恼》，任大霖的《蟋蟀》，任大星的《吕小钢和他的妹妹》，胡奇的《五彩路》，柯岩的《小兵的故事》，肖平的《海滨的孩子》，邱勋的《微山湖上》等。童话创作注重张扬幻想空间，同时吸收民间文学的营养。张天翼的《宝葫芦的秘密》、严文井的《"下次开船"港》、陈伯吹的《一只想飞的猫》、贺宜的《小公鸡历险记》、金近的《小鲤鱼跳龙门》、洪汛涛的《神笔马良》、包蕾的《猪八戒新传》、葛翠琳的《野葡萄》、任溶溶的《"没头脑"和"不高兴"》、孙幼军的《小布头奇遇记》等，以及金江的寓言《乌鸦兄弟》，是"十七年"幻想文学创作的重要收获。

　　进入改革开放的后30年，儿童文学的创作思想显得十分活跃，儿童文学作家的主体意识也逐渐由觉醒走向强调，每个人都在寻找"自己的美学"，探索适于自己个性的创作方法。一个多元文化背景下的多元共荣的儿童文学新格局就此形成，进入新世纪显得更为生动而清晰。于是这就有了：曹文轩坚守古典、追求永恒的《草房子》，秦文君贴近现实、感动当下的《男生贾里》，张之路集校园、成长于一体的《第三军团》，董宏猷跨文体写作的《一百个中国孩子的梦》，沈石溪全新的动物小说《狼王梦》，杨红樱、郑春华独创品牌的《淘气包马小跳》、《大头儿子和小头爸爸》，孙云晓的报告文学《十六岁的思索》，高洪波、金波、樊发稼、王宜振、徐鲁等拥抱童真、独创诗艺的儿童诗《我喜欢你，狐狸》、《我们去看海》、《小娃娃的歌》、《笛王的故事》、《我们这个年纪的梦》……才有了金波的诗体童话、郑渊洁的热闹型童话、周锐的哲思型童话、冰波的抒情型童话、张秋生的小巴掌童话，以及成长小说、动物小说、双媒互动小说……才能出现旗号林立、新潮迭出的创作景象，高举起大幻想文学、幽默儿童文学、大自然探险文学、少年环境文学、生命状态文学、自画青春文学等一面面创新旗帜。

多元共荣的儿童文学新格局，需要我们的作家践行多种艺术创作手法，多样文学门类的审美创造，为小读者们提供丰富的而不是单一的艺术作品。新世纪儿童文学在这方面已经表现出了积极的作为。这具体体现在：追求深度阅读体验的精品性儿童文学与注重当下阅读效应的类型性儿童文学，直面现实、书写少年严峻生存状态的现实性儿童文学与张扬幻想、重在幻想世界建构的幻想性儿童文学，交相辉映，互补共荣，出现了一批有影响的作品，为新世纪原创儿童文学注入了一股深刻、飞翔、灵动的多样元素。

五六十年代，我国只有北京的中国少年儿童出版社、上海的少年儿童出版社两家专业少儿社，出版品种甚为有限。今天我们不但有 34 家专业少儿读物出版社（这是儿童文学的出版主力军），同时国内 570 多家出版社中有 520 多家也争相出版少儿读物，还有民营企业公司的加盟。我国少儿图书的年出版品种已由过去的 200 多种发展到每年一万多种，年总印数由 3000 万册发展到 6 亿多册，优秀图书的重版率达到 50% 以上。2006—2007 年，我们还出版了囊括百年精粹的《百年百部中国儿童文学经典书系》，2008 年出版了《改革开放 30 年中国儿童文学金品 30 部》，2009 年又出版了检阅新中国 60 年儿童文学成就的《中国儿童文学 60 周年典藏》、《共和国儿童文学金奖文库》等，这是何等令人鼓舞的业绩！尤其需要指出的是，儿童文学与儿童读物的传播形式，除了传统的纸质媒体，现在更有网络、音响、影视等多种途径。全方位、多层次、大面积的传播形式与途径，极大地促进并确保了儿童文学的发展，使亿万小读者真正享受到阅读的自由与快乐。

三

儿童文学是文学大系统中的一部分，因而儿童文学的理论观念与整个文学理论的基本问题具有一致性，诸如文学的性质、特征，文学与世界、文学与作家、文学与作品、文学与读者的关系问题等。文学之为文学，自然有其一些根本属性，即"文学性"。文学性无疑也是儿童文学理论的根本问题之一。古今中外文学观念中形成的"文学性"共识主要有四个方面：一是语言性，文学是语言的艺术，语言是文学的媒介；二是情感（心灵）性，审美情感是文学创作的重要内容，文学是审美情感的语言呈现；三是形象（意象）性，文学的基本样态是由文学语言塑造的生动可感的艺术形象；四是想象（虚构）性，文学思维是一种创造性思维，主要表现在其想象意义以及对现实的虚构关系上。以上有关文学理论的基本问题与观念，同样是儿童文学理论所必须遵循和坚守的。

60 年儿童文学的发展思潮、审美理想、艺术追求与理论批评体系，既与 60 年整个文学具有同一性，同时又有其特殊性。毕竟儿童文学是一种基于童心的写作，儿童文学在自身的美学精神、价值承诺、文体秩序、艺术章法乃至语言运用等方面，必须满足于"为儿童"并为儿童所接受的需求。儿童文学生产者与消费者是两代人的"悖论"与"代沟"关系，构成了儿童文学最基本的特征，儿童文学的一切问题均由此而生。儿童文学与生俱来存在着一个"两代人"之间互相了解、尊重、沟通和认同的问题，这既要求儿童文学作家建立正确的、科学的、符合时代潮流的"儿童观"；同时，还需要作家熟悉和把握儿童的一切特征，包括儿童的年龄特征、思维特征、社会化特征与时代特征，真正熟悉、理解"儿童世界"，树立正确的、全心全意为儿童服务的"儿童文学观"。60 年儿童文学正是在同一性与特殊性、时代性与儿童性的交互规范、影响下不断探索前进，并由此形成了 60 年儿童文学以现实主义为主的文学思潮；进入新世纪，呈现出多元共生、百鸟和鸣的景象。

儿童文学是一种重在表现少年儿童生活世界及其精神生命成长的文

学，优秀的儿童文学作品将影响人的一生，因而这种文学具有明确的社会责任意识与美学使命。儿童文学总是把导人向上、引人向善、养成儿童本性上的美质、夯实人之为人的人性基础写在自己的文学旗帜上，这实际上体现了人类对未来一代的人性规范与文化期待，也是儿童文学价值功能特殊性的体现。

儿童文学关系到民族下一代精神生命的健康成长与良好人性基础的养成，是文学建设的"希望工程"、"阳光工程"、"铸魂工程"，需要全社会的关心和投入。

用系统论的观点考察，儿童文学无疑是一项系统工程建设，包括文学内部研究与外部研究两大块。就儿童文学的"内部研究"而言，涉及作家研究、文本研究、创作心理与思想研究、文学体裁研究等；就儿童文学的"外部研究"而言，则涉及儿童文学的组织领导——编辑出版——教学研究——阅读推广——交流互动等多个层面，这说明儿童文学是一个需要由多种专业人才与相关行业共同参与建设的"综合工程"。60年儿童文学的历史进程表明，儿童文学的发展繁荣，离不开有关部门特别是中国作家协会有力而有效的组织领导，离不开高等学校的教学研究，离不开出版机构的编辑传播，离不开中外儿童文学的交流互动。只有当这些部门都"心往一处想，劲往一处使"时，中国儿童文学才能出现良性发展的态势。

在全球不同文明、不同文化、不同文学、不同儿童文学的格局中，中国人创造的文明/文化/文学/儿童文学具有独特而重要的价值。这里面，中国作家创造的儿童文学，已经成为滋润、化育数以亿计的少年儿童"精神成人"的食粮。今日中国已经成为世界儿童文学大国，并正在向强国迈进。

在对待文化与文学的问题上，我们切不可"妄自尊大"，关起门来自鸣得意；但也完全不必"妄自菲薄"，似乎一切都是外国的好，包括为儿童的文学。儿童阅读是一项意义深远的文化工程，儿童阅读的重要之义是"亲近母语"，亲近我们民族自己的文化与文学。如何将现代中国儿童文学的精品佳作，有力而有效地推广到广大少年儿童中去，这是我们的责任，我们还有许多工作要做。儿童文学如何更好地走进校园，如何更好地做好全社会的阅读推广，这已成为新世纪儿童文学的重要任务与发展走向。

以上内容无疑是儿童文学理论研究的基本问题，同样也成为60年中国儿童文学理论批评、学科建设的重要内容。回顾、总结中华人民共和国成立 60 年来儿童文学的发展历程与巨大成就，对于激励、促进新世纪儿童文学的进一步繁荣发展，无疑具有重要的现实意义与学术价值；同时对于丰富中国文学理论研究成果，加大中国现当代文学新的学术生长点，开展中外文学交流研究等，也具有积极的学术意义与价值。我们坚信，承续着百年现代中国儿童文学血脉、60 年共和国儿童文学传统，尤其是改革开放 30 年儿童文学精神的新世纪儿童文学及其理论研究，必将在新世纪取得更大的成就，为滋养、引领未来一代精神生命的健康成长作出更大的贡献！

京派研究的鲁迅背景

许祖华　孙淑芳

从"星星之火"到"燎原之势"，京派研究走过了一个坎坷曲折的历程。统观对京派的研究，我们可以发现在京派研究中始终或隐或显地存在着一个背景，这就是鲁迅。从一定意义上讲，鲁迅成为学界评说京派，特别是京派的两位旗帜性人物周作人与沈从文的一种底色。尤其是近 30 年里，这种背景不仅被拉到前台还被自觉地扩大了，扩大的结果一方面是研究的视野开阔了，另一方面也出现了一些值得我们思考的问题。

一　作为文学背景的鲁迅

这一背景下的京派研究，成就最突出也最可观。早在 20 世纪 30 年代，郁达夫在评论鲁迅与周作人的创作时就如是说：鲁迅、周作人"他们的文章倾向，却又何等的不同"，"鲁迅的文体简练得像一把匕首，能以寸铁杀人，一刀见血……周作人的文体，又来得舒余自在"。[1] 陈子展认为，沈从文受到"鲁迅先生诙谐的风趣，郁达夫先生感伤的调子"的影响。[2] 苏雪林则认为，"沈氏作品艺术好处第一是能创造一种特殊的风格。在鲁迅，茅盾，叶绍钧等系统之外另成一派"。[3] 正由于有鲁迅这一背景作为参照，京派两位旗帜性人物周作人、沈从文创作的特色不仅得到了凸显，其文学史的意义也得到了较为中肯的定义。新中国成立前的文学

---

① 郁达夫：《中国新文学大系·散文二集·导言》，《中国新文学大系·散文二集》（影印本），上海文艺出版社 2003 年版，第 14 页。

② 陈子展：《沈从文的〈旧梦〉》，《青年界》1932 年 3 月 20 日第 2 卷第 1 号。

③ 苏雪林：《沈从文论》，《文学》1934 年 9 月第 3 卷第 3 期。

评论中，研究者多从艺术风格方面给予京派作家以褒扬，而在作品思想意蕴方面则以"为人生"、"为革命"的时代标准对其真实性典型性进行质疑和否定。

进入新时期的 30 年中，新中国成立前着重艺术风格的研究格局在恢复的同时更得到了强化。尽管多数研究者在形式上没有将京派的两位主要人物的创作直接与鲁迅创作的风格等进行对比，但，潜在的对照则是如影随形的。其比照不仅表现在鲁迅创作的峭拔、沉郁、幽默与京派大师创作的平和冲淡或浪漫清新方面，也表现在鲁迅的为人生并要改造人生与京派的牧歌情调的整体艺术目标方面。比照的结果在清晰地展示了京派创作特色的同时，也鲜明地揭示了中国现代文学的两种创作类型。

基于 1936 年鲁迅给予沈从文文学史地位意义的高度评价："自从新文学运动开始以来"，"所出现的最好的作家"，① 以及海外汉学家将沈从文与鲁迅相提并论的极大赞誉："一般认为，在那个历史时期，不管在卓越的艺术才华上，还是在把握二十世纪中国社会本质的能力上，沈从文都接近了鲁迅的水准"②，越来越多的研究者认识到鲁迅对于京派研究的特殊意义，并将这一背景迅速拉到前台，近距离观察、比较、研究鲁迅与京派作家及其作品。根据较为细致的查阅，20 世纪 80 年代以来，内地公开发表的文章和研究生撰写的论文中，直接将京派作家主要是周作人、沈从文与鲁迅进行比较研究的就有 79 篇之多。研究者主要从以下几个方面进行了研究：

（一）美学风格及文学审美理想

研究者首先探究了鲁迅和沈从文美学风格迥异的因素，认为进入文学创作的切入点即第一关怀是首要基因。鲁迅的第一关怀是以救治国民性为己任，以改变社会面目为矢的，这决定了其作品必将形成凝重深刻、沉郁顿挫的理性美学风格。内涵的深刻性和沉痛的揭示性是鲁迅竭力追求的终极价值。而对生命价值的关怀和自然美学观使沈从文爱悦一切存在，形成

---

① 尼姆·威尔士：《鲁迅与斯诺的一次谈话》，载《中国新文学史料》1978 年第 1 期。

② 虞建华、邵华强译：《沈从文笔下的中国社会与文化》（引言），华东师范大学出版社 1994 年版，第 1 页。

了他平宁冲淡、鲜活轻盈的诗性美学风格。在鲁迅眼里，触目皆丑，饱含着对社会的激愤；在沈从文眼里，触目皆美，显示出其温和的人生态度。面世态度的不同形成了鲁迅积极入世、一切以社会效应为重的儒家范式美学风格，沈从文淡然安详、一切以自然本色为重的道家范式美学风格。鲁迅将大容量的抽象性思考纳入小说，形成其冷静的"寓主观于客观"的主观美学观，而强调感受第一、批评次之的纯客观美学观则是沈从文艺术魅力的源泉。鲁迅接受了文学为政治为道德的功利美学观，在批判理性指导下，其作品透发着强烈的逻辑性和明确的指向性。而沈从文则倾向超功利的美学观，追求文学的独立与自由，其作品呈现出扩散性感性化的泛爱天性。① 有的研究者从生命美学的角度研究鲁迅与沈从文，认为他们都走上了同一条审美人生道路，同为生命悲剧与热情的歌者。"憎"与"爱"、"行路"与"搭建"、"反抗绝望"与"诗意栖居"是他们不同的生命美学，体现了他们对悲剧性生命进行审美自救中的不同选择。② 更多的研究者选择了乡土的视角，认为鲁迅与京派的乡土小说代表的是写实与写意的不同审美追求，呈现的是现实与梦境的不同选择。贾丽娜在《名士风范的传承与超越——论京派的文化情致》③ 中或借用鲁迅对京派的评价反衬京派创作的艺术风格，或将鲁迅与京派作家的作品直接放在一起比较分析其不同的审美情致。从20世纪20年代始至80年代，京派创作的主体风格都是一种恬淡的具有田园诗风的抒情小说。京派作家秉持名士风范，与以鲁迅为首的20年代乡土写实小说家群是不一样的，"鲁迅的回忆是带有血丝，他一直都是一个清醒的现实主义者，深刻而冷峻。废名的回忆是冷寂孤绝的，难掩士大夫的清高之气。而在汪曾祺的回忆中，人世的寂寞、悲凉、温暖与超脱是混在一起的"。周作人赞同废名平淡隐逸的审美趣味，认为文学不是实录乃是一个梦。章永林在《鲁迅与周作人新诗比较》中也指出："在新诗审美特性的选择上，周作人强调艺术的美，鲁迅则更强调

---

① 裴毅然：《鲁迅与沈从文美学风格比较》，《杭州大学学报》1994年3月第24卷第1期。
② 罗飞雁：《鲁迅与沈从文生命美学比较论》，安徽师范大学硕士学位论文，2005年。
③ 贾丽娜：《名士风范的传承与超越——论京派的文化情致》，《语文学刊》2009年第5期。

艺术的真。"①

　　当然研究者也并非用二元对立的方式将鲁迅与京派作家的美学风格及
文学审美理想绝对化、简单化，而只是在以一方为背景的映衬下使另一方
在某一方面的特色更加突出。研究者也认识到其实鲁迅作品中也有"梦"，
但无不浸透着现实主义的精神；京派作家也没有无视乡村黑暗现实，但深
深浸润着浪漫主义的情致。

　　对于鲁迅与京派散文美学风格的比较，研究者多集中于鲁迅与周作人
的论述。周作人散文内容书写闲适情趣，风格是冲淡平和的，而鲁迅散文
内容有强烈政治倾向，风格是犀利尖锐的。② 周作人纯散文是一种温情的
流露，呈现出平淡的风格；而鲁迅纯散文是一种热情的倾吐，呈现出深切
的风格。③ 鲁迅的散文呈现出以文为刀枪的战斗精神，周作人散文中飘荡
出独特的个人气质。④ 在《新青年》时期，他俩散文一样的立意新颖，一
样的忧愤深广，一样的尖锐泼辣，一样的犀利凝重，一样的短小精悍，一
样地击中要害，形式上一样的丰富多彩。从 1924 年到大革命失败，周作
人的杂文总体上仍然显示了他"金刚怒目"的一面，但另有一些散文显示
了他"悠然南山"的一面，冲淡、明净、平和、含蓄，追求知识性、趣味
性。1928 年后周作人谈时事政治的散文显得比较含蓄、苦涩，有的还染上了
油滑和玩世不恭的色彩，谈身边琐事、苦茶古玩、抄古文又显得隐逸、闲
适、古雅、苦涩。而鲁迅仍很凝重、沉郁、犀利、精悍，显得更加执著和深
邃，尽管也用曲笔，也有晦涩，但表现了前所未有的从容不迫、游刃有余
的风度。⑤ 沈从文早期散文创作继承了鲁迅《野草》的独语体风格，他们
的独语体散文，有着相同的审美追求——情感变异、语言变异、文体变

---

　　① 章永林：《鲁迅与周作人新诗比较》，《河北师范大学学报》（哲学社会科学
版）2009 年 7 月第 32 卷第 4 期。
　　② 叶贤书：《双峰并峙　二水分流——周氏二兄弟散文思想内容、性格比较》，
《昭通师专学报》（社会科学）1996 年第 18 卷第 4 期。
　　③ 肖剑南：《平淡与深切——周氏兄弟散文风格比较研究》，《福建师范大学学
报》（哲学社会科学版）2006 年第 2 期。
　　④ 王晓杰：《花开两朵各有千秋——周氏兄弟散文理论比较谈》，《安徽文学》
（文艺理论）2007 年第 2 期。
　　⑤ 陈韶麟：《周作人散文新论——兼与鲁迅散文比较》，《佛山科学技术学院学
报》（社会科学版）2001 年 1 月第 19 卷第 1 期。

异，正是这种看似实验性的创作变异，折射出两位散文大家的孤独灵魂。①

（二）从叙事学的理论看文本的叙事

研究者运用结构主义批评，从人与现实（历史、现在）的结构关系入手，分析出鲁迅与京派小说所选择的叙事视点、叙事行动方式的不同：解构与重构，瓦解与整合。鲁迅孜孜不倦地拆解着破旧的历史；而京派则一往情深地编织着理想的花环。在鲁迅的小说中，他以解构的方式讲述中国的故事，展开历史叙事。将中国文明史解构为一部"吃人"的历史，非人的历史。鲁迅希望告诉我们的是，中国这个大故事是一个荒诞不经，不堪卒读的故事。既然在鲁迅看来，人的荒谬性存在与人的历史的荒谬性存在互为因果关系，那么对文本的叙事内容和结构方式进行彻底的拆解，就意味着其对现实与历史的决绝批判。而京派作家始终不能忘怀的是他们的"梦"，他们希望通过"梦"，通过对个人心灵的重读，来重建历史叙事逻辑和信仰，再造民族的也是人类的新的神话。②"文艺以自己表现为主体，以感染他人为作用，是个人的而亦为人类的，所以文艺的条件是自己表现。"③ 鲁迅多用第一人称行文，突出其主观感受。沈从文则多用第三人称来写，且站在一旁淡叙清描。鲁迅视角自上俯下，沈从文视角自下仰上。在结构上，鲁迅多采用"点"状结构，很少有场景的渲染和情节的铺叙，写作视点牢牢投注于作品人物，高度概括，大跨度省略；沈从文因追求自然追求整体，作品脉络清晰，呈明显的时序性线性结构，人物与环境达到高度的融合，节奏徐缓，悠扬舒展。④

（三）人物形象的塑造

研究者对鲁迅与京派作家笔下的人物塑造进行了附带性的论述，没有专门的文章研究。但从论者较为细致的比较，仍能明显看出京派作家迥异

---

① 张秀英、赵静琴：《沈从文早期散文的审美追求——兼与鲁迅〈野草〉的比较》，《鞍山师范学院学报》2006年6月第8卷第5期。

② 查振科：《解构与重构——鲁迅与京派文学》，《安徽师大学报》1995年第23卷第4期。

③ 周作人：《文艺上的宽容》，《晨报副刊》1922年2月。

④ 裴毅然：《鲁迅与沈从文美学风格比较》，《杭州大学学报》1994年3月第24卷第1期。

于鲁迅的人物塑造。裴毅然在《鲁迅与沈从文美学风格比较》① 中认为：在作品人物的类型上，鲁迅只写了三类人：农民、妇女、知识分子。沈从文则写了七色驳杂三教九流各式人物，体现出他泛神论为灵魂的泛自然审美观。鲁迅文学人物抽象性极强，"如狂人、孔乙己、阿 Q、祥林嫂等，其丰富的内涵便非抽象概括而不能为"。"反映在具体作品中，鲁迅文学人物的现实性和客观现场感显然不如沈从文。沈从文作品中人物具体，独特的个性强，读者只消从感性上便能接受他的小说和散文，而鲁迅则必须从理性上才能读懂其作品。" 马海娟在《鲁迅与沈从文乡土小说差异的文化生态学考察》② 中进一步指出：与鲁迅笔下僵死、暗淡的人物相比，沈从文小说中的人物则鲜活而明亮。贾丽娜在《名士风范的传承与超越——论京派的文化情致》③ 中研究了其他京派作家对人物的塑造：废名笔下人物多是翁媪、少女和孩子，朴素淡泊、远离世俗。汪曾祺善于在民间凡人小事上，发现超越凡俗的人性之美。

（四）语言特点的比较

在语言方面，研究者对于鲁迅和沈从文多侧重于小说语言的比较，对于鲁迅和周作人则多倾向于散文语言的比照，但也基本上是散见于文章中的部分论述，对于鲁迅与京派作家的语言特点还没有全方位地透彻地进行研究。不过很多研究者也做出了一些精辟的总结。如：鲁迅以绍兴官话为基本语汇，句短字精，文白杂用，简洁传神而鲜活不足。沈从文以现代白话为主，引入湘西方言，鲜活生动、新颖细腻，多用长句，很少用虚字浮词。④ 鲁迅的语言直接书写现实感受，而沈从文的语言富有灵气，追求纯真美、情感美、色彩美，明净澄澈，有诗的意蕴。⑤ 废名对笔墨很是吝惜，

---

① 裴毅然：《鲁迅与沈从文美学风格比较》，《杭州大学学报》1994 年 3 月第 24 卷第 1 期。

② 马海娟：《鲁迅与沈从文乡土小说差异的文化生态学考察》，《延安大学学报》（社会科学版）2004 年 12 月第 26 卷第 6 期。

③ 贾丽娜：《名士风范的传承与超越——论京派的文化情致》，《语文学刊》2009 年第 5 期。

④ 裴毅然：《鲁迅与沈从文美学风格比较》，《杭州大学学报》1994 年 3 月第 24 卷第 1 期。

⑤ 马海娟：《鲁迅与沈从文乡土小说差异的文化生态学考察》，《延安大学学报》（社会科学版）2004 年 12 月第 26 卷第 6 期。

语言极其简洁含蓄，造成大面积的空白，颇有禅意。① 1980 年以来，不少研究者在与鲁迅的比照下，细致地发掘出了周作人的散文（包括纯散文、散文诗、杂文、随笔）语言从文学革命到大革命失败后的不同时期的特点，个别研究者还从两人的新诗方面进行了比较，使周作人的语言风格得以更充分的显示，以往对鲁迅散文语言风格被遮蔽的一面也得以重现。

从 20 世纪 20 年代中期即开始的，鲁迅与沈从文的隔阂，与周作人的分道扬镳，已经暗示了鲁迅与京派作家难以弥合的文学观。这也吸引了一些研究者通过对比来探察他们不同的文学思想价值取向与艺术特色。以鲁迅为比衬的研究，可以更鲜明地展示京派文学独具一格的艺术理念与艺术形式，但有一种倾向应该警惕：将鲁迅为代表的创作主流与京派创作对立，在认可京派创作的同时有意或无意地忽视甚或贬损为人生并要改造人生的文学。如，有论者认为：沈从文实际上超越了中国现代启蒙文学奉为圭臬的进化论观念和理性崇拜传统，他是中国现代主义文学最杰出的代表。这种倾向作为一种情绪是可以理解的，但作为对历史存在的文学现象的透视则是有悖研究的科学性的。走向另一端的是，有些研究者过于强调鲁迅文学作品的思想性而忽视其艺术性，认为：鲁迅因思想性而获誉，从而在与京派对比研究中对其艺术性方面的成就挖掘不够，没有充分显示鲁迅作品完整的艺术特色。

二　作为文化背景的鲁迅

以鲁迅为代表的新文化，具有自觉、鲜明的历史责任意识，其构造的启蒙、改造国民性的文化主题与中国现代革命反帝反封建的直接价值目标和人的解放的最终价值目标一致。正是这种一致，使其成为时代的主流，也得到了学界的普遍关注，其研究的成果汗牛充栋。当京派在近三十年中受到学界重新关注后，在很大程度上推动了关于京派的深入研究。这些成果切中了京派尤其是周作人与沈从文另类的文化理想，也为文学史的文化书写提供了别样的视野。

研究者注意到了新文化对京派的影响，只不过在影响的程度上，还有

---

① 　贾丽娜：《名士风范的传承与超越——论京派的文化情致》，《语文学刊》2009 年第 5 期。

不同的意见。但大都承认京派在以鲁迅为代表的新文化的历史语境中形成了自己独特的文化理想，这种文化理想指向传统、指向民间。刘勇、艾静的《京派作家的文化观》① 在肯定新文化对京派文化滋养的前提下，概括出京派文化观相似的三个方面：自然人性观；古典审美情结；中立包容、沉稳宽厚的文化姿态。这三个方面体现了京派作家在中西文化交汇语境中始终坚守对传统古典文化的崇尚与追随。而对宇宙和人的终极问题的思考成为他们将自己的社会关怀与文学理想联系起来的重要枢纽。京派作家的贡献是将新文化的某些理想融入传统文化的表达之中，实现了传统文化的现代转换，对传统文化作出了某些创造性的重释和革新。向骏的《从未庄到边城——沈从文、鲁迅笔下乡村视野之比较》② 一文观点有所不同，他强调沈从文对民间文化的认同，从另一个角度肯定了沈从文文化选择的意义。论者认为：作为新文学的创始人，鲁迅从启蒙主义的立场去理解乡村刻画乡民，其揭示民族精神病态和改造国民性的主旨沁入他目光所及的一切领域，体现了上层启蒙知识分子社会理想和文化理想的观照。而沈从文则以知识分子的民间立场描绘乡村世界，更多的是把自己置于乡村之中，从其内部发现"乡村"的意义，体现出其对民间文化内容的认同。但沈从文也有着与鲁迅一样强烈的社会责任意识的人道主义作家。他同样在严肃地思考着新的国民的塑造与社会的当前和未来，追究民族痼疾与劣根性的症结所在。只不过他是用悲剧的美学效果，采取"微笑"的方式来反映生活在乡土社会底层农民的不幸与悲苦的。因此沈从文的乡土小说与其说是一种对"田园牧歌"的真善美的赞颂，毋宁说是一种乱世文人救世理想在文化层面上的努力和探索。

在研究京派文化的时候，研究者始终将鲁迅所执著的启蒙文化作为一个最凸显的背景，京派作家对启蒙文化的秉承与态度得以衡量。肖向明在《民间信仰文化与鲁迅、周作人的文学书写》③ 一文中，认为鲁迅与周作人都受到民间信仰文化的浸染，但综观两人的鬼文化研究，"如果以启蒙

---

① 刘勇、艾静：《京派作家的文化观》，《北京师范大学学报》（社会科学版）2008 年第 2 期（总第 206 期）。

② 向骏：《从未庄到边城——沈从文、鲁迅笔下乡村视野之比较》，《安徽文学》（文学评论）2007 年第 6 期。

③ 肖向明：《民间信仰文化与鲁迅、周作人的文学书写》，《中国现代文学研究丛刊》2008 年第 6 期。

祛魅为主轴，鲁迅经过自己对'民俗鬼'的独特文化沉思之后，始终奉行这一主轴；周作人则于这一主轴上下波动，以学术兴趣为其关注'民俗鬼'的动力，常常陷入启蒙与审美、现代意识与古典情怀、直面现实与躲进书斋的两难。由此，一种对于'民间信仰'的记忆，引发了鲁迅与周作人两人不同的文化与文学想象"。1924 年后，当周作人对启蒙失望后，关注个人生命的倾向便愈加明显。安刚强的《鲁迅、沈从文的爱情观及其爱情作品略论》① 从鲁迅与沈从文的爱情观入手来观照两人不同的文化品格。作者认为，鲁迅对爱情婚姻有着更多的清醒深刻的现实主义认识，他强调爱情婚姻建构的基础是两性同等的经济地位，"人必生活着，爱才有所附丽"。这体现了作为五四新文化先驱者——鲁迅在对待民族传统文化上彻底反叛、否定的态度。而沈从文爱情观中凝聚着他对生命事实的哲理感悟，有比较深厚的生命底蕴与强烈的生命气息。他作品中狂热的示爱方式与现实的格格不入，洋溢着他对古老湘西原始的旺盛生命本能和坚强的生命意志的顶礼膜拜，同时隐示了他对现代社会、现代人的文化批判锋芒。

　　对于传统文化，研究者们并没有简单地认为鲁迅就是持批判态度，沈从文就是亲和态度。而是将他们继承选择的传统文化与揭露反叛的传统文化小心地区别开来。夏明菊在《同一符号的两种阐释话语——鲁迅、沈从文小说中的传统文化观》② 一文中，从符号学的角度对鲁迅与沈从文的文化价值取向作出了新的阐释。她认为：同一套符号可以有许多种不同的编码方式，即一种文化存在着不同的阐释话语。在中国传统文化符号这一体系内，就存在两种不同的话语：一是官方文化，即规范文化；二是民间文化，即非官方文化。鲁迅与沈从文都对传统文化与外来文化有过双重的吸收。他们的小说作品，构成了现代关于传统文化的不同阐释话语。传统文化赋予知识分子的社会责任感敦促鲁迅举起启蒙的大旗，他以西方文化为尺度，对传统规范文化在社会心理的历史积淀和它所造成的精神创伤，即对国民性弱点进行了反省、揭露与批判。沈从文与鲁迅小说创作中传统文化的所指有很大的不同。传统文化对沈从文的影响更多表现为古老淳厚

---

① 安刚强：《鲁迅、沈从文的爱情观及其爱情作品略论》，《中文自学指导》2009年第 3 期。

② 夏明菊：《同一符号的两种阐释话语——鲁迅、沈从文小说中的传统文化观》，《新疆师范大学学报》（哲学社会科学版）2001 年 10 月第 22 卷第 4 期。

的世俗民风的浸染与乡土人情的渗透。沈从文对这种原始质朴的传统文明报以向往和追求、依恋与赞美的心态。他用共时性的人性尺度，代替了鲁迅历时性的国民性尺度。

在新与旧和中与西的交煎之下，现代作家在价值选择上常常处于情感与理智的矛盾状态中。中国作家的行为和思想选择一般来说是非常富于理性的，但又充满了理性的痛苦。① 一些研究者认为沈从文与鲁迅一样，他们的身上都打上了那个时代的烙印，都有着五四的启蒙情结。这就在一定程度上肯定了两人所受到的西方文化的熏染。但有的研究者将沈从文的启蒙归为鲁迅一类的启蒙显然有失妥当，而有些研究者却在同一启蒙话语下阐释出两者有所区别的启蒙侧重，显得比较客观，也展示出两人同中有异的文化心理。周红在《鲁迅、沈从文小说创作文化心理比较》② 一文中认为，20 世纪 20 年代鲁迅以西方精神文化为武器，对儒道文化进行了整体性的反叛，意图达到改造国人传统的、粗俗的文化心理的目的。沈从文也汲取了西方精神文化中的一些观念，对造成人性异化、社会堕落的儒家文化、西方物质文化和现代文明进行猛烈的抨击，他所取向的文化，是以湘楚为主的湘西"过去的传统"文化。不同的是西方文化中的人道主义情怀促使鲁迅更加坚定地批判国民的劣根性，而沈从文则从西方人道主义中找到了人与自然融合的切入点，更促使他执著地倡导恢复湘楚文化。鲁迅、沈从文小说创作的文化目标大同小异，都想用文学拯救中国社会。在以革命斗争为中心的 20 世纪 30 年代，沈从文坚持文化启蒙，不如鲁迅富于前瞻性。作出进一步论述的是刘晓丽，她在《鲁迅与沈从文启蒙功用之比较》③ 一文中认为，鲁迅与沈从文启蒙思想的核心是"立人"。鲁迅在启蒙理性与审美抒情之间更倾向于以他者启蒙的方式凸显启蒙，而沈从文则钟情于"情感教育"的审美启蒙，提倡通过自我启蒙的方式涵养神思，提升境界。两人的作品也都体现了对启蒙神话的反叛。

有些研究者从地域环境方面探讨了鲁迅与京派作家所生成的不同的文

---

① 龙泉明：《在历史与现实的交合点上——中国现代作家文化心理分析》，陕西人民出版社 1992 年版，第 381—382 页。

② 周红：《鲁迅、沈从文小说创作文化心理比较》，《安徽教育学院学报》2002 年 1 月第 20 卷第 1 期。

③ 刘晓丽：《鲁迅与沈从文启蒙功用之比较》，湖南师范大学硕士学位论文，2006 年。

化品格，深入挖掘了鲁迅与京派作家文化价值取向的根源。马海娟在《鲁迅与沈从文乡土小说差异的文化生态学考察》① 一文中就从文化生态学的视角考察了鲁迅与沈从文乡土小说创作呈现出差异的成因，认为异质的地域文化、不同的童年记忆和教育经验等起着十分重要的隐性或显性的作用。不同的文化生态环境铸就了鲁迅和沈从文不同的文化精神与文化品格。鲁迅继承了吴越激烈的文化品格，接受了长期系统的中国传统文化教育和近代西方文化熏陶，而生长在主要由湘西文化氛围中的沈从文拥有的却是"边缘社会和文化体验"，相异的文化底蕴影响了他们对乡土文化的基本态度，从而使其乡土小说在整体上呈现出解构与建构的不同倾向。

综观以上研究者的论述，更多的研究者认同京派作家在现代与传统之间的文化心理。一般认为，鲁迅汲取了西方精神文化、中国传统的儒家文化、激烈的吴越文化的营养，而将批判的矛头坚决指向中国传统规范文化、西方物质文化、无为的道家文化、民间信仰文化。京派则汲取了民间文化、中国古典文化、道家文化、西方精神文化的营养，批判的对象则是西方物质文化和现代都市文明、儒家文化、乡土野蛮文化。面对社会转型时混乱失序、"礼崩乐坏"的局面，京派怀抱一种类似"重振纲纪"的使命感与责任感，具有重建文化秩序的宏愿，对传统文化、乡村文化、民间文化的认同成为京派文化中一个引人注目的特点。

但是在研究中也出现了这样一种错误倾向，就是将京派人性的文化主题与京派对时代的超然姿态一起不加区分地给予赞赏，甚至将其人性的文化主题获得的原因归于其与时代的隔离。由此则在有意与无意之间将鲁迅为代表的具有强烈历史责任意识的新文化放在了京派文化理想的对立面，忽视了文化存在的历史与时代维度，从而留下了京派文化研究的一个足以致命的硬伤。如，有论者以鲁迅对中国社会现实与人类历史发展的认识为标尺，对沈从文进行了彻底的批判。论者认为沈从文缺乏历史的眼光，更多的是从道德的观念来解释历史，评价现实社会，因而不能正确地认识中国的现实与发展，看不清历史前进的方向。另外论者还以鲁迅致力于改造"国民性"所具有的积极的现实意义为认同标准，而批判沈从文笔下完美的"人性"是一种缺乏历史分析的抽象，缺乏具体的现实内容和时代气息

---

① 马海娟：《鲁迅与沈从文乡土小说差异的文化生态学考察》，《延安大学学报》（社会科学版）2004 年 12 月第 26 卷第 6 期。

而空洞，造成对现实文明的简单否定。还有论者认为，与鲁迅相比，沈从文虽缺乏学贯中西的学力，所接受的文化濡染则是故乡一隅自然和人文，特别是一条沅水及其各条支流带给他的真切的人生启悟。

三　作为思想背景的鲁迅

研究者注意到了这样一个事实：鲁迅与京派都追求自由。在他们的思想中，自由是人与人性解放的基本条件。但两者对自由的认识与追求却有本质的不同。在鲁迅看来，自由不是谁恩赐的，而是自己争取来的，所以，反抗是自由的前提与基本条件，尤其在现代时期的中国更是如此。鲁迅如此认识，在行动上也是如此做的。而京派却以信仰与坚守来搭建自己的自由王国。纯人性的信仰与纯艺术的坚守即是他们的"梦"。

在杨义的《中国现代小说史》中，为了凸显沈从文疏政治而亲人性的思路，展现沈从文笔下自然人性的宿命感，论者多处借用鲁迅作映衬的背景来进行对比研究。通过对比，论者透视出沈从文在"天人合一"的湘西化外世界的生命形态的悲剧中发掘的不是残酷而是优美："在鲁迅从作为封建文明之象征的杭州雷峰塔的倒塌中体验到快感的十年之后，沈从文从湘西灵气所钟的溪畔白塔体悟到原始'人类爱'的惆怅与悲哀。"[1] 沈从文的《边城》归根结底还是悲剧，但作家并未将悲剧的根源指向万恶的社会制度与噬人的封建文化，以加剧人与环境的矛盾和对立，促使人物的反抗；相反，他将悲剧的根源归于宿命，归于自然对人的命运的主宰，在那些自然人性、美好人性的面前，无所谓谁是谁非，只让人生出淡淡的哀愁与无名的叹息。沈从文对人性的执著与膜拜，论者用了"一个有趣的对比：当鲁迅的'过客'鸠形鹄面地在人生的瓦砾和丛莽中赤足奋行的时候，沈从文的如蕤却容光照人地在人性的海滨和山峦上如流星般飞驰。这种飞驰是灵的而不是肉的，不因少女出身名门而受名分的羁束和社会的非议。人性在这里被纯化和浪漫化了，人性追求者不是把鲜血滴在大地上，而是有若朱光潜所形容的古希腊诗神，'俯瞰众生扰攘，而眉宇间却常如作甜蜜梦'"。[2] 杨义认为，沈从文融会着理性选择与浪漫情调的乡土情愫

---

① 　杨义：《中国现代小说史》（第二卷），人民文学出版社 1988 年版，第 614 页。
② 　同上书，第 607 页。

使其向往氏族社会的纯朴遗风，因而产生对古朴的、糅合神性与野性的边地人物的特殊审美追求："当鲁迅《故乡》从这种人物身上感到温暖后的悲凉之时，沈从文则感到忧郁中的温暖。他们的心都联系着旧中国农民，但联系以不同的思维方向。当鲁迅由此而向前探索那条亮色朦胧的'路'之时，沈从文由此而频频返顾这盏亮色朦胧的'灯'。"① 这盏灯照亮了沈从文整个思想与艺术世界，它象征着沈从文笔下至情至美的人性，与其亲历目睹的处于半封建半殖民地的现代都市社会中扭曲异化、沉沦堕落的人性相对立。沈从文就是以自己的湘西世界来与现代文明、黑暗社会相对抗的。对现实世界的失望与愤慨使沈从文转向别一个世界——一个乌托邦世界，企图重塑民族道德与民族品格，在想象中获得人类的自由与解放。通过论者的比较，可见两位伟大的文学家都在走自己的"路"，他们在以不同的方式实践着自己的社会、伦理和审美理想。沈从文完全背离鲁迅所强调的"立意在反抗，旨归在行动"的创作思想，而是以超然的态度坚持纯艺术道路上的人性的探索。

京派作家与鲁迅从表面上看，似乎相背而驰，但相背亦将相遇。他们相会之处是对人类的悲悯之心和救助人类的博爱之心。后来的研究者明确地将人性作为鲁迅与沈从文的共同话语，将立人作为两人的精神原点。罗飞雁在《鲁迅与沈从文生命美学比较论》一文中指出，面对物质文明与封建文明交织所造成的现代中国独特的城市文明给人类生存带来危害的事实，鲁迅、沈从文提出了弘扬人性力量的疗救主张，为现代中国人找回了自然人性、明澈童心、情感价值以及狂欢精神。在"生命何为"（价值论命题）的道路上，二人伸向了不同的远方：沈从文从认清生命的悲剧性实质到弘扬人性力量，最终走向了"澄明"之境，温暖的爱成为通往终极生命与拯救众生的唯一的心灵与情感路径；鲁迅从认清生命的悲剧性实质到弘扬人性力量最终却走上了反抗绝望的道路。② 同为立人，鲁迅"执著于现实"，以批判的精神接受西方人学影响，从"个"与"类"两个方面强调既要实现个人内在的独立与自由，又要获得政治、经济社会方面的外在自由。而沈从文更侧重从情感、审美和道德方面寻求人之为人的本真，以

---

① 杨义：《中国现代小说史》（第二卷），人民文学出版社 1988 年版，第 619 页。

② 罗飞雁：《鲁迅与沈从文生命美学比较论》，安徽师范大学硕士学位论文，2005 年。

湘西美好人性作为参照，提倡审美的自由。① 对于周作人，研究者亦充分肯定了其追求人的自由解放的思想，但也认识到他的"人性"是抽象的人性。刘堃在《从散文看鲁迅与周作人精神特质比较》一文中指出，在五四新文化运动中，周作人与鲁迅一样都举起了"立人"的大旗，意图击碎违背"人性"、违背"人"的基本生存原则的封建旧道德。五四的落潮使他对启蒙、对群众失望而转向"静观"、转向"个人"，而鲁迅则是走向"过客式"的拯救。对蒙昧的"庸众"，周作人主张对人性作"明净的关照"，对国民性作"狂妄与愚昧"的察明，主张细致考察中国的人情物理，期待中国人能够科学地认识人性，达到人性的解放，而鲁迅对国民的劣根性则毫不留情地加以批判。② 鲁迅与京派作家同为追求理想的人生，理想的人性，但其追求的方式及所表现的人生形式是不相同的，这是因为他们在生命形态中所寄予的社会、伦理和审美理想不同。

　　京派被学界称为自由派并认为京派文学价值的获得就在于他们始终如一地追求自由，这是有一定道理的。但我们也要看到，京派在思想与行动上所追求的自由，主要是一种于退让中追求的自由，即在反对"从政"，主张脱离纷纭复杂的派别束缚，在波诡云谲的时代风云中独善其身的自由。这与鲁迅所追求的自由有着本质的不同。首先他们追求自由的基点就不一样：一个是传统，一个是现代；一个是向后，一个是向前；一个是平和，一个是反抗。如果研究中不加区别地将两种自由混为一谈，那就不仅仅是对自由理解不当的问题，更是京派自由主张研究的歧路。有的研究者过于夸大了京派追求自由的现代理性意识、启蒙意识。如，有论者将沈从文的《丈夫》归为鲁迅作品一类，认为：无论是表现人的精神追求的被压制，还是人的基本生活要求的被践踏，都揭示了封建主义的本质，从而提出了广大劳动人民及妇女的解放和独立的问题。这种观点应该说是不确切的，沈从文当时还没有这么自觉的意识提出"妇女解放与独立的问题"。这种误读也许反映了一些研究者为能够让"沈从文与鲁迅相提并论"而努力寻找依据的思想，其实这种思想恰恰忽视了两人不同的特色对于丰富中

---

　　① 刘晓丽：《鲁迅与沈从文启蒙功用之比较》，湖南师范大学硕士学位论文，2006 年。

　　② 刘堃：《从散文看鲁迅与周作人精神特质比较》，《鲁迅研究月刊》2004 年第10 期。

国现代文学史的意义。

"如果沈从文与鲁迅不在同一档次上，那么，二人的比较也就失去了基础和意义。"① 从越来越多的研究者将两者并置于同一平台上进行研究来看，沈从文所代表的京派越来越显示出其巨大的阐释空间与美学魅力。在以鲁迅为背景的研究下，京派作家的文学特点、文化根基、思想追求得到最大限度的彰显，京派文学的价值被不断地挖掘出来并得到广泛的认可。这为深入认识研究京派提供了一个与众不同的视角，为言说京派选择了一个最佳衬景。然而根据收集到的资料来看，将鲁迅与整个京派放在一起系统研究的著作还没有出现，文章只有一篇（查振科《解构与重构——鲁迅与京派文学》），所见到的基本是将鲁迅与京派中的两位大师周作人与沈从文，尤其是沈从文放在一起研究。这固然是因为研究者看中了他们在京派中的杰出代表地位，另一方面也因为京派作家中在艺术目标整体一致下也存在着彼此的矛盾与分歧。但是很多研究者注意到鲁迅确实成为研究京派难以回避的存在。正因为有了这样一个背景，京派才显得更具特色，成为中国现代文学多元艺术世界中一道亮丽的风景。已有的关于鲁迅与京派的研究成果为京派的研究开辟了一条绵延不止的思路，但仍有未研究到或者有待继续深入研究的地方需要更多的研究者参与进来。比如鲁迅与京派除周作人、沈从文以外的其他作家的近距离研究还未涉及。在文体研究上不深入不全面，表层意义、深层意义都存有值得深入挖掘的地方，特别是从文体表层进而深层分析其文本含义的研究和批评还很少。

---

① 裴毅然：《鲁迅与沈从文美学风格比较》，《杭州大学学报》1994 年 3 月第 24 卷第 1 期。

乡土文学研究的甲子之辩

——兼及 20 世纪乡土文学研究历史的学术考察

陈继会

时光匆匆，弹指而过。转眼间，新中国已走过 60 个春秋，迎来了自己的甲子华诞。60 年间，中国现当代文学研究，虽然留下了不少的遗憾，但它也绝不只是一个张爱玲式的"苍凉的手势"。其间，尤其是新时期以来的 30 年，有着许多可供仔细总结、认真开掘的学术财富。以 60 年来中国乡土文学研究的历史为例，我们试做考量，即会从中发现许多有意味的历史遗产。

一　一个简单的统计和判断

在中国现当代文学研究史上，关涉农村生活的文学作品的称谓几经变化，先是有"乡土文学"之说；后一变为"农村题材文学"（农民文学）；继之，再变为"乡土文学"（乡村文学）。诸说纷纷，各有所指。于是，对其不同命名的文学研究，也便有了各自的视角、侧重点和价值取向。

为了给本文的研究提供更多的实证性，这里有一个不完全的、简单的统计：从谷歌的"学术搜索"上共搜索到相关研究成果 49800 项，分别为：以农民文学命题的 8900 篇；以农村（乡村）题材文学命名的 29400 篇；以乡土文学命名的 11500 篇。其中以"乡土"视角进行研究的占去总数的约 20%。谷歌的学术搜索基本涵盖了新中国 60 年的研究成果。

从中国期刊网上搜索到 1978 年至今的相关研究成果计 5919 项。其中以农民文学命名的 1491 篇；以农村（乡村）题材文学命名的 2142 篇；以乡土文学命名的 2286 篇。从"乡土"视角进行研究的占去了新时期以来研究成果的 38.3% 。

在已知的新时期以来的 26 部此方面的研究专著中，几乎全部是以"乡土"的视角进行研究（见本文附录）。

由此，我们可以看出，在新中国 60 年关于农村生活文学作品的研究中，以"乡土"命名的研究成果，是其有限的构成方面（约占 20%），"农村题材"之说雄居榜首（约占 59%）；而新时期以来的此类研究成果中，以"乡土"视角的研究不仅比上一统计增加了近一倍，而且占去全部研究成果的近半数（约为 38.3%），呈现为一个快速增长的趋势。

这是一个饶有趣味的文学现象，如若再反顾 20 世纪乡土文学研究的学术历史，我们会看到，一种题材文学研究的历史，是如何紧紧关联着一时代政治、文化的流变和学术研究范式的嬗变，而文学的价值和功能也在曲折变动中，被人们不断地修正、确认和实现。

二　历史回眸:"乡土"与"农村"的变奏

考察 20 世纪乡土文学研究的历史，我们饶有兴致地发现，纵贯于这一历史始终的重要批评概念的使用、嬗变，呈现出"乡土文学"——（农民文学）"农村题材文学"——"乡土文学"（乡村文学）这样一条变奏与回旋的轨迹，即从"五四"到 30 年代批评界普遍使用"乡土文学"的批评概念，到 40 年代批评界"农民文学"、"农村文学"批评概念的交叉使用，直到新中国成立后"农村题材文学"批评概念的一元化，最后至新时期"乡土文学"（乡村文学）批评概念的再度使用。概念的嬗变、转化在 20 世纪乡土文学的研究中，显示出一种有意味的形态，含蕴着丰富的文学、文化价值。

"乡土文学"作为一个批评概念的确切命名和规范使用，无疑始自鲁迅、继之茅盾（其间的差异，我们将在以后谈到），这已是 30 年代中期的事情。但是，此前围绕着"乡土文学"这一批评概念，已有了不少的理论准备和铺垫。20 年代初，周作人在他的《地方与文艺》（1923）、《〈旧梦〉序》（1923）等文中，详细讨论了这一问题。这是一次比较自觉的将乡土与文学（文艺）问题作为一种文学（文艺）现象进行理论批评的研究实践。

周作人关于乡土文学的理论阐释，大体上是从两个方面展开的。一是从风土与文学的关系，阐释乡土文学的内涵；一是从地方色彩（"地方趣味"）之于世界文学的重要性，阐述建设乡土文学的意义和价值。在周作人看来，"风土与住民有密切的关系"①，"风土的力在文艺上是极重大的"②。虽然，"我们不能主张浙江的文艺应该怎样，但可以说他（它）总应有一种独具的性质。我们说到地方，并不能以籍贯为原则，只是说风土的影响，推重那培养个性的土之力"。因此，周作人极力主张文学"须得跳到地面上来，把土气息，泥滋味透过了他的脉搏，表现在文字上，这才是真实的思想与文艺"。③ 周作人还从地方色彩之于中国文学、之于世界文学的重要性，阐述乡土文学的内涵及其价值。他说，正是由于地域上的差别与个性，"所以各国文学各有特色，就是一国之中也可以因为地域显出一种不同的风格，譬如法国的南方普洛凡斯的文人作品与北法兰西便有不同。在中国这样广大的国土当然更是如此"。④ 因此，他明确表示："我轻蔑那些传统的爱国的假文学，然而对于乡土艺术是很爱重；我相信强烈的地方趣味也正是'世界的'文学的一个重大成分。"⑤ 上述种种可以看出，周作人设定的乡土文学（文艺）的最根本的批评标准是其"独具的性质"，即乡土文学的地域特点、地方趣味，亦即乡土文学的"风土"特性，以及因为此种"风土"（乡风民俗）而造成的文学的"个性"特征。

周作人的理论既出，"乡土艺术"（乡土文学）这一概念及其批评标准即为大多数研究者所接受。或以"农民文学"、"农民艺术"⑥ 称谓，或直接使用"乡土文学"⑦ 批评概念，讨论"乡土文学"或批评属于这一类型

---

① 周作人：《地方与文艺》，许志英编：《周作人早期散文选》，上海文艺出版社1984年版，第308页。

② 周作人：《旧梦》，许志英编：《周作人早期散文选》，上海文艺出版社1984年版，第316页。

③ 周作人：《地方与文艺》，许志英编：《周作人早期散文选》，上海文艺出版社1984年版，第310页。

④ 同上书，第308页。

⑤ 周作人：《旧梦》，许志英编：《周作人早期散文选》，上海文艺出版社1984年版，第316页。

⑥ 化鲁（胡愈之）在《再谈波兰小说家莱芒忒的作品》一文中使用过"农民文学家"（《文学月报》第156期）的批评概念；沈雁冰在其《论无产阶级艺术》（1925年）中使用过"农民艺术"这一批评概念。

⑦ 郑伯奇：《国民文学论》，《创造周报》1923年12月23日、30日，1924年1月6日，第33、34、35号。

的文学创作。后者如郑伯奇，尽管他不赞成"乡土文学"口号而主张"国民文学"，但他同样注意到"乡土文学"的某些本质性的东西，他说："无论什么人对于故乡的土地，都有执著的感情。……这种爱乡心，这种执著乡土的感情，这种故乡的回忆，在文学上是很重要的……实在是一部分文学作品的泉源。"①

也许可以看作是对五四及其后乡土文学理论建设与批评实践的全面总结，30 年代中期，鲁迅和茅盾先后正式使用"乡土文学"这一批评概念进行现代文学批评。1935 年鲁迅在为《中国新文学大系·小说二集》作序时，说了如下一段话：

蹇先艾叙述过贵州，裴文中关心着榆关，凡在北京用笔写出他的胸臆来的人们，无论他自称为用主观或客观，其实往往是乡土文学，从北京这方面说，则是侨寓文学的作者。但这又非如勃兰兑斯（G. Brandes）所说的"侨民文学"，侨寓的只是作者自己，却不是这作者写的文章。因此也只见隐现着乡愁，很难有异域情调来开拓读者的心胸，或者炫耀他的眼界。许钦文自名他的第一本短篇小说集为《故乡》，也就是在不知不觉中自招为乡土文学的作者，不过在还未开手来写乡土文学之前，他却已被故乡所放逐，生活驱逐他到异地去了。

在鲁迅之后，1936 年茅盾在他的《关于乡土文学》一文中说：

关于"乡土文学"，我以为单有了特殊的风土人情的描写，只不过像看一幅异域的图画，虽能引起我们的惊异。然而给我们的，只是好奇心的餍足。因此，在特殊的风土人情而外，应当还有普遍性的与我们共同的对于命运的挣扎。一个只具有游历的眼光的作者，往往只能给我们以前者，必须是一个具有一定的世界观与人生观作者方能把后者作为主要的一点而给与了我们。

---

① 郑伯奇：《国民文学论》，《创造周报》1923 年 12 月 23 日、30 日，1924 年 1 月 6 日，第 33、34、35 号。

仔细品味，我们可以看到鲁迅与茅盾对于乡土文学的理解是有差别的。鲁迅强调的，或者可以说是鲁迅理解的"乡土文学"这一概念的主要内涵是"乡愁"与"异域情调"。前者主要指自我放逐或被放逐的一批现代知识者（现代作家）在其作品中所流露的怀乡与漂泊意识；后者主要指作品中的地方色彩、乡土风情。这两点也是一般意义上的 20 世纪乡土文学所必须具备的。在茅盾的批评尺度里，他并不否认乡土文学中的"特殊的风土人情"，但他实际上已把它们放在并不重要的位置。在茅盾看来，重要的是作者的"世界观与人生观"，以及作品对于广大农民"对于命运的挣扎"（亦即农民为改变自己命运而进行的阶级反抗和斗争）的描写。茅盾对"乡土文学"这一批评概念内涵的界定，与 20 年代末 30 年代初文艺界曾有过的关于"农民文学"的讨论一脉相承，其重要的社会文化背景是农民运动的普遍高涨，以及由"五四"人性解放的思潮向 20 年代阶级意识觉醒的转化。

由五四到 30 年代，虽间或有"农民文学"之说的出现，但对描写乡村生活作品的研究主要批评概念是"乡土文学"。这种情况到了 40 年代出现了较大的变化。从文学的外部环境说，一种崭新的政治—经济社区（即抗日民主根据地，后称解放区）的出现；从文学自身说，延安文艺座谈会的召开，文艺的工农兵方向的确立，使得五四及其后带有浓重文化色彩的"乡土文学"批评概念消失，代之而起的是"为工农兵服务的文学"、"农民文学"或少数的"农村文学"批评概念出现。新中国成立之后，规范的、定于一尊的"农村题材文学"这一批评概念出现于各类教科书和理论、批评文章中。在诸多的对于"农村题材文学"的批评实践中，一方面，文化的地域色彩日渐淡化，我们几乎见不到"东北"、"中原"、"吴越"、"荆楚"之类的称谓；另一方面，是政治与经济的地域色彩的强化。文学作品中的地方称谓，更多实指而少抽象。这种称谓的变化虽然是表层的东西，但它们在更深的层面上向我们表明，囿于新中国成立之后的思想与文化方面的政策导向，文学观念已有了极大的变化。同此前的"乡土文学"相比，"农村题材文学"这一批评概念已重重地烙上了"反映论"、"工具论"的印记，这种批评实践至"文化大革命"走向极端。

新时期拨乱反正的最初几年，"农村题材文学"的批评概念仍通行于、流行于文坛。大约到了 80 年代中后期，"乡土文学"这一批评概念悄悄"复辟"。这一批评概念不仅频繁地出现于一些单篇的研究文章，而且一些编选出版者也正式使用这一概念（如中原农民出版社编选出版的《中国乡土小说丛书》）。后来，清楚地以"乡土文学"作为研究方向的学术专著开始出现，并蔚为大观（见本文附录）。这一时期，研究、批评界并非只是使用"乡土文学"这一概念，同时被用到的还有"乡村小说"这一批评概念。这一概念试图弥补"乡土小说"和"农村题材小说"在内涵界定上的缝隙，并在实际指向上与"乡土小说"相通。而"农村题材文学"这一批评概念则较少或有限制地被批评界所提到和使用。

很显然，"乡土文学"这一批评概念在近一个世纪的研究实践中，起伏消长，沉浮盛衰，走过了一个近似圆形的轨迹：乡土文学——农村题材文学——乡土文学。从这一轨迹看去，新时期乡土文学的批评实践似乎又回到五四，但细究起来，前后两段关于"乡土文学"批评概念的使用，并不是在同一层面上的反复。一方面，随着创作界关注对象和表现方式的变化，乡土文学自身已有了较大的变化；另一方面，随着批评界的理论储积与视野的变化，"乡土文学"这一批评概念的内涵与外延都有了较大的拓展。

同是使用"乡土文学"这一批评概念，在周作人那里主要关注"风土的力"、"风土的影响"，推重"土气息，泥滋味"，即"地方趣味"；在鲁迅那里则重在发现"乡愁"与"异域情调"。二者相比，鲁迅的"异域情调"与周作人的"地方趣味"大致相合，而鲁迅则发现并强调指出了乡土文学极为重要的一个特征"乡愁"，即现代作家永远漂泊于都会与乡间的情感取向与精神存在方式。新时期对于乡土文学概念内涵的理解与界说，部分地吻合于上述二人之说，又有新的拓展。新时期的乡土文学研究者则更多地关注"乡土"形而上的内涵，更多地关注20世纪中国社会现代转型中，处在东方与西方、传统与现代文化冲突中的"乡村"，关注作为人类诗意栖居的大地的"乡土"。同一个批评概念，在其内涵上螺旋地上升了一个层面。

三　政治·文化·学术:嬗变的历史动因及意义

"乡土文学"这一批评概念在研究实践中的消长起伏、多重变奏，的确是一种有意味的学术现象，深藏于这一现象背后的历史动因，是20世纪学术发展的最基本的制约因素。

考察这一嬗变，我们会清楚地看到，社会政治思潮的变动是如何地影响和制约着 20 世纪文学批评的发展。一个明显的事实是，由 20 年代"乡土文学"向 40 年代至新中国成立后"农村题材文学"批评概念的嬗变，中国的社会政治思潮的变动起了根本的作用。关于五四至 30 年代社会政治思潮的变动，鲁迅曾将其表述为："最初，文学革命者的要求是人性的解放……大约十年后，阶级意识觉醒了起来"。尤其是延安文艺座谈会之后，为工农兵服务的文艺方向的确定，使文学视野、观念起了根本性变化。这一变化的直接结果是，文学（在创作与批评两个方面）由原来的较为广阔的对"人"（个体）的关注转而对"阶级"（农民）的关注，由五四及其后的表现农民"人"的苦难与觉醒，到 40 年代反映"阶级"的翻身解放。作家批评家由原来的比较关注创作主体的情绪、情感体验（如"乡愁"），到全身心地去感受体验农民的情感、心理。这些关注点的变化，其实在茅盾 1936 年的《关于乡土文学》一文中早给确定了。这一转化，于文学创作、文学批评，在某些方面如文学表现社会历史的变动、文学更具体地关注阶级的解放和大众的生活等，的确主题更为明确，风格更为明显；但在另外一些方面，如表现创作主体情感心理体验的"乡愁"，对特异的乡土风情的描绘，以及文学的"人性"深度方面，明显地有所失落。

彻底导致"乡土文学"这一批评概念在"变奏"中的"失声"是在新中国成立之后。伴随着一种崭新的农村政治经济体制的建立，"城市"与"农村"的文化定位发生了变化。新中国成立之后，源于近代以来中国都市首先被"洋化"——殖民化的耻辱记忆，城市一直被视为西方资本主义文化的集散地和滋生地，始终是批判改造的对象，于是"农村"巍然峙立，独立并抗衡于"城市"。这样"农村"就不能不以一种与其政治经济体制相适应的文学命名独标于文坛。加之"左"的政治思潮的影响，农村题材文学自然成为一定历史阶段农村阶级斗争的"反映物"和服务于这种反映的"工具"。农村题材文学作为一种有特定内涵的批评概念，已同"乡土文学"再无多少内在的关联。一方面，在创作层面，乡土文学之为"乡土文学"的许多特质的丧失，使得"乡土文学"成为一个熟知却又陌生的命名，那熟悉而又亲切的面庞变得日益模糊而又遥远。另一方面，在研究层面，乡土文学批评实践中许多好的学术传统令人遗憾地失落了。这一变化带来的不仅是乡土文学研究自身的萎缩，同时导致了乡土文学创作的萎缩。新时期乡土文学研究与创作的繁荣，无疑与改革开放、思想解放的政治思潮相关。

考察这一嬗变，我们同样会清楚地看到，文化的开放与转化对 20 世纪文学批评的重要制约和影响。在我看来，正如同"农村"这一概念显示着比较浓厚的政治、经济色彩一样，"乡土"基本上是一个有着浓厚文化色彩的概念。确立这样一种理解，对我们考察问题是必要的。五四及其后，文化的开放，中国由传统农业文明向现代社会的文化转型是不待言说的事实。乡土文学这一批评概念之所以在此时被广泛使用，正源于这种文化的潮动。周作人关注于文化开放、文学变革后的中国现代文学的走向和出路（文学的民族个性、"地方趣味"），关注文化意义上的"乡土"之于文学的意义（"风土"特性、"风土"之力）；鲁迅关注乡土中国处于文化转型之中的现代知识者漂泊与回归的乡土情结（"乡愁"），关注走入异地之后的文学家眼中的"乡土"（"异域的情调"，独异的乡土风情），其根源无不在中国文化的开放与转型，城乡文化的冲突和融合。新时期文化的再度开放，带来思想的解放和经济的振兴，使得整个社会生活，尤其是相对闭塞落后的乡村，呈现出一种变革、发展的新姿。这种变化，直接带来了作家与批评家观念、视野的变化。特别是 80 年代初文化讨论热潮的兴起，更是直接触动了文学批评界。这一讨论以其理论的积累和理性的积淀，在更深更广的层面，直接渗透并改变了文学批评的实践。乡土文学这一批评概念再次被使用，既是人们对这一概念自身本就包含的文化内涵的确认，也是文学批评者更自觉地以文化的眼光观照文学的选择。这一选择使得批评家改变了既有的批评尺度和规范，他们不再像过去研究"农村题材文学"那样，习惯将这类作品视同乡村社会政治变迁的简单"反映物"和阶级斗争的"工具"。批评家们以更大的热情去关注"人"（农民）的存在和乡村社会历史文化的进程，关注乡村人特有的文化心理结构——人们的生活方式、行为模式、思维习惯、情感态度、道德准则、价值取向等。在"农村题材文学"研究中差不多被忽略的"异域情调"——独异的地方色彩、乡土风情，以及流贯于创作中的作家的现代"乡愁"——那种源于现代知识者独特的生存感悟，源于不同文化冲突的知识者的情感现象，被特别地注意到。正因此，乡土文学长时间来被否定或遗忘的价值和功能被昭示出来。正是这种批评眼光和尺度的变化，批评家们才有可能倾力去揭示乡土文学在社会的、历史的、文化的、美学的、语言的诸多方面的丰富意蕴，从而广泛地发掘与展现乡土文学的价值功能。

　　上述考察提供了 20 世纪文学批评的一个有意味的个案、范例，透过它也许会从中寻找到带有普遍学术意义的东西，即批评范式的嬗变在 20 世纪中国文学研究中的意义。

　　20 世纪乡土文学研究的历史向我们表明，批评概念的嬗变必然引发文学观念与批评范式的变更。概念作为思维的基本形式之一，它反映的是事物的一般的、本质的特征。那么，当一些原有的批评概念复活或新的批评概念出现时，事实上已表明了人们对于事物（批评对象）的理解和认识呈现出新的变化。诚然，"乡土文学"并不是什么新的批评概念，它在新时期的再度使用是原有概念的"复活"。但这一"复活"至少向我们昭示了两个方面的意义：第一，它既是对被否定或遗忘了乡土文学特质的一种呼唤、恢复；第二，它同时又是对这一概念的重新命名和阐释。新时期乡土文学研究中，批评者较多地注意到乡土文学中蕴涵的现代知识者的漂泊与回归意识，文化怀乡的精神取向，以及"乡土"形而上地作为人类诗意栖居的"大地"的底蕴，等等，都是对乡土文学的重新命名和重新阐释。当我们将"乡土"视为一个文化的而非社会政治的概念时，这实际上已表明我们对乡土文学特性的理解和认定，即我们认定的乡土文学的应有形态和价值功能，亦即我们的"乡土文学观"。

　　批评概念的嬗变引发文学观念的变更，必然逻辑地导致批评范式的变化。因为新的批评概念（文学观念）赋予文学的新的意义、价值和功能，显然不是传统的批评范式可以阐释和涵盖的。如若不相应地创造新的批评范式，仍以传统的批评方式去操作，势必方枘圆凿，丧失批评的意义。这样的批评范例在 20 世纪乡土文学的研究中经常见到。譬如，关于文学背景的考察。当我们研究某一时段的"农村题材文学"时，我们较多地注意到的是社会政治、经济的变动之于作家的影响，从中见出这些作品的意义、价值与功能。但是，当我们考察某一时段的"乡土文学"时，其视野、尺度与批评范式自然要发生变化：譬如关于五四乡土文学背景的考察，我们必然地要注意到五四作为"文化运动"的意义，注意到五四文化开放带来的东方与西方、城市与乡村异质文化冲突之于一批"地之子"的意义，注意到他们永远地在"都市"与"乡野"之间漂泊不定的矛盾、尴尬的精神存在，注意到他们创作中那种双重批判（对于古老的乡村文化的批判和对被异化的都市文化的批判）的文化取向，以及对于乡村文化眷恋与反叛的矛盾心态的文化价值和审美意义。这时，前者就主要地表现为社会政治学的批评，而后者则主要是文学—文化批评。文学批评概念的嬗变，引发文学观念的变化，同时又导致批评范式的更变。这种结果，在批评者自己，最初也许并不十分自觉，但批评实践必然逻辑地达向这一结果：从不自觉到自觉，从自然为之到有意识地追求，文学批评不断得到发展，学术研究逐渐走向成熟。

历史是已经发生的事情，但它决不是一堆僵死的材料，在我们同它的对话中，它会变得鲜活、生动和富于价值。在对 20 世纪乡土文学研究历史学术考察的大背影下，进行乡土文学研究的甲子之辩，是一种有价值的学术建设，其意义是现实的，同时它也属于未来。

［附录］新时期以来中国乡土（乡村）小说研究著作目录（以出版时间为序）

1. 陈继会：《理性的消长——中国乡土小说综论》，中原农民出版社 1989 年版。

2. 丁帆：《中国乡土小说史论》，江苏文艺出版社 1992 年版。

3. 赵园：《地之子——乡村小说与农民文化》，北京十月文艺出版社 1993 年版。

4. 陈继会等：《20 世纪中国乡土小说史》，中原农民出版社 1995 年版。

5. 庄汉新、绍明波：《中国 20 世纪乡土小说论评》，学苑出版社 1997 年版。

6. 崔志远：《乡土文学与地缘文化（新时期乡土小说论）》，中国书籍出版社 1998 年版。

7. 陈继会等：《中国乡土小说史》，安徽教育出版社 1999 年版。

8. 段崇轩：《乡村小说的世纪沉浮》，中国文联出版社 2000 年版。

9. 丁帆：《中国大陆与台湾乡土小说比较史论》，南京大学出版社 2001 年版。

10. 夏子：《20 世纪中国乡土小说流变论》，海南出版社 2001 年版。

11. 范家进：《现代乡土小说三家论》，上海三联书店 2002 年版。

12. 王孝坤：《中国当代乡土小说源流》，黑龙江人民出版社 2002 年版。

13. 罗关德：《乡土记忆的审美视阈——20 世纪文化乡土小说八家》，天津社会科学院出版社 2005 年版。

14. 庄汉新：《中国 20 世纪乡土小说史论》，中国矿业大学出版社 2006

年版。

15. 张志平：《中国20世纪四十年代乡土小说研究》，中国社会科学出版社2006年版。

16. 丁帆：《中国乡土小说史》，北京大学出版社2007年版。

17. 汪卫社：《文化的觉醒与文学的选择：论五四乡土小说与民间文化之关系》，求实出版社2007年版。

18. 陈昭明：《中国乡土小说论稿》，大众文艺出版社2007年版。

19. 范家进：《文学与乡土中国》，中国文史出版社2007年版。

20. 赵顺宏：《社会转型期乡土小说论》，学林出版社2007年版。

21. 叶君：《乡土·农村·家园·荒野》，中国社会科学出版社2007年版。

22. 王庆：《现代中国作家身份与乡村小说转型》，华中科技大学出版社2007年版。

23. 张国和：《1990年代以来乡土小说的当代性》，中国社会科学出版社2008年版。

24. 张瑞英：《地域文化与现代乡土小说生命主题》，中国海洋大学出版社2008年版。

25. 贺仲明：《一种文学与一个阶层：中国新文学与农民关系研究》，人民出版社2008年版。

26. 黄曙光：《当代小说中的乡村叙事：关于农民、革命与现代性关系的文学表达》，巴蜀书社2009年版。

（辑录或有遗漏，特予说明）

延安文学:大众品格的追求

岳凯华

随着五四启蒙传统受到严峻挑战和延安文人启蒙角色的倒置，精英文化逐渐边缘化并向民间文化靠拢和趋同，民间文化形态被激活并开始以多种方式参与到主流文化的构建之中。

一

众所周知，作为中国新文学开端标志的五四新文化运动，其本质是较早接受外来思想学说的先进知识分子，试图以外来文明为参照系改造和建设中国社会与文化体系的思想启蒙运动。在这场文化运动中，尽管有少量学者从汲取民间文化营养角度考虑，提倡过收集民间歌谣，但更多的新文化同人则把民间文化与正在被批判的封建文化传统视为一体，对之持批判和否定的态度。尽管当时和后来的一些时期，新文学阵营也曾提倡过"平民文学"、"普罗文学"和"大众文学"，"民间"的话题也曾进入过知识分子的视野，但从整体上看，新文学主流始终是一个代表着知识分子精英文化意识的自足的文化空间。新文学与大众，特别是与中国最广大的农民大众之间，始终处于一种隔膜状态，"中国民间文化基本上被排斥在知识分子的精英文化传统以外"①。正如艾思奇对五四文学的批评，他认为"在'五四'的初期，还发掘我国民间文艺的宝藏，愈到后来，这些宝藏就被搁置起来，而偏向于向外国的文艺里去学习"，因此"渐渐从中国民

① 陈思和:《民间的浮沉：从抗战到"文革"文学史的一个解释》,《陈思和自选集》,广西师范大学出版社1997年版，第202页。

众远离开，这就是'五四'以后的文艺上的一个缺点"，并指出五四文学运动"并不是建立在真正广大的民众基础上的，主要的是中国的力量薄弱的市民阶级的文艺运动，它并没有向民间深入。其次，它对于过去的传统一般地是采取极端否定的态度，因此它的一切形式主要地是接受了外来的影响，或外来的写实主义的形式，而忽视了旧形式的意义。新的文学，一开始就有了这样的矛盾；一方面有现实主义和平民化的要求；另一方面，生活在广大的民众之外的作者和外来的写实形式，不能真正地达到现实主义和平民化的目的。这一切矛盾，到了抗战期间，就充分的暴露出来：形式的写实手法，不能充分地反映抗战的现实，表面上是现实的，实际上却是对于现实有限制的"。① 诗人柯仲平看法相似，他的观点中有两点很值得注意。一是指认五四文学在语言上的最大弊端是"虽然主张白话文，而未能运用大众的生动的口语"，亦即五四文学搞起来的"现代白话"，主要是知识分子语境的白话，不是真正民间语境的白话。二是明确提出继五四文学构成"对于中国旧文化、旧文艺传统的一个否定"之后，今天有必要开展另一个类似的文学运动，来构成"对于'五四'时期的否定之否定"。②

随着 30 年代中后期空前激烈的民族战争背景的出现，新文化与大众之间由于隔膜而导致的文化接受群体过于狭小的状况，引起了理论界和创作界的关注。出于大众化的目的，理论界和创作界试图打破这种隔膜，开始了对民族传统形式的重新关注和新文学大众化问题的讨论，尤其强调了文学的民族精神和民族情感。与五四作家相比，三四十年代的文人显示出更为自觉的建设民族化中国文学的倾向，这不仅与他们对"五四"不约而同的反省有关，更与整个社会历史大环境的骤变相关。但是，民族化意识的明确，并不意味着民族化概念本身已被科学地阐释。三四十年代以大众化为前导的有关旧形式的利用和民族形式问题的讨论，在很大程度上是为了推进新文学的发展，其目的决不是简单的复古倒退。这一点无论是当时讨论者们的主观意愿，还是客观实践的主导倾向，都显示得十分清楚。理论界试图以"旧瓶装新酒"来解决文学面临的问题，即把新的抗战内容与旧的文艺形式相融合，来唤起一般民众对抗战文学的兴趣与热情，这种设

---

① 艾思奇：《旧形式新问题》，《文艺突击》1939 年 6 月 25 日第 1 卷第 2 期。

② 柯仲平：《论文艺上的中国民族形式》，《文艺战线》1939 年 11 月 16 日第 1 卷第 5 号。

想和 40 年代初民族形式问题讨论中的一些看法有所区别。

　　但是，在以延安为中心的解放区，解决新文学与大众之间的隔膜状况，把新的时代内容与民间的文化形态融合起来，以唤起农民大众对抗战的热情，却有着比其他地区更为迫切的意义。解放区的主体部分处于中国经济文化落后的西北农村，在中国共产党建立政权之初，五四新文化基本上未撒播到这里，但由于历史传统，这一地区民间文化却很发达，这是一片以农民为创作和接受主体的民间文化自在生长的沃土。抗战爆发之初，随着大批具有强烈理想追求和革命热情的左翼知识分子汇聚在这一地区，五四精英文化自然也被带入了这一区域。两种文化形态的碰撞也就不可避免。尽管高涨的抗日热情促使这批知识分子也像他们国统区的同行那样以"旧瓶装新酒"的方式，利用旧有民间艺术形式来宣传抗战，但知识分子启蒙传统带来的自信与自负，使他们并不能弯下身来正视"民间"，知识分子与"民间"的隔阂并没有消除。当时的解放区，实际上存在着两种文化，一种流传在知识分子和有一点文化基础的"公家人"中，这是经过报纸、刊物、壁报、宣传演出所传播的知识分子文化；另一种则是流传在乡间，以信天游、民间秧歌、口头故事、小唱本等通俗读物所传播，没有被新文化所"浸染"的民间文化。前者被知识分子和政权意识形态所看重，后者以其自在的原始形态和浓郁的自由活泼色彩为老百姓所喜爱，二者之间很少沟通与交流。以至虽然不满于其中落后因素但又一直倾心于民间文化形态的赵树理，于 1942 年 1 月在太行根据地抗战以来规模最大的一次讨论华北文化建设问题的会议上，一改不擅抛头露面的姿态，制造了一种"异常紧张"的会场气氛。他板着面孔，手里举着从老百姓家中拿来的《太阳经》、《玉匣记》、《老母家书》、《增删卜易》、《秦雪梅吊孝》、《洞房归山》、《推背图》等通俗读物说："这才是在群众中间占压倒优势的'华北文化'！其所以是压倒的，是因为它深入普遍，无孔不入，俯拾皆是，而且其思想久已深入人心。"① 可见，知识分子所代表的主流进步文化在解放区的传播面临着怎样的困难处境。

　　早在 1939 年，毛泽东就对那些只有理论知识的知识分子发出了警告，提出了以是否与工农兵相结合作为价值衡量标准。1940 年 1 月，毛泽东在对全盘西化论的谴责时，委婉地表示了他对"五四"以来的新文化界对传

---

　　① 　戴光中：《赵树理传》，北京十月文艺出版社 1996 年版，第 145 页。

统文化的冷漠和鄙薄态度的不满，以及只知生吞活剥地谈论外国的讥讽
等。这些都说明毛泽东早在延安整风运动前就已形成了他对文学家的根本
观点，那就是小资产阶级出身的或具有小资产阶级情调的文学家要从根本
上接受中国革命，就必须彻底打碎他们的盲目自尊和自信，不仅要在政治
思想上，还应在文学上形成一个大一统的为工农兵服务的观点。1942 年 5
月，毛泽东发表的《在延安文艺座谈会上的讲话》（以下简称《讲话》）
成为延安文人为工农兵文学运动的纲领性文献，要求自己所控制的文化资
源更好地为战争服务，成为民族解放战争中"团结人民、教育人民、打击
敌人、消灭敌人"① 的有力武器乃理所当然。这就需要对知识分子文化传
统进行一次彻底的改造，使知识分子放弃自己的启蒙传统而深入民间，在
向民间学习的过程中与政治权力一道改造民间文化，最终与他们过去所鄙
弃的民间文化结合，培植出一种既具有强烈的意识形态特点，同时又带有
民间艺术特征，能够为农民接受和欢迎的新型战时文化，来最大限度地达
到为战争服务的目的。毛泽东系统地提出了党的文艺理论、方针和政策，
并向知识分子发出了"长期地无条件地全心全意地到工农兵群众中去"的
号召②，以政权的力量推动了解放区"走向民间"的文艺运动。

在《讲话》中，毛泽东指出："在现在世界上，一切文化或文学艺术
都是属于一定阶级的，属于一定的政治路线的，为艺术的艺术，超阶级的
艺术，和政治并行或互相独立的艺术，实际上是不存在的。无产阶级的文
学艺术是无产阶级整个革命事业的一部分，如同列宁所说，是整个革命机
器中的'齿轮和螺丝钉'。"从当时的国际国内政治形势和从文艺的特殊性
出发，文艺的政治性主要表现在"为什么人"这个根本的问题、原则的问
题上。他又指出，五四新文学的"大众化"问题之所以没有能够从根本上
解决，就因为小资产阶级作家"他们的兴趣，主要放在少数小资产阶级知
识分子上面"，他们"对于工农兵群众则缺乏接近，缺乏了解，缺乏知心
朋友，不善于描写他们；倘若描写，也是衣服是劳动人民，面孔却是小资
产阶级分子"。因此，文艺家、知识分子的思想改造问题就成为解决"为
工农兵服务和怎样为工农兵服务"这个问题的关键。毛泽东还指出，"人

---

① 毛泽东：《在延安文艺座谈会上的讲话》，《毛泽东选集》第 3 卷，人民出版社
1966 年版，第 805 页。

② 同上书，第 817 页。

民生活是一切文学艺术取之不尽、用之不竭的唯一的源泉"。而作家的思想情感和世界观的根本改变,才是创造"真正为工农兵的文艺,真正无产阶级文艺"的基本前提。因此,作家必须首先学习马克思主义,改造自己的思想;其次必须"深入工农兵群众,深入实际斗争",真正"站在无产阶级的立场上",与群众打成一片,向他们学习,向民间文艺学习,才能创造出优秀的"革命文艺"作品来。

二

在革命圣地延安,当塑造新人物、表现新生活成为文学界一种普遍的政治化行为时,当频繁的"思想改造"被视为知识分子工农化的必由之路时,作家主体的集体化和话语立场的政治化便成为一种必然。文学大众化、革命化要求作家站在"工农"、"阶级"的立场,做集体主义的忠实代言人。其实,"工农兵"、"大众"均是复合概念,他们无法要求作家为他们代言。于是,主流政治话语作为其利益的集中体现者,便代表他们对作家提出要求,要求作家在作品中反映新生活、新面貌以及符合时代要求的新道德。作家主体的个体经验在这一要求中被忽略了,主流话语召唤他们做的仅仅是通过"入伍"、"下乡"、"改造"等集体方式去反映集体的生活,并努力使自己的创作接近人民大众的审美趣味。为了确保文学在广大工农群众中的接受度,《讲话》要求作家创作大量的普及性作品。"普及的东西简单浅显,因此也比较容易为广大人民群众迅速接受。高级的作品比较细致,因此也比较难于生产,并且往往比较难于在广大人民群众中迅速流传。"任何与工农兵集体形象有悖的话语生产都是被禁止的,轻视和忽视普及工作的态度是错误的。新文学走向现代化的过程,正是在秉承本民族优秀文化品格的基础上,不断吸纳异域思潮与技巧,追寻世界文学走向,在选择与确立中变换视角与方式,从而以全新的内容与形式同世界文学对话。其中的突破与创新是新文学发展的动力和内核。鲁迅小说之所以能够横空出世,并把艺术标杆提升至跨世纪高度,正在于他始终以世界文化格局为参照,从文学观念、文本方式、艺术视角、写作技巧、语言形态等进行全面的革新创造,一举将中国文学由中世纪推入现代。然而,新文学这只展翅飞翔的蝴蝶,在此时的延安,必须俯首贴耳于民间的花草之中,回归于传统通俗文学的旧套之中,以适应工农兵"喜闻乐见"的需求。根据地文学面对的是广大的农民读者群，这一群体正迫切需要接受现代观念的启蒙和教育，而延安文学的侧重点恰恰不是启蒙和教育。延安作家对面向工农兵的理解是这样的："要写给他们读，读得懂，或是听得懂，读得高兴，或是听得高兴，甚至非读非听不可"，并断定："这是新文艺发展的必然道路，我们要走的必然道路。"① 什么样的创作可以达到这样的要求？除了改编过的小型民间文艺形式外，赵树理等本土作家的通俗化创作可以提供代表性的标本。在特定历史条件下，这一回归成就了文学在政治上的跨越，也是给旧时代极其落后的乡村教育以替代性文化扶贫。但就文学自身发展而言，这种强大的艺术功利态势，必然挤占了艺术审美空间，延缓了艺术创新的步伐。为了适应特定对象的审美基准，为了"雪中送炭"而不是"锦上添花"，创作者必须改头换面，脱去洋装，割弃旗袍，扔掉琵琶、提琴、萨克斯，换上布衣、草鞋，从文坛下到地摊，打竹板，扭秧歌，说村言俚语，唱民谣小调。一切高蹈、精致、深邃、闲雅、飘逸、珠圆玉润、刻意求工统统撤去，代之以通俗、简单、质朴、粗放、一看就懂，如此才有可能完成"普及"的使命。从延安文学诞生之日起，强调文艺是为"工农兵"、"为最广大的人民大众"服务。它所反映的不是所谓的理想的人生、理想的人性、超阶级的人性，描写的不是抽象的人，而是生动具体地活跃在现实革命斗争生活中的阶级的人。无论是从其文学理论和文学实践中，都异常生动而鲜明地显示出阶级性和强烈的战斗性。

我们知道，延安文学的源头是江西瑞金苏区的红军文艺运动。那一时期的文艺，限于当时的军事和经济条件限制，艺术形式尽管比较单一，但其革命性和战斗性是极其显明的。当时的创作者既是战斗员，又是宣传员。他们的艺术目的性也很明确，就是为了表现红军战士的战斗生活，激发红军战士的战斗热情和穷苦大众的反抗情绪。从纯文学的角度来看，当时还没有出现相对完整的真正的红军文学作品，除毛泽东的诗词外，流行和经常上演的是一些现编现演的即兴的山歌、小歌舞等。在瑞金出版的《新中华报》上，还刊登过反映红军战斗生活的小说等。当时作者们的写作目的是很明确的，那就是为了鼓舞人民投身阶级解放斗争。革命诗人萧三曾不止一次地说过："由于革命需要我开始写诗……我认识到文艺并非

① 何其芳：《论文学上的民族形式》，《文艺战线》1939年11月16日第1卷第5号。

雕虫小技，是革命斗争的武器。我把诗歌当作'子弹和刺刀'，当作一项
严肃的革命事业，我抱着'文艺上的功利主义'的想法进入诗坛，决定用
诗的形式来宣传中国的土地革命、工农红军，宣传左翼文学，揭露反动派
屠杀革命人民的罪行。"① 而艾青明确宣称："诗必须成为大众的精神教育
工具，成为革命事业里的宣传与鼓动的武器。"② 李伯钊、吴奚如、丁玲、
艾青、孙犁、田间、柯仲平、李季、贺敬之、郭小川等延安作家的生活道
路和艺术追求及其作品无不显示了延安文学这一新的文学特质。在"七·
七事变"之后走上抗日救亡文学之途的孙犁，在冀中平原从事文艺宣传时
就自觉地提出把文艺作为民族解放战争的武器，把民族解放和鼓舞人民抗
日救亡当作自己的责任，把自己的政治理想、生命价值同人民大众的命运
紧紧地结合在一起。正是在为阶级解放、民族解放而战而写的政治理性的
规范下，延安文学的创作主体大都有着趋于统一的文艺思想和文艺创作实
践追求。他们努力于真实反映正在行进的革命斗争现实，在历史的发展中
描绘人民群众的革命斗争，极力追随时代前进的步伐，反映人民群众的思
想感情和愿望要求，放弃自"五四"以来一以贯之的对人的个体性关注。
由于人被阶级置换，个体被阶级整合，个性解放让位于无产阶级的翻身图
强，文学叙事自然要随着历史阐述的转移而转移。因此，文学侧重表现的
不再是个体差异，而是"类"的特征；突出的不再是私人语境，而是阶级
典型；张扬的不再是个人情感，而是集体意志、宏大主题。原本复杂的人
性，在革命与反革命、剥削与被剥削、左派与右派、进步与落后等二元对
立中变得前所未有的简单。新文学一直引以为荣并形成传统的人文关怀、
以人为本、四面突进的胸襟视野，特别是对人性的深度挖掘，塑造出阿
Q、莎菲、繁漪、觉新等艺术形象的经验积累，都随着这一转型而需再度
吐纳取舍，以便契合历史新设的框架，尤其是那些与革命根据地冲突的
"灰色情感"——在专制压迫下的个人精神挣扎与灵魂呻吟——要坚决地
剔除在文学视域之外。这些知识分子作家固有的立场与视角，这些被文学
史在此前此后都一再证明是最优越的阐述方式，在遭到政治力量的断然拒
绝后必须进行新的调整、迎合与重构。当然，这将有一个艰难的跋涉过
程。所以，丁玲直到1948年才出版《太阳照在桑干河上》，周立波1949

---

① 萧三：《我与诗》，《萧三诗》，人民文学出版社1985年版，第3页。
② 艾青：《展开街头诗运动》，《解放日报》1942年9月27日。

年才完成《暴风骤雨》，艾青最终也未能滤清忧郁与伤感，而萧军终因坚守启蒙立场而迭遭摧折，再度从容握笔时已是夕阳黄昏。

由居高临下俯视"大众"到平视乃至仰视"大众"，由不加消化的单纯"利用"旧形式到真切领悟民间文化形态的艺术"魅力"而真心实意地学习，正是在这种文艺价值观念发生重大转变的背景下，延安文艺运动很快地就结出了第一批硕果。《讲话》发表以后，延安文艺界开展了轰轰烈烈的"文艺下乡"热潮，掀起了文艺大众化的运动。文艺工作者纷纷要求下乡、下厂、下部队，同工农兵结合，为工农兵服务，"到农村、工厂、部队去，成为群众的一分子"已成为延安广大文艺工作者的行动口号。1943年冬，鲁迅艺术学院等5个专业文艺团体，分别到陕甘宁边区5个分区为军民慰劳演出。诗人萧三、艾青，剧作家塞克到南泥湾，作家刘白羽、丁玲、陈学昭到农村和部队，柳青、高原到陇东体验生活，进行创作。画家也背起画板，到工厂、农村，以工农大众为素描对象。"文艺下乡"运动，使专业文艺工作者与民间文艺工作者结合在了一起。专业文艺工作者不仅是宣传队，而且也是播种机。在他们所到之处，许多村镇都成立了农村俱乐部，组织了业余剧团。文艺工作者用各种形式动员群众、鼓动群众、宣传群众，因地制宜地开展各种文艺创作和文艺宣传活动。快板、新说书、民间谚语、歌谣以及年画、剪纸等活动都活跃起来，并涌现了许多民间新型的艺术人才，如庆阳专区的社火头刘志仁，富县的民歌手江有庭，延安的说书艺人韩起祥等。专业文艺工作者下乡后，一方面，从民间艺术中吸收了丰富的养料，充实了自己。另一方面，他们又满腔热情地帮助民间艺人加工整理作品，使民间艺术大放异彩。可以说，过去还没有一种文艺如此这样和人民大众的生活息息相关。文艺下乡，不仅普及、活跃了边区的文化生活，而且有力地促进了民族精神的昂扬和人民大众的自身解放。解放区群众自发的文艺创作活动也在政权力量的支持与鼓励下有了很大的发展。翻了身的农民们和部队的战士们利用他们所能利用的民间形式来表现他们自己的生活，农村群众自编自演的地方小戏和新式秧歌，部队战士的快板诗、枪杆诗都出现了繁荣的局面。到40年代中期，解放区文坛形成了民歌体新诗、新秧歌剧和新歌剧、新乡土小说三足鼎立共同繁荣的景象，其代表作分别是李季的信天游体叙事诗、鲁艺集体创作的民族新歌剧《白毛女》和赵树理的新评书体乡土小说。

三

首先是街头诗在延安出现得非常早。街头是中国城市最重要的公共空间，更是延安文人大众化文学行为的重要载体。当其他艺术门类直到1942年春天还沉迷在高级的、专业化的艺术趣味的时候，延安诗歌早在1938年便已经搞起了轰轰烈烈的诗歌大众化运动——街头诗。1938年8月7日，边区文协战歌社和西北战地服务团战地社的诗人们，联署发表了《街头诗歌运动宣言》：

> 有名氏、无名氏的诗人们呵，不要让乡村的一堵墙，路旁的一片岩石，白白地空着，也不要让群众会上的空气呆板沉寂，写吧——抗战的、民族的、大众的！唱吧——抗战的、民族的、大众的！我们要在争取抗战胜利的这一大时代中，从全国各地展开伟大的抗战诗歌运动——而街头诗歌运动，我们认为就是使诗歌服务抗战，创造新大众诗歌的一条大道！①

诗歌率先挑起"大众化"的旗帜，其实也是无奈。从中国诗歌的发展历程着眼，自《诗经》到唐宋一直延续至五四以前，古老诗歌的每一步发展都愈来愈远离其原生态的民间，诗歌的完善化过程实质就是一个文人化过程，彻底雅致化的中国诗歌便基本上只是文化人的读物。五四激进文人的白话诗运动，似乎欲挽其颓势，还诗于民，但因文人的根子根深蒂固，白话的新诗终于还只是在知识分子中间占据着一定的市场。当一批诗人来到延安，生存于周围几乎全是农民的环境时，不待党来呼唤他们"大众化"，诗人自己早就感到了尴尬和无奈。抗战爆发后，新诗适应时代的需要，开始大规模地走向群众，"朝普及的方向走"，"从象牙塔里走上了十字街头"②，其时兴起的诗歌朗诵化运动成为"新诗在40年代从'贵族化'转向'大众化'的关键"。③

---

① 柯仲平、田间等：《街头诗歌运动宣言》，《新中华报》1938年8月10日。
② 朱自清：《抗战与诗》，《新诗杂话》，作家书屋1949年版，第57页。
③ 龙泉明：《中国新诗流变论》，人民文学出版社1999年版，第405页。

　　适应这种大众化诗歌潮流，延安文人也挣扎着发起"新诗朗诵运动"，试图以"新诗＋表演"的方式引起人们的兴趣，可是却遭到惨败。1938年1月，延安诗歌团体战歌社试办了第一次新诗朗诵会，"发出三百张入场券，开始时会场坐满三分之二，陆陆续续散去，到末了仅剩下不足一百人"。① 负责人柯仲平不得不说："在我们的自我批判下，一致承认是失败的。""新诗歌直到现在还未能唤起普遍的注意，多数人还只把诗歌看做个人的事"。② 实际上，并不是人们把诗歌"看成"那样，而是自文人化以来诗歌就成为"个人的事"，这是一个传统，并非延安民众不领情。在士大夫文化结构里，或者说在现代都市的多元文化结构里，诗歌可以如此雅致化、贵族化地独善其身，但在延安却没有这么一种空间。某种意义上，朗诵化是光未然、柯仲平等诗人在延安的"自救"措施，想回到诗歌的史前状态——口谣、民谚、野歌的时代，是为诗歌在延安寻找自己的受众，却几乎没有找到。这就是诗歌率先挑起"大众化"旗帜的原因。当然，延安物质条件过差，纸张奇缺、印刷困难，办刊用纸皆须报请中央批准、拨给，"出诗集的不容易，已成为客观环境的迫切的要求"。③ 于是，"街头诗"的诗歌变革运动就在延安悄然现身。

　　其实街头诗古已有之，而且一直在民间流传，但真正成为群众性诗歌运动，则是在抗战时期的延安。这一形式的变革和实践，开启了延安文学日后整体形式走向民间的先河。1938年8月7日，是延安街头诗第一个运动日，号召人们"不要让乡村的一堵墙，路旁的一片岩石，白白的空着"，最早亮出了"民间化"概念。《街头诗歌运动宣言》在引用"高山有好木，平地有好花，人家有好女，无钱莫想她"这一陕北民歌后，称颂道："假使马克思的《资本论》需要中国人作一篇序，那么我们就把上面这四行诗交出来，也不算丢了中国人的脸。"显然，街头诗就是要以这样的民歌为基础，"适当地利用中国民族的、大众的以及一部分外来的形式"，打造"新的形式"，其审美特征是"深刻而明确"、"浅显而又含蓄"、"用了大众自己的语言，而又有大众的韵律"，甚至可以"单调"，因为"这正是大众中存在的一种单调，是合于大众口味的"。显然，街头诗运动的目

---

① 　骆方：《诗歌民歌演唱会记》，《战地》1938年4月12日第3期。
② 　柯仲平：《诗歌民歌演唱会自我批判》，《战地》1938年4月12日第3期。
③ 　林山：《关于街头诗运动》，1938年8月15日《新中华报》。

的就是"把诗歌贴到街头上，写到街头上，给大众看，给大众读，引起大众对诗歌的爱好，使大众也来写诗"。① 这种篇幅短小、主题鲜明、句式警辟的诗歌，虽然立即受到了群众的欢迎，也出现了田间那样"最热心的倡导者和实践者"，② 但街头诗运动也曾一度沉寂，直到《讲话》后方又兴旺。

1942 年 9 月，艾青主编的《街头诗》创刊。此时，街头诗达到一个新层次：一是有了一定的历史和经验积累，二是有关这一实验的理论认识更加充分。艾青专为《街头诗》创刊而作的《展开街头诗运动》比之于《街头诗歌运动宣言》，在诗歌理论上前进了不只一大步。艾青以格言、警句的形式和开阔的诗歌美学视野，指出在诗歌必须"成为大众的精神教育工具，成为革命事业里宣传与鼓动的武器"的要求下，我们必须"把诗送到街头，使诗成为新的社会的每个构成员的日常需要。假如大众不需要，诗是没有前途的"。③ 此语显露了延安街头诗倡导者们的激进的创作心态。所谓"日常需要"，当然类似天方夜谭，但这句话却真正意识到了诗在当下文学结构中的危机，是一种真正的焦虑，曲折地昭示街头诗运动不仅仅是为政治为时事的，而具有拯救诗歌的深层动机。艾青甚至幻想"让诗站在街头，站在公营银行和食堂中间。让诗和老百姓发生关系——像银行和食堂同老百姓发生关系一样"。鉴于诗的严重的生存危机，他开始全面反思诗的艺术形态。

诗好比珠宝，"原是属于捞珠人的"，应该生存于民间大众之中，如今"却被偷窃了"，"被锁在保险箱里，或者挂在因闲空而发胖的女人的颈项上"。这一情形，乃导致诗歌没落的罪魁，而令诗歌重新获救的出路，应该"像打开谷仓一样"，让诗"受到阳光，而且被流着工作的汗的粗手拿起来"。为了实现这样的变革，他提出了关于诗的形式的主张："充分肯定大家的日常的口语是文学语言的主要素材"，反对弱不禁风的文体，力倡诗要保持"粗犷和野生的力量"，与其"纤弱"，毋宁"粗糙"，彻底打破往昔日有关诗的清规戒律，使其完全开放，"包括任何新的形式、新标语、

① 林山青：《关于街头诗运动》，《新中华报》1938 年 8 月 15 日。
② 魏巍：《晋察冀诗抄·序》，《晋察冀诗抄》，中国青年出版社 1984 年版，第 2 页。
③ 艾青：《展开街头诗运动》，《解放日报》1942 年 9 月 27 日。

明信片诗、用新诗题字、用新诗写门联……使诗同人民的日常生活连结起来"。① 而诗人自己也不再是过去那种"形象"，新型的诗人将是一种兼顾写作与传播、在文字与行为两方面统一起来的诗歌工作者："我们来抄写，我们来整理稿件，我们来编辑，我们来写标题，我们来张贴。""我们要继续进行朗诵，不仅在室内集会，而且在露天、在街头。任何一个运动的本身就含有一种革命意义。"②

　　继五四新诗用白话、自由体之后，艾青这一"日常化"诗歌理论包含了若干革命性观念。它试图破除诗歌的神秘性，让诗歌不仅仅为大众所懂，更想使其如柴米油盐一样成为大众生活之一部分——此不可谓不大胆、不雄心勃勃。这一理论彻底地把诗从文学圣坛上拉下来，投入到最实用的生活领域，只要有"粗犷和野生的力量"就好，再也不顾忌粗糙。从中我们明显地看到了为了争夺生存空间而放弃生存品质的孤注一掷的决心。这种"以质量换空间"的构想，如果不是有史以来最奇特的诗歌改革方案，就是一次行为主义的放纵与狂欢。从实践来看，结果似乎更像是后者。随着革命文化境况的变化，随着革命文学本身逐渐正规化，街头诗运动还是慢慢地销声匿迹了，"日常化"似乎也不再是追求的目标。但是，任何低估街头诗运动对日后中国诗歌影响的做法都是错误的，作为具体的文学现象它的寿命并不长，然经此一变，中国诗歌的艺术方向却被大大地扭转了。此外，街头诗运动还隐含着一个话题，即延安文化的街头性。街头诗搞起来后，在很多方面给人启发，美术、小说、音乐、评论纷纷跟进，形成一种独具特色的"街头文化"。墙报等街头文化形式如此与延安文化紧密相连，如前所说直接原因当系彼时延安物质条件的简陋。不过，在这种文化形式中浸淫过久，其于未来中国的影响却非但不因物质条件的改善而渐弱，反而可谓深入骨髓。"街头"这样一种空间、载体、文化形式与意识——总之，这样一种性质的文化——起于延安，而贯穿了中国大约40年的精神生活，它所带给历史的，绝不仅仅几首诗、几篇文章，而于中国之人文精神有极深影响。

　　其次是风靡延安和华北解放区的新秧歌剧运动。在延安时期波澜壮阔

---

① 艾青：《展开街头诗运动》，《解放日报》1942 年 9 月 27 日。
② 艾青：《展开街头诗运动——为〈街头诗〉创刊而写》，《解放日报》1942 年 9 月 27 日。

的革命文艺大潮中，新秧歌运动的兴起与发展具有十分突出的意义。因为它不但是延安文艺座谈会后毛泽东《讲话》精神的最早体现，是以《白毛女》为代表的中国新歌剧产生的直接源头，而且也是文艺同工农兵相结合，努力为最广大的人民群众服务的具体实践和典型代表。1942年后，在延安和陕甘宁边区，新秧歌运动发展速度之快、波及范围之广、演出规模之大、参加人员之多、作品内容之丰、群众反应之强烈和社会影响之深远，都是当时其他文艺样式所无法比拟的。可以说延安时期的新秧歌运动，开创了中国工农兵群众文艺运动的新时代。

秧歌，原本是广泛流行于我国北方特别是陕甘宁边区农村的一种充满大众情趣的农民自娱自乐的小歌舞形式和大众化的民间艺术，多在春节闹"社火"时表演。它虽然在思想内容上常常夹杂有封建、迷信、色情和庸俗化的成分，但以本真地抒发大众情绪特别是表现民间男女之间的情爱为特点，其艺术形式自由活泼，与政治意识形态本没有什么关系。这种民间艺术由于其载歌载舞的独特表演形式和质朴火辣的浓郁生活气息，在广大群众中颇有影响，成为人们普遍喜爱的娱乐活动。中国工农红军长征到达陕北后，一些革命的文艺工作者曾对此予以关注并积极地加以改造和利用，如1936年人民抗日剧社就采用民间秧歌小调编排过小型歌舞剧《上前线》和《亡国恨》，1937年西北战地服务团也把民间流行的秧歌改为《打倒日本升平舞》在广场和舞台上演出；而被誉为"群众新秧歌运动的先驱与模范"的刘志仁和南仓村社火，从1937年起即把秧歌的形式同革命的内容结合起来，闹起了新秧歌，连续几年相继演出了《张九才造反》（1937年）、《新开荒》（1939年）、《新十绣》（1940年）、《反对摩擦》（1941年）、《百团大战》（1942年）等一系列新节目。但是，真正地用革命思想作指导，广泛发动群众开展一场声势浩大的新秧歌文艺运动，还是学习并贯彻了毛泽东《在延安文艺座谈会上的讲话》以后的事。

1942年5月，毛泽东主持召开了延安文艺座谈会并发表了著名的《讲话》，为延安和陕甘宁边区的革命文艺运动确立了"工农兵方向"，为坚持和实践这一方向提出了诸如文艺为最广大的人民大众服务，文艺要在普及基础上提高，在提高指导下普及，文艺源于生活、高于生活，批判地继承一切优秀的文学艺术遗产，文艺工作者的思想情感和世界观改造等一系列文艺的基本理论和基本原则。在《讲话》精神的指引下，1942年7月7日纪念抗战5周年，延安鲁艺的师生们响应毛泽东"走出小鲁艺到大鲁艺去"的号召，走上街头，在举办画展、出刊墙报、演唱歌曲的同时，编排上演了载歌载舞形式的《反扫荡》等活报剧。这年底，延安各界热烈庆祝废除不平等条约，利用旧瓶装新酒，头戴白羊肚手巾，手舞镰刀斧头，率先把大秧歌扭上街头进行文艺宣传活动。1943年2月4日春节大联欢，延安军民两万人齐集南门外广场，许多文艺团体都开始组织起秧歌队参加演出。到了2月9日，鲁艺更组成150人的庞大秧歌队，连续几天到杨家岭、中央党校、文化沟、联防司令部及附近的农村进行春节巡回表演，除演出了《拥军花鼓》（二人花鼓）、《七枝花》（四人花鼓）、《运盐》（赶毛驴）、《刘立起家》（快板剧）及《跑旱船》、《推小车》、《挑花篮》等许多新秧歌外，还一举推出了由路由编剧、安波作曲、王大化和李波主演的秧歌剧《兄妹开荒》，一时竟轰动了整个延安城。群众纷纷奔走相告："鲁艺家的秧歌来了"。特别是他们在东乡罗家坪演出的一场，前来观看的群众成千上万。当打花鼓的演员唱道"猪呀、羊呀、送到哪里去"时，周围观看的群众齐声接唱道："送给那英勇的八路军。"其情其境，十分感人。毛泽东、朱德、周恩来、任弼时、陈云等中央领导看后也都对此予以高度评价。毛泽东赞扬道："这还像个为工农兵服务的样子。"朱德也高兴地说："不错，今年的节目和往年不同了。革命的文艺创作，就是要密切结合政治运动和生产斗争啊！"① 鲁迅艺术学院的艺术家们首先将民间的秧歌表演形式中加入话剧与歌剧要素，将其改造成一种融戏剧、民间音乐、民间舞蹈为一炉的歌舞短剧，来表现新的时代内容。在鲁艺的带动下，其他艺术团体也纷纷效仿，"从1943年农历春节至1944年上半年，一年多的时间就创作并演出了三百多个秧歌剧，观众达八百万人次"。②

《兄妹开荒》创作和演出的一举成功，标志着新秧歌剧的正式诞生，并由此带动和促进了延安新秧歌运动的蓬勃发展，陕北解放区掀起了空前未有的秧歌剧"剧运"高潮。新秧歌剧的创作者学习这种自由活泼的大众艺术形式的长处，并不想把它作为一种艺术研究的对象，对它所作的最主要改造是不再把它看作是一种群众自娱自乐表达大众情趣的艺术，而是当成一种可用来宣传的文艺形式和"群众自我教育的手段"。延安文艺界政

---

① 陈晨：《延安时期的新秧歌运动》，《文史精华》2003年第1期。
② 苏一平：《延安文艺丛书·第七卷秧歌剧卷·前言》，湖南人民出版社1984年版，第2页。

治意识形态的代表人物周扬借群众之口称旧秧歌是"溜勾子秧歌",而新秧歌剧则是"斗争秧歌"。① 在当时的理论和政策导向下,新秧歌无一例外地具有鲜明的政治主题,一群知识分子根据政治要求创作出新秧歌后。在这种"新秧歌"中民间文化原有的原始自在的形态实际上已经不复存在了,只有大众审美情趣还以"隐形结构"的形式保留在政治意识形态化的"秧歌剧"文本中。民族新歌剧的代表是《白毛女》,从《白毛女》的创作过程中就能发现民间文化形态融入主流文学建构时二者之间复杂微妙的关系。

《白毛女》创作素材来自河北农村的一个民间传说。传说本身留有进一步想象与填充的不少空白,将它发展成一部大型歌剧时,也就蕴涵着语义发展的多种可能性。可以说,正是大众文化形态的有机地"融入",化解和中和了单纯意识形态宣传可能带来的艺术上的僵硬与单调,增强了作品与农民大众之间的亲和感,但同时又须指出,学习和化用大众艺术资源在当时是有条件的。延安文化人所青睐的并不是原始形态的民间文艺本身,大众文化形态"融入"政治化文本的前提是淡化其本真意义上的民间意识,服从于政治话语。这种"淡化"和"服从"有时是以牺牲民间意义上的愿望和理想为代价的。如《白毛女》的结尾,最初的一种设计是喜儿和大春婚后的幸福生活,作为一个由渲染家庭伦理亲情的故事开场,又始终贯穿着民间复仇与男女情爱线索的戏剧,这个结局交代了喜儿的归宿,照应了开头,满足了大众的观剧期待,应该是可取的。但延安文艺界的负责人周扬却批评:"这样写,把这个斗争性很强的故事庸俗化了",② 于是"斗争会"成了故事的结局,民间"花好月圆"式的理想则被舍弃了,即使先开"斗争会"后"花好月圆"也不行。从这两个例子可以看出,在当时的时代语境下,大众文化形态进入主流文化后,不可以再保留其自在的自由色彩,一旦融入主流文化建构,被政治意识形态化是不可避免的,当时的所谓"大众化",实际上是与文艺的"工具化"结伴同行的。

与此同时展开的还有旧戏曲的改造和新编工作,1943 年到 1944 年,

---

① 周扬:《表现新的群众的时代》,《中国解放区文学书系·文学运动·理论编》(一),重庆出版社 1992 年版,第 537 页。

② 参见王培元《抗战中的延安鲁艺》,广西师范大学出版社 1999 年版,第 289—301 页。

掀起了戏改运动的高潮。民众剧团演出的新秦腔翻《血泪仇》、《穷人恨》（马健翎）、《官逼民反》（钟纪明、黄俊耀）、《放下你的包袱》（钟纪明）等，开了地方戏表现现代生活的先河。在众多作者中，马健翎更是卓有成效。他在延安时期一共创作秦腔现代戏和新编秦腔历史剧15种、眉户剧5种。其中代表作《血泪仇》在解放区广为演出，几乎家喻户晓，可以和歌剧《白毛女》相媲美。另外，在地方戏的基础上创造新历史剧方面，平剧《逼上梁山》（杨绍萱、齐燕铭）、《三打祝家庄》（延安平剧院集体创作），是比较成功的尝试，体现了"古为今用，推陈出新"方针的正确性。毛泽东对此项改革给予了积极及时的肯定。他在给杨绍萱、齐燕铭的信中说："你们的开端将是旧剧革命的划时代的开端，我想到这一点就十分高兴。希望你们多编多演，蔚成风气，推向全国去。"① 这些戏剧尤其是大型秦腔剧《血泪仇》和新编历史平剧（京剧）《逼上梁山》、《三打祝家庄》，获得了农民群众和党的高层领导的欢迎和赞赏。

赵树理的创作和40年代文化界对他的大力推崇，是当时延安文艺运动"大众化"走向的又一例证。赵树理是一位出生于农家，从思想气质到生活习惯都完全农民化了的农村知识分子，对中国农村和农民的熟悉，对农村大众艺术形式的热爱与通晓，都是同时期其他文化人望尘莫及的。他选择民间文化作为自己安身立命之地，立下志愿要做一个"文摊文学家"，② 觉得自己搞通俗文艺"没想过伟大不伟大"，"只是想用群众的语言、写出群众生活，让老百姓看得懂，喜欢看，受到教育"③。这是出自长期以来乡村生活方式所形成的一种朴素的价值理念，也是出自对于中国农民深厚的感情。在思想感情与审美趣味上，他与农民是很少隔阂的。因而在40年代解放区作家群体中他是非常特别的一个。他曾说过他创作小说是因为"下乡工作时在工作中所碰到的问题，感到哪个问题不解决会妨碍我们工作的进展，应该把它提出来"，④ 俨然一副服务于体制的"公家人"的姿态，但骨子里他却是试图代农民立言的——即"站在民间的立场上，

---

①　毛泽东：《毛泽东书信选集》，人民出版社1983年版，第222页。
②　王春：《赵树理是怎样成为作家的》，《长江文艺》1949年6月号。
③　戴光中：《赵树理传》，北京十月文艺出版社1997年版，第147页。
④　赵树理：《当前创作中的几个问题》，《三复集》，作家出版社1963年版，第30页。

通过小说创作向上传递对生活现状的看法"。① 当主流政治所推进的社会变革与农民的根本利益相一致时，赵树理运用老百姓喜闻乐见的大众形式创造出的通俗小说，热情地肯定和赞颂这种社会变革，自然会得到主流政治意识形态和农民大众的双重肯定。虽然赵树理和他的同道多少接触过五四文学，赵树理本人也有过新文学方面的尝试经验，但长期置身农民群的经历，以及长期置身封闭山区的处境，使他们从文化心理到思维方式，一方面十分顾及农民的特点，另一方面自己也潜移默化地接受了影响。在选择五四或传统民间形式作为延安文学的外壳时，他们毫无例外地倾向于后者。其结果一方面是果真收到农民读得懂、读得高兴的效果。而另一方面，却因对农民精神取向和欣赏品位的过分认同，致使文学出现难以弥补的漏洞：反封建现代意识的淡化。这一点构成了延安文学代表性创作的致命缺陷。毋庸置疑，赵树理等人的创作中出现与现代精神相悖逆的某些传统局限，只是他们无意识的产物。他们的不少作品如《小二黑结婚》、《邪不压正》等，也在一定程度上抨击了封建思想观念和伦理道德对农民的束缚和侵害，但是，对五四文学形式有意识排斥，必然导致他们对新文学反封建的现代意识的无意识回避。根据地一些作家潜意识中将民间形式与五四文学看作敌对的关系，严重忽视了五四现代形式产生的意义以及它与现代民主思想体系相适应的关系。然而，五四文学中曾大肆渲染的现代民主思想意识，却恰恰是医治仍未彻底摆脱封建精神束缚的边区农民愚昧病症的良药。当一些根据地作家将民间形式得心应手地运用于自以为是的新内容的表现，而不对传统固有的成分加以现代目光的审视时，回归旧传统，削弱反封建的思想锋芒的后果就在所难免了。譬如《小二黑结婚》中对三仙姑含有封建伦理封建礼教因素的道德评价，譬如《王翠莺》中对忍气吞声的女主角身上集中了封建愚孝成分的思想评价，虽然这些作品此类反封建的内容并非作家刻意显现的部分，但它们的存在，无疑是对延安文学新民主主义精神的严重伤害。但是，主流意识形态对赵树理的发现，却不是因为赵树理的出现代表着一种大众精神或民间的新鲜审美趣味，而是因为赵树理"老百姓喜欢看，政治上起作用"② 的创作理念以及在这种理念制

① 陈思和：《民间的浮沉：从抗战到"文革"文学史的一个解释》，《陈思和自选集》，广西师范大学出版社 1997 年版，第 211 页。
② 陈荒煤：《向赵树理方向迈进》，《人民日报》1947 年 8 月 10 日。

约下出现的政治化的作品，正好符合了这个特定时代文艺的主导原则。解放区文艺界领导人周扬把赵树理的创作，当作毛泽东《在延安文艺座谈会上的讲话》发表后文学创作上的重要收获，当作"毛泽东文艺思想在创作上实践的一个胜利"① 来评价。另一位领导人陈荒煤则号召"向赵树理的方向大踏步前进",② 晋冀鲁豫边区文联大会一致"认为赵树理的创作精神及其成果，实应为边区文艺工作者实践毛泽东文艺思想的具体方向",③ 这都是借赵树理来表达政治集团对文学发展走向的要求与希望，其为新的文艺方针和规范寻找成功范例的功利性目的是很明确的。"方向"的确定，"典型"的树立，对赵树理来说，自然是别人给他戴上的桂冠，但对于解放区文坛来说，"大众化"就成了唯一可走的路径，文学单一化发展的趋势就此而形成，最终所走向的是单一的政治化文学。

---

① 周扬：《论赵树理的创作》，《解放日报》1946 年 8 月 26 日。
② 陈荒煤：《向赵树理方向迈进》，《人民日报》1947 年 8 月 10 日。
③ 参见黄修己编《赵树理研究资料》，北岳文艺出版社 1985 年版，第 588 页。

略论话剧研究中的民族化预设问题

马俊山

回顾和总结近 60 年的话剧研究，"民族化"是一个绕不过去的问题。它不仅深深影响着话剧研究的理论预设、价值判断、体系建构及叙史方式，而且多方面影响着中国当代话剧创作的思想艺术风貌和自我认同。民族化，是理解当代话剧的重要思想通道。

"话剧民族化"的口号是张庚在延安鲁艺的一次讲话中明确提出来的。这次讲话后来经过修订，以《话剧民族化与旧剧现代化》为题发表在 1939 年的《理论与实践》上。张庚认为，话剧民族化与旧剧现代化，不仅是"创造中国民族的新戏剧"的必由之路，而且是梳理五四以来中国戏剧发展演变的两条主线。张庚是后剧联时期（1935—1937）上海市民话剧运动的积极分子，抗战爆发后辗转来到延安，参与创办了鲁艺并担任戏剧系主任。从上海到延安，从城市到农村，张庚的思想和艺术观念发生了很大的变化。用他自己的话说，是市民和农民，大剧场跟土台子之分。张庚在鲁艺讲两门课，一是戏剧概论，一是话剧运动史。前者后来成书出版，后者则"始终没有写完"。不过，1949 年以后出版的各种戏剧史或戏剧思潮史，却多以张庚的"两化论"作为基本学术框架。而在话剧研究中，民族化更是成为衡量作家作品的价值高低与贡献大小的基本美学尺度。"民族化"就像黑格尔体系中的"绝对精神"一样，成了中国话剧发展的最高境界和最终归宿。在中国内地话剧研究界，这个理论预设是普遍存在，辐射到各个方面各个层次的，焦菊隐、黄佐临、杨村彬的导演理论，石挥、金山、朱琳、李默然的表演思想，也都深深地打上了民族化预设的烙印。

民族化真是一个足以涵盖全部话剧史的大问题吗？答案是否定的。诚然，话剧在一定意义上可以说是一种舶来的戏剧样式。所以，在特定时段、特定情况下，的确存在民族化问题。例如，20 世纪初中国话剧草创时，既没有创作力量，也没有表导演经验，所以只能搬演或改编外国剧目，如《黑奴吁天录》、《迦茵小传》、《乳姊妹》、《社会钟》、《华伦夫人之职业》、《少奶奶的扇子》等。如何使这些作品适应中国观众的社会需要和审美习惯，就成了一个生死攸关的大问题。当时的话剧从业者们普遍采取的方法是，以中国本土的戏曲艺术传统，去消化和改造东西洋话剧原有的形态结构及其舞台呈现方式，使之中国化、汉族化、市民化。文明戏时期上演外国剧目，很少直译，大都经过改译改编，可以说这是一种特殊形式的创作。当然，在这种民族化过程中，原作所承载的先进文化思想会有不同程度的流失。于是，在五四新文化运动中，就有了原汁原味搬演《华伦夫人之职业》的尝试。不幸的是，这次演出却惨遭失败。由此引发的普及与提高问题，对中国现代文学艺术发展的影响至深且巨，甚至成为毛泽东《在延安文艺座谈会上的讲话》的主要论题。在这场雅俗之争背后隐藏着的，其实是五四启蒙运动的普世原则与中国特殊国情的对立。如果说话剧是因启蒙的需要而进入中国的，那么民族化作为一种特定的艺术策略，是有利于话剧打开市场，争取观众，并最终转化为新兴的民族戏剧的。文明戏的民族化策略，大大缓解了话剧与中国本土戏曲文化的张力，降低了启蒙的阻力和风险。

其实，话剧并非完全的舶来品。晚清戏曲改良运动的基本趋势是，创作剧目日益贴近现实生活，呈现方式则逐渐由载歌载舞向"对话"剧形态过渡。到话剧诞生之前的 1906 年，北京和上海先后公演的《潘烈士投海》、《惠兴女士》等剧，"对话"和"演说"已经成为重头戏，而唱段则沦为点缀。1906 年末，李叔同在演完《家庭改良》、《教育改良》等时装京剧之后东渡日本，很快便组织东京留学生排演了《茶花女》选场，以此宣告了中国话剧的诞生。1907 年王钟声在上海组织演出新剧《黑奴吁天录》，首将话剧引入中国内地，1908 年中国第一座近代剧场——"新舞台"在上海南市十六铺码头附近落成。所以，早期话剧的积极分子朱双云说："新舞台的前身，是丹桂茶园，主干的是夏氏兄弟——月珊月润，它在 1907 年，即光绪三十三年丁未，就致力于新剧，如排演《潘烈士投海》、《惠兴女士》、《黄勋伯》、《义勇无双》等，虽仍用京剧型来演出，但已主重对话，减少唱词，以及独白，且剧中装束，已完全时代化，是可知丹桂戏园的新戏，已粗具话剧面目。"① 由此可见，话剧是晚清戏剧改良运动的必然结果。话剧从其诞生的那一天起，就已经民族化了。进化团、新民社演戏，最受欢迎的都是原创剧目，如《黄金赤血》、《家庭恩怨缘》等。中国人编，中国人演，说中国话，给中国人看，内容也完全是中国的，这不是民族化又是什么呢？难道这样的戏还需要纳入民族化论域吗？

在话剧幼年和童年时期的改译、改编活动，以及在借鉴西方话剧的艺术呈现方式上，民族化问题是存在的。而当中国的剧作家和表导演们对话剧艺术有了更多经验，中国的市民观众也越来越多地接受了这种艺术样式之后，民族化问题就逐步缓解、缩小，以至消失了。特别是当曹禺、夏衍、田汉、吴祖光、金山、石挥、张瑞芳、舒绣文、章泯、陈鲤庭、费穆、黄佐临等成熟剧作家和成熟的导演出现之后，中国话剧形成了鲜明的民族特性，有了自己的文化追求，完全转化成一种新兴的民族戏剧。但也就在民族化已经不成问题的时候，却又成了问题，原因何在呢？

这就牵涉到话剧的主体性问题了。从戏曲到话剧，不只是艺术形态的变化，更重要的是主体品性的变更。戏曲是农民的艺术，而话剧则是市民的艺术。话剧的兴衰演变，跟中国现代市民社会的命运紧密相关。其兴也市民，其衰也市民。抗战爆发之后，中国分裂成国统区、沦陷区、根据地三个部分。国统区和沦陷区，虽然政权性质全然不同，但市民社会依然存在而且还有较大发展，所以话剧是这两个地区最重要的艺术形态。而根据地的社会主体是农民，其政权基础也是农民，话剧在根据地的处境和命运也就可想而知了。外地来的剧人在延安"演大戏"，很快便受到批评以致禁止，取而代之的是适合农民口味的秧歌剧、新编京剧。1938 年开始的民族风格和民族形式问题大讨论，话题虽然相对集中在文艺领域，其深层指涉却是现代中国的主体性问题：市民还是农民。

中国现代化的过程，其实也是中国重建主体性，即市民逐步取代农民成为社会主体的过程。从长的周期看，戏曲的转型和话剧的兴盛都是不可避免的事情。然而，在某些特定历史场域，这种历史必然性又会被一些突发事件所扭曲甚至打断。日寇侵华，打断了中国现代化的正常进程，再次

---

① 朱双云：《初期职业话剧史料》，独立出版社 1942 年版，第 47 页。该书作于 1939 年，作者前言说："这里所写，全凭记忆，当然不免许多错误。"丹桂茶园演出《潘烈士投海》等新戏时间应为 1906 年，作者的记忆有误。

把农民推到了历史的前台，相应地也就把它推到了社会意识的中心。特别是在解放区，这种历史的突变表现得非常突出。从上海和国统区来的文化人，被要求迅速解决立场问题，放弃个性，成为工农兵的代言人。当时的延安，几乎没有产业工人，军人也不过是刚撂下锄头的农民。所以，最后只有一个归宿，就是农民。张庚正是在这种思想氛围中，提出其话剧民族化理论。张庚说："要彻底改变过去话剧洋化的作风，使它完全适合于中国广大的民众。""话剧大众化在今天必须是民族化，主要的是要它把过去的方向转变到接受中国旧剧和民间遗产这点上面来，而不仅仅是从描写都市生活，转变成描写农村这一个意义。"① 以戏曲审美置换话剧审美，以农民取代市民，可以说是张庚民族化理论的核心。

　　抽象地看，民族化意味着以中国本土文化去消化、吸收外来文化，并将其转化为自己的东西，这本身并不可怕。问题是，这个民族指的是什么，是市民还是农民？张庚指的显然是农民。1949 年以后，翻身农民成了国家的主人，张庚的话剧民族化思想，也就顺理成章地突破时空限制，从一种具体策略上升为一般理论，对中国的话剧研究和话剧实践产生了巨大影响。

　　民族化是个有着严格时空限制和学术边界的问题，其论域是有限的。但是，近 60 年来，由于它跟当代政治的特殊关系，却被严重泛化和滥用了。突出表现有三：

　　一是把民族化和民族性问题混为一谈。民族性是在长期的艺术实践中积累起来的民族品性，而民族化则是一套应付外来事物的对策。对于中国话剧而言，民族性建设远比民族化问题重要得多，也复杂得多。但在学术领域却很少有人关注这个问题。在实践中，更存在着以民族化取代民族性的倾向。民族化的解读，几乎只有戏曲化一个方向，如金山、焦菊隐等。而民族性的解读，却有极大的思想空间，可以向前也可以向后。因为它是与时俱进，不断发展变化的，有过去也有未来。民族性可以非常现代，而民族化却难脱保守的嫌疑。当年胡风、茅盾、欧阳予倩、田汉等人就是这样看问题的。我认为，从民族性来解读夏衍，可能比用民族化来说要合理得多。中国话剧的现代性和民族性虽然时有背离，但大方向是一致的。以

　　① 张庚：《话剧民族化与旧剧现代化》（1939），《张庚自选集》，中国戏剧出版社 2004 年版，第 39 页。

民族性的构建来统领中国话剧史，也比用民族化贯穿它更具包容性和涵盖力。

二是把一种应对策略变成了通用的价值标准。只要是好戏，便通统贴上民族化的标签。曹禺的紧张、热烈是民族化，夏衍的松散和诗意也是民族化，就连《茶馆》这样散文化的群戏，也不时被一些人作为民族化的典型来举证。民族化变成了通用价值。

三是使一个早就解决了的历史问题，延展成中国话剧永无尽头的理论预设。在许多学者和批评家看来，中国话剧仍然走在民族化的道路上，而且还要不停地民族化下去。他们认为，凡是在编剧和表导演中借鉴使用了戏曲手法的剧目，都可归入民族化的范畴。从文明戏到先锋戏剧，百年话剧便都笼罩在民族化的视野之中，民族化成为打开中国话剧发展奥秘的一把金钥匙。他们给《野人》、《桑树坪纪事》、《中国梦》、《生死场》、《恋爱的犀牛》、《零档案》，等等，都扣上一顶民族化的帽子，因为里边有假定性，有时空的自由流转，还有舞蹈化的戏曲动作以及插科打诨。好像林兆华、徐晓钟、黄佐临、王晓鹰、田沁鑫、孟京辉、牟森等，都在追求民族化。其实大谬不然。他们追求的是艺术的独创性和现代性，只要是有利于舞台呈现的东西就拿来使用，根本就不存在什么民族化问题。当代话剧的民族品性，就是在这种独创性和现代性追求中构建起来的。话剧的民族化时期早已过去，话剧研究中的民族化预设也早该结束了。

总而言之，近 60 年来的话剧研究中，有很多未经批判的概念和命题，民族化不过是其中之一。这些真真假假的问题，严重困扰着话剧研究，也束缚着话剧创作，亟待给以清理。本文只是一个初步的尝试，希望起到抛砖引玉的作用。

《史记》式"展示"与《心灵史》式"讲述"

——关于纪实文体文学叙事方式的合法性问题

黄忠顺

纪实文学（不仅仅是传记和报告文学，还包括充斥当前报刊、网络媒体的一些新闻特稿和时下流行的新闻"故事化"写法），其所谓文学性叙事，与其"新闻"、"报告"、"传记"文体所规定的客观真实性要求常常存在着不同程度的冲突，这是一个不争的事实。由这种冲突所显示的叙述信息之于事实的可疑性，如果是无须对叙述内容的真伪作材料的考辨就可以从叙述本身作出判定时，那么，从叙事学的视野来看，可以说，这里涉及的就是一个特定文体之叙事方式的合法性问题了。

一直以来，这个问题似乎没有引起应有的重视。2003 年《当代》杂志在推出邓贤的《中国知青终结》时的一段编者按新引发的李敬泽的一篇文章，以及吴俊的呼应与王晖、南平的反驳①涉及这个问题。由于这场争

① 《当代》杂志 2003 年第 5 期推出邓贤的《中国知青终结》时的编者语："最初是想把真的写得更真，运用了假的手法，才有了报告文学。遇到麻烦，又把真的说成假的。天长日久，就真成假的了。然而，在读者当它是假的时候，站在侵权官司的被告席上，法官总当它是真的。于是歌功颂德的赞美文学和无法查证的匿名隐私文学，就成为报告文学的必归之路。"由此引出的李敬泽《报告文学的枯竭和文坛的"青春崇拜"》有这样一段话："报告文学作为一种文体的根本症结：它在叙事伦理上是不成立的。任何一种文体都预设着作者、作品、读者之间久经考验的伦理关系，看一篇新闻时，我们确信记者必须为它的客观'真实'负责，否则会被老总开除；读一部小说时，我们知道这是被豁免的'谎言'，小说家有权利以虚构想象世界，而报告文学呢？它既承诺客观的'真实'，又想得到虚构的豁免，天下哪有这等左右逢源的便宜事？"（2003 年 10 月 30 日《南方周末》）王晖、南平的《报告文学：一篇虚构的"讣闻"》针对李敬泽的反驳："李敬泽先生将'报告'等同于'真实'，将'文学'简单等同于

论的焦点集中在报告文学有无"终结"，是否应该"终结"上，未能在特定文体之叙事方式的合法性问题上展开。在笔者看来，上述争论如果不从这个问题上深入地展开，又似乎很难在理论上获得比较清楚的说明，所以2005年王晖在另一篇沿着这次争论继续思考的文章中①，对报告文学"文学性"的合法性问题就有了较多涉及，虽然他还没有把他的论述从理论意识上摆到纪实文体文学叙事方式的合法性问题的层面。笔者在写这篇文章之前，在CNKI系列数据库中输入各种可能的关键词反复搜索，结果找到一篇从一个记者的写作经验来直接涉及这个问题的文章，即郑直发表于《青年记者》2002年第7期的《我所警惕的新闻叙述方式》。

下面，我想从这篇文章列举的一个例子谈起。

> 凌晨3点，51岁的陈邦顺悄无声息地从炕上爬起来，当他穿好衣服走出家门时，借着月光看到村子里已有人和他一样早早地起来了，顺着山腰间的羊肠小道，他们摸黑翻过无数道山梁，步行约4个小时，赶到位于兰州市连城铝厂职工医院内的连海单采血浆站。这时聚集在这里的老乡大概有80多人，和陈邦顺一样，他们都是来卖血浆的。

这是一篇新闻稿的开头。郑直在引述了这段文字之后，质疑其新闻稿的作者："你在'凌晨3点'，亲眼看见'51岁的陈邦顺悄无声息地从炕上爬起来'吗？你亲眼看见'他穿好衣服走出家门时，借着月光看到村子里已有人和他一样早早地起来了'吗？4个小时以后，你在采血浆站亲眼

'虚构'，这便犯了一个简单的错误。我们赞赏李敬泽先生把'求真务实'视作报告文学的生命线，但不能苟同将报告文学中的'文学'与'虚构'划上等号。这里的'文学'，指的是报告文学的'跨文体性'这一文体规范，即兼容文学性语言、结构或表现手法，而并不包揽虚构与夸张的元素。倘若'文学'一定要等于'虚构'的话，作为文体，非但报告文学不能成立，纪实文学也不能成立，因为它们都是'真实（史传）+虚构（文学）'。"（2003年12月9日《文艺报》）吴俊在2004年1月18日《文汇报》发表的题为《也说"报告文学"身份的尴尬》的文章，附和了李敬泽的观点。

① 王晖：《报告文学：作为非虚构文体的文学魅力》，《甘肃社会科学》2005年第1期。

看见'聚集在这里的老乡大概有 80 多人'吗？你确认这 80 多人'和陈邦顺一样，他们都是来卖血浆的'吗？"这一连串的质疑，意在强调这种不交代信息来源的直接叙述，会使读者对信息的真实性的判断和评价失去基础。这当然是不错的。而如果从叙事学的立场来看，这段叙述的文学效果来自于作者虚构了一个隐匿的全知叙述者，是这个无所不知的叙述者在"凌晨 3 点"，看见"51 岁的陈邦顺悄无声息地从炕上爬起来"，看见"他穿好衣服走出家门时，借着月光看到村子里已有人和他一样早早地起来了"，4 个小时以后，他又在采血浆站看见"聚集在这里的老乡大概有 80 多人"，并确认这 80 多人"和陈邦顺一样，他们都是来卖血浆的"。于是，这里的文学叙事的合法性就成问题了——既然一段信息是来自于一个虚构的叙述者，而且这个叙述者的无所不知与作者作为一个记者所知的有限性存在着矛盾，那么，这段叙述传达的信息在新闻所追求的客观事实的意义上就难免遭遇本质上的质疑。

这段新闻开头的叙事方式，在西方文学批评中一般称为"展示"（showing）。"展示"式叙事给人的感觉是事件和对话的直接再现——叙述者仿佛消失了（如在戏剧中一样），似乎留下读者从自己的所"见"所"闻"的东西中得出结论。与"展示"相对的方式是"讲述"（telling），它是以讲述者为中介的表现，它不是直接地、戏剧性地展现事件的具体情景，而是谈论它们，概述它们。① 由于"展示"叙述要求叙述者尽可能地避免将自己对所叙之事的理解、推断、分析、判断直接介入到叙述中来，以便给读者一个亲临现场，直击事实的生动感，而这又恰恰需要叙述者对所叙之事具有一种全知全能无所不知的视野来为所叙之事提出最大限度的信息。这样，从纪实的立场来看，"展示"叙事方式便不能不是一种非纪实的叙事方式，因为这种叙事方式赋予了叙事者本质上的无所不知，而事实上，纪实作者对其所叙述事实却不可能做到无所不知。所以一般而言这一叙事方式在纪实文体中难以具有合法性。

可能一些人不会认同笔者的这个推论。因为如果承认这样的叙事方式在以传达客观事实为其基本叙述原则的纪实文体中一般不具合法性，那就意味着不仅我们今天所读到的大量的报告文学、新闻特写、故事化新闻充斥着不合法的文学叙事方式，而且连我们一向所公认的纪实文学的最高典

---

① 里蒙—凯南：《叙事虚构作品》，三联书店 1983 年版，第 193 页。

范《史记》的文学叙事方式，也难免遭到否定。

在这里，我必须对《史记》文学叙事方式的合法性问题作出必要的说明。

的确，在《史记》十二本纪、三十世家、七十列传中，"展示"叙事已构成其主要的叙述方式。在这种叙述方式中，司马迁赋予了叙述者对一切明察秋毫，无所不知的视野，这才有了："读一部《史记》，如直接当事人，亲睹其事，亲闻其语，使人乍喜乍愕，乍惧乍泣，不能自止"（日本人斋藤正谦语）① 的文学效果。比如，在《鸿门宴》中，那些人的举止、神情、言语，即使当事之人，携带录音机在场，或作速记录，又怎能做到如此详尽真切！再比如，《魏其武安侯列传》写田蚡向窦婴索田未获后的一段愤怒的独白（"魏其子曾杀人，蚡活之。蚡事魏其，无所不可，何爱数倾田？且灌夫何与也？吾不敢复求田？"），《黥布列传》中，写黥布见到刘邦的情形（"淮南王至，上方踞床洗。召布入见。甚大怒，悔来，欲自杀。出就舍，帐御饮食从官如汉王居。布又大喜过望。"），等等。在这里，叙述者不仅洞悉项王与范增心里的默契，通晓他人的内心独白和心里感叹，而且对黥布遭受冷遇而生怒，后悔，想自杀，受礼遇后又大喜过望这一波三折的心理过程也都了如指掌。

但我们知道，作为对"已发生的事"据实记载的历史撰修，必然有一个从目击者经过一定途径的传递而到达历史学家笔下的过程。故历史学家笔下的知识限度起码要受制于这样两个因素的制约：（1）当年目击者对所发生之事实的了解限度；（2）由目击者通往历史学家的信息转述损耗。就第一个因素来说，由于当年的目击者并不是多年之后的历史学家为了详尽地叙述那一历史场景而派去搜集情报的特工人员，故他们对其现场信息的收集，常常是遭遇性的、盲目的、随意的，所以，势必是支离破碎的。就第二个因素来说，现场目击者所遭遇的那些支离破碎的信息是不可能像密封的邮袋那样全部传递到事后的历史学家那里的。一方面，许多信息将被时间所风化，而未被时间风化的信息也不是某些历史学家能够在自己有限的生涯中全部采集到的；另一方面，信息在经过多人的转述过程中，势必发生改变。其改变中信息增值的部分属于虚构，如果照录也能算作历史的

---

① 转引自泷川资言《史记会注考证》引《拙堂文话》，上海古籍出版社1985年版。

话，某个文人基本照录民间说书人的讲史就不是话本小说，而是史学著作了。故历史学家需要对转述中发生改变的史料进行去伪存真的工作。也就是说，转述到历史学家手中的信息还会通过比较、判定而滤减。如此一来，留给历史叙述之叙述者视阈内的史实信息还剩下什么呢？夏曾佑曾打过一个比方："若以武大入《唐书》《宋史》列传中叙之，只有'妻潘通于西门庆，同谋杀大'二句耳。"①

　　这就是说，《史记》"展示"式叙事之叙述者的无所不知与作为历史学家的司马迁的能知与所知限度存在着巨大差异。这种差异难道不就是纪实与虚构的差异吗？亚里士多德有个区分历史叙述与文学叙述的著名观点，即历史学家"叙述已发生的事"，诗人"描述可能发生的事"。所谓"可能发生的事"，亚里士多德的解释是："指某人，按照可然律或必然律，会说的话，会行的事"；而所谓"已发生的事"，就是认定其事的先在性，故只有他确实说了那句话，做了那件事，才应有关于此话此事之载录。按照这个区分标准，亚里士多德将"模仿"（mimesis）叙事（也就是后来所说的"展示"）与"虚构"关联起来。热拉尔·热奈特也说："凯特·汉伯格把详细的场景、一字不漏的对话照搬和尽情发挥的描写列入虚构标志的行列无疑是正确的。"② 由此我们似乎不难得出的一个结论是，在《史记》中，司马迁大量采用"展示"式叙事，实际上是在一定程度上以虚构的方式书写历史。

　　但《史记》叙事的合法性问题并不是这么简单。因为《史记》大量采用的"展示"式叙事源自《左传》和《国语》的叙事传统，而《左传》、《国语》的"展示"式叙事乃是口传历史叙事形态的遗存。我们知道，历史叙述曾经有过漫长的"口传时代"，在它最终让渡于"书写时代"时，还经过了一个书写与瞽史（盲人对声音的高度敏感并有非凡的记忆力，所以王廷中诵吟历史的职责多由此辈担当）互补的过渡时代。这应该是《春秋》时代。司马迁《报任安书》说："左丘失明，厥有国语。"这句话的意思不能理解为左丘失明后自己操持刀笔写作了七万数千言的《国语》和十九万余言的《左传》。这在那时的书写条件下是不具有可能性的。左丘

---

　　① 夏曾佑：《小说原理》，郭绍虞主编：《中国历代文论选（第四册）》，上海古籍出版社 1980 年版。

　　② 热拉尔·热奈特：《热奈特论文集》，百花文艺出版社 2001 年版，第 134 页。

应该是书写与瞽史互补时代的一个著名的瞽史。《国语》、《左传》的作者相传是盲人左丘，这正可视为这两部史书的主要历史叙述是由瞽史的口传历史脱胎而来。由于口传历史时代的历史真实性的判断，只可能是世代相传的口碑。口碑的基础应该是对历史的记忆力，而判断历史记忆力的依据在口传历史时代只可能是看其对历史事件、历史人物、历史场景再现的详尽程度，故绘声绘色的"展示"在这样的历史真实观之下就不仅是合法的而且必然成为其建立良好口碑的"史才"之体现。直到东汉的班彪，在其《史记论》中仍然是在这个意义上称赞司马迁"盖良史之才也"。由此也可看出，《史记》、《汉书》的年代虽然已经是书写历史的时代了，但相当程度上还在沿袭着口传历史时代的历史真实观。书写历史时代判定历史真实性的文献史料标准的建立还需要一个过程。刘勰《文心雕龙·史传》提出"若夫追述远代……盖文疑则阙，贵信史也"，并明确反对"传闻而欲伟其事，录远而欲详其迹"的文学化倾向，这可以视为书写历史时代的历史真实观在魏晋时期开始走向理论自觉的一个证据。唐代刘知几《史通》明确主张文史易辙，纯洁史体，反对"虚加练饰，轻事雕彩"、"润色之滥"的以文乱史现象，是书写时代历史真实观之建构在理论上的完成。书写历史时代的历史真实观在理论建构上的完成一定是与文学虚构观念的自觉相伴随的。"唐人始有意为小说"的说法正可侧面证之。

由此我们就可以说，《史记》（包括之前的《左传》、《国语》、《战国策》，之后的《汉书》等）的"展示"叙事在其产生的时代是合法的，但这种叙事方式在书写成为文化的主要传播方式已经促使判断历史叙述真实性的标准由世代相传的"口碑"转向书面"史料"之后，其合法性就一去不复返了。换句话说，如果罗贯中是在《史记》的时代写出《三国演义》这种性质的书，它也可能成为伟大的历史著作，而司马迁《史记》中的《项羽本纪》等，如果书写于《三国演义》的时代，它就应该归口历史小说的门类了。

就此看来，后人在严格的非虚构文体领域，从纪实性与文学性的统一着眼，以师从《史记》的叙事方式相标榜，在叙事合法性上讲，就不能不说是一场历史的错误。正是这场毫无历史时差观念而产生的错误影响深广，导致了我们在纪实文体之真实性与文学性的观念上一团混乱，剪不断，理还乱。比如，我们一再地看到当代某些报告文学理论家一方面强调真实是报告文学的生命线，认同报告文学"首要的社会功能与新闻一样，是'记录历史'……这是由非虚构文体的真实性原则决定的。真实包括情节细节的真实和历史的真实"①，另一方面，又每每要求那些文学性较匮乏的报告文学作者要向《史记》学习，写出《史记》般的文学性。结果，报告文学究竟能否有所虚构就成为一个争论不清的问题了。

既然在严格的纪实文体中，《史记》式的"展示"的合法性已经是成问题的了，那么，什么样的叙事方式在合法性上既是不成问题的又是充分文学化的呢？这里我想以张承志的《心灵史》作为一个范例来谈谈这个问题。

虽然张承志的《心灵史》在当代文学界是被归入长篇小说门类的，而且还被张炜誉为"有可能是50年来中国最好的长篇小说之一"②，但如果我们认可这样一个归类的话，那我们只能说小说这个概念在这里已经被作了一次前所未有的重新定义，因为这部叙述中国历史上鲜为人知的一支回教教派两百多年来为了信仰哲合忍耶而经历的逆境与厄运的作品，作者曾经一再强调说，它"全部细节都是真实的"③。从叙事方式的层面来看，这确是一部严格意义上的非虚构文学。

为了追求严格的史学意义上的可信性叙述，张承志在叙述方式上一反他擅长的小说家文笔，大量采用了"讲述"而不是"展示"。而且这"讲述"务求准确有据还时常杂以大量文献征引。但这并不意味着他这叙述读起来是缺乏感觉、想象与诗情的。例如，《心灵史》叙述华林山血战，官军彻底断了哲合忍耶的水源之后，有这样一段：

> 当年的苏四十三，在渴死的边缘上挣扎时，又做了些什么呢？
>
> 据《兰州纪略》：他在那个时刻里，曾经把一线希望寄托给主——"念经祈祷"。
>
> 除此"念经祈祷"四字之外，教内官家都再也没有留下任何一笔。但是我坚信，如果谁能够看见当时的情形并把它描述出来，那一定是人类历史上最感人的一幕。苏四十三阿訇一定进行了土净，干焦

---

① 卢跃刚：《大国寡民（后记）》，中国电影出版社1998年版，第513页。

② 舒晋瑜：《什么书让你一读再读——著名作家点击中外文学》，《中华读书报》2000年1月27日。

③ 张承志：《心灵史》，花城出版社1992年版，第219页。

的黄土洗净了他男儿之躯的每一寸。苏四十三念出首句——"以慈悯
世界的真主的名义"时，他一定喑哑得几乎发不出声。导师死了，事
情骤然压在他的两肩，伴着如河流淌的血，伴着恐怖凶险的干渴。他
一定屏神宁息，竭性命之全力，一直念完。

　　在我们通常所见到的据史家文本而创作的文学中，只要有了"念经祈
祷"一句，叙述者总是会依据可能性的逻辑，展开艺术的想象，并且，为
了让读者获得艺术的真实幻觉，作品总是把这想象当作事实本身来叙述，
尽可能地避免将叙述者对所叙之事的推想直接介入到叙述中来。而这里的
"讲述"，则是反其道而行之地凸现讲述者"我"在叙事中的中介地位，
将讲述者"我"依据可能性逻辑展开的想象，明确标识为"我"的推想性
叙述。从纪实文体的纪律来讲，这是为了叙述的严谨求实而不惜放弃艺术
的真实幻觉这一文学性，但这并不意味着它在放弃文学性。因为在《心灵
史》的这段文字中你能分明感受到这叙事有一种动情的感染力存在。

　　如果说，《史记》式叙事的文学性来自于这种叙事直接造成艺术的真
实幻觉的话，那么，在《心灵史》的"讲述"里，作者通过凸现讲述者
"我"对所叙之事的理解、推断、想象、分析、阐释、思考及其情感、情
绪反应等对叙事的直接介入，从而刻画出讲述者的讲述姿态与讲述情景，
这也同样造成富于感染力的文学性。王安忆就说过，《心灵史》的"这个
我，不仅讲述了哲合忍耶的故事，还讲述了他讲故事的情景"①。通过这种
情景，"我"作为这部作品中的一个重要的艺术形象跃然纸上。这一形象
具有张承志的读者所熟悉的那种极具个人化的价值观。他崇尚的是牺牲，
他向往的是孤独，他心仪的是逆境和厄运；他以放逐世俗人群之外，摒弃
物质享受，追求心灵自由而自豪；他将哲合忍耶的魂定义为"悲观主义"，
他还将哲合忍耶信仰的真理定为"束海达依"（即殉教之路），哲合忍耶
的被弹压、被排斥及其弱势位置，一律被他赋予了强烈的精神价值，哲合
忍耶的"手提血衣撒手进天堂"，更是最令他痴迷心醉的情状。于是，面
对由无数充满血性、奋勇赴死的个体构成的哲合忍耶的英雄史事，他"满
脸都蒙上了兴奋激动造成的皱纹。静夜五更……独自醒着，让一颗腔中的

----

　　①　王安忆：《心灵世界——王安忆小说讲稿》，复旦大学出版社1997年版，第77
页。

心在火焰中反复灼烤焚烧"①。这就使他不能不倾诉，而"倾诉在本质上只能是诗"②。

我们知道，在西方，自亚里士多德以来的本质论诗学中，判定叙事文学的文学性的根本标准无疑是虚构性，但在中国的文论传统中，在艺术虚构范畴、在文学的虚构性标准迟迟未能诞生出来的时候，其非虚构的文本——抒情言志类体裁（可宽泛地通称为抒情诗）——一直稳居于文学的正宗。西方自意大利和西班牙的文艺复兴时期开始，其诗学虽然在总体上忠实于虚构论的原则，但也开始将一些非虚构的抒情类文本巧妙地纳入到"抒情诗"的名下，从而在文学性的判断标准上形成了虚构性和抒情性这样两个标准。据热拉尔·热奈特讲，在凯特·汉伯格的《文学体裁的逻辑》一书中，于文学领域，它仅承认两大基础"体裁"，即虚构类体裁和抒情类体裁③。只要我们不将"抒情类"作狭义化理解，那么，笔者以为，"讲述"叙事方式，如果像《心灵史》这样充分地凸现讲述者的讲述姿态和讲述情景，这就具有了抒情主人公的性质，作品也就有了抒情诗的文学性。

就笔者的阅读感受而言，我所读过的那些严格意义上的纪实文学，比如那些曾经强烈地搅动了我的热血的报告文学，常常是《心灵史》式的，通过凸现叙事者"我"对所叙之事的理解、推断、想象、分析、阐释、思考及其情感、情绪倾诉等对叙事的直接介入，通过叙述者的讲述姿态与讲述情景再现，传导出作品的思想力量与动人情怀。与此同时，也正是因为有了这种叙事者"我"对所叙之事的理解、推断、想象、分析、阐释、思考对叙事的直接介入，才使其叙事在故事的建构上展示出纪实文体于信息来源上严谨求实的风格。这就是说，《心灵史》式讲述，在纪实性与文学性之间，非但不是冲突的，而且具有一种内在的相得益彰之处。

---

① 张承志：《离别西海固》，萧夏林主编：《无援的思想》，华艺出版社1995年版，第38页。

② 张承志：《〈错开的花〉自序》，萧夏林主编：《无援的思想》，华艺出版社1995年版，第86页。

③ 热拉尔·热奈特：《热奈特论文集》，百花文艺出版社2001年版，第93页。

论农民工小说矛盾揭示的深刻性

周水涛　江胜清

农民工小说是一种描写农民城镇务工生活的小说类型，其创作主体由两大创作群体构成：以张伟明、周崇贤、王十月等打工作家为代表的南方"草根"创作群体，以罗伟章、刘庆邦、孙惠芬等为代表的内地"精英"创作群体。这一创作出现在特定的历史时段。这一创作面对的现实是：赶超型现代化所致的二元经济社会格局的长期存在导致一系列社会矛盾，工业化使中国农业成为"弱势产业"、使农民成为弱势群体，并由此产生许多社会问题，城市化进程的加快使原先存在的城乡矛盾等"主体社会矛盾"日益扩大加深。在现代化的演进中，乡村及农民工在与时俱进的过程中不断与外界摩擦，其内在矛盾不断激化。在二十多年的创作中，矛盾揭示一直是农民工小说的主导创作行为，这一创作揭示了特定历史阶段形形色色的社会矛盾。与"新写实"、"现实主义冲击波"等关注现实的小说创作相较，农民工小说的矛盾揭示有着自己的特点。笔者认为，农民工小说的矛盾揭示其最大特点是矛盾揭示的深刻性。其矛盾揭示的深刻性主要表现在以下几个方面。

一　展示细微之处的城乡冲突

城乡冲突是农民工小说矛盾揭示的核心内容。城乡冲突是一种多层面、多范畴的冲突，其冲突有多种表现形式。《逃出工厂的那个晚上》（刘亚波）、《徘徊在三岔路口》（鄢文江）、《不许抢劫》（许春樵）等作品展示的是农民工与企业主因为经济问题而发生的正面冲突，例如，在《不许抢劫》中，走投无路的贫苦山民"绑架"了恶意拖欠工资的建筑承包商。

在《下一站》（张伟明）中，当香港主管轻蔑地称吹雨为"马仔"时，怒不可遏的打工者把手指戳到主管鼻梁上义正词严地说："告诉你，本少爷不叫马仔，本少爷叫一九九七。"这类冲突可以归入政治冲突或文化冲突。在《明惠的圣诞》（邵丽）、《二的》（项小米）等作品中，意图"征服"城市的乡村少女最后在强大的城市文化面前彻底溃败，这类冲突属于文化冲突中的价值冲突……上面列举的冲突一般是"正面冲突"，且事件重大。农民工小说对于"重大冲突"的描写有着不可置疑的深刻性，但其对"小冲突"及以非冲突形式表现出来的冲突描写更能体现出其矛盾揭示的深刻性。在此我们仅以铁凝的创作说明问题。

《谁能让我害羞》描写的是"琐事摩擦"。天真的送水少年为了消除自己吃"油泼面"的窘态给高贵的城市女人留下的不良印象，在接下来的三次送水过程中不断修正自己的形象：穿着西服和皮鞋，脖子添了一条花格围巾，系上花领带，直至最后冒着挨打和被姑母驱逐的危险撬开表哥的箱子，别上一串穿着折刀、剪子、假手机、钥匙等小玩意儿的装饰物，甚至胆大妄为地戴上表哥的随身听。与此同时，他还先后向女人传递信息：我不是一般的农民，我有"呼机"，我每天送 60 桶水，能挣很多钱……但在城市女人看来，少年又脏又丑又穷，且打扮与举止一次比一次"怪异"，直至最后觉得他是"一堆闯进她家的游动着的乱七八糟的怪物"。贵妇人的蔑视使少年无比悲哀，他提出"喝点儿矿泉水"的要求，期待女人在最后一刻关注他的存在并发现他的变化，但他看到的仍然是厌恶与冷漠。当女人的手指指向洗碗池的水龙头时，少年绝望了，他掏出了作为装饰品的小刀。从表面上看，作品讲述的是一个进入青春期的乡村男孩力图进入自己艳羡的城市女人视野的故事，但实际上涉及的是身份认定问题：涉世不深的乡村少年期待自身价值得到城里人认可，但他在高贵的城市人眼中是一个可有可无的客观存在，亦即城里人拒绝承认乡下男孩的价值或身份——自来水与矿泉水在此是两种地位、两个阶层的象征，送矿泉水的少年之所以坚持"要喝点儿矿泉水"，就是向城里人表达一种社会平等诉求，期待贵妇人至少在形式层面认可自己的人格，而贵妇人之所以拒绝少年的请求，就在于她认为少年在以要喝矿泉水的方式向她的尊严与地位发动挑衅，"少年的要喝矿泉水，就是对她的侮辱"。很明显，这一作品通过生活细节揭示了一种较为特殊的价值冲突，提起一个严肃的话题，这正是农民工小说矛盾揭示深刻性的具体表现。《寂寞嫦娥》是展示以非冲突形式表现出来的冲突的代表作。在这一作品中，城乡冲突仅仅表现为一种情绪抵触：当嫦娥出现在乘凉人群的边缘时，文人的家属和后裔们马上结束家长里短的闲聊而开始高深莫测的谈吐：将进口腌熏猪肉说成"培根"，称自家的微波炉为"吐司炉"，麻太太云遮雾绕地讲述自己在电视台的化妆技巧，而在市交响乐团拉提琴的大橙大谈自己演奏"柴5"和"柴6"的不同感受……当人们从嫦娥的反应中觉察到她听懂了某一话题时，便心照不宣地令这谈话戛然而止。大院居民们如此这般不外乎两个目的：抬高言谈"门槛"以拒绝嫦娥进入"市民圈"，二是提升言谈"难度"以显示本阶层的文化优势。当嫦娥勇敢地舍弃"佟太太"身份，以自己的劳动与才能证明自己不比城里人差时，麻太太等人又感到郁闷与愤慨，一句"哼，奇他妈的怪"透漏出她们的无可奈何及她们对嫦娥的无尽敌意。《寂寞嫦娥》以小见大，在揭示情绪对立所掩盖的文化冲突之际，对城市文化排斥的非理性进行了尖锐的批判，并否定了其内在的逻辑支撑。

描写"琐事摩擦"及以非冲突形式表现出来的冲突，其深刻性在于：展示了特定时代城乡冲突的普遍性，揭示了社会排斥与文化排斥渗透城市社会每一细胞的社会现状。

二　揭示矛盾背后的种种悖论

人们对于"悖论"的一般理解是"命题的自相矛盾"，即如果承认这个命题成立，就可推出它的否定命题成立；反之，如果承认这个命题的否定命题成立，又可推出这个命题成立。农民工小说的矛盾揭示涉及许多悖论。这些矛盾隐含的"元"悖论是：某现象的出现或某事物的存在是历史的必然或历史的演进的需要，但某现象的出现或某事物的存在又是历史演进的阻碍或阻力；某现象的出现或某事物的存在是历史演进的阻碍或阻力，但历史的演进不断地促使某现象的出现或为某事物的存在创造条件。这种"元"悖论有多种表现形式。

农民工小说揭示的最大的悖论是历史与道德的冲突。

道德，是人们共同生活及其行为的准则和规范，广义的历史泛指一切事物的发展过程。历史与道德有着不同的价值取向：道德的价值取向是善良、正义、公正等，而历史的价值取向则是社会生产力的提高、社会物质生活的改善等。在人类的历史上，历史与道德常常是同步演进的，但有时二者呈"逆向发展"趋势——历史的演进以牺牲道德为代价，尤其是在社会急剧转型阶段。当今中国，正处于历史与道德的"二律悖反"阶段，农民工小说在揭示现实矛盾时展示了历史与道德的冲突。

作家们的创作表明，城市物质文明的进步与人文精神发展的滞后是历史与道德冲突的主要表现。城市企业主与农民工在经济、文化、政治等方面的冲突是农民工小说的主要描写内容，在绝大多数农民工小说中，工厂主、经理、老板都是矛盾的集合体。这些人物一般都头脑清醒、进取心强，他们或深谙现代管理之道，或在现代工业生产、现代商业经营方面有一技之长，他们掌握着社会生产的资本，是"先进生产力"的代表，是当代城市发展的主要驱动力，从他们的经营活动中能看出社会工业化、现代化的进程及大致走向。然而，他们又是一个人性扭曲、精神颓废的群体。从整体描写来看，无良聚敛财富和贪婪占有年轻异性为他们共有的行为，是这一群体道德沦丧的集中表现。在《逃出工厂的那个晚上》（刘亚波）中，在工厂主的策划下，大哥被十几条广东汉子打得死去活来，工友们被赶走，身份证被扣，工钱一分未领。《彷徨在三叉路口》（鄢文江）讲述了同样的故事：老板邵老猫压榨工人引发罢工，地方行政力量、公安力量与老板联手，最后瓦解罢工，扣发工人工资及身份证、暂住证后将工人驱逐。在许春樵《不许抢劫》中，工程经理王奎给情妇住别墅买小车，却恶意拖欠杨树根等贫穷山民的血汗钱，在罗伟章的《大嫂谣》等作品中，曾经承诺按时发放工资的老板突然转移设备，从人间蒸发。"试用"是许多企业主欺诈农民工的一般手段，在尤凤伟的《泥鳅》中，乡村青年国瑞先后在多家企业"试工"，试用期一到，业主就要求试用者走人。玩弄女性，更是老板、经理们的特长。在梦溺的《默默拥有自己》中，女大学生冰辗转求职，先后在多个企业应聘或工作，她发现老板、经理、厂长等握有权力与金钱的男性总是使用种种手段尽量多地占有女性。在鄢文江的《厂花之死》中，19 岁的"厂花"郁小萍莫名其妙"自杀"，女工阿珍在郁小萍之死中发现了疑点，但老板和厂长马上强行将阿珍送进了疯人院。雨桦的《小姐是城市的一只鸟》、邓刚的《桑拿》等作品展示了这样一种现实：老板对某一坚守自我的女性的追逐与占有，并非为性欲所驱使，而是出于一种征服欲，甚至仅仅由某种游戏心态所驱使。上述作品在揭示种种矛盾之际揭示了这样一种悖论：工厂主、经理、老板所掌握的财富及他们的劳动带来了经济的繁荣，推动了社会的发展，但他们的某些不良行为又促成

　　了人文精神的滑落，甚至他们自身就是社会堕落的代名词，是邪恶的化身，是社会发展的阻力。这就是历史悖论的重要表现之一。

　　农民工小说就是一种以揭示社会矛盾为创作重心的创作，其整体创作揭示了现代城市的双重性及这种双重性隐含的历史悖论。酒店、宾馆、歌舞厅、按摩院、洗脚房、桑拿馆、发廊等娱乐休闲场所的大量存在是当下城市繁荣的标志，是城市物质生活不断提升的明证。这些"休闲"场所的不断扩张意味着社会生产力的提高、社会剩余劳动的不断增多及社会财富的积累，但这些休闲场所的普遍存在与不断扩张也是城市堕落的标志。笔者粗略估计，至少有三分之一的农民工小说涉及酒店、歌舞厅、发廊等娱乐休闲场所的描写，其中绝大多数作品以来自乡村的年轻女性为描写对象，这些作品在揭示种种矛盾之际展示了城市的荒淫与堕落——展示灯红酒绿之后的糜烂，袒露莺歌燕舞掩盖的渊薮。梁晓声的《沉默权》通过不动声色的故事讲述展示了都市上层社会的腐败与堕落：郑晌午在歌厅打工的女儿郑娟遭到三个有地位有背景的男人轮奸，由于"钱权法的大联合"，郑晌午告状无门，最后夫妇二人惨烈自杀，用炸药和生命制造"声响"打破"沉默"；作者通过故事讲述告诉读者：城市就是"危险"与"丑恶"的代名词，权力与金钱联手之后为所欲为，城市的性侵犯时时刻刻制造着不幸。在邓刚的《桑拿》中，"半截子"陆老板不仅在商界呼风唤雨，而且与政界及公安系统关系密切，陆老板征服了坚韧纯洁的乡村姑娘小琴并最终把她包成二奶，陆老板的为所欲为具有某种隐喻性。席建蜀的《虫子回家》通过打工仔虫子对进城打工的女性亲人的担忧从侧面渲染了的都市的整体堕落。王兰兰的《大堂小宝》、李肇正的《姐妹》、巴桥的《阿瑶》、王金昌的《唢呐声声》等众多作品揭示了发生在按摩院、桑拿馆、发廊等场所的种种罪恶。在这些作品中，歌舞厅、按摩院、桑拿馆、发廊等词汇具有暧昧意味，因为正义与非正义、邪恶与善良、文明与野蛮、光明与黑暗、进步与倒退等二元对立的东西在这些场所奇妙地纠结在一起。这种纠结实际上是经济的发达、城市的繁荣与人性的蜕变、社会整体人文精神的滑落尖锐对立的缩影，亦即历史与道德冲突的缩影。

　　乡村物质生存条件的改善与乡村道德的下滑，农民在都市的发展与堕落也展示了历史与道德的冲突，在此我们对这一问题暂不展开讨论。

　　更多的作品在揭示矛盾之际展示了"一般"悖论。《黑蝴蝶满天飞》（周崇贤）、《烂尾楼》（王十月）、《深南大道》（戴斌）等作品揭示了这样一种现实：城市的发展需要农民加入城市建设的队伍，但城市同时又设置种种障碍阻止农民进城和拒绝农民工在城市逗留。《黑蝴蝶满天飞》中有这样一段不无调侃的话："深圳之所以能暴发户般飞速崛起，其中盲流的功劳不应当一笔抹过。然而深圳不欢迎盲流，负责地方治安的同志们，一天到晚四处搜索和捉拿盲流，他们差不多就把这样的工作，当成了实现人生价值的手段。抓住盲流之后，就往樟木头送，一卡车一卡车的，装得满满当当，充满了一种往屠宰场运送生猪的意味。"《经过》（钟道宇）讲述了一个荒谬的故事："我"用青春和汗水及忍辱负重换来首届"十佳优秀外来工"称号、城市户口和公司奖励的"二房一厅的房子"，经过十几天的奔波和在几十个窗口前的等待、献媚，在走完繁琐的程序按照城市的户籍规定办完迁移落户手续时，"我"看到了厂区黑板报上解雇"我"及收回房子的公告。"我"住进了精神病院。显然，作品在描写"我"与强势话语的对立之际，揭示了"城市行为"的悖论：城市欢迎"优秀外来工"落户，但又给外来工的落户制造种种麻烦，城市鼓励农民工成为优秀的农民工，但其实际行为又为农民工的优秀设置种种障碍。《抢劫》（白连春）、《不许抢劫》、《怀念一个没有去过的地方》（邓一光）、《管道》（王梓夫）、《城市流民》（王兴华）等作品在展示种种矛盾时告诉读者：城市的发展与农民工自身的生存要求农民工遵循既定的道德准则和遵守法规，但城市的发展又为农民工遵循既定的道德准则和遵守法规设置种种障碍，最终将部分农民工推向罪恶的深渊。《发廊》（吴玄）、《姐妹》、《大堂小宝》（王兰兰）、《上海一夜》（方格子）、《紫蔷薇影楼》（乔叶）、《飘零燕》（依燕）、《出门打工》（溪晗）、《柳乡长》（阎连科）等众多描写乡村女性的都市畸形生存的作品，在展示种种现实矛盾的同时揭示了多种悖论：时代的进步不允许卖淫等丑恶现象存在，但时代的发展所致的种种客观因素又迫使乡村女性出卖身体；乡村年轻女性以特殊的"生产方式"参与社会分配，具有某种历史的必然，是在政治、经济、文化等诸多方面处于弱势地位的乡村进行原始积累的特殊方式，这种选择是一种"客观选择"，但乡村在主观上又拒斥、鄙视这种选择，以致许多从事"特殊职业"的年轻女性被乡村拒斥或遗弃；乡村出卖女性身体是"历史的倒退"，但"历史的倒退"却换来了乡村的发展……

　　农民工小说对种种历史悖论的揭示，意味着作家们对"现代化"或"社会现代性"的怀疑，对某些被普遍认可的道德、法律及价值观、社会公平的怀疑，意味着作家们对当下社会逻辑的考量，这，正是农民工小说矛盾揭示深刻性的具体表现。

三 矛盾揭示始终与犀利的社会批判、文化批判相伴

矛盾揭示始终与犀利的社会批判、文化批判伴随，是农民工矛盾揭示的深刻性的又一表现。农民工小说的社会批判与文化批判承袭了以鲁迅小说为代表的五四文学的批判精神。

农民工小说社会批判的犀利主要表现之一是批判触及某些正统意识。在这一点上，有两个相互关联的问题值得我们注意：第一，批判的锋芒指向与主流意识关联的诸多范畴，如审视主流意识倡导的社会平等，质疑制度文化的绝对合理性、揭示某些政府行为的主观动机与客观效果的反差等；第二，不再完全拿商人、平民说事，某些作为国家权力化身的人物和作为时代正义与良心的象征的形象，有时作为弱势群体的对立面出现。

洪永争的《平房出租屋》讲述的是外来农民工与住宅区富人的"生活冲突"故事。在外打工的贵安夫妇住在低矮的平房出租屋中，出租屋对面豪宅的摄像头与六个强光射灯扰乱了贵安夫妇的生活，为了恢复那点可怜的安宁与和谐，贵安用车胎做成的弹弓射击监视器的摄像头。在贵安第一次打烂摄像头没多久，"外面就传来摩托车的声音，中间又听见对讲机的杂音"，贵安第二次打烂摄像头后，外面响起了急促的警笛声，紧接着听到了对讲机的声音及警察们忙乱的脚步声，还有陈所长对富人安抚，随后是警察对平房出租屋的全面搜查及贵安的被铐。作品的情节与人物设置具有反讽意味：平房出租屋内与豪宅内各住着一对中年夫妇，由于财富占有的差异，"国家"对这两对夫妇的态度完全不一样——监视、防范前者，监护、讨好后者，贵安侵犯他人财产固然应该追究，但警察的行为并非无可挑剔——《平房出租屋》明确地表达了作者对主流意识偏袒富有者的价值理念的质疑：富豪监视平民及扰乱他人生活是否合法？平民的"反监视"是否违法？显然，作家对主流意识立足于"效益原则"的价值意识持批评态度。刘继明的《小米》展示的是打工人与"政府"的冲突，该作品提出另一种质疑。"下乡镀金"的派出所所长周斌出于整肃社会风气而突查"红粉发廊"，监禁了在十几个发廊中最漂亮的按摩女小米，并对其进行了逼供。为了印证小米的"堕落"和证明自己判断的正确，周斌传讯了

多个接受过小米按摩而又图谋不轨的男人，但所有的男人都说除接受按摩之外他们与小米之间不存在其他关系，而周斌又找不出小米从事色情服务的证据，在得知深爱小米的未婚青年罗海决定控告他非法监禁公民和小米有可能是处女的消息后，出于避免政绩受损，他暗示助手指使他人"制造"证据——强奸了小米。这一作品在指责权威滥用权力及展示权威在个人利益面前溃败的同时，对当下的社会正义与主流形象的公信度提出了质疑。显然，这种质疑隐含着尖锐的社会批判。在揭示城镇执法人员与农民工对立的作品中，执法人员形象耐人寻味：在戴斌的《深南大道》中，派出所的"那个人"像吃快餐一样"消费"了梦想进入深南大道的乡下姑娘小菊；在北村的长篇《愤怒》中，马木生的妹妹被清理城郊简易屋的城管人员送进收容所，而收容所居然把这些姑娘卖入了风尘，马木生最后找到妹妹的下落，但妹妹刚刚获救即被汽车撞死，于是马木生与来城的父亲开始了漫漫上访之路，但以钱家明为首的干警出于阻止他们上访的目的而将年老体弱的父亲打死，继而谎称其失踪；在《北妹》（盛可以）、《烂尾楼》（王十月）、《厂牌》（王十月）、《台风之夜》（于怀岸）、《桑拿》（尤凤伟）、《长河边的小兄弟》（宋唯唯）等作品中，执法人员的许多作为都与其身份不符。① 毫无疑问，这种有所顾忌的形象塑造隐含着深刻的批判，其深刻性在于：考量作为社会正义与良心的"天平"，并通过这种考量谴责社会整体人文精神的下滑。

与矛盾揭示相伴的文化批判无所顾忌，因而更加尖锐。在此我们仅讨论两种文化批判。

审视城市文化的内在逻辑是一种深沉的文化批判。所谓文化逻辑是指文化的内在逻辑体系以及以逻辑体系为基础所建立起来的思维方式与认识方式。从整体创作来看，农民工小说对城市文化的内在逻辑的审视主要表现为：站在乡村立场上审视城市文化的价值意识及价值判断方式，权衡其文化判断的科学性合理性，审视城市文化权利与文化权威的内在价值支撑。刘万能的《今宵梦醒何处》渲染了沿海发达城市市民对乡下人的轻视："城里的小伙子都是瞧不起打工妹的，把打工妹叫苕妹，哪怕你长得再漂亮，也认为你红苕屎没有拉干净"；打工妹面带笑容欣赏城里的风景，

---

① 张筱园的论文《试析近期底层苦难小说中的警察形象》（见《湖北广播电视大学学报》2007 年 3 月第 3 期）对这一问题的讨论比较全面深入。

一个"杂皮青年"突然蹿到她面前轻薄地说道："苕妹，捡到金子啦？"在李肇正的《女佣》中，病入膏肓的老太太躺在床上任意支使乡下少妇杜秀兰，而且不断提醒她："你是女佣人！""乡下女人……""别在我跟前笑，也不看看自己的身份！"在《寂寞嫦娥》中，尽管嫦娥已经成为佟先生的妻子，尽管嫦娥勤劳能干、为人正直，但佟先生在嫦娥面前颐指气使地摆主人与文化人的架子，其子女们毫无道理地轻视嫦娥，认为嫦娥占尽了城里人的便宜，佟先生的邻居街坊本能地结成统一战线孤立嫦娥。很明显，作家们在戏弄都市人的文化优越感的同时，对都市人凭借"世袭"的文化地位而自傲的文化心态进行了无情的嘲讽，这种嘲讽中隐含着对"城贵乡贱"的系列价值意识的否定。在《谁能让我害羞》中，少年要求喝矿泉水的请求与女人拒绝请求隐喻的是城市拒斥乡村、城乡对立与贫富阶层对立，而最后因喝水引发的"暴力对峙"则是城乡冲突的象征。作品通过否定上等城里人的文化自信及谴责他们对乡下人的文化排斥，否定了上层社会的价值判断与文化理性，如揭示上等城里人的文化自信与文化排斥所致的文化偏激与理性缺失。作品通过整体描写向读者暗示：真正应该"害羞"的不是乡下人，而是夜郎自大、自以为是的上等人，因为这些人价值扭曲、逻辑判断混乱，他们畸形的思维使他们走进了现代愚昧的误区。在展示种种矛盾之际挑剔城市文化的内在逻辑，是农民工小说文化批判的犀利的集中表现之一。

审视乡村文化与乡村人格是农民工小说文化批判的又一核心内容。尽管农民工小说沿袭了《我的农民父亲和母亲》（冯积岐）等"文化守成乡村小说"① 的"乡村善，城市恶"二元对立的思维模式，但农民工小说对"乡村善"采取了一分为二的态度，既以乡村"善"的一面反衬城市之"恶"，又指出乡村文化的弊端。农民工小说对乡村文化的弊端的揭示主要集中在两个点上：一是审视农民文化人格在新环境中的变异。主要展示农民文化人格在异域文化环境中、在现代经济大潮中的变异。例如，《打工者心路历程——南方战争》（任朋友）讲述了这样一个故事，来自大巴山脚下的一对好友在城里展开了血腥的竞争。先是古时军勾结城市治安力量将卢河送进看守所，接着是卢河的女友林菲巧妙设局，将古时军送进监

---

① 拙著《论新时期乡村小说的文化意蕴》（华中师范大学出版社 2004 年版）第三章《90 年代乡村小说的文化守成倾向》对这一问题进行了讨论。

狱。作品对特殊生存环境中的农民文化人格的演进进行了思考，小农意识及生成于农业社会背景中的文化心理与现代城市文化的消极因素结合之后，农民文化人格可能发生变异。同样，《摇摇滚滚青春路》（吕啸天）、《屠户》（李进祥）、《变脸》（胡学文）等作品从不同角度揭示了农民文化人格在城市文化背景中的变异。二是展示农民的"现代愚昧"。对于部分农民工而言，"现代愚昧"主要表现为对现代城市文化的隔膜，传统的农耕文化理性无法与现代工业理性接轨，综合素质的相对低下等。王梓夫的《管道》、程军波的《宝儿闯京都》等作品在展示多种矛盾纠结时揭示了农民工的"现代愚昧"。乡村青年管道对城市的基本生存法则一无所知，进入城市后只能任人宰割，管道甚至没有能力完成一次犯罪，尽管他想报复城市；《宝儿闯京都》中宝儿的都市生存法则展现了乡村之恶：贫穷的宝儿虽然饱受堂哥的欺侮，但宝儿与堂哥在品格、素质等方面没有本质差别——如果宝儿像堂哥那样在城里站稳脚跟、发了小财，他会像堂哥那样飞扬跋扈、不可一世，因为二人有着同样的"劣根性"，同样以拙劣的生存手段在城里谋生，他们承袭的是乡村社会中消极乃至邪恶的东西，因此，他们与现代都市文化格格不入，他们只能生存在城市的最边缘。农民工是弱者，农民工群体是弱势群体，乡村文化是弱势文化，将弱势群体、弱势文化置于文化批判的显微镜下，在揭示社会矛盾之际，不忽略弱者的缺陷，这正是农民工小说文化批判深刻性的具体表现。

展示细微之处的城乡冲突，矛盾揭示始终与犀利的社会批判、文化批判相伴，揭示矛盾背后的种种悖论，是农民工小说矛盾揭示深刻性的主要表现，也是农民工小说现实主义风格的体现。除南方"打工小说"创作的短暂迷失外，在二十多年的创作中，农民工小说一直坚持遵循现实的客观逻辑来再现和表现生活。在当代文坛现代主义、后现代主义、后殖民主义等"创作方法"追新逐后、纷繁多变之际，在"身体写作"、"个人化写作"盛行之际，在人们抱怨"现实主义传统失落"和呼唤现实主义"回归"之际，农民工小说直面现实，其深刻的揭示矛盾使农民工小说创作成为当代文坛上一道靓丽的风景。

新时期文学魔幻写作的两大本土化策略

曾利君

20 世纪 80 年代以来，在中国文学日益开放的空间中，"魔幻现实主义"大行其道，许多作家走入"魔幻"的实验场，形成中国文学"魔幻写作"的繁盛景观。甚至到了新世纪初期，魔幻写作仍然不绝如缕，贾平凹的《秦腔》，莫言的《生死疲劳》，范稳的《水乳大地》、《悲悯大地》，李玉文的《河父海母》等问世于新千年初期的长篇小说都被评论界指认出"魔幻"的特征或者《百年孤独》的印记。从 20 世纪 80 年代到新千年之初，在"魔幻"的旗帜下集结起众多的作家，贾平凹、莫言、扎西达娃、韩少功、阎连科、范稳等人堪称代表。中国新时期文学的魔幻写作如何走出"影响的焦虑"，凸显我们不同于拉美魔幻现实主义的异质性特征？莫言、贾平凹、扎西达娃、阎连科等人的魔幻写作有何突出特点与价值意义？这些问题，在魔幻现实主义"高热"已经消退但仍然"低烧"不断的今天，依然是值得深思的话题。

一般说来，外来文化进入一个异质文化环境中，由于文化过滤等因素的影响，不会再维持原来的模样。魔幻现实主义进入中国后，必然会发生变异，生成新质。中国作家受拉美魔幻现实主义的影响而创作的小说，无论有多少酷肖或仿效的成分，终归不同于拉美小说。这种不同主要体现在其本土化的表达方式与特色上，以贾平凹、莫言、扎西达娃、阎连科等人为代表的中国作家总是按照中国的思维方式、审美情趣和本民族的生活状况、文化积淀等来呈现魔幻，他们主要采用魔幻意象的使用、本土文化观念的演绎两大本土化的策略，凸显了中国文学魔幻写作的独特性与"魔幻"表象之下的"中国经验"，实现了对拉美现实主义的超越和创造性转化，也打破了现实主义的创作瓶颈，使传统现实主义生发出新的活力。

一   魔幻意象的使用

在现实或历史背景下讲述荒诞奇异、华丽奇谲的故事，向拉美魔幻现实主义看齐、"致敬"，这是近三十年来中国新时期文学魔幻写作留给读者的特有印象。实际上，中国新时期文学在从外部吸收营养的同时，也在自觉不自觉地亲近、回归自身的民族文化传统。具体到贾平凹、莫言、扎西达娃等作家的魔幻写作，就曾在借鉴魔幻现实主义的过程中强化与民族文化及传统文学精神的联系。这使他们的魔幻写作显现出不同于拉美魔幻的本土化特色和异质性特征，其一大表现就是采用中国古代文学的"意象"表达方式，用中国文人自古以来善用的"意象"表达法来营造魔幻。

意象是中国古典文学的重要审美范畴，最早的源头可追溯到《周易》，《周易·系辞上》中说，"书不尽言，言不尽意"，所以"圣人立象以尽意"，也就是通过物象来表情达意。现代人对意象也有解释，认为"意象是融入了主观情感的客观物象，或是借助客观物象表现出来的主观情意"。① 中国文人一向长于意象的表达与使用，日月江河、花草风云等意象频繁出现在古代诗词小说等文学作品中，成为文学表达的重要手段。进入现代文学时期以后，意象使用的作用日益为现代诗人和小说家们所认识与重视。

在新时期的"魔幻现实主义热"中，对马尔克斯的简单模仿与过度追捧曾经遭致尖锐的批评。来自批评界的压力与潜藏于内心的"影响的焦虑"促使作家找寻创新之路和属于自己的文学个性，超越马尔克斯的魔幻，作家莫言就曾提出要"远离马尔克斯和福克纳这两座灼热的高炉"②。对中国作家影响巨大、被誉为中国作家的"超级奶爸"的魔幻现实主义作家马尔克斯也真诚地告诫中国作家："千万不要模仿我！只有超越我，才不会走进'死胡同'。"③ 如何既学习拉美魔幻现实主义又能以不同于拉美的方式来表达魔幻？这是当时那些倾心于拉美文学而又试图有所创新的中

①　袁行霈：《中国诗歌艺术研究》，北京大学出版社 1987 年版，第 63 页。
②　参见莫言《两座灼热的高炉——加西亚·马尔克斯和福克纳》，《世界文学》1986 年第 3 期。
③　转引自赵德明《摆脱孤独·导言》，百花文艺出版社 2001 年版，第 8 页。

国作家一致思考追问的问题。在追问与思索中，他们发现了"意象"，正如贾平凹所说："不管你受到老庄的，还是马尔克斯的，还是魔幻现实主义的影响，最终都要化为自己的东西，构筑自己的意象。"① 作家们清醒地意识到，模仿不是目的，发展、突破才是硬道理，于是他们尝试运用"意象"来强化小说的魔幻表达，并形成自己的创作个性与特色。

在受魔幻现实主义影响的作家中，相对而言，贾平凹、莫言、扎西达娃比较偏爱使用常见的事物作为意象来制造魔幻。这些意象有动植物意象，如花、树、高粱、马、牛、鹿、狼、猫等，有的则是昆虫如蝴蝶、蝗虫，也有日月星辰等，它们或常见于传统的文学作品中，或来自于作者所熟悉的生活世界。在新时期作家笔下，意象不仅负载着一定的思想意义，而且总是被赋予一些神秘超感的成分，它们不单是自然物，也是给作品带来新颖、奇幻之感的重要因素。

在植物意象中，"花"意象的运用比较常见。在中国古代文学作品如诗歌中，运用花意象的例子简直数不胜数。在古人的潜意识深处，花卉不仅是内蕴生命力和灵魂的生灵，甚至在本性上是与人尤其是女性同格的，于是文学作品中花卉总是与美丽的女性相联系，这一文学经验与传统也延续到后世作家如当代新时期作家的创作中。在贾平凹、莫言等人的小说中有不少地方写到诡异的花，这些花和小说中的女性人物有着某种神秘的联系。如《废都》开篇所写的"四朵奇花"，它们诡异无比，无种子而凭空长成，花开四朵却各不类同，人们不知其品名与类属，这花兀然而开又骤然而死，这四朵奇花与小说中四个女人的命运暗相仿佛。韩少功《马桥词典》中，因为本义的老婆铁香长得太漂亮，以致马桥的花朵比如那一支支金光灿烂的黄花都要因她而腐烂，化成"一泡黑水"；莫言的《夜渔》中河中漂浮的荷花牵引出那个面若银盆的女人，花和人都是倏然而来，突然而去，让人感到神秘莫测。在上述作品中，"花"的意象在某种程度上都是作为女性的对应物而出现的，喻指不同背景、不同年龄、不同个性、不同命运的女性，她们像花朵一样有灵性，有美感，有不可捉摸的神秘和无法避免的衰谢命运，她们的灵魂本质与花朵表征的含义息息相通。

在新时期作家的魔幻写作中，其他植物意象的使用也不乏例证，尤其

---

① 孙见喜：《贾平凹前传》第三卷，花城出版社2001年版，第251页。

是莫言的小说。有论者早就发现莫言的特色在于"意象"①，还说《透明的红萝卜》的构思"不是从一种思想，一个问题开始，而是从一个意象开始"②。莫言是来自农村的作家，他的小说与乡土自然有着极亲密的关系，他善于将一些乡村常见的自然物如红高粱、红萝卜、红树林等纳入小说中，营构作品的意象。莫言在着笔于这些乡村自然物时，展开大胆奇崛的想象，赋予它们超自然的灵性与神奇，使其成为极富魔幻色彩的意象。如《红高粱》中的红高粱感应着爷爷奶奶的爱憎，也感应着人世的悲欢，它们不仅有声音、动作、表情，而且有思想感情；《透明的红萝卜》中的红萝卜也非同寻常，它晶莹透明，发出幽蓝的光，它有金色的根须与光芒，氤氲着神秘之美；《生蹼的祖先们》中的红树林是一个活人不敢随便闯入的神秘禁地，它有世外桃源般的美丽，又像是一个陆上"百慕大"……莫言利用这些意象传达出了幽微复杂的感觉经验，给小说增添了魔幻色彩。

除了植物意象，还有为数不少的动物意象，在为小说释义的同时，也承担着"魔幻"的功能。如莫言的小说《白狗秋千架》与《狗道》中的狗，《三匹马》、《马驹穿过沼泽》与《玫瑰玫瑰香气扑鼻》中的马，《生死疲劳》中的驴、牛、猪、狗、猴等，其中最令人难忘的是《马驹穿过沼泽》中马的意象。这篇小说中的马浑身红色，会说人话，有着人的思想感情，它后来化作一个千娇百媚的姑娘和小男孩结婚，之后生儿育女，这匹马驹就是"食草家族"的女祖先。小说中那一叠声的"Ma！Ma！"既是对马驹的呼喊，又是对"母亲"（妈妈）的呼唤。虽然《周易》以马为乾，为天，为阳，莫言在这里却依据现代汉语的读音赋予"马"以阴性的含义，"马"这一意象在小说中便有了"女祖先"的寓意。这篇小说的魔幻感在很大程度上就来自于那个类同于人的红色马驹的意象及其深刻的寓意。

贾平凹用来达成魔幻的动物意象则主要是"牛"和"狼"。《废都》中那头在反刍中进行着哲学思考的"奶牛"，是构成这篇小说的神幻世界的一个有机组成部分。这头由农村来到城市"见过世面"的奶牛主要"思

---

① 李陀：《现代小说中的意象——序莫言小说集〈透明的红萝卜〉》，《文学自由谈》1986 年第 1 期。

② 徐怀中、莫言、金辉、李本深、施放：《有追求才有特色——关于〈透明的红萝卜〉的对话》，《中国作家》1985 年第 2 期。

考"了三个方面的问题，一是人的数典忘祖，人变得越来越卑劣丑陋，本来是牛变的，却说自己的祖先是猴子；二是对城市文明的思考，人创造了城市文明，也制造出种种弊端，城市人满为患，人变得自私、无情、冷漠，人的体质越来越弱；三是预测人类的未来，认为现代文明严重地破坏了人类赖以生存的大自然，人类可能走向毁灭。这里，"奶牛"的意象不仅是作者借以传达自己对现代文明的思考的工具，也成为小说中制造"魔幻"的重要元素。在贾平凹的小说中还可以经常见到狼。在《商州初录·金洞》中，"狼"的意象以人的对立面而出现，小说写人整治着狼，狼也整治着人，人想剥尽狼的每一张皮子，狼想吃完人和人的牛羊猪兔；在《怀念狼》中，"狼"则成为小说的中心意象，它不仅连接着众多的人和事，参与到小说的基本情节建构中来，而且以其诡异之气激发着读者的想象力和阅读兴趣，如狼不时变幻成女人、小孩、青年、老头，甚至变成猪来迷惑人。不过，在这篇小说中，作者的本意与目的不在于为魔幻而魔幻，而在于通过狼的意象和述怪志异来传达他对人类的生存本质问题的隐忧和思考，那就是：没有了狼，人就没有对手，人失去了对手又会怎样呢？

　　而出现在扎西达娃小说中的动物意象则有猫、狗、鹰等，他们也是参与魔幻建构的重要元素。比如，《野猫走过漫漫岁月》中的野猫时而以人的形态出现，时而以猫的形态出现，当他感觉做人难的时候，就变成猫；《流放的少爷》中飞过洛达镇上空的巨大的鹰，是拉康寺本领高强的大喇嘛所变；《桅杆顶上的坠落者》中的桑隆寺野狗则是那些前世亵渎宗教或者犯下罪行的桑隆寺僧人投胎转世所变。扎西达娃小说中的这些动物意象的独特之处在于：它们大多和西藏人宗教信仰中的修行变身、轮回转世等观念密切关联。扎西达娃通过这些动物意象既对宗教观念进行了形象的呈现与阐释，同时也传达出西藏这片弥漫着浓厚神佛文化气息的土地所特有的神秘。

　　值得注意的带"魔幻"色彩的动物意象还有陈忠实《白鹿原》中的鹿。《白鹿原》之所以被一些学界人士看成是一部带有"魔幻"色彩的作品，主要因为小说中有鬼魂作祟的情节，同时还因为出现了一个充满神奇色彩的动物意象，即白鹿，它"从南山飘逸而出，在开阔的原野上恣意嬉戏。所过之处，万木繁荣，禾苗苗壮，五谷丰登，六畜兴旺，疫疠廓清，毒虫灭绝，万家康乐"，这只仙气十足的白鹿，是乡民心目中的信仰或吉祥的象征。白鹿与白嘉轩的女儿白灵还有着某种神秘的联系：白嘉轩发现坡地长有白鹿形状的奇特植物，就用好地换来坡地，因此家业兴旺，妻子生下可爱的女儿白灵；后来，参加革命的白灵被活埋冤死时，白灵的父亲白嘉轩、奶奶白赵氏、姑母朱白氏都梦见了一只眼含泪水的白鹿，那"白鹿飘着飘着忽而栽进一道地缝里"。这里白鹿又是白灵的化身，它兆示着白灵就是纯洁、吉祥的白鹿的精灵。

这些动植物意象都带有通灵性特征，也融入了作家的现代意识，作者写它们往往是为了写人，或表达现代人的真实体验，或传达某种深刻的思想认识。在莫言等当代作家的魔幻写作中，作家常常将意象描写与历史重塑、现实反映以及未来的思考扣合在一起：莫言的"红高粱"、"马"、"红树林"参与了抗战历史和祖先历史的建构，而"透明的红萝卜"映现的是特定年代中国乡村物质生活与精神生活的双重贫困；扎西达娃笔下的猫、狗、鹰极大地调动了人们对笼罩在浓烈宗教氛围下的西藏生活现实的想象；贾平凹、韩少功笔下的"花"则是"女性物语"，"牛"与"狼"是借以对人类文明进程、生存现状及其未来命运进行思考的符号与工具。这些意象和拉美作家笔下的魔幻事件一样，充当了虚构与真实之间的桥梁，打破了传统现实主义的表现规范，带给读者异乎寻常的艺术冲击力。

不可否认，魔幻现实主义打开了中国作家的思路，激发了他们从事魔幻写作的热情，但我们的最终目的，并不是复制拉美魔幻现实主义，在中国建立一个"拉丁美洲的文学花园"，而是打造中国本土化的魔幻文学，进而实现对拉美魔幻现实主义的改写与拓展。意象的运用无疑是实现这一目标的有效策略之一，从以上作品可以看出，意象在中国作家的魔幻小说中的使用是突出、频繁的，是构成中国式"魔幻"文学的一种关键性元素，它们的运用也是中国新时期魔幻文学"本土化"的重要方式与表征。

二 本土文化观念的演绎

文学是否具有原创性，与作家是否受到外来文学的影响并无直接关系。在学习借鉴拉美魔幻现实主义的过程中，如果中国作家立足于自身的生活体验和文化积淀来进行创作，并对艺术克隆和文学趋同化现象保持必要的警惕，其创作是不会丧失自我个性和民族特色的。对此，贾平凹、莫言等作家都有深刻的认识，贾平凹说："云层上面都是阳光，至于如何穿破云层，各民族有各民族自己的云梯。"① 也就是说，要达到文学的最高境界，世界各民族有各自不同的方式与路径，必须要立足于本土与民族的土壤，依凭"自己的云梯"。莫言也有类似的看法，他反对"克隆别人的作品"，主张用"强大的'本我'""去覆盖学习的对象"②。在文学创作上，他们被拉美魔幻现实主义的灵光所照亮，但并没被同化、消解个性。贾平凹等新时期作家的魔幻写作依然有着鲜明的中国印记与原创特征，其显著体现是：小说中的魔幻场景与魔幻事象的描写常常与本土化的宗教观念与民间文化信仰等相联系，其中最典型的是轮回转世观念、鬼魂观念与风水信仰，这些文化观念与信仰已渗入民间的社会生活和深层意识，有力地影响着中国人的文化心理。对这些本土文化观念信仰的文学演绎，有利于探讨民族的文化心理、思维特征和集体无意识，也在客观上构成中国新时期文学魔幻写作的本土化策略与表征。

韩少功曾在《文学的"根"》中指出，拉美的魔幻现实主义，可能"与拉美光怪陆离的神话、寓言、传说、占卜迷信等文化现象"有关联，在民族文化传统上，它是"有脉可承"的。中国新时期文学的魔幻写作和拉美魔幻现实主义一样，也有自己的文化传承，本民族文化积淀中一些根深蒂固的观念意识常常进入新时期作家的魔幻写作中，如对死亡问题的观念意识，在作家的魔幻文本中就常有呈现。

人的一生，都要经历从生到死的过程，人死以后又怎样呢？对生命存在的终极追问和幻境追求便导致了种种观念信仰的产生，轮回观念便是其中的一种。苏珊·朗格指出："对死亡有各种不同的态度，最普通的是否定死亡的终极性，想象在死亡'之外'还有一种继续的存在——通过复活、轮回或超生，也就是通常所说的从现世超度到没有死亡的世界：阴曹、涅槃、天国和地府。"③ 面对死亡问题，中国人普遍相信的是佛教的轮回观念。

在佛教教义中，最深入人心的观念之一，就是生死轮回，这一观念千百年来深刻地影响着中国人。佛教认为，众生要在三界六道的生死世界流

---

① 孙见喜：《贾平凹前传》第二卷，花城出版社 2001 年版，第 200 页。

② 莫言：《影响的焦虑》，《当代作家评论》2009 年第 1 期。

③ 苏珊·朗格：《情感与形式》，刘大基、傅志强等译，中国社会科学出版社 1986 年版，第 386 页。

转循环不已，在轮回过程中，人可能转世投胎为人，也可能投变为畜生与动植物，畜生也可以投变为人。扎西达娃、贾平凹、莫言等作家的魔幻写作都不约而同地涉笔佛教的生命轮回观念及其种种神秘现象。比如扎西达娃短篇小说《世纪之邀》中的大学历史讲师加央班丹的前世是流放贵族桑堆·加央班丹少爷；长篇小说《桅杆顶上的坠落者》中桑隆寺旁那些野狗的前世大都是桑隆寺僧人，他们因亵渎宗教或犯下恶行而转世投胎为野狗；贾平凹中篇小说《烟》中的边防军人石祥前世是个山大王，来世是囚犯，石祥在无意中沟通了前世与来世；《佛关》中表叔家的丑陋猪崽是"鬼转世"；孕璜寺的惠心主持则是一株老树变的，表叔是一头山羊变的，轮胎修补站的小老板是野鼠变的，还有许多人是狼虫虎豹马牛狗变的；长篇小说《怀念狼》写狼变成人、人变成狼；莫言的长篇小说《生死疲劳》对轮回转世观念更是有集中演绎。小说写农民和土地的关系，却借助佛教的六道轮回之说来进行构思，以被镇压的地主西门闹在阎王殿喊冤作为小说的开篇，之后写阎王爷法外开恩放西门闹生还，西门闹开始转世为驴、牛、猪、狗、猴以及大头儿蓝千岁的历程。韩少功的长篇小说《马桥词典》"走鬼亲"一条中，本义的老婆铁香死后，转世为金福酒店的黑丹子，黑丹子认出了自己前世的儿子和嫂嫂……

作家言之凿凿地讲述这些轮回转世的故事当然不是为了作宗教观念的阐释和宣传，而是为其创作主题服务的：借助佛教的思维义理，作家以现代意识去观照现实与人事，审视人类面临的永恒难题和生命的本质。当然，这些描写也在客观上反映了中国人的生死观念和文化意识，并通过一种文化意义上的展示，彰显了中国特色与"中国气派"。这些轮回转世的故事如果用理性的眼光去考量，其怪诞与魔幻绝不逊色于拉美的作品，但其观念意识基础与《百年孤独》中墨尔基阿德斯多次死而复生式的拉美魔幻显然是不同的。

除了轮回观念，中国作家还通过民间鬼神信仰及观念的演绎来实践本土化魔幻表达的策略。

鬼神信仰在世界上是很常见的，无论是拉美国家，还是中国，都不稀奇，文学作品中也常有反映。拉美的文学作品尤其是魔幻现实主义作品如《百年孤独》、《佩德罗·巴拉莫》中就有大量出色的鬼魂描写。中国从古到今的文学作品也时常可以见到鬼魂出没其间。但由于所依托的文化背景不同，中国作家对鬼魂的观念认识和具体写法与拉美魔幻现实主义不尽相同。

马尔克斯、鲁尔福等拉美魔幻现实主义作家笔下的鬼魂描写是按照拉美印第安人对人与鬼、生与死的传统观念来安排的。在美洲地区，一些印第安部族坚信"二元世界"，即世界分为两半，一半是活人世界，一半是死人世界，两个世界彼此可以往来和通信，这在马尔克斯《百年孤独》中多有反映，如阿基拉尔在死人国感到寂寞了，就跑到活人的世界来；阿玛兰塔在等待死亡来临时，准备替乡亲邻里往死人国捎信；墨尔基阿德斯和阿基拉尔的鬼魂也会像活人一样慢慢衰老并死去，等等。关于生死问题，印第安部族的阿兹台克族认为，人死后有亡魂，会定期回到家中与家人团聚，甚至生活，受这一观念影响，墨西哥人至今仍然相信，生活在死亡中延续着，时至今日，在每年的 11 月 2 日，墨西哥人都要过隆重热闹的鬼节，迎接生者与死者的团聚。这些观念和思想是墨西哥魔幻现实主义作家鲁尔福写作《佩德罗·巴拉莫》、创造科马拉村鬼魂世界的一个重要基础。

而贾平凹、莫言等中国作家在写鬼魂时，是以中国人的鬼神信仰、观念认识为基础的，其种种描写常常和中国自古以来对鬼魂的观念认识与神秘想象联系在一起，如离魂现象、通说、再生人现象，等等，带有鲜明的本土化特征。

中国古人认为，人有三魂七魄依附在人的形体上，当人生病或即将死亡时，就会出现"魂身分离"、"魂报"之类的离魂现象；人死后则为鬼，鬼有时也会现形于生者面前，或借生者之身体来说话，如"灵现"、"通说"现象就是如此。类似故事，在中国古代文学作品如《搜神后记》、《幽冥录》、《子不语》、《聊斋志异》等书中多有记载，民间传说中也多有所闻。进入 20 世纪以后，科学观念的知识普及并没有完全清除人们头脑中的鬼魂观念和民间的鬼神信仰，在中国许多偏僻的乡村，人们仍然相信有鬼魂之事。这些在当代作家贾平凹、莫言等人的作品中多有体现，如贾平凹《太白山记》对乡村鬼怪之事的记录和鬼文化的繁复演绎；《高老庄》中背梁的"魂报"，南驴伯的"魂身分离"，得得的鬼魂附着在香香身上的"通说"等鬼魂奇事；《秦腔》中生前有矛盾的村长与贫协主任死后变成鬼还在坟头吵架；莫言中篇小说《我们的七叔》中七叔鬼魂的多次显现；阎连科《天宫图》里路六命的魂魄在阴阳两界的穿梭；陆天明《泥日》中参谋长冤死之后的"显灵"；李玉文《河父海母》中雷死后作为鬼魂的现身……这些有关鬼魂的叙述描写和文学想象与拉美作品气韵不同，其中既有乡野传奇的意味，也透露出了神秘的东方意趣。

在中国作家笔下的鬼魂异事中，最为神奇魔幻的，是关于人鬼合一的"再生人"现象的文学描写。所谓再生人，是说死去的某人，在异时、异地又重新出现，且能记得死前的一些人与事。再生人现象早在蒲松龄的《聊斋志异》中就有记述，如"牛成章"① 一则讲的就是再生人的故事：江西布商牛成章死后再生，又出现在南京，成为南京一个典当铺的老板，并与先前的儿子相认。喜读《聊斋志异》的贾平凹想必读到过这个故事，他的小说多次写到神秘的"再生人"，如《白夜》中戚老太太的丈夫死去十多年后成为"再生人"又来找她，因不被妻儿接纳而自焚；《高老庄》中地板厂王厂长的老婆死去两年多了，西夏却在省城车站遇见了她，菊娃惊呼王厂长的老婆成了"再生人"。这种神秘现象是中国鬼文化中最为奇特的。

除了这些带有本土色彩的鬼事怪事之外，中国作家的鬼魂描写还有不同于拉美魔幻的另一个特征，那就是善恶观念渗透到鬼魂观念中，使得鬼魂本性、人鬼关系的文学描写带上善恶伦理判断，明显有别于拉美：如果说拉美魔幻现实主义作品不以善恶论鬼，表现的是"人鬼情未了"，那么中国的魔幻文学作品常将善恶赋予鬼魂，更多表现的是人鬼冲突与斗法。在拉美魔幻现实主义作品中，鬼魂从不作恶，他们一般对活人不构成什么危害和威胁，即使是被布恩迪亚杀死的普罗登肖·阿基拉尔以及被私生子杀死的佩德罗·巴拉莫，变成鬼魂后他们都不曾对仇人进行过什么伤害和报复，相反，阿基拉尔死后还无比怀念仇人，终于忍不住跑去找寻他，和他像老朋友那样闲话聊天，也正因如此，活人对鬼魂从没有恐惧、害怕之感。而在古今中国作家有关鬼魂的魔幻描写中，鬼有善恶之分，古代的《搜神记》就曾记录作恶"妄祸于人"的鬼，被统领众鬼的二位神仙"缚以苇索，执以饲虎"②，加以惩治的故事。也有冤屈而死的人变成的冤鬼、厉鬼，是会报复曾经加害于他（她）的活人的，如新中国成立初期孟超的剧作《李慧娘》就讲李慧娘变成厉鬼，向奸臣贾似道复仇；陈忠实在90年代推出的长篇小说《白鹿原》也穿插了田小娥鬼魂复仇作祟的故事。也

① 蒲松龄：《聊斋志异》（铸雪斋抄本，全二册），上海古籍出版社1979年版，第396—397页。

② 干宝：《搜神记》，汪绍楹校注，中华书局1979年版，第247—248页。

正因有对活人不利的恶鬼、厉鬼等，中国人才对鬼怪生出畏惧之心甚至厌憎之情。由此可见，由于有本土的文化观念作支撑，中国当代作家的鬼魅灵异叙述更显独特。

上述讨论表明，拉美魔幻现实主义一方面确实吸引了大批中国作家，造成了大规模的学习借鉴热潮，另一方面也促成了中国作家对本民族文化资源和文学传统潜在优势的发现与自觉。所以，莫言、贾平凹等新时期中国作家的鬼魂描写固然有拉美魔幻现实主义的启发，但更多利用的是本土的文化资源，其文学经验也多来自于自己的传统。这些鬼魂描写反映着中国人的鬼神观念与信仰，也在新的时代接续起了古代神秘文化的传统，体现了中国魔幻文学对传统文学趣味的回归呼应和基于拉美文学启发基础之上的再创造性。

也许有人会问：既然五四时期对"科学"的倡导与崇信使怪力乱神在文学中难有一席之地，文学中的鬼怪叙述和神秘想象的翅膀为驱妖赶鬼的时代语境所折断，甚至新中国成立初期依然容不得文学作品中有"鬼"，中国当代作家为什么还要延续这一度被中断的传统、搬弄鬼神之事？实际上这一方面源自新时期开放的时代语境的鼓舞和拉美魔幻现实主义的启发，另一方面也是中国传统文化（如中国鬼文化）和乡村生活对作家潜移默化影响的产物。中国作家从加西亚·马尔克斯等魔幻现实主义作家那里学会了如何观察神界与现实、处理传说与历史、化解虚幻与真实的方法，中国当代文学由此从现实世界转向灵异世界。加之贾平凹、莫言、阎连科等作家都生长在鬼文化特别发达的乡村，并深受其浸润，在乡村生活中他们也曾亲身体验过鬼怪之类无法用理性解释的事，所以会自觉不自觉地涉笔鬼怪之事。

民间文化信仰或观念中，对中国人影响较大的还有"风水"之说。对风水的叙写也是中国新时期文学的魔幻写作采用本土化叙写因子的一例，这在一定程度上造成了文本的"魔幻"效果。

"风水"是个复杂的概念，它主要指人的居处和生活环境，包括过世祖先的墓穴及其环境，所以风水又分为阴宅风水和阳宅风水。风水学在中国又称相地术或堪舆学，这是一门涉及阴阳、五行学说、天人感应观的复杂神秘的学问，其核心思想是天人合一，人与自然的和谐。中国的风水学源远流长，博大繁杂，从远古时期到现在，风水学在中国都大有市场。

中国传统的风水观历来视风水为左右命运的一大枢纽，认为风水的好坏关涉着人的吉凶、家道的兴衰和子孙的祸福。这些观念意识深深影响着中国人，也被一些当代作家纳入其魔幻写作中，最典型的要数贾平凹，贾平凹的小说有不少有关风水的笔墨，写得极为神奇魔幻，比如《浮躁》中民间对阴阳风水的讲究；《佛关》中的铁匠铺左邻人家风水不好，此家就"人不兴旺"，兄弟二人同时患上了胃癌；《美穴地》中的风水先生柳子言有高超的堪舆本领，姚掌柜家因请他踏得吉穴而一度家道兴旺，但后来苟百都散了吉穴的脉气，"坏了姚家世世代代作威作福的风水"，姚掌柜家则家道日衰，并且灾祸不断，最终家破人亡。

由于认为风水有左右人的命运祸福的作用，中国民间是很看重风水的，莫言的《檀香刑》中一个乡村戏班班主之所以用唱戏的方式与德国人对抗，不是因为他有高度的反侵略反殖民意识，而是因为德国人在山东修铁路要从他祖先的坟茔中穿过，会破坏风水。阎连科的自传性长篇散文新作《我与父辈》（2009）中的"父亲"之所以因自留地交公而难过，不是因为他觉悟不高，不理解党的土地政策，而是因为那地风水好，是理想的坟地，他说："咱们那块地土肥朝阳，风水也好，其实是块上好的坟地，人死后能埋在那儿就好啦。"正因为"那地风水好"，"父亲"才更加不舍。

轮回转世观念也好，鬼魂、风水也好，也许用无神论和科学观来评判，会被视为"迷信"，但却真实存在于中国人的头脑中，并成为当代作家进行提升、整合的创作资源。从当代作家的小说文本可以看出，新时期中国文学的"魔幻"大多是建立在中国本土文化观念意识与民间信仰的基础上的。惟其如此，中国作家的魔幻写作最终摆脱对拉美魔幻现实主义的简单模仿和"原创性缺失"的焦虑，而自成格局：有关轮回转世、鬼怪、风水的文学叙述不仅使新时期中国文学的"魔幻"带有"中国造"的显著标记，而且推动新时期中国文学的"魔幻"写作冲破传统现实主义"真实观"的藩篱，最大限度实现了文学想象的自由。

三　结语

中外文学艺术在本质上是相通的，但具体的思维方式与表现方式却不尽相同，东方人有东方人的思维习惯及艺术把握方式，中国作家只是在创作理念和技巧手法上学习马尔克斯，学习魔幻现实主义，在具体创作中则多利用中国文人自古以来善用的"意象"手法以及中国传统文化和民间文化中的许多神秘成分如佛道、鬼神、风水迷信等来表现中国式的魔幻。从其对外来文学资源的取法来看，中国新时期文学的魔幻写作是先锋的，但先锋不是与本土文学精神的对抗，而是在对外学习借鉴的同时实现与民族传统艺术精神的接轨。所以，虽然其外形与拉美魔幻相似，但其内核和实质却是"中国的"。

莫言、贾平凹、扎西达娃、阎连科等中国新时期作家的魔幻写作是拉美魔幻现实主义在中国新时期文学中的越界延展，彰显了作为一种独特文学现象的存在价值。从理论上讲，中国作家接受拉美魔幻现实主义必然有借鉴仿效，也有"本土化"后的变形和创新，但在具体的文本中，影响与被影响者已形成你中有我，我中有你的交融状态，若要泾渭分明、边界清晰地理清哪些是属于拉美魔幻现实主义本原的东西，哪些是接受启发点拨之后的创造性转化、本土性的表达，确实是一件非常复杂而又困难的事。在本文中，笔者只是尝试着作了一些区分与清理，这些区分虽然不一定无懈可击，但对于人们认识中国式魔幻现实主义小说和拉美魔幻现实主义小说的差异，把握中国魔幻现实主义小说的本土性特征，感受中国文学的活力与独特性也许有一定帮助。毫无疑问，中国新时期文学的魔幻写作充分彰显了自己的文化底蕴和文化独立性，它以本土化方式为世界文学提供了独特的个案，而在如何对外来文化进行创造性转化，以有效的方式张扬本土文化方面，也为中国文学提供了有益的经验。

以马尔克斯为代表的魔幻现实主义与中国当代文学的关系至今仍处于"剪不断，理还乱"的状态，魔幻写作的不绝如缕不免让我们陷入魔幻带来的审美疲劳中，也多少对中国文学魔幻写作的前景感到担忧。但我们有足够的理由相信：中国文学有自己的生存之道与发展理路，它虽取法拉美文学，但绝不会吊死在拉美"魔幻现实主义"这棵树上！

混沌中的困惑

——百年现代散文研究之弊及发展走向管见

陈　啸

中国是散文的大国，在中国的文学史上，散文是文学的正宗且扮演着文类之母的角色。从古至今，先后经历了"先秦散文"、"唐宋八大家"、"晚明小品"等阶段，创作之丰，可谓煌煌大也。如果说"五四"以前，"散文"之名尚未能取"古文"之称谓而代之的话，那么在这以后，散文相对独立，"散文"之名也被普遍认同，其创作也随着白话文的推行相应进入现代汉语散文的阶段，特别是到了20世纪的二三十年代，散文小品异常发达，其成就几乎在"小说、诗歌、戏剧之上"①，到了20世纪90年代以至当下，散文尤其是随笔也是异彩纷呈。然而令人遗憾的是，与之相对的散文研究却不尽如人意，一直停留在泛、散、庸、滥、旧等的层面上。本文就针对百年现代散文研究之状况和发展走向试着做些本原性的探讨。

一

概观百年现代散文研究，"泛"是突出特征，也是共同特征。浅尝辄止，大而化之，难以深入。如果分期考察，又形态各异。

一曰"散"。五四至20世纪30年代前期，伴随着现代散文的出现和发展，散文研究开始萌发。但客观地说，此一时期的散文研究基本抓住了散文的本体性特征，影响也较深远。代表性的如刘半农提出的"文学的散

---

① 鲁迅：《小品文的危机》，《现代》第3卷第6期。

文"，周作人提出的"美文"，王统照提出的"纯散文"，胡梦华提出的"絮语散文"，郁达夫所谓的"心"、"性"、"个性"等理论，特别是20世纪30年代以沈从文、何其芳、李广田、萧乾、朱光潜等为代表的京派散文作家对创作纯艺术散文的崇尚、自觉、独立、严谨以及他们那零珠碎玉般的对散文主观性、诗性、语言、节制的情感、"真我"、文化感、自由的文体探险等理论的提出和创作实践，更是光彩灼灼。另外，梁实秋的"文调的美"，林语堂的"性灵"、"闲适"、"幽默"，等等，都是堪以刮目的。他们多受益于中西散文理论的滋养以及五四思想革命和"人的文学"的鼓励和感染，开现代散文研究一代之风。

遗憾的是，他们的很多理论主张诚然有着很强的生长性和巨大的理论阐释空间，但似乎都缺乏耐心，没有深入下去，往往浅尝辄止，甚至片言只语，散不成体且大多属于随想式和印象式的理论批评，也常常表现为散文家谈散文家的散文或者自己的写作体会，少有联系当时的创作实际。后人也鲜有能够对他们那些具有敏锐性、生长性的理论观点进行细致的归纳整理和分析研究，这是几代人的缺憾。

二曰"庸"。主要表现在20世纪30年代中期以后直至四五十年代。在此一时期，由于抗战和解放战争等各种现实的原因，散文研究转向了社会性和政治性为主的批评理论和标准。散文创作崇尚政治教化和载道功能，审美缺席，艺术性被忽视，杂文、报告文学、通讯特写成为主流和独尊。应该说，强调散文对政治性、时代性、社会性的反映，本来无可厚非，文学是生活的反映，生活的现实理应投影到文学的表现上。但过分的强调政治性、社会性的标准，甚至是唯一的、普适的、永久的标准，难免走向政治庸俗化，也会制约散文的良性发展以至偏离散文的本体性。事实的确也是这样，此一时期的散文又变成了宽泛无边、无所不包"四不像"的东西。

五六十年代之交，对散文研究的这种状况曾有过一阵反思的波浪和小小的"拨乱反正"，试图回归散文本体。但观点驳杂，难得统一，成效不大，且依然没能挣脱政治标准唯一的藩篱。比如在散文的范畴论上，吴调公等人论述了散文的概念及分类，区分了散文的广义和狭义，并把散文分为记叙散文、议论散文和抒情散文。① 而同时期的老舍等著名作家们却仍

---

① 吴调公：《什么是散文》，《语言文学》1960年第2期。

然把报告文学、评论、小说、话剧统统归入散文门类。① 在散文的本质论上，王尔龄提出"散文贵散"；② 师陀提出"散文忌散"；③ 肖云儒提出"形散神不散"；④ 杨朔提出散文的"诗化"⑤，等等。此外，还有散文的"海阔天空"论、"匕首""投枪"论、"轻骑兵"论等依然主导散文理论的走向。概而言之，有些观点也一定程度上抓住了散文的一些本质性的特点，但可惜的是，由于所处特定的时代，命题都与当时的政治合流，偏于微观，片面强调某某"体式"，时间久了一并成为散文创作的固定模式，压抑了作家的创作个性，窒息了散文的发展。

"文化大革命"10 年，是散文研究和散文理论的荒芜期。

三曰"旧"。20 世纪的七八十年代之交，散文研究复苏。此一时期，散文研究界陆续出现了一批探索散文文体特征和创作规律的文章。它的直接引燃点应该是 1980 年前后巴金发表的《说真话》、《再论说真话》、《写真话》等文章的出现⑥。巴金的"说真话"，赢得了散文家和散文研究者的广泛认同并直接刺激了散文研究者的热情，出现了新中国成立以来颇丰的研究成果，比较重要的论文和著作有：张明吉的《谈杨朔散文的不足之处》(《光明日报》1982 年 8 月 19 日)、创淮的《成就与局限》(《光明日报》1982 年 9 月 10 日)、罗大刚的《散文与散步》(《文艺研究》1985 年 1 月号)、林非的《散文创作的昨日和明日》(《文学评论》1987 年第 3 期)、郭风的《关于"形散神不散"》(《解放日报》1988 年 2 月 25 日)、喻大翔的《历史与现实：形散神不散》(《河北学刊》1990 年第 1 期)、林非的《现代六十家散文札记》和《中国现代散文史稿》、俞元桂主编的《中国现代散文理论》，等等。从过往的散文创作实践中思考散文文体特征和创作规律；再认识过去的"形散神不散"、"诗化散文"等观点；并对"五四"以来的散文创作和理论进行全面系统的梳和归纳，一定程度上恢复了散文本来的特色。但不足之处也是明显的：理论深度不够，大而化

---

① 老舍：《散文重要》，《人民日报》1961 年 1 月 18 日。

② 王尔龄：《散文的"散"》，《光明日报》1961 年 6 月 10 日。

③ 师陀：《散文忌"散"》，《人民日报》1961 年 2 月 7 日。

④ 肖云儒：《形散神不散》，《人民日报》1961 年 5 月 12 日。

⑤ 参见《杨朔散文选〈东风第一枝〉小跋》，人民文学出版社 1979 年版，第 220 页。

⑥ 巴金：《随想录》，三联书店 1987 年版。

之，没有超出"五四"和 30 年代对散文的认识水平。尤其是观念陈旧，政治意味浓，停滞于传统散文的印象理念上。散文研究几乎千孔一面，缺乏个性和前瞻性。一些传统散文的概念比如：诗意、意境、形散神不散、题材、选材、构思、节奏美、色彩美、哲理美、灵感、情绪、圆融、空灵、含蓄、"淡化情节"、"贵转折"、起承转合、语言生动形象朴素优美，等等，被一用再用且表面化、模式化、庸俗化，仿佛这些概念"放之四海而皆准"，文章论述雷同，创新和现代感不强，对散文的本体性认识模糊，带有那一时代的印记。

四曰"滥"。90 年代以来的散文研究其深广度都优于以前，重要的研究成果有：佘树森的《中国当代散文研究》（北京大学出版社 1993 年版）、席扬的《知识分子的心路历程》（山西高校联合出版社 1994 年版）、王尧的《乡关何处：20 世纪中国散文的文化精神》（东方出版社 1996 年版）、楼肇明主编的《繁华遮蔽下的贫困——王充闾散文研究》（山西教育出版社 1999 年版）、林非的《林非论散文》（江西高校出版社 2000 年版）、范培松的《中国散文批评史》（江苏教育出版社 2000 年版）、贾平凹主编的《散文研究》（河北大学出版社 2001 年版）、吴周文的《20 世纪散文观念与名家论》（远方出版社 2001 年版）、喻大翔的《用生命拥抱文化》（人民文学出版社 2002 年版）、陈剑晖的《中国现当代散文的诗学建构》（江西高校出版社 2004 年版）、李虹的《女性自我的复归与成长》（《文学评论》1990 年第 6 期）、刘锡庆的《当代散文：发展轨迹、分"体"考察和作家特色》（《文学评论》1992 年第 6 期）、刘烨园的《新艺术散文札记》（《鸭绿江》1993 年第 7 期）、吴俊的《关于 90 年代的学者散文》（《当代作家评论》1998 年第 2 期）、王兆胜的《新时期中国散文的发展及其命运》（《山东文学》2000 年第 1 期）、刘俐俐的《论建立当代意识的散文批评视野》（《甘肃社会科学》2002 年第 3 期）、《超越与局限——论 80 年代以来的中国女性散文》（《文学评论》2002 年第 6 期）、沈义贞的《中国当代散文艺术演变史》（浙江大学出版社 2002 年版）、佘树森、陈旭光的《中国当代散文报告文学发展史》（北京大学出版社 1996 年版），等等。总的来说，90 年代以来的散文研究偏重宏观和史的研究，深入思考了散文的本体特征，也曾试图建立散文自身的理论体系，典型的比如林非的《关于当前散文研究的理论建设问题》（《河北学刊》1990 年第 4 期）一文，以真情实感和文化本体思考了散文的范畴、本体、创作、鉴赏和批评等一系列问题，刘锡庆的《当代散文：更新观念、净化文体》（《散文百家》1993 年第 11 期）对"纯散文"的大力提倡和文体规范。特别是新世纪以来，陈剑晖的《中国现当代散文的诗学建构》一书，试图以"诗性"为核心建构一套散文的理论话语。这套话语包括属于散文本体的"精神诗性"、"人格智慧"、"生命向度"、"文化本体性"；属于文体风格层面的"文调"、"氛围"、"心体互补"、"智情合体"；属于创作构成层面的"意象组构"、"复调叙述"、"多维结构"、"性灵话语"。作者认为散文的本体主要由创作主体和文化客体构成。散文创作是否有广度和深度，是否有真情实感以及幽默有情趣，与作家的人格主体有着十分密切的关系，而人格主体又包含着精神性、生命情调、智慧格调等因素。至于文化本体性，因为散文研究既要关注创作主体的个性化、独创性和生命体验的深度，也要从更广阔的历史文化视野中进行探测。只有把两者结合作为考察点，散文研究才不至于拘泥于"文章作法"、"谋篇布局"之类的细枝末节，从而达到一个较有理论深度和开阔的研究境界。应该说，陈剑晖的《中国现当代散文的诗学建构》一书体系宏大细密，在很多方面都是有一定突破性和超越性的。

以上所述都是值得肯定的。但也应该看到，由于此前散文理论建设没有取得实质性的进展所造成的理论依然空缺的现实，加之研究者已经意识到并也力图突破散文研究传统规范的愿望，以致在缺乏现有理论可资借鉴和高涨热情的盲目推动下，90 年代以来的很多散文研究者无意中把小说、诗歌的现有理论简单地套用在散文文本的阐释上，以及机械演绎西方的文化哲学观念，甚至忽视以至偏离对散文文本进行归纳的原创性的浮滥研究，也时有存在，屡见不鲜。东家借，西家挪，恰似和尚穿的百衲衣，花花绿绿，让人感觉不出它做的是散文研究，没有把散文研究与小说、诗歌等的研究真正区别开，甚至包括陈剑晖这样的对散文理论作出很大突破的前卫散文研究者，同样有着这样的不足。这样做不是说毫无价值，但最起码没有抓住散文的本质特征，不利于甚至阻碍了散文自身理论的建设和深化。

通过对百年散文研究的大致爬梳，可以得出这样的结论：百年现代散文研究相较于诗歌、小说研究不可同日而语。概而言之，重作品批评且多为鉴赏性的批评，理论建树少且零敲碎打、有待完善和深化。散文研究在原地上打转，积重难返，停滞不前，实际存在着的"泛"、"散"、"庸"、

"旧"、"滥"等的弊端也没有引起学人广泛的重视，很多人甚至避而绕行，索性不研究散文，散文研究的阵容是很小的。

二

　　散文研究诸多弊端的出现，其显在和直接原因是散文理论长期缺失造成的。无论中外，散文都没有系统、规范、成熟的理论形态，没有获得独立的品格。小说理论有"人物"、"故事情节"与"环境"等核心概念话语，并由这些核心概念话语再衍生出"典型人物"、"典型环境"，等等；诗歌理论的核心概念话语则有"意象"、"意境"、"节奏"、"韵律"，等等。而散文几乎失语，它没有一些被人普遍认可的、成熟的、真正属于自己的语言。一个严重缺乏理论独立性的文类，使得散文批评和理论建设者没有一个相较规范的理论起点和支点，难免不出现沿袭古传、东挪西借或草创期的捉襟见肘，以致出现诸如"泛"、"散"、"庸"、"旧"、"滥"等不足和弊端，散文理论和散文批评者也一直受人轻视。

　　然细而思之，导致这种现象的深层原因还是对散文的认识不足造成的，并由这种认识的不足进而产生了一系列误读性的连锁反应。散文天生是一个母体，同时有着自然的分娩能力。台湾学者郑明娳认为："在文学的发展史上，散文是一种极为特殊的文类，居于'文类之母'的地位，原始的诗歌、戏剧、小说无不是以散行文字叙写下来的，后来各种文类个别的结构和形式要求逐渐生长成熟且逐渐定型，便脱离散文的范畴，而独立成一种文类，现代散文亦复如此。所以，我们可以说，现代散文经常处身于一种残留的文类。也就是说，把小说、诗、戏剧等各种已具完备要件的文类剔除之后，剩下来的文学作品的总称，便是散文。而在这其中，散文本身仍然不停地扮演母亲的角色，在她的羽翼下，许多文类又逐渐成长，如游记文学、报道文学、传记文学等别具特色的散文体裁若一旦发展成熟，就又会逐渐从散文的统辖下跳脱出来，自成一个文类。……"① 散文扮演的母亲角色不会消失并且仍将继续下去。一个包容广阔的母性文类难免会是混沌驳杂的，它的确给散文研究者带来了实际困难。因为面对一个内涵和外延如此丰富的母体文类，研究者很难进行全面完整的理论抽象和

---

　　①　郑明娳：《现代散文类型论》，台北大学出版社 1987 年版，第 22 页。

叙述建设。"凭你怎么说，总难免顾此失彼，不实不尽。"① 以往的散文研究者很多都也曾努力给散文下过一个精确的定义，无论试图从题材类别、技术层面、"载道"、"言志"以及主体情思等方面对散文进行规范，然而往往都是宽泛无边、简单草率、概念模糊、以偏概全、自相矛盾，等等，其实都没有说清楚，也很难说清楚，因为它实在太复杂。这样一个混沌的、多层次、多涵义的母性文类的客观事实直接导致以下两个互有交涉的结果。

其一，散文研究的客观难度让散文研究者缺乏自信，望而却步，甚至很多人不愿意涉足散文领域，理论建构更是凤毛麟角。加之，诗歌、小说等批评与理论的外在威迫，更使散文研究者妄自菲薄，自轻自贱，延缓了散文研究的进展以及对散文创作的规约和引导。

其二，由于散文本身的包容性和混沌性，使其自身一直处于文学和非文学的边缘，以致很多人都不把散文作为艺术文体，这一认识无论中外都屡见不鲜。如朱自清就认为散文"不能算作纯艺术品，与诗，小说，戏剧，有高下之别"。② 西方的罗杰、本森、黑格尔等人也都认为散文是低于诗歌等文体的。散文文体个性的模糊化直接影响了人们的创作态度，认为散文是大而化之的，大可随便地写作，"短笛无腔信口吹"。散文就是一切的文章，忽视散文的艺术性，把它作为文体的实验，练笔的工具，甚至老舍先生都说"不把散文底子打好，什么也写不成"。"把散文写好，我们便有了写评论、报告、信札、小说、话剧等等顺手的工具了。写好散文，作诗也不会吃亏。"③ 散文创作态度的随便易于产生散文创作的不纯，于是，一些大众化形式的文章，庸俗丑陋的文字等都被认为是"散文"，这无疑更进一步给散文研究者泼了冷水，影响了对散文研究的决心和深化，有人甚至在散文研究的阵地上临阵脱逃，改弦更张。

一言以蔽之，倘不嫌以偏概全的话，散文研究的诸上弊端，皆源于散文是个混沌的母体之文。

---

① 朱自清：《什么是散文》，俞元桂主编：《中国现代散文理论》，广西人民出版社 1984 年版，第 120 页。

② 朱自清：《论现代中国的小品文》，佘树森编：《现代作家谈散文》，百花文艺出版社 1986 年版，第 47—48 页。

③ 老舍：《散文重要》，载《笔谈散文》，百花文艺出版社 1980 年版，第 3 页。

三

怎样重新认识散文？怎样研究散文？怎样实现当下散文研究状况的突破？一直以来困扰着散文研究者。从前文所述也可看出，有些学者也已经在散文的研究中取得了拓荒期可喜的成果，但也存在着这样那样草创期难免的弊端和缺陷。对之，笔者认为：

第一，要强化两条腿走路的认识，优化和激活散文创作的环境。所谓两条腿走路，就是坚持艺术散文、纯散文①和"大散文"并重的观念。"大"、"小"散文之间的辩证关系看起来简单，却常常被人们忽略，甚至各执一端，互不相容。

考察散文的发展史可以看出，散文在形成自明性、分蘖性、文学性和相较窄化的过程中，一直存在着狭义、广义散文的事实，他们是相伴而生、永远如此的。

在古代，散文指散体文字，是一切文章或文学的母体。两汉以前，散文的表现形态依次为远古部族的祭祀、争战等简约记事，春秋战国的"哲理散文"，汉代的历史散文，散文逐渐形成。所谓狭义散文的部分精美小品此时也开始出现。到了魏晋，文学散文得以成立，此后，唐代韩、柳的"古文运动"，提出"文以载道"，散文融合论理、叙事、抒情等艺术功能，走向成熟。同时也出现了汉魏六朝的《桃花源记》、《五柳先生传》、《与子俨等疏》和唐代柳宗元的山水游记等相较狭义的优美的小品佳构。唐、宋以后，文体扩张，《文心雕龙》讲到三十五种文体，《文选》讲到三十八种文体，明代的《文章辨体》仅"散文"部分就分为四十九类，稍后的《文体明辨》扩展到一百三十多种。种类虽繁，却也日渐明晰，并且与此同时，散的窄化也在进行，小说、戏剧、骈文开始分裂出去，明清性灵小品也取得较大突破。

近、现代以来，随着"个人的发现"，西方的散文一度辉煌，主要表现在由法国蒙田（1533—1592）创始，经培根（1561—1626）、艾迪生

---

① 这里之所以把艺术散文和纯散文分开来说，主要是沿用旧称。通常所谓的艺术散文往往只注重散文的抒情性，对散文的内在审美艺术性重视不够，当然也属于狭义散文的范畴。

（1672—1719）、斯梯尔（1672—1729）、斯威夫特（1667—1745）等很多作家耕耘，到兰姆（1775—1834）、赫兹列特（1778—1830）的"随笔"在英国以至整个欧美，盛极一时。这对中国影响很大。早在五四之初，刘半农"取法于西文，分一切作物为文字 Language 与文学 Literature 二类"，借此区分"文字的散文"与"文学的散文"，把一切应用文章排除在文学散文之外，只让与诗歌戏曲相对而言的"小说杂文、历史传记"列入文学散文的范畴。① 稍后，周作人、朱自清、王统照等又把小说排除在外，即文学的四分法。随着散文品种的增多、自立，散文又逐渐形成了三分法即：杂文、报告文学、小品散文。有的让杂文、报告文学独立出去。但这狭义散文之中仍然可以再分出狭义与广义两种，如抒情小品与散文诗、游记、杂记、日记、书札、随想录、回忆录、序跋、速写，等等。

以上不厌其烦的述说散文的古今演变旨在说明如此问题：

首先，艺术散文源远流长，并逐渐成熟以至纯化。它散见于先秦战国，定型于唐代，成熟于明清，繁盛于现代。现代散文继承明清小品脉线，吸收外国随笔之乳汁，强调抒情审美、个人情韵和性灵，到了 30 年代的何其芳、李广田、沈从文、废名等京派散文那里，散文至美至纯，成为纯散文。对于这种有着渊源历史、集中了更多散文本体性特征于一身的艺术散文、纯散文，应给予足够的重视和必要的倡导。艺术散文、纯散文等集中体现散文的本体性特征，更符合散文自身的审美规范，对于时下那些忽视散文的艺术性，庸俗丑陋的文字有着极大的纠偏补正、文体影响和文体导向的作用，促进它们增强审美功能，从心所欲，不逾矩，良化创作和散文研究的生态环境。散文创作的纯净，概念的清晰，有利于散文研究形成内在的逻辑体系，有利于学术研究向纵深发展。

其次，坚持"大"、"小"散文之辩，使之并行不悖。散文一直存在广狭两义，广义散文笼统强调以"表现"为主要特征，以写人、叙事、言理以达表现主观感受的目的，是与诗歌、小说、戏剧并列的文学体裁。狭义散文即艺术散文、纯散文，偏于表现情韵、情感、情绪、情思，纯散文是艺术散文发展的极致，它们是相互依存的。还是徐迟说得好："广义的散文好比是狭义的散文的塔身、塔基，狭义的散文好比是广义的散文的塔顶、塔尖。塔尖、塔顶不能无塔身、塔基。有时，塔尖已塌，塔基还在。

---

① 　刘半农：《我之文学改良观》，《新青年》1917 年第 3 卷第 3 期。

然有了塔基、塔身，就会有塔顶，塔尖。……"① 如果将散文创作局限于艺术散文、纯散文创作，无疑就排斥了实际存在的多种多样的散文，比如杂感、报告、速写、序跋、谈艺录、读书记，等等，这不利于散文的繁荣和发展。创作就是自由，特别是散文创作，限制越少越好。广义散文可以充分发挥其文体创生作用，有着强大和牢固的生命力，能给狭义散文提供广袤而深厚的思想土壤，启发狭义散文增强一些实用价值、理性思考以及增加一些人类共性的情感波澜，也是散文研究的血脉之源。

刘锡庆先生在20世纪90年代初曾经极力提倡过"纯散文",② 意义不容低估，但后来颇遭人诟病，其主要原因就是他过于把纯艺术散文定于一尊，忽视广义散文的实际意义。

贾平凹主编《美文》杂志在世纪之交却极力推崇"大散文",③ 追求散文的大境界、大气象、大格局、大气魄，放大了视野，拓宽了路子，活跃了散文的发展和繁荣，但也一定程度上助长了庸俗粗陋"散文"的泛滥。

只有两相坚持，并行不悖，才能既有利于散文研究向纵深发展，又有利于保持散文研究具有旺盛的生命底蕴和生长性。

第二，研究散文要抓住散文的本体性特征。散文是一种相当自由的文体，它否定一切成规以及严密的文类理论的规约，散文的本性就是拒绝用一些具体的条条框框来限定其活动的自由，研究散文似乎无章可循。但话又说回来，无论多么自由，总还是有被人们认定为散文的内在规定性。作为散文研究者要想抓住散文的本体性特征，就要善于在散文变幻的生长历史与理论规约的冲突中，思考、发现研究的域限空间；更要有善于从大量的古今中外优秀的散文阅读感受中概括归纳出散文特质的原创性研究的自觉；同时也要善于从与小说、诗歌、戏剧等成熟文体的区别中发现散文理论的生长点，并借助一些形而上的中西哲学对之向深广处挖掘，进而生成为一种简明、普泛、可操作性的散文理论进行散文批评。比如就散文的语言来说，散文一般短小精悍，难以像小说和戏剧那样以情节和复杂的矛盾

---

① 徐迟：《说散文》，王凤伯、孙露茜编：《徐迟研究专集》，浙江文艺出版社1985年版，第202页。

② 基本观点参见《当代散文：更新观念、净化文体》，《散文百家》1993年第11期。

③ 观点参见《散文研究》，河北大学出版社2001年版。

冲突取胜，它势必要求散文作家必须把主要精力放在语言的锤炼上，散文拒绝败笔和冗笔。而小说、戏剧中的叙述语言，是视角人物的语言。视角人物的经历、接受的教育、经济状况、社会地位，等等，限制了他的语言能力和表达方式，其讲话也用日常语，语言过美反显矫揉造作，华而不实。故小说、戏剧对语言的要求并不高，简洁、准确、到位就行了。再者，散文是一种以本色真诚取胜的艺术，艺术性居次，语言就显得尤为重要。诗歌对语言的要求也没有散文那样高，诗歌重意境、意象、音乐节奏等，如只是语言平平，尚不失为一首好诗，而散文的语言如果不好，决算不上一篇好散文。鉴于此，辞章之美可以看作是散文的本体性特征，从散文语言的朴素美、内在节奏性、真我抒情性等特征入手可以做深入研究、挖掘以至理论建构。

就散文的情思来说，"情思"是指散文的情感和思考因素，散文无情思，难称其为散文。散文重作者主体情感的灌注，重敏锐的思想和见解，这就决定了"情思"成为散文中不可或缺的本体性因素。当然，散文重情感，小说、诗歌等文学文体也重情感，这就可以考察散文之情感与小说、诗歌等情感的不同内涵和相异的审美规定性。另外，散文中的情感与思想是怎样结合的，这些都可以向深广处生发和挖掘，同时也的确有着广阔的可阐释空间。

就散文的"真我"来说，散文是一种自我心灵的艺术，散文之所以不同于小说戏剧，就在于散文中的"我"是作者的真身出现。小说中的"我"并不一定是作者本人，常常是作品中的人物，是第一人称的叙述方式。散文中的"我"，也是第一人称的行文方式，但这个"我"常常是作者本人。散文的第一要义是真实，"真我"就是散文的本体。就散文的"真我"考察下去，可挖掘的空间实在很大，如，由"真我"直接限制和衍生出的作家精神、心灵主体性、散文文体的主观性、散文的"真实"等一级本体性特征及二级甚至多层级本体性特征如本色、真诚、真挚等，它们各自不同的内涵以及各自不同的审美规范，等等，都有广阔的考察开掘空间。①

第三，要重视对散文理论的化炼与提升。过去的散文研究往往多集中

---

① 对于散文的语言、真我、情思等本体性特征简单几句话说不清楚，笔者将另文专述，这里只是举例。

于作品评论，且难以深入，轻理论探讨，应改变这种惯性思维，养成散文理论建构的自觉。同时要尽量摆脱以往那种浅尝辄止、零敲碎打、外部移植、理论预设等的习惯，向深广处挖掘，注重散文理论的原创性研究。研究散文理论，除了我们在上文中所提及的重阅读感觉，在与其他文体的区别中寻找散文理论的生长点等方法外，还应重视从文本中生发、升华理论；善于借鉴其他文体的一些现有成熟理论，将之运用于散文研究；善于吸收利用其他学科的一些方法比如心理学、叙述学等来考察散文文本，提升散文理论，等等。

散文是个大概念，它包容广阔，研究散文不宜先给散文下个什么精确的定义，这样有时反而会遮蔽对散文的本体性的认识，甚至容易导致理论先行，盲目演绎。聪明的做法倒不如先从形而下做起，一点一滴，体悟它的本体性特征，做深做透，以至集腋成裘，慢慢组成散文理论的大厦。

另外研究散文还要充分估量散文创作的得失。所有的研究归根结底都是促进创作的繁荣与发展。估量散文既要重视微观考察，也不偏废宏观把握，整体提高散文的创作水平与趋于良好的发展方向。

散文研究积贫积弱局面的改变不是一朝一夕的，积习也难以一时根除。同时散文又是一个具有极强生命力、创新性、发展性、前卫性的文体，与时俱进，时时更新，研究的困难大，研究的空间亦大。作为散文研究者只有不妄自菲薄，坚定信心，祛除旧念，更新思维，散文研究的前景定会改观。

作家作品研究审视

当代小说的传统延伸

董之林

当代文化研究（Cultural Studies）最初被确立为学科的时候，曾经在文化的双重定义中无所适从：要么认为"文化是审美的完善"，要么认为"文化是全部生活"。两者中谁来代表文化研究的方向？对此，英国文化研究、伯明翰学派的重要成员迪克·海伯第支说：

> 正是通过这种争议与批评的传统，"有机社会"（"Origanic Socie-ty"）（即作为一个一体化的、有意义的整体而存在的社会）的梦想才得以大致保持下来。这一梦想有两重基本向度：一重指向过去的等级秩序社会中的封建理想，在这一向度中，文化被赋予一种近乎神圣的功能并以其"和谐完美"来反衬当代社会的"荒原"。
>
> 文化的另一重向度不及前者权威，它指向了未来，指向了消除劳动与享乐的社会主义乌托邦。尽管未必完全契合……在这里，"文化"一词指的是：
>
> "表达特定意义与价值的特别的生活方式，它不仅存在于艺术与学识中，还存在于制度与日常行为中。就此而言，对于文化的分析便是对于特别的生活方式也即特别的文化中隐含在内与张显于外的意义与价值的阐明。"（威廉斯，1958）①

如果把 20 世纪五六十年代伯明翰学派崛起，看作英国知识分子对传

---

① ［英］迪克·海伯第支：《从文化到霸权》，何鲤译，《是明灯还是幻想》，云南人民出版社 2003 年版，第 22 页。

统社会的一种现代整合，并由此展开向传统与现实的两端突进；那么中国在"二战"时期和"二战"之后，当战争以极端形式，使"一个一体化的、有意义的整体而存在"的"有机社会"的"梦想"更为强烈地撼动作家和知识分子心灵的时刻，他们不约而同地指向传统，在"呐喊"与"彷徨"之后，从传统再度出发，将眷顾经典与"指向未来"的两重文化向度发挥得淋漓尽致。无论后来承认与否，这条线索都确实存在，并一直延续到当代小说。

一

1931 年"九一八"东北沦陷，使历经西学东渐，向欧美学习，向明治维新后的日本学习，正在向现代迅速蜕变的文学及其传统，不得不面对战争这一政治聚焦点。"因为现在中国最大的历史问题，人人所共的问题，是民族生存的问题。所有一切生活（包含吃饭睡觉）都与这问题相关；例如吃饭可以和恋爱不相干，但目前中国人的吃饭和恋爱却都和日本侵略者多少有些关系，这是看一看满洲和华北的情形就可以明白的。"① 战争爆发意味本土生活将再次面临生死考验，并且昭示文学也将在这一时刻发生裂变，或以异乎寻常的方式，与文化的某一流向断档，与某一流向衔接。按一种流行说法，这是政治造成文学传统的又一次"断裂"。然而一旦深入其中就会发现，传统——无论古典、近代，还是现代，随代代作家的文字流传下来，在表面"断裂"背后，另有潜流汇聚成新的历史，为自身开辟着道路。恰如 40 年代写作《倾城之恋》、《金锁记》的张爱玲，在谈到晚清小说《海上花》与 20 世纪上半叶读者的隔膜时说："北伐后，婚姻自主、废妾、离婚才有法律上的保障。恋爱婚姻流行了，写妓院的小说忽然过了时，一扫而空，该不是偶然的巧合。"② 但《海上花》所描写的"禁果的乐园"，却"情是最不可及的"这样的"主题"，在后来并非描写"汉字'青楼'"的作品里，张爱玲本人继续在写。

---

① 鲁迅：《论现在我们的文学》，《且介亭杂文末编》，《鲁迅三十年集》（3），鲁迅全集出版社 1941 年版，第 131 页。

② 张爱玲：《国语本〈海上花〉译后记》（1983 年 10 月），金宏达、于青编：《张爱玲文集》（第三卷），安徽文艺出版社 1992 年版，第 345 页。

以鲁迅而论，五四时期，他的新小说在热衷传统文化改造的读者和青年中不胫而走。从 1918 年 5 月起，《狂人日记》、《孔乙己》和《药》等作品陆续问世，"显示了'文学革命'的实绩，又因那时的认为'表现的深切和格式的特别'，颇激动了一部分青年读者的心"。与这"实绩"相关，鲁迅随即指出"这激动，却是向来怠慢了绍介欧洲大陆文学的缘故"①。但在当时，作者的自觉反而被忽略了。有关现代小说的定义，其中欧化和西化的倾向合着启蒙思潮迅速弥漫至全国。不仅上海、北京这样的大城市，就连远离现代文学中心，当时正在山西长治第四师范学校读书的赵树理，也为写《狂人日记》的鲁迅和新小说欢呼雀跃。20 年代，赵树理读了"鲁迅、郭沫若、郁达夫、蒋光慈的作品，文学研究会、创造社、狂飙社的杂志。也读了屠格涅夫、易卜生等外国文学作品"，"着实努力学习过欧化"（王春《赵树理是怎样成为作家的》）②，还把他"崇拜的新小说和新文学杂志带回去给父亲看"，尽管他父亲对"他那一堆宝贝一点也不感兴趣"③。

而到了 30 年代，文学形势发生变化，鲁迅再领时代风气之先。他告诫文学爱好者和作家在侵略者入侵之时，"不要忘记了自己的时代"。他还说："我以为文艺家在抗日问题上的联合是无条件的，只要他不是汉奸，愿意赞成抗日，则不论叫哥哥妹妹，之乎者也，或鸳鸯蝴蝶都无妨。"④ 尽管鲁迅说"在文学上我们仍可以互相批判"，但那已经完全有别于五四时期对传统摧枯拉朽的战斗了。鲁迅这样说，除了表明经过五四新文化洗礼的文坛，传统的"哥哥妹妹"、"之乎者也"、"才子佳人"文艺没有绝迹，还占据一方天地；也预示在民族战争到来之际，传统，包括传统的文学手段，将作为"想象群聚"（Imagined community）⑤ 的文化载体而日渐凸显。

---

① 鲁迅：《中国新文学大系小说二集序》（1935 年 3 月 2 日），《且介亭杂文二集》，《鲁迅三十年集》（3），鲁迅全集出版社 1941 年版，第 28 页。

② 参见《赵树理年谱》，黄修己编《中国现代文学史资料汇编（乙种）赵树理研究资料》，北岳文艺出版社 1985 年版，第 551 页。

③ 李普：《赵树理印象记》，《长江文艺》创刊号 1949 年 6 月。

④ 鲁迅：《答徐懋庸并关于抗日统一战线》，《且介亭杂文末编》，《鲁迅三十年集》（3），鲁迅全集出版社 1941 年版，第 75 页。

⑤ ［美］班尼迪克·安德森语。Benediect Anderson：*Imagined Community*（Ithaca：Cornell University Press，1983），转引自夏志清著《中国现代小说史》，复旦大学出版社 2005 年版，第 41 页。

20 年代鲁迅曾对革命文艺的标语口号倾向颇不以为然，并以传统文学写"富贵景象"为例，阐发他的文学观念与流行趋势如何不同："真会写富贵景象的，有道：'笙歌归院落，灯火下楼台'，全不用那些字（金、玉、锦、绮）。'打打''杀杀'听去诚然是英勇的，但不过是一面鼓。即使是敲鼓，倘若前面无敌军，后面无我军，终于不过是一面鼓而已。"① 30 年代谈"大众文学"，似乎是对革命文艺的痼疾旧话重提。但鲁迅在"两个口号"论争中的观点表明，即便肩负实现文艺界联合抗战的使命，也不放弃对新文艺自身的探索，对中国文学艺术肌理的进一步阐发。鲁迅说，如果在民族革命战争的大众文学"作品的后面有意地插一条民族革命战争的尾巴，翘起来当做旗子"，这不是"我们需要的"；而"需要"表现的是本土活着的、孕育着生的希望的人生："作者可以自由地去写工人，农民，学生，强盗，娼妓，穷人，阔佬，什么材料都可以写，写出来都可以成为民族革命战争的大众文学。"② 这样的文学先要摆脱急功近利的做法——主题先行，而着眼于新文艺作家圈外的天地。当时以对人物、故事的描写照应和敷衍某种观念的表现方式，在现代文艺和革命文学中是常有的，这种表现方式，实际上限制和缩小了拥有广阔"庶民社会"的本土文化版图。鲁迅反对在作品后面添上去"口号和矫作的尾巴"，而主张紧贴着社会生活的各阶层、各方面去写，因为那是全部的"真实的生活，生龙活虎的战斗，跳动着的脉搏，思想和热情，等等"③。大众文学不仅在内容上与五四文学的国民性批判迥然有别；同样与五四时期不同，传统小说的世俗气息、不同阶层的生活韵致及其表现方式，由于包含一种"想象群聚"的文化自信，而显露出一度为新文艺所不屑的价值。标语口号式的文学倾向，连同现代小说模式化、观念化的写作，尽管也处在文学探索阶段，但在现实环境中难以得到更广泛的响应；若再要以此为文学旗帜，很难实现文艺家在抗战时期真正的联合。因为当时毕竟还有许多按传统路子写作的人，有许多喜欢读张恨水小说的人。1936 年 8 月，鲁迅的话不仅是论战，还包括号召文艺家联合抗战和肯定小说传统的两重含义，并在一定

---

① 鲁迅：《革命与文学》，《而已集》，《鲁迅三十年集》（2），鲁迅全集出版社1941 年版，第 28 页。

② 鲁迅：《论现在我们的文学运动》，《且介亭杂文附编》，《鲁迅三十年集》（3），鲁迅全集出版社 1941 年版，第 131 页。

③ 同上。

程度上，建构起抗战和传统之间一种逻辑的关系。

二

向世俗化的小说传统回眸。在战争时期由于受不同地域空间和意识形态观念的阻隔，这种文学回流的趋势，通常以不尽一致的表达方式传递着相近的写作意志。

身处 30 年代文艺大众化、民族化的时代潮流，20 年代就曾号召文艺青年"到兵间去，到民间去，到工间去，到革命的旋涡中去"的郭沫若，此时又有新见解，他说：

> 从外边去接近民众是不够的。你如只抱着一架照相机到乡村或工厂里，东去照一张像片，西去照一张像片，并不能便成为民众的艺术。我们从前就曾经喊过"文章下乡"，"文章入伍"，"文章进工厂"那样的口号，过细考究起来，其实也是错误了的。我们应该喊"文人下乡"（下根本要不得，姑且仍旧），"文人入伍"，"文人进工厂"，而说到文章上来呢，倒应该是"文章出乡"，"文章出伍"，"文章出工厂"了。①

老舍创作中对通俗读物与传统的关系看得更清楚。无论"出乡"、"出伍"还是"出工厂"，社会底层都是传统艺术包括地方戏曲、山歌、小曲、鼓词、评书、快板书等广为传播的云集发散地。当台儿庄大捷，老舍开始通俗读物写作的时候，"文章入伍"，"文章下乡"的口号正喊得"山摇地动"。

但果真实行起来，也并不那么容易：

> 我当时只有一种感觉，旧形式是一个固定的套子，只要你学得像，就能有用处，也就是作家尽了自己的责任，这的确是当时的衷心之感。后来慢慢的把握住了形式，才又想到如何装进适当的内容去，

---

① 　郭沫若：《向人民大众学习》，《沸羹集》，转引自王瑶《中国新文学史稿》（下），新文艺出版社 1954 年版，第 16 页。

这是原先所没有想到的。于是发生了困难。也由于作家的生活逐渐深入于战争，发现抗战的面貌并不像原先所理解那样简单，要将这新的现实装进旧瓶里去，不是内容太多，就是根本装不进去。于是先前的诱惑变成了痛苦，等到抗战的时间愈长，对于现实的认识和理解也愈清楚，愈深刻，因此也更装不进旧瓶去，一装进去瓶就炸碎了。①

大众化、民族化及其民族形式问题，40 年代前后，都一古脑儿地由大后方、根据地作家、批评家和政治家提了出来，写新小说的作家开始纷纷尝试通俗化写作，像穆木天、赵景深写过许多鼓词，张天翼、艾芜、沙丁等也共同执笔写《卢沟桥演义》。但正如老舍的发现，虽然大众化、民族化的口号喊得"山摇地动"，但"旧瓶装新酒"的问题还是没解决。实际上，"这些通俗文艺大部分都是'不暇求精'的产物"。就连那些主动请缨投身通俗文艺的作家也把手里写的当作权宜之计，自己看自己是"避重就轻——舍弃了创作，而去描红模子"，"肯接受这种东西的编辑者也大概取了聊备一格的态度，并不十分看得起它们：设若一经质问，编辑者多半是皱一皱眉头，而答以'为了抗战'，是不得已也"②。

1938 年 10 月，毛泽东在中共中央扩大的六中全会上作《中国共产党在民族战争中的地位》报告，其中关于"学习"的一段说："离开中国特点来谈马克思主义，只是抽象的空洞的马克思主义。因此，使马克思主义在中国具体化，使之在其每一表象中带着必需有的中国的特性，即是说，按照中国的特点去应用它，成为全党亟待了解并亟需解决的问题。洋八股必须废止，空洞抽象的调头必须少唱，教条主义必须休息，而代之以新鲜活泼的、为中国老百姓所喜闻乐见的中国作风和中国气派。"③ 这段话被广泛地运用到文艺大众化和民族化的理论探讨中。然而，事实却不令人乐观，文艺界经过对"民族形式"问题三年多的讨论，还有新文艺作家几年来的创作试验，至 1943 年 7 月赵树理完成《小二黑结婚》，实际上，文艺大众化已经到了难以为继的关口。"与其说大众文艺，还不如把它看作是

① 老舍：《三年写作自述》，《抗战文艺》第 7 卷第 1 期。
② 同上。
③ 毛泽东：《中国共产党在民族战争中的地位》，《毛泽东选集》第二卷，人民出版社 1966 年版，第 500 页。

一般的宣传品"，洪深这样形容当时的情景："宣传抗战的方法是不拘一格的；有的也曾适合当前的需要，编写新唱本新脚本；有的只是增添若干抗战的唱词与白口，或略微改动原来剧本的故事，使演出时更能赞扬爱国，斥责奸邪，有的不暇求精，索性停锣演说。"① 老舍亲自实践，学习传统文艺形式并加以改造，结果却令他颇为扫兴："新的是新的，旧的是旧的，妥协就是投降！因此在实验了不少篇鼓词以后，我把它们放弃了。"② 在这样的背景下，当赵树理把小说交给太行新华书店后"如石沉大海"，"自命为'新派'的文化人，对通俗文艺看不上眼"③，对照老舍、洪深等人上面的话，《小二黑结婚》的遭遇也就自在情理中了。

三

但恰恰是这位被"新派"文化人冷嘲热讽的"农民作家"，被说成是"低级的通俗故事"，甚至是"海派"、专搞"噱头"的赵树理小说，以其新旧杂糅、叙述绵密、一波三折的小说特点，走通了许多文人雅士没有走通的大众文学之路。

新文化以来，郭沫若也曾为文艺工作者在大众化问题上难以做到"知行合一"十分烦恼："作家的通病总怕通俗。旧式的通俗文作者，虽然用白话在写，却要卖弄风雅，插进一些诗词文赞，以表明其本身不俗，和读者的老百姓究竟有距离，五四以来的文艺作家虽然推翻了文言，然而欧化到比文言还要难懂。特别是写理论文字的人，这种毛病尤其深沉，装腔作势，矫揉造作，瞎缠了半天，你竟可以不知道他在说些什么……知行确实是不容易合一。这里有环境作用存在。在大家都在矫揉造作或不得不这样的环境里面，一个人不这样就有点难乎为情，这就如在长袍马褂的社会里面一个人不好穿短打的一样。"④ 然而到 40 年代中期，郭沫若终于发现了大众文艺切实的成果："我最近算阅读了这两本意外满意的好书。我愿意把这两本书推荐为抗战以来文艺作品的杰出者，这两本书我希望能在上海

---

① 洪深：《抗战十年来中国的戏剧运动与教育：民间形式与地方戏》，转引自王瑶《中国新文学史稿》（下），新文艺出版社 1954 年版，第 19 页。

② 老舍：《三年写作自述》，《抗战文艺》第 7 卷第 1 期。

③ 杨献珍：《〈小二黑结婚〉出版经过》，《新文学史料》1982 年第 3 期。

④ 郭沫若：《读了〈李家庄的变迁〉》，《北方杂志》1946 年 9 月第 1、2 期。

重版，使它们更能够与向隅的读者群接近。"① 郭沫若所说的"两本意外的好书"之一就是赵树理的小说集《李有才板话》，其中包括《李有才板话》和《小二黑结婚》两个短篇。读过这两本书后，郭沫若"又一口气把《李家庄的变迁》读完了"，不仅称赞作品"和《小二黑结婚》、《李有才板话》一样的可爱，而规模确实是更宏大了"。

他对赵树理的"通俗小说"有一番解析：

> 大约是出于作者自己的意思吧，书的封面上是有"通俗小说"四个字的标识的。作者存心"通俗"，而确实是做到了。所写的是老百姓自己翻身的事，人物呢连名字也就不雅训，如像铁锁、冷元、白狗、二妞之类。然而他正是老老实实的人民英雄。实践的进行，人物的安排，都是妥帖匀称的，一点也不突兀，一点也不冗赘。②

作为新文学潮头人物，郭沫若马上觉察到赵树理小说"最成功的是语言"。小说中"每一个人物的口白适如其分，便是全体的叙述文都是平明简洁的口头话"，这样的语言，"脱尽了五四以来欧化体的新文言文臭味。然而文法却是谨严的，不像旧式的通俗文字，不成章节，而且不容易断句"。对比赵树理小说的"自然"，郭沫若接下来是对章回体旧形式，比如"有诗为证"四六体文赞之类的批评，也是对"旧瓶装新酒"写作方式的一种批评。他形象而风趣地说，如果把现实提倡的大众化，向传统学习，只理解为对这种旧形式的挪用和照搬，无异于"再在我们头上拖一条辫子或再叫女同胞们来裹脚"。③

郭沫若由此揭示，赵树理借鉴传统形式的关键不是"旧瓶装新酒"，不是为新内容"拖辫子"或"裹小脚"，而在于小说家写作的出发点。与新文艺作家的大众化写作试验有很大区别，那就是郭沫若所说的，赵树理"存心'通俗'"，即传统小说家对世俗人生的态度。他们不是自外于生活的旁观者，也不是高高在上、俯视凡俗的传道者，他们本就是世俗生活一分子；不仅如此，还特别能从世俗生活中发现趣味，觅见人生，是善于观

---

① 郭沫若：《〈板话〉及其他》，《文汇报》1946 年 8 月 16 日。
② 郭沫若：《读了〈李家庄的变迁〉》，《北方杂志》1946 年 9 月第 1、2 期。
③ 同上。

察、采撷并描摹人生意绪的高手。对于赵树理来说，与这种传统相关，与
"世俗"相匹配的，是他安身立命的农村和农民生活，才有《小二黑结
婚》、《李有才板话》，直到《"锻炼锻炼"》等一系列"存心'通俗'"的
小说。

《小二黑结婚》讲的是抗战时期，由于边区政府做主，两个农村相爱
的青年克服落后势力喜结良缘的故事。故事内容说来简单，但叙事绵密的
功夫却是第一流。现代小说对人性破解的新意，也在"密针线"的细节中
见出精彩。说到三仙姑不想把女儿小芹嫁给小二黑：

> 她跟小芹虽是母女，近几年来却不对劲。三仙姑爱的是青年们，
> 青年们爱的是小芹。小二黑这个孩子，在三仙姑看来好像鲜果，可惜
> 多一个小芹，就没了自己的份儿。她本想早给小芹找个婆家推出去，
> 可是因为自己名声不正，差不多都不愿意跟她结亲。开罢斗争会以
> 后，风言风语都说小二黑要跟小芹自由结婚，她想要真是那样的话，
> 以后想跟小二黑说句笑话都不能了，那是多么可惜的事，因此托东家
> 求西家要给小芹找婆家。（《小二黑结婚》片断）

古人说："画鬼魅易，画狗马难。"因为"鬼魅无形，画之不似，难于
稽考；狗马为人习见，一笔稍乖，是人得以指责。可见事涉荒唐，即文人
藏拙之具也"，如果作品使人读来十分不合情理，那就像"活人见鬼，其
兆不祥"[①]。即作品不会成功。三仙姑在小说中如同戏剧里的丑角，但对她
的想法和做派，赵树理都写得合情入理，一点也不夸张、乖谬，连后来她
认栽服输也写得丝丝入扣，使这样一个看起来不会承认错误的人，认错过
程十分自然：

> 到了区上。交通员把她（三仙姑）引到区长房子里，她爬下就磕
> 头，连声叫道："区长老爷，你可要给我作主！"区长正伏在桌上写
> 字，见她低着头跪在地下，头上戴了满头银首饰，还以为是前两天跟
> 婆婆生了气的那个年轻媳妇，便说道："你婆婆不是有保人吗？为什
> 么不找保人？"三仙姑莫名其妙，抬头看了看区长的脸。区长见是个

---

① 李渔：《闲情偶寄》，《结构第一·戒荒唐》。

擦着粉的老太婆，才知道是认错人了……

　　刚才跑出去那个小闺女，跑到外面一宣传，说有个打官司的老婆婆，四十五岁，擦着粉，穿着花鞋。临近的女人都跑来看，挤了半院，唧唧哝哝说："看看，四十五了！""看那裤腿！""看那鞋！"三仙姑半辈子没有脸红过，偏这会撑不住气了，一道道热汗在脸上流。交通员领着小芹来了，故意说："看什么？人家也是个人吧，没有见过？闪开路！"一伙女人们哈哈大笑。……院里的人们忽然又转了话头，都说"那是人家的闺女"，"闺女不如娘会打扮"，也有人说"听说还会下神"，偏又有个知道底细的断断续续讲"米烂了"的故事，这时三仙姑恨不得一头碰死。（《小二黑结婚》片断）

　　后来区长给她讲婚姻自主的法令，说小芹和小二黑结婚完全合法。三仙姑在"羞愧之下，一一答应了下来"。三仙姑认错，法律和婚姻自主的道理是一方面，但还有另一层原因，在区长院子里，听众人议论，她对自己的穿着打扮也感到很难为情。原来她对这一点并不自知，以为青年们常到她家来是迷恋她、而不是为了小芹，却忘记那是三十年前的事。时光不饶人，当初迷恋她那些"青年"，"如今都已留下胡子，家里大半又都是子媳成群"。这回成为众人笑柄使她终于明白，与女儿小芹争夺小二黑是争不过了，从围观人的议论便可以想见，像小二黑这样的青年怎么会喜欢一个打扮怪异的"老太婆"呢？一个过气的人物，却长期生活在年轻时无限风光的幻影里，就像她"擦着粉"衰老的脸和脚上的"花鞋"，既不合时宜，又令人可悲可叹。

四

　　小说家能否从世俗中觅得人生趣味，由此生发新意，使小说从历史陈规中脱颖而出？对此，鲁迅早在1920年对中国小说史研究中就有重要发现。他从古代神话、六朝志怪、唐传奇、宋话本、明小说两大主潮，一路梳理至清代的"人情小说"，鲁迅说《红楼梦》：

　　全书所写，虽不外悲喜之情，聚散之迹，而人物事故，则摆脱旧套，与在先之人情小说甚不同。……盖叙述皆存本真，闻见悉所亲历，正因写实，转成新鲜。而世人忽略此言，每欲别求深义，揣测之说，久而遂多。①

至于说到《红楼梦》的价值，可是在中国底小说中实在是不可多得的。其重点在敢于如实描写，并无讳饰，和从前的小说叙好人完全是好，坏人完全是坏的，大不相同，所以其中所叙的人物，都是真的人物。总之自有《红楼梦》出来以后，传统的思想和写法都打破了。——它那文章的旖旎和缠绵，倒是还在其次的事。②

在鲁迅看来，《红楼梦》完全摆脱才子佳人小说"旧套"，而续接明代《金瓶梅》表现"世情"的一脉："作者之于世情，盖诚极洞达，凡所形容，或条畅，或曲折，或刻露而尽相，或幽伏而含讥，或一时并写两面，使之相形，变幻之情，随在显见，同时说部，无以上之。"时人只当是"淫书"，鲁迅对此不以为然："缘西门庆故称世家，为揩绅，不惟交通权贵，即士类亦与周旋，著此一家，即骂尽诸色，盖非独描摹下流言行，加以笔伐而已。"③ 至于"世情"的文学表现，"主意在述市井间事"，即贴着当时日常生活：市井间相互交际、流言蜚语，家务上叔伯斗法、姑嫂勃谿……这在《金瓶梅》是写西门庆"一家的事迹"；在《红楼梦》又是写钟鸣鼎盛之家，即大家族的日常生活。所谓"写实"，并不是作品与作者身世可以一一对应，故事和小说毕竟是虚构的。但小说对于"市井"社会风情的再现，以及作者对世情"极洞达"的观察及其合乎情理的描写，才是"写实"真正的含义。鲁迅认为许多人看不到这一点，于此不顾而"欲别求深义"，也就无以得到古典小说"转成新鲜"的真谛。换句话说，《金瓶梅》能"著此一家，即骂尽诸色"；《红楼梦》"正因写实，转成新鲜"，小说的哲思是作家从对日常生活的观察和描写中生发出来，而不是由外部理念强加给小说的。

---

① 鲁迅：《中国小说史略》，《第二十四篇·清之人情小说》，《鲁迅全集》第 9 卷，人民文学出版社 2005 年版，第 241、242 页。

② 鲁迅：《中国小说史略附录·中国小说的历史的变迁》，《第六讲·清小说之四派及其末流》，《鲁迅全集》第 9 卷，人民文学出版社 2005 年版，第 348 页。

③ 鲁迅：《中国小说史略》，《第十九篇·明之人情小说》，《鲁迅全集》第 9 卷，人民文学出版社 2005 年版，第 187 页。

这种文艺观点在鲁迅是一以贯之，及至鲁迅去世前的文字，也体现出传统小说艺术观念的影响，以及他对传统小说艺术价值的肯定。但对于正在经历八年抗战的文艺家、小说家来说，这段历史已经十分遥远。从文学革命到革命文学、抗战文艺、文艺大众化、民族形式论争，文坛上旗帜变幻，硝烟弥漫，到《小二黑结婚》、《李有才板话》等作品问世，人们似乎已看不到它们与传统的联系。最明显的例子，延安时期把赵树理小说仅仅说成是"延安文艺座谈会讲话"的成果，因此代表了"工农兵文艺方向"，这样的观点十分盛行。"'文艺座谈会'以后，艺术各部门都得到了重要的收获，开创了新的局面，赵树理同志的作品是文学创作上的一个重要收获，是毛泽东文艺思想在创作上的一个胜利。"① "《李家庄的变迁》不但是表现解放区的一部成功的小说，并且也是'整风'以后文艺作品所达到的高度水准之一例证，这一部优秀的作品表示了'整风'运动对于一个文艺工作者在思想和技巧的修养上会有怎样深厚的影响。"② 尽管赵树理小说产生于当时的背景，也带有环境的影响，但那种强调文艺为政治服务的读解方式，却忽略了抗战时期大众文艺背后，鲁迅所揭示的，小说的历史传统与现实创作取向之间，始终保持一种若即若离、深刻的精神联系。③

并非完全巧合，1943 年 10 月，赵树理的《小二黑结婚》在延安出版的同时，张爱玲的《金锁记》在上海出版。这是两位政治立场、意识形态观念完全不同，个人处境也完全不同的作家。当时赵树理是中共中央北方局党校调查研究室干部，在山西辽县（即左权县）调查审理"一桩村干部迫害自由恋爱的青年男女，并将男青年打死的事件"，根据调查材料写成《小二黑结婚》④。小说出版后，"立即在广大群众中引起热烈反响。次年二月再版，短时间内行销达三四万册，盛况空前。同时，许多农村剧团将其改编为戏曲，成为抗战时期根据地最流行的戏曲剧目之一"⑤。张爱玲则

---

① 周扬：《论赵树理的创作》，《解放日报》1946 年 8 月 26 日。

② 茅盾：《论赵树理的小说》，《文萃》第 2 卷第 10 期，1946 年 12 月出版。

③ 关于赵树理小说与毛泽东《在延安文艺座谈会上的讲话》的关系，参见笔者研究赵树理的另一篇文章《关于"十七年"文学研究的历史反思——以赵树理小说为例》，《中国社会科学》2004 年第 4 期。

④ 《赵树理年谱》，黄修己编：《中国现代文学史料汇编（乙种）赵树理研究资料》，北岳文艺出版社 1985 年版，第 578 页。

⑤ 同上。

刚从香港回到上海，以"卖文"为生。① 1943 年，张爱玲的小说《金锁记》在《万象》发表，她在"写作上很快登上灿烂的高峰，同时转眼间红遍上海"②。尽管赵、张二人所描写的人物、事件十分不同，但本土文化传统的影响和统摄力却无所不在，他们的作品都鲜明地表现了贴近世俗的小说方式，并在抗战形势下，在抗战与传统的相关逻辑中，展现出各自独有的艺术才华。因此，当赵树理的小说开始被看作专搞"噱头"的"低级通俗故事"的时候，张爱玲阐述自己小说观念的话，似也可看作回护赵树理小说的某种理由：

> 我的作品有时候主题欠分明。但我以为，文学的主题或者是可以改进一下。写小说应当是个故事，让故事自身去说明，比拟定了主题去编故事要好些。许多留到现在的伟大作品，原来的主题往往不再被读者注意，因为事过境迁之后，原来的主题早已不使我们感觉兴趣，倒是随时从故事本身发现了新的启示，使那作品成为永生的。③

她接着对托尔斯泰的《复活》与《战争与和平》加以比较，发现"《战争与和平》的主题果然是很模糊的，但后者仍然是更伟大的作品。至今我们读它，依然一寸寸都是活的。现代文学作品和过去不同的地方，似乎也就在这一点上，不再那么强调主题，却是让故事自身给它所能给的，而让读者取得他所能取得的"。

在这里，"故事"与观念或"主题"先行的小说结构明显不同。观念先行的文学，就像旧小说善恶因缘一类的套路，难让读者"随时从故事本身"发现"新的启示，使那作品成为永生"。而现代文学作品和过去不同的地方，就是"让故事自身去说明"，这比"拟定了主题去编故事要好些"。因为那些"一寸寸都是活的"生活故事，才浸透了现代作家"我思故我在"，强调个体经验和个人感受的"现实主义"题旨。④

---

①　于青：《张爱玲传略》，《张爱玲文集》第三卷，安徽文艺出版社 1992 年版，第 442 页。

②　柯灵：《遥寄张爱玲》，《张爱玲文集》第三卷，第 422 页。

③　张爱玲：《自己的文章》，《张爱玲文集》第三卷，第 175 页。

④　参见伊恩·P. 瓦特《小说的兴起》第一章"现实主义和小说形式"，高原、董红钧译，三联书店 1992 年版。

五

日本学者竹内好对中国现代文学有深入的见解。他敏锐地觉察到由茅盾和赵树理分别代表的现代文学的两种路向："一种是茅盾的文学，一种是赵树理的文学。在赵树理的文学中，既包含了现代文学，同时又超越了现代文学。至少是有这种可能性。这也就是赵树理的新颖性。"① 竹内好所肯定的"赵树理的新颖性"，与那种以一种理论框架结构新小说的现代文学观念十分不同。因为从那种现代文学标准来看赵树理的小说，读者看到的是"陈旧的、杂乱无章的和混沌不清的东西，因为它没有一个固定的框子。因此，他们产生了疑问，即这是不是现代小说"？就像张爱玲说自己的作品"有时候主题欠分明"。但竹内好认为，这正是"赵树理小说新颖"的特点。竹内好以《李家庄的变迁》为例，对指责赵树理不符合现代小说标准的看法进行反驳："然而，如果仔细咀嚼，就会感到这的确是作家的艺术功力之所在。稍加夸张的话，可以说其结构的严谨甚至到了增一字嫌多，删一字嫌少的程度。"② 因此他认为，赵树理小说是以传统艺术为媒介，并通过传统的艺术经验，从一种凝固的、观念先行的"西欧的现代中超脱出来"，达到一种现代文学观的"新颖"。

1939 年茅盾谈长篇小说《子夜》的构思时说："我那时打算用小说的形式写出以下的三个方面：（一）民族工业在帝国主义经济侵略的压迫下，在世界经济恐慌的影响下，在农村破产的环境下，为要自保，使用更加残酷的手段加紧对工人阶级的剥削；（二）因此引起了工人阶级的经济的政治的斗争；（三）当时的南北大战，农村经济破产以及农民暴动又加深了民族工业的恐慌。"小说所要回答的"只是一个问题，即是回答了托派：中国并没有走向资本主义发展的道路，中国在帝国主义的压迫下，是更加殖民地化了"③。这种小说构思，强调小说内部要根据和采用一定的理论，并支撑起作品结构。作家"要把所见的人生真理'启示'给大家看，就是

---

① ［日］竹内好：《新颖的赵树理文学》，原载《文学》第 21 卷第 9 期，转引自黄修己编《中国现代文学史料汇编（乙种）赵树理研究资料》，北岳文艺出版社 1985 年版，第 488、491 页。

② 同上书，第 492 页。

③ 茅盾：《〈子夜〉是怎样写成的》，《新疆日报》1939 年 6 月 1 日。

要抉出这种'阄机'，使它显而易见。小说家不用议论来解释，却是用具体的事实来显示"①。这段话是杨绛20世纪50年代针对斐尔丁小说所言，并不能全拿来比附茅盾的小说，因为即使认为两位作家都出于一种世界整体观进行写作，茅盾与英国18世纪小说家斐尔丁各自信奉的理论也不同。但还是能够说明，在西方启蒙运动之后，以某种理论或观念作为小说总体框架这一点，至20世纪已逐渐形成一种写作趋势。如果继续深究，这种理论先行的小说结构既有自黑格尔哲学以来欧洲深刻的理论背景，也有20世纪在本土思想文化领域，马克思主义最终独领风骚的具体原因。因此，即使竹内好认为，赵树理的小说"超越"了现代文学这一方面的成规，"但'超越'不是取代，特别在当时，在一个亟需摆脱战乱和贫穷，亟需向西方寻求先进理论的国度，被'超越'的作品，决不意味着对超越者的臣服，而仍然有广阔前景"②。

张爱玲和赵树理都认为小说必须有故事。所谓"故事"与上述小说结构的区别，不在于作者是不是读过或读过多少理论书籍，有没有或有多少理论修养？有没有对于世界和事物的整体看法或哲学观念？而是一种文学观念的差异。在张爱玲和赵树理那里，故事是对人生兴味的采撷。说它比理论超前，是因为理论还来不及总结；说它比理论滞后，是因为缺乏一种理论的先导。总之，故事往往与理论擦肩而过，它在小说中留下种种细节的痕迹，虽然不是漫无边际，而向某个聚光点聚合，但聚光的边界却完全是模糊含混的，不像被某种观念或理论剪裁、过滤了似的。比如张爱玲的《倾城之恋》虽然写抗战时期的生活，但与战争动员的理论却有不小的距离。"从腐旧家庭里走出来的流苏，香港之战的洗礼并不曾将她感化成为革命女性"；战事也影响了范柳原，"使他转向了平实的生活，终于结婚了"，结婚的结局"虽然多少是健康的，仍旧是庸俗；就事论事，他们也只能如此"。又比如赵树理《小二黑结婚》中二诸葛和三仙姑既不是地主富农，也不是地痞流氓，用"阶级斗争"、"翻身农民"的观念来衡量，他们都不上线。但他们分别从"不宜栽种"、"米烂了"的"神仙"，成为儿女亲家，甚至三仙姑也打扮得像个"长辈人"。这些看似一种"进步"，

① 杨绛：《斐尔丁在小说方面的理论和实践》，《文学评论》1957年第2期。
② 参见笔者《热风时节——当代中国"十七年"小说史论（1949—1966）》下册第139、140页，以及上册178—195页，第四章第二节"两种革命历史题材小说"。

但也是一种人生的不得已，他们要在社会急剧变动中生存下来便只能如此。这或者也是一种"就事论事"，因为他们毕竟不是非凡的超人，而是世俗中的多数，是不得不跟上时代而随波逐流的人。

但从这里开始，张爱玲和赵树理小说也见出不同。这种不同不是一种优胜劣汰的关系，不是说谁可以淘汰谁；而分别代表了他们追求传统艺术精神的两重文化向度，并在各自小说中，将传统在社会变迁拐点上的不同趋向，发挥得淋漓尽致。与身世处境有关，张爱玲原是"清末著名'清流派'代表张佩伦的孙女，前清大臣李鸿章的重外孙女"，家世落魄，在"孤岛时期"的上海以卖文为生。"出名要早呀！来得太晚的话，快乐也不那么痛快"①，这是现代人在竞争社会的独白。但现代文坛成就她的却是她对古典的眷恋与深情。张爱玲曾引《诗经·柏舟》的句子说自己创作时的心境："……日居月诸，胡迭而微？心之忧矣，如匪浣衣。静言思之，不能奋飞。"张爱玲说尤其喜欢"如匪浣衣"的譬喻，"那种杂乱不洁的，壅塞的忧伤，江南的人有一句话可以形容：心里很'雾数'。"联系张爱玲的《金锁记》、《倾城之恋》等小说，把旧家庭、旧日的人生故事，把其中"那种杂乱不洁的，壅塞的忧伤"传递出来，并非立意在反抗，而是在凭吊中抒发无奈、无尽的感伤。对此她有些自问自答地说道："一班文人何以甘心情愿守在'文字狱'里面呢？我想归根究底还是因为文字的韵味"，特别适于传递那种"雾数"的心境，并以此反衬现实社会：似乎一切都简单明了，实际上却是情寡义薄，是心灵与情感的"荒原"。因此她在《论创作》一文里以地方戏曲为引子，转达她对古典的向往及其小说背后的审美倾向："然而我最喜欢的还是申曲里的几句套语：'五更三点望晓星，文武百官下朝廷，东华龙门文官走，西华龙门武将行。文官执笔安天下，武将上马定乾坤'"，戏文里：

> ……无论是"老父"是"老身"，是"孤王"是"哀家"，他们具有同一种的宇宙观——多么天真纯洁的，光整的社会秩序："文官执笔安天下，武将上马定乾坤！"思之令人落泪。②

---

① 张爱玲：《传奇》再版序言，1944 年 9 月；并参见柯灵《遥寄张爱玲》，《张爱玲文集》第三卷，第 425 页。

② 张爱玲：《论创作》，1944 年 4 月；《张爱玲文集》第三卷，第 83、84 页。

六

张爱玲写作的文化向度倾向古典，是向后看的，并从这里达到"审美的完善"。与此相向，赵树理小说的文化向度是指向现实与未来的，虽然这一重向度"不及前者权威"，但表达出"特定意义与价值的特别的生活方式，它不仅存在于艺术与学识中，还存在于制度与日常行为中"①。

与担心政治倾向影响小说审美表现的人不同，赵树理直言他的小说就是"问题小说"：

> 我的作品，我自己常常叫它是问题小说。为什么叫这个名字，就是因为我写的小说，都是我下乡工作时在工作中碰到的问题，感到那个问题不解决会妨碍我们的进展。应该把它提出来。例如我写《李有才板话》时，那时我们的工作有些地方不深入，特别对于狡猾地主还发现不够，章工作员式的人多，老杨式的人少，应该提倡老杨的做法，于是，我就写了这篇小说。……再如《"锻炼锻炼"》这篇小说，也是因为有这么个问题，就是我想批评中农干部中的和事佬的思想问题。中农当了领导干部，不解决他们这种是非不明的思绪问题，就会对有落后思想的人进行庇护，对新生力量进行压制。②

从个人经历看，1906 年 9 月出生在山西省沁水县尉迟村农民家庭的赵树理，他的家庭属于"破产后流入下层的那一层人"③，正如他投身共产党领导的革命和抗战是十分自然的事情，他在文学界一举成名，不仅由于他"存心'通俗'"，也在于他的身世，在于他身世中对乡村生活中宗法势力、旧军阀及其在农村残余势力的反抗。

赵树理的挚友王春谈到家庭出身对赵的影响时说："他熟悉农村各方

---

① 转引自［英］迪克·海伯第支《从文化到霸权》，何鲤译，《是明灯还是幻想》，第 22 页。

② 赵树理：《当前创作的几个问题》，《火花》1959 年 6 月号。

③ ［日］今村与志雄：《赵树理文学札记》，《东京都立大学人文学报》第 16 期；转引自黄修己《中国现代文学史资料汇编（乙种）赵树理研究资料》，并参见该书第 544 页，《赵树理年谱》介绍赵树理"祖父赵忠方，早年在河南经商，三十岁后回家务农"。

面的知识、习惯、人情等等。"他的父亲"是精通农村'知识'的，从有用的缠木杈、安镰把，到迷信的捏八字，择出行，无不知晓，无不告诉给他。赵树理自己上过村学，放过牛驴、担过炭、拾过粪，跟着人家当社头祈过雨，参与过婚丧大事，走过亲戚拜过年，总之他在农村实顶实活了这么大，再加上他父亲遗给的那些'知识'也就算得是真正熟悉农村了。"①

1926 年上半年，卷在大革命浪潮里的山西青年学生，还在唱打倒军阀的歌，不说就明白，山西的军阀当然就是阎锡山，应该打倒。可是不久变了，阎锡山竟自称为"革命军的第三个总司令"，再也不是军阀了。反过头便打捉"反革命"的共产党。赵树理不得不跑，跑来跑去，第二年终于被捕了，受审，坐牢，出来以后，还是东奔西走……②

因此他的"问题小说"，从一方面说，是他作为革命队伍一分子，响应领导号召，配合当时当地土改运动、推行新婚姻法、农业合作化运动等政治斗争的需要；但另一方面，也在于他的身世促成对"问题"观察的角度，与观念化、概念化的流行趋势十分不同，从而为读者提供了乡土社会非常具有社会学意义的认识。其独到之处，至今也能为文学阅读提供别样的新鲜趣味。比如长篇小说《李家庄的变迁》，还有《李有才板话》这样篇幅稍长的作品，"阶级斗争"大量表现为乡村宗法势力对外姓人、外来流民的排斥和欺诈。比如《李家庄的变迁》，小说开篇写的是修德堂东家李如珍和侄儿李耀唐（即春喜）欺负外姓人张铁锁，他们霸屋占地，把张铁锁一家人扫地出门，故事就从这里依次展开。像李如珍这样的大户人家能长期横行乡里，必须在县里、省里，甚至国民政府里有人作政治后台。所以战争开始，他们先要了解山西军阀对抗战真实的态度，李如珍派春喜跑到县里，最终要知道的就是这一点。后来春喜打探清楚，原来阎长官和县团长的意思："只要孝子不要忠臣！"所以他们的钱，即使在抗战时拿出来，想讨好军阀才是真的；至于抗战，虽不能断然说是假的，至少是隔了一层又一层的。

《李有才板话》开篇从介绍阎家山的村落布局说起：

阎家山这地方有点古怪，村西头是砖楼房，中间是平房，东头的

① 王春：《赵树理怎样成为作家的？》，《人民日报》1949 年 1 月 16 日。
② 同上。

老槐树下是一排二三十孔土窑。地势看来也还平，从西到东却是一道斜坡。西头住的都是姓阎的；中间也有姓阎的也有杂姓，不过都是些在地户，只有东头特别，外来的开荒的占一半，日子过倒霉了的杂姓，也差不多占一半，也是破了产卖了房子才搬来的。（《李有才板话》片断）

像"板人"李有才就住在村东头老槐树下，他编板书揭露和讽刺的主要对象是住在村西头的村长阎恒元。小说主要讲的是农村在土改、减租减息运动中，如何实现真正的乡村民主选举，使权力从宗法势力转移到民主政府手中。李有才板话的故事伴随着这个曲折的过程展开。最后在老杨同志带领下，村里坐地户、大户人家、宗法势力的代表阎恒元下台，"赔黑款"、"退押地"；村东头"外来的开荒的"，"日子过倒霉了的杂姓"，还有"破了产卖了房子才搬来的"小保、小明和小顺在农救会选举中获胜。板人李有才作总结："阎家山，翻天地，农救会，大胜利。"这个皆大欢喜的"大团圆"结局代表了作家真实的愿望：不断消除乡村宗法势力，不断扩大乡村的民主势力。李有才属于阎家山的杂姓、外来户，又以快板为"业"，这种"下九流"的身份，过去一直被人看不起。但在赵树理心目中，他是可以与"诗人"相提并论的："作诗的人，叫'诗人'；说作诗的话，叫'诗话'。李有才作出来的歌，不是'诗'，明明叫做'快板'，因此不能算'诗人'，只能算'板人'。这本小书既然是说他作快板的话，所以叫做《李有才板话》。"① 换一种说法，在赵树理笔下，李有才板话，就是以快板形式为传统农村变迁所撰写的"史诗"。

《三里湾》和《"锻炼锻炼"》是这"史诗"的继续。以争议最大的《"锻炼锻炼"》为例，其中两个绰号"吃不饱"、"小腿疼"的女社员，是两个明知不是、却硬要当理说的人。她们两人之间也有故事，"吃不饱"事事拉着"小腿疼"，让她打头阵，是因为她比自己有靠山：

不过吃不饱可没有回了家，她马上到小腿疼家里去了。她和小腿疼也不算太相好，只是有时候想借重一下小腿疼的硬牌子。小腿疼比她年纪大，闯荡得早，又是正主任王聚海、支书王镇海、第一队队长

①　赵树理：《中国人民文艺丛书·李有才板话》，新华书店 1949 年版，第 27 页。

王盈海的本家嫂子，有理没理常常敢到社房去闹。（《"锻炼锻炼"》片断）

经过土改、合作化运动，王镇海、王盈海，还有杨小四、高秀兰这些新一代农村干部不看重宗亲、面子这一层，而且人人都明白这只不过是"小腿疼"的一种手段，实际和"亲戚"本身没多大关系。但社主任王聚海还是"和事不和理"，总让正直实干的年轻人"锻炼锻炼"。这个形象说明，"争先社"依然面临世俗势力严峻的考验。像"吃不饱"和"小腿疼"，一个"常喊吃不饱"，丈夫"上地她先把面条煮得吃了"，生产队动员她参加劳动，她却说："粮食不够吃，每顿只能等张信吃完了刮个锅底"；另一个对集体劳动的概念是"拾东西全凭偷"，"为了容易使唤丈夫，她说她留下了个腿疼病"。她们就是这种势力的代表。赵树理并不认为她们天生就是多么坏的人，只讲她们的心计和会玩心计的故事，便把农业合作化运动的理想和这理想难以实现的矛盾揭示出来。比如"吃不饱"（原名李宝珠）因为丈夫不是干部，就把自己的婚姻看作"过渡时期"，"等什么时候找下了最理想的人再和他离婚"。揣着这种心思，她还曾有意于杨小四，但"后来打听着她自己那个'吃不饱'的外号原来就是杨小四给她起的，这才打消了这个念头"。她对"过渡时期"的丈夫张信有一套"政策"，待全面执行之后，"张信完全变成了她的长工"。这样一个自私到顶，俗称"不到黄河不死心，不见棺材不落泪"的人，王聚海由"怕"而"和稀泥"，向她们妥协，还自鸣得意地觉得自己"领导水平高"，恰恰说明杨小四、高秀兰这些对农村未来满怀憧憬的年轻人，要想维护农业社集体利益的想法，实行起来该有多难。但正如40年代赵树理把农村调查中看到的一出悲剧，改写为大团圆结局的《小二黑结婚》，15年后，他也依然把"争先社"这一幕历史，结束于轻喜剧的人生故事中①。因为这里面有赵树理的人生理想，这是"指向了未来"的，也可见他对未来的信任与执著。

————————

① 赵树理：《"锻炼锻炼"》，最初发表于《火花》1958年8月号，同年9月《人民文学》转载。

1956 年，赵树理的长篇小说《三里湾》① 出版一年后，傅雷欣喜地写道：

> 赵树理同志深切的体会到，农民是喜欢有头有尾的故事的，其实不但农民，我国大多数读者都是如此。但赵树理同志把"从头说起"的办法处理得极尽迂回曲折，避免了平铺直叙的单调的弊病，故事开头固然"从旗杆院说起"，可是很快的转到民校，引进玉梅和其他两个年轻的角色，再由玉梅带我们到她家里，认识了现代农村中一个模范家庭，再由这个家庭慢慢的看到全局的发展。不但这种技巧的选择投合了读者的心理，而且作者在实践中把传统的写作办法推陈出新了。②

40 年代，张爱玲也是傅雷欣赏的小说家之一。欣赏的同时，傅雷也指出她后来过分沉溺于传统小说技巧所造成的创作问题。张爱玲当时在《自己的文章》中反驳了迅雨（即傅雷）③ 的批评。50 年代有关张爱玲的文字不再在内地文坛出现，但傅雷评论《三里湾》有些文字，或可看作是对当年张爱玲文章的回应，是作者随时代发展又有的体会：

> 谁都知道文艺创作的主题思想要明确，故事要动人，但作者的任务还要把主题融化在故事中间，不露一点痕迹……《三里湾》中大大小小，琐琐碎碎的情节，既不显得有心为题材作说明，也不以卖弄技巧为能事。作者写青年男女的恋爱，夫妇的争执，婆媳妯娌之间的口角，顽固人物的可爱，积极分子的可爱，没有一个细节不是使读者仿佛亲历其境。而那些细节所反映的时代背景和包含的教育意义，又出之以蕴蓄暗示的手法，只教人心领神会。④

---

① 赵树理：《三里湾》，《人民文学》1955 年 1—4 月号连载，通俗读物出版社 1955 年版，人民文学出版社 1958 年 3 月出版，1959、1962、1964 年再版。

② 傅雷：《读〈三里湾〉在情节处理上的特色》，原载《文艺月报》1956 年 7 月号；转引自《中国当代文学研究资料·赵树理专辑》，福建人民出版社 1981 年版，第 437 页。

③ 参见柯灵《遥寄张爱玲》，《张爱玲文集》，第 423 页。

④ 同上书，第 436 页。

如果不把傅雷对这两位作家的批评看作一种对立：打击一个或抬高一个，而是一位学养深厚的批评家，对有着传统小说艺术追求、在当时环境都反响不俗的小说家格外的关注，那么他们各具特点的艺术探索正表现出传统的两重文化向度。因此我认为，不论《金锁记》还是《小二黑结婚》，张爱玲和赵树理的小说是传统社会急剧变动中宝贵的文化遗产，都值得记录并珍藏于中国文学发展演变的历史典籍中。

越界的庸众与阿 Q 的悲剧

——《阿 Q 正传》新解

俞兆平

历史语境的考证（包括史实的实证），对于从预设的先验命题演绎中挣脱出来的今天中国文学研究界来说，日益显露出它的重要性与合理性，因为它是返回文学作品，特别是经典作品之所以产生的历史真实的唯一途径。当然，能称得上经典的作品，其概念内涵往往如康德所说是"非确定性"的，亦如中国古典美学的"诗无达诂"，即具有多义性、朦胧性、阐释的无限可能性等。但不管读者、批评家的接受与再阐释的自由力量有多么巨大，它出发的第一层面，即阐释展开的基础，必须是作品的真实与促使作品诞生的历史语境的真实。那么，学界以往对《阿 Q 正传》的研究，真正做到了吗？有没有继续推进的可能呢？

一　主旨是"憎"精神是负

"哀其不幸，怒其不争"一语，不知从何时起，成了鲁迅对阿 Q 的审美态度，即创作主体对其作品中主人公的情感好恶、价值取舍的定评。其影响面之广，举世罕见，可以说，只要有初中文化以上的国人概莫能外。那么，这一"定评"，符合历史真实吗？

先从此语的出处谈起。该语出自鲁迅的《摩罗诗力说》第五节。鲁迅肯定摩罗诗人拜伦："怀抱不平，突突上发，则倨傲纵逸，不恤人言，破坏复仇，无所顾忌，而义侠之性，亦即伏此烈火之中，重独立而爱自繇，苟奴隶立其前，必衷悲而疾视，衷悲所以哀其不幸，疾视所以怒其不争，此诗人所为援希腊之独立，而终死于其军中者也。"① 这里是说，性烈如火，酷爱自由，内怀侠义肝胆，扶贫济弱的拜伦，若见到奴隶、"庸愚"（该词亦出在此节谈易卜生段），定"衷悲"之，"疾视"之。衷悲引发"哀其不幸"；疾视顿生"怒其不争"。此处的奴隶、庸愚，即如鲁迅在《呐喊·自序》所描写的，是那些关在绝无窗户的铁屋子里，熟睡、昏睡，行将闷死的人们；或是那些以麻木、冷漠的神情，围观将被日军砍头的中国人的中国"看客"。也就是指那些毫无自由精神、毫无反抗意志，愚昧昏庸、浑浑噩噩的人。

如若以此状来审视阿Q，似乎有点不贴切，有点错位，因为阿Q的骨子里像是很有点不安分的东西，它驱使阿Q不甘于平庸，内心时时在躁动着。其一，想与赵太爷比辈分，争高低。赵太爷儿子进了秀才，阿Q说他和赵太爷是本家，也姓赵，还比秀才长三辈，结果被打了个耳光，"你怎么会姓赵！——你那里配姓赵！"其二，阿Q很自尊，自认"见识高"。所有未庄的居民，全不在他眼睛里。他常常夸耀："我们先前——比你阔多啦！你算是什么东西！"他连城里人也鄙薄，他们居然把"长凳"叫成"条凳"，煎鱼时，不像未庄那样把葱切得半寸长，而是切得细细的，可笑，错的。其三，阿Q有精神胜利法，"常处优胜"。被人打了就说："我总算被儿子打了，现在的世界真不像样……"于是他心满意足地得胜地走了。打架输了，被拉去磕了五六个响头，他也心满意足，因为"他觉得他是第一个能够自轻自贱的人，除了'自轻自贱'不算外，余下的就是'第一个'，状元不也是'第一个'么？'你算是个什么东西'呢!?"其四，阿Q敢在有着森严的"男女之大防"的未庄，公开表露出性生理的需求。他在扭了小尼姑的面颊，飘飘然之后，公然对吴妈说："我和你困觉！"其五，为生计问题，敢于铤而走险。在被迫离开未庄，上城之后，阿Q竟然进入偷盗之伍，虽然只是个在墙外接东西的小角色。其六，"神往"革命，想投革命党。他看到举人老爷那批未庄鸟男女听到革命消息时慌张的神情，便得意地喊道："造反了！造反了!"而后向假洋鬼子表示要投革命党，却以"洋先生不准他革命"而告终。其七，潜意识中，仍有一丝豪气留存。在被押解去法场游街示众时，阿Q忽然很羞愧自己没志气，居然无

---

① 鲁迅：《摩罗诗力说》，《鲁迅全集》第1卷，人民文学出版社2005年版，第82页。

师自通地喊出"过了二十年又是一个"的豪言壮语来。

　　显然，如此不肯安分、不甘平庸的阿 Q，与拜伦所面对的那一类驯服、麻木的奴隶，即"愚庸"、"庸众"有所不同。鲁迅也说过：阿 Q "有农民式的质朴，愚蠢，但也很沾了些游手之徒的狡猾"。①"很沾"一词，可以看出鲁迅对其笔下这一人物并非纯粹是充满同情的"哀其不幸"，对此"狡猾"之徒还有着一定程度的鄙弃。可见，阿 Q 不同于买蘸了志士热血的馒头给儿子治病的愚昧的华老栓；也不同于鲁迅的小说《示众》中那形形色色的无聊、冷漠的"看客"。（尽管他也曾当过看客，但他在看后毕竟还受到了被处极刑者那"过了二十年又是一个"的豪情的感染）因此，阿 Q 与那些庸众最大的区别在于，他不是"不争"，而是初步萌发了朦朦胧胧的处于"自发"形态的抗争。

　　若从这一视角着眼，周作人的《关于阿 Q 正传》的"本文"应该引起足够的注意。他明确地指出："《阿 Q 正传》是一篇讽刺小说，讽刺小说是理智的文学里的一支，是古典的写实的作品。他的主旨是'憎'，他的精神是负的。然而这憎并不变成厌世，负的也并不尽是破坏。"② 这就是说，鲁迅在《阿 Q 正传》中，对阿 Q 的审美态度从根本上说是憎恶的、鄙弃的，小说的精神价值取向是"负"的，即批判的、否定的。当然，正如周作人所说的，憎不是厌世，负不是破坏，"因为它仍能使我们为了比私利更大的缘故而憎，而且在嫌恶卑劣的事物里鼓励我们去要求高尚的事物"。讽刺小说与理想小说虽然表面上价值取向不同，但内在精神却是一致的，都指向了美与崇高，只是理想小说是直接的，讽刺小说是间接的。

　　周作人这一判断是符合鲁迅创作意旨的，12 年后，鲁迅在《再谈保留》一文中写道："《阿 Q 正传》，大约是想暴露国民的弱点的。"③ 暴露中国国民性中的弱点，批判中国人品性中的卑劣，这是《阿 Q 正传》的创作旨向。周作人在文中有一总结性的判断："阿 Q 却是一个民族中的类型，他像希腊神话里'众赐'（Pandora）一样，承受了恶梦似的四千年来的经验所造成的一切'谱'上的规则，包括对于生命幸福名誉道德的意见，提

---

　　① 鲁迅：《寄〈戏〉周刊编者信》，《鲁迅全集》第 6 卷，人民文学出版社 2005 年版，第 154 页。

　　② 周作人：《鲁迅的青年时代》，河北教育出版社 2002 年版，第 110 页。

　　③ 鲁迅：《再谈保留》，《鲁迅全集》第 5 卷，人民文学出版社 2005 年版，第 154 页。

炼精粹，凝为固体，所以实在是一幅中国人坏品性的'混合照相'。""总之这篇小说的艺术无论如何幼稚，但著者肯那样不客气的表示他的憎恶，一方面对于中国社会也不失为一服苦药，我想它的存在也并不是无意义的。"① 所以鲁迅的"主旨是憎"，至少在文本的第一层面上对阿Q这一人物的行为是鄙弃的。

　　周作人在该篇文章"引言"中还谈到：他题云《阿Q正传》的文章"当时经过鲁迅自己看过，大抵得到他的承认的"。"文章本来也已收到文集（指《呐喊》一书——笔者）里，作为晨报社丛书发行了，但为避嫌计也在第二版时抽了出来，不敢再印。"② 这就是说，周作人这篇评《阿Q正传》的文章鲁迅曾亲自看过，并得到鲁迅的承认，原已收入《呐喊》第一版，后因成仿吾对兄弟任该书编辑的做法冷嘲热讽，才在出第二版时抽掉。这里，需要着重强调的是，周作人此文写于1922年，距《阿Q正传》发表不到一年，尚未沾上而后在阐释过程中产生的各式各样的附加物，而且当时周作人与鲁迅关系尚未破裂，尤其是鲁迅尚健康在世，其可信度应该比较高，也最贴近当时的历史语境。

　　这样，以"哀其不幸"一语用于鲁迅对阿Q的审美态度，显然就不太妥帖了。之所以产生这样的错位，是因为我们总把写《呐喊》时期的鲁迅设定为革命民主主义者，是一位民主斗士，他担负着唤醒民众，特别是唤醒农民阶级起来革命的历史任务。而阿Q则是农村中贫雇农的典型人物，是中国农村革命的代表与革命希望之所在，鲁迅当然只能是充满同情悲悯地"哀其不幸"，继而恨铁不成钢地"怒其不争"。这与周作人所论，鲁迅的"主旨是'憎'，精神是负"的审美判断不是一个向度。

　　当然，周作人的文章末了也涉及"爱"的向度，但只是到阿Q这一人物形象逐步成形的后期才产生。周作人从文学创作的特殊性出发，认为作家在创造典型人物的过程中，笔下人物的性格发展及作家的审美态度，有可能会出现与原有创作意图不相符合的情况：鲁迅"本意似乎想把阿Q好好的骂一顿，做到临了却使人觉得在未庄里阿Q还是唯一可爱的人物，比别人还要正直些，所以终于被'正法'了。正如托尔斯泰批评契诃夫的小说《可爱的人》时所说，他想撞倒阿Q，将注意力集中于他，却反将他扶

---

①　周作人：《鲁迅的青年时代》，河北教育出版社2002年版，第112—113页。
②　同上书，第109页。

起来了，这或者可以说是著者失败的地方。"① 鲁迅在创作阿 Q 这一人物
典型的后期，产生了矛盾。因为人物随着创作的进展逐步有了自身的性
格，有了自身的生命，亦即人物"活"了，他会按着这一性格轨迹继续发
展下去，有可能突破作家原有的创作意图。鲁迅想"撞倒阿 Q"，末了却
"将他扶起"，这是因为在与阿 Q 周围那些鄙俗卑劣、奸诈阴毒的人物对比
中，不肯安分、不甘平庸的阿 Q，其深层还是有着"可爱"、"正直"的一
面，但他不能见容于那一生存空间，所以鲁迅只能做出使其"被'正法'
了"的结局，这是合乎创作规律、合乎情理的。鲁迅自己也谈到："其实
'大团圆'倒不是'随意'给他的；至于初写时可曾料到，那倒确乎也是
一个疑问。我仿佛记得：没有料到。"② 至于周作人说，这是鲁迅写阿 Q
"失败的地方"，我想很多人是不会接受的，包括笔者在内。因为创作主体
对笔下人物的情感越复杂，其创造的人物性格也就越丰富。关于这点学界
也可以论争吧。

二　越界的"庸众"

阿 Q 与那些驯服、麻木的"愚庸"、"庸众"有所不同，那么他是属
于鲁迅笔下的哪一类型的人物呢？

1907 年，鲁迅发表《文化偏至论》，内有一名言："掊物质而张灵明，
任个人而排众数"，学界一般均认可其为鲁迅前期思想的核心。也就是说，
对于邦国社会问题，有两类人物与之关联密切，一是"个人"，一是"众
数"，当前的要务是要张扬"个人"，贬抑"众数"。

在 20 世纪初，鲁迅反对"众数"、批判"庸众"的思想相当强烈。
《文化偏至论》所批判的两大偏至："物质也，众数也，其道偏至。"时值
民族危亡之际，国人选择的救亡之路，有"习兵事"，以强兵立国；有
"制造商估"，以发展工商业富国；有"立宪国会"，从政治体制上进行改
革等。但人们没有注意到一个危险的动向："至尤下而居多数者，乃无过
假是空名，遂其私欲，不顾见诸实事，将事权言议，悉归奔走干进之徒，

---

① 周作人：《鲁迅的青年时代》，河北教育出版社 2002 年版，第 113 页。
② 鲁迅：《"阿 Q 正传"的成因》，《鲁迅全集》第 3 卷，人民文学出版社 2005 年
版，第 398 页。

或至愚屯之富人，否亦善垄断之市侩，特以自长营撵，当列其班，况复掩自利之恶名，以福群之令誉，捷径在目，斯不惮竭蹶以求之耳。"即根据多数不明事理的人的意见，把国家政治权力这类大事，交付于那些奔走求进之小人、愚钝不堪的有钱人、善于操作垄断的市侩，这些人擅长于钻营掠夺，攫取私利，是国之大害！所以，鲁迅慨叹："借众以陵寡，托言众治，压制乃尤烈于暴君。"继而大声疾呼："呜呼，古之临民者，一独夫也；由今之道，且顿变而为千万无赖之尤，民不堪命矣，于兴国究何与焉。"① 鲁迅深刻地指出，若由"千万无赖之尤"来介入政治，即实施"群氓专政"，它对"个人"，即鲁迅在他处所提到的"英哲"、"明哲"、"先觉"、"大士"、"天才"、"超人"、"精神界之战士"的压制，比独裁专制的暴君、独夫还要酷烈，于国于民都是一场灾难。

　　除了学术论文，鲁迅在随感式的杂文中也论及"庸众"问题。例如，发表于1918年11月的《热风·随感录三十八》指出，中国有两大类人，一类是"个人的自大"，另一类是"合群的爱国的自大"。由于"个人的自大"一类较为罕见，国人大多是"合群的爱国的自大"，这就是中国不能"振拔改进"的原因。显然，这是对10年之前关于"个人"与"众数"、"英哲"与"愚庸"、"超人"与"凡庸"对立思考的另一种表述。

　　这里，一事应提及。1936年10月，周作人曾写道：鲁迅"所作随感录大抵署名'唐俟'，我也有几篇是用这个署名的，都登在《新青年》上，后来这些随感录编入《热风》，我的几篇也收入在内，特别是三十七八、四十二三皆是。"② 也就是说，《热风·随感录三十八》系周作人所作。（不过，此文发表时署名迅）但正如周作人所说：当时兄弟之间"整本书籍署名彼此都不在乎，难道二三小文章上头要来争名么？这当然不是的了"。不管是谁所作，最重要的是鲁迅亲手把它收入了《热风》一集，说明了鲁迅对该文的认可，应该视同为鲁迅的作品。但也从一个侧面说明，当时，鲁迅与周作人还是息息相通的，在社会问题的思考与判断上是同声相应的，由此也可看出周作人评《阿Q正传》一文的可信度是较高的。

① 本段引文均见鲁迅《文化偏至论》，《鲁迅全集》第1卷，人民文学出版社2005年版，第46—47页。

② 周作人：《鲁迅的青年时代》，河北教育出版社2002年版，第122页。

　　《热风·随感录三十八》指出："'个人的自大'，就是独异，是对庸众的宣战。……但一切新思想，多从他们出来，政治上宗教上道德上的改革，也从他们发端。"而"'合群的自大'，'爱国的自大'，是党同伐异，是对少数天才宣战"。① "个人"，即先觉，超人，他渐悟人类之尊严，顿识个性之价值，由此自觉之精神，转为极端的"主我"，归于民主的大潮，所以他们是一切改革、革命的发起者、前驱者，也是中国振兴的希望之所在。"众数"，鲁迅亦称之为"众庶"、"愚庸"、"凡庸"、"愚民"、"庸众"、"无赖"等。鲁迅认为，"以多数临天下而暴独特者，实十九世纪大潮之一派"，这种伪民主的"群氓专政"祸害极大，其"人群之内，明哲非多，伧俗横行，浩不可御，风潮剥蚀，全体以沦于凡庸。非超越尘埃，解脱人事，或愚屯阒识，惟众是从"，② 此风如若横行，个人、英哲势必受制，国之振兴无望也。

　　《热风·随感录三十八》发表于《阿Q正传》写作的前夕，二者内在的价值取向密切相连，甚至可以互照互证。如，"衰败人家的子弟，看到别家兴旺，多说大话，摆出大家架子；或寻求人家一点破绽，聊给自己解嘲"即是。③ 特别是"合群的爱国的自大"者的五种表现，与阿Q精神及言行颇多相似之处：甲云："中国地大物博，开化最早；道德天下第一。"（阿Q："我们先前——比你阔多啦！你算是什么东西！"）乙云："外国物质文明虽高，中国精神文明更好。"（阿Q论未庄与城里人在长凳与条凳的名称、葱的切法、女人的走路扭态等的优劣）丙云："外国的东西，中国都已有过；某种科学，即某子所说的云云。"（阿Q也姓赵，和赵太爷原来是本家，细细排起来他比秀才还长三辈）丁云：外国也有叫化子、草舍、娼妓、臭虫。（阿Q被抓进县衙，"他以为人生天地之间，大约本来有时要抓进抓出"，他"似乎觉得人生天地间，大约本来有时也未免要杀头的"，"他不过以为人生天地间，大约本来有时也未免要游街要示众罢了。"）戊云："中国便是野蛮的好。"（阿Q被游街示众，"好！！！从人丛里，便发出豺狼的嗥叫一般的声音来。"）因此，《热风·随感录三十八》与《阿Q

　　① 鲁迅：《随感录三十八》，《鲁迅全集》第1卷，人民文学出版社2005年版，第327页。
　　② 鲁迅：《文化偏至论》，《鲁迅全集》第1卷，第51—52页。
　　③ 鲁迅：《随感录三十八》，《鲁迅全集》第1卷，第328—329页。

正传》应联系起来考察。而该文的"个人的自大"与"合群的爱国的自大",和《文化偏至论》的"个人"与"众数"的内涵概念,又具有内在的延续性、共同性。

这样,从《文化偏至论》到《热风·随感录三十八》,再到《阿Q正传》,从哲学理论到艺术形象,共同构成了鲁迅对精英式的"个人"与愚庸式的"众数"这一社会性对立矛盾问题的观察、追索与思考。由此,我们才能真正解读鲁迅曾对冯雪峰说过的:"就是我的小说,也是论文;我不过采用了短篇小说的体裁罢了"的内在意义。①

在中外文学批评界中,最早注意到这一对立问题的应该是日本学者伊藤虎丸,他认为鲁迅的思想与作品中"存在着一种'二级结构',这个'二级结构',应该是'精神界之战士'(超人)与'朴素之民'之间,在某种意义上说未置'中间权威'而直接对应的结构"。鲁迅"作为一个现实主义小说作家,他的关心还是朝向同一个'两极'","把阿Q形象作为一个顶点的是'朴素之民'的具体形象化"。② 但他尚未具体展开论析。

美籍学者李欧梵也敏锐地感悟到这一点,他指出:"这一哲学思想也见于鲁迅的小说,是他小说原型形态之一。事实上,'独异个人'和'庸众'正是鲁迅小说中经常出现的两种形象。我们完全可以为他们建立一个'谱系'(genealogy),从而寻找出在鲁迅小说叙述的表层下面的'内容'。"③ 但遗憾的是,李欧梵过于专注"谱系",把阿Q也归入与孔乙己、单四嫂子、祥林嫂、爱姑之列,"作为庸众中之一员","处于与其它庸众相对立的孤独者地位"。从而忽略了阿Q独特的人物个性与特定的生存环境,也就客观上阻遏了这一极有开拓性命题的深入展开。前面分析过,阿Q是不肯安分、不甘平庸的,他能和忍辱负重的祥林嫂、迂腐没落的孔乙己等类同而并列吗?而作为庸众的最重要的代表——华老栓却进不了这一"谱系",因为他并不"处于与其它庸众相对立的孤独者地位"。所以,抽象出来的"谱系"与独异的个性有时并不兼容。

那么,阿Q是精英式的"个人"吗?很明显,不是。因为阿Q不是夏

① 冯雪峰:《鲁迅先生计划而未完成的著作》,《雪峰文集》第4卷,人民文学出版社1985年版,第18页。

② [日]伊藤虎丸:《鲁迅、创造社与日本文学》,北京大学出版社2005年版,第59—60页。

③ 李欧梵:《铁屋中的呐喊》,河北教育出版社2002年版,第66页。

瑜式的革命者，也不是从激进到绝望的魏连殳，他甚至还是个在杀革命党时的"看客"。阿 Q "中兴"回到未庄后，谈他城里最重要的见闻就是这一场面："'你们可看见过杀头么？'阿 Q 说，'咳，好看。杀革命党。唉，好看好看……'"所以阿 Q 决不可能是鲁迅所寄以希望，能够拯救危难中国的"英哲"、"明哲"、"先觉"、"超人"、"精神界之战士"，即精英式的"个人"。这样，阿 Q 既不属于精英式"个人"之列，也与愚庸式的"众数"有别，对于这两类人物来说，阿 Q 是个"异类"，像是一个两不着边的人物。但从总体状态上来看，他虽有朦胧的自发性的抗争意识，仍应属于"庸众"的范围，不妨定位为"越界的庸众"。

三　惧怕其"争"

在非自由形态的社会里，个体从他所属的群体中"越界"，便意味着他尴尬处境的开始，或者也就预示着他的悲剧命运的开始。有一寓言很能说明这一状况：一只乌鸦羡慕白鸽，就用白颜色把自身涂白，混入了白鸽群中，但很快就被发现，驱逐了出去；等它回到自己的群体中，乌鸦们并不接纳它，而是愤怒地啄光它的"白"羽毛，剩下赤裸的躯干而冻死。阿 Q 的遭遇虽不能绝对等同于这只乌鸦，但其间还是有着相似之处。

让我们回到与阿 Q 相关联的历史语境。应着重指出的是，20 世纪初的中国思想界，有一股推举精英化"中坚阶级"、反对"庸众政治"的思潮。对此，许纪霖在《"少数人的责任"——近代中国知识分子的士大夫意识》一文中作了详细的考证与论析，持此思想倾向的有：梁启超、章士钊、李大钊、张东荪、鲁迅、胡适、罗加伦、丁文江等；30 年代后，还有孟森、张君劢、陈铨等。也就是说，鲁迅关于"任个人而排众数"的思想并不是孤立的，当时中国思想界最重要的先驱者们对此曾形成了一种共识，汇拢为一股思潮。

这股思潮形成的原因是什么呢？据许纪霖的论析：1911 年辛亥革命后，建立了亚洲的第一个共和国——中华民国。中国结束了绝对王权的专制时代，进入了多数人政治的民主时代，中国开始有了现代民主政治的一切形式：投票普选、代议制和两党制，给知识分子带来莫大的希望。但由于民主本身的软弱，立宪基础的缺乏，特别是议员素质的低劣，投票时出现了大量的贿选和舞弊，从而让袁世凯、北洋军阀这些政客肆意把玩着国家的权力。民主并没给中国带来新气象，反而旧制度专权与新制度的蜕变一并出现，互为因果。这使民初的知识分子非常焦虑，就提出要有一个能领导多数人的中坚阶级，要阻止无知的庸众干预国家政治大事。当庸众民智未开之时，只能由新式的士大夫阶级成为社会理性的代表，发挥其中坚分子的作用。①

梁启超在《多数政治之实验》一文中写道："吾所谓中坚阶级者，非必名门族姓之谓。要之，国中必须有少数优秀名贵之辈，成为无形之一团体，其在社会上，公认为有一种特别资格，而其人又真与国家同休戚者也，以之董率多数国民，夫然后信从者众，而一举手一投足皆足以为轻重。……是故理想上最圆满之多数政治，其实际必归宿于少数主政。"② 他认为，现代民主政治虽然表面上是多数政治，但实质上最理想的还是真正与国家休戚相关的少数精英分子，即中坚分子来主持政治。而张东荪则明确提出"庸众政治"这一概念，在他看来，政治的大忌，一是世袭的专制，二是无知的庸众干预国事，前者流为少数人专制，后者成为"庸众政治"。在中国，由于国民缺乏立宪之道德，将国家托命于"此辈无立宪道德之庸众之手，则政治前途必不能有进步"。③ 可以看出，梁启超、张东荪这些中国思想界先驱对于当时民智未开的社会现状，是十分清楚的；对于无知愚昧、素质低劣的庸众，是十分警觉的，他们反对这类庸众介入中国政治，因为这将危害到国家的进步与振兴。

鲁迅对于当时的时局看法又是如何呢？1932 年，他在《"自选集"自序》中回忆道："我那时对于'文学革命'，其实并没有怎么样的热情。见过辛亥革命，见过二次革命，见过袁世凯称帝，张勋复辟，看来看去，就看得怀疑起来，于是失望、颓唐得很了。"④ 他对于那些走马灯般轮转的

---

① 本段文字，均见之许纪霖《"少数人的责任"——近代中国知识分子的士大夫意识》，华东师范大学思勉人文高等研究院、《厦门大学学报》、《求是学刊》、《华东师范大学学报》合编：《现代性研究：思潮、观念与现实会议论文集》2008 年 11 月，第 8—12 页。引用前征得作者同意。

② 梁启超：《多数政治之实验》，《梁启超全集》第 5 册，北京出版社 1999 年版，第 2599—2600 页。（转引自许纪霖上文）

③ 张东荪：《国本》，《新中华》第 1 卷第 4 号，1916 年 1 月。（转引自许纪霖上文）

④ 鲁迅：《"自选集"自序》，《鲁迅全集》第 4 卷，人民文学出版社 2005 年版，第 468 页。

政客、权阀，从心底感到厌烦；对于这些人所把玩的中国政治，以及所谓的革命，也已从怀疑转为万般的失望，以至于心境为之陷入颓唐，这也是鲁迅在《呐喊·自序》中一再写及"寂寞的悲哀"的缘由所在。而对于被这些政客拉得团团转悠，怀着个人私欲跟着立宪、投票的庸众，更是十分鄙视。他认为，这些人："势利之念昌狂于中，则是非之辨为之昧，措置张主，辄失其宜，况乎志行污下，将借新文明之名，以大遂其私欲乎？是故今所谓识时之彦，为按其实，则多数常为盲子，宝赤菽以为玄珠，少数为巨奸，垂微饵以冀鲸鲵。"① 他揭示，所谓的国会选举、立宪，是权谋、巨奸所为；而这些所谓识时务的俊彦，实为庸众，其中多数是愚昧的"盲子"，被妄图"冀鲸鲵"的窃国巨奸所诱惑，所掌控。其实，这类庸众大多也都有私心，志行污下，"势利之念昌狂于中"，往往"借新文明之名，以大遂其私欲"。

与庸众相对，鲁迅则高度肯定精英式的"个人"，如斯蒂纳、叔本华、克尔凯郭尔、易卜生等，特别是对尼采"超人"之说更是力加推崇："尼佉，斯个人主义之至雄桀者矣，希望所寄，惟在大士天才；而以愚民为本位，则恶之不殊蛇蝎。意盖谓治任多数，则社会元气，一旦可堕，不若用庸众为牺牲，以冀一二天才之出世，递天才出而社会之活动亦以萌，即所谓超人之说。"② 值得重视的是，鲁迅还认同尼采这样一种观点：为了促使超人、天才早日出世，甚至可以用庸众的牺牲作为代价。这与阿Q的"大团圆"结局是否有着内在逻辑联系，笔者不敢断言，只是在此设疑而已。

阿Q当然不是超人、英哲，也不是上述"识时之彦"、国会议员之类，因为任何文学典型形象都只是一个象征，起着暗示、影射的作用。鲁迅论阿Q形象的创作时谈到："我的方法是在使读者摸不着在写自己以外的谁，一下子就推诿掉，变成旁观者，而疑心到像是写自己，又像是写一切人，由此开出反省的道路。"③ 就是说，对阿Q形象意义的把握，不能局限于确定的实体性，它更具有艺术典型的普遍性，具有蕴意的无限扩展性，即能在最大的范围内促使国人"反省"自身。这样，我们还是回到文本为宜，回到人物形象与人物行为之中。

---

① 鲁迅：《文化偏至论》，《鲁迅全集》第 1 卷，第 47 页。
② 同上书，第 53 页。
③ 鲁迅：《答"戏"周刊编者信》，《鲁迅全集》第 6 卷，第 150 页。

如前述，阿Q是个越界的庸众，而他最大的越界行为莫过于"革命"了。鲁迅在《"阿Q正传"的成因》中谈到阿Q是否要做革命党的问题："据我的意思，中国倘不革命，阿Q便不做，既然革命，就会做的。我的阿Q的运命，也只能如此，人格也恐怕并不是两个。民国元年已经过去，无可追踪了，但此后倘再有改革，我相信还会有阿Q似的革命党出现。"

以往不少学者都对这段话做了正向理解，即为阿Q必然奋起革命的依据，从而论证了"鲁迅批判辛亥革命不彻底性"的命题。但很少人继续征引接下的部分："我也很愿意如人们所说，我只写出了现在以前的或一时期，但我还恐怕我所看见的并非现代的前身，而是其后，或者竟是二三十年之后。其实这也不算辱没了革命党，阿Q究竟已经用竹筷盘上他的辫子了；此后十五年，长虹'走到出版界'，不也就成为一个中国的'绥惠略夫'了么？"① 这后半段完全是讽刺、挖苦的反语。我们必须注意到，论及这类由革命大潮裹挟而起的所谓"革命党"，鲁迅特地加上一前缀——"阿Q似的"，也就是说"阿Q似的革命党"与真正的革命党是不同质的。其革命的成果仅是使阿Q"用竹筷盘上他的辫子"，只是像高长虹这类人摇身变成工人的"绥惠略夫"而已。这样荒唐、无聊的革命成果，与"阿Q似的革命党"是偕行毕至的，也"不算辱没了"它。这种反讽的意味，只要不陷入先验命题的误导，只要能客观地细细品味，不会感受不到的。

对于这种革命内涵在质地上的变异，鲁迅在《热风·五十九"圣武"》一文中已有揭示："我想，我们中国本不是发生新主义的地方，也没有容纳新主义的处所，即使偶然有些外来思想，也立刻变了颜色，而且许多论者反要以此自豪。"② 鲁迅对此类"变了颜色"的"阿Q似的革命党"早已持警惕、批判的态度。

那么，从文本出发，我们来看看关于"阿Q似的革命党"在其所谓的未庄革命中，想做或做了什么？

其一，满足权欲，滥杀无辜。革命风声传来，看到未庄鸟男女慌张的神情，阿Q充满快意，"似乎革命党便是自己，未庄人却都是他的俘虏了"。当他在幻想中统治了未庄之后，开始发号施令："第一个该死的是小

① 鲁迅：《"阿Q正传"的成因》，《鲁迅全集》第3卷，第397—398页。
② 鲁迅：《热风·五十九"圣武"》，《鲁迅全集》第1卷，人民文学出版社2005年版，第371页。

D和赵太爷，还有秀才，还有假洋鬼子……留几条么？王胡本来还可留，但也不要了。……"如果说杀赵太爷和假洋鬼子在情理上或革命的信条上还有点必然性，那么杀小D、王胡，完全是阿Q公报私仇了，因为他们的生存状况和政治地位和阿Q一模一样，都是贫雇农，按理应成为革命的力量，却将断送在阿Q的刀下。"留几条么？"从阿Q这一阴森森的口吻中，你不难想象到阿Q是如何地大开杀戒的。雨果《九三年》所描写的法国雅各宾派在革命暴力恐怖中，滥杀无辜、血溅尸横的情景，可能又要重演。在《文化偏至论》中，鲁迅对法国大革命所引发的暴力及其引生的"民主"是有所警惕，并持有异议的。

其二，攫取钱物，发革命财。阿Q继续他的"革命"幻梦："东西……直走进去打开箱子来：元宝，洋钱，洋纱衫……秀才娘子的一张宁式床先搬到土谷祠，此外便摆了钱家的桌椅，——或者也就用赵家的罢。"鲁迅揭示的"阿Q似的革命"就是这种状态：掠夺抢劫，坐地分赃。这与上述鲁迅所批判的那些政客、议员，"借新文明之名，大遂其私欲"，在内质上并无两样。

其三，占有女人，放纵无度。阿Q美滋滋地想着："赵司晨的妹子真丑。邹七嫂的女儿过几年再说。假洋鬼子的老婆会和没有辫子的男人睡觉，吓，不是好东西！秀才的老婆是眼泡上有疤的。……吴妈长久不见了，不知道在那里，——可惜脚太大。"未庄稍有姿色的女人，都在阿Q心中一一过眼，甚至连少女也不放过，至于老情人吴妈，开始嫌弃了——脚太大。

其四，投靠不成，即生悖心。阿Q到尼姑庵革命迟了，想投靠假洋鬼子，得到的却是"不准革命"的拒斥。阿Q"毒毒的点一点头，'不准我造反，只准你造反？妈妈的假洋鬼子，——好，你造反！造反是杀头的罪名呵，我总要告一状，看你抓进县里去杀头，——满门抄斩，——嚓！嚓！'"① 欲望、要求不能得逞，随即萌生悖心，要告发原先想要投靠的人，让他满门抄斩。这说明阿Q对造反、革命的精神与意义，茫然无知，毫无定见；在行动上，朝秦暮楚，呆里撒奸，难怪鲁迅连用了两个"毒"字。

这就是"越界的阿Q"，即愚庸式的"众数"所进行的中国革命。其

---

① 其一至其四的引文，均见鲁迅《阿Q正传》，《鲁迅全集》第1卷，第512—552页。

"革命"的目的，鲁迅有过归纳："简单地说，便只是纯粹兽性方面的欲望的满足——威福，子女，玉帛，——罢了。然而在一切大小丈夫，却要算最高理想（？）了。我怕现在的人，还被这理想支配着。"① 此可谓入木三分，一针见血了罢。

中国如此，在世界范围内又是怎样呢？在《文化偏至论》中，鲁迅还论及历史上最著名的两位精英式的"个人"被"众数"所施暴、所迫害致死的事实。像哲人苏格拉底，为"众希腊人鸩之"；耶稣基督，也是被"众犹太人磔之"，对他俩的施暴、加害，都是顺从于所谓"众志"，即他们是死于庸众之手。在《我之节烈观》中，鲁迅指出，这种庸众意识会形成一类"无主名无意识的杀人团"："社会上多数古人模模糊糊传下来的道理，实在无理可讲；能用历史和数目的力量，挤死不合意的人。这一类无主名无意识的杀人团里，古来不晓得死了多少人物；节烈的女子，也就死在这里。"② 像《狂人日记》中迫害狂人的狼子村，像《孤独者》中挤死魏连殳的 S 城、寒石山村等，都有着由庸众构成的"无主名无意识的杀人团"，这是狂人、魏连殳等的悲剧命运产生的根由。魏连殳生前的一封信说得很清楚："愿意我活几天的，自己就活不下去。这人已被敌人诱杀了。谁杀的呢？谁也不知道。"③ 这种无名无形的"无物之阵"，可以置你于死地，却又让你找不到杀人者。这是一种深存在庸众之中，由历史、传统和数量所构成的令人惊悚、恐怖的力量，它像《呐喊·自序》中的"铁屋子"一般，笼罩着你、压抑着你，让你动弹不得，让你窒息至死。所以，鲁迅得出结论："故是非不可公于众，公之则果不诚；政事不可公于众，公之则治不郅。惟超人出，世乃太平。"④ 即善恶、是非的道德判断，不能依从庸众，若"公之"，则失去真实的标准；国家政事更不可依从大众，若"公之"，则大治不能达到。唯一的希望在于超人、英哲的出现，要由他来引导大众，世界才能走向合理的、理想的境界。

庸众意识不可信服，庸众数量不可盲从，从庸众中"越界"出来的人物也是不可认同的。如上述，权力、金钱、美女，是中国"阿Q似的革命

---

① 鲁迅：《热风·五十九"圣武"》，《鲁迅全集》第 1 卷，人民文学出版社 2005年版，第 372 页。

② 鲁迅：《我之节烈观》，《鲁迅全集》第 1 卷，第 129 页。

③ 鲁迅：《孤独者》，《鲁迅全集》第 2 卷，第 103 页。

④ 鲁迅：《文化偏至论》，《鲁迅全集》第 1 卷，第 53 页。

党"的"革命"目的。可以想象，如若以他们为首的革命成功之后，中国社会将成什么状态？显然，又一轮的屠杀和掠夺将重新开始，又一次的灾难将降临我们民族的头上。所以，鲁迅当时对政局的更替，对中国社会的发展，所产生的怀疑、失望、颓唐，"寂寞的悲哀"，"绝望之为虚妄，正与希望相同"的心境，是完全可以理解的。因为这样的"革命"，决不是鲁迅所企盼的；这样的"革命党"，也决不是鲁迅所寄予希望的。因此，1925年2月，鲁迅才会在《忽然想到》中断然地写下如此沉痛的话："我觉得仿佛没有所谓中华民国。我觉得革命以前，我是做奴隶；革命以后不久，就受了奴隶的骗，变成他们的奴隶了。我觉得有许多民国国民而是民国的敌人。我觉得有许多民国国民很像住在德法等国里的犹太人，他们的意中别有一个国度。我觉得许多烈士的血都被人们踏灭了，然而又不是故意的。我觉得什么都要从新做过。"① 这是鲁迅在历经了困惑、失望、寂寞之后，毅然的决断与选择。

对于那些越界的庸众，或是未越界的庸众，鲁迅是深深地失望了。他只能用另一参照系来唤醒世人："看看别国，抗拒这'来了'的便是有主义的人民。他们因为所信的主义，牺牲了别的一切，用骨肉碰钝了锋刃，血液浇灭了烟焰。在刀光火色衰微中，看出一种薄明的天色，便是新世纪的曙光。曙光在头上，不抬起头，便永远只能看见物质的闪光。"② 鲁迅只能寄希望于国人彻底的醒悟上，成为"有主义的人民"。他希冀国人能"睁了眼看"别国，在那些志士英烈的感召下，真正摆脱了物质、兽欲，真正做到能为自己所信仰的主义而牺牲一切，甚至献出生命都在所不惜，这时，新世纪的曙光才会来临。

"路漫漫其修远兮，吾将上下而求索。"直至30年代初，鲁迅才在代表"中国的脊梁"的人们中找到了自己希望之所托："我们自古以来，就有埋头苦干的人，有拼命硬干的人，有为民请命的人，有舍身求法的人……虽是等于为帝王将相作家谱的所谓'正史'，也往往掩不住他们的光耀，这就是中国的脊梁。这一类的人们，就是现在也何尝少呢？他们有

---

① 鲁迅：《忽然想到》，《鲁迅全集》第3卷，人民文学出版社2005年版，第16—17页。

② 鲁迅：《热风·五十九"圣武"》，《鲁迅全集》第1卷，人民文学出版社2005年版，第373页。

确信，不自欺；他们在前仆后继的战斗，不过一面总在被摧残，被抹杀，消灭于黑暗中，不能为大家所知道罢了。说中国人失掉自信力，用以指一部分人则可，倘若加于全体，那简直是诬蔑。"① 因此，20 年代初，鲁迅对阿 Q 不可能是"怒其不争"，而是"惧怕其争"！这也就是阿 Q 的悲剧结局产生的原因所在。

如前所引，鲁迅还不无忧虑地接着指出："我还恐怕我所看见的并非现代的前身，而是其后，或者竟是二三十年之后。"这里，鲁迅已把《阿Q 正传》的内涵与蕴意，从空间向时间延伸、拓展。他所刻画的由越界庸众构成的"阿 Q 似的革命党"的这场"革命"，并不是已逝去的历史，或许仅是一种萌端，一曲前奏，在中国的现代史上还会一幕幕地重演。鲁迅的忧虑不是没有道理的，其后的中国历史已有了充分的证明。当然其结果正如马克思所说："黑格尔在某个地方说过，一切伟大的世界历史事变和人物，可以说都出现两次。他忘记补充一点，第一次是作为悲剧出现，第二次是作为笑剧出现。"② 不管是悲剧式的阿 Q，还是喜剧式的阿 Q，都构成我们人类的这部历史，在历史上留下了他的踪影，留下他所启示的意义。

钱理群说过："阿 Q 和一切不朽的文学典型一样，是说不尽的。不同时代、不同民族、不同层次的读者从不同角度、侧面去接近它，有着自己的发现与发挥，从而构成一部阿 Q 接受史，这个历史过程没有、也不会终结。"③ 本文愿能成为这个没有终结过程的一块小石。

---

① 鲁迅：《中国人失掉自信力了吗》，《鲁迅全集》第 6 集，人民文学出版社 2005年版，第 122 页。

② 马克思：《路易·波拿巴的雾月十八》，《马恩选集》第 1 卷，人民出版社 1972年版，第 603 页。

③ 钱理群、温儒敏、吴福辉：《中国现代文学三十年》，北京大学出版社 1998 年版，第 47 页。

老舍研究60年历史审视

方 圆 谢昭新

　　新中国的老舍研究，走过了风风雨雨60年。众多的研究者从各个角度切入到老舍的文本世界和人本世界，为中国现代文学研究贡献了一大批优秀的学术成果。老舍研究作为中国现代文学研究的一个重要组成部分，对其研究历程的重新审视不仅有利于今后老舍研究的继续发展，也能够促进中国现代文学研究的继续深入。我将这60年的研究分为四个时期：十七年时期、80年代、90年代、新世纪至今。通过对每个时期重要研究成果的论述，以厘清60年老舍研究的演进脉络。

一 十七年时期：在新旧作品研究中缓步发展

　　老舍于1966年8月去世，之后是十年的文化浩劫，所以这个时期的老舍研究基本上还是在老舍在世时进行的，这可以分成两个方面：一方面，伴随着新中国成立以来老舍新作的不断问世，对于新作尤其是话剧的研究成为重点；另一方面是延续新中国成立前的老舍研究，对新中国成立前老舍旧作的深入探讨。

　　新中国成立后，老舍创作了大量的剧作：《方珍珠》、《龙须沟》、《西望长安》、《茶馆》等。围绕着这些剧作研究界展开了讨论，不过主要还是从政治批评的角度来进行的，艺术批评相对削弱。首先是对《龙须沟》的评论。周扬提出"老舍先所擅长的写实手法和独具的幽默才能，与他对新社会的高度政治热情结合起来，使他在艺术创作上迈进了新的境地"[①]。杨

---

① 周扬：《从〈龙须沟〉学习些什么？》，《人民日报》1951年3月4日。

雨明发现了《龙须沟》的美学风格，认为它与惯例不同，没有完整的故事，也没有主配角之分，每个人物都很重要①。陈大壬则对《龙须沟》进行了批评，认为刘巡长是"旧社会统治人民的警察"，无论怎样"都不能抹煞他的反动本质和罪行"②。从这些评论中，明显可以看出当时政治观念对文学批评的影响之大。这个时期有代表意义的文章还有：郭荧《〈龙须沟〉——新社会的颂歌》③、刘仲平《评〈西望长安〉》④、邓绍基《老舍近十年来的话剧创作》⑤ 等。在这些文章中，邓绍基的文章是比较重要的，他系统论述了老舍近十年的话剧创作，与同时期的就单部剧作进行评论有很大的不同，但是受到时代历史的限制，他在文中过多地从社会政治的角度来阐释老舍的作品，使得他的研究无法进一步深入。

其次是对《茶馆》的研究。《文艺报》为《茶馆》专门举行座谈会，对它进行了讨论。焦菊隐首先谈到了这部剧作的创作过程和"埋葬三个时代"的主题。王瑶认为剧本"时代气氛足，生活气息浓，民族色彩浓，语言精练"，他和张恨水都认为剧本第一幕写得好，而二、三两幕相对较差。李健吾提出了"图卷戏"的概念，还肯定了它"语言好，人物也活"。张光年还把它与《夜店》进行比较，指出二者不同在于"《夜店》是往人物内心深处去挖，而《茶馆》却伸展到更广大的社会面"。陈白尘认为剧本写得非常精练，"全剧的字数并不多，才3万多字，就写了50多年，70多个人物"。在会上，他们还就人物形象、作品的布局、剧作的革命力量等作了探讨⑥。

再次是对旧作的评论。石兴泽在《老舍研究：六十五年沧桑路》一书中认为，由于受到左倾思潮的严重影响，艺术批评被政治批评代替，这时期的旧作评论缺乏科学性和学术性。他从三个方面对这一时期旧作的研究作了述评。第一"文学史家的史论"。他先后列举了几部重要的文学史著作，指出它们给予老舍的篇幅不够，并且研究缺乏深度，这说明文学史家

---

① 杨雨明：《谈〈龙须沟〉》，《新民日报》1951 年 2 月 19 日。

② 陈大壬：《谈〈龙须沟〉的再演出》，《北京日报》1958 年 12 月 17 日。

③ 郭荧：《〈龙须沟〉——新社会的颂歌》，《文学知识》1959 年第 4 期。

④ 刘仲平：《评〈西望长安〉》，《文艺报》1956 年第 13 期。

⑤ 邓绍基：《老舍近十年来的话剧创作》，《文学评论》1959 年第 5 期，第 78—90 页。

⑥ 焦菊隐等：《座谈老舍的茶馆》，《文艺报》1958 年第 1 期。

没有真正认识到老舍的艺术成就和文学史地位。第二，对《骆驼祥子》的研究。对祥子的评论涉及性格特征、堕落原因、典型性问题，尤其是在典型性上与新中国成立前的研究相比有了很大的发展。他分析了思基的一篇文章《谈老舍的〈骆驼祥子〉与〈龙须沟〉》，思基认为祥子是"没有觉醒、没有组织的劳动者的典型形象"，还把祥子失败的原因归结于"他生活的那整个历史朝代"和虎妞"对他的追求、诱骗和控制"。第三是一些"为数极少的综合性研究"，他以蔡师圣《略论老舍早期的小说》为例。蔡文指出《老张的哲学》、《赵子曰》"带有自然主义的倾向"，对旧社会批判的不够，而《骆驼祥子》揭示了"旧社会的残酷和不合理"、"揭示并批判了祥子盲目奋斗的错误"，它是老舍早期创作的思想高峰①。

在《老舍研究的历史回顾与思考》中石兴泽指出方白《读〈骆驼祥子〉》、公兰谷《老舍的〈骆驼祥子〉》、蒋孔阳《谈〈骆驼祥子〉》、思齐的《〈骆驼祥子〉简论》这些文章"持论比较客观"。它们既肯定《骆驼祥子》是成功的现实主义作品以及祥子的典型性，也指出祥子缺乏反抗性和结尾的过于"阴惨"，明显带有社会政治学批评的痕迹②。

整个十七年时期，学术风气是不正常的，在"左"的政治思潮的影响下，政治批评干扰了艺术批评，使得文学批评脱离了正常的轨道，老舍研究也不能够幸免，它在这种偏移中缓慢地向前发展。老舍含冤去世后，"文化大革命"使得老舍研究处于一种停滞甚至是倒退状态，直到"四人帮"被打倒后的新时期的到来，老舍研究才进入了大踏步向前发展的时期。

二　80年代：文本研究的深入发展

1978年6月3日，国务院文化部等给老舍在八宝山公墓举行了骨灰安放仪式。这说明整个文化界的环境发生了重要变化，对老舍的研究开始复苏。80年代的老舍研究主要是集中在文本分析上，对文本的重新阐释和深

---

① 石兴泽：《老舍研究：六十五年沧桑路》，山东文艺出版社1997年版，第27—29页。

② 石兴泽：《老舍研究的历史回顾与思考》，《文学评论》2008年第1期，第191—198页。

入挖掘成了这一时期老舍研究的主调。总的来说，80 年代的老舍研究包括两大方面：一是单篇作品的重新阐释和深入研究，二是文本的跨学科综合分析。

（一）单篇作品的重新阐释和深入研究

宋永毅认为："这是一个向深广延伸的历史跨度，囿于个别作品的封闭型的评论开始向史论结合的开放型的研究发展，研究者们终于获得了一种文学史家的目光。"① 正如宋文所说的那样，这个时期的单篇作品研究已经不同于"文化大革命"前的对于老舍文本的研究。"文化大革命"前的作品分析局限于单篇文本内部，缺乏一种大局观，不能够把单篇文本放在作家整个的创作生命中，更不能纳入中国现代文学史的框架内。80 年代初的文本研究在这方面有了进展，研究者开始以"文学史家的眼光"来审视一部作品。

对《骆驼祥子》的重新阐释。1979 年樊骏发表了《论〈骆驼祥子〉的现实主义》②，可以说是新时期老舍研究的开山之作。文章肯定了祥子形象的典型意义，探讨了祥子悲剧产生的个人与社会原因，并把这部小说放到了中国现代文学史上，肯定了它是一部伟大的现实主义作品。还有研究者从其他角度对这部杰作进行了分析，如王晓琴把祥子与鲁迅笔下的阿 Q 进行对比分析，认为他们的文化内涵中有着相同的国民灵魂，不同的生活轨迹中却有着相同的人生模式③；史承钧就老舍对《骆驼祥子》结尾的修改进行讨论，从总体上看，他认为这种修改是成功的，但也产生了一些新问题④；龙治民从个性解放的角度肯定了虎妞冲破家庭束缚和追求性爱、幸福的行为⑤。相关的文章还有谢昭新的《谈谈老舍的〈骆驼

① 宋永毅：《进入多维视野的老舍——近年来老舍研究述评》，《文学评论》1985年第 3 期，第 82—92 页。

② 樊骏：《论〈骆驼祥子〉的现实主义》，《文学评论》1979 年第 1 期，第 26—39 页。

③ 王晓琴：《国民灵魂与人生模式：阿 Q 与祥子》，《中国现代文学研究丛刊》1990 年第 4 期，第 71—87 页。

④ 史承钧：《试论解放后老舍对〈骆驼祥子〉的修改》，《中国现代文学研究丛刊》1980 年第 4 期，第 278—288 页。

⑤ 龙治民：《虎妞其人》，《中国现代文学研究丛刊》1983 年第 1 期，第 203—208 页。

祥子〉》①、吴小美的《"惊人的道德眼光和心理深度"——〈骆驼祥子〉论》② 等。

　　对《四世同堂》的深入挖掘。对它的研究在 20 年代有一个发展的过程，前期的研究以吴小美的《一部优秀的现实主义作品——评老舍的〈四世同堂〉》③ 为代表。吴文充分肯定了《四世同堂》的现实主义成就，强调它是"写人的杰作"，对小说中的几类人物作了精要的分析，指出它在塑造人的形象上取得了重大的成就。1985 年之后，对这部小说的研究开始转向语言、文化以及对电视剧《四世同堂》的分析上来。在语言研究方面，有夏齐富《犀利精辟含蓄——谈〈四世同堂〉讽刺语言特色》④、《动作是无声的言语——〈四世同堂〉语言艺术侧评》⑤、刘杰《论〈四世同堂〉的语言艺术》⑥、宁义辉《〈四世同堂〉的语言特色》⑦ 等。在文化关注上，周国良《对中国传统文化的理性审视——也论〈四世同堂〉》⑧、胡荣华《试论〈四世同堂〉对中国文化的透视》⑨ 等文颇具代表性。周文提到小说继承了五四新文学"振兴民族精神，改造国民灵魂"的传统，并且"继续高张反封建的思想革命的大旗"。胡文认为："整部作品弥漫着京味十足的文化氛围，浸透着作者对文化的深沉思考，闪烁着关于文化的真知

---

　　① 谢昭新：《谈谈老舍的〈骆驼祥子〉》，《安徽师范大学学报》1977 年第 6 期。

　　② 吴小美：《老舍的小说世界与东西方文化》，兰州大学出版社 1992 年版。

　　③ 吴小美：《一部优秀的现实主义作品——评老舍的〈四世同堂〉》，《文学评论》1981 年第 6 期，第 89—101 页。

　　④ 夏齐富：《犀利精辟含蓄——谈〈四世同堂〉讽刺语言特色》，《安庆师范学院学报》1987 年第 2 期，第 67—72 页。

　　⑤ 夏齐富：《动作是无声的言语——〈四世同堂〉语言艺术侧评》，《安庆师范学院学报》1988 年第 1 期，第 71—78 页。

　　⑥ 刘杰：《论〈四世同堂〉的语言艺术》，《西南民族大学学报》1988 年第 3 期，第 76—81 页。

　　⑦ 宁义辉：《〈四世同堂〉的语言特色》，《华中师范大学学报》1987 年第 3 期，第 133—137 页。

　　⑧ 周国良：《对中国传统文化的理性审视——也论〈四世同堂〉》，《中国文学研究》1989 年第 1 期，第 92—97 页。

　　⑨ 胡荣华：《试论〈四世同堂〉对中国文化的透视》，《湖南科技大学学报》1989 年第 5 期，第 35—40 页。

灼见。"此外还有董炳月的《论〈四世同堂〉的文化忧思》①、杨剑龙的《一个古老民族文化心理的艺术沉思——老舍〈四世同堂〉的文化分析》②等文。

　　对其他重要作品的讨论。比较重要的有史承钧、曾广灿对《猫城记》的研究，史承钧在《试论〈猫城记〉》③中认为，对于这部作品要客观地进行实事求是的分析，要分清它的意义与不足；曾广灿肯定了《猫城记》的主要思想意义，也对小说存在的不足进行了解释④。关于《猫城记》的相关文章还有陈震文的《应该怎样评价〈猫城记〉》⑤、徐文斗的《关于〈猫城记〉的几个问题》⑥、杨中的《论老舍三十年代初期之国情观——也论〈猫城记〉》⑦等。吴小美《市民社会灰色人物的灰色悲剧——评老舍的长篇小说〈离婚〉》认为《离婚》写的是"市民生活中灰色的悲剧"⑧；钱理群的《老舍笔下的个性解放问题——简论〈月牙儿〉的思想独特性》把《月牙儿》的思想独特性概括为"个性解放问题"⑨；苏叔阳提出了《茶馆》不同于传统戏剧的新的戏剧观⑩，冉忆桥《带笑的葬歌——谈围

---

　　①　董炳月：《论〈四世同堂〉的文化忧思》，《海南师院学报》1993年第2期，第45—51页。

　　②　杨剑龙：《一个古老民族文化心理的艺术沉思——老舍〈四世同堂〉的文化分析》，《抚州师专学报》1995年第4期，第52—61页。

　　③　史承钧：《试论〈猫城记〉》，《中国现代文学研究丛刊》1982年第4期，第120—132页。

　　④　曾广灿：《我观〈猫城记〉》，《山东医科大学学报》1988年第2期，第87—93页。

　　⑤　陈震文：《应该怎样评价〈猫城记〉》，《辽宁大学学报》1982年第1期，第59—65页。

　　⑥　徐文斗：《关于〈猫城记〉的几个问题》，《齐鲁学刊》1983年第6期，第74—81页。

　　⑦　杨中：《论老舍三十年代初期之国情观——也论〈猫城记〉》，《四川大学学报》1984年第2期，第61—67页。

　　⑧　吴小美：《市民社会灰色人物的灰色悲剧——评老舍的长篇小说〈离婚〉》，《兰州大学学报》1984年第1期，第75—82页。

　　⑨　苏叔阳：《惶惑的思考——谈〈茶馆〉所体现的戏剧观》，《中国现代文学研究丛刊》1988年第2期，第167—178页。

　　⑩　同上。

绕〈茶馆〉争议的几个问题》指出它是时代"带笑的葬歌"① 等。在老舍散文研究方面，谢昭新《老舍散文艺术欣赏》② 从主题、情感表现、语言三方面对其散文进行了阐释，是老舍散文研究方面的重要文章。

（二）文本的跨学科综合分析

80 年代的老舍研究在单篇文本的基础上向跨学科的综合分析发展，研究者自身素质的提升和整个文化环境的变化共同推动了老舍研究的发展。这种综合研究主要体现在以下几个方面：创作个性与创作道路研究，与中国新文学及西方文学关系的比较研究，语言与幽默风格研究等。

创作个性与创作道路的探讨。对创作个性研究有重要影响的论文有：赵园《老舍——北京市民社会的表现者与批判者》③、关纪新《老舍创作个性中的满族素质》④、李辉、韩经太《老舍创作个性新探》⑤、郝长海《漫谈老舍的创作个性》⑥。赵园指出，作为小说家的老舍对中国现代文学最大的贡献就是对市民阶层与市民性格的表现和"对于中国现代小说民族化的独特道路的探索"，肯定老舍是"中国现代文学史上最杰出的市民社会的表现者和批判者"。关纪新在文中阐释了老舍创作个性中常被人忽视的满族品格，从多个方面论证了老舍创作个性中的满族素质。李辉、韩经太则从其小说创作中贯穿性主题的逐渐成熟与深化、老舍创作中的理性倾向和作品中对生活质感的追求等三个方面论证老舍的创作个性。郝长海从老舍作品中概括出了特殊的"老舍味"，包括苦味、京味与趣味。

这个时期研究者具有难得的文学史眼光，开始自觉地关注作家的创作

---

① 苏叔阳：《惶惑的思考——谈〈茶馆〉所体现的戏剧观》，《中国现代文学研究丛刊》1988 年第 2 期，第 167—178 页。

② 谢昭新：《老舍散文艺术欣赏》，《中国现代文学研究丛刊》1988 年第 2 期，第 179—192 页。

③ 赵园：《老舍——北京市民社会的表现者与批判者》，《文学评论》1982 年第 2 期，第 35—50 页。

④ 关纪新：《老舍创作个性中的满族素质》，《社会科学战线》1984 年第 4 期，第 283—287 页。

⑤ 李辉、韩经太：《老舍创作个性新探》，《天津师范大学学报》1986 年第 5 期，第 54—59 页。

⑥ 郝长海：《漫谈老舍的创作个性》，《吉林大学学报》1987 年第 4 期，第 75—81 页。

道路与其在文学史上的地位，而且颇有争议。樊骏的《从〈鼓书艺人〉看老舍创作的发展》，系统地论述了《鼓书艺人》在老舍创作中的地位，称它是"他漫长的创作道路中一块重要的里程碑"①。范亦豪认为《月牙儿》是"通向《骆驼祥子》的重要阶石"②；徐文斗提出了《老张的哲学》是老舍整个小说创作的奠基石的主张③；袁雪洪认为《离婚》是老舍创作走向成熟的标志④。在老舍新中国成立后的创作评价方面，王行之《我论老舍》指出，老舍创作在新中国成立后发生大滑坡⑤，李润新《是"驼峰"而非"滑坡"》针锋相对，指出《骆驼祥子》与《茶馆》是老舍创作的两个高峰，他并没有发生"艺术大滑坡"⑥。

与中国新文学及西方文学关系的比较研究。在 80 年代，对老舍创作与中国新文学的关系研究、与西方文学的比较分析成了热点，但是在研究的深度上还是有一定局限性的。当研究者具备了能够把作家放在文学史的层面上进行分析的能力时，现代作家与中国新文学的关系研究自然也就进入了研究者的视野中。孙玉石《老舍的艺术地位和现代文学史观念的更新》⑦，韩经太、李辉《中国新文学发展中的老舍》⑧，万平近《老舍与"五四"》⑨ 等文章很有影响。孙文总体上从历史、审美、民族风格上充分肯定了老舍在现代文学史上的历史地位；韩、李的文章把老舍艺术思想的流变与中国现代文学史的发展结合起来，研究很有深度；万文从五四精神

① 樊骏：《从〈鼓书艺人〉看老舍创作的发展》，《中国现代文学研究丛刊》1982年第 3 期，第 1—27 页。

② 范亦豪：《论〈月牙儿〉及其在老舍创作中的地位》，《文学评论》1984 年第 4期，第 45—53 页。

③ 徐文斗：《〈老张的哲学〉——老舍小说创作的奠基石》，《东岳论丛》1986 年第 4 期，第 88—93 页。

④ 袁雪洪：《论〈离婚〉及其在老舍创作道路上的地位》，《江海学刊》1987 年第 3 期。

⑤ 王行之：《我论老舍》，《文艺报》1989 年 1 月 21 日。

⑥ 李润新：《是"驼峰"而非"滑坡"》，《文艺报》1989 年 12 月 16 日。

⑦ 孙玉石：《老舍的艺术地位和现代文学史观念的更新》，《民族文学研究》1986年第 4 期，第 8—16 页。

⑧ 韩经太、李辉：《中国新文学发展中的老舍》，《文学评论》1987 年第 1 期，第103—113 页。

⑨ 万平近：《老舍与"五四"》，《福建论坛》（人文社会科学版）1989 年第 2 期，第 28—35 页。

对老舍思想和创作的影响、老舍对发扬五四精神和推动新文化运动的贡献两个角度进行了探讨。

　　将老舍创作与西方文学进行比较研究，代表性的研究有：郝长海《老舍与外国文学》简要地概括了老舍与康拉德、斯威夫特、但丁的关系，以及外国幽默文学对他的影响，并指出外国文学与老舍只是"流"而非"源"的关系①。马焯荣把《四世同堂》与《战争与和平》、《神曲》、《格列佛游记》等欧洲文学作品进行了比较分析，指出了他们对《四世同堂》的影响②。李冰霜则从老舍的幽默艺术角度探讨了他与狄更斯创作之间的关系，认为他既受狄更斯的影响，同时又有自己的独特之处③。

　　对语言与幽默风格的讨论。在首届老舍学术研讨会上提交的论文中，就有研究者着手从语言学的角度来研究老舍，如孟琮《老舍著作中虚词和语法的格式》，黄俊杰等《利用微型电子计算机对〈骆驼祥子〉进行语言自动处理》都很有创新意义。第二届老舍全国研讨会上，又有两篇研究老舍话剧语言的论文：王延晞《论老舍的话剧语言》、耿建华《老舍话剧语言艺术浅谈》，这两篇文章对老舍的话剧语言艺术进行了研究。相关的文章还有章罗生《论老舍语言的艺术特色》，他把老舍的语言艺术特色概括为"俗白、清浅，形象、准确，细腻、鲜明，幽默、风趣"等特点④。孙钧政的《老舍的艺术世界》⑤对老舍的语言美作了全面研究，周关东的《老舍小说比喻撷英》⑥从修辞学角度对老舍小说语言进行分析，高万云《老舍小说的用词艺术》⑦也对老舍小说的语言作了有益探索。

　　幽默风格的研究是老舍研究的重要内容，这个时期的研究开始超越对单篇作品幽默艺术的分析，逐渐走向对其幽默的总体关注。80 年代稍早的

①　郝长海：《老舍与外国文学》，《吉林大学学报》1982 年第 5 期，第 12—18 页。
②　马焯荣：《〈四世同堂〉与欧洲文学》，《中国文学研究》1985 年第 1 期，第 87—95 页。
③　李冰霜：《笑的艺术——谈老舍的幽默艺术与狄更斯的创作》，《外国文学研究》1986 年第 1 期，第 94—99 页。
④　章罗生：《论老舍语言的艺术特色》，《湘潭大学学报》1989 年第 2 期，第 58—61 页。
⑤　孙钧政：《老舍的艺术世界》，十月文艺出版社 1992 年版。
⑥　周关东：《老舍小说比喻撷英》，华东师范大学出版社 1987 年版。
⑦　高万云：《老舍小说的用词艺术》，《修辞学习》1984 年第 2 期。

文章有黄循洛《试论老舍的幽默》①，分别从以现实生活为依据、思想内容丰富、用幽默来刻画人物、用多种手法创造幽默情境等方面来阐释老舍的幽默风格。陶长坤《论老舍小说的幽默》②、《老舍幽默探源》③ 系统分析了老舍幽默的来源，指出老舍幽默与中国古代幽默文学的传承关系，对外国幽默文学只是作了借鉴与吸收。张中良的《老舍与张天翼：为中国召唤塔利亚》④ 将老舍的幽默与张天翼的讽刺进行了比较分析。刘诚言《老舍幽默论》⑤ 系统探讨了老舍的幽默艺术，是老舍幽默研究方面的重要收获。80 年代关于幽默研究的论著不少，却没有穷尽对这一问题的探索，但深化了对这一问题的认识与看法，90 年代的幽默研究则在它的基础上继续发展。

三　90 年代：文本世界向人本世界的大转换

90 年代的老舍研究实现了由文本研究向人本研究的转换。这种转换在80 年代中后期已经慢慢开始了，具体表现就是老舍评传和老舍年谱的出现：王慧云、苏庆昌《老舍评传》⑥，郝长海、吴怀斌《老舍年谱》⑦，甘海岚《老舍年谱》⑧ 等。90 年代虽然也有评传出版，如关纪新《老舍评传》⑨，但是 80 年代中后期出现的评传与年谱显然更具开创意义，它在一定程度上显示了老舍研究由文本世界向人本世界转换的端倪。

90 年代的老舍研究必须提到的一篇文章是樊骏的《认识老舍》⑩。樊骏肯定了老舍对五四优良传统的继承和发扬，认为老舍是通过对作品中人

---

① 黄循洛：《试论老舍的幽默》，《中国现代文学研究丛刊》1983 年第 3 期，第 172—184 页。

② 陶长坤：《论老舍小说的幽默》，《文学评论丛刊》1984 年第 12 期。

③ 陶长坤：《老舍幽默探源》，《社会科学辑刊》1985 年第 2 期，第 153—158 页。

④ 张中良：《老舍与张天翼：为中国召唤塔利亚》，《西北大学学报》1987 年第 3 期，第 56—60 页。

⑤ 刘诚言：《老舍幽默论》，广西民族出版社 1989 年版。

⑥ 王慧云、苏庆昌：《老舍评传》，花山文艺出版社 1985 年版。

⑦ 郝长海、吴怀斌：《老舍年谱》，黄山书社 1988 年版。

⑧ 甘海岚：《老舍年谱》，北京书目文献出版社 1989 年版。

⑨ 关纪新：《老舍评传》，重庆出版社 1998 年版。

⑩ 樊骏：《认识老舍》，《文学评论》1996 年第 5、6 期。

物和生活文化内涵的挖掘进行思想启蒙。文章不仅考察了老舍与北京的关系，并指出了老舍的"京味"中包含了满族气质与旗人文化。《认识老舍》提出的观点涉及老舍研究的主要问题，可以说代表了 90 年代老舍研究的高度和成就。90 年代老舍的人本研究主要表现在以下三大方面：老舍之死、老舍文化心理、老舍思想。

老舍之死的研究。老舍之死其实超越了一般意义上的生与死的概念，已经逐渐演变成一种文化现象，对老舍之死的研究也就成了对一种文化的研究。对老舍之死的研究首先要追溯至 1987 年出版的两本书：《老舍之死》与《老舍最后的两天》①。在《老舍之死》序言中，巴金认为老舍是"用自杀抗争"，但这种抗争是"消极抵抗"，不是"勇敢的行为"②。这两本书既确定老舍是自杀这一事实，也介绍了老舍生平的一些事，使读者对老舍有了新的了解。宋永毅《老舍之死与中国文人的古典生命观》③ 认为，"舍生取义"的古典生命观使得老舍选择了极具气节性的"自杀殉道，以示抗议"的死亡模式，他的死有着理想人格和道德实现的古典美。这篇文章已经将老舍之死作为一种文化现象而非简单的对死亡本身进行考察，对后来研究这一问题很有启发性。

90 年代初，李润新《"永铭俯首与横眉"——也谈老舍之死》④ 批判了借"老舍之死"来贬低与责难老舍的言论，指出对其自杀原因和性质的最公正和最科学的评价是巴金先生的"用自杀抗争"。吴小美认为老舍是一个"真正的文人"，他崇尚屈原的气节，他用死为他的文化殉葬，并对自己的人格和文化心理做了最后的阐释⑤。郝长海《老舍之死的信仰拷问》⑥ 一文从老舍之死去考察其精神信仰，认为老舍既无宗教信仰，也无世俗的主义信仰，他真正的信仰是对文学艺术的信仰，而正是这种信仰导

① 舒乙：《老舍最后的两天》，花城出版社 1987 年版。
② 舒乙主编：《老舍之死》，国际文化出版公司 1987 年版，第 1—2 页。
③ 宋永毅：《老舍之死与中国文人的古典生命观》，《中国现代文学研究丛刊》1988 年第 3 期，第 305—307 页。
④ 李润新：《"永铭俯首与横眉"——也谈老舍之死》，《文艺理论与批评》1990 年第 6 期，第 51—56 页。
⑤ 吴小美等：《中国现代作家与东西方文化》，兰州大学出版社 1990 年版，第 76—141 页。
⑥ 郝长海：《老舍之死的信仰拷问》，《齐鲁学刊》1996 年，第 93—98 页。

致了他选择了自杀来结束自己的生命。

老舍文化心理研究。90 年代产生了不少文化心理研究的专著，成果很丰富。吴小美、魏韶华《老舍的小说世界与东西方文化》将老舍放在东西方文化的大碰撞中进行研究，这种东西方文化之间的跨文化研究正是这本书的特色①。谢昭新《老舍小说艺术心理研究》则将老舍小说研究与心理学联系起来，分别从老舍小说的"记忆世界"、"感觉世界"、"无意识迹象"、"情感与思维"、"心理结构"、"喜剧心理"等六个方面研究老舍小说的艺术心理②。甘海岚的《老舍与北京文化》③ 也从北京文化的角度入手，考察老舍的人本世界与北京文化的关系。宋永毅《老舍与中国文化观念》④ 把老舍放在中西文化的背景下，利用多种视角对老舍世界丰富的文化内涵进行了考察。

研究者们同时写出了不少有价值的文章来丰富和发展对老舍文化心理的研究。王晓琴《忧国与忧民——老舍文化心理透视之一》⑤ 从老舍童年与青年受到的文化熏陶出发，将老舍的文化心理归结于忧国与忧人两个方面。石兴泽认为老舍的文化心理是一个圈，概括起来就是由中国传统文化转向西方文化，再由西方文化回归中国传统文化；或者概括为由北京市民文化转向知识分子文化，再由知识分子文化回归北京市民文化，并最终埋葬于北京市民文化⑥。岳凯华从老舍对封建家族宗法观念的批判以及其小说中对家长、长子长孙和贤妻良母的把握出发，揭示老舍的家族情结，而这种家族情结又是其文化心理中儒家文化的重要组成部分，从而揭示儒家文化对老舍的影响⑦。刘秉山分别从强烈的使命感与忧患意识、形象塑造

---

① 吴小美等：《开创"老舍世界"诠释与研究的新局面》，《中国现代文学研究丛刊》1995 年第 2 期，第 68—92 页。

② 谢昭新：《老舍小说艺术心理研究》，北京十月文艺出版社 1994 年版。

③ 甘海岚：《老舍与北京文化》，中国妇女出版社 1993 年版。

④ 宋永毅：《老舍与中国文化观念》，学林出版社 1988 年版。

⑤ 王晓琴：《忧国与忧民——老舍文化心理透视之一》，《中国现代文学研究丛刊》1992 年第 2 期，第 114—127 页。

⑥ 石兴泽：《老舍文化心理的运行轨迹》，《中国现代文学研究丛刊》1994 年第 4 期，第 176—195 页。

⑦ 岳凯华：《家族：富有魔力的情感符号——对老舍小说儒家文化景观的透视》，《中国文学研究》1996 年第 1 期，第 73—78 页。

和心理内涵、民族风俗与语言三个方面分析老舍小说与中国传统文化的关系①。谢昭新《老舍的文化心态与中国知识分子》② 提出了老舍文化心理的核心部分是由传统文化与西方文化组成的观点。

对老舍思想的研究主要包括对老舍文学思想、教育思想、宗教思想研究等几个方面。在文学思想方面，石兴泽《老舍文学思想的生成和发展》③ 分别考察了老舍文学思想生成的源流、老舍不同时期文学思想演变与原因、老舍的文化心理对其文学思想的制约等三个方面。相关的研究文章有崔明芬《为人生、为抗战、为人民——论老舍文艺思想及其流变》④、曾广灿《试述老舍在抗战期间的文艺思想》⑤、章罗生的《老舍文艺思想漫谈》⑥ 等。教育思想方面有孙蕊《从〈牛天赐传〉看老舍教育思想的一个方面》（第六届全国老舍研讨会文章）、崔明芬《〈牛天赐传〉和老舍的风俗教育思想》⑦、《人格教育与儿童教育：老舍小说中的教育思想之二》⑧ 等，其中，崔文是比较早的从教育心理学角度研究老舍教育思想的文章。

90 年代召开的三次全国老舍研讨会上，每一届都有学者提交有关老舍宗教思想研究的论文。徐德明在第五届老舍学术研讨会上提交了论文《老舍的宗教态度与创作》，他在文中首先肯定了老舍是基督教徒，由此决定了他的真理性的宗教观，并影响到了他崇高人格、大同世界的理想及感悟式思维方式的形成，这种宗教文化也促成了他"灵的文学"⑨。在第六届

①　刘秉山：《老舍小说与中国传统文化》，《辽宁大学学报》1996 年第 2 期，第 91—94 页。

②　谢昭新：《老舍的文化心态与中国知识分子》，《北京社会科学》1990 年第 1 期，第 60—68 页。

③　石兴泽：《老舍文学思想的生成和发展》，山东文艺出版社 1993 年版。

④　崔明芬：《文化巨人老舍》，山东友谊书社 1992 年版。

⑤　曾广灿：《试述老舍在抗战期间的文艺思想》，《山西师范大学学报》1985 年第 1 期。

⑥　章罗生：《老舍文艺思想漫谈》，《湘潭大学学报》1993 年第 3 期，第 10—15 页。

⑦　崔明芬：《〈牛天赐传〉和老舍的风俗教育思想》，《文学评论》1988 年第 4 期，第 170—171 页。

⑧　崔明芬：《人格教育与儿童教育：老舍小说中的教育思想之二》，《聊城师范学院学报》1990 年第 1 期，第 117—122 页。

⑨　徐德明：《老舍的宗教态度与创作》，《民族文学研究》1999 年第 4 期，第 49—56 页。

研讨会上，丁戈《老舍国民改造观中的基督教意识》认为，老舍"对国民性问题的探索，是基于他对世界大同的人类终极理想的思考"。第七届研讨会上，有三篇宗教思想研究的论文：杨剑龙《论基督教文化与老舍的小说创作》、王玉琦《灵的救赎：老舍宗教观念解读》、张桂兴《试论老舍的宗教情结》。杨文探讨了老舍作为一个基督教徒，基督教文化对其精神世界的影响和这种文化在老舍小说中的具体表现。王文认为老舍"以社会历史使命感与爱国主义思想为中坚"，再加上他"关注国民灵魂的拯救"的宗教情怀，从而生成了带有宗教色彩的文化启蒙姿态："灵的救赎"①。张桂兴更是从佛教、基督教、伊斯兰教三个方面论述老舍的宗教观②，比王文的视野更加开阔，进一步丰富了对老舍宗教思想的认识。

90 年代老舍研究的主要聚焦点虽然在老舍人本研究上，但是关于老舍的文本研究并没有中断，仍在不断地向前发展，甚至在某些领域有很大的突破。在语言研究方面，曾广灿将老舍语言的独特风格概括为"追求俗、白，不名雕饰"，"幽默智俏，深隽丰富"，"本色味，声律美"三个方面③。王建华则对老舍新文学白话语言理论的认知与实践做了总结④。在幽默风格的探讨上，徐德明在《老舍的风格与幽默》中把幽默与风格进行平行研究，从而概括出老舍幽默的两种表现形态：一是"由趣味判断而价值判断"，二是"一种特殊的情感体验"⑤。王晓琴《老舍的幽默艺术特征》⑥、《老舍与中国现代幽默思潮》⑦ 将老舍的幽默概括为三个多元互补的开放性特征，并且与 30 年代的幽默思潮联系起来，系统阐释了老舍对

①　王玉琦：《灵的救赎：老舍宗教观念解读》，《盐城师范学院学报》1999 年第 3 期，第 19—22 页。

②　张桂兴：《试论老舍的宗教情结》，《山东医科大学学报》1999 年第 3 期，第 58—66 页。

③　曾广灿：《略论老舍的文学语言》，《周口师专学报》1996 年第 13 卷第 1 期，第 10—14 页。

④　王建华：《老舍的语言艺术》，语言文化大学出版社 1996 年版。

⑤　徐德明：《老舍的风格与幽默》，《扬州大学学报》1990 年第 3 期，第 37—42 页。

⑥　王晓琴：《老舍的幽默艺术特征》，《文学评论》1996 年第 3 期，第 150—160 页。

⑦　王晓琴：《老舍与中国现代幽默思潮》，《中国现代文学研究丛刊》1998 年第 2 期，第 98—112 页。

这股思潮的认同与超越。在比较研究方面，谢昭新《老舍与吴梅村比较论》①、《老舍与唐代传奇小说》②，阐释了吴梅村诗词和唐传奇小说对老舍诗歌创作与小说的影响，很有创见性。

　　总的来说，随着人们视野的开阔、知识结构的深化，研究者队伍的不断壮大，90 年代的老舍研究在多元发展的格局下取得了比较辉煌的成绩。1999 年 2 月召开的全国第七届暨第二届国际老舍学术研讨会更是把老舍研究推向了一个高峰。一方面，在老舍人本世界的研究上，对老舍之死、老舍的文化心理、老舍思想的研究取得了重大的研究成果；另一方面，在老舍文本世界的研究上，研究者继承和发展了 80 年代的研究成果，对语言、幽默等一些课题进行了深入挖掘，也开拓了一些新的领域。

四　新世纪：在低潮中的深入发展

　　新中国成立以来的老舍研究经过了"十七年时期"、80 年代、90 年代的发展之后，在 90 年代末走向了巅峰，老舍的作品研究、对老舍人本世界的文化观照都取得了非常大的成就。在 21 世纪初，老舍研究遇到了瓶颈：研究角度难以创新，渐渐走向单一化；很多论述与观点已经被学界承认和认可，突破前人观点极难，而研究者由对新领域的突破渐渐走向沉寂。但是，一大批优秀的研究者通过不断的努力，在低潮中也取得了一定的突破与发展，而这也正在慢慢改变着这种研究的沉寂状态。

　　老舍个性文化心理研究。石兴泽《平民作家老舍——关于老舍的一种阅读定格》③ 认为，老舍是一个深受大杂院影响的平民作家，他的文化心理具有平民和现代作家的二重性。吴小美、古世仓《老舍个性气质论》④从老舍早年家境和生活时代的角度出发，分析老舍个性气质的形成原因。

---

　　①　谢昭新：《老舍与吴梅村比较论》，《安庆师范学院学报》1999 年第 2 期，第 46—51 页。

　　②　谢昭新：《老舍与唐代传奇小说》，《安徽师范大学学报》1999 年第 2 期，第 125—130 页。

　　③　石兴泽：《平民作家老舍——关于老舍的一种阅读定格》，《民族文学研究》2006 年第 4 期，第 36—42 页。

　　④　吴小美、古世仓：《老舍个性气质论》，《文学评论》1999 年第 1 期，第 37—46 页。

一直致力于老舍满族个性气质研究的关纪新，在新世纪也在继续深化着这一领域的研究。《论旗人作家老舍》① 一文介绍了老舍的满族出身和满族性格的养成，论证了他作为满族作家所体现在作品中的满族气质与风格，并考察了老舍何以走上了艺术道路。他的专著《老舍与满族文化》②，把老舍放入满族文学的范畴内，系统论述了满族文化对老舍文化心理的影响以及作品中所表现出来的满族文化特质。

文学创作的综合性研究。新世纪初期以来，对老舍文学创作的综合性研究进入了低潮期，高水准的研究论著不多，随着时间的推移，这种局面正慢慢地得到改善。谢昭新《论老舍对中国现代小说理论的贡献》系统地阐释了老舍的小说理论对中国现代小说理论的贡献：第一，老舍对小说创作倾向的系统深刻的认识；第二，老舍对小说本体的艺术特征、叙事技巧的阐释；第三是老舍对小说体式与风格的探求③。他的《论老舍小说创作方法及艺术形式的创新》④ 对老舍的创作思想、创作方法以及在艺术形式方面的创新，作了深入、开拓性的研究。王晓琴考察了老舍在各个不同时期对文化精神的求索，认为这种对文化精神的求索贯穿了老舍的一生，成为他文学与生命世界最重要的思想支点⑤。崔明芬《老舍·文化之桥》⑥详细解读了老舍文化血脉中的本土性、民族性、世界性等丰富的文化意蕴。古世仓、吴小美《论老舍"幽默"的主客体统一性》⑦ 从主客体统一的角度，论述老舍的个性气质、认知方式、表现方式与对象特性以及时代影响所形成的幽默特性和价值，并且指出他的幽默是与中国现代革命复杂微妙关系的折射。近些年来，在老舍与民族精神文化的建构这一领域，研

① 关纪新：《论旗人作家老舍》，《内蒙古大学艺术学院学报》2005 年第 4 期，第78—89 页。

② 关纪新：《老舍与满族文化》，辽宁民族出版社 2008 年版。

③ 谢昭新：《论老舍对中国现代小说理论的贡献》，《中国现代文学研究丛刊》2002 年第 4 期，第 147—164 页。

④ 谢昭新：《论老舍小说创作方法及艺术形式的创新》，《文学评论》2003 年第 5期，第 113—120 页。

⑤ 王晓琴：《文化精神的求索——老舍与二十世纪论之二》，《首都师范大学学报》2002 年第 3 期，第 61—66 页。

⑥ 崔明芬：《老舍·文化之桥》，中华书局 2005 年版。

⑦ 古世仓、吴小美：《论老舍"幽默"的主客体统一性》，《文艺研究》2005 年第 11 期，第 55—62 页。

究者们获得了不少研究成果，纪念老舍先生诞辰 110 周年国际学术研讨会的中心议题就是"老舍与中华民族精神文化构建"，与会者提交了很多论文。谢昭新《论老舍的"和谐"文化观》一文探讨了老舍以审美文化学和审美社会学建构起来的"和谐"文化观，指出他的审美文化学融合了中西文化，在对社会制度、形态和人的审视中建构起了自己的审美社会学，这二者又构成了老舍的"和谐"文化观。此类论文还有关纪新的《一位文化巨子的伦理站位》、王本朝的《厚德载物与老舍小说创作的叙事伦理》等。

　　文本细读。在老舍研究走入低潮时，进行文本细读，重新挖掘经典作品的内涵有助于老舍研究的发展。《骆驼祥子》一直是研究者关注的重点，在新世纪不少论述也颇有创新性。李玲《〈骆驼祥子〉中的人道温情与启蒙立场》① 着重从老舍对祥子个人主义的复杂态度与生命意志缺陷的宽容中考察老舍的人道主义思想，并且从老舍对祥子与洋车夫群体关系角度考察老舍的启蒙思想。陈思和《〈骆驼祥子〉：民间视角下的启蒙悲剧》② 一文通过文本细读，探讨了作品中蕴含的民间与启蒙的关系及老舍的创作心理。徐德明《〈骆驼祥子〉和现实主义批评框架》③ 阐释了 20 世纪现实主义批评框架中的强势论述的"见"与"不见"，论证了本土创作与外来理论之间的讹错。

　　研究者还对老舍的其他作品予以了细读和新的阐释。魏韶华《论老舍〈离婚〉的现代性》④，重新阐释老李作为"现代人"模型的意义以及这种"现代人"的普世性和民族性价值。温儒敏《文化批判视野中的小说〈二马〉》一文，将《二马》放在文化批判的视野进行重新考察，认为写这部作品时老舍已经有了敏锐的写作意旨，它"开启了老舍创作文化批判的道路"⑤。谢昭新的《在"传统"与"现代"之间徘徊——论老舍小说理想

---

　　① 李玲：《〈骆驼祥子〉中的人道温情与启蒙立场》，《福州大学学报》2000 年第 1 期，第 31—35 页。

　　② 陈思和：《〈骆驼祥子〉：民间视角下的启蒙悲剧》，《陕西师范大学学报》2004 年第 33 卷第 3 期，第 5—16 页。

　　③ 徐德明：《〈骆驼祥子〉和现实主义批评框架》，《中国现代文学研究丛刊》2007 年第 3 期。

　　④ 魏韶华：《论老舍〈离婚〉的现代性》，《兰州大学学报》2000 年第 4 期，第 126—132 页。

　　⑤ 温儒敏：《文化批判视野中的小说〈二马〉》，《中国现代文学研究丛刊》2000 年第 4 期，第 123—128 页。

爱情叙事》① 认为老舍将早年的初恋情绪融入小说创作中，形成了一条理想爱情叙事线索，在原型想象和爱情叙事中，彰显着老舍对理想女性的崇拜和对女性爱情命运的怜悯、同情。吴小美等《老舍的文化理想与〈大地龙蛇〉》认为，《大地龙蛇》是一部"受命文学"，老舍通过抗战来检讨中国文化，并且书写自己的文化理想，在这部"理念化"的作品中，老舍收获的民族"精神庄稼"仍具有很大价值②。谢昭新、许德《从〈四世同堂〉到〈茶馆〉试论老舍小说与戏剧的沟通》③ 一文，解读了《四世同堂》和《茶馆》在创作思维和艺术形式上的沟通之处。

新方法的运用。新世纪以来，老舍研究一大可喜的地方就是研究者将新的研究方法带入到了老舍研究中，研究也越来越趋于个性化。在叙事学研究方面，徐德明《老舍小说融中西诗学的实践》④ 在叙事诗学的范围内阐释老舍对传统诗学文化的改造及在修辞层面对中西诗学所做的整合。他的《老舍小说的叙述学价值》认为老舍"整合了优秀的中国民间小说的细腻叙述、古典文学的篇章叙述和西方小说的叙事方法，丰富发展了叙事学理论"⑤。王鹤丹的《说法中现身——老舍小说中的叙述者》⑥ 从叙述者的角度来分析老舍小说对新旧传统的融合。从性别学角度所作的研究 90 年代已有涉猎，如王春林、王晓俞《月牙儿：女性叙事话语与中国文人心态的曲折表达》⑦，张丽丽《从虎妞形象塑造看老舍创作的男权意识》⑧，王

---

① 谢昭新：《在"传统"与"现代"之间徘徊——论老舍小说理想爱情叙事》，《文学评论》2008 年第 1 期，第 54—59 页。

② 吴小美等：《老舍的文化理想与〈大地龙蛇〉》，《中国现代文学研究丛刊》2006 年第 4 期，第 69—86 页。

③ 谢昭新、许德：《从〈四世同堂〉到〈茶馆〉试论老舍小说与戏剧的沟通》，《民族文学研究》2002 年第 1 期，第 42—47 页。

④ 徐德明：《老舍小说融中西诗学的实践》，《中国现代文学研究丛刊》2000 年第 1 期，第 211—222 页。

⑤ 徐德明：《老舍小说的叙述学价值》，《扬州大学学报》2001 年第 1 期，第 21—28 页。

⑥ 王鹤丹：《说法中现身——老舍小说中的叙述者》，《走近老舍》，京华出版社 2002 年版。

⑦ 王春林、王晓俞：《月牙儿：女性叙事话语与中国文人心态的曲折表达》，《文艺理论研究》1996 年第 3 期，第 60—66 页。

⑧ 张丽丽：《从虎妞形象塑造看老舍创作的男权意识》，《齐鲁学刊》2000 年第 4 期，第 63—66 页。

桂妹、郝长海《传统品格的坚守与重塑——论老舍小说中的女性观》①等。进入新世纪后，性别研究方面有代表性的论文有：石兴泽《从女性形象塑造看老舍文化心理的传统走向》②、李玲《老舍小说的性别意识》③等。石文认为老舍在女性形象的塑造上散发出了浓厚的传统气息，他在对贤妻良母的赞美、对风尘女子的同情，以及对摩登女性的厌恶等方面都体现了这种传统气息。李文从性别的角度探讨了老舍的性别意识，认为他的性别意识，"呈现出现代文化观念与传统文化观念相交织、男权立场与合理的男性立场相渗透的复杂局面"。

　　综观新中国成立以来60年的老舍研究，经历了新中国成立初期作品研究的缓步发展，到八九十年代文本和人本世界研究走向高峰，直至新世纪在低潮中的深入发展。这60年的研究倾注了大批研究者的心血，获得了极高的学术成就。对于老舍研究来说，低潮期是正常的，而低潮又孕育着高潮期的到来，但要摆脱这种低潮期的状态，就需要研究者不断地开拓创新，运用多种研究方法，使老舍研究走向多元化，创造老舍研究新的辉煌！

---

　　①　王桂妹、郝长海：《传统品格的坚守与重塑——论老舍小说中的女性观》，《中国现代文学研究丛刊》1999年第2期，第265—275页。

　　②　石兴泽：《从女性形象塑造看老舍文化心理的传统走向》，《聊城大学学报》2002年第5期，第1—8页。

　　③　李玲：《老舍小说的性别意识》，《南京大学学报》2005年第6期，第74—82页。

心理结构的平衡与颠覆

——论陈忠实新世纪以来的小说创作

李遇春

一

在《白鹿原》面世后将近十年的时间里，陈忠实的小说创作出人意料地陷入了停滞。这让众多喜爱他的小说的读者感到惋惜和不解。直到新世纪伊始，陈忠实才对小说这种文体重新产生了兴趣，他陆续发表了九个短篇小说，可惜评论界关注不多，人们的目光总是聚焦于《白鹿原》而不愿移开。事实上，陈忠实新世纪以来的小说创作不仅体现了他对自己曾经确立而后中断的小说传统和小说观念的接续和传承，而且代表了一个老作家对小说艺术的新的求索。

优秀的小说家一般都会形成自己特有的小说观。米兰·昆德拉在他的《小说的艺术》的题记中写道："每位小说家的作品都隐含着作者对小说历史的理解，以及作者关于'小说究竟是什么'的想法。"当然，不同境界的小说家对小说历史的理解和对小说的根本看法是不同的，普通小说家的小说观往往流于普遍的既定的理解，缺乏自己的独特思考，而在优秀的小说家那里，他们对小说性质的理解往往融入了他们自己特有的生命体验和理性思索。比如对昆德拉而言，小说是"关于存在的一种诗意思考"。昆德拉的小说观受到了胡塞尔的现象学的启示，他的小说创作中隐含了他对"被遗忘了的存在"的发现和探究。[①] 而对于陈忠实来说，小说是对生命体验的书写。这种生命体验不同于表面的生活经验，而是一种深层的融感

---

① 米兰·昆德拉：《小说的艺术》，上海译文出版社 2004 年版，第 5、45 页。

性经验与理性思辨于一炉的精神实体。陈忠实说："我觉得从生活体验进入到生命体验，它好像已经经过了一个对现实生活的升华的过程。这就好比从虫子进化到蛾子，或者蜕变成美丽的蝴蝶一样。"① 青虫化蝶，这个"化"的过程，就是陈忠实所理解的生命体验的境界。如果用陈忠实的小说艺术标准进行衡量，他认为昆德拉的《生命中不能承受之轻》达到了书写生命体验的境界，而《为了告别的聚会》和《玩笑》等作品则还停留在生活体验的层次上。自然，陈忠实的小说也不是每一部都达到了书写生命体验的境界，姑且不说他早期的小说创作大都停留于生活经验的浅表层次的书写，即使他的那些为《白鹿原》的写作做艺术准备而写的中短篇小说，也不是篇篇都达到了对生命体验的深层书写，这是毋庸讳言的事实。然而，大概谁都会承认，长篇小说《白鹿原》的写作应该完整地体现了陈忠实在 80 年代中后期所达到的生命体验境界。

　　通常，不同的作家形成自己的生命体验的方式是不同的。如果说昆德拉的生命体验是借助"存在论"而获得的，那么陈忠实的生命体验的形成则是"心理结构说"使然。他说："我过去遵从塑造性格说，我后来很信服心理结构说；我以为解析透一个人物的文化心理结构而且抓住不放，便会较为准确真实地抓住一个人物的生命轨迹。"② 至于如何解析人物的心理结构，陈忠实也有着自己独到的解析方式，他说："每一个人的心理结构都是不一样的。为什么不一样呢？因为一个人的道德观、社会价值观和文化观形成了他的人格世界，而人格世界里的那些已经固定了的东西，和尚未固定的东西之间所形成的心理结构是有差异的，人与人之间的根本差异就差在这个上头，而不是差在脸上的形状。而且就是同一个人，随着生活的发展，他在一个时段里头，和发展了的生活时段里头，前一个心理平衡点被颠覆了以后会形成新的平衡点，当这个平衡点再被颠覆了的时候，这个颠覆就不是对前一个颠覆的简单重复，而是在新的平衡点上颠覆了新的道德观和价值观。"③ 陈忠实是一位思维缜密的作家，他善于从新进的各种

　　① 陈忠实：《在自我反省中寻求艺术突破——与李遇春的对话》，《陈忠实文集》第 7 卷，广州出版社 2004 年版，第 381 页。
　　② 陈忠实：《关于〈白鹿原〉与李星的对话》，《陈忠实文集》第 5 卷，广州出版社 2004 年版，第 391 页。
　　③ 陈忠实：《在自我反省中寻求艺术突破》，《陈忠实文集》第 7 卷，广州出版社 2004 年版，第 406 页。

理论潮头中去寻找并择取与自己经受的生命"剥离"体验相吻合的理论，这就是心理结构学说，而且他还能鞭辟入里地做理性的解析，如上引的这一段口头答问，他首先强调了人与人的不同在于心理结构的不同，而不在任何外观的不同；其次，他认为人的心理结构即人格结构，已经固定（显在）的人格和尚未成形（潜在）的人格之间存在着矛盾和冲突；第三，人生就是一个心理结构的平衡与颠覆的调整过程，先是在矛盾和痛苦中寻找心理平衡点，然后随着外在条件和内在欲求的变化对已有的心理平衡加以颠覆，继而在迷惘和痛苦中寻求新的心理平衡，生命就在这样的心理循环中呈螺旋式的上升或演化。也许有的人一生中经受过许多次这样的心理结构的调整和演化，而有的人则终其一生维持着最初的心理结构定势不变，具体到《白鹿原》中，前者如白孝文，后者如白嘉轩。白嘉轩的心理结构的坍塌，正是受到了白孝文最后的挑战，儿子成了父亲真正的掘墓人，多变的白孝文让白嘉轩长期固守的道德理想人格崩溃了，白嘉轩最后气血蒙眼，这既是生理结构紊乱的症候，更是心理结构严重失衡的症候。可惜，陈忠实在 1993 年后没有继续沿着这条创作思路继续写小说。但细心的读者会发现，在他 90 年代的那些散文中，真正的优秀之作，大都是依据"心理结构学说"解析作家心路"剥离"历程的散文，如《汽笛·布鞋·红腰带》、《晶莹的泪珠》、《生命之雨》、《尴尬》，等等，还有最近两年在《小说评论》上连载的长篇随笔《〈白鹿原〉写作手记》，也是陈忠实反观和审视自己人生历程和创作心路的一次自我心理结构的解析，其中贯穿了他几十年来所经受的多次心理结构的平衡与颠覆的痛苦历程。

可以说，解析人物的心理结构，这是陈忠实在 80 年代中期形成的成熟的小说观，它已经成了陈忠实小说创作的一个鲜明的印记。接下来，笔者将根据陈忠实的这种心理结构解析方法来解析他的新世纪小说创作，具体地探讨他在新世纪的小说创作中是如何运用心理结构学说塑造人物或者传达生命体验的。

二

粗略看来，陈忠实新世纪的小说创作可以习惯性地分为两大类：现实题材和历史题材。历史题材小说即作家所谓的"三秦人物摹写"系列：《娃的心　娃的胆》、《一个人的生命体验》和《李十三推磨》，分别写陕西历史上三个真实的历史人物——抗日将领孙蔚如、小说家柳青、剧作家李十三的心灵故事。如果稍微深入地分辩，陈忠实新世纪的现实题材的小说又可大致分为两类：一类是文本中明确地出现了"作家"作为主人公的小说，如《作家和他的弟弟》、《一个虚脱症患者的发言片断》和《关于沙娜》，再一类现实小说中的主人公不是特殊的"作家"，不是知识分子，而是处于社会底层的农民、下岗工人，还有小偷和公安局长，这类小说如《日子》、《腊月的故事》和《猫与鼠，也缠绵》，数量虽不多，但观照面很广，体现了陈忠实老而弥坚的艺术才思。当然，《日子》里也出现了一个近似"作家"影子的人物"我"，但这个"我"基本上只是充当第一人称叙事的观察者或见证人的角色，不是文本中不可或缺的主人公。

先看非"作家"充当主人公的现实小说。2001 年，陈忠实发表了短篇小说《日子》，这是他在中断小说创作将近十年后发表的第一篇小说，它对于陈忠实的整个文学创作历程而言具有重要的纪念意义。这是一篇笔法老到，情思深邃的精粹短篇，带有陈忠实小说惯有的那种沉郁厚重的艺术风格，这种风格大约在 80 年代中后期开始形成，中篇小说《蓝袍先生》、《四妹子》，短篇小说《轱辘子客》、《添碗》，长篇小说《白鹿原》等代表作都鲜明地体现了这种成熟的叙事风范。读这篇《日子》，让人想起老杜的七律，深感文本之章法绵密，结构曲折，言近旨远，含蓄凝练，深得老杜做诗"沉郁顿挫"之精髓。虽然这是一篇现实感和时代性很强的小说，但作家似乎有意地淡化了主人公生活的时代背景，而是尽力地强化主人公的生存状态和生命体验。无论是精妙而淡远的景物描摹，还是主人公年复一年、周而复始的劳作状态，再配上"日子"这样一个具有超越性的文眼，作家写现实而超越于现实之上的那种创作境界已然呼之欲出了。小说写了"我"眼中的一对乡村夫妇的生命体验。那对乡村夫妇，一个是曾经高考落榜的男人，一个是曾经有过好腰的女人，他们在滋水河边依靠淘沙子、捞石头过日子已经快二十年了，在繁重而重复的体力劳作中，他们消耗着自己的青春和生命。如何刻画这样一对平凡的乡村夫妇形象，他们既没有干过什么惊天动地的伟业，也没有发生过什么当下小说中遍地充斥的俗套的情色故事，但在他们无声的日子里却匿藏着生命的隐忍和岁月的残酷，在他们的生命历程中同样体验到了人类普遍共通的心理结构的平衡与颠覆，以及再平衡，也许还有再颠覆的苦难的精神历程。陈忠实无疑是清醒的，即使时隔多年，他还是能一步跨入当初退出的小说境界。他在

《日子》里集中书写了那个乡村中年汉子的心理结构嬗变的过程，尽管短篇小说的篇幅有限，但主人公的心理嬗变却被揭示得入木三分，且含蓄深远，无常见的直露的心理描写之弊。

最初出现在"我"眼中的汉子无疑是一个保持了心理结构平衡的人，他乐观、开朗、坚忍、自信，对繁重的体力劳作已经养成了习惯，他和他的女人在一起边干活边"拌嘴儿"，比如哪里的县太爷被"双规"了，哪里又走来了一个好腰的年轻女子……这些或大或小，茶余饭后的谈资，成了"我"眼中十分和谐的人间风景。可以说，他与女人之间愉快的"拌嘴儿"正是那个中年汉子内心结构平衡的一个显在的心理平衡点。虽然早年高考落榜了，但他并未绝望，因为他找到了爱情，找到了一个理想中的好腰的女子，而且他还有了新的希望，那就是女儿长大后可以实现他的大学梦，为了女儿上学，他宁愿在繁重的体力劳作中收获希望和欢乐。他是一个坚忍不拔的汉子，他的这种性格甚至还有他的家族精神渊源，他的爷爷面对土匪的屠刀不屈服，他的父亲被批斗了三天两夜也不承认"反党"，所以才有了他在高考落榜后的直面现实，选择了与人生苦斗。不难推测，中年汉子能够达到后来的心理结构的平衡，他在青年时期也曾经历过痛苦的心理选择，那是一种心理颠覆，对既有的心理期待和人格理想的颠覆，然后在苦难的现实中逐步弥合心理创伤，实现了心理平衡。然而，一件事突然打破了中年汉子多年来构筑的心理结构平衡——他的女儿在中学分班考试的节骨眼上考砸了，进不了重点班就意味着考大学基本没希望，中年汉子为此在炕上躺了三天，只喝水不吃饭，光叹气不说话，整夜不眠，他遭受到了十多年来最严重的一次心理挫败！他浑身都软了。这种生理反应正是他的心理结构被颠覆的显在症状。但就在"我"准备去他家中做心理劝慰的时候，令人惊讶的是，在黄昏的暮色中他却来到了河边，这个硬汉子终于没有被命运所击垮，他又一次从心理结构失衡的困境中自我调整过来了，他对我淡淡一笑便开始干活，他不愿意他的女人再提那事，也不愿意"我"再说那事，他连说了三遍"不说了"，他用行动化解痛苦，"此时无声胜有声"。作家没有写他的心理波澜，但他的心理结构被颠覆后重获平衡的微妙过程已经尽在不言中了。按照作家的理解，新的心理平衡不是对前此的心理平衡的简单回归，而是有了新的价值诉求。在小说的结尾，女人发出了压抑的抽泣声，"我"的眼睛也模糊了，"我"的心被中年汉子猛然抬头的一句话击得发颤："大不了给女子在这沙滩上再撑一架罗网喀！"可以想见，中年汉子这一次的心理平衡中隐藏着巨大的悲剧性，甚至充满了一种绝望的人生情绪。陈忠实在这里写出了一种平凡人生的大苦痛，它内敛、沉重得让人窒息。有意味的是，作家在小说中没有给人物取任何名字，他们都没有名字，包括叙事人，只是"我"眼中的"他"和"她"，这是意味深长的设置，它暗示这篇小说是一则关于人的生命境遇的寓言，所谓日子就是一个关于人的心理结构从平衡到颠覆再到平衡的过程。

同样是通过心理结构解析人物的生命体验，《腊月的故事》（2002）与《日子》相比有异曲同工之妙。陈忠实不愧是当代乡村小说大家，这两篇小说都可以说是新世纪文坛关注乡村底层人生的力作。如果说《日子》以淡化时代社会背景，凸显生命境遇取胜，那么《腊月的故事》则反其道而行之，这篇小说恰恰强化了人物活动的时代背景，用如今的流行话来说，这篇小说属于典型的底层叙事范畴。小说的主人公主要有两个：一个是农民秤砣，一个是下岗工人小卫。如果说《日子》主要写一个人的心理结构的嬗变，那么《腊月的故事》就写了两个人的心理结构的嬗变，而且这两个人物的心理结构所发生的嬗变并不相同，准确地说，他们的心理结构嬗变的方向基本上是相反的：一个是从心理结构的平衡中走向颠覆，一个是在心理结构失衡中维持表面的平衡。这两种心理结构的嬗变集中表现在腊月里的一次盗窃事件中。年关将近，农民秤砣家的牛被偷了，秤砣的父亲心烦气恼，而秤砣却不以为意。这篇小说总共四节，却用了两节来叙述秤砣和他父亲之间的家庭冲突，这里体现了陈忠实构思上的匠心，作家的叙述节奏在这篇小说中把握得张弛有致，开头有条不紊的叙述，看似闲笔，荡漾开去，其实都是为了后面集中写人物心理结构的失衡与颠覆作铺垫，既是给人物同时也是给读者造成巨大的心理落差。对于秤砣来说，他曾经有过心理失衡的时候，早年在城里读初中时，他在同学小卫家里深切地体会到了什么叫城乡差别，什么叫工农差距，那种深刻的记忆长埋在他的心底，以至日后成家立业了，每年的腊月里他都要去给城里的两位好友——工人小卫和警察铁蛋各送一只羊腿，这种送羊腿的习惯既是为了增进感情，同时也不能不说是农民秤砣暗地里维持自身心理结构平衡的表现。然而，这一年的腊月不同寻常，当秤砣再一次到小卫家里送羊腿的时候，他无意中发现了小卫尴尬的秘密，原来小卫已经是下岗的困难户了。曾经那么样让秤砣向往的工人，如今居然需要用救济的一袋大米、一串猪肉和二百块钱来"欢度春节",而且这就发生在好朋友家里,这让秤砣产生了巨大的心理震动。可以说,小卫的遭遇在那一刻颠覆了秤砣长期以来形成的那种城乡工农差别的文化心理结构,曾经占据高位的城市工人形象,就在那一刻在农民秤砣的心理结构中坍塌了。这让秤砣回乡后闷闷不乐。更有甚者,警察铁蛋不久赶来告诉他一个惊人的消息——小卫被抓了,因为盗窃罪,更要命的是,他承认前不久刚盗窃了秤砣家的那头牛!事情的真相再一次颠覆了秤砣的心理结构,但他很快以农村人的纯朴对危难中的小卫施以援手,这不仅是一种宽容,更是秤砣平复内心痛苦,恢复心理平衡的一种手段。值得称道的是,作者在主要写秤砣心理结构嬗变的同时,并没有忽视对小卫心理结构嬗变的描写,小说的第三节十分精彩地叙述了"阳性情"小卫在秤砣面前顾此失彼、佯装经济比较宽裕的戏剧性场景,既幽默又辛酸,作者通过外在的白描把小卫在心理结构失衡后竭力在农民秤砣面前装阔,竭力维持表面的心理结构平衡的尴尬心理揭示得曲尽其妙。

　　与《日子》和《腊月的故事》的沉郁风格相比,《猫与鼠,也缠绵》(2002)带有强烈的讽刺色彩,小说写了一个在当今中国见怪不怪的小偷与贪官的故事,因此主题不免稍嫌直露,但好在作家的叙述重心在于深入地揭示小偷、警察局长和李警察三个人物的心理结构的嬗变,所以这篇小说又非一般的"黑幕小说"、"官场小说"、"法制小说"可比。后者多停留在暴露、猎奇、惊险等传统的情节结构模式上,而忽视了小说的精神深度。陈忠实的这篇《猫与鼠,也缠绵》写得别开生面,带有作者解析人物心理结构的鲜明印记。在警察局工作的水工其实是一个小偷,他在李警察办公室盗窃时被后者偶然逮住了,但他居然提出要局长亲自来审问,由此引发了三个人一系列的心理结构的嬗变和激变。对于小偷来说,从被逮住的那一刻开始,他的心理结构平衡就已经被打破,而警察局长就是他心中的救命稻草,因为他知道局长是个大贪官,他曾经多次偷过局长的巨款,但局长并没有报案。而对于局长而言,当听说有个小偷一定要他亲自审问的时候,他固有的心理结构平衡也就在那一刻被颠覆了,他一下子从威严的猫变成了胆怯的老鼠。于是在局长和小偷之间,在猫和鼠之间展开了一连串的心理角逐,局长以盗窃的后果攻击小偷的心理软肋,如小偷的父母妻儿将因为他而无脸见人,而小偷则直接刺中局长最致命的心理穴位,这场审判既是一场语言交锋,更是一场心理战役,作家把这两个人之间的心理较量写得入木三分,他们各自对对方的攻击和退让,其实正是他们竭力挽回自己心理平衡的策略。终于他们谁也没有救得了谁，局长被"双规"
了。但局长的东窗事发在警察局引发了一场心理地震，小说中着重写到
了这件事对李警察的心理震动。李警察得到局长出事的消息后极端的震
惊，随后陷入极度的心理疲软之中。他的心理结构平衡被颠覆了，他无
法接受一向公正廉洁的局长会出问题。小说里对局长的那只长年累月携
带的黄绿色的帆布挎包有着十分精妙的描绘，这个老式的包其实是局长
伪装出的一个外在的心理平衡点，它长期掩饰了局长分裂的心理结构，
也长期蒙蔽了民众的眼睛。惟其如此，当局长被抓之后，李警察的眼前
才会出现那个飞舞着的黄布包，他感到极度的恶心，他不仅心理结构平
衡被颠覆了，甚至于生理结构也发生了变化，他感到了被人抽筋剔骨般
的疲软。

三

在陈忠实新世纪的小说创作中，直接走进文本的作家形象十分突出。
如《作家和他的弟弟》（2001）中的那位作家有着昼伏夜出如同盗贼的习
惯，常常因为外人打搅他的生活和写作规律而痛苦不堪，又如《一个虚脱
症患者的发言片断》（2001）中的那位作家沉迷于各种有领导参加的会议
并竭力地表现自己，从而迷失了自我，还有《关于沙娜》（2003）中的那
位女作家，虽然她的工作和生活都"十分正常"，性格也很"平和"，但
读者还是不难从她的"正常"和"平和"中看到非常和苦闷的因素。陈忠
实在数量有限的新世纪小说中如此执著地书写作家形象，这恐怕与他的现
实处境和内心焦虑直接相关。

2002年他曾对人这样坦陈："我也得加紧自己的写作，不光是作品的
数量，就我对文学的一生追求而言，也不应该浪费时间。因此，我要努力
排除一些纯粹的属于社会应酬性的事务，即那种既没有工作意义，也没有
写作意义的事务。在这个比较世俗化的社会里，这种事务比较多，这我已
经意识到了，我会尽力把这种事务排除掉，多节约一些时间，投入读书写
作，让生命更富有意义。"① 从这段话中不难窥见现实中的陈忠实为世俗杂

---

① 陈忠实：《把智慧投入到写作中》，《陈忠实文集》第 7 卷，广州出版社 2004
年版，第 283 页。

务所累的忧虑和苦闷。他甚至对"事务"的概念做了如此精心的区分，如有"工作意义"或"写作意义"的事务，以及"纯粹的社会应酬性"的事务，这种区分中隐含的无奈和无力，是耐人寻味的。基本上可以这样说，现实中世俗性的事务已经打乱了作为作家的陈忠实的宁静生活，而且也打破了陈忠实曾经有过的创作心理结构平衡，那是一种宁静的创作境界，陈忠实后来多次谈及或回忆起写《白鹿原》期间的宁静心态，可惜那种宁静在现实中再也无从复制，所以他才在重新提笔写小说时情不自禁地借"小说家言"抒发自己内心的创作苦闷，有的是直接的抒发，有的是间接的暗示，但有一点值得注意，即陈忠实在书写作家形象的过程中始终把重心放在透视作家的心理结构的平衡与颠覆上。

陈忠实写《作家和他的弟弟》的初稿其实是在 2000 年秋，后来定稿于 2001 年夏，由此看来，这篇小说才是陈忠实在中断小说创作多年后的第一次试笔。第一次试笔就让作家以主人公之一的身份出现，可见多年来的创作心理焦虑在陈忠实内心深处是多么的强烈。出现在这篇小说中的作家是一个惊弓之鸟般的形象，自从一夜成名之后他的整个生活秩序就被打乱了，如潮的寻访让他苦不堪言，他正在写的长篇巨著遇到了创作障碍。就在这个时候弟弟出现了。这位不速之客被作家习惯地称为"那个货"，是一位自私而又狡黠的农民，作家对他颇有点"哀其不幸、怒其不争"的意思。从作者的构思来看，这篇小说不仅仅是要写一个阿 Q 式的当代农民形象，同时还要写这位阿 Q 式的农民弟弟的一系列戏剧般的行为给作家的心理结构所带来的冲击和震动。且不说弟弟的贸然来访一下子打破了作家的创作心境。问题是嬉皮笑脸的弟弟居然说想买一辆公共汽车跑长途运输，这让作家顿然吃惊不小。为了早点打发弟弟离去，作家给老家的刘县长写了一张帮忙贷款的字条。然而这之后的几天弄得作家寝食难安，他意识到某种逼近的隐忧和危险。好在刘县长没有让"那个货"贷到款，作家的心理结构总算平衡了下来。但小说的结尾再一次掀起了波澜，刘县长告诉作家，说"那个货"竟然把他的新自行车借去偷换了所有零部件，这让作家颜面尽失，他的心理平衡再一次被打破了。不仅如此，当作家责备弟弟的荒唐举动时，弟弟的一席话让作家陷入了进一步的困窘和茫然，弟弟说："公家干部一年光吃饭不知能吃几百几千辆自行车哩！我揣摸几个自行车零件倒算个屁事！"这种貌似荒唐的反诘是有力的，它使作家"忍不住在心里呻吟起来"，作家此时的痛苦不仅仅来自于弟弟的

"扶不起"① 的性格，更重要的是他的心理结构平衡被弟弟彻底地颠覆了。

再看《一个虚脱症患者的发言片断》，这篇小说很容易被当作一篇普通的讽刺小说，但如果从心理结构的平衡与颠覆的角度来解读，就会看出这篇小说的妙处。整个文本大体上由两部分构成，前半部分是作家的发言片断，后半部分是记者的采访经历，而记者的采访正是为了查证和落实作家的发言的真实性的。如果说前半部分作家的自白是他竭力维持自己的心理结构平衡而制造出来的谎言，那么后半部分记者的采访则是对作家制造的心理结构平衡点的无情颠覆。小说中的作家是一个虚伪而又虚荣的人，他当着首长和领导的面以《作家和人民》为题作报告，煽情地虚构了两个女孩对他的崇拜。一个是他家的小保姆，主动提出要把他的长篇小说背下来，还有一个是卖肉的小女孩，据说在菜市场读他的长篇小说。但在记者的追访中发现，被作家赞为漂亮的菜市场的小姑娘根本不漂亮，而且她也不是小姑娘而是一位青年妇女，更要命的是她喜欢读的是琼瑶和金庸的小说，至于那位作家的长篇小说则遭到了她的嘲弄，那本"巨著"不过是一位买肉的顾客丢在她这里，送她包羊肉用的罢了。这真是绝妙的讽刺！记者已经不想去采访作家的那位小保姆了，他的心理结构已经被作家的谎言所颠覆，但与此同时，他的追踪采访实际上也彻底地颠覆了那位作家虚构的心理结构平衡状态，陈忠实以此实现了对那种所谓作家的心理人格批判。

《关于沙娜》在结构上与《作家和他的弟弟》如出一辙，也是写一个作家因一位不速之客的到来而打破了生活秩序和心理结构的故事。这是一位表面平静而实际上内心并不平静的女作家。读者不难根据小说开头中这样一段描述体会到她心理结构的不平衡："这个作家很平和，生活和工作平静的时候很平和，被生活和工作中的龌龊事狠狠地龌龊着的时候，依然很平和，把愤怒用平和表达出来的时候，就成为一种个性，一种风度。"其实这篇小说主要想写女作家的内心的愤怒，但看得出来，陈忠实始终在克制女作家的主观情绪的表达，而把她内心结构的波澜起伏化解为表面平静的湖水。沙娜的突然来访打乱了作家的生活节奏，她对这个漂亮而坦率的女乡镇干部印象不错，但无论是向县委书记还是向石副县长推荐这个人

---

① 《作家和他的弟弟》后来被简写成了一篇题名为《扶不起的弟弟》的短篇小说。

选，作家都遭到了莫名其妙的回避或拒绝，这使她从沙娜的处境中联想到了自己当年遭遇到的类似的尴尬处境。虽然爱莫能助，但作家还是表现出一贯的平和，但这种平和的背后其实是愤怒，然而愤怒被隐忍所遮蔽。小说结尾，当作家出国访问一月后返回时惊异地发现，沙娜居然被任命为了乡长，只不过换了一个全然陌生的地方任乡长，这种结局显然出乎了作家的意料，她不解。于是在一瞬间她出现了幻觉，眼花头晕，她的心理结构显然已经失衡甚至失态了，只是由于作者写得过于含蓄，一切成了几乎隐形的心理颠覆。

四

除了现实题材的小说，陈忠实在新世纪还写了历史题材的"三秦人物摹写系列"短篇小说。他对关中大地上一些令人肃然起敬的历史人物，如抗日民族英雄孙蔚如，当代小说家柳青，清代民间剧作家李十三等产生了浓厚的创作兴趣。陈忠实说："我无力为他们立传，却又淡漠不了他们辐射到我心里的精神之光，便想到一个捷径，抓取他们人生里最富个性的一两个细节，写出他们灵魂不朽精神高蹈的一抹气象来，算作我的祭奠之词，以及我的崇拜之意。"① 实际上，陈忠实在复活这些历史人物的过程中始终注重挖掘人物的生命体验，并把解析历史人物的心理结构作为艺术观照的中心，这就使得这些三秦历史人物形象不再是纯粹的客观的历史存在，而是都打上了陈忠实个人的精神和艺术的印记。

《娃的心　娃的胆》（2005）是陈忠实"三秦人物摹写"系列的第一篇作品。这篇小说虽是作家为纪念抗战胜利 60 周年而写，但丝毫没有落入"遵命文学"或者"政治小说"的俗套，整个作品大声镗鞳，悲壮沉雄，带有陈忠实小说特有的凝重感。小说开篇即写司令跪下去了，他跪倒在黄河滩上，他雄壮巍峨的身躯是为了故乡的八百英魂而折腰的。孙蔚如司令的长跪充满了悲怆，因为他整个的心理结构被故乡的八百个娃娃兵纵身跃进黄河的悲壮之举给深深地震动了。孙司令在中条山前线带领西北子弟兵奋勇抗敌，这八百个娃娃兵是他前不久刚从故乡关中乡村征召而来的

---

① 陈忠实：《在原下感受关中（后记）》，《关中风月》，东方出版中心 2007 年版，第 415 页。

农家子弟，他想到过他们中将来会出现出类拔萃的指挥官，也想到过他们免不了死亡和伤残，但他唯独没有料到这八百个娃娃最后选择了集体跳入黄河的悲怆结局，他们的这种死亡方式让他刚听到噩耗时陷入了长久的窒息般的沉默。用小说里的话说："（他）无法判断这八百个娃娃的死亡方式是增添了他打击敌人的意志，还是把组织和实施摧毁日寇的会战的意志摧毁了！"那一刻，在孙司令庄严肃穆的外表下涌动着痛彻心脾的悲怆，故乡八百个娃娃兵的集体死亡几乎颠覆了他惯有的军人的冷静，他感到愤怒，感到悲哀，甚至还有隐隐的绝望。应该说，陈忠实这篇小说的开头是写得极为精彩的，一上来就把主人公的心理结构给颠覆了，接下来的叙述就全都围绕着重建主人公的心理结构平衡而展开。首先是随从发现了黄河中有一杆军旗，打捞起来后才知道是一个娃娃兵用旗杆刺透了一个日本鬼子的胸膛，那一幕让司令不禁惊叫起来，他内心的沉重和悲哀顿然化解，他开始从混乱的心境中重新挺立起来。紧接着司令有了更大的发现，他看出了这个娃娃兵原来就是他在新兵团队列检阅中认识的三娃！司令由此陷入检阅八百关中娃娃兵的回忆中，这段回忆性的叙述把作者的视角引入到了文化心理结构层面。按照孙司令的理解，所谓"关中冷娃"、"陕西冷娃"何止一个"冷"字，只有"心——高，脚——远，眼——宽，胆——大"才是关中娃陕西娃的本色。三娃诵念的那支奶奶教给他的民间口曲儿是这篇小说的灵魂，其中包含着孙司令在内的所有关中娃对民族文化精神的认同心理。可见，孙司令正是在回忆中重建了文化心理结构的平衡。小说的结尾写到抗战胜利后孙司令在武汉主持日军司令官的受降仪式。作者浓墨重彩地渲染孙司令在受降仪式上岿然不动的凛然正气，其意正在于凸显孙司令已然重建的文化心理结构平衡，与小说开篇相照应。

《一个人的生命体验》（2005）是"三秦人物摹写"系列小说之二。这个短篇写的历史人物是柳青，柳青是陈忠实一生中最崇拜的中国作家，他曾经多次在散文或言论中提及柳青对他的巨大影响，但用小说的形式来刻画柳青的艺术形象，这还是第一次。正如小说题目所标示的那样，这篇小说书写了在那个特殊的历史语境中柳青作为一个孤独的生命个体的独特的生命体验。和《娃的心　娃的胆》在结构上有相同之处，《一个人的生命体验》的开头也是集中把主人公心理结构被颠覆的场景呈现在读者眼前。小说一开篇就写柳青决定"自己消灭自己"，作者细致地描摹了柳青当年在"牛棚"中试图以电击的方式自杀的痛苦选择。等待死亡的过程是痛苦的，但柳青的自杀设计又是异常冷静的，作者的叙述也冷静得让人窒息。毫无疑问，柳青选择自杀是因为他内心的绝望或者说他固有的心理结构平衡被颠覆了，于是作者接下来的叙述主要围绕着柳青的心理结构是如何被颠覆的来展开。面对革命群众的批斗，一开始柳青的心理结构坚如磐石，他虽然身材单薄瘦小但眼光犀利如炬，他的沉静和自信震慑了权力者，他的反抗完全颠覆了权力者惯于接受顺从乞求的心理期待，由此招致了无情的暴力摧残。肉身之苦柳青可以忍受，他最难忍受的是看见批斗台下爱人马葳的那种惊愕和痛切的眼神，"像是一种凝固的冰雕"，那一刻，硬汉子柳青的心理结构遭到了致命的打击。不难想象，当柳青得知马葳在蛤蟆滩的一口深井里结束了自己的性命后，他的心理结构防线就被彻底地颠覆了。于是他想到了死，而当时唯一可以选择的就是电击，其他所有的自杀方式都缺乏条件。小说中还写到了柳青在"文化大革命"前的"大跃进"中的心理遭遇。正直的柳青拒不放所谓的"卫星"，在"假大空"的会场中他无意识地抠自己的指甲，直到指头被抠得鲜血淋漓，浸透衣裤，却毫无知觉。他把自己内心的巨大痛苦压抑在了这个无意识的生理细节中，而这个细节正是柳青为了维持自己的心理结构稳定而寻找到的一个平衡点。可惜柳青在后来的"文化大革命"风暴中连这种心理平衡点也找不到了，除了自杀他别无选择。虽然柳青的自杀最终戏剧性地没有实现，但他在政治逆境中的心理结构嬗变和独特的生命体验却是沉重而深刻的。

与前两篇小说一开始就展示主人公心理结构的被颠覆不同，《李十三推磨》（2007）开篇展示的是清代民间戏曲家李十三心理结构的平衡状态。晚年的李十三对官场彻底失去了兴趣，这位候补县令深知自己永远也等不到走马上任的机会，于是他把满腹经纶和盖世才华转移到了文学创作之中。小说开头讲述的就是李十三沉迷于编写戏曲剧本的忘我状态，那是一种超越政治功利的艺术审美境界，只有在这种境界中李十三才能忘却自己寒窗苦读几十载而终未能博得一官半职的命运。李十三并非那种飘逸的隐士，他的内心也有许多的愁苦，写剧本不过是他寻找到的一个心理结构平衡点罢了。即使饥肠辘辘，贫病交加，李十三也能够保持这种心理结构的平衡，足见文艺创作力量的强大。但李十三万万没想到的是，嘉庆皇帝居然要把他捉拿进京，说他编的唱词是"淫词秽调"，那一刻，这个文弱的书生彻底绝望了，他的原本已经获得平衡的心理结构刹那间被颠覆了。这种心理颠覆还带来了严重的生理反应，作者用灿烂得让人心碎的文笔叙述了李十三闻讯后多次吐血的场景，李十三吐出的鲜血闪耀着红色的光焰，如同一条血的飞瀑，溅在了他推拉的磨盘上，染红了雪白的麦面。在随后绝望的逃亡途中，李十三终于吐尽了最后的一口血，他死在了莽莽苍苍的渭北高原上。陈忠实在这篇历史小说中深刻而鲜活地刻画了一个民间文人的灵魂，在简短的篇幅内揭示了主人公的心理结构从平衡到颠覆的整个过程，看似朴实不显山露水，其实潜藏了巨大的艺术魄力。

论周作人晚年的鲁迅研究

严　辉

　　周作人新中国成立后出版的散文集有三部——即《鲁迅的故家》①、《鲁迅小说里的人物》② 和《鲁迅的青年时代》③。很长时间以来，这些散文集中的作品仅被作为鲁迅研究的史料来看待，而少有学理层面的深入研究。本文将以周作人新中国成立后的散文创作为主要研究对象，整体探讨周作人晚年的鲁迅研究的意义。

一

　　周作人，作为对鲁迅早期生活最为熟悉的人，他的作品对于鲁迅研究的特殊意义是不容忽视的。周作人的晚期散文为鲁迅研究提供了大量可靠的第一手史料，填补了鲁迅生平、创作和思想研究中的一些空白。周作人比鲁迅小 3 岁，在 1923 年兄弟失和以前两人的关系都非常密切，不是朝夕相处，就是书信往来频繁，所以周作人在提供鲁迅早期的史实方面确实有得天独厚的优势。尤其随着时间推移，人事变迁，到五六十年代的时候，周作人的所知几乎就是"海内孤本"了。周作人说他写这些文章依靠的主要是事实，就好像是钞票，用一张就会少一张。他也多次在文章中强

---

　　① 上海出版公司 1953 年初版，署名周遐寿。人民文学出版社 1957 年 9 月重印。分四辑：《百草园》、《园的内外》、《鲁迅在东京》、《补树书屋旧事》，共收短文 180 余篇。

　　② 上海出版公司 1954 年初版，署名周遐寿。人民文学出版社 1957 年 8 月重印。分二辑：《呐喊衍义》、《彷徨衍义》，共收短文 120 余篇。

　　③ 中国青年出版社 1957 年 3 月初版，署名周启明。收文章 20 余篇。

调他写鲁迅只依据事实的特点，并严格恪守只谈他所知道的鲁迅早期经历的原则，以此说明他和当时流行的鲁迅研究的区别，如他所说"我想缺少总还不要紧，这比说的过多以至中有虚假较胜一筹吧"①。

周作人晚期关于鲁迅的散文以客观叙述为主，绝少议论。《鲁迅的别号》一文专门谈鲁迅的本名与别号的来历，文章最后谈到当时有人提出笔名鲁迅的"迅"字来自"树人"二字的反切，周作人认为这个推测看起来似乎很有道理，"但是事实并不如此"，因为鲁迅"自己读迅字用的是方音，读如新字去声的"。② 周作人就这样仿佛随手拈来一个最简单的事实，就把鲁迅研究中的一个错误观点驳倒了。《鲁迅在 S 会馆》一文中写鲁迅在 S 会馆（即绍兴会馆）时的生活情状："下午四五点下班，回寓吃饭谈天，如无来客，在八九点时便回到房里做他的工作，那时辑书已终结，从民四起一直弄碑刻，从拓本上抄写本文与《金石萃编》等相校，看出许多错误来，这样校录至于半夜，有时或至一二点钟才睡。次晨九十点时起来，盥洗后不吃早餐便到部里去"，尤为指出"虽然有人说他八点必到班，事实上北京的衙门没有八点就办公的，而且鲁迅的价值也并不在黾勉从公这一点上，这样的说倒有点像给在脸上抹点香粉，至少总是失却本色了吧"③。借着一个鲁迅早期生活的细节，周作人对于研究界逐渐兴起的夸饰鲁迅的风气，进行了委婉的却又是尖锐的批评。他一再强调他"疾虚妄"的写作原则，其实也就是把鲁迅作为一个凡人而不是一个神来看待的主张，这样的声音在当时的鲁迅研究中是少有的。

二

由于与鲁迅的特殊关系，周作人对鲁迅作品的研究主要集中在对作品的创作缘起和创作原型的考察和探究，如《狂人是谁》、《闰土父子》、《为什么姓赵》等文。这些谈论鲁迅小说中的人物或故事原型的文章，其

---

① 周作人：《鲁迅的故家·总序》，止庵校订：《周作人自编文集·鲁迅的故家》，河北教育出版社 2002 年版，第 1 页。

② 周作人：《鲁迅的别号》，发表于陕西日报 1956 年 10 月 14 日。陈子善编：《知堂集外文·四九年以后》，岳麓书社 1988 年版，第 129 页。

③ 周作人：《鲁迅在 S 会馆》，止庵校订：《周作人自编文集·鲁迅的故家》，河北教育出版社 2002 年版，第 252 页。

目的是提供可以与小说中的虚构进行比较的素材，由此帮助读者领略鲁迅的小说艺术创造。当时人们对阿Q这个人物形象的名字的来源和意义有很多种说法。侯外庐先生也曾经写文论述这个问题，认为鲁迅可能是取自英文"问题（Question）"的头一个字母。周作人认为这样的解释固然好玩，但决不可能是事实，因为鲁迅一贯是反对英文的，他提出鲁迅当年自己的说法："据著者自己说，他就觉得那Q字（须得大写）上边的辫子好玩"①，周作人提出这样的考证来应该是确凿无疑的。《秃先生是谁》一文是对鲁迅早年的第一篇文言小说《怀旧》的考证与研究。他指出"有好些人以为秃先生就是三味书屋的主人，这是一个很大的错误"，认为"秃先生的名称或者从王广思堂坐馆的矮癞胡先生出来也未可知，其举动言语别无依据，只是描写那么一个庸俗恶劣的塾师，集合而成的罢了"，以周作人对鲁迅早年生活的熟悉，他的这个结论应该是相当可信的。在提出了他对于"秃先生是谁"的观点后，他还着重指出："中间叙说他'先生能处任何时世，而使己身无几微之，故虽盘古开辟天地后，代有战争杀伐，治乱兴衰，而仰圣先生一家，虽不殉难而亡，亦未从贼而死，绵绵至今，'深刻的嘲骂乡原，与后来的小说同一气脉，很可注意。"② 这样细致入微的分析，可以成为我们研究鲁迅小说时的重要参考。

　　《在酒楼上》是鲁迅很重要的一篇小说。很多人认为书中的主人公吕纬甫是以鲁迅的好友范爱农为原型的，但周作人不这样认为，原因在于小说中写到的两件事情都是鲁迅自己的亲身经历，所以吕纬甫的身上其实是有鲁迅自己的影子，只是"诗与真实"的成分不一样③。《孤独者》中的主人公魏连殳的原型一向有不同的说法，周作人以自己的亲身经历认为，这个人物形象既不完全是范爱农也不完全是鲁迅自己，只是鲁迅创造出来的一个成功的艺术形象。但周作人也提供了一个他所知道的细节，即小说开头关于魏连殳的祖母之丧的描写全是说的鲁迅自己的事情，尤其着重指出小说中关于丧礼结束后"没有落过一滴泪"的魏连殳的奇异表现"写的

---

　　① 周作人：《阿Q》，止庵校订：《周作人自编文集·鲁迅小说里的人物》，河北教育出版社 2002 年版，第 85 页。

　　② 周作人：《秃先生是谁》，止庵校订：《周作人自编文集·鲁迅的故家》，河北教育出版社 2002 年版，第 215—216 页。

　　③ 周作人：《酒楼》，止庵校订：《周作人自编文集·鲁迅小说里的人物》，河北教育出版社 2002 年版，第 203 页。

很好，也都是事实"，文中转引了小说原文：

> 忽然，他流下泪来了，接着就失声，立刻又变成长嚎，像一匹受伤的狼，当深夜在旷野中嗥叫，惨伤里夹杂着愤怒和悲哀。这模样，是老例上所没有的，先前也未曾预防到，大家都手足无措了，迟疑了一会，就有几个人上前去劝止他，愈去愈多，终于挤成一大堆。但他却只是兀坐着号咷，铁塔似的动也不动。

周作人用鲁老太太的回忆说明这段特别的描写与鲁迅当年的事实是"一致的"，还补充说："著者在小说及散文上不少自述的部分，却似乎没有写得那么切实的，而且这一段又是很少有人知道的事情，所以正是很值得珍重的材料吧。"① 周作人提供的这个史实，深化了鲁迅塑造魏连殳这个人物形象的意义。

用史实来讲小说，似乎有些不太符合小说的虚构本质，周作人对此是十分清醒的。《故乡》一文开篇即说："《故乡》是一篇小说，读者自应去当作小说看，不管它里边有多少事实。我们别一方面从里边举出事实来，一则可以看著者怎样使用材料，一则也略作说明，是一种注释的性质。"② 在谈论小说《阿 Q 正传》的《静修庵求食》一文中说，静修庵的原型"原在南门外，相当的大，四周都是高墙，论理饿乏了的阿 Q 是没法爬进去的，小说不得不给他方便，把那围墙写得像百草园的泥墙一样"③，《园里的东西》则写阿 Q 在庵里的菜园偷了三四个萝卜逃走，而在小说中所写的阴历四五月间绍兴乡下是没有萝卜可偷的，所以"这里来小说化一下，变出几个老萝卜来，正是不得已"④。这个关于静修庵里萝卜的有无还引出了一段"公案"，许钦文在《呐喊分析》一书中认为周作人举静修庵里没

---

① 周作人：《孤独者》，止庵校订：《周作人自编文集·鲁迅小说里的人物》，河北教育出版社 2002 年版，第 226 页。

② 周作人：《故乡》，止庵校订：《周作人自编文集·鲁迅小说里的人物》，河北教育出版社 2002 年版，第 73 页。

③ 周作人：《静修庵求食》，止庵校订：《周作人自编文集·鲁迅小说里的人物》，河北教育出版社 2002 年版，第 119 页。

④ 周作人：《园里的东西》，止庵校订：《周作人自编文集·鲁迅小说里的人物》，河北教育出版社 2002 年版，第 122 页。

有萝卜是在说《阿Q正传》的"瑕疵"，他认为"市场上的确很难见到萝
卜了，但在菜地里可能有老萝卜"①，周作人又专门写了一篇《阿Q正传
里的萝卜》的文章，引用园艺专家的著作坚持认为当时无论市场还是菜地
都不可能有萝卜的根茎，只可能有萝卜的花叶，强调"鲁迅在写小说，并
不是讲园艺，萝卜有没有都是细节，不必拘泥，这一节我的意见与许先生
并无什么不同"。② 应该说，周作人对鲁迅小说中"虚"与"实"的拿捏
与评价是比较准确的，而他所写的考证文字也主要为帮助读者领略鲁迅的
艺术创造，同时也针对另一种现象，即"读者虽不把小说当做事实，但可
能有人会得去从其中寻传记的资料，这里也就给予他们一点帮助，免得乱
寻瞎找，以致虚实混淆在一起"。③ 这和前面谈到他有关鲁迅的回忆坚持
"真实"的原则是一致的。

　　周作人写了很多关于鲁迅作品的原型考察的文章，但并不是主张读者
在阅读文学作品时去按图索骥，把文学作品当传记来看。作为一个优秀的
文学理论家和文学批评家，周作人是深谙文学之道的。他多次在文中强调
文学作品中都难免有"诗与真实"成分，小说如此，散文也是如此。如
《野草》里的《风筝》一文，里面的"小兄弟"确实是指鲁迅的三弟松寿
（即周建人），但又不完全是，周作人认为"作者原意重在自己谴责，而这
些折毁风筝等事乃属于诗的部分，是创造出来的。事实上他对于儿童与游
戏并不是那么不了解，虽然松寿喜爱风筝，而他不爱放风筝也是事实"④，
知道了这样的事实，将有助于我们体会鲁迅的创作艺术。

　　周作人总是说自己的文章只谈事实，不谈文艺思想，但对于鲁迅作品
中写得成功的地方，也往往会有精当的点评。《鲁迅小说里的人物》一书
中关于《阿Q正传》的文字最多，把这些文字连串起来，可以说就是一篇
完整的对《阿Q正传》的细读。《失败一》中说到第三章《续优胜纪略》，

---

　　① 许钦文：《呐喊分析》，转引自周作人《阿Q正传里的萝卜》，止庵校订：《周
作人自编文集·鲁迅的青年时代》，河北教育出版社2002年版，第105页。

　　② 周作人：《阿Q正传里的萝卜》，止庵校订：《周作人自编文集·鲁迅的青年时
代》，河北教育出版社2002年版，第106页。

　　③ 周作人：《搬家》，止庵校订：《周作人自编文集·鲁迅小说里的人物》，河北
教育出版社2002年版，第73页。

　　④ 周作人：《鲁迅与弟兄》，止庵校订：《周作人自编文集·鲁迅的青年时代》，
河北教育出版社2002年版，第86—87页。

认为："所说的阿Q并无其人，可是那些事情却都是有过的，即使有的枝节部分出于小说化，但其主干还是实在的，不知在哪一时候由哪些人说过做过，著者留心收集了来，现在都给阿Q背在身上。"还指出："这里有些讽刺很是深刻，虽然从表面看来有许多玩笑分子，但这正是果戈里的那苦笑，这种手法在以前中国小说里是很少有人用的。"① 《失败二》中谈到阿Q被"假洋鬼子"的哭丧棒打了一节，认为作者描写的"被哭丧棒所打，以及打后的情形，说得很深刻，这已经超过了滑稽而近于悲痛了"。② 在这些艺术的批评里是不乏独特视角和精辟见解的。

　　这其中最出人意料也最耐人寻味的则是对小说《伤逝》主题的解读。在《鲁迅小说里的人物》中有谈到《伤逝》的一节，周作人是这样写的："《伤逝》这篇小说大概全是写的空想，因为事实与人物我一点都找不出什么模型或依据。"接下来则写小说中唯一可以找到的原型即是其中子君和涓生住过的"破屋"有鲁迅和周作人曾经住过的绍兴会馆的补树书屋的影子。文章最后说"在这里只有地点可说，便来说几句，真如成语所谓'聊以塞责'而已"③，但在给曹聚仁的信中则说《伤逝》"作意不易明了，说是借了失恋说人生固然也可以，我因了所说背景是会馆这一'孤证'，猜想是在伤悼弟兄的丧失，这猜想基础不固，在《小说里的人物》中未敢提出，但对先生私下不妨一说，不知尊见以为有一二分可取否？"恐怕至今也还未有研究者能够接受周作人的这一观点吧。在周作人和鲁迅之间有一个"谜"一样的"死结"，即是1923年兄弟失和的原因。学界有过种种猜测，但都没有令人信服的证据，已经成为永远无从解开的"死结"。对于这个话题，周作人生前一贯是回避和"不辩解"的态度，在《鲁迅的故家》、《鲁迅小说里的人物》和《鲁迅的青年时代》中完全没有涉及，在私信中也是绝口不提的。只有在这里才仿佛有所指的谈到"弟兄的丧失"，周作人为什么会从写男女恋爱悲剧的《伤逝》中看出鲁迅对"弟兄的丧失"的"伤悼"之情呢？

---

① 周作人：《失败一》，止庵校订：《周作人自编文集·鲁迅小说里的人物》，河北教育出版社2002年版，第99页。

② 周作人：《失败二》，止庵校订：《周作人自编文集·鲁迅小说里的人物》，河北教育出版社2002年版，第102页。

③ 周作人：《伤逝》，止庵校订：《周作人自编文集·鲁迅小说里的人物》，河北教育出版社2002年版，第234页。

我们从字里行间去努力地揣摩思考，而真正的原由恐怕只有他们兄弟之间才能完全明了吧。

三

周作人谈鲁迅其人其文确实有许多得天独厚的优势，但也并非没有写作的障碍。这障碍有外在的时代环境的限制，也有周作人与鲁迅特殊的兄弟关系所造成的障碍。这些写作中的障碍，周作人在文章中也表露过："家属来写这类文章，比较不容易，许多事情中间挑选为难，是其一，写来易涉寒伧，是其二，也是最重要的一点。"① 这里所说的"最重要的一点"是"易涉寒伧"，大概就是说兄弟之间因为知根知底，了解太深，很难像普通读者那样把鲁迅看作一个样样都"伟大"的"神"，而如果根据自己真实的所知所感写出来，恐怕是会让读者失望或者不满意的。

由于这种种的障碍，周作人虽然如他所说没有在文中假造事实，所谈事实也严格限定在兄弟失和之前，但也还有很多关于鲁迅的观点是不能在公开发表的文章中提及的。在周作人的晚年，除了这些公开发表的文章外，他还在一些私下的场合，如给友人的书信中，谈到过鲁迅。这些"私下"的观点往往要比发表的文章更为大胆，甚至放肆。在这里，我们不妨引用他晚年和香港友人曹聚仁的通信，来作为对《鲁迅的故家》、《鲁迅小说里的人物》和《鲁迅的青年时代》三部散文集中关于鲁迅研究部分的补充说明。

曹聚仁在 20 世纪二三十年代就与鲁迅有过交往。他的身份很多，当过作家、教授和新闻记者。新中国成立后他在香港，妻子儿女都在内地。他 50 年代曾经做过内地和台湾之间的地下特使，与新中国政府的高层有联系，可以比较自由地在香港和内地之间往来。曹聚仁早在 30 年代就想写一部《鲁迅评传》，并收集了很多关于鲁迅的资料，到香港后继续搜集和写作的工作。1956 年在香港世界出版社出版了 26 万字的《鲁迅评传》一书，1967 年又在香港三育图书文具公司出版了 20 万字的《鲁迅年谱》，

---

① 周作人：《鲁迅与弟兄》，止庵校订：《周作人自编文集·鲁迅的青年时代》，河北教育出版社 2002 年版，第 86 页。

这两部书在海外的影响是比较大的。①

1956 年 9 月，曹聚仁到北京办事，并拜访了周作人，由此展开了他们持续十多年的深厚友谊。曹聚仁是周作人晚年生活中十分重要的朋友。通过曹聚仁，周作人不仅得以在中国香港、新加坡等地的报刊发表文章，他晚年的自传《知堂回想录》也是由曹聚仁几经周折在香港出版的，在生活上也得到了曹聚仁莫大的帮助。周作人五六十年代写给曹聚仁等海外友人的通信后来经整理出版为《周曹通信集》两册，其中和曹聚仁的通信中有很多与鲁迅有关的内容。

1957 年 1 月 20 日，周作人给曹聚仁的信中谈到了对曹聚仁的新作《鲁迅评传》的看法，有感而发，集中谈到他对于鲁迅的一些不便公开的看法：

> 《鲁迅评传》也大旨看完了，很是佩服，个人意见觉得你看的更是全面，有几点私见写呈，只是完全"私"的，所以请勿公开使用。
>
> 一世无圣人，所以人总难免有缺点。鲁迅写文态度本是严肃、紧张，有时戏剧性的，所说不免有小说化之处，即是失实——多有歌德自传"诗与真实"中之诗的成分。例如《新青年》会议好像是参加过的样子，其实只有某一年中由六个人分编，每人担任一期，我们均不在内，会议可能是有的，但我们是"客师"的地位向不参加的。
>
> 二孙伏园所说鲁迅的白鞘短刀是实有的，但所述的事当然得之于鲁迅，我却是不知道，亲族中那么深刻的仇人我也不曾听说，个人可能有他的秘密，但鲁迅的关于仇人与短刀的事我不会不知道的，正如他的加入光复会一节，无论别人怎么论说（除非有物证），我记得陶焕卿"票布"的笑话，相信决未加入。
>
> 三《彷徨》中《弟兄》前面有一篇《伤逝》，作意不易明了，说是借了失恋说人生固然也可以，我因了所说背景是会馆这一"孤证"，猜想是在伤悼弟兄的丧失，这猜想基础不固，在《小说里的人物》中未敢提出，但对先生私下不妨一说，不知尊见以为有一二分可取否？

---

① 曹聚仁的《鲁迅评传》在内地最早由上海的东方出版中心 1999 年出版。2005 年，复旦大学出版社首次把《鲁迅评传》与《鲁迅年谱》合为一册出版。

我的这些私见，藏着无用，虽然也无公表之意，故以奉阅。①

1958 年 5 月 20 日，周作人给曹聚仁的信中又写到关于鲁迅的话题：

《鲁迅评传》现在重读一过，觉得很有兴味，与一般的单调者不同，其中特见尤为不少，以谈文艺观及政治观为尤佳，云其意见根本是虚无的，正是十分正确。因为当年不当他是"神"看待，所以能够如此。死后随人摆布，说是纪念其实有些实是戏弄，我从照片看见上海的坟头所设塑像，那实在可以算作最大的侮弄，高坐在椅上的人岂非即是头戴纸冠之形象乎？假使陈西滢辈画这样的一张相，作为讽刺也很适当了。尊书引法朗士一节话，正是十分沉痛。尝见艺术家所画的许多像皆只代表他多疑善怒一方面，没有写出他平时好的一面。良由作者皆未见过鲁迅，全是暗中摸索，但亦由其本有戏剧性的一面故所见到只是这一边也。鲁迅平常言动亦有做作（人人都有，原也难怪），如伏园所记那匕首的一篇在我却并未听见他说起这事过。据我所知，他不曾有什么仇人，他小时候虽曾有族人轻视却并无什么那样的仇……所以，那无疑是急就的即兴，用以娱宾者。②

这两段话中的观点，看起来确实和他同一时期发表的文章中写得不一样。综合起来，周作人对于鲁迅的"私见"主要集中在三个方面：一是他对鲁迅性格（也包括文章）"缺点"的看法，二是对于鲁迅新中国成立后被推崇到"神"的位置的不满，三是对于鲁迅作品的不同于常的独特见解，如对小说《伤逝》主题的解读。

关于鲁迅性格上的缺点，是鲁迅研究中一个由来已久的有争议的话题。早在 20 世纪 30 年代苏雪林就对鲁迅性格作过猛烈的批判，认为鲁迅是"病态心理"和"矛盾之人格"，认为他连做人的资格都没有③。苏雪

---

① 周作人：《1957 年 1 月 20 日致曹聚仁信》，李吉如编：《周曹通信集》第一辑，香港：南天书业公司 1973 年版，第 44—45 页。

② 周作人：《1958 年 5 月 20 日致曹聚仁信》，李吉如编：《周曹通信集》第一辑，香港：南天书业公司 1973 年版，第 49—52 页。

③ 苏雪林：《与蔡子民先生论鲁迅书》，转引自孙郁编《被亵渎的鲁迅》，群言出版社 1994 年版，第 189 页。

林的谩骂式批评确实不能为我们所认同，但对于周作人所说"世无圣人，所以人总难免有缺点"的观点也是要认真反思的。周作人对于鲁迅性格缺点的看法主要集中于其性格的"戏剧性"，认为他"平常言动亦有做作（人人都有，原也难怪）"，并几次举到孙伏园听鲁迅说他小时候因为某个大仇人而在枕头下面放一把匕首的例子，认为那"无疑是急就的即兴，用以娱宾者"，这样的性格必然也会反映到文学创作中，那就是鲁迅文章中"小说化"的地方很多。这样的"缺点"是丝毫也不会损害到鲁迅思想的伟大，但周作人为什么要几次三番在私信中这样强调？如果说是因为周作人对和鲁迅曾经的"过节"一直怀恨在心，恐怕是看低了周作人了。应该说，周作人主要针对的还是新中国成立后鲁迅研究中的"神化"倾向。

20世纪五六十年代，鲁迅研究中的"神化"倾向愈演愈烈，作为接受过科学民主思想洗礼的新文化运动主将，周作人对于这种"造神"现象是痛心疾首的。他的信中对曹聚仁50年代写的《鲁迅评传》有很高评价，认为曹聚仁的传记之所以能超过同时代的他人，主要原因就是因为曹聚仁能"不当他是神看待"。鲁迅是"人"而不是"神"，这样的见识已经成为今天鲁迅研究的主流，但在当时周作人这样的想法就只能见于不公开的"私信"中了。周作人信中所说"上海的坟头所设塑像，那实在可以算作最大的侮辱，高坐在椅上的人岂非即是头戴纸冠之形象乎？"固然是尖刻偏激之语，却也反映了周作人沉痛激烈的心情。其实，担心自己死后被利用的预感，一直像恶魔一样纠缠着鲁迅。他早就说过："待到伟大的人物成为化石，人们都称他伟人时，他已经变了傀儡了。"① 正是有见于此，鲁迅才给后人留下遗言，谆谆嘱咐"忘记我"。在鲁迅去世的当年，有很多报刊向周作人约稿，但大都被周作人拒绝了。当年周作人就曾说过"一个人的平淡无奇的事实本是传记中的最好资料，但唯一的条件是要大家把他当做'人'去看，不是当做'神'，——即是偶像或傀儡"。② 从某种意义上说，周作人与鲁迅的思想深处其实是有很多相通之处的。

---

① 　鲁迅：《华盖集续编·无花的蔷薇》，《鲁迅全集》第三卷，人民文学出版社2005年版，第272页。

② 　周作人：《关于鲁迅之二》（1936年11月7日），止庵校订：《周作人自编文集·瓜豆集》，河北教育出版社2002年版，第161页。

　　虽然新中国成立后的时代环境发生了很大变化，但周作人对于鲁迅的看法并没有太多地受到时代变化的影响，这在当时那个时代是很可贵的。无论从提供的史实，还是提出的观点，周作人新中国成立后对于鲁迅研究的贡献是很大的，值得我们进一步的深入研究。

略论张爱玲的电影剧本创作

赵 秀 敏

在研究作为小说家、散文家的张爱玲时，学术界忽视了作为剧作家的张爱玲。从 1944 年到 1965 年，张爱玲共创作了 17 种剧目（见下表），当其小说创作几近沉寂时，她却在电影艺术世界华丽转身，成为中国电影艺术发展史上前所未有的女编剧家。

张爱玲电影剧作（原创）剧目列表

序号	电影剧作	时间	剧种	导演	演员
1	《倾城之恋》	1944	话剧（改编自自己的同名小说）	朱端均	罗兰、舒适
2	《不了情》	1947	电影	桑弧	陈燕燕、刘琼
3	《太太万岁》	1947	电影	桑弧	蒋天流、张伐、石挥、上官云珠、韩非
4	《哀乐中年》	1949	电影	桑弧	石挥、朱嘉琛、沈扬、李浣青、韩非
5	《金锁记》	1949	电影（改编自自己的同名小说）	未上演	未上演
6	《情场如战场》	1957	电影（改编自美国麦克斯·舒尔曼的《温柔的陷阱》）		林黛、张扬、陈厚
7	《桃花运》	1958	电影	岳枫	陈厚、叶枫

序号	电影剧作	时间	剧种	导演	演员
8	《红楼梦》	1961	电影（改编自中国曹雪芹《红楼梦》）	未上演	未上演
9	《南北一家亲》	1962	电影	王天林	丁浩、刘恩甲、梁醒波
10	《小儿女》	1963	电影	王天林	尤敏、王引
11	《六月新娘》	1964	电影	唐煌	张扬、葛兰
12	《人财两得》	1964	电影	岳枫	陈厚、叶枫
13	《南北喜相逢》	1964	电影	王天林	雷震、白露明、刘恩甲、梁醒波
14	《一曲难忘》	1964	电影	钟启文	张扬、叶枫
15	《伊凡生命中的一天》	1964	广播剧（改编自前苏联作家索尔仁尼琴同名小说）	"美国之音"电台播放	
16	《玛曲昂娜的家》	1964	广播剧（同上）	"美国之音"电台播放	
17	《魂归离恨天》	1965	电影	未上演	未上演

张爱玲在中国电影发展史初期所创作的电影剧本，在主人公的中产阶级身份、创作者的女性凝视视角以及创作的风俗喜剧样式方面，都具有独特性和开拓性，其成就不容忽视。

一　身份：中产阶级成为中心

张爱玲创作的电影剧本，大部分选择以中产阶级的爱情婚姻生活为表现题材——这与当时的主流电影话语是格格不入的。三四十年代，中国的主流电影大多表现下层阶级的苦难生活，而且往往在与上层阶级的对比中突出"阶级"的界限，以此强调抗争和革命的意义。当时最具代表性的主流电影，或记录中国广阔而复杂的社会画面，或描写战后小人物的悲惨生活，或嘲讽反动统治阶级垂死挣扎的丑态，而中产阶级很少能在剧场中发出自己的声音。张爱玲则开拓了这一另类空间。

（一）"寓言式"地描画中产阶级的生活原态

张爱玲在较早时期就对中产阶级的生存样态产生了兴趣。1943年她在散文《公寓生活记趣》中，就用了一个意味深长的、颇具象征符号意味的空间性标志——公寓，对中产阶级的人生方式作出津津乐道的描绘。

《不了情》、《太太万岁》等剧作都是围绕家庭女教师、工厂经理、公司职员这些中产阶级人物，编织着他们的婚恋故事，表现这个阶层人物的喜怒哀乐——他们不富有，可是也不穷困；他们不灯红酒绿，可是也不捉襟见肘；他们没有上层资产阶级叱咤风云的起与落，可是也没有下层贫苦阶级挣扎在生存窘迫中的悲与苦；他们喜欢钱，但是似乎没有本事抓到它。他们有的，是一点"安稳"，可是这"安稳"里却夹杂着一些剪不断理还乱的烦扰。张爱玲就把这种小烦小恼、没大出息也没大灾难的人生样态推向舞台的中央。《太太万岁》呈现的是"有"与"不够"式的小康中产阶级家庭背景：有脸有面，有厅有堂，还有佣人，生活安稳。但戏剧刚一开场，烦恼就接踵而至，佣人不满薪水低，男主人不满现有的工作，有了钱开公司却又养上了情妇，原本安稳过日子的少奶奶受到父亲、婆婆、丈夫的多方责骂，结果走向离婚的边缘……这种大体的"安稳"中，总是伴随着种种小不如意。然而，这些小烦恼似乎冲击不到总体的"安稳"，正当太太陈思珍四面楚歌之际，事情又出现了转机，她为丈夫和他的情妇解了围，平定了局面，并提出离婚，反而挽回了丈夫的心，最后还是继续做起太太。像画了一个圆圈，生活回复原貌，这就构成了故事的寓言性：这个阶级不具备打碎原有生活的动因、能力与勇气，便只好忍耐平滑无波的生活流程对灵性一点一点地消磨。①

这种平滑无波的生命流程，在当时是边缘，是另类，可是到了现代主义思潮阶段，似乎又象征了20世纪末被现代机器异化、被物质生活包围、一点一点沦丧着生命活性的更为广泛的生命样态。那么，张爱玲推向舞台中央的这类生命样态便随着时代的发展而一步步走向文化主流和艺术核

---

① 张爱玲：《〈太太万岁〉题记》，金宏达、于青编：《张爱玲文集》第四卷，安徽文艺出版社1992年版，第261页。

心，其作品便具有了恒常性与现代性，填补了整个现代文化艺术链条上的不足与缺失。

（二）"象征式"地勾勒中产阶级的生命态度

张爱玲对中产阶级生活原态的描摹，颇具现代意识，整个中产阶级的那种庸俗生活却又并不采取剧烈方式求变的生命态度，在"公寓式"象征中得以显现："欢乐里面永远夹杂着一丝辛酸"，而"悲哀也不是完全没有安慰的"。① 尽管"公寓式"生存原态中，没有"圣贤气"，没有"英雄气"，② 可因此也就没有大磨大难，人们只是在挥之不去的虫啮似的小磨小难中"将人性加以肯定——一种简单的人性，只求安静地完成它的生命与恋爱与死亡的循环"。③ 这种生命态度决定了张爱玲剧作中的人物精细、讲究、虚荣、求安稳的性格表征。

《太太万岁》的女主人公陈思珍，这个中产阶级的女性人物，从里到外的平庸：学了一点文化，但不多；有一点小聪明，但无大智慧；长得不难看，但也不特别漂亮；穿戴得不奢华，但也有一些贵妇气。她一嫁到唐家，"立刻由少女变为中年人，跳掉了少妇这一阶段"，④ 把如何做好一个太太当作生活的最高目标，于是便在一个半大不小的既不豪富，也不贫穷的家庭里上下周旋，一点一点向着狭窄、小气、庸俗滑下去——在挑剔的婆婆面前要低声下气，在没大出息的丈夫面前要极力逢迎，在小姑面前要讨得开心，甚至在下人面前也要委曲求全。而这些举措又决非怀着同情穷苦人的高尚目的，而只是为了让这个家实现一种"安稳"，从而贴近一点被她认为是好太太的标准。也就是为着这样一个再平庸不过的生存路向，她"处处委屈自己，顾全大局，费煞苦心。许多这样的太太都会安然度过一生"。男主人公唐志远在一个公司里占了个不上不下的位置，拿着一份不高不低的薪水，在家里担着不重不轻的责任，起着不大不小的作用。他担不了大任，也成不了大器，但又不至于坏到哪里。于事业，他"总是郁

① 古仓梧：《浮世的悲欢——评析电影〈太太万岁〉》，陈子善编：《作别张爱玲》，文汇出版社1996年版，第193页。
② 张爱玲：《〈太太万岁〉题记》，金宏达、于青编：《张爱玲文集》第四卷，安徽文艺出版社1992年版，第261页。
③ 同上。
④ 同上。

郁地感到怀才不遇"，可是"一旦时来运转"，靠着太太的帮助有了发展的机会，"马上桃花运也来了"，有了一点钱便张扬着养情妇，而可能发展的事业、可能有出息的机会，就在他和欢场女人的调笑中离他远去；于婚姻，他会给一个女人一点安稳的生活，会给她营造一份衣食无忧的小天地，有时还会给她一点浪漫的小欢乐，可是，他却让这个女人在"欢乐里面永远夹杂着一丝辛酸"，在庸俗、狭窄的旋涡中浮不出来。①

中产阶级略显苍白却自得其乐的生命仪容，让人看后悲哀顿生。张爱玲没有想让她笔下的形象去领导人类，而是想让人们在他们身上看到自身的弱点，这种对生命的独特观照，与当时的主流电影的表意策略是完全不同的。

张爱玲把中产阶级这群最广大的生命安放到舞台的中央，让人们去了解，并在"让他们去发现他们自己"的表意策略驱动下，客观、冷静的呈现人物自己，引发人们对自我现有的生命态度进行拷问。人性的深度和高度，在这里得以完成。

二　视角：女性的凝视

张爱玲把中产阶级放置在舞台中央，而在这一个前呼后拥的大群体中，她又将女性放到主体位置上。对于当时占主流地位的男权文化而言，女性编剧来书写女性形象，意味着站在边缘位置构建独特的凝视语境——女性凝视语境，这是对中国电影史上一贯的男性凝视语境所作的颠覆。在张爱玲之前，银幕上的女性形象都是由男性剧作家们来书写的，这种男性凝视视角，势必缠绕着丝丝缕缕的男性心理因素。被男性"窥视"的女性，要么是他们心目中理想的天使，要么是令他们生厌的恶魔——这些女性形象大都是生活在男性的意识世界里，鲜少有自己的生命主张。而张爱玲的编剧，改写了银幕女性的形象，她笔下的女性，都拥有她们自己的生存原态与生命主张。不论是《不了情》中悲喜屈抑的家茵，还是《太太万岁》中那位心思玲珑的陈思珍，抑或后来《情场如战场》中泼辣无羁的叶纬芳，都是既无滔滔大苦楚，亦无滚滚大欢畅；既不是男性垂悯下的苦难

①　古仓梧：《浮世的悲欢——评析电影〈太太万岁〉》，陈子善编：《作别张爱玲》，文汇出版社1996年版，第193页。

的化身，也不是男性欣悦中的理想的天使；她们都不是生活在某种极端的情绪世界中，而只是在小波小澜小苦小乐中，一如千千万万个平常的女人一样，苟活在一片小天地之中，于平凡的生活流程里趔趄着自己的人生脚步。

女编剧家写女性，以女性凝视视角去观照女性，完全不同于男性凝视语境所带有的"假定"成分，而是自然地流露出女性的感受和对女性的关注：首先，她们不是天使，她们是"屈抑"的一群；其次，她们不是恶魔，她们是扭曲的"释放"、产生些许自主意识与自主行为的一群。这种女性形象的书写，对以往男性凝视语境里的女性形象有着鲜明的解构意味。

（一）突围书写

张爱玲在她的影剧创作中，尽管采取了与悲情小说完全不同的风俗喜剧方式，在苍凉的底色上涂抹了一层"笑"的浮色，但是，她在"笑"声中也并没有放弃或减轻对女性亚文化的主体性拷问。她的女性主体性的主题直抵女性"屈抑"性格形成的底里和她们扭曲了的"释放"情态，以及"释放"中自主意识与自主行为的显现，从而达到了在影剧文化发展进程中，关于女性主体书写的前所未有的深度与净度。

张爱玲的剧作让人深感女性生命仿佛在不停地进行艰难的突围，而这种突围令她们形成集体的"屈抑"性格，这种"屈抑"性格主要来自于重重围困。张爱玲塑造的银幕女性几乎都承受着家里家外、身内身外、有形无形的多重压抑，从而形成了围困女性的三堵"围墙"。

第一堵围墙：宗法父权的性别逼攻。对张爱玲笔下的女性来说，来自宗法父权的性别逼攻，就像雨天潮湿的空气，无处不在。《太太万岁》中的丈夫唐志远之于太太陈思珍，施兄之于施咪咪，《情场如战场》的陶文炳、史榕生等几个男性之于纬芳、纬苓，无一不表述着这种逼攻性。陈思珍找了一个不能成器的丈夫，这个男人既无法给女人一个丰足、安稳、享受式的物质世界，又无法给女人一份"麦琪的礼物"式的高贵的情感生活。陈思珍跟了他，事业上要用撒谎的方法去帮他找钱，情趣上要把"听音乐"改成"打麻将"——从物质到精神全面退化。然而，这样一个衰男人，却依然是女人精神领地的统治者，依然是"家"的主宰者。《情场如战场》继续延伸着同样的命意，只不过是把两性的角力放置到婚前的爱情战场上。在宗法父权的围攻下，大胆果敢如纬芳类的女性尚且被"屈抑"着，更不用说一大批原本就活得有些屈屈艾艾的太太陈思珍们了。

值得进一步探讨的是，张爱玲笔下宗法父权的男性形象有别于鲁迅、巴金所刻画的那种强硬、阴鸷、冷峻、权威赫赫的老太爷式的阳刚男性，她所塑造的宗法父权的代言人全是些去势男人，委顿、无能、肤浅、庸鄙、衰弱，是一些只会抽大烟，连卖大烟的勇气都没有的软骨类，而女人们却是把自己的命运系在这样一群弱势者的身上，还要受着他们的主宰，这在某种意义上说，具有更深一层的悲剧意味。陋于质，低于能，趋于利，寡于情，薄于义——这样一些男人还能给女人什么像样的生活呢？由此，张爱玲通过这样一种描述，建立了寓言式的去势男权书写话语，从而为女性"屈抑"性格的形成做了注脚。

第二堵围墙：女性之间的相互倾轧。女性"屈抑"性格的形成不仅来自于"他性别"的宗法父权的逼攻，还来自于女性"本性别"之间的相互倾轧，来自女性之间的身份角力。在《太太万岁》中，老太太与少奶奶之间、家中的太太与外边的姨太太之间，《情场如战场》中纬芳与纬苓之间，都明显存在着女性内部的纷争，她们明争暗斗，为争夺一个较好的位置机关算尽。《太太万岁》中的老太太完全是以压迫者的身份凌驾于太太之上的，身为少奶奶的陈思珍的命运也并不比下层女人们好多少，她在家中不仅受宗法父权的抑制，同时也受着女家长——宗法父权的女性代言人的压迫。然而另一个吊诡的问题是，陈思珍被压迫着，但这种压迫并没有使她"因为懂得，所以慈悲"，反过来，她在对付姨太太时，一跃而成为比她婆婆更为凌厉的出击者，成为志远甩掉一个女人、伤害一个女人的合谋者，她从被宗法父权压迫着的女性转而成为同性的压迫者。《情场如战场》中的纬芳也是这样一个压迫者，而且更为可悲的是，她施压的对象就是她的同胞姐姐纬苓。纬苓没有她那样亮丽的外貌和吸引异性的魅力，两人在一起时，风头全被她一人占尽，她身边众生颠倒，而纬苓却落落寡合，纬苓在对异性的守望上要比她压抑得多，落寞得多，她却还要去挤兑纬苓，只要她知道"姐姐喜欢这人，非把他抢了去不可"。

可见，在将女性殖民化了的宗法父权社会，女性本身处于殖民位置却又不完全是和男性父权构成二元对立的格局，她们有时还充当了将女性殖民化过程中的帮凶，这就使她们在寻求主体身份时，首先就遇到了双重障碍。

　　第三堵围墙：女性集体心理自障。由于宗法父权以及宗法父权的女性代言人长期的压迫与摧残，女性心理积淀了一种集体残障痼疾：怯惧、畏葸、妥协、忍耐。即便有时她们能够冲破前两道围墙，却也难以逾越自己的心理之墙，它是源自女性自身的"自我屈抑"，如陈思珍对女性阵地的自我退缩，纬苓对女性阵地的自我怯足，等等。《太太万岁》中的陈思珍，出身、外貌、智力、能力都不在丈夫唐志远之下，但在这个弱男人面前她却始终拿得起，而放不下，处处迁就，处处忍让，处处逢迎，处处妥协，忍着他的无能，忍着他的自私，忍着他的抢白，忍着他的辱骂，忍着他的玩女人，竟还要忍着替他去摆平他的情妇，到最后仍然隐忍着向婚姻妥协了，仍然把占据太太的位置当作一个女人的最好归宿。而唐志远的情妇施咪咪的忍让、退馁已经到了作为女人的最后防线，被丈夫打着骂着逼着出卖自己的色相和肉体来赚钱养活丈夫，竟仍没有勇气放弃妻子的位置。

　　《情场如战场》中的姐姐纬苓面对各方面都比自己差的男人，依然是躲躲闪闪，没有自信，经常是举足难前，备受煎熬。即便是看起来勇敢善战的妹妹纬芳，表面上看起来信心满满，掌控男人于股掌之中，但深究其心底，也依然有一份难于把握的惶惑，就为了得到一个男人，她不得不处处动用心机，费尽心神，周旋于几个男人之间，不惜让姐姐做自己的垫脚石。她的种种表现从另一个角度看，乃是果敢当中隐含焦虑不安，追逐当中隐含忧心忡忡，努力当中隐含缺乏自信，优势当中隐含劣势因素。张爱玲笔下这些女人们的心都被一种莫名的"惘惘的威胁"羁押和挤压，为难于拥有一个男人而饱受折磨，为抓不住一个男人而恐慌，于是不断地缩小自己。

（二）扭曲的释放

　　张爱玲剧作中的女性在三重围墙的逼抑下步履维艰，这群"屈抑"的女性，或出于生命的本能，或出于意识的觉醒，不时想发出释放的声音，但她们又不能把不满和愤懑写在脸上，于是她们便采用隐晦的方式曲折地宣泄出来，如"撒谎"。其剧作中的女性主要角色都在不同程度地撒着谎，《太太万岁》中的思珍、咪咪，《情场如战场》中的纬芳，《小儿女》中的景慧，《一曲难忘》中的南子，《魂归离恨天》中的湘容，不管是良家少妇抑或风尘女子，不管是富家小姐抑或贫民女儿，不管是出阁太太抑或闺中少女，都有撒谎的记录。她们欺骗的对象自然都是男人，谎言使她们获得了短暂的心理上的满足，也从某种程度上缓解了压抑的情绪。撒谎，成为张爱玲剧本中女性生命透气的一条甬道，一种释放。

然而，这种释放又往往带着自戕的成分，并不能让人体会到全然解脱的释放的通彻。她们是一边做着屈抑的释放，一边又戕害着自我，因而这种带着自戕成分的释放是扭曲的。张爱玲把女人寻找主体地位的悲情写得异常深刻，"与《红楼梦》中那种'千红一哭，万艳同悲'的浩茫的悲剧感有着深沉的感应"。她让我们目睹了男权在去势过程中带着末世的悲哀与狂热的挣扎，依然显示出强大的力量。她把女性企图颠覆父权制度的掌控表述得十分直白，进而向社会诠释着两性关系的进化。①

在父权体制文化秩序中，女性原本是作为从属身份被定位的，这个从属族群在教育、婚姻、家庭里，处处受到宗法父权的监控、管制和压迫。这种被控制的主题，在张爱玲的小说文本中尤显突出。以往被评论者引用频率最高的《金锁记》中的七巧，是最为典型的被控制者。这种在小说中的被控制论述策略在她的影剧创作文本中，具有了解构性意味，受尽"屈抑"的宗法女儿们已经露出反控制的苗头。《太太万岁》中的女性唐志琴，把反控制的声音表述得清晰而赫亮，她大胆挑战宗法父权，在婚姻问题上追求自主，决不接受"父母之命、媒妁之言"式的宗法秩序，大胆与嫂嫂的弟弟自由恋爱。

张爱玲以成熟而深邃的女性意识，以女性凝视的视角观照被重重围困着的都市女性，凸显出女性被压抑的自我，从而在中国电影文化发展史上留下了一份独特的女性电影话语。

三　样式：风俗喜剧

张爱玲的《不了情》、《太太万岁》、《哀乐中年》、《情场如战场》、《六月新娘》、《南北一家亲》等一系列剧作拍成电影后产生了相当不俗的剧场接受效应。在这些剧作中，有一个成功的因素不能忽视，就是她选择了热闹而温暖的风俗喜剧样式。如果说张爱玲在小说中的怅触与悲情，沉沉地铺落在字里行间，那种无边的苍凉几乎成为20世纪的绝响，那么，

---

①　金宏达：《〈红楼梦〉·鲁迅·张爱玲》，马通、亦清编：《张爱玲评说六十年》，中国华侨出版社2001年版，第451页。

她的电影创作则是用"笑"布置了她述说生命的空间，在充满谐趣的情节中传达出人生场景里的几声笑——虽然是几声苦味的笑——却让她的观众在笑声中回味出浮世的悲欢，人生的苍凉。

（一）谐闹喜剧的中国化

在使用以"笑"做底子的风俗喜剧这一戏剧样式时，张爱玲表现出相当的自觉性。她明确提出电影剧作的创作主张——"戏剧性的反讽——即观众暗笑，而剧中人懵然"。她曾经盛赞电影《乌云盖月》"是一部上乘喜剧"，"这部片子的喜剧，自自然然流入眼泪中，令人感觉到悲剧只是偶发事件，不是什么刻意安排（喜剧基本上都是随意、不加思索的）"。同时，她也指出了这部片子以及当时其他一些风俗喜剧片子的不足。张爱玲的戏剧眼光与修养使她有意识地走出以往喜剧的套路，将西方的好莱坞通俗喜剧模式中国化，把风俗喜剧写得"更是中国的"一些。有了这种明确的审美追求，凭借着与生俱来的艺术心灵与天赋，她得心应手地实现了她的剧作主张。《人财两得》、《桃花运》、《六月新娘》、《南北一家亲》、《南北喜相逢》，这种娱乐型的都市喜剧成了她电影创作的主要特色。

《太太万岁》套用的是 30 年代好莱坞式的"谐闹喜剧"的路数，但其表现的却是中国式的喜剧环境、喜剧情节和喜剧性格。剧中婆媳之间、夫妻之间典型的中国式小摩擦、小冲突被张爱玲组合进好莱坞式的"谐闹喜剧"情节之中，一群人物浑浑噩噩而不自知、百无聊赖而不自觉、毫无出息而不自省地活着。喜剧从佣人打碎杯子开场，一个矛盾接着一个矛盾，一个冲突接着一个冲突，在这些矛盾冲突与误会中，烘托出太太陈思珍这一喜剧人物形象——小家小气，急于想在流变的时代中，"为要证实自己的存在，抓住一点真实的，最基本的东西"，具体在陈思珍身上，就是要抓住婚姻，抓住她的太太的位置，更深一层看，则反映了那个时代都市男女躲藏在光鲜外表下面的不安稳的人生本相。张爱玲围绕着陈思珍"这一个"人物的性格、心理，推衍出人物行为的动机，又设置了其他人物关系，并由此造设出种种冲突、巧合，串联起一个又一个的喜剧情境。在这一连串的喜剧情境中，让人目睹她的生活情形——身不由己地向着狭窄、小气、庸俗滑去。如此，张爱玲的戏剧反讽笔触穿透波澜不惊的平凡琐碎而抵达了塑造典型环境中的典型性格的审美境界。

（二）多元文化混杂的喜剧人物

塑造多元文化混杂的大都市人物，是张爱玲在中国电影文化中掘拓另类空间的又一特色。带有深刻意味的女性电影话语书写在内地并没有得到认可，而在香港却赢得了众多观众。五六十年代的香港电影处于文以载道转向寓教于乐功能的过渡之际，张爱玲率先开通娱乐路线，运用好莱坞类型片模式，用喜剧的笔触反映大都市男女的人情冷暖和爱情悲欢。张爱玲本身就是一个中西文化混杂的人物，她凭着自己身上中西两种文化的涵养与经验，在她的电影剧本创作中，有意识地、具有前瞻性地把这样一种类型——守规矩中带着几分逾越、逾越中又有着道德框架的拘囿的人物，推进电影艺术领地。①

她为电懋写的一系列娱乐型的都市喜剧中，随处可见中西交汇、新旧社会交替、转型期的性格类型。《情场如战场》中，浑身散发着魅力的美艳少女叶纬芳，性格中打着较浓厚的西方文化印记。《六月新娘》里的新娘汪丹林，在她喝醉的一场戏中，她躺在沙发上进入梦境，而她的梦境全然是西化的。这些年轻人本来可以满腔热情地投身于西方爱情的浪漫天地，然而，他们身上又承载着传统道德与传统文化的负荷，如罗卡评价《情场如战场》说："本片写出了某些中国人模棱两可、阳奉阴违的性格。他们都渴望去爱和被爱，却由于长期以来道德包袱过重、传统文化压抑过甚，面对爱的对象时竟不懂得怎样去爱。不是操之过急（刘厚、刘恩甲，即陶文炳、何启华——笔者注），就是不敢表态（张扬、秦羽，即史榕生、叶纬苓——笔者注），甚至是反复地自我蒙骗（林黛、陈厚，即叶纬芳、陶文炳——笔者注）。"②《南北一家亲》中，年轻男女见面的地方，男女双方家长见面的地方，都意味深长地选在西餐厅；双方家长由于偏见而大打出手，也不再是中国式的拳脚，而是西式电影中的丢蛋糕掷意大利面。中国式的长袍马褂下面包裹着的是一颗并不完整的中国人的心，剧中的中国人存身于中国的老屋里却睡在西式的沙发上，做着西式的梦魇；反之，这些人物脱去长袍马褂，换上西装领带，然而系结着的却依然是中国文化

---

① 金宏达：《〈红楼梦〉·鲁迅·张爱玲》，《张爱玲评说六十年》，第451页。

② 罗卡：《张爱玲的电影缘》，第22届香港国际电影节特刊《超前与跨越：张爱玲篇》，1998年，第137页。

情结，而当他们从西式的沙发上醒来后，一站起来，脚也就踩在中国老屋的土地上了。这种别具意味的社会转型期的形象本身就带有一定的喜剧性。

1925 年至 1947 年，中国电影界涌现了不少编剧家，但就这个编剧家群体而言，女性的名字却很少见。在张爱玲前后，也有过一些女作家涉足影剧创作，如白薇、石评梅、林徽因、赵清阁、袁昌英、葛琴、王莹、林蓝、颜一烟等，但就其作品的数量、影剧院里的影响及票房纪录上看，很难有出张爱玲其右者。"张爱玲"这个名字的出现，尤其是造成轰动性票房纪录的成功，为女性在中国电影发展史上填补了一个时代的空白，这对研究中国电影发展史、中国女性文化发展史都有着重要的意义。

"高、大、全"英雄形象再认识

——兼论当下语境中的英雄形象塑造

杨厚均

一

"高、大、全"是 20 世纪 80 年代以后人们对此前 50—70 年代文学中英雄人物形象特征的形象化描述,它是浩然小说《金光大道》中的英雄人物"高大泉"的谐音。高大泉被指认为高大完美、没有瑕疵的英雄形象。在众多的中国当代文学史描述中,"高、大、全"式的英雄形象是"三突出"文艺理论下的产物,二者密不可分。所谓"三突出"即是"文化大革命"时期提出的"在所有人物中突出正面人物,在正面人物中突出英雄人物,在英雄人物中突出主要英雄人物"。近 30 年来,"三突出"和"高、大、全"作为"文化大革命"专制文艺的代名词而被彻底否定。

历史总是以否定之否定的方式向前发展。30 年的历史演绎,也许让我们拥有一份更加从容的心态来审视"三突出"、"高、大、全"之类的文艺现象并思考与此相关的英雄形象塑造问题。

我们丝毫也不怀疑 1972 年出版的《金光大道》中高大泉人物的塑造是"三突出"理论的产物,但我们要强调的是,在"三突出"理论出现之前,"高、大、全"式的英雄形象也较普遍地存在于中外文学作品之中,与"高、大、全"英雄形象塑造相关的理论概括也早已存在。古希腊《荷马史诗》中的阿伽门农、阿喀琉斯,《三国演义》中的关云长、诸葛亮等基本上都是高大完美的英雄人物。在理论概括上,我国魏晋时期的刘劭便对"英雄"作了较为明确的界定:"聪明秀出谓之英,胆力过人谓之雄。"并认为要"成事"则二者缺一不可:"夫聪明者英之分也,不得雄之胆,则说不行。胆力者雄之分也,不得英之智,则事不立。"只有"一人之身兼有英雄,则能长世,高祖、项羽是也"。①"聪明"与"胆力"便是那个时代对"高、大、全"的理解。最为典型的是英国小说家福斯特在其《小说面面观》中所提出的扁形人物。福斯特把"按照一个简单的意念或特性而被创造出来"的人物称为扁形人物。但福斯特并没有对扁形人物形象持完全的否定态度。高大完美的人物无疑是按照一个简单的意念创造出来的,它实际上就是扁形人物中的一种。

二

"高、大、全"人物形象是千百年来中外文学史上重要的风景。之所以如此,是因为它的存在具有一定的深刻的合理性。

毫无疑问,英雄崇拜是人类与生俱来的基本品质。正是因为人类出于对自身力量局限性的认识,才有了无所不能的神话英雄。也正因为如此,从人类早期到今天的现代社会,我们从来没有放弃过对于英雄的崇拜,所不同的不过是对于英雄本质的不同定义。

正因为这样一种英雄崇拜情结的存在,在文化和社会秩序的形成方面,英雄人物常常发挥着极为重要的作用。西方当代社会学中有一个重要概念"卡里斯玛"(Charisma),其本义为蒙受神的点化而获得天赋的神性人物。韦伯引申了它的涵义,以之指认那种在社会生活中具有原创性、富于神圣感召力的人物的特殊品质。更具体地说,卡里斯玛是"文化内部那种能够产生或者毁坏价值体系、赋予混乱以秩序的特殊力量,使得这种文化在一个中心点上凝聚为有序的整体"。② 可见,这里的"卡里斯玛"在很大意义上与我们所说的英雄具有相通性。事实上,古今中外文艺作品中的英雄形象在秩序赋予方面均发挥了重要的作用。在英国,19 世纪最后一二十年里的文学艺术表达了一种对于殖民英雄狂热崇拜的情绪,公众对传教旅行记、探险记、冒险罗曼司一类的作品产生了如饥似渴的兴趣,人们对这些作品中的殖民英雄表现出极度的崇拜,最后的结果是,这些英雄故

---

① 刘劭:《人物志》,文学古籍刊行社 1955 年版,第 10—12 页。
② 王一川:《中国现代卡里斯马典型——二十世纪小说人物的修辞论阐释》,云南人民出版社 1994 年版,第 7 页。

事虽然发生在国外，但由此"所激发的民族主义和民族之间的对立，在英国社会上，特别在英国国家的内部，对形成一种战略性的团结一直起着至关重要的作用"①。

由此可见，无论是出于人类的自我追求还是出于文化社会秩序赋予的需要，高大完美的神话般的英雄的出现都是一种必然。20世纪50—70年代中国文学中"高、大、全"式英雄人物的出现同样可以作这样的理解。一方面，新中国的成立，社会的巨大转型，极大地鼓舞了人们重新设计自我的热情；另一方面，新中国成立后需要确立新的道德、文化与政治秩序，英雄的秩序赋予功能由此获得了极大发挥的空间。两方面的合力，共同推动并规定了这一时段文学创作中英雄形象的塑造。

三

诚然，"高、大、全"式的英雄形象是在"文革文学"中获得定型的，但我们必须看到，对这样一种英雄形象的追求是在新中国成立后甚至是在延安时期就开始了的。它并不是"文革文学"的"专利"。延安时期，毛泽东就指出："文艺作品中所反映出来的生活却可以而且应该比普通的实际生活更高，更强烈，更有集中性，更典型，更理想，因此就更带普遍性。革命的文艺，应当根据实际生活创造出各种各样的人物来，帮助群众推动历史的前进。"② 新中国成立后，在正式确立"创造正面的英雄人物"为当时"文艺创作最崇高的任务"的第二次文代会上，周扬更是十分明确地表示："文艺作品所以需要创造正面的英雄人物，是为了以这种人物去做人民的榜样，以这种积极的、先进的力量去和一切阻碍社会前进的反动的和落后的事物作斗争。"③ 在新中国成立之际，郭沫若曾这样评价《新儿女英雄传》："这里面进步的人物都是平凡的儿女，但也都是集体的英雄。是他们的平凡品质使我们感觉亲热，是他们的英雄气概使我们感觉崇

① 艾勒克·博埃默：《殖民与后殖民文学》，辽宁教育出版社、牛津大学出版社1998年版，第35页。

② 毛泽东：《在延安文艺座谈会上的讲话》，《毛泽东选集》第3卷，人民出版社1967年版，第818页。

③ 周扬：《为创造更多的优秀的文学艺术作品而奋斗》，《周扬文集》第二卷，人民文学出版社1985年版，第251页。

敬。这无形之间教育了读者，使读者认识到共产党员的最真率的面目。读者从这儿可以得到很大的鼓励，来改造自己或推进自己。男的难道都不能做到牛大水那样吗？女的难道都不能做到杨小梅那样吗？"① 陈荒煤说："既然是要表现新英雄主义，树立英雄的榜样，教育群众，我们为什么不可以选择一个没有缺点的英雄来写呢？我想写英雄是应该选择典型，也要选择最优秀的，代表性更强，更足以作为楷模的英雄来表现。"② 周扬并不认为现实中有没有缺点的英雄可供作家选择，但作家在写作中却应该避开这些缺点，他说："写英雄可不可以写他的缺点呢？这样提出问题就是不恰当的，笼统的。……我们的作家为了要突出地表现英雄人物的光辉品质，有意识地忽略他的一些不重要的缺点，使他在作品中成为群众所向往的理想人物，这是可以的而且必要的。"③ 在具体的创作中，作家们大都有意识地以塑造完美的英雄为己任，梁斌在谈到《红旗谱》的创作时就用了很大的篇幅专门谈其小说中的人物塑造。他说："要写所谓叛逆的性格，写出中国农民高大的形象，在我思想上很早就有了这种理想。"具体到朱老忠这个人物的塑造上，他说："写长篇时，我决心把朱老忠的性格再提高一步，使这个形象更加完美。"在他看来，"对于中国农民英雄的典型的塑造，应该越完美越好，越理想越好！……即使现实生活中的英雄人物有些缺点，在文学作品中为了创造出一个更完美的英雄形象，写他没有缺点是可以被允许的，我想这不会妨碍塑造一个英雄人物的典型"。④ 雪克在对《战斗的青春》进行修改的时候，重点就放在如何使英雄人物更加完美上，比如对许凤这个人物，"不仅纠正了在初版中存在过的个别缺点，而且增加了不少细节，从而使她的形象进一步崇高起来"⑤。

　　的确，在"文化大革命"之前的"十七年"文学中，英雄就被有意识

---

① 郭沫若：《新儿女英雄传·序》，袁静等：《新儿女英雄传》，人民文学出版社1956年版，第1页。

② 陈荒煤：《创造伟大的人民解放军的英雄典型》，《解放军文艺》1951年第1卷第1期。

③ 周扬：《为创造更多的优秀的文选艺术作品而奋斗》，《周扬文集》第二卷，人民文学出版社1985年版，第252页。

④ 梁斌：《漫谈〈红旗谱〉的创作（代序）》，《红旗谱》，中国青年出版社1959年版，第12、15页。

⑤ 刘金：《评新版〈战斗的青春〉》，《新港》1960年第9期。

地塑造成具有思想崇高、道德纯正、形体强健的完美品质。（见拙著《革命历史图景与民族国家想象：新中国革命历史长篇小说再解读》）只不过这样的人物在"十七年"文学中还在塑造过程中，还没有一个叫做"高大泉"的人物出现而已。"高、大、全"式英雄的出现是一个历史时期共同追求、塑造的英雄形象的最后结晶。

四

"高、大、全"式英雄形象的历史局限在一定意义上并不在于这种形象本身。不能完全否定这一形象社会文化及心理内涵的合理性，也不能完全否定这一形象在审美上的合理性。这是一种可以在象征美学领域里获得积极阐释的艺术形象。李扬在其《抗争宿命之路："社会主义现实主义"（1942—1976）研究》中就把"文化大革命"时期的艺术品格定位为象征，这是十分准确的。"高、大、全"的局限很大程度上在于，那一个时代"高、大、全"英雄形象的过度出现所带来的审美疲劳。

对"高、大、全"英雄形象的质疑乃至否定在一定的历史时期同样具有一定的合理性。具体来说，在 20 世纪 80 年代，社会的转型需要对此前的社会包括文学进行新的反思，"高、大、全"英雄形象作为被反思时期的政治、文化、审美的符号，自然有其合理之处。但我们必须清醒地意识到，作为一种符号，必然会被附加进其本身之外的诸多原不属于它自己的内涵和意义。同时，即使是作为一种符号，我们的反思乃至否定也应该是有限度的。也就是说，在社会转型初期我们迫切需要思想观念的解放时，这种反思的积极意义会显得相当突出，而当一个社会发展到一定程度，特别是在今天这样旧的价值秩序已然崩溃而新的价值秩序并未真正确立的时候，无论是个人的内在需求还是社会秩序的建立，英雄的呼唤又重新变得重要起来。体现在文学艺术中就需要新的英雄形象的塑造。

五

新时期以来文学中英雄人物形象在消解了相当长一段时间以后，近年来似乎出现了一种"重塑"的趋向，反贪英雄、警探英雄、革命英雄在文学作品中不断涌现。这种被"重塑"的英雄个性鲜明具有较强的艺术感染力。但是，综观这些"英雄人物"，一个非常强烈的印象是，他们身上的强烈的艺术感染力很大程度上来自于其身上的"草莽化"品质。以革命英雄为例，《亮剑》中李云龙就是一个典型，最近电视屏幕上又出现了《杀虎口》中白朗这样的英雄人物，他们身上的"英雄气"和"土匪气"具有同构性。他们任性、固执，我行我素不接受任何纪律的约束，在战斗的最为关键的时刻，他们纯粹凭本能或感觉行动，而最终这种本能或感觉却总是使他们神奇般地获得成功。不能否认，这种"草莽化"的"英雄形象"对于文学观念的更新、人物个性的表现以及文学接受等方面均有着一定的意义，但是，我们同时又必须反思和警惕这样一种"英雄人物"的出现所带来的负面影响。这样一种"草莽化"的英雄正是对"高、大、全"人物形象的反拨。我以为，这样一股针对"高、大、全"的"重塑"之风至少存在着下面两个方面的隐忧：

一是以主流意识形态之名（如反贪、除暴、回顾革命历史等）行形而下的本能欲望的表现之实，完全抛弃了"高、大、全"人物形象塑造中对崇高思想的追求的重视。"草莽化"英雄的基本特质是自由化、粗鄙化、传奇化，在本质上是解构的，而不是建构的，这是与我们时代的建构性特征不相适应的。在经历了20世纪80年代以来的近30年的思想转型以后，我们今天更需要社会秩序与精神文化的建设，"草莽化""英雄"的出现在很大程度上还是一种娱乐，只不过这样一种娱乐更加冠冕堂皇罢了。"草莽化"英雄无法承载这样的建构功能。

二是"草莽化"英雄的过度膨胀，最终会导致新的公式化概念化。新时期对于"高、大、全"英雄人物形象地消解在很大程度上是与人物形象的个性化、复杂化追求联系在一起的。20世纪80年代刘再复的《性格组合论》在理论上兴起了解构"高、大、全"，追求人物性格的复杂、丰满、个性化的先声，此后个性化成为文学中人物形象塑造的重要指标，文学实践中也出现了不少个性鲜明的人物形象，但作为矫枉过正的写作策略，这种个性在一定程度上被理解为人物的性格缺点，如固执、任性、猥琐、残忍甚至变态等，发展到今天就是"草莽化"，甚至非草莽化不足以表现人物的个性，非草莽化不足以形成强烈的艺术感热力，从而形成新的公式化概念化。这就违背了当初解构"高、大、全"人物形象的初衷，从个性化切入而走进新的非个性化的死胡同。

柳青研究60年

——兼论"创业文学"的历史地位

刘 宁

柳青研究已经不是一个新颖的学术话语，也可以说它是和共和国文学的诞生与发展、社会思潮的迭起与变迁同步而生并绵延的学术概念。非常有意味的是，尽管当前已经建立了专业的文学研究会，创办了期刊，建成了相关的城市文化设施，但是，60年来柳青研究始终存在着极大的分裂性。这些在当代作家中都属于少有的殊遇，因此不能不说是共和国文学和研究史上的奇观。

一 研究的分期

同书写任何一部文学史一样，研究史叙述首先需要解决的也是分期问题。以新时期为界，柳青研究划分为新中国成立初期30年与新时期30年两个阶段，同时根据研究的状态又可分为三个时期：

（一）奠基—发展期（1948—1982）

从文坛上首次出现《读〈种谷记〉》开始，至《人民日报》上发表题为《〈创业史〉写作基地为何由富变穷?》一文，为柳青研究的新中国成立初期30年。这期间，既拥有60年代围绕《创业史》而展开的激烈的文学论争，也存在着"文化大革命"时期研究缺失的遗憾。然而，在此，柳青不仅获得了极高的文学声誉，而且《创业史》也因奠定了共和国文学的写作范式而被确定为经典。此外，既然是奠基期，所以柳青研究资料的收集、整理工作也应有所收获。1979年山东大学中文系编写了《中国当代文学研究资料——柳青专集》，1980 年陕西人民出版社出版了《〈创业史〉评论集》，1982 年孟广来、牛云清编写了《柳青专集》，中国青年出版社编辑了《大写的人》。这些资料详实、丰富，为柳青研究工作打下了坚实的基础。同时，柳青研究专著也横空出现。80 年代初期刘建军、蒙万夫、张长仓所写的《论柳青的艺术观》问世，阎纲所著的《〈创业史〉与小说艺术》也与读者见面。两部论著均出自陕西学者之手，皆以艺术视角切入，然相比较而言，后者学术价值大于前者。

（二）反思—转型期（1982—1999）

伴随着 1978 年中国农村实行家庭联产承包责任制，《创业史》书写内容的合理性遭到否定。1982 年《人民日报》上发表了一篇名为《〈创业史〉写作基地为何由富变穷?》的文章，首先对《创业史》发难，同时《〈创业史〉中梁生宝的生活原型由富变穷记》一文，也表达了对柳青描写的合作化事业的讽喻。处于对合作化事业的深入思考，1983 年刘思谦以《对建国以来农村题材小说的再认识》一文对以《创业史》为代表的新中国成立以来农村合作化小说给予了一定的肯定。在她看来："不能以一种国家政策的变更而去否定文学作品，农村合作化题材的作品应该放在当时社会语境下评判。"[①] 显然，当国家政策发生转变之后，如何看待以《创业史》为代表的合作化题材作品是这次争论的焦点。对此，诸多学者以《创业史》为中心对农村合作化事业进行了深刻的反省。其中南帆的《历史叙事：长篇小说的坐标》、温宗军的《柳青现象：两极的批判及其反思》、刘克宽的《对〈创业史〉作为现实主义典型文本的思考》、周艳芬的《〈创业史〉：复杂、深厚的文本》都是一些有分量的研究。然而，虽然这些文章都阐发了《创业史》文本的复杂性，但是却缺乏强势的冲击力。

研究迫切需要有所突破，1988 年作为"重写文学史"思潮的第一弄潮儿，宋炳辉以《柳青现象的启示——重评长篇小说〈创业史〉》一文向柳青发起进攻。宋文以细致入微的剖析批判了"《创业史》以狭隘的阶级分析理论配置各式人物"[②] 的历史狭隘性，从而无情地否定了这部经典著

---

① 刘思谦：《对建国以来农村题材小说的再认识》，《文学评论》1983 年第 2 期。
② 宋炳辉：《柳青现象的启示——重评长篇小说〈创业史〉》，《上海文论》1988 年第 4 期。

作。为了维护柳青和《创业史》的神圣性，罗守让、江小天分别撰写文章《为柳青和〈创业史〉一辩》和《也谈柳青和〈创业史〉》，公开为柳青辩护。然而，由于宋文"冲击那些似乎已经定论的文学史结论，并且在这个构成中激起人们重新思考昨天的兴趣和热情……"① 自然，在这场辩论中获胜。不过，这仅仅只是表面现象，问题的实质在于，争论的最终致使柳青研究由文学的政治决定论转向文学的审美决定论，并逐渐被纳入人本论的思想体系。

（三）重释—重构期（2000—2009）

进入"后改革"时期，中国社会遭遇种种现实问题，消费主义的泛滥，理性精神的淡然，琐碎人生的无序，分层社会的混乱，这些都迫使人们不得不再度对左翼文学投来关注的一瞥，重释《创业史》自然就成为水到渠成的事情。新世纪以降，许多学者在《创业史》中寻找修辞策略、叙事结构、内在的文化逻辑、差异性的冲突内容或特定的意识形态内涵的实践方式。刘纳的《写得怎么样——关于作品的文学评价——重读〈创业史〉并以其为例》和萨支山的《当代文学中的柳青》两篇文章都是不可多得的佳作。不仅如此，其他批评者更是视《创业史》为交织着多种文化力量冲突的"场域"，惠雁冰的《论农业合作化题材长篇小说的深层结构——以〈创业史〉、〈艳阳天〉、〈金光大道〉为例》、秦良杰的《身份焦虑与〈创业史〉中的美学冲突》、吴进的《〈创业史〉对农民的描写及其知识分子趣味》、段建军的《肉身生存的历史展示——柳青、路遥、陈忠实对现实主义文学的贡献》、廖晓军的《红色经典中的时代英雄与平凡世界的普通人》、首作帝和张卫中的《"十七年"农村小说话语的分层与配置——以〈三里湾〉、〈创业史〉、〈山乡巨变〉为中心的考察》等相关文章纷纷呈现。

在很大程度上，重释是"重写文学史"思潮的延续，因此，自然具有解构性，然而就在解构的同期也就意味着重构研究的发生。首先，运用新历史批评方法重返《创业史》写作的历史场景所进行的研究悄然启动。其次，金宏宇的《创业史》版本研究表明柳青研究已经逐渐形成了科学、严谨的学术规范（见于金宏宇的《中国现代长篇小说版本校评》）。再次，

① 陈思和、王晓明：《重写文学史专栏主持人话》，《上海文论》1988 年第 4 期。

2008 年陕西学者畅广元、邢小利等同人创办了柳青文学研究会，创刊《秦岭》文学杂志；同年 9 月，柳青文化广场在西安市南部大学城建成。以一言蔽之，新时期 30 年，研究从文学的审美、人性、历史、文化等多维度对柳青和《创业史》进行了全方位的研究，取得了突出的成就。

二　研究的重点

60 年柳青研究，资料浩繁、学者辈出、成果斐然。不可能在此逐一呈现，因此选择研究重点进行阐述，以求能够勾勒 60 年研究的历史和变迁。

（一）《创业史》人物研究

柳青研究 60 年，《创业史》的人物研究始终是研究中的重中之重，尤其是 60 年代围绕梁生宝与梁三老汉谁优谁劣的文学争论曾经是研究的热点。1963 年严家炎发表的《关于梁生宝形象》、《梁生宝形象和新英雄人物创造问题》、《谈〈创业史〉中梁三老汉的形象》、《〈创业史〉第一部的成就》等四篇评论文章是这一时期柳青研究取得的最高成就，并在当时引发了一场不小的争论。李希凡、冯牧、任文等人纷纷撰文表示对严家炎的异议，就连平时一贯稳重的柳青也难以继续沉默下去，撰写《提出几个问题来讨论》为自己进行辩护。作家连续两次在文中提及"在这个问题上，小说的描写和严家炎同志的分析，存在着不可调和的矛盾。请大家讨论"。① "这个问题"指的就是有关梁生宝这一人物形象是否真实的问题，使用"不可调和"一词可见当时论争的激烈，尤其是在《艺术论》一文中作家声称："……成百个人物到底以谁为中心？中心思想又以谁为代表？严家炎说以梁三老汉为中心，这简直是胡说八道。"② 可见，柳青对严家炎批评梁生宝这一人物形象存在缺陷是相当愤慨的。是什么原因使一向宽容的柳青如此不能忍受严家炎的评判？辩论双方争议的实质到底是什么？

在我看来，柳青塑造的梁生宝形象是他一生心血的结晶，包含他对文学事业的执著追求。严家炎的评论击中柳青心中最为在意并得意之处，因此才会在论战中表现出不能容忍的态度。然而，问题并非如此简单，论争

---

① 柳青：《提出几个问题来讨论》，《延河》1963 年第 8 期。
② 柳青：《美学笔记》，《柳青文集》第 4 卷，人民文学出版社 2005 年版，第 288 页。

的根源不在于表面上关于梁生宝与梁三老汉到底谁塑造得最为成功之争，而在于隐含的左翼文学内部社会主义现实主义"倾向性"与现实主义"真实性"之间的争议，而这种分歧根源就在于左翼文学内部延安文艺路线与五四文学传统之间的差异。柳青是40年代从延安解放区走上文坛的作家，历经了延安整风运动，接受了毛泽东的《在延安文艺座谈会上的讲话》精神（下面简称为《讲话》），米脂三年农村生活锻炼，14年的长安县蹲点是他贯彻《讲话》精神，走与工农相结合道路的体现。"柳青道路"是中国知识分子渴望弃绝感伤情绪所走的"改造"之路，《创业史》是成功运用社会主义现实主义创作的典范之作，在这个意义上，柳青对严家炎的反驳是在为《讲话》精神护法。作为严家炎的评论，使用的是左翼文学"真实性"话语。"真实性"是"追求生活的真实和艺术的真实"，这一观点渊源于胡风、冯雪峰、秦兆阳的理论。在他们看来，《讲话》虽在新文学历史上具有重大意义，但并不意味着由鲁迅所开创的中国新文学传统的根本转变，文艺在不脱离政治情形下，面对中国的历史和现状，作家不仅应该书写生活光明的一面，也可以反映历史进程中的沉重负累。因此，《创业史》中的梁三老汉和王二直杠就是历史进程中农民心灵的真实反映，而梁生宝则明显带有概念化成分。围绕《创业史》中梁生宝与梁三老汉谁优谁劣的争论，实质就演变为左翼文学内部捍卫《讲话》精神一派与坚守五四传统一派的斗法。

　　及至新时期，人物研究就不仅仅局限在梁生宝与梁三老汉、三大能人之间，而表现为英雄与凡人互为他者的辩证关系。由对梁生宝超凡人形象的关注，到对王二直杠、欢喜、素芳等一大批普通百姓的钟情，前后30年文学研究理念发生巨变。英雄人物的塑造寄予着柳青对共和国美好未来的期盼，芸芸众生的描摹凝结着作家对民间自然生命的尊重。研究从青睐前者到眷恋后者的转换，意味着共和国文学研究在宏大的国家、民族叙事与温情、世俗生活叙事之间的相互推移，体现着国家与地方、庙堂与江湖之间的张力和冲突。然而，徐改霞这一形象确乎逸出上述情形，在她洋溢着生命野性和个性欢愉之中，牵动着知识分子话语与女性主体性的神经。50年代柳青讲："我写她时，经常想到我国民歌中情歌所表现的丰富感情。"① 新时期，改霞的人生抉择不仅象征着农村青年城市化的理想，而且

---

① 柳青：《美学笔记》，《柳青文集》第4卷，人民文学出版社2005年版，第302页。

还孕育着现代女性主体意识的萌动。她和素芳、秀兰、刘淑良，甚或梁生宝的母亲相映照，并构成一个《创业史》女性谱系，隐喻了共和国女性多样的生活样态和价值取向。

（二）《创业史》之共和国文学史中的评价研究

在文学史上能否坐上交椅，排在前列还是后面，评述时是被评为重点，还是只在……等中被陈名，这些决定着一位作家在文学史中的地位和自我的价值。因此，作为柳青的研究之研究，确有必要将其放置在共和国文学史的框架中去审视。1980年人民文学出版社刊行了《中国当代文学初稿》，这是对新中国成立后中国文学30年的成就、经验、教训及其发展规律所作的初步总结和探讨。在这部文学史中"《创业史》是一部反映农业合作化运动的史诗性的巨著，在我国当代文学史上占有突出的地位"。① 然而，1983年华中师范学院《中国当代文学》编写组编写的《中国当代文学》中却没有为柳青和《创业史》安排章节。教材后记中写道："鉴于我国政治经济形势的急剧变化和当代文学的迅速发展，这次编写重新拟定了大纲。"② 我国的政治经济形势指的是农村实行了家庭联产承包责任制，所以作为《创业史》这样一部描写合作化事业的小说理所当然被砍杀。1999年洪子诚教授所著的《中国当代文学概况》和陈思和教授所编撰的《中国当代文学史教程》同年面世（后面简称洪著与陈著）。这是今天高校使用较多，评价颇高的两部教材，但是观点却相差甚远。洪子诚认为"作家对农民的历史境遇和心理情感的熟悉，弥补了这种观念'论证式'的构思和展开方式的弊端"。③ 可是到了陈著中情形则不同了。由于陈思和更看重民间写作，所以像《创业史》这种政治意味浓郁的作品，除了能在教程中找到梁三老汉这个名字以外，其他有关柳青和《创业史》我们什么也找不到，这表明他已将柳青和《创业史》逐出了他的文学史。

新世纪以来的文学史中，似有改观，但是评论仍带有分裂性。一种是将柳青和赵树理、周立波，甚至梁斌等作家并陈在"十七年文学"的序列

---

① 郭志刚、董健：《中国当代文学史初稿》，人民文学出版社1980年版，第350页。

② 华中师范学院《中国当代文学》编写组：《中国当代文学》，上海文艺出版社1983年版，第431页。

③ 洪子诚：《当代文学史》，北京大学出版社1999年版，第101页。

里面，柳青作为 50 年代重要作家之一，得到更为理性的阐释。在 2003 年董健、丁帆、王彬彬主编的《中国当代文学史新稿》里捕捉到徐改霞的人生道路和选择问题与路遥的《人生》中高加林人生路的关联，这骤然闪现的思想火花增添了《创业史》的光华。然而还有一声沉重的叹息传来，"体制化的文艺生产不仅不能催生出更多的成功的艺术作品，而且还会在很大程度上窒息作家的艺术功力"。[①]

（三）《创业史》重释研究

晚近柳青之共和国文学史地位表明：《创业史》已经难以独木擎起"十七年"文学的天空。因而，新世纪以来的相关《创业史》的诸多重释之著，无一不将其作为文本之一放置在"十七年"文学的框架中进行论述。董之林的《旧梦新知——"十七年"小说论稿》、李扬的《50—70 年代经典文本的再解读》、余岱宗的《被规训的激情——论 50、60 年代的红色小说》、蓝爱国的《解构十七年》都是有相当影响的著述。这些著述在重释的过程中暴露出了文本中被遗忘、压抑或粉饰的异质、混乱、憧憬和暴力。董之林声称《创业史》是沉浸在理想王国的史诗写作，它有意借助某种权力对历史事实用语言来完成自己的主观编码。李扬则将 30 年前严家炎所讨论的梁生宝与梁三老汉谁优谁劣的老话重提，梳理出"旧农民"序列和新农民形象两大类，然而，"事实上，梁生宝这一新人是否真实，并不是判断《创业史》是不是一部杰作的标志。文学史上许多伟大的作品之所以为人们称道，恰恰是因为这些作品对生活的超越和虚构"。[②] 余岱宗使用的是中外文本比较的方法，将《创业史》与前苏联小说《未开垦的处女地》作比照。《创业史》在塑造英雄人物梁生宝时过于理想化，《未开垦的处女地》里则描写了革命者思想上的真实性。然而，非常有意味的是，这恰恰是柳青当年所不屑的做法。

这些论著尽管对《创业史》的重释有所不同，但是，重释不仅仅是单纯的解释现象或者类似发生学意义上的叙述，也不是简单意义上的归纳总结，而是要揭示出历史文本背后的运作机制和意义结构。因此，这些重释

---

① 张健：《新中国文学史》，北京师范大学出版社 2008 年版，第 73 页。
② 李扬：《50—70 年代经典文本的再解读》，山东教育出版社 2003 年版，第 171—172 页。

之著便是拯救历史的复杂、多元性，以及文本中所描绘的乌托邦般的文学想象。

三 "创业文学"的历史地位

60年来或将《创业史》奉为文学经典，或逐出文学花园，柳青研究存在着极大的分裂性。然而，"从文学史角度来看，能在文学史上引起持久争论的作品，肯定不是简单的作品。"① 尽管《创业史》不再被单纯视为经典，而是需要回到历史深处去解释它的产生机制，但是，一旦放置在共和国文学这样一个视域中，便会发觉它应有的贡献。

（一）"创业"是共和国文学的中心主题

1997年李继凯教授在《秦地小说与三秦文化》中提出，柳青是用毕生的心血投注于"创业"主题文学表达的最具有代表性的作家。之后，余岱宗以《"红色创业史"与革命新人的形象特征——以二十世纪五六十年代中国农村题材小说为中心》一文对其作了回应。2004年杜国景发表了《论农业合作化小说中的"创业叙事"——以〈三里湾〉、〈创业史〉、〈山乡巨变〉为中心》，再次论及"创业"主题。"创业"既是共和国建立初期发展经济、促进生产的社会现实，也是"十七年"文学中存在的普遍文学现象。不难想象，当文学深情缅怀革命之际，文学也在积极地参与社会主义建设。"这是一场含有轰轰烈烈文化意味的革命运动，含有深刻的历史必然性和久远的乌托邦冲动，反映出现代政治方式对人类象征行为的功利主义的重视和利用。也表达了人类艺术活动本身所包含的最深层、最原始的欲望和冲动——直接实现意义，生活的充分艺术化。"② 在这个意义上，虽然"三红一创、青山保林"里，仅有《创业史》、《山乡巨变》是社会主义建设题材的小说，但是却代表着共和国文学的发展趋势，尤其是《创业史》成为典范之作。这种典范不仅表现在"一体化"模式下，作品以生产切入革命，而且体现在《创业史》的艺术魅力上。《创业史》人物

---

① 李继凯：《秦地小说与三秦文化》，湖南教育出版社1997年版，第336页。

② 唐小兵：《再解读：大众文艺和意识形态》，香港：牛津大学出版社1993年版，第16、17页。

描写的典型、生动，结构的严谨、精到，心理刻画的深邃、细致，语言的丰赡、熨帖，这些都引发了当时乃至今天的研究者的赞叹，批评者也不例外。毋庸置疑，"一件艺术品的全部意义，是不能仅仅以其作者和作者的同时代人的看法来界定的。它是一个累积过程的结果，亦即历代的无数读者对此作品批评过程的结果"。① 60 年伴随着社会历史的变迁、思潮的转换展开了对《创业史》各种各样的文学研究。然而，从"十七年"文学的"创业"到新时期文学的"改革"乃至遭遇"现代性"，这些都隐含了共和国建设过程中，中国人民艰苦卓绝的创业和执著不息的探索。50 年代的合作化道路是探索，80 年代的家庭联产承包责任制是尝试，90 年代以来一些地区的合作性生产是新一轮的实验。面对变化万千的社会，也许"只有当我们了解所研究的小说家的艺术手法，并且能够具体而不是空泛地说明作品中的生活画面与其所反映的社会现实是什么关系，这样的研究才有意义"。②

（二）《创业史》之共和国文学的影响

"研究作家当然要以其成果作为重要研究对象，但是必须把作品放在历史过程中来考察，不能只分析作品的思想性、艺术性，还要探讨它的历史地位和贡献。文学史不仅要评价作品，还要写出这个作品在文学史上出现的历史背景，上下左右的联系，它给文学史增添了些什么，做出了什么样的贡献，对后来的文学发展有什么样的影响。"③ 对柳青 60 年研究进行梳理、整合，可以发现《创业史》与《白鹿原》、《平凡世界》、《人生》、《秦腔》（小说）等作品的密切联系。这些作品皆出自陕西，但是已非地域文学所限。《白鹿原》所达及的文学高度，《平凡世界》所拥有的庞大的受众，《秦腔》所兼有的传统与现代的复杂性，足以表明它们都是共和国文学中的代表作。在我看来，每一部文学作品首先是一个声音的系列，从这个声音的系列再生出意义。《创业史》将秦腔引进文学作品，首开声音叙述的先河。之后《白鹿原》、《秦腔》到处回荡的是震耳欲聋的秦音，这既是秦人慷慨激昂生命的隐喻，也是共和国文学宏阔壮美的象征。"语

---

① 韦勒克、沃伦：《文学理论》，三联书店 1984 年版，第 35 页。
② 同上书，第 104 页。
③ 王瑶：《中国现代文学史论集》，北京大学出版社 1998 年版，第 232 页。

言是文学艺术的材料……每一件文学作品都只是一种特定语言中文字语汇的选择，正如一件雕塑是一块削去了某些部分的大理石一样。"① "《创业史》第一部试用了一种新的手法，即将作者的叙述与人物的内心独白（心理描写）揉在一起了。……我想使作者叙述的文学语言和人物内心独白的群众语言，尽可能地接近和协调……"② 第一部里描写的黎明前夕的繁星，太阳出后的朵朵云彩，露珠摇坠的春草，都充盈着浪漫抒情气息，而惟妙惟肖的乡村方言，形象生动的人物内心揣摩都散发着浓郁的地方气息。接着，步尘而来的路遥、陈忠实，包括自称逸出柳青之路的贾平凹，都对方言、民间文化大胆地进行了运用和借鉴。具体到文学内质，再到外部社会展现，《创业史》与后世陕西文学血脉相连。如果将这几部作品连缀起来的话，从《创业史》到《平凡的世界》、《白鹿原》及至《秦腔》，可见一个世纪陕西文学的画卷，从而勾勒出百年中国历史和文学的全貌。一个作家自有他的局限和特点，因此，只有在与他同时代作者或写同一题材作家的相互比较之中，才能发现他是如何用自己的劳动丰富文学史的。

柳青最大的功勋乃是他在当时政治氛围下为文学开辟了一席之地，在生产斗争中展示了一幅家庭伦理的图景。同时，《创业史》颇具汉唐雄风的气度，以及中华民族在新时代筚路蓝缕、创业精神的表现，却正是我们这个时代所需要的灵魂。

---

① 韦勒克、沃伦：《文学理论》，三联书店 1984 年版，第 174 页。
② 柳青：《美学理论》，《柳青文集》第 4 卷，人民文学出版社 2005 年版，第 303 页。

走出审美迷思:路遥小说的
可阐释性与路遥研究

姜 岚

路遥①小说描写的是以陕北为中心的乡村与城市相交叉、相关联的生活，时间跨度超过三十几年，主要人物形象的身份涉及农民、学生、教师、国家干部（包括高级领导）和工人等。其扛鼎之作《平凡的世界》展现的生活画面最是宏阔，用心刻画的人物也最多，以至于小说几乎成为20世纪70—80年代中国社会改革的全景图，转型时期中国人的命运史。但是，路遥小说世界里的真正主角，还是农村知识青年②，作品着重表现的

---

① 与新中国同龄的路遥（1949—1992），出生于陕西省清涧县石嘴驿镇王家堡村的一个贫困的农民家庭，7岁时因为家庭生活困难，被过继给在延川县城关乡郭家沟村的伯父。读小学时取名王卫国。1963年考入延川县立中学学习，1966年参加"红卫兵"运动。1968年9月作为群众组织代表，当选为延川县革命委员会副主任，不久被宣布停职，回乡务农，担任过民办教师。1970年再到县城，做一些宣传和文艺方面的临时性工作，第一次以"路遥"为笔名在油印小报上发表处女作。1973年进入延安大学中文系学习，开始公开发表文学作品。大学毕业后，任《陕西文艺》（今为《延河》）编辑。1980年发表《惊人动魄的一幕》，1981年获得"第一届全国优秀中篇小说奖"。1982年发表中篇小说《人生》，获"第二届全国优秀中篇小说奖"，改编成同名电影后，获"第八届大众电影百花奖最佳故事片奖"。《在困难的日子里》获"1982年《当代》文学中长篇小说奖"。1988年完成百万字的长篇巨著《平凡的世界》，1991年获第三届"茅盾文学奖"。1992年11月17日路遥因病医治无效在西安逝世，年仅42岁。

② 本文中的"知识青年"专指出身农村到城里上过中学，而后又回到农村的有一定文化知识的青年（在路遥小说中主要是男青年），而非指"文化大革命"中根据毛泽东的指示从城市去农村插队落户（又称为"上山下乡"）的知识青年（简称为"知青"），后者是一场政治运动的产物。

是他们在困苦人生里的艰难奋争，作家借助这些形象的塑造表达了他内心积郁的强烈的人生感。且不说他的另两部有分量的代表作《在困难的日子里》和《人生》，主人公马建强和高加林都是出身贫寒、遭受困厄的农村青年；就是形象记录十年社会改革发展史的《平凡的世界》，作为主线贯穿的也是农村出身的知识青年孙少安和孙少平兄弟为改变命运而奋斗的人生历程和个人情感生活史。正因此，书中着力刻画的其他重要人物形象，或者是作为这两位主人公的社会关系决定着他们的生存条件，丰富着他们的人生体验，衬托出他们的品性人格；或者成为他们的"愿望对象"，彰显着他们的生存目标与生命价值。难怪作家在书的结尾把他讲述的形形色色的人生故事，归结为"赞美青春和生命的歌"①。

农村知识青年在当代中国的命运和他们在苦难中奋斗向上的人生体验，是路遥建造小说艺术世界的动力之源。换一种说法，路遥的艺术创造冲动，来自农村出身的知识者的苦难经历和创伤记忆。路遥英年早逝，很大程度上是由于怀着使命感和紧迫感，以牺牲健康为代价写作人生的大书而耗干了生命的结果。他之所以以生命为代价②来创作规模宏大的小说，是因为他深感人生的不幸、痛苦与磨难，以及奋斗的艰辛与成功的喜悦，只有通过文学的精神转换，才能与敬畏命运、热爱人生的芸芸众生共同体味与分享：只要大多数人还要面对生活的艰辛甚或人生的挫折，对苦难的体验和超越就有必要通过文学转化成慰藉沉重人生的心灵滋润剂；只要有人对生活与前途感到迷茫，就需要人生跋涉的过来人告知其生活的道理，使其得到引领。而无论在什么社会，底层人和青年人都会遇到人生的困境，他们对生存的启悟都怀有期待。路遥深知，他所经历过的苦难和自我人生奋斗的生存感悟，不仅是文学创作的绝好原料，也是有益于普通人应对生存困境的难得的精神资源。路遥的写作伦理就生成于这种人生与文学的互动关系之中。作为一名真正知晓中国农民和底层社会的全部苦痛与不

---

①　路遥：《平凡的世界》，《路遥文集》第 3 卷，人民文学出版社 2005 年版，第 422 页。

②　路遥创作《平凡的世界》是抱着献身的意志的，在动笔之前，他照例走进毛乌素沙漠进行神圣的"朝拜"，接受"精神的沐浴"，一个强烈的感受是："在这里，我才清楚地认识到我将要进行的其实是一次命运的'赌博'（也许这个词不恰当），而赌注则是自己的青春抑或生命。"见路遥《早晨从中午开始——〈平凡的世界〉创作随笔》，《路遥文集》第 5 卷，人民文学出版社 2005 年版，第 252 页。

幸的知识分子,路遥只能为普通人、为多数人写作。他采取的创作方法也由此决定:有了现实主义就够了①。他只能选择为人生的文学,而不是纯粹为艺术的文学。可见,路遥将自己定位为现实主义作家,这不单纯是一种文学信念,在很大程度上,是更为宽泛的人文信念。路遥首先不是怀着文学的责任而是社会的责任在写作。这就不难理解为何路遥的小说拥有最多的读者,为何在文学被边缘化的 90 年代以后,他的小说仍成为畅销书,这样,我们也就不会为新时期文学里出现的"路遥现象"② 感到奇怪了。

　　路遥讲述苦难但并不展览苦难,他是将苦难作为对人生的磨砺而让青春生命去同它搏击,从而获取生命的尊严和生存的意义,让生活和人生变得有质量。所以路遥的苦难叙事与反思文学的历史批判同先锋文学的人性审视是有区别的。在他的小说世界里,苦难既不是历史向现实索取补偿的资本,也不是人性难以超拔的深渊,而是年青的人生奋斗者成就自我、升华人格的最好契机,它仿佛是命运加诸精神圣徒③的必须接受的考验。出身农民家庭的路遥,对贫困、艰辛、挫折、打击、屈辱和痛苦有刻骨铭心的体验,在取得人生的成功后比一般人更懂得苦难的含义和价值,他因此有资格向还在人生的道路上摸索的后来者宣示:遭受困苦不一定是人生的不幸;当然,苦难只把收获交给那些不屈服于命运的坚强性格。在这个意

---

　　① 路遥选择现实主义出于一种文学自觉,而不同于一些抱残守缺者在由历史推动的文学变革时代本能地抗拒现代文学思潮。在《在早晨从中午开始——〈平凡的世界〉创作随笔》里他就表白:"实际上,我并不排斥现代派作品。我细心地阅读和思考现实主义以外的各种流派。其间许多大师的作品我十分崇敬。我的精神常如火如荼地沉浸于从陀思妥耶夫斯基和卡夫卡开始直至欧美及伟大的拉丁美洲当代文学之中,他们极其深刻地影响了我。"只是由于题材表现和接受对象的需要,路遥才选择了现实主义。并且这种选择针对的是"虽然现实主义一直号称是我们当代文学主流,但和新近兴起的现代主义一样处于发展阶段,根本没有成熟到可以不再需要的地步"。他还批评了那些标榜"现实主义",而"实际上对现实生活做了根本性的歪曲"的"虚假的'现实主义'"、"假冒现实主义"。(见路遥《早晨从中午开始——〈平凡的世界〉创作随笔》,《路遥文集》第 5 卷,人民文学出版社 2005 年版,第 254、257 页)照此看来,路遥选择现实主义是怀有文学责任感的。

　　② "路遥现象"是指"一方面是因为学术界、评论界对路遥固执的冷漠,一方面是读者对路遥持续的热情"。参见赵学勇《"路遥现象"与中国当代文坛》,收入《路遥再解读——路遥逝世十五周年全国学术研讨会论文集》,陕西人民出版社 2008 年版,第 14 页。

　　③ 路遥作品中在苦难中追寻的主人公常以"穆斯林"自拟。

义上，路遥珍视的不是生活中的苦难，而是苦难磨砺出来的生活意志，这正是平凡的世界里不平凡的存在。受过专业文学教育，饱读中外文学名著的路遥，谙悉文学特有的力量，他把从人生奋斗中获得的生存哲理和生活见解，投射进小说人物的命运沉浮中，通过那些与他的人格精神同构对应的典型形象，去诠释社会下层人物特别是年青奋进者渴望得知的人生道理。由于从真实的生活和体验出发，不管路遥抱着什么样的主观意愿进行艺术创造，他的苦难叙事都不能不带有悲剧色彩，这就使得他的小说更能在处于弱势社会地位的普通读者那里引起共鸣。路遥的文学叙事采取的正是读者本位立场，这与他的底层关怀①的人文态度是一致的。他的小说因此在底层社会赢得了热爱，而在高阶文化共同体里受到一些冷落。"期待视野"限制了路遥的创作，可以看作路遥小说评价产生分歧的原因之一。

路遥小说中的苦难，主要是乡村的苦难，以及主要由乡村出身的人来承受的苦难。由于路遥想要表达的是苦难给予人的悲剧性体验和确证人生价值的意义，因此他的小说在书写这些苦难时并没有深究造成乡村和乡村人的种种苦难的社会根源，尽管他小说世界里的人生痛苦已经指向了某种社会结构。诚然，他的小说对困厄和打击农村青年奋斗者的力量并不是没有加以暴露和批判，比如使高加林失去民办教师资格和城里工作的是大队书记高明楼的以权谋私和被他夺爱的张克南妈妈的借机报复；又如生产队长孙少安，为社员的利益而扩大猪饲料种植受到公社组织的批判，是由于"左"倾思想肆虐到农村。有时，作家路遥在小说里甚至议论到，对于青年人身上出现的人生挫折，"社会也不能回避自己的责任"，进而按捺不住地大声疾呼："我们应该真正廓清生活中无数不合理的东西，让阳光照亮生活的每一个角落；使那些正徘徊在生活十字路口的年轻人走向正轨，让他们的才能得到充分的发展，让他们的理想得以实现。祖国的未来属于年轻的一代，祖国的未来也得指靠他们！"② 然而这里所说的"生活中无数不合理的东西"，其中什么是当代中国社会的根本症结，作家还来不及进一步思考，况且，即使作家意识到了，它也不需要在小说叙述里特别地说

---

① 1983 年王愚就在评路遥的文章里说："他对生活在底层的人民倾注深沉的情愫。"——见王愚《在交叉地带耕耘——论路遥》，载《当代作家评论》1984 年第 2 期。

② 路遥：《人生》，《路遥文集》第 4 卷，人民文学出版社 2005 年版，第 160 页。

出来。

实际上，在小说写作的 80 年代初，路遥未必能够从社会批判的角度来进行文学创作。《人生》的出现，已经偏离了当时的文化语境和文学叙事，因为它没有把"新时期"理想化，而是看到了历史转折并没有结束多数人的生存困境，相反由于城乡差别的依然存在，广大的农村青年特别是有文化的青年，他们的人生进取还备受挫折。非常可贵的是，路遥在当时的文学探索潮流之外，开辟了自己的文学思考和艺术表现空间——"城乡交叉地带"。自此，城与乡的矛盾关系成为他小说世界里人生纠葛的制约性因素得到反复地表现。一直到他"毕其功于一役"① 的长篇巨制《平凡的世界》，"城乡交叉地带"都是他苦难叙事里人生故事的基本场域。路遥小说的可阐释性因这一概念的提出而大大增强。路遥自己对"城乡交叉地带"的艺术生发价值有明确的意识。1981 年在西安召开的关于农村题材小说的创作座谈会上，路遥就谈到"交叉地带"② 一词，说："农村和城镇的'交叉地带'，色彩斑斓，矛盾冲突很有特色，很有意义，值得去表现，我的作品多是写这一带的。"并对所谓"交叉"作了这样的解释："种种的矛盾，纵横交错，就像一个多棱角的立锥体，有耀眼的光亮面，也有暗影，更多的是一种复杂的相互折射。面对这种状况，不仅要认真熟悉和研究当前农村的具体生活现象，还要把这些生活放在一种更广阔的社会背景和长远的历史视野之内进行思考。"③ 文学评论界也很快注意到这一概念在路遥创作中的结构性意义。陕西评论家王愚 1983 年就写作了《在交叉地带耕耘——论路遥》④ 一文，考察和阐述了路遥小说创作以转折时期"城乡交叉"生活为表现领域，"对生活中复杂矛盾状态的把握，逐步深化起来"的过程。1986 年第 5 期的《小说评论》，发表了大学生李勇的论文《路遥论》，文章的第一部分就是"独特的创作敏感区——'交叉地带'"，主要结合路遥的中篇小说创作分析了"交叉地带"这个典型环境对典型形

①　参见路遥《早晨从中午开始——〈平凡的世界〉创作随笔》，《路遥文集》第 5 卷，人民文学出版社 2005 年版，第 326 页。

②　路遥后来还说："这个词好像是我的发明"。参见路遥《关于〈人生〉和阎纲的通信》，载《作品与争鸣》1982 年 2 月，收入《路遥文集》第 5 卷。

③　晓蓉、李星整理：《深入生活，写变革中的农民的面貌和心理——在西安召开的农村题材小说创作座谈会纪要》，载《文艺报》1981 年第 22 期。

④　王愚：《在交叉地带耕耘——论路遥》，载《当代作家评论》1984 年第 2 期。

象产生的意义。这篇论文后来启发了日本学者安本·实，使他写出了路遥研究中的重要论文《路遥文学中的关键词：交叉地带》，经刘静翻译，发表于《小说评论》1991 年第 1 期。论文超越了对于"交叉地带"所作的创作题材和作品内容性质方面的理解，而第一次从制度因素上理解路遥小说人物的悲剧性处境，即"封闭式的社会结构"所造成的"农村和城市的矛盾冲突"。2007 年 11 月，延安大学召开"路遥逝世十五周年全国学术研讨会"，安本·实在会上报告了论文《一个外国人眼里的路遥文学——路遥"交叉地带"的发现》，又提出了新的概念——"农村和城市二元社会结构"①，对路遥小说中的"交叉地带"作出了新的解释，为路遥小说中的乡村苦难原因的探讨提供了新的可能性。

将制度安排视为乡村苦难的根源，是对路遥小说研究的深化。在当代中国社会的城乡二元结构里，农村和城市被户籍制度划分为两个完全不同的生存世界，"乡下人"和"城里人"因劳动方式、资源分配和社会保障上的巨大差异而处在一卑一尊的两大社会等级内，而且很少有改变的可能。路遥小说世界里被作家倾注同情的主角，都有着不幸的农村出身。但他们不是一般的农村人，也不是过去的农村人，而是在历史转折时期生活在城乡交叉地带的青年知识者。在他们的人生道路面前，横着一条城与乡的界线，但进城读书，已经使他们从精神上突破了这个界限，他们断然拒绝对农民身份的自我认同。可是，在不同于父辈的全新生存理想和无法改变的农民血统之间，那一道难以逾越的鸿沟始终存在，不断刺激着他们奋越的欲望，也不时勾起他们对农民血统的自卑和沮丧。这是不合理的制度安排给底层社会造成的严重的精神后果。结合路遥的主要代表作，运用文本分析和社会批评相结合的方法，或可发现路遥小说人生启悟和道德训诫之外的人文意义。而在改革时期社会急剧分层，农村的社会进步和底层人的发展仍然是最让人揪心的时代课题面前，从一个新的角度探讨社会结构形态与人生形式和生存体验的关系，不失为文学研究从审美迷思中的自赎。

---

① ［日］安本·实：《一个外国人眼里的路遥文学——路遥"交叉地带"的发现》，见《路遥再解读——路遥逝世十五周年全国学术研讨会论文集》，陕西人民出版社 2008 年版，第 101 页。

在同一和差异之间

——论《祝福》中的两类"重复"

王海燕

一 "重复"的两种类型

在鲁迅的著作中，"重复"或许是读者最熟悉同时也感到最难以说清楚的修辞形式。若以重复出现的密集程度而论，《祝福》是一个相当引人注目的文本。"旧历的年底毕竟最像年底"，小说开头即是一个鲁迅式的重复，受过初等教育的读者马上会联想到鲁四老爷的"可恶"、"然而"，四婶的"你放着罢，祥林嫂"，以及祥林嫂的阿毛故事，等等。如果说它通篇充满了"重复"也不为过，小说若干处的叙述与对话都表明了鲁镇及鲁镇人具有一种奇特的自我重复本能：年底的祝福仪式是重复的，"年年如此，家家如此……今年自然也如此"；鲁镇人的生存状态是重复的，五年不见不仅四叔"比先前并没有什么大改变，单是老了些"，那些本家和朋友"也都没有什么大改变，单是老了些"；在小说中出现的每一个鲁镇个体也无不如此，且不论四叔四婶，就连卫老婆子的"阿呀呀，这真是……"和柳妈的"我想，这真是……"虽有语境及内涵上的差异，但总体上仍然是一种自我重复。在秩序里才有无限的重复与单调，这些有着些许差异的重复暗示出其背后支配着鲁镇及鲁镇人生存的共同秩序——这是一个以鲁四老爷为文化代表、融合了儒释道而又以儒家为正统、以民俗（祝福、寡妇禁忌等）为形式的价值共同体，一个缩微的前现代中国社会。如果更进一步深入到心理学层面，或许这种自我重复还揭示出弗洛伊德所谓的"死的本能"，它超越了现实原则要求重复以前并回归到过去的状态，表现出生物惰性之本能。①

　　"重复"理论的集大成者亨利希·米勒在其代表作《小说与重复》中指出："一部小说的阐释，在一定程度上要通过注意诸如此类重复出现的现象来完成。……可以肯定地说，重复表层的形式主要对文学与历史、政治和伦理的关系有着深刻的意义。"②《祝福》中如此高频率的重复早就引起了读者的思考与探究，曾有许多论者从不同角度对《祝福》中的重复叙事、重复描写等作过相当深入的阐释，认为小说正是通过"重复"这一基本手法"深刻地揭示出封建礼教对中国妇女的残酷压迫，加重了祥林嫂这个形象的悲剧色彩"。③ 但米勒"重复"理论的发人深思之处在于他认为任何小说中都存在着两种互相矛盾的重复类型，并且它们总是以这样或那样的交织状态出现在一起。这一思路无疑也开启了我们重新打量《祝福》的新视角：《祝福》中诸种重复之间有无同一逻辑与差异逻辑的区别？其犬牙交错的形式是否也使小说本身具有了一种异质性？

　　在米勒重复理论的基础上，如果我们认为同一性重复是指那些虽有不同的表现形式，但却指向相同的价值中心，并将重复的意义限定在其范围之内的重复行为（自我重复可以看做是它的一种强化形式）；那么《祝福》中除了这一类重复之外，的确还有另一类与之相对的并不指向鲁镇价值中心的重复，它因为缺乏一种共同秩序作为基础，常常显得突兀，甚至带有"鬼魂般的效果"，④ 但也因此创造出不同于前一类重复的意义空间，这类重复即是差异性重复。小说中这类差异性重复主要关涉祥林嫂和第一人称叙述者"我"，也即小说中两个最重要的人物，而这一点恰是以往的研究相对忽略的。从差异性重复入手，探讨两类重复在祥林嫂与"我"身上是如何纠结在一起，又是如何向读者敞开那些过去尚未发掘出来的意义空间，将是本文关注的重点所在。

-----

① 弗洛伊德：《弗洛伊德文集》（第四卷），长春出版社 2004 年版，第 29 页。

② ［美］J. 亨利希·米勒：《小说与重复——七部英国小说》，王宏图译，天津人民出版社 2008 年版，第 2 页。

③ 史羽：《浅谈〈祝福〉中重提、重叙、重描手法的艺术魅力》，《学术交流》1997 年第 6 期，第 112 页。

④ 殷企平：《重复》，《外国文学》2003 年第 2 期，第 61 页。

二　关于祥林嫂的两类重复

　　"不很爱说话"的祥林嫂第一次出现在鲁镇是沉默的，她在小说中正式发出自己的声音是第二次丧夫并丧子之后又来到四叔家，在卫老婆子话还未完的时候，祥林嫂开始了她的"我真傻，真的"，当失去阿毛的整个过程经由伤痛并忏悔的祥林嫂自己讲述出来时，她不仅赢得了四婶的同情，也获得了再次留下来的允许。如果说第一次祥林嫂作为外来者因为做工时间之短（三个半月）还不完全具备鲁镇人"自我重复"的特征，那么这一次她反复讲述阿毛的故事不仅成为她缓解自己痛苦与悔恨的方式，而且也可以认为这是她经由同一性重复渴望融进鲁镇秩序的无意识行为。但鲁镇人并未接受她，表面看来是她过于强化的重复行为引起了人们的厌弃，实际上是两度丧夫的不幸经历已使她被鲁镇人逐出了鲁镇秩序。使祥林嫂明确意识到自己不合于鲁镇秩序的关键人物是"善女人"柳妈，她以咄咄逼人之势"我问你"、"我不信"、"我想"不仅终止了"阿毛的故事"、开掘了另一个带隐私色彩也更"有趣"的"伤疤"话题，而且还宣判了祥林嫂的"大罪名"。在同柳妈的这场对话中祥林嫂的声音已经趋于含糊、微弱，自此以后，她基本上又陷入了沉默，"不说一句话"，"整日紧闭了嘴唇"。可以看出，祥林嫂的"说话"与否是有着特定心理内涵的：在尚未进入鲁镇秩序之前和"自绝"于鲁镇秩序之后，她都是极度沉默的；而在她渴望融进鲁镇秩序之时，她的话语与鲁镇人一样是自我重复的。

　　但是在祥林嫂遇见了"我"这个从外面回来的"新党"时，小说再度写她有意识地开口说话已和以前有很大不同。她和"我"的那一大段对话极其流畅，根本不像和柳妈对话那样唯唯诺诺，因为"我"的含糊其辞，她在这场对话中反倒居于主动地位。她关心的三个问题实际上是对柳妈那一番话的重复。柳妈嘴里一连串的"阴司"、"死鬼"、"阎罗大王"、"土地庙"无不带有民间宗教的口语化特征，非常切合她作为民间宗教信仰者的身份。但祥林嫂使用的却是更带宗教意味而且也不符合她作为"讨饭的女人"身份的"魂灵"和"地狱"。有论者早就发现这一提问"有一种奇怪的思想深度的音响"，[①] 任何一位细心的读者读到祥林嫂的这三

---

　　① 李欧梵：《现代性的追求》，三联书店 2000 年版，第 29 页。

个问题时可能都会有这种"奇怪"的感觉。如果我们不把这突兀的"带有鬼魂性质的"对话看做是作者的疏忽，那么探寻这样安排的理由或许是有意义的。

作为《呐喊》《彷徨》中"最悲惨的一篇"，① 两嫁两寡、失去儿子的祥林嫂"可能是鲁迅小说中最不幸的一个孤独者"。② 阿Q、孔乙己、陈士成、魏连殳、子君这些人物尽管也因各自的痛苦而死去，但他们都不曾经受祥林嫂那般深重的罪孽与恐惧的折磨。一般没有子嗣的寡妇死后本来就是不能享受祭祀的孤魂野鬼，而两嫁的她则因为未能守节还要遭受酷烈的锯刑。当她按照柳妈的指点捐了门槛但在人们眼中罪并未得赎之后，无论生前还是死后，她都被逼上了绝境。祥林嫂无法理解发生在自己身上的一切：为什么她竭尽全力去迎合鲁镇的伦理、宗教秩序，而后者却并不按照逻辑地接纳她？鲁镇人冷漠拒绝的态度使她本能地走向了动摇、怀疑。"当基本的思想发生基本的动摇时，原有的信仰成为怀疑的题材。当原有的信仰成为怀疑的题材时，人之无庸质疑的确定感便飘散于无何有之乡。这一不定的形势，正是外来观念与思想乘机而入的关头。"③ 在祥林嫂最终无望地从鲁镇秩序中跌落出来之后，她不仅沦为了居无定所的乞丐，也是失去了生存之确定感的精神流浪者。鲁镇已不可能给她提供任何有帮助的观念，很自然地，"我"的归乡会引起她的某种期待。

丸尾常喜曾指出"我"同祥林嫂之间存在着强力的互相牵连。④ 其实小说多处亦以同一性重复暗示出了这种牵连。譬如"胖"：四叔说"我""胖"了；人们看见第一次在鲁镇的祥林嫂"胖"了；卫老婆子口中的"她也胖，儿子也胖"。譬如"无聊赖"："我"在四叔的书房里"无聊赖"，在鲁镇人眼中"百无聊赖的祥林嫂"。最明显的则是"谬种"："不早不迟，偏偏要在这时候，——这就可见是一个谬种！""又忽而疑他正以为我不早不迟，偏要在这时候来打搅他，也是一个谬种。"这些别有用心

① ［日］伊藤虎丸：《鲁迅与日本人——亚洲的近代与"个"的思想》，李冬木译，河北教育出版社2001年版，第151页。
② 李欧梵：《现代性的追求》，三联书店2000年版，第29页。
③ 殷海光：《中国文化的展望》，上海三联书店2002年版，第304页。
④ ［日］丸尾常喜：《"人"与"鬼"的纠葛——鲁迅小说论析》，秦弓译，人民文学出版社2006年版，第374页。

的重复不断提醒我们去注意"我"与祥林嫂在鲁镇环境中的相似之处。他们一为鲁镇的外来者，一为鲁镇的逃离者，在鲁镇遭遇相同的孤独、不被理解。"我"因叛逆而孤独，祥林嫂因不祥而孤独，虽有主动和被动的区别，但他们都游离在鲁镇秩序之外。作为鲁镇仅有的两个"圈外人"，二者之间的相遇、对话看似偶然，实则有着内在的必然性。祥林嫂对"我"提问的理由有两个：其一是因为"你是识字的"，她和普通人一样认为只有知识者才具有明辨是非的能力，但还有更重要的是"又是出门人，见识得多"，这表明她将"我"当成了与鲁四老爷及鲁镇人完全不一样的知识者而对"我"抱有某种希望。

　　"一个人死了之后，究竟有没有魂灵的？"丸尾常喜认为，这里祥林嫂所说的"魂灵"，是指"鬼"、"亡灵"，① 他的理解本来无可厚非。但是如果我们注意到在新式知识分子涓生的叙述中甚至都没有回避"鬼魂"（"我愿意真有所谓鬼魂，真有所谓地狱"《伤逝》），那么很显然，作者这一修辞上的变化并不是随意地将民俗或迷信话语校正为宗教话语，而是显示出了某些更为复杂的内容。对这其中的内涵，也有论者从不同角度做过一些探讨，譬如以宗教人类学的方法探析了鲁迅本人对基督教的矛盾态度，并认为祥林嫂的"魂灵地狱"说凸现出了基督教若隐若现的阴影；② 譬如从厘清启蒙与宗教的关系入手，认为这里遇到的困境，实际上是启蒙主义者自身无法解决的困境，也是中国启蒙主义不得不两线（封建制度、宗教）作战的历史真实。③ 这些很有见地的研究都触及了《祝福》的深层意蕴，但也给人意犹未尽之感。如果我们返回到小说修辞层面，从重复与被重复之间的张力关系入手，毋宁说它暗示出读者应关注的重点所在。如果说同一性重复是以开端为重心，在回归中显示出意义的话，那么差异性重复，恰是以重复方为重心，在创生中显示意义。作为重复方的祥林嫂，凭着某种直感以生命中最后残存的一点精神拒绝了鲁镇人的"死鬼"、"阴司"，也拒绝了缠绕在其中的鲁镇秩序和规范。鲁镇人的语言犹如祝福的

---

　　① ［日］丸尾常喜：《"人"与"鬼"的纠葛——鲁迅小说论析》，秦弓译，人民文学出版社 2006 年版，第 186 页。

　　② 叶隽、黄剑波：《〈祝福〉中的"宗教潜对话"——一个宗教人类学的文本解读》，《思想战线》2007 年第 1 期，第 104 页。

　　③ 杨志：《〈祝福〉释义：启蒙、宗教与幸福》，《鲁迅研究月刊》2005 年第 11 期，第 82 页。

仪式一样，是鲁镇秩序得以播撒延续的最重要因素。祥林嫂的身份并不能赋予她创造新语汇的能力，但是，她却可以选择逃避和拒绝，"逃避被别人用滥了的现成的语言"，[①] 本来就是作者一贯的语言策略，所以在对祥林嫂的提问作出进一步的揣测之前，首先必须看到的是她对鲁镇秩序衍生物"死鬼"、"阴司"的拒绝。也正因为其背后缺乏鲁镇秩序那样牢固坚实的基础，所以才具有了一种"震惊"的效果。作为一个差异性重复，它犹如文本内部的一道裂缝，使这个始于祝福终于祝福的轮回之圈带上了某种异质性。虽然作为最卑微不幸的寡妇，等待祥林嫂的只可能是毫无悬念的悲剧命运，但她的提问不仅激起了文本中那个新派知识分子的"不安"，更激起了众多读者精神上的"不安"。

三　关于叙述者"我"的两类重复

·如果说在祥林嫂这一人物身上，通过重复的不同形式，令读者震撼的是她由对鲁镇秩序的渴望融入到彻底弃绝，那么在第一人称"我"这里，读者同样感受到了重复的不同形式，而且，与祥林嫂互为对照的是，"我"恰是由对鲁镇秩序的反感、疏离到不自觉地认同、回返。

小说前半部分关于叙述者"我"的感受最引人注意的是以重复的手法浓墨重彩渲染的"走"和"不安"。在"我"初回鲁镇，见过祝福的气象，见过四叔，见过本家、朋友之后，即对年年如此、家家如此的鲁镇感到压抑与厌倦，四叔的书房成了直接的触发点。关于鲁四老爷这个人物的基本设定，丸尾常喜有过十分仔细的解释——"道学之徒鲁四老爷的精神生活充溢着三教合一的氛围以及对长寿的向往"。[②] 作为新党的"我"显然与这种氛围格格不入，所以首次出现的"无论如何，我明天决计要走了"，即敏感地表明"我"对于重复背后的鲁镇秩序有着某种警惕。在祥林嫂提问之后，不长的篇幅里，一共出现五次"不安"，而且程度越来越强烈，从"不能安住"到"心里很觉得不安逸"，到"总觉得不安……这不安愈加强烈了"，及至听到四叔骂"谬种"尚不知祥林嫂死讯时的"很不安"。与不安的感觉相对应的是更加明确的"走"："不如走罢，明天进

---

①　郜元宝：《鲁迅六讲》（增订本），北京大学出版社 2007 年版，第 148 页。
②　［日］丸尾常喜：《"人"与"鬼"的纠葛——鲁迅小说论析》，第 200 页。

城去"；"无论如何，我明天决计要走了"；到知道祥林嫂死后告诉四叔"明天要离开鲁镇，进城去"。以祥林嫂的死讯为分界点，叙述者"我"此前的"不安"与"走"明显是以否定鲁镇秩序为基础的，而且每重复一次，其所蓄积起来的那种离心力就更加强一级。这扞格不入的差异性重复能否抵达鲁镇之圈的某处边界，成为撼动鲁镇秩序的第一股有效力量，这正是读者所关心的。但在祥林嫂死后，这种情势却急转直下，"我"迅速地转入"轻松"、"舒畅"，到小说结尾处居然和鲁镇人一样"懒散而舒适"，"疑虑一扫而空"。固然可以将"我"的感受视作是对"鲁镇文化的一种不自觉的妥协，这种妥协的实质正是有可能充当其'吃人'的帮凶"，① 但这个转化过程却因为其太过突然太过轻而易举而让人迷惑不解。前后张力突然消失的落差犹如射击者绷紧的弓箭，那箭在人们紧张的期待中没有"嗖"——地一声射出去，而是出乎意料地掉落在地上。因此，"我"如何由"不安"而"舒畅"，中间这个颇为复杂的转化过程值得读者细细推敲。

在得知祥林嫂死讯的前后，对"我"的心理各有相当长的文字加以重复展示（"自己想"，"想"）。第一次心理活动的主要内容是由祥林嫂的提问而触发的疑虑担心，围绕"该负责任"还是"毫无关系"的自我辩解、自我宽慰。在对祥林嫂"讨饭的女人"明确的等级定位中，"我"尽管在不安中流露出的也是极强的优越感，无论是经济地位还是社会地位。在并不平等的她和"我"之间，"我"关注的既非下层民众真实的生存境遇，也不是超越现实层面的灵魂问题，而是追究起来，"我"的回答是否会产生对自己不利的影响，譬如害怕鲁镇人将祥林嫂的死因推到"我"的身上。在自我否定之后，祥林嫂悲苦无告的境遇并不如"福兴楼的清炖鱼翅"更能引起"我"的兴趣。如果说作者深受其影响的克尔凯郭尔正是在"恐惧与颤栗"中离弃了漠视人类苦难、悲哀和有限个体存在的绝对真理，走向了约伯和亚伯拉罕，并由此诞生出关怀每一个人的现实际遇、注视每个人的苦难、悲哀、绝望、呼告与死亡的存在哲学，那么作为中国新式知识分子的"我"，或许也可以在灵魂的深度"不安"中有某些不同于过去的觉悟吧。但令人失望的是，"我"从一开始就不是一个具有反思能力的知识分子。这段心理剖白展示的不过是一个平庸自私的卑琐灵魂而已，这

① 封代胜：《关于〈祝福〉中的"我"》，《天津师大学报》1999 年第 4 期。

与祥林嫂对"我"寄予的热望之间亦构成强烈的反差。在祥林嫂死后，而且在鲁镇人眼中"穷死"之后，也即和"我"没有任何利害关系之后，"我"心地已经渐渐轻松。再次出现的那一段颇为费解的心理活动，最大的变化是先前属于"我"独有的"不安"正逐渐让位于"人们"、"活得有趣的人们"、"现世"的眼光和标准，也即鲁镇秩序下的眼光和标准。"我"虽然没有像四叔及鲁镇人一样对祥林嫂施以精神上的虐杀，但也绝非清白，祥林嫂最后一线生机的断绝"我"也难逃干系。然而，读者发现，本来就缺乏反思能力的"我"已在不自觉中放松了刚开始对鲁镇秩序的那种戒备，在意识上已经完全返回到了"故乡"的圈子之中。如所有鲁镇人一样，在"舒畅"中以与己毫不相干的旁观者态度想起了祥林嫂的故事。在这重复的心理展示中，"我"的内在本质清楚地呈现了出来，对四叔不满的新党"我"，并没有任何实在的内心渴望去创造更新的别一种生活。如果我们注意到小说中关于"我"与"四叔"两代知识分子的对比，那么会发现与详尽地介绍四叔的思想来源不同的是，小说对于新式知识分子"我"的思想资源几乎不著一字。"我"是什么样的新式知识分子？除了与理学格格不入，在思想层面留给读者的只是一个异常模糊的印象。这样的新式知识分子，甚至连抗衡鲁四老爷的力量都不具备，他又何以能开创另一种更为合理的不同于鲁镇的生活呢？

很显然，《祝福》中的"我"并不像"故乡"系列中的其他几篇一样带有作者浓郁的主体色彩，小说的结尾也很明显地体现了这一点。如果说《故乡》、《在酒楼上》、《孤独者》结尾处"走"的生命形式是对自我的肯定，是对绝望的抗战，① 那么《祝福》欲走终留的结尾并不完全符合"离去—归来—再离去"这一模式，小说中的"我"并未如其他三篇一样在紧张的心灵挣扎和思辨中摆脱随遇而安的态度。结尾重复描写的祝福仪式看似又回到了同一性重复之中，其实未必。如果将献祭理解为一种宗教行为，或者说是人神之间的一种交往模式，其目的是奉献牺牲向神换取利好的结果，那么，这一次鲁镇年终的祝福大典中，这牺牲除了"鸡、鹅、猪肉"之外，也包括在鲁镇秩序中价值并不高于那些祭品的祥林嫂，但是没有了祥林嫂的鲁镇人们即将从醉醺醺的"天地圣众"那里获得的是"无限的幸福"还是与此相反的"罪与罚"呢？这是留待人们思考的问题，结尾

---

①　汪晖：《反抗绝望》，上海人民出版社 1991 年版。

处明显的反讽替代了悲剧。在这由两类重复织就的看似圆满无缺的鲁镇之圈中，内在裂痕却已然不可避免地存在了，人们即将获得的是哪一种命运，也必然地与这裂痕有着割不断的联系。

四　结语

诚如米勒所指出的那样，差异性重复作为同一性重复的颠覆性幽灵，早已悄无声息地潜存于同一性重复之中。在鲁镇这个以同一性重复为基础构建的严整秩序之中，在祥林嫂的"怀疑"与"我"的"不安"之中，仍然游荡着与之相悖的"幽灵"。虽则从上和下两个向度这两股力量都还过于微弱，并不足以瓦解、颠覆那万难破毁的"铁屋子"，但作者却已经在"历史必然性"到来之前捕捉到了这微弱的异质性因素，并以别有意味的小说修辞形式使其中的复杂关系得到了深刻呈现。

殷海光先生认为现代化能否普遍深入地有效进行取决于两个必要条件：其一是有一群接受革新观念的创导人物，不是为了时髦与应急，而是内心真有渴望创造更新的人生理想；其二是有一个富于弹性的社会系统，这样的社会必须不是一个封闭的社会，因为封闭社会风俗习惯的支配力太大。① 很显然在《祝福》的鲁镇世界里，两个必要条件都付阙如，这也注定了历史还将长时间地陷入"年年如此"的同一性重复之中。甚至是在若干年后（1941 年）青年诗人穆旦的视野中，《在寒冷的腊月的夜里》的乡土中国仍然是一个没有希望的"重复"："谁家的儿郎吓哭了，/哇——呜——呜——从屋顶传过屋顶/他就要长大了渐渐和我们一样地躺下/一样地打鼾。"② 能打破如此深重的历史惰性的，也许唯有暴风骤雨式的革命以及与之相匹配的毫无"重复"的另一种修辞形式。历史也最终沿着这样的道路走了过来。但谁又能否认，这一切最初的源头不是从"怀疑"与"不安"中酝酿出来的呢？

---

① 殷海光：《中国文化的展望》，上海三联书店 2002 年版，第 304 页。
② 穆旦：《蛇的诱惑》，珠海出版社 1999 年版，第 44 页。

略论梁启超诗歌批评的现代转型

周少华

梁启超的诗歌批评是其文学批评的主体，兴起于流亡之途，终于生命之末（中间有长达十几年的中断期，前期为1899—1907年，后期为1922—1928年），从前期品评时人诗作到后期探索抒情诗艺，从前期重视革新诗歌的精神实质转向后期关注诗歌形式技巧的"趋旧"，从芜杂粗粝到系统精研，随时局变型，呈现出纷繁复杂的面貌。他的诗歌批评产生于东西文化碰撞的时代语境中，在承继传统诗学的基础上，一定程度借鉴西方诗学的方法，具有过渡时代新旧交融的特色，总体上均立足现实，放眼西方，扎根于本民族的诗艺传统，在其辨证通变的批评理念的调和力下，谨慎地趋向现代。

梁启超诗歌批评具有辨证通变理念固然与批评主体活跃通灵的性格有关，但更深层的原因，它源自过渡时代趋新求变的主潮。19世纪末到20世纪20年代，一些有识之士开始用进化论来振奋民气，肯定竞争，引进西方学说来解决现实问题，但是新的思想体系尚未建立，旧的思想又盘旋不去，处于相对混沌杂乱的时期。变是梁启超主导的思想，在变革的时代，他自有调和新旧的化合力。梁启超在《释新民之义》中就辟"新"之本意，"新民云者，非欲吾民尽弃其旧以从人也。新之义有二：一曰淬厉其所本有而新之，二曰采补其所本无而新之。二者缺之，时乃无功"①，在结尾再次重申，"故吾所谓新民者，必非如心醉西风者流，蔑弃吾数千之道德、学术、风俗，以求伍于他人。亦非墨守故纸者流，谓仅抱此数千

---

① 梁启超：《新民说》，辽宁人民出版社1994年版，第6页。

年之道德、学术、风俗，遂足以立于大地也"①。这种融合新旧的通变观在其文艺批评中的体现便是辨证通变的批评理念。他的通融灵动的批评是革旧鼎新的时代中独特的风景，而他所秉持的辨证通变的批评理念使他的诗歌批评视野开阔，持论公允，平和通达，分析透辟，切中实质。

所谓辨证通变的批评理念，是指批评主体较为全面地考虑到多重参考系统，调和平衡各方面的因素，针对外在和内在的现实情况，选取最契合批评对象的批评方法并使批评始终处于动态系统的批评观念模式。辨证通变的批评理念的调和力，是指具有开放的系统的批评思维的批评者在批评中根据实际情况，强化相对弱势的方面，缓和过于强势的方面，综合各个维度的力达到批评的最优化，并始终使批评处于动态的网络系统之中的平衡能力。这也就是皮亚杰所说的"调节"，即"客体作用于主体因而主体使他的行动与客体相适应（配合）的那种方式"。②

梁启超所秉持的辨证通变的批评理念，使他的批评既因通变而具有动态性又因辨证而具有圆融性，仿佛一个不停朝前滚动的球体，最终形成系统性的球形思维，梁启超诗歌批评的调和力得益于富有弹性的球形的批评思维，后者使得他的诗歌批评因其内在的张力而富有弹性，显得开阔而通融。

一　辨证通变调和力的纵向呈现

梁启超的诗歌理论批评在辨证通变的批评理念的调和力下，综合现实、西化和本民族的诗艺传统三个维度的合力（现实是内驱力，西化是参照系，本民族的诗艺传统是其根脉），随时局化合成型，逐步趋向现代。我们可纵向地从历史的角度去考察梁启超诗歌批评在外化形态上的动态特征。

（一）前期：现实维度为主，西化维度为辅，民族诗艺传统为潜藏的文化背景

1. 调和"新语句"和"旧风格"的矛盾

1899 年，梁启超在《夏威夷游记》（《汉漫录》）的中写道：

---

① 梁启超：《新民说》，辽宁人民出版社 1994 年版，第 9 页。
② 皮亚杰：《发生认识论原理》，商务印书馆 1981 年版，第 68 页。

欲为诗界之歌仑布、玛赛郎，不可不备三长。第一要新意境，第二要新语句，而又须以古人之风格入之，然后成其为诗……吾论诗宗旨大略如此。然以上所举诸家，皆片鳞只甲，未能确然成一家之言，且其所谓欧洲意境语句，多物质上琐碎粗疏者，于精神思想上未之有也。虽然，即以学界论之，欧洲之真精神真思想尚且未输入中国，况于诗界乎？此固不足怪也。吾虽不能诗，惟将竭力输欧洲之精神思想，以供来者之诗料，可乎？要之，支那非有诗界革命，则诗运殆将绝。①

他在文中正式倡导"诗界革命"，并提出了"三长"说："第一要新意境，第二要新语句，而又须以古人之风格入之，然后成其为诗"。文中的"新意境"其实是"欧洲意境"即"欧洲的精神思想"；"新语句"指佛孔耶三教之经书中的语言，其中绝大部分是西方的洋典语；"古人之风格"由上下文可推知是指中国古典诗歌的体式和格律。

后来梁启超在《饮冰室诗话》（写于1902—1907年，发表于《新民丛报》的专栏）中修正了早期的观点：

过渡时代，必有革命。然革命者，当革其精神，非革其形式。吾党近好言诗界革命。虽然，若以堆积满纸新名词为革命，是又满州政府变法维新之类也。能以旧风格含新意境，斯可以举革命之实矣。苟能尔尔，则虽间杂一二新名词，亦不为病。不尔，则徒示人以俭而已。②

从文中可知，梁启超显示出内缩的姿态，"然革命者，当革其精神，非革其形式"，"能以旧风格含新意境，斯可以举革命之实矣"，先前的"三长"说变为"两长"说："新意境"与"旧风格"。至于"新语句"，

---

① 梁启超：《夏威夷游记》，见《饮冰室合集》专集之二十二（七），中华书局1989年版，第189页。

② 梁启超：《饮冰室诗话》，见《饮冰室合集》文集之四十五（上）（四），中华书局1989年版，第41页。

梁启超对其入诗持谨慎态度，而且开始反省先前的"新学诗"以"新名词"为炫的时尚之弊，他在文中回忆了先前友朋维新是从的情景：

> 复生自喜其新学之诗。然吾谓复生三十以后之学，固远胜于三十以前之学，其三十以后之诗，未必能胜三十以前之诗也。盖当时所谓新诗者，颇喜寻扯新名词以表自异。丙申、丁酉间，吾党数子皆好此体。提倡之者为夏穗卿，而复生亦曾嗜之。此八篇中尚少见，然环海惟倾毕士马，已其类矣。其金陵听说法云，纲伦惭以喀私德，法会盛於巴力门。喀私德即 Caste 之译音，盖指印度分人为等级之制也。巴力门即 Parliament 之译音，英国议院之名也。又赠余诗四章中。有三言不识乃鸡鸣，莫共龙蛙争寸土等语。苟非当时同学者。无从索解。盖所用者乃新约全书中故实也。其时夏穗卿尤好为此。……盖当时吾辈方沉醉于宗教，视数教主非与我辈同类者，崇拜迷信之极，乃至相约以作诗非经典语不用。①

从上述主张的变化可知，梁启超对"新语句"是持谨慎态度。这种谨慎的态度反映了诗歌革新的艰难。在他提出"诗界革命"之前，还存在一个醉心新学常将代表新学的"新语句"入诗的新诗尝试阶段（1895—1896），多是同人间私人化交流的作品，经语、佛典语和欧典语入诗，但诗作多艰奥难解，"使诗渐成七子句语录，不肖诗"②。但不成功的新学诗恰恰是诗界革命的前奏。1899 年梁启超总结了"新学诗"的创作经验，将早先提出的"三长"说改为"两长"说，"三长"变"两长"表明了"新语句"与"旧风格"相背驰的现实（这何尝不是本土民族资源在诗歌领域里坚守阵地），也反映了以"新语句"代表的"新学"与中国本土民族的诗艺传统相矛盾，中国本土诗艺传统对于破门而入的西学产生了一定程度的抵制作用。但这不意味梁启超排斥"新语句"入诗，力主通变调和的他认为文言白话可并存，俗语也可入诗，"新语句"当然也可入诗，在

---

① 梁启超：《饮冰室诗话》，见《饮冰室合集》文集之四十五（上）（四），中华书局 1989 年版，第 40—41 页。

② 梁启超：《夏威夷游记》，见《饮冰室合集》专集之二十二（七），中华书局 1989 年版，第 190 页。

他看来还需要巧妙的融合。"三长"到"两长"的变化表明他在试图化合"新语句"与"旧风格",更深层则是他在调和西学与中国本土诗艺传统的矛盾。

他对"新语句"的谨慎态度,客观上有利于"新诗"的发展。当时在他的报刊(《新民丛刊》有"诗界潮音集"专栏,《新小说》有"杂歌谣"专栏)上发表的诗作,其新语句多是小范围的具有共享性的且带有西方先进文明色彩的新名词(多来源于译书与报刊文章,在当时已是比较有普泛性的术语名词了),例如"自由"、"独立"、"公理"、"自强"、"自治"、"合群"等,这有利于反映时事,宣传变革,也无疑有利于规范"新诗"的语言。需要纠正的误区是,我们不能以后来五四新诗的标准去评判梁启超的诗歌革新主张,他毕竟是在当时的时代语境中"尝试"着诗歌的变革。晚清诗坛宋诗派仍旧占据着主导地位,他们在更为封闭的古典诗歌系统中探索着诗艺,在当时很有影响力。宋诗派的陈三立、陈衍等人与梁启超、黄遵宪交好,陈衍的《石遗室诗话》就曾发表在梁启超主持的杂志《庸言》上。梁启超本来就是处于过渡时代的知识分子,他不可能完全抛却旧形式的束缚而去趋新,"别求新声于异域"也是有限度的。他在同党中属于偏向西学的一派,不同于文化保守的开明士人,也不同于后一辈受过西式教育并能迅疾认同西方文化的新人,处于半旧半新之间,相对于前者要新一点,而相对于后者又保守了些。在很大程度上,梁启超和他的同道在诗歌革新上的调和使得"新诗"在缓慢中行进。

2. 诗歌革新的方向:以诗为本,以乐为用

在《饮冰室诗话》中,梁启超强调诗与乐的关系,这是最能代表他诗教观的主张。前期的梁启超诗歌批评带有功利色彩,通过教育达到新民的目的,依旧是要发挥诗歌的教化作用。他在《饮冰室诗话》中极其看重乐学,希冀以乐学来推动汉诗的发展,这样的论述有两处:

> 欲改造国民之品质,则诗歌音乐为精神教育之一要件。此稍能识者所能知也。中国乐学发达尚早,自明以前,虽进步稍缓,而其统犹绵绵不绝。前此凡有韵之文半皆可以入乐者也。诗三百篇,皆为乐章尚矣。如楚辞之招魂九歌汉之大风柏梁,皆应弦赴节。不徒乐府之名如其实者而已……读泰西文明史,无论何代,无论何国,无不食文学

家之赐。其国民于诸文豪。亦顶礼而尸祝之。若中国之词章家，则与
国民岂有丝毫之影响耶。推原之故，不得不谓诗与乐分之所致也……
至于今日，而诗词曲三者，皆成为陈设之古玩，而词章家真社会之虱
矣。……寄语某君，自今往后，更委身于祖国文学。据今所学，而调
和之渊懿之风格，微妙之辞藻，苟能为索士比亚弥尔顿，其报国民之
恩者，不已多乎。① （其一）

　　乐学渐有发达之机，可谓我国教育界前途一庆幸。苟有此学专
门，则吾古诗今诗可以入谱者正自不少。如岳鄂王满江红之类，最可
谱也。② （其二）

　　梁启超从功利的眼光，看到了诗与乐相通，两者可以相互促进，在
《饮冰室诗话》中录入王韬所译的《法国国歌》（《马赛曲》）、黄公度的
《出军歌》和《小学校学生相和歌》及东京留学生所编的《教育唱歌集》
中的《学校唱歌》，甚至康有为与梁公的诗作谱成的歌曲和曲谱（康有为
的《演孔歌》和梁启超的《爱国歌》、《皇帝歌》、《终业式》）。这些歌
谣，正是由 20 世纪初黄公度倡导，梁启超积极响应推广的歌体诗的产物。
诗界革命已进入高潮，梁启超和黄遵宪主张学习民歌，介于弹词与粤讴之
间，最初受欧洲军歌的影响，因而富阳刚之气，主要是为了宣扬民主自由
的启蒙思想。至此，诗歌创作由文人雅士私人间的唱和趋向面向公众的现
代的写作方式，由"我的"诗转向"我们的"诗，诗人也由个体融入群体
之中。在梁启超前期的诗歌批评中，重视诗歌的音乐性是其核心，这也与
当时的时代语境有关，在民族危亡的时代背景中，诗歌怎能是个人或小众
的艺术？国家至上，民族至上，个人的低吟浅唱终将被时代的洪流所淹
没。他所欣赏的诗歌是激荡着雄壮的鼓点的振奋人心的歌谣化的作品，直
接反映现实，贴近时代，洋溢着生命的活力，突现的是力之美。《饮冰室
诗话》中所录入的歌诗大多通俗易懂，富有爱国和尚武精神，他在书中曾
热情赞誉黄公度的《出军歌》，"其精神之雄壮，活泼沉浑深远不必论，既
文藻亦二千年所未有也。诗界革命之能事至斯而极矣。吾为一言而蔽之

---

　　① 梁启超：《饮冰室诗话》，见《饮冰室合集》文集之四十五（上）（四），中华
书局 1989 年版，第 47—48 页。
　　② 同上书，第 77 页。

曰，读此诗而不起舞者必非男子"。①

梁启超在戊戌国变后逃亡东瀛，与革命派来往密切，逐渐趋向"破坏主义"，主张文学革命（诗界革命、文界革命和小说界革命），加之黄遵宪当时也认可俗语俚语入诗，偏爱山歌的黄公提倡诗歌的歌谣化，梁启超也积极响应，强调创作歌诗甚至就是歌曲。1904 年，梁启超放弃了"破坏主义"，回到原先的改良立场，尤其是 1905 年诗界革命的旗帜黄遵宪的故去，梁启超稍后也结束了革新诗歌的批评（1907）。以诗为体，以乐为用，诗乐合一是梁启超前期诗歌批评的止步之处，但乐诗说成为了他重要的理论主张，强调诗歌的教化涵养作用，一直是他恪守的诗歌批评理念。

梁启超的前期诗歌批评中，现实维度为主，西化维度为辅，民族诗艺传统是潜藏的文化背景。他的诗歌批评仍旧以传统的点评方式缓慢地行进，以直觉感悟为主，在直觉中把握批评对象的本质特征，其时他也进行革新诗歌的创作实践，故而能从诗人的角度对当时的诗人诗作进行时评，并借助现代媒介引导新诗的探索，对于"新语句"与"旧风格"之间的背驰（这何尝不是本土民族资源在诗歌领域里坚守阵地？）进行调和。在流亡异域的环境中，流质易变的他倾向革命，也正是在这段"革命"时期，他发表了《新民说》（1902—1905），呼唤富有"进取冒险"精神、百折不挠有"毅力"且"自尊"、"合群"的"新民"，提倡文学革命，主张诗歌的歌谣化，以便为文学救国做宣传鼓动作用，从而丰富了诗歌"新意境"的内涵，他对诗歌"新意境"的拓展表明西化维度日趋上升的倾向。前期梁启超诗歌批评虽成效甚微，但别开生面，因外在的批评模式趋向现代（批评与创作形成良好的互动，现代媒体对诗歌批评的推动）。

（二）后期：现实维度为主，民族诗艺传统为辅，西化维度为文化远景

梁启超后期对诗持一种广义的解释，扩展到宽泛的有韵的文字，音节是诗的第一义素。1922 年，梁启超在《晚清两大家诗钞题辞》的开篇为诗正名：

　　中国有广义的诗，有狭义的诗，狭义的诗，诗三百和后来所谓的

---

①　梁启超：《饮冰室诗话》，见《饮冰室合集》文集之四十五（上）（四），中华书局 1989 年版，第 34—35 页。

古近体的便是，广义的诗，则凡有韵的皆是，所以赋亦称古诗之流，词亦称诗余，讲到广义的诗，那从前的骚咧七咧赋咧谣咧乐府咧后来的词咧曲本咧山歌咧弹词咧，都应该纳入到诗的范围。据此说来，我们古今所有的诗短的短到十几个字，长的长到十万字，也和欧人的诗没有甚差别。只因分科发达的结果。诗字成了个专名，和别的韵文相对待吧，把诗的范围弄窄了，后来做诗的人在这个专名底下模仿前人，造出一种自己束缚自己的东西，叫做什么格律，诗却成了苦人之具了。①

在上述文字中，梁启超将诗的内涵定义为有韵的文字，诗的外延则涵括狭义的诗、词、曲等。同年，他在《中国韵文里头所表现的情感》中也强调广义之诗，"韵文是有音节的文字，那范围，从三百篇楚辞起，连乐府歌谣古近体诗填词曲本乃至骈体文都包在内"②，诗的外延除诗词曲外，也包含曲本中的曲文和骈体文，与前期他将戏剧归入小说不同，后期他将曲本纳入诗的概念中。这里所说的"韵文"和后来他所言的"美文"同义。后期的梁启超为诗正名，强调音节乃诗的第一义素，重新强调诗的音乐性，在先前止步的地方，重新出发，大有重申风化之教的意图。

梁启超对诗之乐的强调，倚重诗之情的阐发，后期转向古典抒情诗艺传统研究。他的诗情理论见于《情圣杜甫》、《屈原研究》等散篇，体系化结章在《中国韵文里头所表达的情感》（1922）。在《中国韵文里头所表现的情感》中，他总结了中国韵文的八种表情法，以诗歌抒情技法为中心，以历史的眼光纵向地梳理了中国韵诗的发展轨迹，又对不同类的韵诗的抒情法进行横向地比较，在新的学术视野中复兴中国诗论的抒情说，拓展诗情理论的研究领域（例如文稿中第八讲论及"女性文学与女性情感"，又如第十至十一讲则从创作方法的角度分析浪漫派与写实派的表情法），已从传统感性点评转向现代诗歌理论体系的建立。

他的诗乐说与诗情理论均指向诗歌的功用目的，隶属于他的教育诗教

---

① 　梁启超：《晚清两大家诗钞题辞》，见《饮冰室合集》文集之四十三（五），中华书局 1989 年版，第 71—72 页。

② 　梁启超：《中国韵文里头所表现的情感》，见《饮冰室合集》文集之三十七（四），中华书局 1989 年版，第 72 页。

观，只不过后期的他转向重视艺术的精神教育，以情阐乐，以情立趣，这点可从《情圣杜甫》得到明证。他在《情圣杜甫》的开篇，重申两点题旨：

> 第一新事物固然可爱，老古董也不可轻易抹煞，内中艺术的古董，尤为有特殊价值，因为艺术是情感的表现，情感是不受进化法则支配的。不能说明现代人的情感一定比古人优美。所以不能说现代艺术一定比古人进步。第二用文字表出来的艺术——如诗词歌剧小说类颇多。多少含有几分国民的性质。因为现在人类语言未能统一。无论何国的作家，总须用本国语言文字做工具。这副工具操练得不纯熟。纵然有很丰富高妙的思想，也不能成为艺术的表现。我根据这两种理由，希望现代研究文学的青年。对于本国二千年来的名家作品，着实费一番功夫去赏会他。①

他之所以在当代重提杜甫，旨在"希望这位情圣的精神和我们的语言文字同其寿命，尤盼这种精神有一部分注入现代青年文学家的脑里头"。②抒情传统的回归，正是他后期主张文学美术教育的复兴的表现，由此可见，他始终是重视诗歌的教化涵养之功效的。

后期，梁启超诗歌批评的兴趣点转向古典诗歌，《屈原研究》（1922）、《情圣杜甫》（1922）、《中国韵文里头所表现的情感》（1922）、《陶渊明之文艺及其品格》（1923）、《中国美文及其历史》（1928）即是明证。他褪去江湖的烽烟，埋头于学术研究中，容易让我们产生他已从政治转向审美、从载道转向缘情的错觉，其实，这何尝不是他反向介入现实的方式？后期的他对诗持广义之说，重新强调诗的音乐性，转向古典诗艺的研究，指向诗教风化之旨，实质上源自他对五四文学革命完全否定文化传统，全盘西化的倾向的反击，可看作他应对双重文化危机（中国与西方）的策略性主张。

欧游归来的他对于中西文化有了新的见解，他在《欧游心影录》

---

① 梁启超：《情圣杜甫》，见《饮冰室合集》文集之三十八（五），中华书局1989年版，第37页。

② 同上书，第50页。

（1918）写道：

> 我们的国家，有个绝大责任横在前途。什么责任呢？是拿西洋文明，来扩充我的文明，又拿我的文明去补助西洋文明，叫他化合起来形成一种新的文明……我希望我们的可爱的青年，第一步，要人人存一个尊重爱护本国文化的诚意；第二步，要用那西洋人研究学问的方法去研究他，得他的真相；第三步，把自己的文化综合起来，还拿别人的补助他，叫他起一种化合作用，成了一个新文化系统；第四步，把这新系统往外扩充，叫人类全体都得着他好处。①

梁启超在《夏威夷游记》（1899）中首提诗界革命，开启文学救国的热潮，而在他的《欧游心影录》（1918）中竖起文艺复兴的旗帜，试图给战后陷入精神危机的西方以补救的良药，同时又规范五四后的思想文化界（激进青年对传统文化的全盘否定和马克思主义在中国的广泛传播）。

后期梁启超诗歌理论批评中，现实维度为潜性主导，本土诗艺传统为显性主导，西化维度为黯淡的文化远景。后期的他转向传统诗艺的研究，这只不过是他反向介入社会现实的一种方式，依然指向他的诗教风化之旨，意图力挽狂澜，以传统诗艺的复兴，解除东西方双重文化危机，现实的维度依旧是其主导，后期他除了研究传统诗艺外，还对当时初期的白话诗进行批评，不卑不亢地表明了他的态度，持论公允。他后期的诗歌理论批评颇富成效，已由前期的印象批评的评点转向对诗歌抒情特征的系统的理论构建，其运思方式也由前期的直觉感悟转向直觉感悟与理性归纳相结合，从形式上完成了他诗歌批评的现代转型。

梁启超诗歌批评随时局不断演变，从"三长"说到"两长"说，继而注重诗歌的音乐性，后期重新重视诗歌的音乐性，继承并发展诗情说使之系统化，这种阶段性同质异构的变形，得力于他的辩证通变的批评理念，在这种理念的调和力下，综合现实、西化和民族诗艺传统三个维度的合力，使其诗歌批评趋向现代。现实是其主要的驱动力，他的诗歌批评始终立足于社会现实，针对当时的现实发言，另外，他的诗歌批评与当时诗歌的创作也形成了良性的互动（例如就内容而言的个体之诗、"人格之

---

①　梁启超：《梁启超游记》，东方出版社2006年版，第54、57页。

诗"——时代之诗——民族之诗；就技术而言的炫学之诗——"诗人之
诗"——"天才"之诗），常常是对当时诗歌创作经验的总结，他的诗歌
批评因为借助现代媒体而与当时的诗歌创作形成良性的互动，从而促进了
诗歌批评与诗歌创作的发展。

二 辨证通变调和力的横切面呈现

梁启超辨证通变的批评理念的调和力不仅体现在其诗歌批评的外化形
态的动态性上（显现这种理念"通变"的一端），而且也体现在其诗歌批
评的内在质素上，我们可对其进行横切面的剖析，以便多角度多侧面地探
寻梁启超诗歌批评的圆融性（显现这种理念的"辨证"的一端）。

（一）政治教化的批评旨趣与艺术审美的诗性言说的结合

在梁启超诗歌批评中，现实一直占据主导地位，指向诗教之旨，或
"革命"以救国，或"复兴"文艺以教化民众，以诗为体，以乐为用，以
乐来显情，以情立趣（后期梁启超常强调"趣味教育"，这"趣味教育"
实指美育，与诗教风化有关），这也是他"变"中居于不变的一面，而这
"变"中之"常"与传统诗学重政治教化一脉相承。但是，他的工具论的
诗教观不仅不排斥艺术审美（他后期提倡"趣味教育"和"教育趣味"），
而且其本身就借助了诗性言说方式得以审美地表达。《饮冰室诗话》用古
典诗话形式来承载他的"文学救国"的意旨，多是直录其诗，略加点评，
留给读者回味的空间，例如"余记邱苍海一联云，'黄人尚昧合群理，诗
界差存自主权'，意境新开，余极赏之"①。后期梁启超借助传统诗艺来重
申诗教之旨，多用抒情随笔形式来释读古诗，例如《情圣杜甫》、《屈原
研究》、《陶渊明之文艺及其品格》等，采用形象生动的语言，分析精
辟，富有感染力，使读者浸熏于精湛的诗艺与高洁的人格中。例如，
"'穷年忧黎元，叹息肠内热。……朱门酒肉臭，路有冻死骨'。这种诗
几乎纯是现代社会党的口吻，他做这首诗的时候，正是唐朝黄金时代，
全国人正在被铜镜里雾里的太平景象醉倒了。这种景象映到他的眼中，

---

① 梁启超：《饮冰室诗话》，见《饮冰室合集》文集之四十五（上）（四），中华
书局1989年版，第22页。

却是无限悲哀"①，这本身就是抒情美文，梁启超在解读杜甫的"诗人之诗"中品出其"人格之诗"，正如他在文中说杜甫的诗情"能像电气一般一振一荡的打到别人的心弦上"② 一样，他的美文也能引起读者情感上共鸣，从中领略到古典诗艺的趣味。

（二）直觉感悟与理性归纳的融合

在运思方式上，梁启超的诗歌批评能将直觉的感悟与理性归纳相结合，甚至将抽象寓于具象的表述之中。梁启超很少纯然地以直觉感悟或理性思辨来进行诗歌批评（《晚清两大家诗钞题词》是他仅有的最有论的气势的文章），常常是将二者相结合，他采用传统的点评但又力避它的空疏模糊，在直观感悟中整体把握批评对象的本质特征，故而他的断语也能数语击中要害，例如他评价写实派是"专替人类作断片的写照"③，概括得极为准确。他的特别之处在于用富有感性的描述性的句子来界定、分类和比较，例如，他在《中国韵文里头所表现的情感》中对于"含蓄蕴藉的表情法"的概括："这种表情法，向来批评家认为文学正宗，或者说是中华民族特性的最真表现。这种表情法和前两者不同，前两种是热的，这种是温的。前两种是有光芒的火焰，这种是拿灰盖着的炉炭。这种表情法也可以分为三类。第一类是，情感正在很强的时候，他却用很节制的样子去表现他，不是用电气来震，却是用温泉来浸，令人在极平淡之中，慢慢的领略出极渊永的情趣。……第二类的蕴藉表情法，不直写自己的情感，乃用环境或别人的情感烘托出来。……第三类蕴藉表情法，索性把情感完全藏起不露，专写眼前实景（或是虚构之景），把情感从实景中浮现出来。"④ 又如，他在此文中对"奔进"表情法与"回荡"表情法进行了恰如其分的界定和比较："'回荡'的表情法，是一种极浓厚的情感蟠结在胸中，像春蚕抽丝一般，把他抽出来。这种表情法，看他专从热烈方面尽量发挥。和前一类（'奔进'表情法）正相同。所异者，前一类是直线式的表现，这

---

① 梁启超：《情圣杜甫》，见《饮冰室合集》文集之三十八（五），中华书局 1989 年版，第 39—40 页。

② 同上书，第 38 页。

③ 梁启超：《中国韵文里头所表现的情感》，见《饮冰室合集》文集之三十七（四），中华书局 1989 年版，第 135 页。

④ 同上书，第 109—115 页。

一类是曲线式或多角式的表现，前一类表现的情感是起在突变的时候，性质极单纯，容不得有别种情感搀杂在里头。这一类所表现的情感，是有相当的时间经过，数种情感交错纠结起来，成为网形的性质。人类情感在这种状态之中者最多。"① 两相类比，分析透辟，切中实质。

（三）批评方法与批评对象的契合

梁启超在诗歌理论批评中，始终秉持辨证通变的批评理念，持自由主义的立场，茹今孕古，瞻西顾东，善于选取最契合的角度和最恰当的方法，针对当时社会的现实和诗歌创作的实际情况阐发他的观点。梁启超辨证通变的批评理念，使他能"资于故实，酌于新声"，即从"采补本无而新之"和"淬厉其有而新之"两方面努力，结合中西诗学，继承发展了传统的印象批评，并采用社会学和心理学及比较文学的方法解读诗歌。梁启超对古典抒情诗艺的批评之所以精妙就在于他站在本土诗艺传统的基础上，以西方文学为参照系，运用现代批评方法来解读传统诗歌，极为注意批评方法与批评对象的契合。他在《陶渊明之文艺及其品格》中运用了社会学和心理学方法来解读陶渊明诗歌，首先将之还原到陶渊明的时代思潮、乡土和陶氏家世中，然后将陶渊明的作品和他的人格对照分析，相互印证。他对于广义的象征手法在古典诗歌中的运用是持肯定态度的，认为那是传统诗歌的蕴藉表情法的类型之一，不过他所谓的"象征"，包含着借典抒情的一层意思，比较笼统，还不是现在通行的"象征"的提法。与之相反，在《人间词话》（1909 年）中，王国维将词人的借典抒情视为"隔"的表现，例如姜白石《扬州慢》的"二十四桥仍在，波心荡，冷月无声"被评为"虽格韵高绝，然如雾里看花，终隔一层"②。王国维对古典诗词的情感表现更多是以西方文学中的情感，即对现实之景抒发真情实感来作为评判隔与不隔的标准，"大家之作，其言情也，必沁人心脾；其写景也，必豁人耳目。其辞脱口而出，无娇揉妆束之态。以其所见者真，所知者深也。诗词皆然。持此以衡古今之作者，可无大误会矣"③ 姜白石

---

① 梁启超：《中国韵文里头所表现的情感》，见《饮冰室合集》文集之三十七（四），中华书局 1989 年版，第 78 页。

② 姚可夫编：《〈人间词话〉及评论汇编》，书目文献出版社 1983 年版，第 17 页。

③ 同上书，第 24 页。

在词尾堆砌典故，在他看来姜词格调虽高但因"隔"而影响了意境的提升①。另外，他从李后主后期词的亡国之痛中读出"后主俨有释迦、基督担荷人类罪恶之意"②，立论有些牵强。较之于王国维这种相对有点"隔"的批评，梁启超后期对于古典诗歌艺术的解读更加贴近本体，更符合本民族的审美心理，故而分析透辟，概括较为到位。

综上所述，梁启超的诗歌批评具有过渡时期新旧交融的特色，其现代转型得力于辨证通变的批评理念的调和之力，这一调和力使梁启超的诗歌批评在外化形态上具有动态性，同时使它在批评的内在质素上具有圆融性。通过探究梁启超诗歌批评的现代转型的特殊性，引发我们思考两个问题：（1）中国当代诗歌批评在现实、西方和民族诗艺传统三个维度的平衡调和。（2）中国诗歌批评的现代转型与中国社会现代化发展程度的关系。

---

① 姚可夫编：《〈人间词话〉及评论汇编》，书目文献出版社 1983 年版，第 19 页。

② 同上书，第 7 页。

中国现当代文学研究60年的回顾与反思

——"中国现当代文学研究60年国际讨论会"综述

王泽龙　周少华

2009年9月26日至29日，由华中师范大学文学院和中国社会科学院《文学评论》编辑部主办，海南师范大学、武汉大学文学院、华中科技大学人文学院和三峡大学文学院协办的"中国现当代文学研究60年国际学术讨论会"在武汉桂子山和长阳清江隆重召开。来自北京大学、中国人民大学、北京师范大学、南京大学、厦门大学、中国社会科学院、中国作协、香港中文大学、韩国外国语大学等海内外高校和研究机构的120多位专家和学者出席了此次盛会。在新中国成立60周年之际，会议主题围绕新中国60年来中国现当代文学研究的现状与问题展开讨论，各位专家学者主要就如下问题进行了广泛的交流。

60年现当代文学史观念的反思

影响新中国60年中国现当代文学研究整体格局与走向的是中国现当代文学的历史抒写与观念建构。大会对近60年来新文学史的建构及其观念方法问题发表了不同意见。温儒敏（北京大学）考察了20世纪五六十年代的"修史"与现代文学传统确立的关系。他指出，五六十年代文学史的编写从文学史观到叙史框架方法，都不同程度地受到了史学界"史观派"潮流以及苏联"正统"文学史观的影响。文学史的编写对于文学传统的阐释、定位与知识化传播都起到了至关重要的作用。五六十年代现代文学学科的建立具有研究者职业化与学术生产体制化的特点，文学史教材的编写主要不是个人行为。传统的现代文学史生产模式是值得作为一种特殊的文化现象来研究的。他反对研究者将这一时期的文学史"妖魔化"的简单做法，主张文学研究需要考察在政治化和集体化写作历史语境下，"新传统"的阐述带给人们对文学经典、文学历史与文学传统理解的影响。黄曼君（华中师范大学）认为，新中国成立 60 年来，我国社会文化发展经历了几次大的变革转型，而这种社会文化变迁也导致了中国现当代文学史研究的范式转换。其中包括社会政治化范式、精神文化范式和个体审美化范式。这三种范式各自出现在不同的时段，又往往超越时段交织交叠。他提出，我们要历史地全面客观地评价社会政治化范式中的意识形态化、政治化问题；精神文化范式中整体大叙事是否会起到掩盖文学内在特征与文学史丰富性的作用；个体审美化范式中如何坚持文学的审美独立品格的问题。我们应该特别注意多种范式的综合效应问题。张志忠（首都师范大学）主张能否用现象学的方法，从作家作品的解读开始，不追求以某一种理论统摄当代文学史，而是从多角度对当代文学进行整合，探索一种以审美和艺术鉴赏优先的中国当代文学史写作范式，倡导在文学史写作中强化审美特征，以纠正当前流行的诸多文学史中，对"文学性"的淡漠和轻视状况。毕光明（海南师范大学）提出另一种看法：20 世纪 90 年代后期以来的当代文学研究知识化倾向，在提升文学研究学术化的同时，也降低了当代文学介入现实的能力。知识化与人文性的关系成为摆在我们面前的新问题。袁国兴（华南师范大学）认为，较长时期在新文学传统"典型化"理论背景下被建构的"类型文学意识"遭到否定与批评，其中包含的价值与意义也被遮蔽了；当人们从正面去全面探讨类型文学意识时，可以发现类型文学意识可以成为新文学批评的一份重要理论资源。肯定被新文学史传统遮蔽的某一些文学意识，对重构中国现代文学史有重要意义。李俊国、何锡章（华中科技大学）通过对中国现代文学学科的关键词（何谓"中国"、如何"现代"、什么"文学"）的重释，提出了有关中国现代文学史研究的复杂性问题。他们认为，任何一次关于中国现代文学学科性质与内涵的讨论，总是特定的时代意识对现代文学历史的简单性植入，中国现代文学研究必须从"单一的历史裁判"回到"历史的多义阐释"。方维保（安徽师范大学）考察了中国现当代文学史"分期"及其概念中的文化意识形态干预问题，它们体现的皆是对文学历史的非文学性描述，给中国 20 世纪的文学历史研究带来了诸多的尴尬。罗晓静（中南财经大学）认为区分"参与性研究者"与"非参与性研究者"，对于中国现代文学史编撰具有重要意义。王晖（南京师范大学）认为，当代文学作为一个有始无终、不断向前延伸的学科，文学历史与文学现实并存的内涵，使得其自身既充满活力又危机四伏，当代文学学科体系的规范化与学科历史意识的强化亟待解决。周晓风（重庆师范大学）提出，当代文学实际上是一种高度体制化的社会主义国家文学，现当代文学研究一体化的研究观念与思路并不适用于当代文学。熊元义（中国作协）认为姚雪垠在 60 年代就提出了"重写文学史"，他与陈思和 1985 提出的"重写文学史"的观点与价值取向不同。当代文学的许多事件与思潮是和政治人物相关的，而这一些资料一直没有得到重视。靳新来（南通大学）认为近 20 年来重写文学史的问题并没有真正解决，政治性是 20 世纪中国文学研究绕不开的话题。我们在处理文学与政治的关系上走向了新的误区，而新历史主义文学理论关注文学文本生成的历史语境，重视政治话语与文学的复杂联系，它对我们转变文学史观具有重要意义。陈润兰（湖南工业大学）以第三种人代表苏汶研究为例，提出现代文学史研究受传统意识形态观念的影响积习极深，还需进一步突破与去弊。张岩泉（华中师范大学）认为 20 世纪中国文学思潮快捷演进，丰富多变，但其中文学发展自由选择与规范约束这一潮起潮落构成的张力关系促成了基本的矛盾运动。

代表们对现当代文学的研究观念与文学研究的体制关系发表了较多的看法。周晓明（华中师范大学）总结了中国现当代文学组织化的历史走向：新中国前现代文学的组织化传统——新中国之初在组织中现代文学学科的诞生——60 年代后走向全方位的组织化——新时期以来学术研究的重新组织化与去组织化。他指出这种在组织中诞生的学科、被组织起来的学人、为组织规训的学术所体现的组织化特征是一把双刃剑，在特定条件下有积极意义，但是高度的组织化与学术研究的本质相违，妨害了学术的自由。朱栋霖（苏州大学）认为，知识分子应该坚持独立的学术立场，在各种制度化的学术环境中我们要知难而进。陈国恩（武汉大学）指出，当文学研究不再代表主流意识形态，而只是个人言说的时候，批评对读者、对作家、对社会的影响力是有限的。文学批评要面对文学批评的常态化转向，克服新的焦虑，多从文学的立场推动文学的常态健康发展。王泽龙（华中师范大学）认为中国现当代文学研究当前面临较多外部困境，但是知识分子自身的学术信仰危机与功利性心态也影响了学科的发展。在日益商业化、制度化的学术环境中，我们这一代知识分子，应该秉承 20 世纪二三十年代学院派知识分子的学术精神，坚持自己的学术理想，在文学研究中葆有一些诗性精神，对当前学术制度不能完全超脱，但是应该有所超越。

各种文学类型问题研究的回顾

现当代文学研究中的文学题材或文体类型问题、文学思潮、文学史现象问题都与近 60 年文学的研究历史息息相关，又不同程度上体现了学术研究观念与研究范式的嬗变特征。王泉根（北京师范大学）认为 60 年儿童文学的发展思潮与理论观念的演变、更新，主要是围绕着"儿童观"这一核心问题展开的。在进入 21 世纪以后，中国儿童文学面对的挑战除了"成人中心主义"的观念外，主要是全球化时代市场经济、网络时代传媒多元的双重挑战，这一挑战考验着儿童文学的现实姿态与未来走向。他认为，我们的儿童文学研究要与现实生活相结合，更为清醒地把握和坚守符合时代潮流的儿童观。陈继会（深圳大学）考察了乡土文学研究概念经历了"乡土文学"、"农村题材文学"、"乡土文学"的嬗变轨迹，对概念的阐释不同主要缘于社会政治思潮的变动以及文化观念的转化，批评概念的嬗变必然引发文学观念与批评范式的变更。汤哲声（苏州大学）回顾了现当代通俗小说研究的历史，指出了研究中存在的主要问题：中国现当代通俗小说与中国现代文学史的关系研究不够；对现当代通俗小说的美学特征的研究几乎没有触及；现当代通俗小说研究重现代、轻当代，通俗小说的文学批评明显落后创作，很不适应社会要求。马俊山（南京大学）阐述了话剧研究中的民族化观念弊端：把民族化和民族性混为一谈，把一种特定历史时期的应对策略变成了通用的价值标准。我们应该在话剧的独创性与现代性中建构民族品性，话剧研究中的民族化预设早该结束。黄忠顺（东莞理工学院）对纪实文体文学叙事方式的合法性问题发表了自己的意见。他认为《史记》叙述者的无所不知与史家所知限度存在巨大差异。《心灵史》通过凸现叙事者"我"对所叙之事的理解、推断、阐释等对叙事的直接介入，使纪实性与文学性相得益彰，为当今纪实文体文学叙事方式的合法性提供了范例。杨彬（中南民族大学）认为 60 年少数民族小说研究包含了一系列演变：即作家队伍从单一到群体，主题内容从政治到文化，创作方法从一元到多元，地位从边缘到前沿的发展。陈啸（南通大学）对百年现代散文研究作了通览，认为百年现代散文研究一直停滞在泛与散的层面上，他认为现代散文研究要坚持艺术散文、纯散文和"大散文"并重的观念，突出关注散文的本体性特征，重视对散文理论的化炼与提升。

社团流派研究是文学史家描述文学进程的重要文学现象。杨洪承（南京师范大学）认为，现代文学社团流派研究既是文学史自身的一部分，又是学术史内容的新构成；要真正意义上地回归文学社团流派的本体世界，不可以孤立地谈纯文学的群体或社会政治化的集团组织。刘祥安（苏州大学）则以卞之琳为个案，阐明流派研究范式对于个体的"见与不见"；我们运用流派研究范式时一定要注意个体作家的独特性。王雪松（华中师范大学）总结了近30现代诗学研究整体特征与问题：体系三重参照（传统、西方、当下）的交替显隐；寻觅有效的研究方法与对方法缺少的有效性认知；诗学研究门类的细化与亟待深化；问题意识凸显与话题泡沫的纠结等。中国现代诗学的理论建构意识整体较为薄弱。古远清（中南财经大学）检视了近30年来内地的台湾新诗研究成果，他认为研究台湾诗歌要注意文学生态的不同，意识形态的不同，文学形态的不同。"政治化"是面对内地、香港、澳门、台湾文学时必须注意的问题和角度。

有多位代表发表了有关现当代文学语言研究问题的看法。高玉（浙江师范大学）认为现当代文学研究60年中的前40年里，对语言的研究主要局限在形式方面；90年代后西方语言理论影响为语言研究开辟了新的道路。他认为文学语言研究在史实研究、思想研究和诗性研究方面将会有广阔的前景。何锡章（华中科技大学）提倡用现代语言学的方式研究文学，指出了传统文学语言研究仅停留在修辞研究上的不足。宋剑华（暨南大学）指出，五四是中国的五四，不是西方的五四，认为现当代文学是汉语言的形象的运用，对现当代文学的研究应当回到汉语言自身。

周水涛、江胜清（孝感学院）对当代农民工小说的意义发表了自己的看法。他们认为农民工小说的深刻性在于揭示了特定时代城乡矛盾冲突的普遍性，揭示了社会排斥与文化排斥渗透于城市社会每一细胞的社会现状；是对"社会现代性"及某些被普遍认可的价值理念的质疑。姜岚（海南师范大学）以路遥的小说为例，提出了以文本分析与社会批评相结合的方法，探讨社会结构形态与人生形式、生存体验的关系，在当前仍然很有意义。曾利君（西南大学）考察了新时期文学魔幻写作的独特性，她认为中国作家采用本土化的表达方式，主要通过魔幻意象的使用和本土文化观念的演绎两大本土化策略，彰显了中国文学魔幻写作的独特性，实现了对拉美魔幻现实主义的创造性转化。岳凯华（湖南师范大学）阐述了延安文学大众品格的意义。他认为延安的文化环境和《在延安文艺座谈会上的讲话》精神的导引，使得民间文化形态以多种方式参与到延安文人的创作中，带来了解放区文坛繁荣。王平（中国海洋大学）认为五四知识群体的文化心理并非外来思潮的简单影响，它的生成机制是一个由启蒙观念、语言形式、传播媒介等多种要素构成的复杂系统；在这一过程中，各种要素相互作用，并最终形成一种合力，使得现代知识群体的"身份认同"意识发生了根本性的嬗变。

经典作家作品研究的重审

重读文学经典是当前文学研究的热点问题，也是这次会议的重要话题。李今（中国人民大学）梳理了 60 年来对鲁迅经典作品《伤逝》的研究。她认为在小说的叙述中，涓生的叙述内涵掺有作者不动声色的反讽，作者的反讽指向涓生的自我表白，既伤逝爱的逝去，也伤逝这无爱的人间，对子君则是一种更为温和的反讽。樊星（武汉大学）从"阿 Q 精神"、小康心态、匪性中的浪漫因子三个方面，对"国民性"问题进行了新的阐释。他认为不应该忽略"国民性"问题在民本主义、保守主义立场上的复杂性及其积极意义。他将"阿 Q 精神"与关怀底层、理解民间的民本主义情怀联系到一起，认为平民百姓在乱世中对传统的坚守，对"小康理想"的忠贞，显示了中国文化精神的一种重要特色；文学作品对匪性的描写反映了中国"国民性"中的"酒神精神"、浪漫风骨，实际上是一种没有被礼教驯化的中国民间的粗犷野性与浪漫个性。俞兆平（厦门大学）也对《阿 Q 正传》作出了新解。他认为鲁迅对阿 Q 不是怒其不争，而是惧怕其争；由越界庸众构成的阿 Q 式的革命党，只能成为中国革命的灾难，它体现了五四时期鲁迅对精英式的个人与愚庸众数问题的追思。夏中义（上海交通大学）以朱光潜为对象，重新考察了青年马克思与中国第一次美学热。朱光潜在中国第一次美学热时（1956—1962）客观上扮演了思想者的角色。朱光潜的述学路径有两个特点：一是借"谈美"来"谈人"，二是在于其"真诚"地澄清国内美学界对列宁《唯物主义与经验批判主义》的迷思。他借助马克思《哲学—经济学手稿》，读出了"美学"，并对包含其中的马克思主义"实践"论美学特点概括为自由性、自觉性与审美性。青年马克思的这份遗产成了中国 1978 年驱动思想解放的强劲源流。陈方竞、杨新天（汕头大学）考辨了胡风与卢卡契的关系，考察前者在对后者的译介中的坚守和变异之处，以此发现后者如何影响了中国现代文学的面貌。董之林（中国社会科学院）认为赵树理与张爱玲这两位跨越现当代的作家，他们各具特点的艺术探索表现出传统艺术精神的两重文化向度，并在各自的小说世界里将传统在社会变迁拐点上的不同趋向发挥得淋漓尽致。曾军（上海大学）认为，不断强化的阶级意识与政治意识形态观念对人物社会身份的定位，导致了赵树理代表的民间文化中喜剧精神的丧失。杨厚均（湖南理工学院）认为不能完全否定"十七年""高、大、全"形象社会文化心理内涵与审美的合理性。21 世纪以来出现的一种重塑革命英雄的思潮值得警惕：用粗鄙化、传奇化、草莽化代替了"高、大、全"人物的崇高理想与伟美品质，是一种新的公式化、概念化。方园、谢昭新（安徽师范大学）梳理了 60 年来老舍研究的演进脉络。指出 21 世纪以来老舍研究在个性文化心理、文学创作综合研究与文本细读方面，体现了低潮中的深入。李遇春（华中师范大学）全面而具体地探讨了陈忠实在 21 世纪以来的小说创作中，是如何运用心理结构学说塑造人物或传达生命体验的。曹万生（四川师范大学）梳理了 60 年来《子夜》的主题变迁：经历了作者自述与研究者共同"左化"的历史到新时期主题的哲学、美学研究范式的转换。郭宝亮（河北师范大学）从王蒙研究近 60 年的历史中，梳理出四种研究方法，即知人论事、心理学、文化学与文体学的方法，而最应该加强的文体问题的研究最为薄弱，反映了当代文学研究的普遍现象。刘宁（陕西师范大学）对于 60 年的《创业史》研究历史进行了梳理，认为柳青研究成了一个与共和国文学同步变迁的学术形象，《创业史》的创业主题，成了共和国文学的中心主题。何平（南京师范大学）从文本接受史的角度分析了《百合花》的解读观及其观点所生成的复杂历史语境。

　　会议较多涉及了对海外现当代文学研究现状的反思。李永求（韩国外国语大学）介绍了中国现当代文学在韩国的接受情况。在韩国，中国的作品在韩国的受容是以台湾地区作为出发点的，对中国内地新文学的现状与研究较为隔膜。樊善标（香港中文大学）从香港报纸专栏的研究现状，提出报纸副刊研究所存在的问题。他认为，香港报纸对大众渗透力是最强的，然而内地和香港的报纸副刊研究总的来说属于刚起步的阶段。赵秀敏

（新加坡新跃大学）从中产阶级、女性视角、风俗喜剧三方面，具体考察了被大陆忽视的张爱玲的电影剧本创作。吕红（美国《美洲华人文艺》杂志社）认为，海外移民文学在很大程度上体现了异质文化的冲突、融合的历史，海外华文文学研究需要进一步建构跨文化视角来透视研究对象的复杂性与特异性。黄万华（山东大学）认为应在"异质"空间不断开拓的文学史叙述，让中国和海外、内地和台湾、本土与境外互为参照，这将有助于推动本学科的深入研究。

王保生（中国社会科学院）在总结发言时认为，这次大会是近 10 年来，从事中国现代文学与当代文学研究的学者们一次较大规模共同参与的学术盛会。会议较全面地总结了新中国成立以来现当代文学研究 60 年的主要成就，特别集中地研讨了 60 年现当代文学研究中值得深入反思的学术问题，表现出我们当代学者高度的学术使命意识。这次会议是一次高水平、高效率、组织又好的学术会议，必将对现当代文学研究产生积极的影响。

原载《文学评论》2010 年第 1 期